ハヤカワ・ミステリ文庫

〈HM⑩④-25〉

セプテンバー・ラプソディ

サラ・パレツキー

山本やよい訳

早川書房

7490

CRITICAL MASS
by
Sara Paretsky

Translated by
Yayoi Yamamoto
First published 2015 in Japan by
HAYAKAWA PUBLISHING, INC.
This book is published in Japan by
arrangement with
SARA AND TWO C-DOGS, INC.
c/o DOMINICK ABEL LITERARY AGENCY, INC.
through THE ENGLISH AGENCY (JAPAN) LTD.

自然界の神秘のなかに美を探すことを教えてくれた
コートニーへ

謝辞

本書を執筆するにあたり、多くの方に助けていただいた。なかでも最大の感謝を捧げたい相手は、わたし個人の物理の家庭教師とも言うべき、S・C・ライト（シカゴ大学エンリコ・フェルミ・インスティテュート及び物理学部所属）である。読むべき文献を教えてくれ、物理学初心者であるわたしの数々の質問に、懇切丁寧に答えてくれた。

ウィーンにあるシュテファン・マイヤー素粒子物理研究所の所長、ヨハン・マルトン博士は、時間と洞察力をふんだんに使って、二十世紀のウィーンにおける物理学の歴史をわかりやすく教えてくれた。

マルトン博士のご紹介により、オーストリア科学アカデミー文書局長のシュテファン・ジーネル博士（MAS）（Master of Advanced Studies の略）と、ウィーン大学文書局長のトーマス・マイゼル博士からも助言をいただくことができた。

本書に登場する特許法関係の事柄（外国籍の人物の保有する特許がアメリカ合衆国の法廷で認められるか否かという問題や、プロットに不可欠のその他さまざまな問題）については、シカゴ在住のマイクル・ジェフリー特許弁護士から有益なご教示をいただいた。

シカゴ大学図書館特別資料室の司書、リーア・リチャードスンには、図書館の資料を閲覧した人々の名前を調べるさいの図書館の方針について助言してもらった。

スコットランドのマーガレット・エリオットは、一九三〇年代に女子高生が受けていた化学と物理の授業の様子を語ってくれた。

本書でキティ・バインダーとロティ・ハーシェルが使うドイツ語については、ヴィッキー・ヒルに助けてもらった。

ジョナサン・パレツキーは過去の麻薬事件の裁判記録に目を通して、麻薬密造――とくに覚醒剤密造――に関する描写を手伝ってくれた。また、連邦政府組織による令状なしの捜索と、二十六章の事情聴取について、わたしのためにリサーチをしてくれた。

〝神ならば信じよう。神でない人はデータを示しなさい〟というモットーは、故スタンフォード・オブシンスキーから借りたものである。

ウェンジャーの〈大草原マーケット〉で売られている品については、カレン・ペンドルトンがアイディアをくれた。

インスブルックの原子炉についての専門的描写は、《フィジックス・イン・パースペクティブ》誌二〇〇九年九月号に掲載された、ジャコモ・グラッソ他著「ハイガーロッホB－Ⅷ核反応器（一九四五）に関するニュートロニクス計算」をざっとコピーさせてもらった。

本書の誤りはすべて作者の生みだしたものであり、架空の出来事についても同様である。

エンリコ・フェルミやエドワード・テラーのような実在の人物も何人か登場するが、主な登場人物は完全に創作で、彼らがいばって歩きまわるのも、いらいらするのも、すべてわたしがやらせていることである。

セプテンバー・ラプソディ

登場人物

Ｖ・Ｉ・ウォーショースキー……………………私立探偵
ロティ・ハーシェル………………………………Ｖ・Ｉの友人。医師
ミスタ・コントレーラス…………………………Ｖ・Ｉの隣人
ジェイク・ティボー………………………………Ｖ・Ｉがつきあっている
音楽家
コンラッド・ローリングズ………………………Ｖ・Ｉの元恋人
キティ・バインダー
（ケーテ・ザギノール）…………ロティの知人
ジュディ・バインダー……………………………キティの娘
マーティン・バインダー…………………………ジュディの息子
リッキー・シュラフリー…………………………ドラッグハウスにいた男
コーデル・ブリーン………………………………〈メターゴン〉社社長
ジャリ・リュウ……………………………………〈メターゴン〉社社員
アリスン・ブリーン………………………………コーデルの娘
ベンヤミン・ゾルネン
マルティナ・ザギノール　}……………………科学者
ジュリアス・ゾルネン
ヘルタ・ゾルネン　}………………………………ベンヤミンの子

ウィーン　一九一三年

こうして、光があった

「わあ」それは歓喜に満ちたかすかな叫び。床を染めるこんな色彩を見たのは生まれて初めてだ。赤からオレンジへ、黄色へ、緑へと徐々に変わっていく。紫はとても深みがあり、まるでグレープジュースのよう。思わずそこに飛びこみたくなる。そばで見ようとして駆け寄ると、色彩は消えてしまう。少女の口がとまどいでぽかんと開く。フラウ・ハーシェルが床に虹を描いたのだと思いこんでいた。少女はやがて、自分の腕に色彩がよみがえるのを目にする。糊の効いたセーラー襟のブラウスの白い生地に、さきほど床が呑みこんだはずの紫の色が現われる。少女はそこに指を這わせ、色彩が手の上で揺らめくのに見とれる。

「マルティナ!」母親が低い声で叱る。「お行儀よくなさい」

少女はしぶしぶ向きを変えて、フラウ・ハーシェルに宮廷ふうのお辞儀をする。黒いブーツに足首を締めつけられて、動きがぎこちなく、つんのめりそうになる。母親が眉をひそめる。不器用なわが子だが、雇い主にいい印象を持ってもらおうと必死なのだ。

子守女のビルギットは冷笑を隠そうともしない。幼いゾフィー・ハーシェルは笑わない。白い室内履きの爪先でくるっと回転し、マルティナの母親の前で深々とお辞儀をしてみせるだけ。

「その子、おもちゃの木馬も目に入っていないようね」フラウ・ハーシェルが笑いながら言うが、その声には隠しきれない苛立ちがにじんでいる。「でも、ゾフィーが教えてくれるでしょう。この子を子供部屋に置いてらしてかまわないわよ、フラウ・ザギノール。下の裁縫室へ行って白糸の刺繍を始めてちょうだい。お昼は、ビルギットがゾフィーの食事を運ぶついでに、マルティナにも食べさせてくれますから」

六歳の少女二人は部屋に残され、見つめあう。ゾフィーの髪は亜麻色で、小さな縦ロールを作ってひとつにまとめ、ローズピンクのリボンで結んである。マルティナの黒髪は三つ編みにしてあるが、きつくひっつめているので、耳のうしろの皮膚が白い半月の形に見える。ゾフィーはマルティナの母親が仕立てた美しい刺繍やスモッキングつきのドレスを着ているが、マルティナのほうはセーラー襟のブラウスと暗い色のスカート。たとえ、ゾフィーのドレスに使われているような上等の糸と布地を買うお金が家にあったとしても——本当はないけれど——フラウ・ザギノールの娘にこんな優美な装いは似合わないだろう。

後々、少女たちは多くの時間を一緒にすごすことになるので、この最初の出会いは二人の記憶から消えてしまうことだろう。高価なおもちゃをいくつも見せびらかしたゾフィーの意地悪も。ゾフィーが濃厚なスープとオレンジの昼食をとるあいだ、マルティナにはガチョウの脂身をのせたパンひと切れしか与えなかった、子守女ビルギットの意地悪も。ウィーンでブルジョワ階級の多くの子供に音楽を教えていたイタリア人シニョール・カペレッリの関心をゾフィーから奪おうとした、マルティナの意地悪も。

「では、その子は？　その子も楽器弾きますか」ゾフィーのたどたどしい演奏に、あくびをしながら三十分ほど耳を傾けたあとで、シニョール・カペレッリはビルギットに尋ねる。

「ただのお針子の子供ですよ。ゾフィーお嬢さまの遊び相手にって連れてこられただけです」ビルギットはバカにしたように言う。

「あら、あたし、家で叔母ちゃんのフルート吹いてるよ」マルティナは言う。外国人の男がゾフィーにひどく失望しているのを見て大胆になり、ゾフィーの意地悪に仕返しするチャンスだと考える。

シニョール・カペレッリが、楽譜の入っている絨毯地で作ったバッグから、子供用サイズのフルートをとりだす。マルティナは叔母に教わったとおり、フルートを温めるために息を吹きこむ。目を閉じると、子供部屋の床にこぼれる虹が心に浮かぶ。ひとつひとつの色彩に音符がある。だから、マルティナは虹の旋律を奏でる。いや、奏でようとする。泣きたくなる。色彩にぴったりの音が出せないから。恥ずかしさで真っ赤になって、フルートを返す。

シニョール・カペレッリは笑う。「きみの叔母さん、ヘル・シェーンベルクの騒音好き？　わたしの耳には、あの男は音楽ではない！」

マルティナが床を見つめたまま返事をしないので、シニョール・カペレッリはふたたびバッグのなかを探り、簡単な曲の楽譜をひっぱりだす。「音符読めるね？　これ叔母さんに渡しなさい。きみはまだ小さいのに早くも音楽に恋をしているが、これからは曲を奏でることを学びなさい。ヘル・シェーンベルクのように、プラーター公園をうろつく野良猫のわめき声を聞かせるのではなく。いいね《シ》？」

後年、マルティナはこうしたことをすべて忘れてしまう。ただ、フルートはつねに彼女の心を癒してくれるものとなる。マルティナの記憶に残るのは、床を染めた虹だけ。そして、虹を作りだしたのは子供部屋の窓にはめこまれた切り子のガラスだったということだけ。

1　ヘルズ・キッチン

薄いシャツを透して太陽がわたしの背中を焼いた。いまは九月なのに、この大草原には依然として真夏の炎暑が居すわっている。

金網フェンスのあいだのゲートをあけようとしたが、頑丈な南京錠がついていた。身体をすべりこませる程度の隙間が作れないかと思って、強く押してみたら、金網で指を火傷しそうになった。門柱のてっぺんに防犯カメラとマイクが設置されているが、どちらも銃で吹き飛ばされていた。

あとずさり、無人の風景を見渡した。ポールフリーで脇道に入ってガタガタ走ってくるあいだ、砂利だらけの郡道にほかの車は一台も見あたらなかった。上空を旋回し、道路の向こうに広がる茶色のトウモロコシ畑へ急降下するカラスの群れをべつにすれば、わたしはまったくの一人だった。真っ青な椀を伏せたような空の下、自分がちっぽけで無力な存在に思えた。どちらを向いても、空が地面に密着して大気を締めだし、光と熱気以外は何も透すつもりがないかのようだ。

サングラスをかけ、バイザーつきの帽子をかぶっているのに、ぎらつく光で目が痛くなってきた。フェンスの隙間を探して家のまわりを歩くうちに、紫色の煙の輪が目の前でちらついているような気がしてきた。

家は古く、ずいぶん傷んでいた。窓ガラスの大部分が割れたり、銃で吹き飛ばされたりしていた。誰かがそこにベニヤ板を打ちつけていたが、やり方がぞんざいだった。板がはがれてぐらぐらになり、わずかな釘だけでぶらさがっているところが何カ所かあった。ベニヤ板の奥を見ると、割れたガラスに誰かが厚紙やぼろ布をあてがっていた。

金網フェンスの上には、わたしのような侵入者を撃退するための回転式スパイクがついていた。〝猛犬注意〟の表示も出ていたが、家の周囲を調べるあいだ、吠える声やクウンという声は聞こえてこなかった。

家の正面部分はフェンスと接近していて、道路にも近かったが、裏のほうはフェンスに囲まれた広い土地になっていた。片隅に崩れかけた古い納屋があった。納屋のそばに大きな穴が掘ってあり、ゴミと化学物質の悪臭に満ちていた。ガラス瓶、溶剤のスプレー缶など、覚醒剤密造用の器具の数々が、コーヒーの粉やチキンの骨と悪臭を競いあっていた。

探していた隙間が見つかったのは、納屋の裏手だった。何者かが頑丈なスチールカッターを用意してわたしより先にやってきたらしく、車一台が楽に通れる幅のフェンスが切りとられていた。金網全体の鈍い灰色と違って、尖った先端が光っていることからすると、切断されたのはつい最近のようだ。切断部分を通り抜けたとき、うなじの肌が熱気以外の何かでぴりぴりした。銃を持ってくればよかったと思ったが、シカゴを出たときは、まさかドラッグハウスを訪ねることになろうとは予想もしていなかった。

誰がフェンスを切りとったか知らないが、その人物は裏口のドアをあけるときも、同じく手っとり早い方法を使っていた。ドアが蹴破られ、蝶番一個でかろうじて支えられていた。ひらいたドアから流れてくる悪臭――鉄に似た金属臭に腐りかけた肉のような臭いが混ざったもの――の正体はすぐにわかった。シャツを鼻の上までひっぱりあげて、用心深くなかをのぞいた。ドアを一歩入ったところに犬が倒れていた。胸を撃たれている。ろくでもない飼い主を守ろうとして、大口径の銃に命を奪われたのだ。

「かわいそうなロットワイラー、ママがきみを産んだのは、ドラッグハウスの番犬にするためじゃなかったのにね」わたしはささやきかけた。「きみは悪くないのよ、ワンちゃん。場所と、時期と、出会った相手が悪かっただけ」

傷口にハエがたかっていた。肋骨の先端がすでに露出し、乾いてどす黒くなった血と筋肉の下から点々と白くのぞいている。昆虫が眼球を食い荒らしていた。昼に食べたものが胃からせりあがってくるのを感じて、わたしはあわててドアの前のステップを駆けおり、間一髪のところで納屋のそばの穴に嘔吐した。

ふらつく脚で車に戻り、フロントシートに倒れこんだ。持参したペットボトルの水を飲んだ。水は大気に負けないぐらい熱せられていて、ゴムのような味だったが、飲んだおかげで胃袋はどうにか落ち着いた。何分かぐったりすわったまま、遠くの畑で土煙を上げながら農夫がトラクターを往復させているのをながめた。遠すぎて音は届かない。聞こえるのは、トウモロコシ畑を渡る風の音と、上空を旋回するカラスの群れの鳴きかわす声だけだ。

脚と胃の具合が落ち着いたところで、うしろのシートから、犬用に置いてある大判のビーチタオルをとった。トランクに古いTシャツが放りこんであったので、それを裂き、鼻と口を覆って結んだ。この即製マスクで防護して家にひきかえした。タオルを勢いよくふりまわし、ハエを大部分追い払ってから、犬にかけてやった。

犬の死骸をまたぐと、その先にあったのは地獄のキッチンだった。かつては白く塗られていたと思われる傷だらけの木製戸棚があり、エンジン始動剤のスプレー缶、排水管クリーナー、気味の悪い液体が半分ほど入ったガラス瓶、目薬、ヴィックスの吸入器、〝塩酸〟というラベルのついた一ガロン容器などがぎっしりのっていた。戸棚の上方に、排気用の間に合わせの換気扇がとりつけてあった。ゴミのなかに半分埋もれるようにして、産業用フェースマスクがいくつも捨てられていた。

誰がドアを蹴破って入ったのか知らないが、その人物は床のリノリウムをはがし、床下の腐った板材の一部をこじあけていた。わたしはしゃがみこむと、露出した根太のあいだの隙間を懐中電灯で照らしてみた。地下の土間に給湯器と暖房炉が据えつけてあるのが見えたが、ざっと見たかぎりでは、死体はなかった。地下からひんやりした空気が流れてきた。腐葉土のような臭いがしたが、周囲の化学物質に比べれば、こちらのほうが健康的に思われた。

身体を起こして、キッチンのあちこちに懐中電灯を向けてみた。この乱雑さのどこまでが犬を殺した連中によるもので、どこからが住人によるものかは、どうにも判断がつかなかった。

床にころがったいくつかのガラス瓶をまたぎ、コードつきの電熱器のへりをまわって、その奥の部屋に入った。

　この家は古い農家で、正面の部屋は、火の入っていない暖炉の周囲に装飾タイルの残骸が見られるところから判断すると、かつては応接間だったようだ。炉棚のタイルがはがされて粉々になっていた。ロールトップ式の古いデスクは誰かが射撃練習の的にしたらしい。何者かが怒りにまかせて引出しを叩きこわし、紙を床にまき散らしていた。

　身をかがめて、散乱した紙を見てみた。大部分が郡からきた税金やゴミ収集の通知で、とっくに期限をすぎていた。ポールフリー公立図書館からは、アグネス・シュラフリーが一九七九年に借りた『風と共に去りぬ』の返却を求める督促状がきていた。

　ずたずたにされたアルバムには、写真の切れ端しか残っていなかった。アルバムをゴミの山に戻したとき、破れていない写真が一枚、はらりと落ちた。古い写真で、ドラッグハウスに置かれていた年月のせいで色褪せ、かなりひっかき傷がついていたが、そこに写っているのは、特大の三脚台にのせられた大きな金属製の卵をとりかこむ十人あまりの人々だった。星の彼方からやってきた宇宙船が地球に着陸といった感じで、なんだか漫画のひとコマみたいだが、卵のまわりの人々は誇らしげな表情で生真面目にカメラを見つめている。真ん中に女性が三人すわっている。一九三〇年代に流行った長いスカートにヒールの太い靴。背後に男性五人が立っている。全員、背広とネクタイ姿だ。

　わたしは眉をひそめて写真をながめ、この金属製の卵はいったいなんだろうと首をひねった。パイプが何本も通っている。もしかしたら、牛乳を冷蔵設備のある保管庫まで運ぶ搾乳機の試作品かもしれない。ずいぶん奇妙な写真だというそれだけの理由から、バッグに写真を押しこんだ。

そのとなりの部屋には、カードテーブルが二台と、背もたれの部分がこわれた椅子が何脚かあった。ピザの空き箱、チキンの骨、カビが生えたシリアルの深皿。ヒエロニムス・ボスが描くところの静物画といった雰囲気だ。

二階へ続く階段があった。階段の下に、詰まって使えなくなっているトイレがあった。わたしよりも優秀な探偵なら、なかをのぞいてみるだろうが、わたしは臭気だけでうんざりだった。

階段をのぼると、寝室が三つ並んでいた。そのうち二つは、マットレスとプラスティックの籠が置いてあるだけ。籠はひっくりかえされ、汚れた衣類が床に散乱している。マットレスは切り裂かれ、なかから飛びだした詰め物が衣類を覆っていた。

三つ目の寝室にはベッドとドレッサーがあったが、それもやはりめちゃめちゃにされていた。赤ちゃんを抱いた若い女性の六つ切りサイズの写真がフレームからはずされ、フレーム自体は二つに割られて、切り裂かれたシーツの上に投げ捨ててあった。

写真の端をつまんで慎重に拾いあげた。色褪せているため、女性の顔立ちははっきりしないが、カールした黒っぽい髪が光輪のように広がっている。それも搾乳機の写真と一緒にショルダーバッグにすべりこませた。

〝虹の彼方に〟というキャプションのついたジュディ・ガーランドの大判ポスターが、四隅のうち一カ所だけにテープが貼られて、ベッドのフレームの上に垂れさがっていた。あとの三カ所はテープがはがれていた。〝どこか空高くに《ウェイ・アップ・ハイ》〟って歌詞は、もしかしたら、ドラッグ常用者のジョーク？　覚醒剤中毒の人間が皮肉を言うなんて想像できないが、会ったこともない相手のことを軽率に判断するのは慎むことにしよう。

クロゼットにかかっているわずかな衣類――金色のイブニングドレス、かつては栗色だったと思われるベルベットのジャケット、デザイナージーンズ――も切り裂かれていた。「あなた、誰かをひどく怒らせたのね」誰がこれを身に着けていたのか知らないが、その人物に向かってわたしはささやいた。ずたずたにされた部屋のなかで、わたしの声が奇妙な響きを帯びた。

廃墟のようなこの家に何か見つけるべき品があったとしても、おそらく、犬を殺した人間がすでに持ち去ったことだろう。わたしは国選弁護士会に所属していた当時、この種の破壊行為を気が滅入るほど目にしたものだった。

おそらく、侵入者はもっと麻薬がないかと探していたのだろう。もしくは、密売人にだまされたと思ったのかもしれない。わたしがこれまでに出会ったヤク中は、一回分の麻薬ほしさに母親の結婚指輪を売人に渡し、それをとりもどすために、あとで密売所に戻って銃弾をぶっぱなすような連中ばかりだった。実の息子を殺した女性の弁護をしたこともある。コカインの代金がわりにされた指輪を息子がとりもどしてこなかったことが、殺しの動機だった。

急な階段をおりると、地下室に通じるドアが見つかった。ドアの向こうの階段を途中までおりたが、わたしの手ぐらいの大きさのクモが懐中電灯の光を避けてあわてて走り去ったので、下までおりるのはやめにした。懐中電灯であたりを照らしたが、血痕や格闘の跡はどこにもなかった。

ふたたびキッチンを通り抜けなくてすむように、外に出るときは玄関を使うことにした。玄関ドアにはデッドボルトがいくつもついていたが、南京錠つきのゲートのてっぺんにあった防犯カメラと同じく、これも無駄な投資だった。わたしより先に押し入った人間が、デッドボルトにも銃弾を撃ちこんでいた。

フェンスの隙間から外へ出る前に、丈の高い草むらで板切れを見つけ、それを使ってゴミの穴をつついてみた。おびただしい数の空き瓶が捨ててあるので、穴のなかへおりていく気にはなれなかったが、ざっと見たかぎりでは、ゴミのあいだに誰かが隠れている様子はなかった。

カメラつき携帯で何枚か写真を撮ってから、出口へ向かった。フェンスのへりをまわって道路に出ようとしたとき、崩れかけた納屋からクウンというかすかな声が聞こえた。雑草と瓦礫をかきわけて進み、納屋の壁板を押しひらいた。もう一匹、ロットワイラー犬が倒れていた。わたしに気づくと、短いしっぽを弱々しくふった。

わたしはゆっくり身をかがめた。用心深く犬の身体に手を触れても、攻撃してくる様子はなかった。メス犬で、哀れなほど痩せこけているが、見たかぎりでは、怪我はしていないようだ。古いロープやフェンスのワイヤが全身にからみついていた。これはわたしの推測だが、オス犬が殺されたときに納屋へ逃げこみ、パニックのあまり、自分から即製のネットに縛られることになったのだろう。犬の胸と肢にからみついたワイヤを少しずつはずしてやった。

わたしがうしろに下がってしゃがみ、片手を出すと、犬はついてこようとして立ちあがったが、二、三歩進んだところでふたたび倒れてしまった。車に戻ってペットボトルの水とロープをとってきた。犬の頭に水を少しかけてから、手をお椀の形にして水を飲ませてやり、犬の首にロープをつけた。水分補給をした犬は、わたしにひっぱられるまま、のろのろとフェンスに沿って歩き、道路へ向かった。陽ざしのもとに出ると、ワイヤが食いこんで皮膚が切れているのが見えたが、それ以外にも、汚れた黒い被毛のあいだから鞭の跡がのぞいていた。どこかの屑野郎が犬を折檻したのだ。それも一度ならず。

わたしの車まで行ったとき、犬は乗るのを拒んだ。抱きあげようとすると、道路ぎわの雑草のなかで弱った肢を踏んばり、わたしに向かってうなりながら、ロープを思いきりひっぱって道路に出ようとした。わたしはロープを放して、砂利道をよろよろと渡る犬を見守った。犬はトウモロコシ畑に入って、茎のあいだを嗅ぎまわり、ついに何かを捜しあてた。畑の奥へ向かったが、衰弱がひどいため、何度も転倒した。

「ここでじっとしてて。捜しものを見つけるのはわたしにまかせてくれない？」わたしは犬に言った。

犬は疑わしげにわたしを見た。畑のなかを迷わず進むのは都会の女には無理だと思っているらしい。だが、自力ではもう一歩も進めないようだった。トウモロコシの茎にロープで犬をくくりつけておくわけにもいかない。トウモロコシを倒してしまうだろう。仕方がないので、〝待て〟と命じた。犬は訓練を受けたことがあるのか、それとも、衰弱がひどくて動けなくなったのか、その場に倒れこみ、畑に入っていくわたしを見送った。

トウモロコシの茎はわたしの背より高かったが、茶色く干からびていて、陽ざしを防ぐ役にはまったく立たなかった。虫が周囲を飛びかい、わたしの肌を刺した。わたしが近づく気配に、プレーリードッグやヘビがこそこそと逃げていった。

トウモロコシは一ヤードほどの間隔で植えてあり、どちらを向いても列の区別がつかなかった。これではすぐ迷子になってしまう。だが、折れた茎の跡をたどっていくと、カラスが旋回している場所にたどり着くことができた。

トウモロコシを下敷きにして倒れている死体が見つかった。まるでスノーエンジェルごっこをしている子供のようだった。死体の肩と手にカラスが群がっていて、獰猛な叫びとともにわたしに向かってきた。

2　疲れてへとへと

「あなたの友達はいなかったけど、コミューン仲間の一人が見つかったわ。いえ、サウス・サイド流の呼び方をするなら、ドラッグの密売人ね」わたしはロティ・ハーシェルの自宅の居間にいて、バルセロナ・チェアにもたれ、ロティが渡してくれたグラスのなかでブランディの色が変化するのを見つめていた。

「ああ、ヴィク、そんな……」ロティの顔が苦悩にゆがんだ。「あの子が生き方を変えてくれるよう願ってたのよ――変えてくれると思ってた――そう信じたかった」

時刻は夜の九時すぎ、ロティもわたしに劣らず疲れていたが、話をするのを明日の朝まで延ばす気はどちらにもなかった。

わたしはあの畑で、懐中電灯とねじまわしを投げつけて、死体に群がっていたカラスを追い払った。大きな黒い輪を描いてカラスの群れが飛び立った隙に、死体に目をやり、女性ではなく男性であることを確認した。そのあと、枯れたトウモロコシのあいだを大急ぎでひきかえした。道路ぎわまで行ってから保安官に電話をかけた。

犬はわたしがいくら懇願しても、命令しても、トウモロコシ畑の入口での監視をやめようとしなかった。保安官の到着を待つあいだ、犬の頭にさらに水をかけ、飲ませてやった。犬はわたしの腕をなめようとしたが、かわりにうとうとしはじめ、パトカーが二台近づいてきたところでビクッと顔を上げた。保安官助手二名――若い男性と年上の女性――が折れたトウモロコシの茎をたどって死体のほうへ行った。三人目は保安官事務所へ電話をして指示を仰いだ。わたしが町まで行って保安官に事情を説明することになった。

「わ、やだ、カラスを追い払わなきゃ」畑に入った保安官助手の片方の声だった。カラスの群れを遠ざけようとして、トウモロコシの茎をガサガサ叩く音が聞こえてきたが、二人はついに銃を何発かぶっぱなした。カラスがふたたび飛び立った。

わたしは三人目の保安官助手に、犬を抱えて車に乗せるのを手伝ってほしいと頼んだ。

「犬の傷跡が畑で死んでる男につけられたものだとしても、男があそこで倒れてるかぎり、犬はこの場を離れようとしないから」

近づいてきた保安官助手に、犬は牙をむいてうなった。

保安官助手はあとずさった。「さっさと撃ったほうがいい。ずいぶん衰弱してるし、おまけに獰猛だ」

わたしはホームグラウンドから百マイルも離れている。この土地にはこの土地だけの法律があり、逆らえば、わたしの人生が悲惨なことになりかねない。癇癪を起こすのは禁物だ。

「そのとおりかもしれない。でもね、有罪と立証されるまでは無罪なのよ。後肢を持ってくれたら、わたしが首のほうを抱えるわ。そうすれば、あなたが咬まれる心配はないでしょ」

犬は抵抗したが、弱々しかった。マスタングのうしろのシートに二人がかりで犬を押しこんだとき、あとの二人が小走りでよろよろと畑から出てきた。日焼けした肌が青ざめた土気色に変わっていた。

「遺体の一部だけでも無事に残ってるうちに、搬送用の車を用意しなきゃ。解剖医のために」女性が言った。重苦しい声だった。「グレン、電話で車を頼んで。わたし――」女性はこちらに背中を向けると、道路ぎわの溝に吐いた。パートナーのほうはかろうじてパトカーまで戻り、それから嘔吐した。

三人目の保安官助手がふたたび保安官事務所に電話を入れた。「こちら、ダヴィラッツ。死体発見……身元不明。幸い、自分は遺体を見ずにすみましたが、ジェニーの話だと、カラスどもがかなりの部分を夕食にしてるそうで」

電話の向こうの誰かから、畑の入口で見張りに立つようジェニーに指示があった。わたしはダヴィラッツのパトカーに先導されて郡庁所在地まで出向いた。意外にも、そして、ありがたいことに、コッセル保安官はわたしの時間を無駄に奪うような人ではなかった。わたしを事務所に残して、とりあえずダヴィラッツの車でトウモロコシ畑まで出かけていった。遺体を見てから戻ってくると、わたしの身元を証明するものを要求した。

「ウォーショースキー？　自動車部品の販売をやってる一族の？」

「いいえ」わたしは答えた。探偵仕事の日々のなかでこの質問を受けたのは、たぶん五万回目ぐらいだろう。「あちらは綴りが〝y〟で終わるの。わたしはイディッシュ語で小説を書いてるI・V・ウォーショースキーの血縁者よ」なぜこんなことを言い添えたのか、自分でもわからない。だって、嘘だもの。

コッセルはぶつぶつ言い、なんの用でこちらにきたのかと尋ねた。わたしは身元を保証してくれそうなシカゴ警察の人間の名前をいくつか挙げた。

「こちらにきたのは、ジュディ・バインダーという女性を捜すためだったの」保安官がシカゴ警察に連絡を入れ、わたしの評判を聞いたあとで、わたしは説明した(意見を求められた一人が「正直者だが、癪にさわる女だ」と答えるのが聞こえてきた)。「ドラッグハウスで暮らしてるなんて知らなかったけど、家のなかを調べてみても、彼女のいた形跡はなかった。あそこに住んでたのは、殺されたあの男だけだったの?」

コッセルはぼやいた。「住人の顔ぶれがよく変わるし、こっちも全員の名前をつかんでるわけではない。踏みこむたびに、違うやつがいるんだ。あの土地で農業をやってた老夫婦が亡くなったあと、空き家になってたんだが、そのうち孫息子の一人が戻ってきて、友達やその女どもまで同居するようになった。ヤクの密造をやってる部屋を三回叩きつぶしてやったが、ご存じのとおり、器具を買って再開するのはむずかしくないからな。その女、ジュディっていったっけ? 一度もパクってないなあ。あそこには電話がない。あ、固定電話のことだ。助けを求めたとすると、携帯か公衆電話を使ったんだろう。悪党どもが仲間割れをして、女は命からがら逃げだしたってとこじゃないかね」

「家のなかがめちゃめちゃ荒らされてたわ」

「ハイ状態のときに自分たちでやったのかもしれん。いちばん近い隣人は南へ半マイル行ったところに住んでるが、しょっちゅう銃声が聞こえると言っている。一度など、バカ連中がエーテルの排気を忘れて、窓を何枚か吹き飛ばしたこともあった。はるか遠くのポールフリーまで爆発音が届いたほどだが、調べに出向いても、あの連中、われわれを家に入れようとしなかった。ドラッグだの、銃だの、犬だのと物騒だから、郡の人間はみんな近づかんようにしてる。連中を逮捕できたのは、高校のそばでクスリを売りはじめたときだけだった。あんたがそのジュディって女を捜してるのは、なんでだったっけ？」

保安官がこの質問をするのは三回目だった。脈絡もなくいきなり質問すれば違う答えが返ってこないかを試すためだ。

「ある人の留守電に、誰かに殺されるというジュディのメッセージが入ってたの。で、その人からわたしのところに、彼女を見つけてほしいという電話がかかってきた。手に入った情報はこちらの住所だけだったの」

最初の二回のときもまったく同じ説明をしたのだが、それでも、わたしは忍耐強くくりかえした。いくらシカゴ警察の多数の警官がこちらの人柄を保証してくれたところで、ドラッグハウスに入りこんだよそ者としては、質問にきちんと答えなくてはならない。

「その留守電は誰のものだ？」

「調べて折り返し連絡します」

「あんたは未知の誰かのために、あんたの話によると一度も会ったことのない誰かを見つけようとして、はるばるこんな遠くまでやってきたわけか」コッセルはわたしをじっと見守った。わたしは信頼のおける正直で清純な表情を作ろうとした。「だが、あんたの氏名と住所はわかったし、インターネットの情報とも一致するから、シカゴに戻ってくれてかまわん。用があればこっちから電話する。どこかよそのトウモロコシ畑でカラスの群れが舞ってるのを見ても、車を止めずに走りつづけるんだ。わかったな?」わたしは立ちあがった。「あなたの年金この言葉を〝用はすんだ〟という意味にとって、わたしは立ちあがった。「あなたの年金を賭けてくれても大丈夫よ、保安官」

緊張と脱水症状のため、わたしの頭は朦朧としていた。保安官事務所の水飲み器からペットボトルに水を補充して、女性用の洗面所で頭から水をかけ、孤児になった犬を連れてシカゴへの帰途についた。

ポールフリー郡区はシカゴ市の南百マイルのところにある。犬を救出し、死体を見つけ、保安官から説明を求められたせいで、夕方のラッシュが最高潮の時間帯にダン・ライアン高速道路を走ることになったが、少しも気にならなかった。何千台もの車と何百万もの人間に囲まれていると安心できた。汚染された大気でさえ、田舎で出合ったすさまじい悪臭のあとでは清浄に感じられた。

ノース・サイドにある救急動物クリニックへ直行した。車を走らせているあいだ、ロットワイラー犬は静かに横たわったままだったので、死んでしまったのではないかと不安だったが、クリニックに着いて犬を抱きあげ、車から出したとき、心臓が不規則に打っているのが感じられた。歩道におろしてやったが、衰弱がひどいため、抱いてクリニックに入らなくてはならなかったが、カウンターに寝かせてやると、犬は乾いた舌を出してわたしを一度だけなめた。

受付のスタッフに犬を見つけた経緯を話し、年齢も気性も避妊手術を受けているかどうかもわからないが、治療費は法外な額でなければ払うと告げた。三十分ほど待つと、手術着姿の若い女性がわたしと話をするため、診察室に入ってきた。

「いまのところ、最大の問題は、とりあえず表面的に見たかぎりでは栄養不足ですが、過去にひどい殴打を受けているため、内臓損傷の可能性もあります。また、ドラッグハウスで飼われていた犬なので、おそらく人を攻撃する訓練を受けているでしょうから、体力が回復したとき、獰猛すぎて飼うのが危険になるかもしれません。充分な点滴と給餌によって検査に耐えうる状態になったら、精密検査をおこなうことにします。助かる見込みがあれば、避妊手術もしなくては」

「ええ、当然ですね」

獣医はつけくわえた。「あなたが犬を見つけたのは州の南部のほうだったけど、こちらでも、犬がしじゅう運びこまれてきます。闘争心がなかったせいで、あるいは、喧嘩に負けたせいでぶちのめされたり、面白半分に殴られたりした犬が。この子のために、病院としても最善を尽くすつもりです。ただ、救出されたすべての犬が助かるわけではないことだけ、頭に入れておいてください」

わたしは身をかがめて犬の鼻にキスをしたが、向きを変えて出ていこうとすると、獣医から、ダニとノミがどっさりたかっているだろうから、早くシャワーを浴び、髪をシャンプーし、服は洗濯物のバスケットに入れずにすぐ洗うようにと言われた。

わたしが知人から病原菌恐怖症と評されたことはこれまで一度もなかったが、ダニとノミにたかられれば、家事にずぼらな者でさえ、強迫観念にとらわれたマクベス夫人に変身する。洗車場に寄って、タオル類とTシャツをすべて捨て、内部を清掃してもらった。家に帰ってから、洗濯機に漂白剤を加えて衣類を洗い、自分の身体のほうも、日に焼けた腕が慈悲を乞うまでごしごしこすった。

車で家に帰るあいだに、ロティから何度か電話があった。わたしは洗車場から電話をして、できるだけ早くそちらへ行くと約束した。エレベーターをおりるとロティが待っていた。不安に顔をこわばらせてはいたものの、話をする前にまず、体力を回復するためにレンズ豆のスープを飲むよう、わたしに強引に勧めた。

わたしがスープ皿を下に置いたとたん、ロティは言った。「ロンダ・コルトレーンから、彼女があなたに助けを求めた理由を聞いたわ。ただ、彼女とようやく話ができたのは、もちろん、わたしが今日の手術をすべて終えてからだったけど」

ロンダ・コルトレーンというのは、ロティの診療所の事務を担当している女性である。一日の診療の準備を整えるため、彼女がけさの七時半に出勤したとき、誰かから半狂乱の留守電メッセージが入っているのに気づいた。メッセージを残した人物は〝ジュディ〟としか名乗らなかった。そこからわたしの一日が始まったというわけだ。ミズ・コルトレーンが電話でわたしを叩き起こし、診療所にきてほしいと懇願した。ロティは子宮脱の患者のむずかしい手術の最中なので、邪魔するわけにいかないらしい。

デイメン・アヴェニューに面したロティの診療所に駆けつけたわたしは、留守電の怯えた叫びを何度か再生して、ようやく、早口のメッセージの内容を理解した。「ロティ先生、わたし、ジュディよ。やつらが追ってくる。殺される。助けて！　ねえ、どこにいるの？　どこなのよ？」

夜明け前にロティに電話してくるようなジュディという人物に、わたしは心当たりがなかったが、ミズ・コルトレーンは知っていた。ふだんの彼女はとても慎み深い人なのに、誰がかけてきたのかを知ったとたん、吐き捨てるように言った。「ちっとも驚きませんよ。この女がドクター・ハーシェルに電話してくるのは、誰かに叩きのめされたときか、性感染症にかかったときだけ。先生がなぜいつもこの女を助けようとするのか、わたしにはわかりません。ただ、過去に何かつながりがあったみたい。こんなことお願いするのは恐縮ですけど、この女を見つけてもらえないでしょうか」

ミズ・コルトレーンはロティが持っている個人的なファイルを調べて、州の南部の住所を見つけだした。だが、わたしのデータベースのどれを使っても、電話番号はおろか、写真すら見つからなかった。結局、ほかに方法がなくて、わたしがそちらへ出向くことになった。

ジュディが暮らしていたいわゆる〝コミューン〟の言語に絶する乱雑さをロティに話したあとで、わたしは言った。「ポールフリーの保安官があなたの名前を知りたがってるわ。それから、ジュディ・バインダーとどういう関係なのかも。わたし、今日はあなたのプライバシーを守ったけど、永遠に守りとおすことはできないわ。ジュディというのが何者で、あなたがなぜそこまで気にかけるのか、教えてもらえると助かる」

「ポールフリーまで車を走らせるよう、わたしから頼んだわけじゃないのよ。そのときわたしが診療所にいれば、あなたを煩わせずにすんだのに」

「ロティ、言うだけ無駄よ。もしあなたが診療所にいたら、わたしに電話してきて、発信元を調べてほしいと頼んだに決まってる。ついでに言っておくと、わたしには法的権限がないから無理。ジュディがどこから電話してきたかを知りたければ、ミズ・コルトレーンに頼んで電話会社をせっついてちょうだい。さてと、あなたはつぎにきっと、こう言ったでしょうね。〝ヴィクトリア、厚かましいのは重々承知だけど、様子を見にいってもらえないかしら〟って」

ロティはいやな顔をした。「ええ、たぶん。あなたが銃弾をぶちこまれるたびに駆けこんできて、〝厚かましいのは重々承知だけど、保険に入ってないから治療費が払えないのよ〟って言うのと同じことだわ」

わたしはバルセロナ・チェアの上で居ずまいを正し、ロティをじっと見た。「ジュディ・バインダーに関する質問を避けたくて、わざと喧嘩を吹っかけるつもりね。わたし、疲れて喧嘩する元気もないわ。ジュディが何者かを話してくれるまで帰らないわよ。ロンダ・コルトレーンの話だと、あなたはその女性をいつも助けようとするそうね。あなたと知りあって三十年になるけど、ジュディって名前は一度も聞いたことがないわ」

「わたしの知りあいには、あなたが名前を聞いたこともない人だってたくさんいるわ」ロティはそう言って、ゆがんだ笑みを浮かべた。自分が不機嫌だったことを認めたのだ。コーヒーカップを置くと、ミシガン湖を見渡せる大きなガラス窓まで歩いた。暗い湖面を長いあいだ見つめ、それからようやく、話に戻った。

「ジュディの母親とわたしはウィーンで一緒に大きくなった。それが問題なの」ロティはこちらに背中を向けたままで言った。わたしは話を聞きとるために耳をそばだてなくてはならなかった。

「いろいろ事情があってね。ケーテ、それが母親の当時の名前。ケーテ・ザギノール。ケーテの娘のジュディがわずか十五歳のときに家出して、ろくでもない男たちとつきあいはじめ、十六歳で初めての中絶が必要になり——二回目は二十二歳のときだった——特別に注意を向ける必要が出てきたときに、わたし、思ったの——何を思ったのか、言葉では表現できないけど。

子供のころのジュディにはそれほど会ってないのに、どうしてあの子に責任を、さらには愛情を感じたりするのか、自分でもわからなかった。でも、たしかにその両方を感じてた。母親失格のケーテをいい気味だと思う気持ちもあったわ。わたしにわかっているのは、自分の信念とふだんの行動パターンに逆らって、いつもジュディに助けの手を差しのべてきたということだけ」

ロティはふりむいてわたしを見た。「アップタウンのほうで診療をやってると、何かに中毒してそこから抜けだせなくなった患者を数多く目にするものよ。救われるためには、本人が救済を願わなくてはいけないけど、正直なところ、ジュディにそういう様子はまったくなかった。わたしの意志の力をもってすれば、ジュディの心に救済願望が芽生えるだろうと思ったけど、どうしてそんなふうに思ったのか、自分でも理解できない」

「あなたの幼なじみの娘さんだったのね」なんとなく納得できた。「それなら——」

「あの母親のことは好きじゃないわ」ロティはとがった声でわたしの言葉をさえぎった。「ケーテ・ザギノールはいつだって、めそめそした神経質な子だった。うちの祖母がわたしをケーテと遊ばせようとするのが、わたしはいやでたまらなかった。レンガッセにあったフラットに、ケーテの——あ、キティのことよ。イギリスに渡ったあとで名前を変えたの——ケーテのお祖母さんが彼女を連れてくると、わたしはずいぶん意地悪をしたものだった。オーストリアがナチスドイツに併合されたあと、うちの一家はフラットを追いだされてしまい、それからが惨めだったわ。だって、レオポルドシュタットの窮屈なフラットで、隣人どうしとして暮らすことになったんですもの。ケーテはよくあちらのお祖母さんに告げ口をして——いえ、もういいの！」

ロティは片手をさっと上げた。髪にからんだクモの巣を払うようなしぐさだった。

「わたしったらどうして、昔のつまらない恨みや傷をいつまでも根に持つのかしらね。でも、戦争が始まる前の春、父親がヒューゴーとわたしのほかにケーテまでもロンドン行きの列車に乗せたときは、ケーテが旅に不運をもたらすような気がして、怖くてたまらなかった。ケーテが泣いて文句ばかり言ってたら、三人ともドイツの警備兵に列車から放りだされるんじゃないか、いえ、イギリスの人だってケーテに腹を立てて、ヒューゴーとわたしまでケーテと一緒にウィーンに送りかえされるんじゃないかと思って、すごく心配だった。ロンドンに到着して、ケーテがバーミンガムへ送られたときは、ホッとしたわ。

戦中戦後の混乱のなかで、わたしはケーテのことを忘れてしまった。やがて、ある日突然、ケーテがシカゴに現われた。わたしがノースウェスタン大学で産科の実習をしていたころだったわ。キティという名前に変わっていた。どうしてそれを忘れてたのかしら。わたしだって、自分の名前の綴りを英国風に変えたのに」

「キティはあなたを捜してシカゴにきたの？」

「いいえ——彼女なりの複雑な事情があったの。わたしは聞き飽きてしまったけど。彼女はすでに結婚していた。終戦後、オーストリアに戻って英国軍の通訳になり、アメリカのGIと結婚したの。夫と二人でシカゴにきたのは、実の母親がこちらにいると思ったからだって、ケー——いえ、キティが言っていた。わたし、キティの話を聞くのが耐えられなかったわ。彼女に不当な仕打ちをした人のこと、彼女に嘘をついた人のこと、母親の消息を知った経緯、母親に会えなかったこと、母親がキティに会わずにシカゴを去ったこと、死んでしまったこと。わたしたちみんなが弔うべき死者を持ち、築くべき人生を抱えていたけど、わたしの手を握ってくれる人は誰もいなかったから、わたしも彼女の手なんか握りたくなかった！」

わたしはじっとしていた。いまここでロティに近づいても、やはりクモの巣みたいに払いのけられるだけだろう。

ようやく、ロティが椅子に戻った。「レンのことは、いい人だと思ったわ。レナード・バインダー。キティの夫よ。ジュディはその一人娘。レンは一年半ほど前に亡くなり、わたしがジュディに会ったのはそのお葬式のときが最後だった。州の南部にあるコミューンで暮らしている、人生をやりなおすつもりだって、ジュディが言うから、クスリでハイになってるのは間違いないと思ったけど、それでも、わたしはあの子を信じることにしたの」

そこで、わたしはロティのそばまで行き、椅子の横に膝を突いて彼女に腕をまわした。ロティの息遣いが徐々に正常に戻った。ロティは不意にすわりなおして言った。「向こうの保安官はジュディの姿を一度も見たことがないって、あなた、さっき言わなかった？　ジュディはそのドラッグハウスと結局無関係だったんじゃない？」

わたしはバッグを置いておいたカウチまで行き、ポールフリーの荒れはてた家で見つけた二枚の写真をとりだした。母親と赤ちゃんが写っているほうをロティに渡した。

ロティはそれにちらっと目を向けた。「ああ、これね。ジュディと、中絶せずに生まれてきた、ただ一人の赤ちゃん。かわいそうな子で、一歳ぐらいのとき、レンとケーテに預けられたの」

わたしはあらためて、色褪せた写真を見た。ジュディ・バインダーの表情ははっきりしないが、困惑しているように見えた。いままで夢を見ていて、目がさめたら知らない場所にいたというような表情。赤ちゃんを両親に預けたが、この写真は大切にとってあった。きっと何か意味があるはずだ。

ドラッグハウスにあった、三脚台にのっている金属製の卵の写真も、ロティに見せた。

「これ、何かわかる？」

「子供が想像する宇宙船みたいな感じね。でも、この人たち――」ロティはしかめっ面で写真にじっと目を向けた。「どこかで見たような気がする。いえ――よくわからないわ。服装のせいかもしれない。こういう服を見ると、子供時代を思いだすの」

わたしは写真を返してもらって、バッグのなかのフォルダーに入れた。マントルピースの時計が十一時を打って、ロティとわたしの両方を驚かせた。長い一日だった。早くベッドに入りたくてたまらなかった。わたしをエレベーターまで送る途中で、ロティはわたしの骨折りの数々に対して、あらたまった態度で礼を言った。

エレベーターがやってくると、わたしの腕を握りしめ、自嘲気味の笑みを浮かべて言った。

「ヴィクトリア、厚かましいのは重々承知だけど、ケーテに――キティに――会いに行って、彼女が何か知らないか探ってくれない？」

3 家族の肖像

キティ・バインダーの住まいはシカゴの北西端に位置するスコーキーにあり、黄褐色のレンガ造りの家だった。近所の家はほとんどが小さな前庭を持ち、きれいに手入れされた芝生のまわりにマリゴールドやバラが植えてあった。バインダーの家は伸び放題の芝生がところどころにあり、乾ききった地面の上でタンポポに闘いを挑んでいた。窓枠はペンキがはがれていた。軒下はリスにあちこちかじられて穴があいていた。原因は、不況、老齢、困窮、もしくは、そのすべて。わたしは気力をふるいおこすために息を吸い、玄関の呼鈴を押した。

正面の窓のブラインドを誰かが二本の指で用心深く分けた。しばらくすると、錠のタンブラーがカチッと鳴り、デッドボルトのはずれる音が聞こえた。玄関ドアが頑丈な防犯チェーンの幅だけひらいた。隙間の向こうに、おぼろな顔がかろうじて見えた。

「ミズ・バインダー？　V・I・ウォーショースキーです。けさ、電話で話をさせてもらった者です」

あの電話には苦労させられた。最初、キティ・バインダーは娘のことなどどうでもいい、どこにいるのか見当もつかないと言い、さらに、シャルロッテ・ハーシェルがよけいなことに首を突っこむのをなぜ許しているのかと、わたしに食ってかかった。

わたしがロティの留守電に入っていたジュディの怯えたメッセージのことを話すと、ミズ・バインダーはよけい不機嫌になり、つぎのように言った――この何年ものあいだ、ジュディが面倒な電話をかけるたびに、五セントずつ貯金しておけばよかった。アイザック・スターンがストラディヴァリウスで名演奏をするみたいに、ジュディはロティの同情心に訴えかけるんだ。わたしがあの子のむだ話に耳を貸さないのがわかってるから、かわりに、ロティに泣きつくんだ。

「けど、シャルロッテもだまされやすい人間ではない。自分の診療所でヤク中をずいぶん見てきている。あの子がどんな状態か、はっきりわかってるはずだ。ただ、聖女みたいなふるまいをして、うちの娘の目にわたしが悪者に映るように仕向けたいだけなんだ」

わたしは電話口ですくみあがった。なるほど、ロティとキティはいつまでたっても親友にはなれそうもない。何十年分もの不平不満なんて、どちらの側からも聞きたくなかったので、キティの言葉をさえぎった。

「きのう、ポールフリーのほうへ行ってきました。おたくの娘さんが暮らしていた家を訪ねたんです。娘さんは見つからなかったけど、家のなかが荒らされてて、申しあげにくいことですが、そこに住んでいた男性の他殺死体が発見されました。娘さんはもしかしたら――」

「男の死体?」今度はキティがわたしの言葉をさえぎった。恐怖で声がうわずっていた。

「誰だったの?」

「わかりません。身元を示すものが見つからなかったので」カラスの群れが急降下してきて、ご馳走から離れるよう、鉤爪とカーカー鳴く声でわたしを威嚇したため、身元を示すものを探すのはあきらめたのだが、それは黙っておくことにした。

「正午にきてちょうだい」そう言って、キティは電話を切った。

というわけで、依頼人のアポイントを二つばかりずらしてもらい、ようやく正午にここにやってきた。ところが、キティ・バインダーはわたしを招き入れるかわりに、V・I・ウォーショースキーである証拠を見せるよう求めてきた。わたしは口答えをせずに、運転免許証、銃の携帯許可証、探偵許可証など、さまざまな証拠を提示した。

キティはようやく防犯チェーンをはずした。わたしがなかに入ったとたん、デッドボルトをすべてかけなおした。窓を閉めきっているせいで、家のなかには悪臭がこもり、キティ・バインダーがつけている白粉の匂いがそこに重なっていた。玄関ホールを照らしているのは、ドアの上の汚れた採光窓から入ってくる光だけ。そのため、キティの姿はおぼろにしか見えなかったが、背が低くて、白い髪を短くカットしていることはわかった。暑い日なのに、厚手のカーディガンをはおっていた。

キティはわたしを奥へ通すかわりに、驚いたことに、誰かに尾行されなかったかと訊いてきた。

「気づいたかぎりではべつに。どんな尾行がつくと思われたんです？」

「あんたがほんとに探偵なら、尾行に目を光らせるはずだ」

「あなたが本当にキティ・バインダーなら、娘さんのことが知りたいはずですけど。探偵仕事のコツを伝授しようとするのではなく」

「わたしがキティ・バインダーに決まってるだろ！」彼女の表情はよく見えなかったが、声には怒りがこもっていた。「プライバシーの侵害だ。勝手にうちに入ってきて、図々しい質問をしたりして。プロの探偵なら、探偵らしくふるまってもらいたいね」

いまの時代、アメリカじゅうの人間が犯罪ドラマを見すぎている。陪審は平凡な犯罪にも金のかかる法医学検査を期待する。依頼人はCIAの人間みたいな態度でこちらに事件を調査させようとする。もっとも、キティ・バインダーはまだ依頼人ではないが。

「麻薬取締局のことが心配なんですか」わたしは訊いた。「そちらがおたくの娘さんを捜しているなら、家のなかにすでに盗聴器が仕掛けられているはずです。わたしみたいな人間を尾行する手間を省くために」

キティの目が警戒で大きくなったように見えた。「うちの電話が盗聴されてるって言うの?」

「いえ、そうじゃなくて」なんだか、きのうのトウモロコシ畑ぐらいの広さがある会話の迷路に入りこんでしまったような気分だった。「わたしがきのう発見した男性の他殺死体のことで話をしようと言っているだけです。誰なのか、心当たりはありません?」

「見つけたのはあんただろ。教えてほしいね」

「あの家で娘さんと暮らしていた男か、もしくは、侵入者の一人か。でも、あなたはそれが誰かを知っている。もしくは、知っていると思っている。だって、こちらが男の話をしたあとで、わたしに会うことを承知したんですもの」

「シャルロッテがわたしをスパイするために、あんたをよこしたんだね」キティの声は震えていた。何か恐れていることがあり、それをごまかすために怒りをぶつけようとしているかに見えた。

「ねえ、すわりません？　誰かがあなたを困らせているか、尾行しているか、脅すかしているのなら、わたしが力になれると思います」

「あんたがシャルロッテ・ハーシェルの友達なら、あの女のとこへ戻って、わたしが何を言ったか報告する気だろ。二人でわたしをバカにして笑えばいいんだ」

「いいえ、内密の話だとおっしゃるなら、秘密を守ることを約束します」

ゆうべロティが最後のほうで言ったことが、わたしの頭に浮かんだ。中絶せずに生まれてきた赤ちゃんを、ジュディは両親に預けたという。もしかして、その赤ちゃんというのがトウモロコシ畑で見つかった男性？　孫息子はいま何歳ぐらいだろう？

キティはわたしに話すべきかどうか決心がつかず、唇を噛んでいた。わたしは彼女の横を通って家の奥へ進み、居間のドアのところで足を止めた。ブラインドがきっちり閉めてあるため、目に入るのは、椅子とカウチのぼんやりした形とテレビ画面の光だけだった。埃の臭いがした。

「いちばんくつろげるのはどこでしょう、ミズ・バインダー。この部屋？　それとも、台所のほうがいいかしら」

キティはわたしを押しのけるようにして居間に入った。気の毒に。台所のほうが気楽だろうに。テーブルのスタンドをつけてから、肘掛けと背の部分にレースのドイリーがかかっているアームチェアのほうを示した。あとの家具もほとんどレースに覆われていて、サイドテーブルもそのひとつだった。そこに写真がいくつも飾ってある。額に入った堅苦しい感じの写真もあったが、大部分は古いスナップ写真だった。室内は家具が多いわりに片づいているが、テーブルにもテレビにも埃がたまっていた。

「これ、手作りですか」わたしは椅子の肘掛けを覆ったレースを指さした。

「ああ、そうだよ。わたしはシャルロッテ・ハーシェルのような甘やかされたお嬢さまじゃなかったからね。家で家事をやらされてた。五歳にもならないうちに、祖母から編物とレース作りをみっちり仕込まれた。忘れないものだね。小さいときに教わった技術というのは。うちの母親でさえ――」

キティは途中で黙りこんだ。歯で糸を嚙み切ったような感じだった。あとに何か続くのではないかと思って、わたしは待った。

「娘さんと最後に会われたのはいつでした？」待ちくたびれて、こちらから訊いた。

キティの唇がこわばった。「父親の葬式にやってきた。黒の喪服に大きな帽子であらわれて、泣き崩れてた。まるでレンを昼も夜も介護してたみたいに。そりゃね、レンはいつもあの子を可愛がってたよ。あんなに可愛がってもらったんだから、レンの病気を知ったあと、もっと顔を出してくれてもよかったのに。いや、ひょっとしたら、きてたのかもしれないね。仕事場のほうへ行ってたのかも。レンが黙ってただけで。あの子に小遣いをやるのをわたしがいやがってたのは、レンも知ってたからね。わたしが死んだって、ジュディは涙一滴こぼさないだろうよ」

じゃ、娘さんが死んだら、あなたは涙をこぼすかしら――わたしは思った。

「お孫さんと話をさせてもらえません？　ひょっとして、お孫さんなら――」

「マーティンには近づかないで」キティの声がとげとげしくなった。

「お孫さん、おいくつですか」わたしは何も聞こえなかったかのように尋ねた。

「母親がとんでもない毒親だったことがわかる年齢にはなってる」

わたしは立ちあがり、額に入った写真を見に行った。若き日のキティがディオールのニュールックふうのスーツに身を包み、ブーケを手にして、真剣な顔でカメラを見ている。となりに立つ男性は合衆国陸軍の軍服姿で、胸に勲章の略綬を着け、黒髪をオールバックにして、誇らしげに微笑している。二人は戦後のウィーンで出会ったと、ロティが言っていた。軍服からすると、結婚したのもたぶんウィーンだったのだろう。多くの女性が、ウェディングドレスではなく、よそ行きのスーツで式を挙げた時代だった。わたしの母もこれと似た装いで結婚したが、父から贈られたあふれんばかりのバラを抱えていた。

べつの写真では、同じ男性が、かなり年をとってはいるがやはり誇らしげな微笑を浮かべて、生真面目な表情の痩せた少年と一緒にシナゴーグの講壇《ビーマ》の横に立っていた。少年はたぶん孫息子で、その成人式《バル・ミツバー》なのだろう。また、ガラス管と巻いたワイヤがごちゃごちゃ置かれたテーブルの向こうに二人が立っている写真もあった。テーブルには〝一等賞〟というリボンがついていた。祖父は同じ誇らしげな微笑、若者となった孫息子は同じ生真面目な表情。写真はあと一枚あって、そこにはティーンエイジャーの少女が三人と、ふっくらした男女が写っていた。全員が古風な水着姿でカメラに向かって笑っている。真ん中にキティがいた。やはり笑顔だ。

「お姉さんや妹さん？」スナップを指し示して、わたしは訊いてみた。

キティは表情をこわばらせたが、わずかにうなずいた。

「ひょっとしたら、娘さんはこの誰かのところへ――」

「ああ！」キティの叫びは苦痛の悲鳴に近かった。「よくもそんな……。どうしてそんな残酷なことが言えるの？」

わたしの胃がよじれた。察するべきだった。ウィーンから逃げてきたユダヤ人。ロティのところと同じく、この人の家族もおそらく殺されたのだろう。

「許してください」わたしはレースに覆われたフットスツールをキティの椅子のそばまで運んだ。そうすれば、こちらの頭のほうがキティの頭より低くなる。「知らなくて……。考えが足りませんでした。娘さんとお孫さんのことを話してください。お孫さんの身を案じてらっしゃるんでしょう？　どんな外見か教えてくだされば、きのう見つかった遺体がお孫さんなのかどうか、お答えできると思います」

「あんたがいま見てるのがその子だよ」キティが膝の上で指をきつくねじり、そのせいで関節が白くなっていた。

「現在、何歳でしょう？」

「五月に二十歳になった」

「わたしがきのう見つけた男性は、たぶんそれより十歳か十五歳ほど上です。もっとも、遺体の損傷がひどかったため、百パーセント確実ではありませんが。お孫さんと最後に会われたのはいつでした？」

キティは顔をしかめただけで、返事をしなかった。きまりが悪そうだった。もしかしたら、マーティンは母親と同じように、ブラインドがおろされて窓が閉ざされたこのカビ臭い家から逃げだしたのかもしれない。

「働いてるんですか。学校へ行ってるんですか」わたしは訊いた。

「イリノイ大学のサークル・キャンパスで夜間クラスに出てるけど、生活費は自分で働いて稼いでる。うちの家族は昔からそうだった」

「ミズ・バインダー、何があったんです？　その仕事が原因で、お孫さんがトラブルに巻きこまれたとか？」

「そんなわけないだろ」キティはカッとなった。「あの子は母親とは違う。環境の影響がどうのなんて説はでたらめだってことを示すいい証拠だ。あの子がここで育って、まっとうに働く若者になったのなら、母親だってそうなれたはずだ。あんな弱い性格でなかったら」

「じゃ、何を心配してらっしゃるんです？」

キティが指をさらにきつくねじった。どうやって痛みに耐えているのか、わたしにはわからなかった。「十日前にいなくなった」キティは小声で答えた。「あの子がいまどこにいるのか、誰にもわからない」

4 マーティンの洞窟

わたしは岩石の表面から黄金を削りとるような調子で、キティから少しずつ話を聞きだしていった。マーティンはノースブルックのほうの会社でコンピュータ技師として働いていたという。イリノイ大学シカゴ・サークル・キャンパスで夜間クラスをとっていたが、勤務先の会社でかなりいい給料をもらっていた。キティに言わせれば、大学の学位など必要ないらしい。

マーティンが会社の話をすることはあまりなかったが、仕事は好きだったようで、残業代が出なくても遅くまで会社にいることが多かった。「会社に便利に使われてるだけだよって、あの子に言って聞かせても、あの子ったら、いっぱい勉強していまに偉くなってみせると言うだけなんだ。とにかく、よくそう言ってた」

やがて、数週間前に、マーティンを動揺させる何かが起きた。以前から自室に一人でこもることの多い子だったが、仕事から帰ると、ずっと閉じこもったきりか、長時間姿を消すかのどちらかになってしまった。残業をやめた。仕事を単なる仕事とみなすようになった。キティはそれがあるべき姿だと思った。というか、マーティンがあれほどふさぎこんだりしなければ、そう思っていただろう。

「何で悩んでいるのか、話してくれました？」

「口数の多い子じゃないからね。わたしもそうだけど」キティは陰気な笑みを浮かべた。「あの子もわたしも話をするのはレンにまかせっきりで、話し上手になる機会がなかったんだろうね。それはともかく、あの子がふさぎこみ、ちゃんと食事をするようにわたしがうるさく言う日が続いて、やがて十日ほど前に、朝がきてあの子はいつものように仕事に出かけていった。ただ、二、三時間したら帰ってきた。しばらく自分の部屋にいて、それから三時ごろまた出ていった」

祖母が彼の姿を見たのも、声を聞いたのも、それが最後だった。

「どこへ行ったんでしょう？」

「何も言わなかった。計算の合わないことがあると言って、そのまま出ていった。わたしは掃除を始めて――」

わたしが思わず埃のたまった居間を見まわすと、キティは黙りこんだ。

「そうだね、部屋をこんなふうにしてたら、うちの祖母にひっぱたかれただろう。だけど、マーティンがいなくなってから、掃除して何になるんだって思うようになった。みんなつぎつぎと家を出てってしまうのに、家のなかをきれいにしといて何になる？」

「わたしのアパートメントのなかをお祖母さんに見られたら、わたし、毎日のようにひっぱたかれそうだわ」わたしは断言した。「〝計算の合わないことがある〟と言ったんですね。銀行へ行ったとか？」

キティは首を横にふった。顔がみじめにゆがんでいた。「わたしにはわからない。調べなきゃいけないことがあるって言っただけだった。いや、見なきゃいけないこと？　どっちだっけ？　真剣に聞いてなかったしね。あの子が帰ってこないとわかるまで、とくに大事なこととも思わなかったし」

「心配になりはじめたのはいつごろでした？」わたしは訊いた。

「その日の晩。いや、翌日だね。女の子でも見つけてどっかに泊まったんだろうと思ってた。ところが、帰ってこないから、キャンプにでも行ったのかと思った。ときどき、簡易テントを持ってスターヴド・ロックやウィスコンシンのほうへ何泊かで出かける子だったから。二年前に仕事を始めてからは一度も休暇をとっていなかった。高校を出てすぐ働きはじめたんだ」

「あなたに黙ってキャンプに出かけたりします？」

「ありうるね。レンが死んだあと、マーティンは自分の予定をわたしに話さなくなってた。けど、何日たっても帰ってこないから、アパートメントでも借りてそっちへ移ったのかもしれないと思った。以前はそれでよく口論したものだった。家で暮らせば貯金もできるし、地下にはあの子だけの小さな住まいがあるのに。たぶん、家を出ることにしたけど、わたしに面と向かって言う勇気がなかったのかもしれない。ただ——電話しても、メールしても、まったく応答がなくてね」

「会社のほうへ問い合わせてみてはどうでしょう？」

キティはセーターの太い縄編み模様を指でねじりはじめた。声をひそめた。「先週、あの子の上司から電話があった。家を出ていく前の日から欠勤してたそうだ。メールにも電話にもやっぱり応答がないと言ってた」

「かなり深刻な状況ですね」わたしは率直に言った。「警察はなんて言ってます？」

「警察には知らせてない。知らせてなんになる？」

わたしはキティに向かってわめきたいのを我慢した。「警察に言えば、お孫さんを捜してくれます。姿を消してすでに十日。電話もかかってこない。そうですよね？　ハガキとかメールは？　きていない？　だったら、警察に頼んで捜してもらわなきゃ」

「やめて！」キティは叫んだ。「あの子のことはそっとしといてよ。それから、警察には電話しないで。警察ときたら、ほんとにたちが悪くて——いや、いい——だけど、うちのことで警察なんか行ったら、あんたを——あんたを訴えてやる！」

わたしは唖然として彼女を見た。年配の白人女性が警察の嫌がらせの対象になったとは思えない。たぶん、ナチが支配するオーストリアで暮らした時代の名残りだろう。あのころは警察が公然とユダヤ人狩りをしたものだ。しかし、キティの荒々しい態度を見て、もっと差し迫った危険を警戒しているのではないかと、ふと思った。

「ミズ・バインダー、誰を恐れてるんです？　娘さんの仲間の一人に脅されたとか？」

「違う！　警察沙汰になるのがいやなんだ。もし連中が——」キティはそこであわてて黙りこんだ。

「もし何なんです？」わたしは鋭く訊いた。

「あんたみたいな人たちは、警察が助けてくれると思ってるが、わたしはそうじゃないことを知ってる。それだけのことさ。わが家では、自分たちの問題は自分たちで解決する。警察は必要ない。シャルロッテ・ハーシェルの偉そうな助けも必要ない。そして、あんたも必要ない！」

孫息子が陥っているかもしれない危険について、わたしは言葉を濁さずに言ってみたが、キティの心を動かすことはできなかった。

「どんな方法で出ていったんでしょう？　車で？」ついに尋ねてみた。車のナンバーがわかれば、州警察に頼んでマーティンを捜してもらえるかもしれないと思ったからだ。

「大学なんて時間とお金の無駄だと、わたしが――わたしたちが――、言ってマーティンが同意したとき、レンがあの子にスバルの中古を買ってやったんだけど、マーティンは乗ろうとしなかった。いまも外に置いたままだ」

どんな方法で出ていったのか、キティは見当もつかないと言った。タクシーを呼んだのなら、音が聞こえたはずだ。バス停まで歩いていったのかもしれない。

「出ていくとき、何を持っていったんでしょう？」わたしは訊いた。

「知らないよ。さっきも言ったように、べつに注意してなかったから」

「お孫さんの部屋をのぞいて、何かなくなっているものがないか確認しました？」

キティはぽかんとわたしを見た。まるで、将来を占うために羊一頭を生贄にするよう提案されたかのようだった。返事がなかったので、わたしは怒りを隠そうとする者が使うやたらと明るい口調で言った。「じゃ、いまからお孫さんの部屋へ行きましょう。キャンプ用品とか、ノートパソコンとか、そういった品が消えていないかどうか、教えてください」

キティはセーターをさらにしばらく指でねじったあとで、ようやく立ちあがり、重い足どりで家の奥へ向かった。わたしはそのあとについて、サイドボードとレースがごちゃごちゃ置かれたダイニングルームを通り抜け、台所に入った。ここがキティの居場所のようだ。テレビがあり、本棚があり、未開封の郵便物が積み重なっている。

キティがドアをあけると、その奥にオープン型の階段があった。わたしの先に立って階段をおり、配電盤の前を通りすぎ、濃い色の板材を張った壁のところまで行った。壁の中央にドアがあった。

「ほとんどわたし一人で造ったんだ」キティは言った。「父親が大工だったからね。これたものがあれば、父親が修理してくれた。娘全員に修理の仕方を教えてくれた。わたしはレンと結婚したとき──出会ったのはウィーンでね、あの人は軍で車両関係の仕事を担当していた──うちの父親と似たタイプだろうと思ったけど、大工ではなかった。機械には強いのに、大工仕事はまるでだめ。結局、そういう仕事は全部わたしがすることになった」さきほどからの愚痴の続きととれないこともなかったが、節くれだった指に目を向けたキティの様子からすると、自分の腕前を誇りに思っているのは明らかだった。

キティは孫息子の部屋のドアを押しひらいた。深みのある声が響きわたった。〝用心せよ、人の子よ、そなたはソブンガルデに入ろうとしている。アルドゥインがそなたの魂をとらえるべく罠を仕掛けておるぞ〟

わたしは飛びすさり、キティに腕をまわして守ろうとしたが、キティは平然としていた。うろたえるわたしを見て、薄笑いさえ浮かべていた。

「マーティンのからくりには慣れっこだから、わたしは気にもしなくなってた。工学技術に強い子でね、マーティン以外の人間がドアをあけると、警告のメッセージが流れることになっている。メッセージはそのときどきで変化する。五通りか六通りプログラムされてる」

じっと目を凝らすと、ドアのフレームに小型スピーカーと小さなカメラのレンズ二個が埋めこまれているのが見えた。ここまで巧みにカムフラージュできるなんて、マーティンはずいぶん頭のいい子に違いない。

部屋に入ったわたしは、このスペースもキティが造ったのだろうかと考えた。キティ自身もかなり頭が切れる。低い天井に梁が渡され、間接照明が三組ついている。一組はパソコンが二台置かれた作りつけのワークステーションを照らし、二組目は日本風の間仕切りの奥にきちんとメーキングされたベッドが置いてあるアルコーブを照らし、三組目は独立した小さなリビングエリアを照らしていた。友達を呼んだときにでも使うのだろう——友達がいるのなら。

床は柔らかな色彩のタイル敷きだった。ドアをあけるとバスルームが見えた。同じ淡い色調のタイルで仕上げてある。洗面台に古びた歯磨きチューブと干からびた石鹼が置いてあったが、シャワーの横の壁を部分的に覆ったツタには、いまもみずみずしい緑の葉が茂っていた。

キティが水やりをしていたのだろうかと思ったが、そのとき、ツタの上に細いホースがセットされ、電子タイマーに接続されているのが見えた。「あなたが工夫したの？　それとも、マーティン？」わたしは訊いた。

キティは中途半端な微笑を浮かべた。「うちの父親から教わった方法のひとつさ。けど、マーティンはそこに電子装置をとりいれた。これがあの子と一緒にやった最後の仕事だ」

ベッドの部屋に戻ってウォークインクロゼットをのぞいてみると、スポーツジャケットが一着だけかかっていた。クロゼットの大部分は、大量のエレクトロニクス機器、捨てずにとってある古いパソコン、木管楽器のバスーン、ステレオのスピーカーなどの保管場所になっていた。マーティンが使っていた地下のスペース全体がひどく簡素で、がらくたがぎっしり詰まった一階のカビ臭い部屋とは大違いだった。

パソコンの上のほうの棚に、細部まで丁寧に製作された長さ一ヤードほどのロケットが二台のっていた。二台のあいだに、十代初めのマーティンのスナップが額に入れて飾ってある。〝優勝〞と書かれた盾を持っている。祖父がとなりに立ち、誇らしげな笑みを浮かべている。ロケットと写真、そして、ベッドの上のほうに貼られた、本の表紙をポスター大にコピーしたものが、寝室の唯一の装飾だった。ポスターに印刷されているのは、著者であるリチャード・ファインマンの笑顔。その目が枕のほうを向くように貼ってある。

「ファインマンはマーティンの憧れの人だった」ポスターを見つめるわたしに気づいて、キティは言った。「あの子はファインマンの著書を残らず読んで、理科系の名門校に進学したいと思うようになった。たとえば、ファインマンが教えてたカリフォルニアの大学とか。そのことでわたしと口論したものだった」

ファインマンの名前はわたしも聞いたことがある。「科学者ですよね?」当てずっぽうで言ってみた。

「物理学者」キティは吐き捨てるように言った。卑しむべきものであり、娘の麻薬中毒と同じく堕落のしるしだと思っているかのように。「ノーベル賞をもらったから、頭のいい人なんだろうけど、それが何になるっての？　ほかのみんなと同じように死んでしまった。ところが、マーティンはそんなふうには考えない。ファインマンの業績が彼に永遠の命を与えたんだ、といつも言ってる」

キティの顎が動いた。写真を見つめつづけた。

「もちろん、ファインマンはマーティンが生まれる前に死んだけど、マーティンは中学のころからファインマンのことを本で読みはじめ、つぎに、著書やら何やら、手に入るかぎりのものを集めるようになった。十二歳のときに初めてやった理科の研究が、スペースシャトルの爆発原因をファインマンがどうやって突き止めたかを示そうとするものだった。

マーティンはロケットを六台こしらえた。そのうち三台に欠陥品のOリングをつけ、残り三台にはまともなのをつけた。テストしてみた。科学フェアで欠陥品のほうが爆発するのを期待したけど、うまくいかなかった。地上の大気はそこまで冷たくないからね。どんなバカだって、それぐらいわかりそうなものなのに。で、マーティンはつぎに、ドライアイスを使って実験しようとした。レンは名案だと言って、ガレージにドライアイスをどっさり運びこんだ。近所に住んでた男の子の一人で、トビー・スキンドって子がロケットを見にきたんだけど、ドライアイスのせいで気絶したものだから、その子の父親から、まるでわたしが殺したみたいな言い方をされたよ」

キティはワークステーションの上のほうに置いてある模型を手で示した。「あれが最後の二台。あきらめるしかないとわかったあとも、マーティンはあの二台だけは残しておいた。

まるで世界の終わりがきたみたいに落胆してた。レンも深刻に受け止めてた。さっさと忘れるよう、わたしは二人に言ったんだけどね。ロケットなんて。ロケットは人を殺す役にしか立たないって言ったのに、二人ともそんなことは気にもしなかった」

かわいそうなマーティン。こんな不毛地帯で育ったなんて。彼が夢中だった世界に祖父がいてくれたのが、せめてもの救いだ。ロケットを爆発させるに足る冷気をガレージに充満させようとするのは、老人にとって、きっとすばらしい冒険に思えたのだろう。だが、家に入れば、キティが待っていて、ガレージを満たしたドライアイスより冷たい辛辣な意見を浴びせてきたことだろう。

わたしはいきなり話題を変えて、マーティンが残していった文書類に目を通したい、ついでにパソコンも見せてほしい、と頼んだ。キティはいい顔をしなかった。最初は、見たってしょうがないと突っぱねたが、「やってみないとわかりません」とわたしが答えると、マーティンのパソコンのそばに椅子を持ってきて監視すると言いだした。

「シャルロッテがあんたを信用してるのはわかるけど、わたしからすれば初対面の人だからね。あんたが何をするのか、見張ってないと」

見知らぬ相手に家に入りこまれて警戒するキティを非難するわけにはいかないが、時間がかかるかもしれないとわたしが警告しても、キティは椅子の端をきつくつかんだだけだった。つまみだされるとでも思ったのだろうか。

じっさいには、時間はまったくかからなかった。パソコンのスイッチを入れてもまったく反応がなかった。わたしは長いあいだ画面をにらんだ。デスクの上のトレイにマーティンの簡単な工具類がのっていた。両方のパソコンの裏面のネジをはずし、あけてみたところ、ハードディスクがとりはずされていた。

〝計算が合わない〟と言っていたのが何のことだったにせよ、マーティンはそれがひどく気になっていて、誰にもファイルを見られたくなかったのだろう。わたしはコンピュータの天才ではないが、マーティンはそうだった。ハードディスクのデータを消去しても、プロならファイルを復旧させられると考えたに違いない。

マーティンのやったことをキティに話すと、ぽかんとした表情が返ってきた。わたしもいい加減いらいらしてきた。キティがわたしと同年代か、もしくは年下なら、「ぼうっとしないで」とか、「しっかりしてよ」とどなりつけただろうが、相手は年寄りだし、悩みを抱えている。わたしがガミガミ言う必要はない。

思いつけるかぎりの方法を使って、マーティンが家を出る前の何週間かのあいだ、ほかにどんなことを言ったかを、キティに思いだしてもらおうとした。最後の日に家を出たとき、ほかに何も言ってませんでした？　友達のこととか、職場の同僚のこととか、夏休みの宿題のこととか。最後の二、三週間、食事のときに何か話が出ませんでした？

いいや、すぐ自分の殻に閉じこもってしまう子だから。少しは話し相手になってくれればいいのに、方程式のことなんか考えて、わたしにいやな思いをさせるのが好きだったんだ。レンが亡くなってから、わたしがどんなに孤独か、マーティンにはわからなかったのかねえ。

わたしはついにあきらめて、デスクの引出しを調べることにした。修道院みたいに簡素なマーティンの居住スペースと同じく、どの引出しもほとんど空っぽだった。高校時代のノートが残してあり、歴史と英語のレポートをプリントアウトしたものがはさんであった。ファインマンの人生と研究について、マーティンは何度も書いていた。レポートは赤インクでびっしり直され、〝パラグラフと論点の組み立て方を学ぶ必要があります〟とか、〝リライトを希望する場合は先生に言ってください〟といったコメントが入っていた。

テスト用紙がはさんであるバインダーもあり、マーティンの解答が小さい丁寧な字で書きこまれていた。遠い昔に受けた微積分の授業のおかげで、いくつかの記号がぼんやりと記憶によみがえった――微分係数、積分、整式。あるテスト用紙には、〝つぎのような解き方をすれば、もっと簡単に答えが出ますよ〟という教師のコメントが添えられ、そのあとに、べつの方程式がいくつかついていた。ほぼすべて百点満点で、〝すばらしい、マーティン。まさに天才的〟と書かれたものが二つあった。

マーティンの部屋では、これらのコメントが、外の世界とのつながりを示す唯一のもののようだった。あるノートには、けわしい山腹の写真がはさんであったが、友達の写真や、キャンプ旅行の記念の品はどこにもなかった。クロスカントリー大会でマーティンのチームが二位か三位に入ったときの入賞リボンが二つ。あとは何もなかった。

社交的な男の子だったら、簡素にしつらえられたこの隠れ家が友人たちの絶好のたまり場になっていただろう。だが、マーティンの場合は、世間から隔絶された部屋が彼の人生の痛々しい孤独を増幅させていたに違いない。

「友人関係はどうだったんでしょう？」わたしはキティに尋ねた。

キティはまたしても指をねじりはじめた。

「友達の多い子ではなかった。勤めてる会社には、夏休みのアルバイトにきてる同年代の金持ちの子がたくさんいた。マーティンはその子たちが苦手だったみたいだ。ハーヴァードとか、そういうとこの学生ばっかりだから、みんな、マーティンをバカにしてたんだね。マーティンはかなり頭にきてた。ところが、その子たちの夏のアルバイトが終わった日の夜、バーベキュー・パーティがあって、どういうわけかマーティンも誘われた。出かけていったけど、早めに帰ってきた。鼻持ちならない連中だったせいかとわたしは思ったけど、あの子がふさぎこむようになったのは、その週末からだった。何をふさぎこんでたか知らないけど」

「バーベキューに参加した子たちの名前をご存じですか。そのなかの誰かに、お孫さんが何か話してるかもしれない」

名前はぜんぜん知らないとキティは答えた。マーティンがその子たちの話をしたことは一度もなく、ただ、大学生が七人いて、同じ部署でバイトをしていると言っただけだった。女の子の一人がプライベートビーチつきの家に住んでいて、両親からそのビーチでパーティをする許可をもらったそうだが、女の子の名前も、両親の正確な住所も、キティは知らなかった。

「ガールフレンドはいました？　もしくは、ボーイフレンドは？」

「マーティンはホモセクシャルなんかじゃないよ」キティは文句を言った。

マーティンが宇宙からきたイカと寝ている火星人であっても、祖母は気づかないだろうが、その意見はわたしとロケット模型のあいだの秘密にしておくことにした。「じゃ、ガールフレンド」

「女の子にはあまりもてなかったね。で、マーティンに言ってやった――生真面目すぎるのがいけないんだ。女の子は気楽にしゃべれる男の子が好きだもの。理屈ばっかりこねるような子じゃなくて。いいかい、いつもそういう態度だと、誰もつきあってくれなくなるよ、ってね」

最近、〝ヘリコプター・ペアレント〟という言葉をよく耳にする。わが子の行動を上空から監視せずにいられない親のこと。でも、キティはむしろモグラに似ていて、地下に深くもぐっているため、孫息子のことがほとんどわかっていない。

「日常的に話をしていた相手が誰かいなかったでしょうか。ガレージで気を失ったトビーという少年は？　マーティンの行き先を知らないか、尋ねてみました？」わたしは忍耐強く質問した。

「尋ねたところで、何もわかりゃしないよ」

とても低い声だったので、言葉を聞き分けるのに苦労した。

「ミズ・バインダー、お孫さんの身に何が起きたのか、すでにわかってるんですか」

キティは肩をすくめた。「死んだかもしれない。あるいは、出てっただけかもしれない」

「何を隠そうとしてるんです？」わたしは叫んだ。

キティは虚ろな目でこちらを見た。「人は死ぬか、出ていくかするものだ。あんたがいままで気づいていなかったのなら、注意散漫だったんだね」

わたしは反論しようと口をひらいたが、ふたたび閉じた。キティの夫は亡くなり、家族は第二次大戦で殺され、娘は家を出ていった。そして、今度はマーティン。キティから見れば、たしかにそのとおりだ。

夫の身内について尋ねてみた。マーティンがそちらへ行ったのではないかと思ったので。

キティはレンの姉妹とはほとんど接触がなかった。アメリカのパスポートほしさにレンを誘惑して結婚した女だと思われていて、折りあいが悪かった。「わたしがレンをシカゴにひっぱってきたことまで悪く言われた。身内が住んでるクリーヴランドに帰ろうとしなかったから」

「なぜシカゴにきたんです？」個人的な好奇心から、つい話がそれてしまった。「ロティがこちらに住んでたから？」

「シャルロッテ・ハーシェル？　レンガッセのお姫さまが？　笑わせないでよ！　終戦後、わたしは英国軍にくっついてウィーンに戻った。そちらに誰か生き残っていないかと思って。母親が働いてた場所を訪ねたところ、父も母もシカゴにいるという噂を聞いたんで、レンと一緒にこっちにきた。噂は間違いだったけど、レンが大きな修理工場でいい働き口を見つけたから、そのまま腰を落ち着けることになった。けど、あんたにはなんの関係もないことだろ」

「話を戻しましょう、ミズ・バインダー。事の発端は、あなたの娘さんのことと、娘さんが暮らしていた家で起きた凄惨な殺人でした。娘さんは命を狙われていると思った。その息子は十日前に失踪していた。これが偶然だと思われます？」

「思う。ああ、思うとも」キティはピシッと言った。「ジュディはヤク中の落ちこぼれ、中絶を二回して、そのあとマーティンを産んだけど、自分では世話もできなかった。レンとわたしがいなかったら、マーティンはいまごろどうなってたか。今回のことはまったくの偶然だと思うよ」

「マーティンのほうから母親に連絡をとろうとしなくても、母親が電話してきた可能性はありますよね」

キティの顔のしわが深くなった。「ない!」とどなった。

「娘さんが恐怖に駆られた場合、ロティのほかには、誰に助けを求めようとするでしょう?」

「ほかに誰をペテンにかけるかって意味? 長年のあいだにいろいろあったからね、〝知らない〟と答えることができてうれしいよ!」

わたしはしばし躊躇したが、台にのった金属ポッドの写真をとりだした。

「ここに写ってる人のなかに、知ってる顔はありません? この写真が見つかったのは、ジュディが暮らしてた家で――」

キティは写真を奪いとった。「これは――まあ! やっぱり、マーティンのバル・ミツバーのあとでジュディが盗んでったんだね。わたしの真珠のイヤリングと現金四十ドルと一緒に。写真をどうするつもりだったんだろう?」

「これはなんの写真でしょう、ミズ・バインダー? ロティは、見覚えのある人たちだけど名前が思いだせないと言ってました」

「そりゃそうだろう。ハーシェル家の人間だもの。下々のことなんて目に入るわけがない。さあ、帰って! もう充分にわたしを傷つけただろ」キティは写真をセーターのなかに押しこんだ。惨めな思いで顔がこわばっていた。

わたしはロケットのそばに名刺を一枚置いた。「娘さんのことで気が変わったら、もしくは、お孫さんを見つけるのに手助けが必要だったら、ご連絡ください」

5　コンピュータ・ゲーム

わたしはキティを押しのけるようにしてマーティンの部屋を出たが、地下の階段まで行く前に、キティに呼び止められた。「探偵さん！　ちょっと待って」

マーティンの部屋に戻った。しばし押し問答をした末に、孫息子を見つけるためにわたしを雇おうとキティが決心した。標準的な契約の場合、調査料金が一時間百ドルになることを、わたしから説明した。キティはさらに押し問答をしたが、結局、孫息子を案じる気持ちが、料金と契約に対する不安に打ち勝った。二日分の料金を払うから、そのあとで会って調査の様子を報告してほしい、と言った。わたしはついでに、マーティンが勤めていた会社の名前を聞きだした。メターゴン社といって、この家から十マイルほど北へ行ったところにあるそうだ。

ふたたび外に出たときは、まるで誰かに縛られて壁ぎわに立たされ、石を投げつけられていたような気分だった。筋肉の痛みが消えるまで一年か二年ほど、ベッドにもぐりこんでいたかったが、車に乗りこんでしばらくぐったりすわったあとで、エンジンをかけて歩道の縁を離れた。ケドヴェイル通りをあとにするとき、キティの家の表側の窓でブラインドが揺れるのが見えた。

北まできたついでに、メタ－ゴン社に寄り、行方不明のマーティンに関して社内の人間が何か知らないか、探ってみることにした。高速道路に乗る前に、ｉＰａｄで会社のことを調べてみた。もちろん、社の名前は聞いたことがある。ゲーム機のメタ－＝ジーニーが業界トップに君臨しているし、検索エンジンのメタ－＝クエストはグーグルのライバルになりつつある。しかし、エネルギー技術の分野でもビッグな存在だとは知らなかった。国防産業の請負業者であり、世界十七カ国に工場を持っている。マーティンはメタ－ゴンのコンピュータ・リサーチ・ラボ勤務だった。ロケットとコンピュータに情熱を燃やす若者にぴったりの職場だ。

この時間帯なので車を走らせるのは楽だったが、ウォーキーガン・ロードに入ってから、会社の建物を見つけるのに苦労した。この惑星の大規模小売業者はどこもみな、ウォーキーガン・ロード沿いにアウトレットを進出させている。それらにはさまれるようにして、巨大ファストフード・チェーンが点在している。それぞれの看板がまばゆくきらめき、よそより目立とうと競いあっているが、メタ－ゴンにかぎっては、目立つ気がないようだ。わたしはついにケンタッキー・フライドチキンの外に車を置いて、通りを歩きながら番地を捜した。

メタ－ゴンは常緑樹の生垣に包まれていた。背の高いスライド式ゲートにとりつけられた小さな表示板に、社名と住所が出ていた。左側を見ると、車の運転席と同じ高さのところに電話があった。受話器をはずし、雑音混じりの応答の声に向かって、コンピュータ技師の一人の件で誰かと話がしたいと告げた。向こうの声はマーティンの名前の綴りを尋ね、しばらく待つようにと言った。

待つあいだに、ゲートがすっとひらいて車が何台か出てきた。ユナイテッド・パーセル・サービスのトラックがわたしの背後で止まり、ブザーの音とともに招き入れられた。一緒について入りたい誘惑に駆られたが、おとなしく待ちつづけた。一分ほどたってから、忍耐が報われた。声が別人のものになり、聞きとりにくいどなり声で名前を名乗ったが、二十分後にロビーで会おうと言ってくれた。

ゲートがひらき、わたしは外の通りの喧噪と対照的な敷地に足を踏み入れた。ラボは現代設備がそろった最新のものという感じで、鋼鉄とガラスでできていて、屋根にはソーラーパネル、窓には熱気遮断用の白いスクリーンがついていた。車道の向こう側を見ると、湿地植物に囲まれた池があり、瞑想や安らぎといった、ほかとはまったく違う雰囲気を醸しだしていた。駐車場を横切って正面入口に向かおうとしたとき、池の奥の雑木林から男性が一人出てくるのが見えた。男性は足を止めて水面をながめた。

わたしも二十分つぶさなくてはならないので、池をながめに行った。水面下をのんびり泳ぐ鯉が見えた。葦の茂みでアヒルが餌を探しまわり、おなじみの雁——都会の公園にのさばるネズミみたいな連中——が岸辺をよたよた歩いていた。エネルギーやロケットの最新分野でアイディアを生みださなくてはならない人々は、水と鳥をながめることで、創造性が息づくあの静謐な心の奥の空間へ漂っていけるのだろう。何も考えずに水面を見つめるうちに、キティのせいでこわばっていたわたしの首の筋肉もほぐれてきた。

ようやく、リサーチ・ラボへ向かうことにした。入口の外に正体不明の形をした艶やかな彫刻が置かれ、その横に〝メターゴン　未来が過去に存在する場所〟と書かれた金属板がついていた。この謎めいたキャッチフレーズを作るために、ブランド戦略を専門とする業者にいくらぐらい支払ったのだろう。

入口のドアはロックされていた。インターホンでふたたび名前を告げると、ブザーが鳴って小さなロビーに通された。黄褐色の革椅子とスツールが半円形に並んでいて、そこが待合コーナーだった。椅子にすわっている人が二人。一人は雑誌をめくり、もう一人はノートパソコンのキーを叩いている。ロビーの奥につやつやの木製カウンターがあって、女性がインターホンと電話の応対に追われていた。わたしは女性に名刺を差しだし、マーティン・バインダーの件で誰かが会ってくれる約束になっていると告げた。

「ああ、ジャリ・リュウのことですね。おみえになったことを向こうに連絡します」

わたしは狭いロビーをぶらついて、トロフィー、写真、マシンの模型などをながめた。銀河系の果てまで到達できる宇宙探査機を打ちあげたオレステス・ロケット（宇宙探査機の太陽光発電装置はメタ－ゴン社製）、核反応容器のモックアップ（メタ－ゴンが建造した最初の原子力発電プラントで、その炉心は独特の設計。発電所はいまもイリノイ州南部で稼働中）、ロナルド・レーガンからメタ－ゴンの創立者に贈られた大統領自由勲章。

「V・I・ウォーショースキーさん？」

ビクッとふりむいた。そこにジャリ・リュウがいたが、柔らかなゴム底の靴をはいているため、足音が聞こえなかった。三十代のがっしりした男性で、艶のない黒髪が高い頬骨の上に垂れていた。昔のエンジニアは白いシャツにネクタイを締めていたものだが、リュウはジーンズとTシャツで、Tシャツには〝神ならば信じよう。神でない人はデータを示しなさい〟とプリントされていた。

リュウは握手をしてから、奥へ通じるドアのほうへわたしを案内した。「ぼくがマーティン・バインダーの上司だ。マーティンがふたたび姿を現わし、会社が受け入れるとすればだが。本来なら、電話であらかじめアポイントをとってもらいたいところだが、たまたま、ぼくの時間が空いてたんでね。さあ、奥へ行って話をしよう。携帯とiPadは預からせてもらう。無断欠勤の社員のことで話をするふりをして、こっそり写真なんか撮られては困るから」

わたしはポケットから携帯を出したが、リュウに渡す前に電池パックを抜いた。「わたしの質問に答えるふりをして、携帯のデータをこっそりコピーされると困るから」iPadに関しては、暗号化したロックで覗き見が防げるよう願うしかなかった。もっとも、メタゴンに勤務するような優秀な連中が相手では、たぶん持ちこたえられないだろう。

リュウは奥に並んだドアのほうへ足早にわたしを案内した。わたしがロビーに到着する前から待っていた二人の横を通りすぎると、ムッとした視線が飛んできた。こっちのほうが長く待たされてるのに、なんであんたが先なんだ？

リュウが身をかがめて、首にかけていたセキュリティ・カードでコントロール・パネルにタッチすると、気密式のドアがすっとひらいた。ドアの向こうは高さと奥行きのある作業場になっていて、工作機械やコンピュータ端末がずらりと並んでいた。リュウにひどく急かされたため、特大フリスビーに似た金属片を巨大な磁石が吊りあげる光景や、溶接用ゴーグルを着けた男たちが旋盤にかがみこんでいる姿や、白衣とヘルメット姿の女性が魔女の大釜に似た装置についているダイヤルをチェックする姿が、一緒くたになって頭に残っただけだった。

〝除染〟と記された部屋を通りすぎ、つぎに、放射能を示すおなじみの逆三角形のマークがついた部屋を通りすぎ、廊下を抜けて、ビルの第二セクションまで行った。こちらはすべてが静まりかえっていた。

リュウはわたしを角部屋へ案内した。コンピュータのモニターが数十台設置されていて、その一部は誰もが知っている従来の画面、あとはジュディ・デンチがMを演じたボンド映画《スカイフォール》でわたしが思わず感嘆の声を上げたのと同じ、透明ガラスの画面だった。リュウはネットでわたしを検索した。その作業がこちらにもはっきり見えるよう、ガラスの画面のひとつを使っていた。わたしのウェブサイトが現われた。リュウが画面の縁にあるスイッチを押した。かすかな閃光が走り、いきなり、サイトのプロフィールの横にわたしの顔が出てきた。リュウがそれをドラッグして、わたしのサイトに出ている写真に重ねた。

わたしが目を丸くするのを見て、リュウはニッと笑った。「うん。同一人物だ。ただし、きみがサイトで言っているとおりの人物かどうかは、ぼくには判定できないけど。さて、なぜマーティン・バインダーのことを問い合わせにきたのか、話してもらおうか」

「行方不明なの」わたしはいきなり言った。「最後に姿を見せたのは十日前。それはご存じね。先週、職場の誰かが自宅に電話をして、マーティンの所在を尋ねたそうだから。マーティンは祖母と同居しているけど、どこへ行くのか、祖母にはひとことも言っていません。メールや携帯に連絡しても返事がありません。マーティンがここで夏のアルバイトをしていた何人かの大学生と一緒に、バーベキューに参加したことはわかっています。その子たちの名前を教えてほしいんです。マーティンが何を考えていたのか、なぜ姿を消すことにしたのかを、誰かに話していないか、尋ねてみたいので」

リュウは椅子にもたれ、唇をすぼめて、ガーゴイルのような渋面になった。「名前を教えるわけにはいかない。ぼくが夏の学生たちの指導にあたっていた――ついでに言っておくと、ただのバイト学生ではない。それよりはるかに優秀な連中だ。きみに名前を教えれば、プライバシーの侵害になる。ぼくにできるのは、連中にメールを送って、話をする気があるならきみに連絡をとるよう頼むことだけだ」

わたしはなおも食い下がり、手がかりが冷えてしまう前にいますぐ質問する必要があることを強調した。

「マーティンの携帯番号とアドレスはわかります？」向こうが譲歩しそうにないのを見て、わたしは尋ねた。「お祖母さんからは聞いていないので」

リュウはようやく、わたしに教えても差し支えないだろうと判断した。メールを作成してくれたが、同時に、このことを説明したメールをマーティン宛てに送った。キーを打つあいだ、彼の肩越しにのぞきこむわたしを止めようとはしなかった。リュウは最後に、〝マーティン、これを読んだら連絡をくれ。ジャリ〟と打ちこんだ。

番号とアドレスを書き、わたしが携帯とiPadを返却してもらったらすぐ読めるようにしてくれたが、

わたしは自分の椅子に戻った。「出社した最後の週に、何かで悩んでいるような話をしていませんでした？」

リュウはゆっくりと首を横にふった。

「すごい集中力を備えたやつだった。一緒に仕事をしたなかで最高にクリエイティブな一人だ。ただ、人づきあいが悪かった。サマー・プロジェクトのために雇った学生連中はマーティンと同年代だったから、それもあって、マーティンがぼくのグループに入ることになったんだ——ぼくがミレニアム世代の理解者だと社の上層部に思われてるしね。ただ、今回はうまくいかなかった。マーティンは二年近くわが社で働いている。フルタイムの社員で、経歴も考え方も連中とは違っていた。一方、学生たちは夜学に通うマーティンを見下していたから、ロジックでも数学でも彼のほうが優秀なのが癪にさわってならなかった。マーティンはマーティンで連中に腹を立てていた。理由は——よくわからないが——連中の偉そうな態度のせいだったのかもしれない。

率直に言って、夏の終わりのバーベキューにマーティンが誘われたのは意外だったな。グループの女の子の一人が誘ったのかもしれない。二人のあいだに何かあるんじゃないかと、ちらっと思ったことはあるんだ」

わたしはそれに飛びついたが、リュウは女の子の名前を明かそうとしなかった。

マーティンはどんな仕事をしていたのかと訊いてみた。「そう言えば、ここは何をしている会社なの？　大きな旋盤と、ガントリークレーンと、放射能と、膨大な数のコンピュータを使って」

リュウはふざけ半分に傷ついた表情をしてみせた。「これだからな。ベル研究所のことは誰もが知ってるけど、メタ―ゴンの名前なんて誰も耳にしたことがない。うちだってビッグなのに。いや、うちのほうがビッグだ。賞をとった数では向こうに負けないし、ベルがトランジスターでコミュニケーション分野に革命を起こしたように、うちはエネルギーの分野で革命を起こそうとしてるんだ。それがメターゴンという社名にこめられた意味なんだよ。〝メタ〟は超越、〝アーゴン〟はエネルギーという意味だからね。ぼくの顔と画面を見てごらん」

リュウはガラスのモニターを回転させて、わたしが彼の顔と画面を同時に見られるようにした。彼が四回まばたきすると、わたしの顔とウェブサイトが消えた。二回まばたきすると、画面がアイコンで埋まった。剣のついたアイコンに彼が視線を向けると、アプリがひらいた。きらきら光るターコイズブルーの鎧を着けた女性の映像からスタートするゲームアプリだった。女性は五人の大男と戦っていた。リュウが視線を動かすと、女性の腕が方向を変え、動きを変えた。

「まだまだ未完成だけどね。プリンセス・フィトーラは依然として五分で死んでしまう。もっとも、マーティンはそれを八分まで延ばすことができた。プリンセスを動かすソフトの一部をマーティンが作ったんだが、コンピュータ・ゲームにしたのは、そのほうが楽しくソフトを作れるし、夢中になれるからだ。完成度が高まれば、最終的には、全身麻痺の人間でも、飲みものを持ってくる、車椅子をベッドまで運ぶ、尿バッグを交換するといった用事を、まばたきだけでコンピュータに指示できるようになる」

「実現すれば画期的ね」わたしは正直に言った。「ロビーに飾られたトロフィーを見たときは、原子力に関係した会社かと思ったけど」

「原子力分野の設計セクションもあるが、創業者のブリーン社長はコンピュータからスタートした人なんだ。第二次大戦後、それで財をなした。メターゴンはエネルギー産業にも進出しているが、このラボはエレクトロニクスに重点を置いている」

プリンセス・フィトーラは地面に倒れ、襲撃者たちが群がってくるなかで、剣を持った手を弱々しく動かしていた。

「これがマーティンの担当していた仕事さ。マウスを使ったり、画面にタッチしたりするのと同じように、声によって、さらには舌打ちだけで、コンピュータを操作する方法を考えようとしていた。とにかく、マーティンは集中力があり、クリエイティブで、プロジェクトを順調に進めていた。ただ、私生活に関しては語ろうとしなかった。たとえば、ぼくはきみから聞くまで、お祖母さんと暮らしていたことも知らなかった」

わたしはリュウに、学生たちのバーベキューには参加したのかと尋ねたが、彼らが独自に計画したことだとリュウは言った。「サマー・プロジェクトの打ちあげ会だ。上司がしゃしゃりでる場所ではない」コンピュータがピッと音を立て、リュウは画面に注意を戻した。

「五分後につぎのミーティングだ。ロビーまで送ろう」

わたしは椅子から立ちながら、ふりむいてガラスの画面を見た。五本の剣を胸に突き立てられたプリンセス・フィトーラが地面に横たわっていた。周囲に群がった男たちがハイタッチをしていた。ひどく不快な映像だった。リュウに送られてロビーに戻る途中、わたしは無意識のうちに、片手を自分の心臓に押しあてていた。

作業場を通り抜けたとき、三人の男性がフリスビーに似た金属片を坑口装置のようなものにのせていたが、リュウに急かされたため、ゆっくり見ている暇もなかった。出口に着くと、彼が携帯とｉＰａｄを返してくれた。わたしは車道を歩いてゲートまで行き、受付係がモニターでこちらを見てゲートをあけてくれるのを待った。

オーストリア、一九四三年
母の心

プラットホームは寒い。戦争のせいで、駅名標ははずされているが、マルティナはウィーンに違いないと思う。大都会というのは雰囲気でわかるものだ。たとえ、まわりにぎっしり集められた何百人という人々の首しか見えないときでも。

もちろん、山のなかの研究施設を出たときは、なんの説明もなかった。脇腹を蹴られて起こされただけだった。

「起きろ、出発だ。おまえはもう用済みだ」〝おまえ《ドゥー》〟という横柄な呼び方をしたのは、あばた面の看守だった。戦争のおかげで軍服とブーツを身に着けることがなければ、おそらく豚を殺すのが仕事だったであろう男。

身軽に旅ができて幸運だわ。マルティナはその皮肉な思いを自分の胸にしまっておいた。荷物は何もない。寝間着がわりの薄汚れたワンピースは昼間着ているのと同じものだった。ほかの奴隷労働者たちと一緒に、ライフルを突きつけられて洞窟から追いだされ、待避線で停車していた小さな列車に乗せられた。

何週間か前から、研究施設が閉鎖されるという噂が流れていた。なんの成果も出ていなかった。お粗末な仕事の質からすれば、驚くにはあたらない。マルティナのなかの科学者魂が何回か反逆を試みた。べつの実験計画を提案しようとした。ところが、そのうち二回は殴られ、一回は蹴られ、三回ともまる一日食事がもらえなかった。それ以降、なかなか手に入らない鉱物が浪費されるのを目にしても、マルティナは肩をすくめるだけになった。

列車は小さなもので、貨車が二台ついていた。近在の農家から運ばれた果物と肉が貨車に積みこまれるあいだ、看守の連中は囚人たちにそれを見せつけた。栄養不足で死に瀕している者にとっては、さらなる拷問だ。農家の連中が看守と冗談を言いあうあいだ、何時間も立ったまま待たされたあとで、囚人たちは座席がはずされた客車に押しこまれた。外が見えないよう、窓に板が打ちつけてある。

何時間続くかわからない旅のあいだ、囚人たちは処理場へ運ばれていくことを悟った羊の群れのように、無言で立っていた。ときおり列車が停止して、羊たちはぶつかりあい、客車の壁に衝突し、やがて、どこかで時計の針がカチッと進むと、ガタンと揺れて列車はふたたび走りはじめるのだった。列車はインスブルックからウィーンへ向かっていたが、この旅は囚人たちにとって、アインシュタインの相対性理論を生むきっかけとなった時計や、ゼノンのパラドックスのごとく、永遠に続くものであり、そして、まばたきする一瞬のものでもあった。

十四年前にこれと逆の旅路をたどり、ゲッティンゲンで栄光の日々を送るためにウィーンを離れたときのマルティナは、その前夜、興奮のために眠れなかった。いまと違って、死んだも同然の状態ではなかった。〝まるで恋人に会いに行くみたいだね〟——あのとき、母親は不機嫌な声で言った。つぎにマルティナが帰省したときはさらに不機嫌だった。なぜなら、マルティナの情熱の対象は行列代数や量子で、おなかの子の父親ではなかったからだ。

妊娠に気づいた母親は、最初、娘がゲッティンゲン行きに興奮していたのも無理はない、物理学は恋人に会うための口実にすぎなかったのだと思った。ところが、子供はたまたまできたもの、粒子崩壊に対する共通の情熱がベッドまで広がったときに起きたことだと知って、よけい怒り狂った。父さんが死にかけてるんだよ。あんたがゲッティンゲンの放射能研究所に戻ってしまったら、誰が父さんと赤ちゃんの世話をするの？

マルティナはノヴァラガッセの狭いフラットに帰ったとき、自分が家を離れていたあいだに父親がどれほど衰弱してしまったかを知って、衝撃を受けた。だが、父親の目は依然として生気に満ちていて、とらえどころのない原子に関する最新情報を聞きたがり、母親を苛立たせた。赤ん坊のケーテが生まれると、自分の横に寝かせ、プリズムを使って天井に光を躍らせ、小さなケーテに見せてやった。このプリズムは、マルティナがゾフィー・ハーシェルの子供部屋で初めて虹を見たあと、父親が買って帰ってきたものだった。

いま、暗い列車に閉じこめられたマルティナは、父親の最期を看取ったことに深い皮肉を感じる。大戦中の塹壕内でガス攻撃を受けて弱っていた肺が結核菌に侵されたおかげで、父親は痩せ細った手をマルティナに握られて、自宅のベッドで安らかに死ぬことができた。スペクトル線。これが父親の臨終の言葉となったことに、母親は猛烈に腹を立てた。

マルティナの疲れた熱っぽい頭のなかを、父親の死やハイゼンベルクの行列力学が雑然と駆けめぐっていたとき、列車がガタンと揺れてふたたび停止する。今回はドアの錠がはずされる。看守と犬に急きたてられてプラットホームにおりた囚人たちは、彼らと同じように疲れはてた人の群れのなかに押しこめられる。いまからどこへ向かうのか、寒いなかにどれぐらい立たされることになるのか、となりの人間に訊こうとする者は一人もいない。ここに立っているあいだは、銃殺されることも、石灰槽に真っ逆さまに投げこまれることも、ガス室へ送りこまれることもない。先のことを考えなくてすむ。

マルティナの横に老女がいて、しきりにマルティナの腕をつかみ、すりきれたコートの袖をさすりつづけるため、コートがずり落ちて、すっかり細くなってしまったマルティナの腕があらわになる。かつては丸みを帯び、筋肉がついていた腕も、骨と皮だけになり、放射線の火傷の跡に覆われた細い小枝のようだ。

老女は悲嘆に暮れている。「ヨアヒムはどこ？　ちょっと出かけてくるって言ったのに、まだ帰ってこない。ヨアヒムを見ませんでした？　一度も遅くなったことがないのよ」ヨアヒムとは夫なのか、息子なのか、兄か弟なのか、マルティナには知りようがない。

ほとんどの者が無言だ。長すぎる年月、多すぎる屈辱、多すぎる永別が、人々から声を奪ってしまった。マルティナも永遠の別れを経験してきた。たとえば、母親と叔母二人。一年前、三人はこんなふうにプラットホームに立ち、マルティナと羊たちがいまから乗ることになるのと同じような列車のなかへ姿を消した。その三人のことを考えたとたん、飢えがもたらす以上の鋭い痛みが横隔膜に走る。

マルティナには痛みと飢えを和らげる万能薬があるので、いまもそれに頼ることにして、電場の微分方程式を思い浮かべる。そこから量子力学へは苦もなく跳躍できる。しばらくのあいだ、周囲のすすり泣きや犬の声は耳に届かず、ヨアヒムのことで気を揉んでいるとなりの老女の不安は伝わらず、寒さとサイズが合わない靴のせいで腫れてしまった足の疼きを感じることもない。片手を無意識にポケットに突っこんで鉛筆を探す――自由空間におけるマクスウェル方程式が浮かんでこない――やがて、インスブルックの町はずれで列車に乗せられたときに紙も鉛筆も没収されたことを――盗まれたことを――思いだす。

きみはひどく浮世離れしていて、ふつうの人間の経験する情熱や悲しみを感じることがない――ベンヤミンによくそう言われたものだ。たぶん、そのとおりなのだろう。実の母親もしばしばそう言っていた。ただし、もっと怒りに満ちたそっけない言い方だった。わたしに人間らしい感情があるなら、ほぼ間違いなく死に向かっているこの瞬間、自由空間のことではなく、わが子のことを考えるのが本当ではないかしら。あなたに手紙を書かなくては。わたしの娘に。

ケーテへ

マルティナは紙とインクとペンを想像する。

一緒にすごしたことがめったになかったので、お母さんにはあなたのことがほとんどわかりません。三年以上前にあなたがイングランドへ去ったことに加えて、あなたが幼かったころ、お母さんが昼も夜も研究所のほうにいたせいでしょうね。あなたが初めて歩いたのを見たのは、あなたのお祖母さんだったし、あなたの運命を何より気にかけていたのもお祖母さんでした。

中性子発見の知らせがケンブリッジのキャヴェンディッシュ研究所から届いた日、マルティナは興奮のあまり、午後のコーヒーの時間になってもケーキが喉を通らないほどだった。マイヤー教授が帰ったあとも、マルティナとベンヤミンは長いあいだ研究所に残って数人の教え子と語りあい、その発見が意味するものについてじっくり考えた。ベンヤミンの明晰な方程式が黒板の半分を埋め、マルティナ自身の図式があと半分を埋め、マルティナの教え子のゲルトルードが興奮した声で叫んだ。イレーヌ・ジョリオ＝キュリーとフレデリック・ジョリオがパリで発見した現象が、これで説明できる、と。ただ、放射性同位体のひとつの奇妙な半減期については、まだ説明がつかなかった。

ウィーン大聖堂の時計が十一時を打ち、ベンヤミンがギクッとした顔であたりを見た。妻はとっくにベッドに入り、わたしの夕食は冷えて干からびていることだろう、と言った。だが、口に出さなかったこともある。妻の怒り。夫が放射能研究所《インスティトゥート・フュア・ラーディウムフォルシュング》に遅くまで居残っているのは量子力学のためだけではなさそうだという、妻の疑惑。

マルティナ自身は自宅に着くと、自転車を通用口にそっと置き、忍び足で階段をのぼっていった。ウィーンでは、劇場へでも出かけないかぎり、こんなに遅くまで起きている者はいない。ところが、台所のテーブルの前に、怒りに唇をゆがめた母親がすわっていた。「ケーテが今日初めてしゃべったよ」マルティナに言った。「おばあちゃん《オーマ》、ミルクほしい、って」マルティナがほとんどうわの空で「まあ、よかったわね」と答えると、母親の平手打ちが飛んできた。「サイドボードに飾ってあるあのカワカマスの置物のほうが、おまえよりまだしも感情を持ってるよ。ケーテのような頭のいい子に、おまえみたいな母親はふさわしくない。わたしもなんでまた、父さんに言いくるめられて、おまえをゲッティンゲンへやることにしたんだろう？　教育を受けたばっかりに、おまえは女を捨てちまった」

ケーテが頭のいい子？　ぐずってばかりなのに。でも、それはたぶん、わたしの責任ね。あなたが悪いんじゃないわ、わたしの赤ちゃん。あなたはわたしが与えてあげられないものを望んだ。わたしは自然の奥深くに潜む秘密を知ったときの興奮を、わが子と分かちあいたかった。でも、あなたが望んだのは、わたしが家にいてあなたのお守りをすることだった。オーマや、フラウ・ハーシェルのところの子守女ではなくて。かつてマルティナの母親がフラウ・ハーシェルのお針子をしていたころ、リングシュトラーセにあった広々としたフラットの明るい子供部屋で、ケーテはフラウ・ハーシェルの孫娘のロッテとよく遊んだものだ。しかし、マルティナが「子供部屋の床に光が虹を描くのを見た？」とケーテに尋ねても、子供は不機嫌な顔で母親を見つめるだけだった。

ナチスドイツがオーストリアを併合する少し前に、マルティナはケーテとロッテを連れてチロル地方へスキー旅行に出かけた。ケーテの興味を星に向けさせようとした。星の内部で爆発が起きて夜空で宝石のようなきらめきを放つという神秘的な現象に、興味を持たせようとした。だが、驚嘆に目を丸くしたのはロッテのほうで、ケーテは祖母にそっくりの渋い非難の表情を浮かべ、こんな寒い夜に外に立っているのはいやだと言った。

子守女のビルギットが物陰から現われて、少女たちを連れていった。いずれにせよ、ベッドに入る時間をすぎていたし、二人ともはしゃぎすぎだった。その一ヵ月後、オーストリアがドイツに併合され、新たな法律が生まれ、ビルギットが軽蔑の視線をよこすようになった。〝子供たちが散らかしたあとの片づけをさせられるのは、もうお断わり。たまには自分たちでやんなさいよ〟と言いはじめた。フラウ・ハーシェルにまで、馴れ馴れしく〝あんた《ドゥー》〟と呼びかけるようになったが、反論する力は誰にもなかった。

思い出をたどるのは辛すぎるが、ふたたび統計力学の世界に夢中になる前に、突然、周囲が騒がしくなる。兵士たちが警備犬と同じように吠え猛っていて、マルティナはヨアヒムを求めて叫びつづける老女のほうへさらにきつく押しつけられる。石炭の煙で夜明けの空を黒く汚して、列車が駅に入ってくる。汽笛はなし、ライトもなし、車輪のまわるガタンゴトンという音がするだけだ。こうしておけば、駅の向こうで眠っているまっとうなウィーン市民に、家畜運搬車に何かを押しこめる光景を見せずにすむ。それが何であるにせよ。市民ではない。市民がそんな扱いを受けるわけはないのだから。人間でもない。すでに〝害虫〟というレッテルを貼られているのだから。しかし——ここで難題が生じる——人間でないのなら、彼らがプラットホームに集められ、追い立てられ、犬にかかとを嚙まれ、ヨアヒムを求めて老女が叫ぶ姿を、ウィーン市民に見せずにすむよう配慮する必要はないはずだ。

自分の娘がわけのわからないことで泣き叫んでも、ろくに世話もしなかったわたしが、どうしてあなたの面倒をみなきゃいけないの？　マルティナはそう思うが、それでもやはり、老女の肘にそっと手を添えて、有蓋貨車に乗りこむのを助けてやる。

6　算数の問題

わたしが事務所に戻ったのは四時少し前だった。ひと眠りしたくてたまらなかったが、あと一時間もすると、世間の人々が仕事を終えて帰ってしまうため、その前に依頼人からの電話やメールに返事をしなくてはならなかった。それにとりかかる前に、マーティン・バインダーの携帯番号とメールアドレスをわたしのデータベースに打ちこみ、彼にメールを書いて、わたしが誰なのか、彼が姿を消したために祖母がどんなに心配しているかを説明した。〝連絡がもらえるなら、あなたから聞いたことはすべて極秘にすると約束します〟そう締めくくった。

また、ソーシャルメディアの世界でマーティンのことを調べてみた。マーティンはフェイスブックで高度な数学ゲームをやっていて、八月初めには勝利に王手をかけていた。姿を消す少し前のことだ。それが最後のアップデートだった。マーティンの写真が一枚出ていた。姿を消す少し前のことだ。雪の吹きだまりに設営したテントの外で写したもの。Tシャツとカットオフジーンズ姿で、薄着で雪のなかに立っているのを自慢するかのように、カメラに向かってにこっと笑っている。あいにく、サングラスをかけ、野球帽をかぶっているので、顔がはっきりしない。わたしのパソコンにアップロードしたが、マーティンを捜しだすにはもっと鮮明な顔写真が必要だ。

マーティンはツイッターのアカウントも持っていて、夏以降のツイートがいくつか出ていた。音楽の話題がほとんどだが、この世代の子にしてはめずらしく寡黙だ。

〈ライフモニター〉にログインした。これはわたしが登録しているデータベースで、他人の経済状況をのぞくことができる。マーティンは祖母に〝計算の合わないことがある〟と言っている。もしかしたら、母親が自分の金をくすねていることに気づいたのかもしれない。念のため、マーティンの銀行口座の検索をスタートさせた。そのあとで、本業にとりかかった。

依頼人からの電話や苦情のなかに、ポールフリー郡の保安官、ダグ・コッセルのメッセージが交じっていた。緊急を要する依頼人の用件を片づけたあとで、保安官に電話を入れた。ポールフリーの通信指令係が出て、コッセルはパトカーで巡回中だが、携帯で連絡がとれると言ってくれた。

「やあ、V・I探偵。南の田舎まで話をしにくる時間はないかと思ってね。畑で見つかった男の身元が判明したぞ。リッキー・シュラフリー。どこかで聞いた覚えは？　ない？　地元の男なんだが、十五年ほどシカゴ市内に住んでいた」

「ごめんなさい、保安官。行方をくらます人間はシカゴにもけっこういるから」

「皮肉はやめてくれ。あんたも法を執行する側の人間だ。たとえ私立探偵にすぎなくても。つまり、人間の屑どもと顔を合わせる機会があるわけで、シュラフリーがあんたのレーダーを横切った可能性も高いってことだ。やつは高校を卒業する前にこの町を出ていった。大金をつかみたきゃ、金を持ってる人間のいる場所へ行くべきだと考えて。それはともかく、あの家を所有してたのは母親の一族で、二年前に母親が死ぬと、リッキーは田舎に戻ってきてあそこで暮らすようになり、現在のようなヘルスリゾート&スパを作りあげた」

「そっちに戻ったとき、ジュディ・バインダーも一緒だったのかしら」

「噂によると、彼女が姿を見せたのは一年ほど前のことらしい。少なくとも、それらしき女をポールフリーの連中が町のあちこちで見かけるようになったのが一年前だった。町のコーヒーショップに出入りし、ときには、町の西側にある〈バイ＝スマート〉の前で物乞いをしたりしていた。ふところに余裕があれば、美容院にきたこともあった。あの家が銃撃されたあと、女の姿を見た者は誰もいないから、たぶん、よそへ逃げたんだろうな」

一年前。父親のレン・バインダーが亡くなってしばらくたったころだ。レンはキティに文句を言われつつ、もしくは、キティに内緒で、娘に金を渡していたのかもしれない。レンが亡くなったあと、ジュディは生活費を手に入れるのに苦労したのだろう。

ジュディがどこでリッキー・シュラフリーと知りあったかは重要ではない。ヤクに溺れた連中は、体臭か痙攣を目印にしておたがいを見分けるものだ。もっとも、覚醒剤使用者の場合は、腐敗しつつある歯茎が目印になる。ジュディはリッキーが田舎に帰る前から、シカゴ市内のどこかのあばら家で彼と暮らしていたのかもしれない。

キティ・バインダーはマーティンがジュディと距離を置いていたと、強い口調で断言したが、わたしにはそうは思えなかった。子供というのは、母親が愛してくれている証拠をほしがるものだ。赤ちゃんのときに母親に捨てられた子ならとくに。マーティンがこっそり家を抜けだして、キティに内緒でジュディに会いに行く姿が想像できる。シカゴで暮らしていたころのリッキー・シュラフリーにも、マーティンは会っているかもしれない。

計算の合わないことがある――マーティンはキティにそう言った。母親が彼の銀行口座から勝手に金を持ちだしていた。それが原因で、一週間以上も地下の部屋でふさぎこんでいた。母親と対決するためにポールフリーまで自転車を走らせた可能性もある。でも、なのなら、ぜ車を使おうとしなかったのだろう？

「もしもし、聞いてるかい、探偵さん？」コッセルが言った。「交通事故が起きたんで、おれはいまからそっちの現場へ行かなきゃならん」

「ジュディ・バインダーの息子が一週間以上前に姿を消したの」わたしは言った。「マーティンの状況を説明した。「その子を見かけた人が誰かいないか、調べてもらえないかしら。バスできたかもしれないし、ヒッチハイクだったかもしれない。痩せた子で、髪は黒っぽくてカールしてて、顔は面長。ジェームズ・ディーンにちょっと似た感じね。たぶん写真が見つかると思うから、メールで送るわ。ところで、シュラフリー家の地下は――土間だったわね」

電話の向こうに沈黙が流れた。「おいおい、探偵さん。おれに地下を掘りかえせって言うのかい？」

「防護服を持ってる人なら、最近掘りかえされた跡があるかどうか調べられるでしょ。それに、裏庭のゴミの穴にもおりることができる。わたし、きのうは装備がなかったから、穴をつつくのは無理だったの」

保安官はふたたび沈黙を続けたあとで、うなるように言った。「つまり、こう言いたいのかい？——一週間前、若者がこちらにやってきた、母親が自分の金をくすねてないかどうかを調べるために、リッキーが若者を射殺して埋めたが、母親は二日前まであの家にいた？考えられん。もっとも、覚醒剤漬けの女が何をするかわかったもんじゃないが。そうだ、自分の手でわが子を撃ったのかもしれん」

わたしはかつて、一回分のコカインほしさに十歳の娘をポン引きに売った女たちの弁護をさせられたものだった。国選弁護士会を離れたのは、それだけが理由ではないが、大きな理由だったことはたしかだ。

コッセルが言った。「おれのほうで地下室を調べるとしたら、あんたにもやってもらいたいことがある。シカゴにリッキーの古い友達がいないか調べて、誰かがやつの死を望んでなかったか、探りだしてほしいんだ。おれのほうは、こっちに住んでる商売敵の売人二人に目をつけてるんだが、リッキーが射殺されたと思われる時刻には、二人ともしっかりしたアリバイがあった」

なるほど、保安官はそれで電話してきたんだ。捜査当局の人間が私立探偵にこんな協力的な態度をとるなんて、ふつうはありえない。「わたし、残りの生涯を、ヤク中とは二度と関わりを持たずに送りたかったんだけど」わたしは言った。

「ほう、やっぱり、人間の屑どもとつきあいがあったわけか」保安官がからかい半分に言った。

「交換しない？　わたしが防護服を用意して、あの家の裏庭にあるゴミの穴を調べるから、保安官はこっちにきて街の売人とつきあってよ」

「あんたみたいな大都会のギャルが、ちょっとした修羅場も扱いきれんというのかい？　防弾チョッキを着けて、あんたの遺言書が最新のものになってるのを確認しておけば、あとは何も心配せんでいい」保安官は愉快そうに笑って電話を切った。

一秒後、またかかってきた。「リッキーはデリックを縮めたものだ。リチャードではない」

わたしは人差し指でデスクに小さな輪をいくつも描いた。用心しないと、わたしの人生の中心部分にほかの人々がどんどん問題を運びこんでくる。誰がデリック・リッキー・シュラフリーを殺そうと、わたしには関係ない。ジュディ・バインダーの身に何があろうと関係ない。バインダー家とわたしの関わりは、孫息子を見つける時間をキティからあと十六時間もらっていることだけだ。

本業の調査の仕事に戻った。書店の問題と、それとはまったく無関係なヨガセンターの問題を混同するというミスを三回くりかえしたところで、マーティン・バインダーの顔がちらついているせいで依頼された仕事に集中できないことを悟った。

キティ・バインダーは、高校でマーティンと友達だったという少年のことを言っていた。疑わしい話に耳を傾けて何十年もすごしてきたわたしの経験から言うと、キティの話はまったく信用できないが、わずかな真実でも含まれているなら、その子を見つけだすことができるだろう。

キティの前ではメモをとらなかったが、わたしはあのとき、その友達の名前からテレビを連想した。ええと、メディア王のデヴィッド・サーノフでも、映画プロデューサーのアーロン・スペリングでもない。そうだ、テレビのプロデューサーでトーク番組のホストをやっていたデヴィッド・スキンドだ。マーティンの友達は〝なんとかスキンド〟という名前だった。そうだ、トビー・スキンド。

スコーキー地区には、ススキンドという家が三軒あった。〈ライフストーリー〉（これもわたしが登録している検索エンジン）で調べたところ、マーティンと同い年のトビアスという子のいる家が見つかった。三歳上の姉と、高校に入ったばかりの弟がいる。母親のジェニーン・ススキンドはクック郡高齢者支援局のソーシャル・ワーカー。父親のザカリーは大手の会計事務所に勤務。

時刻はもうじき六時だった。自宅に電話するとジェニーンが出たが、見知らぬ相手と電話で個人的な話をするのはお断わりだと言った。

「賢明なことだと思います」賢明でなければいいのにと思いつつ、わたしは言った。「今夜、コーヒーかワインでも飲みながら、お話しできません？　マーティン・バインダーの行方がわからないので、どなたか知りあいの人にお話を伺いたいんです。おたくの息子さんとマーティンが友達だと、キティ・バインダーから聞いたものですから」

油のはぜる音が聞こえた。ジェニーンが首と肩のあいだに電話をはさんで、フライパンに何かを投げこんだのだ。マッシュルームとブロッコリーかしらと想像したわたしは、急に空腹を覚えた。

電話の向こうでくぐもった話し声がした。ジェニーンが電話口に戻り、さらに情報を求めてきた。最初はマーティンについて。それから、わたしについて。ふたたび誰かと相談したあとで、夕食が終わるころなら家にきてもらってもかまわないと言った。乗り気ではなさそうだったが、誰にそれが非難できるだろう？　知らない女が私立探偵だと名乗り、息子と話をしたいと言って、一日の長い勤務を終えた時間帯に押しかけてこようとしている。わたしだって乗り気にはなれない。

　二時間ほど余裕があったので、家に帰って犬を散歩させ、マッシュルームとブロッコリーの夕食を楽しんでもよかったのだが、かわりに受話器をとって、国選弁護士会にいる旧友の番号を押した。みんなが絶望してやめていったあとも、ステファン・クレヴィックだけはここで何年も弁護士を続けている。

　わたしの声を聞いても、ステファンはジェニーン・ススキンドと同じく、うれしそうではなかった。「そろそろ帰ろうと思ってたんだ、ウォーショースキー。明日の朝まで待ってくれないか」

「きのうの朝、デリック・シュラフリーという男がポールフリーで殺されたの」

「大いに興味をそそられる。とくに、シュラフリーもポールフリーも初めて聞く名前だし」

「ポールフリーはインターステート五五を百マイル南へ行ったところにある郡よ。シュラフリーというのは覚醒剤の密造者」

「誰がそいつを撃ったにしろ、クック郡内で犯人が逮捕されたら、ぼくが熱のこもった弁護をひきうけてやるよ」ステファンは約束した。「さてと、ダグが夕食を用意して待ってるから、悪いけど――」

「シュラフリーは十五年ほど、こっちで商売してたそうよ。わたし、当時の仲間を見つけなきゃいけないの。シュラフリーと一緒に暮らしてた女性を捜すのに協力してもらえないかと思って。その女性はね、シュラフリーが殺された時刻に怯えきって電話をよこし、その後、姿を消してしまったの」

ステファンは聞こえよがしにためいきをついた。「女のことは警察にまかせろ、ウォーショースキー。警察にくわしく話すんだ。その女がシュラフリーを撃ったのなら、面倒をみるのはぼくじゃなくて、ポールフリー郡の弁護士の仕事だ」

「行方不明の女性の名前はジュディ・バインダー」わたしは話を続けた。「綴りはB-i-n-d-e-r。ロティ・ハーシェルが彼女の後見人みたいな立場なの」

ロティは数年前にステファンの妹の命を救っている。彼の歯ぎしりが聞こえたが、「できるかぎり調べておく」と、ぼそっと言ってくれた。

「助かるわ、ステファン。やっぱり頼りになる人ね」

「きみはくそったれのゆすり屋と変わりゃしない、V・I」

「ええ、そうよ！　もっとも、くそったれのゆすり屋には、わたしみたいにめざましい成果は挙げられないけど。ダグによろしくね」

事務所を出る前に、最後にもう一度だけメールをチェックした。マーティンに送ったメールが〝フェイタル・エラー〟云々という長いメッセージつきで戻ってきていた。実在しないメールボックスに送信したということだ。ジャリ・リュウが教えてくれたアドレスを再確認したが、わたしが打ちこんだものと同じだった。携帯番号にもかけてみた。その番号が使われていないことを知っても、驚きはなかった。

戻ってきたメールをリュウ宛てに転送した。〝もっと最近のアドレスを教えてもらえませんか。それから、携帯のほかの番号も。教わった番号にかけても応答がありません〟

帰るために事務所の戸締まりをしながら、シカゴ警察の知りあいにも電話したほうがいいだろうかと迷った。シュラフリーに前科があるなら——可能性は高い——仲間の名前もリストになっているはずだ。警察には知らせないでとキティ・バインダーに強く言われていたので、わたしは躊躇した。娘にもたぶん前科があるのだろう。ジュディがティーンエイジャーだったころの苦悩の夜が想像できる。警察からの電話、警察に腹を立てつつ娘と口論。ステファン・クレヴィックのほうで何か突き止めてくれるまで待ち、青い制服の男たちに会いに行くのはそのあとにしよう。

家に帰る途中、わが宿無し犬の様子を見るため、遠まわりをして救急動物クリニックに寄ってみた。損傷を受けた脾臓の摘出手術が終わっていた。開腹したついでに卵巣と子宮も摘出。外傷部分が敗血症を起こしていたので、抗生剤を大量に投与。フィラリアに感染しているが、そちらはそれ専用の特別な治療が必要。これまでの短い生涯のどこかで——獣医の推測だと、現在三歳ぐらいとのこと——肢を骨折したが、自然治癒している。

「ずいぶん不幸な子で、ひどい虐待を受けてきたのに、優しい性格は失われていないわ」獣医は言った。「ちょっと神経過敏だけど、咬みつくようなことは一度もなかったから、家に連れて帰っても大丈夫よ」

「そうね」わたしは曖昧に答えた。「うちにはすでに犬が二匹いて、わたしはフルタイムの仕事をしてるの。この子が順調に回復したら、ちゃんとした家庭を見つけてやることにするわ」

受付係から、今日までの治療費を払ってほしいと言われた。四千八百ドルほどだったが、わたしは文句も言わずにクレジットカードを渡した。仕事で出会う相手のなかには、いくら恵まれた環境にいても咬みつく傾向のある者がたくさんいるので、不平を言わないロットワイラー犬を救うための出費なら惜しくない。

うちの犬たち――ゴールデン・レトリヴァーと、その息子でラブラドールとのミックス犬――が、十二時間ではなく十二ヵ月も離れ離れだったような顔で迎えてくれた。この二日間、ちゃんと運動させる時間がとれなかったので、ゆっくり泳がせてやろうと思い、車でミシガン湖へ連れていった。わたしと共同で犬の面倒をみている階下の隣人も一緒についてきた。わたしはしばらく湖に浮かんで、冷たい水に今日のストレスをいくらか癒してもらった。

岸に戻ってから、犬にボールを投げてやりながら、ミスタ・コントレーラスとおたがいの一日を報告しあった。わたしが冒険に誘ってあげなかったことを知っても、老人はいつものような非難がましい態度はとらなかった。わたしのいとこのペトラから、今日、長いメールが届いたのだ。ミスタ・コントレーラスはペトラが大のお気に入りで、彼女が平和部隊に加わるためにシカゴを離れたときはひどい嘆きようだった。ペトラがいるエル・サルバドルの辺鄙な村はネット環境があまりよくないため、今日のメールで老人はすっかりご機嫌になったというわけだ。

わたしの話を聞きおえて、老人がいちばん気にかけたのはロットワイラー犬のことだった。

「どんな名前にすればいいと思う、嬢ちゃん？」

「わが愛しの人」わたしは明るく答えた。「ほら、歌詞にもあるじゃない。〝いま別れを告げよう、わが愛しの人〟って」

ミスタ・コントレーラスは非難の目でわたしを見た。「めちゃめちゃな名前だ。自分でもわかっとるだろうが、クッキーちゃん。なんだか運命のような気がするんだ。ロティ先生のギャルを捜しに出かけて、その犬の命を救ったんだから。わしらにはすでに犬が二匹おる。もう一匹増えたところで、どうってことはあるまい？」

ミスタ・コントレーラスはもう九十歳に近いが、体力と気力は杭打機並みのすごさだ。とは言え、大型犬を散歩に連れて出られる日々はすでに過去のもの。

わたしは老人に片腕をまわした。「予算を立ててみましょう。フルタイムのドッグウォーカーを頼む余裕があるかどうか、半分野生化したようなよそ者をミッチとペピーが受け入れてくれるかどうか、じっくり考えましょう。ロットワイラーはフィラリアが駆除されるまで、当分のあいだ隔離しておく必要があるの」

ミスタ・コントレーラスの唇が動いていた。わたしの話を聞いていたのかどうか疑問だった。「モトルって名前にしよう。〝わが愛しの人《マイ・オウン・トゥルー・ラブ》〟の頭文字をつないで」

7　ロケット工学

スキンド家を訪ねると、玄関でジェニーンとザカリーがわたしを迎えた。かろうじて横並びになって。ザカリーは大柄な男だった。ジェニーンはほっそりタイプだが、玄関口で夫と並んで立つのは少々無理があった。

こちらが名乗りおえる前に、ザカリーがわたしの身分証明書を要求した。スコーキーの住民のあいだでは、どうやら、わたしの身元を確認することが流行っているらしい。わたしはザカリーに名刺を渡し、探偵許可証を見せた。ザカリーはむずかしい顔で許可証をながめたあと、家に入れるしかないと渋々判断した。

「どういうことだ？　キティ・バインダーはどういうわけで、うちの息子が探偵と話をすべきだと思ったんだ？」ザカリーが言った。

ザカリーの太鼓腹のおかげで、わたしはひらいたドアの端に押しつけられていた。ぶつかるのを覚悟して前に出ると、向こうは一歩下がった。

マーティンの失踪に関する説明を、あらかじめ三十秒に短くまとめておいた。「ミズ・バインダーの話だと、マーティンの友達と呼べるのはおたくの息子さんしかいなかったそうです」わたしは話を締めくくった。「マーティンがどこへ向かったのか、息子さんがご存じなですか」

「息子さんに尋ねたんですか。マーティンがいなくなったことを、あなたはご存じだったん

「あいつは何も知らん」ザカリーはそっけなく答えた。

いか訊いてみたいんです」

ザカリーはいやな顔をした。

に出ていったとしても、トビーは利口な子だから、巻きこまれるようなことはない。うちの

息子を困らせるのはやめてほしい」

「困らせるつもりはありません。マーティンが何か違法な、あるいは危険なことをするため

たしは疲れていた。ふたたび北へ向かう前に、ミスタ・コントレーラスが作ったマカロニチ

ーズを二口か三口——ブロッコリーとマッシュルーム抜きで——食べる時間しかなかった。

「マーティンと話をしなかったか、訊いてみるだけです」わ

冷静な声を保つには努力が必要だった。

「マーティンがどこかの溝で死体になって発見され、わたしがお宅の息子さんから少しでも

話を聞いていれば、マーティンは死なずにすんだかもしれないと思ったときに、わたしは探

偵として悔やんでも悔やみきれない思いをするでしょう」冷静な声を保つ努力はしないこと

にした。

居間に入ったほうが気持ちよく話ができる、とジェニーン・ススキンドが穏やかに言った。

「それに、脅しをかけあうのはやめたほうがいいわ」と、つけくわえた。

ススキンドの家はバインダー家の背後の通りに面していて、もっと広くて風通しがよかっ

た。通された居間にはベージュのカウチとアームチェアが置かれ、壁にかかったブルーとゴ

ールドの大きな抽象画とよく調和していた。ガス式の暖炉の前に置いてあるガラスのテーブルには、コーヒーカップとポットの並んだトレイがのっていた。

妻がコーヒーを注ぐ儀式を終えたところで、ザカリーは言った。

「マーティン・バインダーの母親が深刻なドラッグの問題を抱えてることは、誰だって知っている。マーティンとトビーが十歳のころだったが、ある日、あの女がやってきて、ジェニーンにもキティにも無断で二人をグレート・アメリカへ連れていった。最後はスコーキー・ハイウェイの街灯に車をぶつけてしまった。誰も怪我せずにすんだのは奇跡だし、われわれから訴訟を起こされずにすんで、あの女も悪運が強かったってもんだ。

わたしはトビーに言ってやった。パパとママに何も言わずにマーティンと二人でどこかへ出かけるようなことは、今後ぜったいするんじゃない、と。息子は言いつけをすなおに守った。高校に入ってからもずっと。マーティンと一緒にキャンプに出かけたことが二回ほどあったが、わたしがトビーに毎日電話して、あのヤク中が近くにきていないことを確認しておいた」

わたしは眉間のしわをこすった。「ミスタ・ススキンド、マーティンがこの八月に息子さんと話をし、母親に会いに行くつもりだと言ったことはなかったでしょうか」

「そんなことは——ない」ススキンドはここで初めて、自分が何を言っているかに注意を向けた。ふたたび口をひらいたとき、喧嘩腰の口調は弱まっていた。「だが、マーティンが一人で何かするつもりで、それをトビーに打ち明けたなら、トビーがわたしに話してくれていただろう」

「ザック、あの子たちはもう十歳じゃなくて二十歳なのよ。なんでも話すとはかぎらないわ」ジェニーンが言った。

「マーティンの無謀さや危険性は、十年前に比べて少しも変わってないようだな」夫は言った。「レンが亡くなったあと、キティの狂気じみた考えに歯止めをかける者がいなくなってしまった。キティはいつも、誰かに狙われてると言ってたから、たぶん、その連中を見つけだすよう、マーティンを説得したんだろう」

「いつも恐怖につきまとわれてたのかしら」わたしは尋ねた。「けさ、ふと思ったんです。その恐怖は子供時代の経験から生まれたものなのか、それとも、もっと最近の出来事が――たとえば、自分の娘がドラッグに溺れていることが――原因なのか」

「要するにそれだろうな」ザカリーは言った。「あんな祖母に育てられたんじゃ、マーティンが孤独な若者になったのも無理はない。うちの妻はマーティンを不憫に思っているが、妻だって認めるしかないだろう。マーティンのせいで、トビーが危険きわまりない目にあったことが何度もあった」

　コーヒーはわたしの好みからすると薄すぎた。失礼にならないよう、二口か三口飲んでから、カップをトレイに戻した。

　ジェニーンはクスッと笑った。「あの程度じゃ、危険だなんて言えないわよ。マーティンはチャレンジャー号の悲劇を再現しようとしたの。十二か十三のころ、あの爆発事故に魅了されて。レンと一緒にロケットの模型をいくつも作ったわ。事故の様子を再現できるかどうか、マーティンが実験しようとしてたから、トビーも見に行かずにはいられなかった。だって、路地の向こうに住んでる男の子がロケットを発射させるのよ！」

「トビーの目玉がえぐられてたかもしれん。あるいは、マーティン自身の目玉が」ザカリーがブツブツ言った。「だが、おまえもよく知ってるように、マーティンがガレージに二酸化炭素を充満させたため、二人は危うく窒息死するところだった」

「その件であなたが激怒されたことは、ミズ・バインダーから聞きました」わたしは言った。

「ザック」ジェニーンが言った。「やめてよ。あなたったら、ミズ・ウォーショースキーにひどく偏った印象を植えつけようとしてる」

ジェニーンはわたしのほうを向き、コーヒーカップを持ったまま身を乗りだした。「マーティンはリチャード・ファインマンを崇拝してたの。ファインマンが全国ネットのテレビに出たときのこと、覚えてらっしゃる？　テレビで説明してたでしょ。宇宙空間でロケットのOリングが凍ったために破損したことを。マーティンの熱狂がトビーにも伝わって、あの子、帰ってくるとさっそくその話を始めたのよ」

「ロケットだものな」ザカリーはそっけなく言った。「マーティンがレンに手伝ってもらって作ったロケットを見れば、十二歳の少年なら誰だって夢中になるさ」

「ええ、たしかに」ジェニーンは認めた。「何年も前からマーティンの悪口を言ってた近所の子たちが、一人残らず集まってきたわ。マーティンとレンがロケットを発射させるのを見るために、湖まで行こうとしたの。

その前に、マーティンはロケットを凍らせようとして、レンに頼んでドライアイスを大量に買いこんでおいた。ガレージをドライアイスでいっぱいにしてから、マーティンがロケットを凍らせるために、ガレージのなかに置いた。それだけのことだったの。マーティンもトビーも頭がちょっとふらついただけで、ほかにはなんの症状も出なかったわ」

「ロケットのほうも、なんの結果も出さなかった。一台がタブマンの家に落ちて、屋根に火がついただけだった」

「めちゃめちゃクールだったよ！」

その言葉に、わたしたち三人全員が飛びあがった。ススキンド家の末っ子がドアのそばに立っていたことに、誰も気づいていなかった。こんなに髪の毛が多くて、その色がこんなに赤い男の子も珍しい。

「ヴォス！」ジェニーンが言った。「宿題があるんじゃないの？」

「ほとんど終わったよ。ほんとだってば。あと残ってるのは歴史と物理だけで――」

「いますぐ上へ行きなさい。今夜も十二時すぎにベッドに入るようなら、ママ、許しませんからね」

「ヴォス」わたしは横から言った。「マーティン・バインダーが先月出ていったとき、どっちのほうへ行ったか知らない？」

「親の許可も得ずに質問するのは、やめてもら――」ザカリーが言いかけたが、妻が首をふって黙らせた。

「ヴォス、この人はミズ・ウォーショースキー。探偵さんでね、マーティンに何があったのか調べたいんですって」

ヴォスはうなずいた。わたしがきてからずっと話に耳を傾けていたのだ。不安げな視線を父親にちらっと投げると、父親は不機嫌な顔で話の先を促した。

「ぼく《ミー》とサム・ラスティックが――」

「サムとぼく《アイ》」ジェニーンが横から注意した。

「サムとぼく《アイ》がプールへ行こうとしてたら、ガレージからマーティンが出てきたんだ。キャンプ用品を自転車にくくりつけて。あのね、マーティンは爪みたいに折りたためるクールなテントを持ってるんだ。だから、キャンプに行くんだろうと思った。でも、トビーは一緒じゃなかった」

「誘ってもらえなかったら、トビーは気を悪くしたかしら」

「それはないと思うわ」ジェニーンが言った。「トビーは友達がたくさんいるから。小さいときからそう。でも、マーティンのほうは、そうね、友達は一人で充分っていうタイプだったわ。トビーを誘わずにキャンプに出かけたのなら、それはトビーが断わったからでしょうね。うちの子が大学に入ってから、なんとなく疎遠になったみたい」

「マーティンが姿を消して二週間近くになります」わたしはくりかえした。「警察に通報しなくてはなりません。警察の介入をキティはひどくいやがっていますけど」

ヴォスは口をあんぐりあけて聴き入っていた。「マーティン、殺されたの？」

「そんなことないわ」わたしは心にもない熱意をこめて答えた。「殺されてたら、すでに誰かからお祖母さんに連絡が入ってるはずよ」

「まだここにいるつもり？」ジェニーンが息子に言った。「この会話はあなた向きじゃないし、あなたを話題にしてたわけでもないのよ」

ジェニーンがヴォスを二階の部屋へ追いたてたあとで、わたしは彼女がさきほど口にした、近所の子たちがマーティンの悪口を言っているという件について尋ねてみた。「どんな悪口を?」

ジェニーンは困った顔をした。

「キティってすごく変わってるでしょ。居心地の悪い家だから、子供たちはぜったい遊びに行こうとしなかった。マーティンの誕生日でさえ。レンが何回かがんばったけど。近所をまわって、一人一人招待したの。でも、誰もこなかった。きたのはグラックマンさんのところの小さな女の子だけだった。でも、あの子はマーティン以上に友達のいない子だったの。

もちろん、みんな、ジュディ・バインダーのよくない噂を知ってたから、子供たちも悪口を言うようになったのよ。マーティンが幼稚園に入ると、キティがレンのお古を着せて通わせるようになったから、とくにね。丈詰めはしてあったけど、それでも、子供の着るような服ではなかったわ。うちでは、いじめの仲間に入らないようトビーにきびしく言い聞かせておいたけど、トビーがようやくマーティンとつきあうようになったのは、ロケット事件のあとだった」

ジェニーンは急に言葉を切って、コーヒーポットをわたしのほうに差しだした。「とにかく」わたしがあわててコーヒーを断わると、さらに続けた。「マーティンは自分が孤独だと思わなくてすむように、実験やコンピュータに逃げてたんでしょうね。高校に入ると、クロスカントリーで活躍し、コンピュータの世界ですごい才能を見せはじめたから、悪口は言われなくなったけど、本当の友達はできなかったんじゃないかしら。ただ、ひとつだけ言っておくと、トビーがロチェスターの大学に入れたのは、最上級生のときにマーティンと共同でおこなったプロジェクトのおかげだと思うの。トビーのSAT（大学進学適正試験）の数学の点数は、マーティンよりずっと低かったんですもの」

「マーティンはいつも百点満点だったからな。トビーのほうが低くて当たり前だ」ザカリーが横から言った。「誰もが驚いてたよ。たぶん、マーティン自身も驚いただろう。なにしろ、高校であれだけの変わり者だったんだから。マーティンには帳簿係という未来があると、キティは思った。キティが一度だけわたしと話をしたことがある――わざわざ会いにきたんだ――わたしが勤めてる会計事務所でマーティンを雇ってもらえないかと打診するために」

「力になってあげたんですか」わたしは訊いた。

「マーティンが関心を示せば、事務所のほうへ一応頼んでみたかもしれないが、コンピュータの天才で孤独な変人となると――クライアントの口座にハッキングされそうで、そのほうが心配だった」

　これを聞いて、べつの可能性が浮かんできた。ハッキングをやっているマーティンを、FBIが調べていたのかもしれない。

「マーティンはハッカーだったのかしら。息子さんに訊けばわかるでしょうか」

　ジェニーンは眉をひそめた。「この夏、トビーとマーティンが会ったのはせいぜい二回ぐらいじゃなかったかしら。マーティンが何か違法なことに首を突っこんでたとしても――わたしにはわからないわ。トビーがロケット見たさにマーティンのあとを追う日々は、とっくに終わっていたのよ。でも、マーティンみたいな男の子が何をするかは、予測がつかないわね。キティがあの子を大学へ行かせなかったのが残念だわ。キティはいつも言ってたの——ブルーカラーの労働こそが良き社会の土台であり、自分の父親と夫がそのすばらしい見本だって。マーティンが大学へ行けば、科学者になり、傲慢になっただろうとも言っていたわ」

「なぜまたそんなことを？」わたしは訊いた。「原理主義者なんですか。それとも、科学者に裏切られたことでもあるのかしら」

ザカリーが冷酷な笑い声を上げた。「裏切るぐらい深い仲になる男がいたなんて、想像できるか？」

ジェニーンは咎めるように首をふった。「わたしたちが知りあいになったとき、キティはすでに年老いてたわ。うちの一家はトビーが二歳のときからここに住んでるけど、キティのことは何ひとつ知らない。戦争中に何かあったんじゃないかしら。あ、第二次大戦のことよ。スコーキーには、ホロコーストを生き延びた人たちがたくさん住んでるの。と言うか、かつてはそうだった。みんな、年をとって死んでいくから。キティの奇妙な態度にしても——戦争と関係している可能性がなくはないでしょうね」

「キティはウィーンで育ちました」わたしは言った。「でも、九歳ぐらいのとき、ユダヤ人の子供たちを受け入れようという〈キンダートランスポート〉運動によって、ロンドンへ渡ったのです」

ジェニーンはうなずいた。「あとに残してきた人をすべて失ったのなら、そして、そのなかの一人が科学者だったのなら、科学に裏切られたという思いを持つようになるかもしれないわね。キティは原理主義者ではないけど、気候変動や医療リサーチのことがニュースになると、いまでも文句をつけるのよ。周囲のみんなに必死に訴えようとするでしょうね——科学者は人の心に未来への不安を刻みつけようとして、口からでまかせばかり言うって」

「マーティンのことは警察に知らせないでほしいと、キティが執拗に言うのは、ウィーンの子供時代に関係してるのかしら」

「ジュディのせいさ」ザカリーが言った。「そのころ、うちはまだこっちに越してきてなかったが、ラスティックの一家や、ほかの家の連中が当時の様子を話してくれた——毎晩、警察が張ってて、ジュディがコカイン漬けで帰ってきたり、高校の校庭でドラッグを売ったというので逮捕されたり。警察へは行くなとキティが言うのなら、それはきっと、マーティンがジュディのとこへ行ったのを知ってるからさ」

「ありうるわね」ジェニーンも同意した。「でも、それでマーティンの身が安全ってことにはならないわ。母親と仲間を説得するつもりで出かけていって、逆にひどい目にあってるかもしれない」

部屋の外で誰かがくしゃみをした。廊下に出てみると、ヴォスが階段の下でうろうろしていた。ジェニーンもわたしのそばにきた。

「きみ、めげない子ね」母親がヴォスを叱りつける前に、わたしが言った。「マーティンは自転車で出かける前になんて言ったの？」

「最初に、〝またな《アスタ・ラ・プロクシマ》〟って。ぼくが小さかったとき、よく、メキシコの山賊ごっこをしてくれたから」

「それから？」ヴォスが黙りこんだので、わたしは催促した。

ヴォスは横目で母親を見た。「図書館に本を返しといてほしいって、ぼくに言った。返却期限までに帰ってこられないと困るからって。いいよってぼくが答えると、家に入ってから、本を持って出てきた」

「それで、返却したの？」母親が訊いた。

ヴォスは素足で階段の下のカーペットをこすった。「あの……忘れてた」

「じゃ、いま思いだして、ここに持ってらっしゃい。延滞金を請求されたら、あなたが払うのよ」

ヴォスは階段を駆けあがった。彼が部屋のなかを捜しまわるあいだ、ドサッという音が続き、やがて静かになった。ザカリーがわたしたちの背後にきて、何事だと尋ねた。

「すぐ戻るわ」ジェニーンは夫に返事をして階段の下へ行き、本を持ってくるよう、二階のヴォスに向かって叫んだ。

「ティーンエイジャーの特徴か、それとも、ゲームや携帯メールのやりすぎか知らないけど、あの子の注意持続時間ときたらハエ並みなのよ。ヴォス！　早くしなさい！」

ドサッという音と、ガサガサいう音が何度か聞こえてきたが、さらに一分たったところで、ジェニーンが階段をのぼっていった。憤慨の面持ちで戻ってきた。

「本が見つからないんですって。マーティンのかわりにわたしが図書館に謝るなんてごめんだわ。本をどこへやったのか、ヴォスが思いだしてくれるといいんだけど」

「なんの本か、本人は覚えてます？」わたしは訊いた。

ヴォスが母親の背後にやってきた。「知らない」惨めな顔で言った。「表紙が気持ち悪かった。誰かが自由の女神をナイフで刺してるの」

本捜しを頼まれたときに、書店員や図書館の司書が大歓迎しそうな説明！　赤い表紙だった。サメ／子犬／自由の女神のイラストがついていた。

ジェニーンは末息子を部屋へ追いかえした。わたしは部屋のドアの閉まる音が聞こえるまで待ってから、きのうポールフリーで見聞きしたことをジェニーンに話した。

「どうしてもトビーから話を聞く必要があるんです。もしくは、マーティンが事情を打ち明けていそうな相手から。ポールフリーの家は修羅場になってて――」

ジェニーンは背後の居間のほうを向き、夫を見た。今回、咎めるように首をふったのは夫のほうだった。

「トビーに近づくのはやめてほしい」ザカリーはにべもなく言った。「こっちからトビーに電話して、そのうえで、あの子の返事をあんたに伝えよう」

ジャリ・リュウと同じね。社のスタッフと、あるいは、わが子と話をされては困る、とみんなから思われるなんて、わたしの顔のどこがいけないの？

「息子さんとは話をしない、などという約束はできません。マーティンが家を出ていく前の何週間か、何を考えていたのか、それを知っている人をどうしても見つけなくてはならないんです。たとえ息子さんは何も知らないとしても、マーティンとの共通の友人の名前をいくつか教えてもらえるでしょうし」

「トビーはまだ子どもだ」ザカリーは言った。「親の了解を得ずにあんたがトビーと話をするのは違法行為になる」

「わたしは警官ではありません、ミスタ・ススキンド。人を逮捕する権限や、尋問する権限はないので、その法律はわたしには適用されません」

わたしを玄関まで送りながら、ジェニーンが小声で詫びた。

「こういう仕事をしていると、よくあることです」わたしは言った。「マーティンがヴォスに預けた本が出てきたら、電話で題名を教えてもらえません？」

ジェニーンはそうすると約束した。本が見つかれば夫の無愛想な態度の埋めあわせになるという彼女の思いが、わたしにも伝わってきた。

8　スウェーデン国王と晩餐

スキンド家を出たとき、時刻は夜の九時をすぎていたが、ともかくロティのところまで車を走らせた。ゆうべは診療所から帰宅していたロティを訪ねて、短時間だけ話をした。ジュディ・バインダーから新たな連絡は入っていなかったが、ロティはわたしが何を探りだしたかを知りたがった。

「バインダーの家にはいまもレースがあふれてる?」ミシガン湖を見渡すバルコニーに腰をおろしたところで、ロティが訊いた。

わたし自身、レースをうっとうしく思っていたが、ロティの口調に何かひっかかるものを感じて、キティ・バインダーを弁護したいというひねくれ根性が芽生えた。「きれいな品ね。お祖母さんから教わったという話だったわ」

「ええ、ケーテのお祖母さんは腕のいいお針子だったの。ドレスやカーテンの仕立て、わたしの祖母の靴下の繕いに加えて、刺繍やレース作りなど、なんでもできる人だった。わたしはあの人を見下していた。たぶん、祖母の態度をまねていたのね。もっとも、祖母の世代の女性はみな刺繍ができたし、編物だってできたのよ。わたしたちみんながゲットーで必死に生き延びなくてはならなかった時代には、お客をもてなす祖母の才能より、フラウ・ザギノールの技術のほうがはるかに重宝だったわ」ロティの声には苦々しさがにじんでいた。

「わたし、ミズ・バインダーの家族のことで、つい無神経なことを言ってしまった。姉妹二人と一緒に写ってるスナップがあって――」

「姉妹がいるって、ケーテが言ったの？」ロティが口をはさんだ。「ケーテもわたしと同じ一人っ子だったのよ」

そう言われても、わたしには信じられなかった。「みんな、水着姿だったわ。両親と娘三人」

「どんな外見だった？　その両親という人たちは」ロティが訊いた。

「そうしげしげとは見なかったけど。小太りで、陽気な感じだった。男性のほうは黒っぽい髪のてっぺんが薄かったわね。女性のほうは――よくわからない。大きな麦わら帽子をかぶってたから」

「わたし、ケーテのお母さんのことなら知ってるわ。夕食の時間に帰るのを忘れてしまうような人だから、ケーテの家でよく口論があったのを覚えてるわ。食べることに興味がなかったのね、フロイライン・マルティィナは。あ、ケーテのお母さんのことよ。痩せていて、骨ばった顔に生真面目な表情を浮かべた人だった。それはともかく、ケーテはほかの点でもわたしと同じだったわ。どちらも家に父親がいなかったの。

どっちのパパがいいかをめぐって、ケーテとわたしは愚かな口喧嘩ばかりしたものだった。わたしが少なくとも自分の父親を知っていて、父がその両親と姉妹と一緒に住んでいる狭いフラットに母が泊まる気になったときには、わたしも父に会いに行けるというのが、ケーテにはくやしかったみたい。負けず嫌いだから、自分の父親について荒唐無稽なお話を作りあげたものだった」

ロティは耳ざわりな笑い声を上げた。「わたしの父がストリート・ミュージシャンだってことは、ケーテも知ってたから、自分の父親はもっと立派な人でなきゃと思ったんでしょうね。父親がアルバート・アインシュタインに会ったとか、スウェーデン国王と晩餐を共にしたといった話を聞かされて、わたしはうんざりだったわ。その偉いパパって誰なのよ？　よく、そう尋ねたものだった。でも、ケーテは父親の名前も言えなかった！　ある日の午前中、父親のことばかり聞かされて頭にきたから、ケーテをひっぱたいてやったわ。そしたら、謝りなさいって祖母《オーマ》に叱られた。〝おまえの気持ちはわかるけど、ロットヒェン、そういう形で示すものではなくてよ〟と言われたわ」

「スウェーデン国王との晩餐、アインシュタインの友達――そこから考えると、ミズ・バインダーの父親は、もしくは、彼女が父親だと思っていた男性は、ノーベル賞受賞者のようね」わたしは言った。

「ええ、わたしだって、アインシュタインの力を借りなくても、それぐらいは推理できるわ」ロティはそっけなく言った。「でもね、ケーテには姉も妹もいなかったの。二人の少女とその幸せそうな両親と一緒に撮ったスナップ写真があったから、勝手に話をこしらえたんじゃないかしら。ノーベル賞の話をでっちあげたのと同じように。いまではそれを事実だと思いこんでるんだわ」

「たしかなの？　あなたが彼女を嫌ってるのはわかるけど――」

「だからって、ケーテのことで勝手にお伽話をこしらえるようなことはしないわ！」ロティはぴしっと言った。「ケーテのお母さんはウィーンの女子工業高校で理科の先生をしていたの。だから、ケーテは空想の世界で、科学者の父親を作りだしたんじゃないかしら。お母さんはたしか、ウィーンの放射能研究所の研究員でもあったはずよ。ケーテは高校の先生の一人か、母親を訪ねてきた研究所の誰かに憧れてたのかもしれない」

わたしは顔をしかめた。「わたしがキティと話をしたときは、父親は大工だったと言ってたわ。孫息子には理論的な研究なんかさせたくない、厄介ごとを招くに決まってるから、とも言ってた。どっちが本当なの？　ノーベル賞受賞者？　それとも、大工？」

ロティは両手で無力さを示すしぐさをした。「ウィーンを離れたときは二人ともまだ幼かったし、それが心に大きな傷を残したから——ケーテがどんな人生を送ってきたのか、わたしにはまったくわからない。イギリスでケーテをひきとってくれた家の人が大工だったのかもしれないわね。その家のことは、わたし、何も知らないけど」

「キティの話だと、家族はみんな殺されたということだった。ところが、終戦後シカゴにやってきたのは、両親が戦争を生き延びてシカゴで暮らしていることを、ウィーンの誰かから聞いたからだって言うの。話がこんがらがっててわけがわからないけど、ひとつはっきりしてることがあるわ。キティの孫息子が姿を消した。そして、キティは警察を恐れている。わたしから警察に知らせるしかないけど、キティはきっと不満でしょうね」

「まったくもう、いつだって警察のことで騒ぎたてるんだから！」ロティは叫んだ。「ケーテは自分のやることをドラマと謎で包みこまないと気のすまない人間なの。父親がノーベル賞をもらったって言いはるのと同じね。自分は重要人物だからＦＢＩに動きを監視されてる、と思いこんでる。ジュディがおかしくなったのも仕方がないわ。あんな変てこな家で育ったんですもの。レンが何年ものあいだどうやって耐えていたのか、わたしには理解できない」

「近所の人の話だと、ジュディが思春期だったころ、警察がしょっちゅうバインダー家にやってきたそうよ。キティはたぶん、自分たち家族が警察につきまとわれることに耐えられなくなったのね」

「ええ、でも、ケーテは初めてシカゴにきたときから、そういう考えにとりつかれてたのよ。〝わたしのことはぜったい警察に言わないで。でないと、殺されてしまう〟って言うの。わたし、最初は、戦争を生き延びた者のパラノイアだろうと思ってた。知ってのとおり、わたし自身も制服の人間に対してアレルギーがあるから。自分の祖父が警官に殴り倒されるのを目にすれば――いえ、やめましょ。ケーテを見ていていらいらするのは、現在と過去の区別をつけようとしないことなの。現実の脅威と架空の脅威がごっちゃになっているの」

ロティの呼吸が荒くなっていた。わたしは墨を流したような湖面を進む船の光をながめながら、じっと待った。ロティは自分のカップにコーヒーのおかわりを注いだ。濃厚なウィーンふうのコーヒーは、ススキンド家の薄いコーヒーとは雲泥の差だが、わたしはしぶしぶ辞退していた。このところ、カフェインに睡眠を邪魔されるようになっている。でも、ロティはそんな悩みには無縁のようだ。

「これからどうするの？」ようやく、ロティが訊いた。

「マーティンが高校で仲良くしてた友達が一人いるから、その子に連絡をとるつもり。今夜、その両親に会ってきたの。息子がロチェスターの大学に通ってるって話だった。どの大学なのか突き止めなきゃ。それと、ジュディ・バインダーの仲間も何人か探してみるわ。きのうの朝、怯えきったジュディが助けを求めた可能性のある相手を、ほかに誰か思いつけない？」

「わたしもジュディとそんなに親しいわけじゃないのよ。ジュディからすれば、困ったときに泣きつく相手というだけのこと。それが始まったのはあの子がティーンエイジャーのときだった。初めて診療所にやってきたときは驚いたわ。でも、それ以後、恒例のようになってしまった。性病にかかった。妊娠した。ある夜なんか、ドラッグでひどい幻覚症状を起こしてやってきた。あのときは閉鎖病棟に一カ月入院することになったわ。

そのあと何年か音信不通が続き、やがてある日、いきなりやってきたの。妊娠してたわ。そのときの子がマーティンよ。人生をやりなおす気になったんだと、わたしは思った。出産までずっとクスリと縁を切ってたし、産後も四カ月か五カ月はまともに暮らしてた。ただ、長続きしなかったけど」

「父親が誰なのかわかる？　その男とずっと連絡をとってたのかしら」

ロティは両腕を持ちあげ、知らないというしぐさを見せた。「わたしはジュディの医者というだけで、告白に耳を傾ける立場にはなかったわ。それに、ジュディは誰とでも寝てたから、どの男の子供なのか、たぶん、彼女自身にもわからなかったんじゃないかしら。わたしから見て奇跡だったのは、マーティンがとても聡明な子だったこと。ドラッグ常用者に妊娠の責任があったのなら、と言うより、無責任な男だったのなら、脳損傷の危険性が高かったはずだから」

「なるほど。その子、SATの数学で百点満点をとったのよ。その方面での脳損傷はなかったわけね。ただ、あなたの旧友との暮らしで、大きな精神的ダメージを負ったようだけど」

「ヴィクトリア、やめて。古傷をえぐられるような気がする」ロティは話を続けるのをためらい、コーヒーカップを指で弄んだ。「ジュディは自分一人でマーティンを育てていくのは無理だと悟って、養子にしてくれないかとわたしに頼んできたの。わたしはいい里親を見つけるのを手伝おうとジュディに約束したけど、当時は外科医の仕事でとても忙しかったから、たとえわたし自身がマーティンをひきとったとしても、乳母を雇って育てるしかなかったと思う」

わたしは金属テーブル越しに手を伸ばしてロティの手を握りしめたが、彼女は手をひっこめた。

「わたしの選択が正しかったなんて言わないで。乳母のほうがケーテよりましだったと思うけど、わたしが何もせずにいるうちに、ジュディは赤ちゃんを両親に預けてしまったの」

居間から洩れてくるかすかな光のなかで、ロティの唇が苦々しくゆがむのが見えた。「ジュディはわたしに裏切られたと思ったでしょうね。その日以来、顔を合わせたのは二回だけだった。マーティンのバル・ミツバーと、それから、レンのお葬式で。どちらのときも、ジュディは不健康な感じだった。たしか、あなたと同年代だけど、やつれて、老けこんでて、あなたの母親と言ってもいいほどだった。レンのお葬式で会ったときは、これから農場で暮らすことになった、田舎暮らしですっぱりクスリと縁が切れるかどうかやってみる、って言ってたわ。わたしはジュディを信じようとした。もちろん、それはわたし自身をだましてただけ。自分が落胆させてしまったと思う相手を前にしたとき、人はそんなふうに反応するものよ。相手が自分抜きで問題を解決してくれるよう願うものなの。ジュディが息子を彼女の不健康な世界にひきずりこんでいなければいいけど」

「それは大丈夫だと思うわ。マーティンは二十歳――その世界に迷いこんでいるなら、すでに誰かが徴候に気づいてるでしょうから」

わたしはロティに、マーティンが〝計算の合わないことがある〟とキティに言っていたことと、母親が彼の金をくすねていると思ったのではないかというわたしの推測を話した。

「母親を問い詰めようと思って、ポールフリーまで自転車で出かけたんじゃないかしら。でも、どうしてマーティンもジュディも姿を消してしまったの？　ジュディが助けを求める電話をよこしたとき、マーティンも一緒だったとは思えないけど」

「いまのあなたにできることは？」ロティが訊いた。

「国選弁護士会の知りあいに頼んで、遺体となって発見された男性の仲間を探してもらってるところなの。マーティンのパソコンは彼がハードディスクをとりはずしていったから、ハッキングして手がかりをつかむのは無理だけど、現在使われているメルアドが手に入れば、どこでログインしているか突き止められるかもしれない。それから、キティ・バインダーの両親が終戦直後にこちらにいた可能性があるかどうか、調べてみようと思ってる。マーティンは子供のころにその話を聞いてるんじゃないかしら。もしかしたら、その両親の行方を突き止めようとしたのかもしれない。キティの旧姓はなんだったの？」

わからない」

「ザギノール」ロティは言った。「でも、忘れないで。それは母親の名字よ。父親のほうは

「ノーベル賞受賞者のリストを手に入れるのは簡単だわ。一九二〇年から一九三九年のあいだに受賞した人物。該当するのはそのあたりね。父親が大工でなかったのなら。でも、ひょっとすると、スウェーデン国王と晩餐を共にした大工だったのかもしれない。ノーベル賞受賞者じゃなくて、単に国王専属の大工さん」

それを聞いてロティは笑いだしたが、アパートメントを通り抜けてエレベーターまで送ってくれるあいだも、その顔には不安な表情が残っていた。

家に向かって車を走らせる途中、いささか手遅れながら、〝内密の話だとおっしゃるなら、秘密を守ることを約束します〟とキティ・バインダーに言ったことを思いだした。また、用心しないと、わたしの人生の中心部分にほかの人々がどんどん問題を運びこんでくる、と自分に警告したことも思いだした。もう一日――自分に約束した。もう一日だけバインダーとザギノールの謎にとりくみ、あとは背中を向けることにしよう。

家に着くと夜の十一時近くになっていたが、ジェイク・ティボーと話をするために、寝るのはもう一時間遅らせた。ジェイクはわたしが二、三年前からつきあっているコントラバス奏者。彼がメンバーとなっている室内楽団が目下、西海岸のツアーに出ている。アラスカからスタートして南下し、サン・ディエゴまで行く予定だ。現在、バンクーバー島のヴィクトリアまできている。

ジェイクがいないほうが、わたしのスケジュールはある意味で楽だけれど、長い一日が終

わったときに孤独を感じることもある。今日一日の出来事を報告しあうために、彼のコンサートが終わるまで待った。どう考えても、わたしより彼の一日のほうがはるかに楽しかったようだ。改装された教会でのコンサートは大成功。明日はオフ日なので、友達が沖釣りに連れていってくれるという。

「サーモンが釣れたら、そっちに送るよ」

「ダイニングルームのテーブルに置いて、夕食をとりながら話しかけることにするわ。そうすれば、魚も、わたしも、あなたがいない寂しさを忘れることができる」

ドラッグハウスから救いだした犬のことをちらっと話すと、ジェイクはうめいた。「これ以上の犬はだめだ、V・I、いいね。ペピーはいい子だが、ミッチにはぼくもときどきキレそうになる。三匹目がきたら、二人のあいだで深刻な話しあいをすることになるぞ」

「三匹目がきたら、わたしは証人保護プログラムのお世話になることにするわ」ジェイクを安心させてあげた。「わたしがドラッグハウスで命を賭けてきたことは気にならないの？」

「ヴィクトリア・イフィゲネイア、ぼくに何ができる？　連中には近づくなとぼくが言っても、きみはサボテンのふりをするだけだ。とにかく、いまのところ、三千マイルも離れてるんだ。たとえ、きみのそばにいるとしても、覚醒剤の売人どもをやっつけるのは、ぼくじゃなくてきみに決まってる。ぼくは自分の指のことを心配し、きみはぼくたち二人を守ろうとするだろう」

笑うしかなかった。ジェイクから心配そうな舌打ちをひきだす努力はあきらめて、キティ・バインダーと行方知れずの家族の話に移った。

するとジェイクが興味を示した。「そのキティって女性の旧姓はザギノール？　エルサ・ザギノールというウィーンの音楽家の親戚か何かかな」

「知らない」わたしは驚いた。「それ、誰なの？」

「テレジンの収容所にいた音楽家の一人なんだ。フルート奏者だったが、作曲もしていた。数年前に収容所で見つかった楽譜のなかに、彼女の作品がいくつかあった。うちの楽団でときどき演奏するんだ。かなり複雑なフーガで、セリエル音楽の技法で書かれている。おもしろいのは——死の収容所で作られた曲をおもしろがるのが冒瀆でなければだけど——うちの楽団では、パートごとに録音したものを十個合わせておき、それをバックに生演奏をするというやり方をしている。一心不乱に演奏に集中すると、気分が高揚するものだ」

音楽家の伯母がいることを教えたら、キティ・バインダーも多少は心をひらいてくれるだろうか。それとも、さらに唇をすぼめて、地道な生き方をするかわりにフルートで遊ぶような連中を痛烈にこきおろすのだろうか。

電話を切る前に、ジェイクが言った。「無茶は慎んでくれ、V・I。きみに会いたくてたまらない。これからたった三週間ではなく、一生のあいだ、きみに会いたいと思いながらすごすなんて、ぜったいいやだからね」

9　影なき男の影

夢のなかで、ジェイクがスウェーデン国王の御前に出てコントラバスを演奏していた。国王はジェイクに、朝までに王のための新しい調理場を造らなければ収容所で命を落とすことになると告げた。「そなたの首を雲のなかに入れておけ」国王は叫んだ。「いやなら、余が首を刎ねてやろう」

わたしは国王と戦い、ジェイクのコントラバスを隠し、雲のなかで迷子になって、さんざんな一夜をすごした。朝、目をさましたときは、ベッドに入ったときと同じぐらい疲れていた。頭をすっきりさせたくて、犬を連れずに一人で長時間のランニングに出かけた。

わたしが助けた哀れなロットワイラー犬のことをジェイクにあんなふうに言われて、いささか腹が立ったけれど、たしかに正論だった。ミスタ・コントレーラスの協力があっても、二匹の大型犬の世話をするのは大変だ。瞑想のためのランニングが楽しみなのに、時間がとれないことがしょっちゅうだ。三匹目を飼ったら、もうぜったい無理だろう。

四マイル走るころには、ゆったりしたリズムを刻んでいた。この状態になると、インディアナの州境まで走りつづけたくなる。まわれ右をして椅子の一日と向きあう気にはなかなかなれないが、わたしは地面に足をつけて、せっせと勤勉に働くタイプだ。なんて面白みのない人間なんだろう。

シャワーを浴びながら、今日の予定を立てた。マーティンの友達のトビー・スキンドを捜しだし、マーティンの行き先について何か知らないか探ってみる。キティ・バインダーの父親が誰かを推理するため、図書館でノーベル賞受賞者を調べる。マーティン・バインダーはその幻の家族を捜しに出かけたのかもしれない。本日のお楽しみ会の締めくくりとして、国選弁護士会のわが友人にふたたび連絡をとり、殺された密造者の仲間が誰か見つかったかどうか、確認するとしよう。

携帯番号さえわかっていれば、トビーを見つけるのはもっと簡単だっただろうが、ようやく、ロチェスター工科大学の学生であることを突き止めた。大学は彼の携帯番号を教えるのを拒んだが、大学用のメールアドレスは教えてくれた。基本的に、公開された情報だからだ。トビーから返事がくるのを待つあいだに、一九二〇年代から三〇年代までのノーベル賞受賞者を調べることにした。

それほど大変な作業になるとは思いもしなかった。シカゴ大学の自然科学部の図書館まで出かけて、そちらの資料にあたることにした。一時間以内に行って帰ってくるつもりだった。それはわたしの本日最大のミスではなかった。単に最初のミスだった。

じっくり探したところ、ウィーンの放射能研究所に在籍していた女性たちのことを記したドイツ語の論文のなかに、マルティナ・ザギノールの名前が何カ所か出ているのを見つけた。マックスかロティが論文を翻訳してくれるまで待つのはもどかしかったので、ファイルを資料室のデスクへ持っていくと、ドイツ語の読める若い司書が奥から呼ばれて出てきた。ワイヤフレームの眼鏡をかけ、白いシャツにベストを重ねた姿に、〈影なき男〉に登場する犯罪学者志望のウィリアム・ヘンリーが思いだされた。

若い司書はアーサー・ハリマンという名前だった。わたしはＶ・Ｉ・ウォーショースキーだと自己紹介した。探偵をやっていて、約七十年分の下草を鉈で切り払って進み、すでに亡くなった物理学者の足跡を見つけようとしているのだと説明すると、ハリマンはいっそうウィリアム・ヘンリーっぽい雰囲気になった。「失踪者を捜すわけですか。その物理学者ってドイツのスパイだったとか？　ぼくも銃の使い方を覚えなきゃいけないかな」

「ドイツ語が読めればそれでいいの。わたしは読めないから」わたしのノートパソコンの画面にドイツ語の論文を呼びだして、それをハリマンに渡した。

「なかなか興味深い」論文の一部をスクロールしたあとで、ハリマンは言った。「インスティトゥート・フュア・ラーディウムフォルシュング、つまり、放射能研究所。略してＩＲＦ。ウィーンは原子の秘密を探求する分野において、パリ、ケンブリッジ、コペンハーゲンと競いあっていた。驚くべきは、ウィーンの研究員の四割が女性だったことだ。それに対して、アメリカやヨーロッパのほかの研究所はゼロに近かった。女性を多く雇用していると言われていたイレーヌ・キュリーのラボも含めて」

ハリマンは画面をスクロールしていき、やがて、ザギノールのところにたどり着いた。

「お捜しの女性は、一九二八年から一九三八年まで、女子工業高校《テヒニッシェ・ホーホシューレ》で物理と数学を教えていた。そのあいだの一時期、物理学の博士号を取得するためドイツのゲッティンゲンに移り、帰国後、ＩＲＦの研究員になった。ハイゼンベルクが量子力学の基礎を完成させたのがこの研究所なんだ。物理学の世界の人間は、一度はここにきている。オッペンハイマー、フェルミ、その他多数」

「ザギノールの私生活について何か書かれてないかしら。子供とか、夫とか、そういったこまごましたことが」

ハリマンは論文を最後まで読んだ。「私生活のことは何も出てないな。オーストリアがドイツに併合され、ニュルンベルグ人種法が強引に施行されたあと、ザギノールは高校の教職を失ったが、どういうわけか、ＩＲＦでは、ユダヤ人研究員が即刻解雇されることはなかった。理由ははっきりしない。その後、一九四一年にザギノールはウランフェアインへ送られた」

「なんなの、それ？」

ハリマンはリンク先を二つほどクリックした。彼がいくつかのドキュメントに目を通し、唇を動かしながら頭のなかで翻訳を続けるあいだ、わたしはじっと待った。「文字どおりに訳せば〝ウラニウム・クラブ〟となるが、ここでは、ドイツが原爆製造の理論と技術を開発する目的で作った研究施設を指している。そうした研究施設がドイツに六カ所、オーストリアに一カ所あって、お捜しの女性はオーストリア・アルプスの施設へ送られた」

ハリマンは一人でつぶやきながら、さらに画面に目を走らせた。「さて、一九四二年、ロシア戦線の状況が思わしくなかったため、ドイツでは原爆開発のための資金が底を突いてしまった。しかも、ヒトラーは原子核の分裂が可能だとは、けっして信じていなかった。独裁《ディクテ》者《イター》に研究の決定権《ディクテイト》を委ねることがなぜ誤りであるかを、これがはっきり示している」

ささやかな自分の駄洒落に、ハリマンは軽い笑みを浮かべたが、論文を読みおえたところで真剣な表情に戻った。「残念だが、ザギノールは一九四三年、オーストリアの原爆開発が中止されたあとで東へ送られた。まずテレジンへ送られ、そこからさらに東へ徒歩で向かわされた。行き先はおそらく、ソビボルの収容所だったのだろう。行軍の途中で亡くなったに違いない。ザギノールに関する記述はここで終わっている」

わたしは目をきつく閉じて、ぼろをまとった女性が雪のなかで死んでいく光景を頭から払いのけようとした。「つまり、ザギノールは亡くなる前に、マンハッタン計画のドイツ版にあたるプロジェクトに関わっていたというの？　ドイツにもそんなプロジェクトがあったなんて知らなかった」

「それがあったんだな。狂気のグローバルな軍拡競争」ハリマンは陽気に言った。

「でも――ザギノールはウィーンでも、そのＩＲＦという研究所でも、核兵器開発にあたっていたの？」

「いや、違う」ハリマンはわたしのノートパソコンを置いた。「三〇年代にはほかの研究員と同じように、物理の研究に従事していた。原子の内部構造を解明しようとしていたんだ。あなたが見つけた論文、ほら、放射能研究所の女性研究員について書かれた論文のなかで、かつての同僚の一人がザギノールのことをひたむきな研究者だったと語っている」

ハリマンは画面に視線を戻すと、マウスをクリックして最初の論文に戻った。「いつも高校の授業を終えてから研究所にやってきて、実験にとりかかっていたそうだ。ここに引用されている同僚のコメントによると、ザギノールは何も食べない人という印象だった。休憩室にコーヒーとケーキが用意してあったが、研究室を離れるのはザギノールにとって耐えがたいことだった。彼女の関心は主として、中性子と重原子核の相互作用にあったと、同僚の女性は述べているが、三〇年代には、物理学者も化学者も地質学者もみな、たがいの活動分野をつねに行き来していたものだった」

ハリマンは画面を軽く叩いた。「ザギノールがウランフェアインへ連れていかれた理由がわかるような気がする。奴隷労働ではあったけどね。おそらく、ザギノールはそのころすでに核分裂に着目していた一人だったのだろう。早くも一九三七年には、ウランとトリウムの共鳴断面積をバックグラウンド・ノイズの少ない状態で計る方法を模索し、さまざまな材料を使って実験をくりかえしていたようだから」

わたしはいかにもわかったような顔でうなずいてみせたが、心のなかではうめいていた。シカゴ大の学生だったころ、ライト教授の講義にもっと真剣に耳を傾けておけばよかった。いまの説明を打ちこんでわたし宛てにメールで送ってくれるよう、ハリマンに頼んだ。彼がこころよくメール送信を終えたところで、マルティナ・ザギノールがウィーンかゲッティンゲンで出会った可能性のあるノーベル賞受賞者について尋ねてみた。「一九五五年前後にシカゴにいた人物という条件つきで。なぜなら、マルティナの娘がその人を捜してシカゴにきているから」

これもまた、厄介な探索となった。一九三〇年代の物理学者たちは渡り鳥のようなもので、コペンハーゲンからケンブリッジへ、カリフォルニアからコロンビアへ飛び、その途中、ゲッティンゲンに、もしくは、ベルリンとパリに寄っていた。

ハリマンは言った。「あのころはマンハッタン計画や冷戦の時代と違って、科学の研究に対して政府から助成金が出るようなことはなかったけど、当時の研究者が――男も女も含めて――世界じゅうを飛びまわっていたのなら、どこからかその資金が出ていたはずだ」

わたしたちは一九二〇年代から五〇年代までのノーベル物理学賞と化学賞のリストに目を通した。キティ・バインダーが生まれた時点でドイツもしくはウィーンにいた可能性のある受賞者は何人もいた。ヨーロッパの受賞者の多くが、大戦中、イギリスかアメリカへ逃げている。ハリマンが言うには、シカゴ大学の教授陣に加わった人々もいた。マンハッタン計画に従事したフェルミのように、シカゴで一時期を送った可能性はその誰にでもあるとのこと。

「第二次大戦後、シカゴは物理学のホットスポットになった。フェルミ、テラー、そういった者、シカゴで客員教授としてしばらく教えていた者もいた。

わたしはうなずいた。「ザギノールは一九三〇年か三一年に出産している。だから、父親は二九年か三〇年にウィーンかドイツで出会った男性ということになる。あなたの話からすると、ヴェルナー・ハイゼンベルクからロバート・オッペンハイマーまで、誰であってもおかしくないわね」

「うん。しかし、終戦後、ハイゼンベルクはこちらにいなかったから、候補者の範囲はもっと狭まると思うよ」

わたしのひそかな焦燥をつけくわえるのはやめておいた。キティは父親のことを勝手に想像しているだけだから、ひょっとすると、ノーベル賞どころか、科学の世界には無縁の人物だったかもしれない。すでに妻と子供二人のいるウィーンの大工だったのかもしれない。キティの家のサイドテーブルに飾ってあったスナップ写真は、妻が寛大にも夫の愛人の子供まで連れて海辺へ出かけた一日を示しているのかもしれない。

ハリマンがわたしのノートパソコンを返してくれた。彼がひらいたウィンドウをわたしが閉じていたとき、ある写真が目についた。彼が見つけたドイツ語のサイトの中央に、わたしがポールフリーのドラッグハウスから持ち帰った写真と同じものが出ていた。三脚台に大きな金属製の卵が置かれ、生真面目な顔の男女が誇らしげにカメラを見ている。

「これは何？　この人たちは誰？」

絞め殺されそうな声だったため、ハリマンはわたしを凝視したが、ふたたびわたしのパソコンを手にした。「ウィーンの放射能研究所で設計された初期の陽子加速器だ。何をそんなに興奮してるんだい？」

「この写真と同じものを目にしたの。陽子加速器のことを耳にした者なんているはずのない場所で。ましてや、興味を持つわけもないし。この人たちは誰なの？」

「キャプションがついてないけど、全員、ＩＲＦの研究員だ。あなたの捜してるマルティナはこの女性たちの一人に違いない。どの人か突き止めるのは、そうむずかしくないと思うよ。右から二番目の男性だけど、この顔には見覚えがある。たしか、この資料室で見たような気がする」

ハリマンは壁の時計を見た。「いまからミーティングに出なきゃいけないけど、ランチのあとで少しチェックしてみるよ。あなたが銃を持たせてくれなくても、この人たちの正体は突き止められるかもしれない」

わたしは彼に盛大な感謝の言葉を贈った。ひとつでも肩の荷がおりてホッとした。ハリマンが図書館の奥へ消えるあいだに、空いている個人閲覧席を見つけてメールをチェックした。ジャリ・リュウから、マーティンのアドレスはあれしか知らないという返事がきていた。彼のほうからもマーティンにメールしてみたが、わたしと同じく、エラーメッセージが返ってきたそうだ。

マーティンの友達のトビー・ススキンドからもメールが入っていた。マーティンの居所は知らないという返事だったが、彼の携帯番号が添えてあった。こちらから電話すると、マーティンと疎遠になった理由を、言葉に詰まりながらためらいがちに話してくれた。

「マーティンは大学へ行きたがってたけど、おばあちゃんに猛反対されて、結局シカゴに残って就職することになった。それでなんか話がしにくくなってしまって。高校の最上級生のときにマーティンがプロジェクトを手伝ってくれなかったら、ぼくはたぶん、ロチェスターの大学に入れなかったと思う。だから、そのう、なんとなく気まずかったんだ。わかるでしょ、そういう感じ」

わたしは同情の言葉をつぶやいた。マーティンの心の痛み、トビーの困惑、もともと親密ではなかった関係に亀裂の入った様子が、わたしにも想像できた。八月のバーベキューを誰が主催したのか知らないか、とトビーに訊いてみた。

「マーティンが姿を消す前に会った相手から、どうしても話を聞きたいの」わたしは説明したが、トビーは、マーティンとは夏のあいだほとんど顔を合わせなかったし、どちらにしても、マーティンが仕事仲間の話をしたことは一度もなかったと言った。

「お母さんに会いに行くようなことは言ってなかった？」

「そんな話、ぜんぜん聞いてない。もちろん、お母さんがヤク中だってことは誰もが知ってた。そのことでマーティンをずいぶんいじめた子もいるから、お母さんに会いに行ったとしても、誰にも言わなかったと思うよ」

マーティンは幼いころから、自分のまわりにシールドをめぐらせることを学んだに違いない。シールドのなかに入れるのは、たぶん、祖父だけだったのだろう。科学フェアのコンテストでマーティンが優勝し、二人でうれしそうに笑っている姿が浮かんできた。

トビーは神経をピリピリさせていた。「授業に出ないといけないし、ほかから電話が入ることになってるし、ぼくに話せることなんてほんとに何もないんだ。マーティンの携帯番号は知らない。高校で物理の上級クラスの担任だったハーネ先生なら、マーティンの計画を知ってるかもしれない」トビーの印象では、マーティンはこの先生を慕っていたらしい。

ナジャ・ハーネは授業中だった。受付の事務員がわたしの伝言を聞き、伝えておくと約束してくれた。学校の近くの小さなカフェでサンドイッチを食べ、驚くほどおいしいカプチーノを飲んでいたとき、国選弁護人時代の旧友、ステファン・クレヴィックからメールが入った。クック郡に保管されているリッキー・シュラフリーの前科記録を見つけだし、スキャンしてくれていた。

パソコンのキーボードに豆のペーストを落とさないよう気をつけながら、前科記録に目を通した。シュラフリーは麻薬所持、密売、家宅侵入で何度も逮捕されている。失敗に終わったコンビニ強盗にも加わっていた。負傷者は出なかったが、シュラフリーはステートヴィル矯正施設で五年間服役することになった。

　彼がポールフリーに帰る直前まで住んでいたシカゴ市内の住所は、オースティンになっていた。荒廃したウェスト・サイドの端のほうだ。フレディ・ウォーカーという男と賃貸契約が結ばれていた。

　ステファンはメールの最後にこう書いていた。〝ウォーカーに前科はないが、オーク・パーク警察も、シカゴ警察も、あの地域のコカイン取引の多くはウォーカーが陰で糸をひいていると見ている。これでぼくの調べたことはすべて話したが、その家を訪ねる気なら、ぼくだったら一張羅の防弾チョッキを着こんでいくだろう〟

　わたしは防弾チョッキと拳銃をとりに帰宅したついでに、シカゴ警察にいる知りあいの一人、コンラッド・ローリングズに遠征の件を知らせておいた。もっとも、コンラッドが担当しているのはわたしが生まれ育った街の南東地区で、地図で見るとオースティンの反対端に位置している。

　コンラッドとわたしは靄に包まれた過去の一時期、恋人どうしだった。円満に別れたわけではない。コンラッドが狙撃された件がからんでいたため、なおさら揉めた。でも、コンラッドはいまも胸の奥深くのどこかで、わたしの生死を気にかけてくれている。

「そのドラッグハウスまで、おれにエスコートを頼むつもりでないよう願いたいね、ミズ・W。そのたぐいのスリルがほしかったら、いつでもかまわないから、午後におれの管区までくるといい」

「あなたを〈ラテン・コブラ〉からひきはなそうなんて、夢にも思ってないわ、コンラッド。わたしがあちらへ行くことを、第十五管区のお友達に知らせておいてほしいの。そしたら、わたしがローレル・アヴェニューの家に入っていくのを警察が見かけても、逮捕しないでくれるだろうから。それに、わたしがいなくなったときには、誰かに犬の世話を頼みたいし」

「きみが聞いたこともないような――まあ、生きてなきゃ聞けないけどな――お涙頂戴の弔辞を読んでやってもいいが、あのクソ犬どもをひきとるのはおことわりだ。オスのほう、なんて名前だっけ？　ミッチ？　おれの男性のしるしを食いちぎりそうになったことが何度もある。ところで、いったいどういうわけだ、ヴィク？」

わたしはリッキー・シュラフリーの死と、ジュディの助けを求める叫びのことを、コンラッドに話した。「ロティに連絡がつかないと知って、彼女がそのあとどこへ逃げたのか、突き止めようとしてるところなの」

電話の向こうから、キーボードを叩く音が聞こえてきた。「ドラッグがらみの殺しのなかで失踪人か。その家に近づくのはやめろ、ウォーショースキー。おれからフェレット・ダウニーのほうへ連絡しておく。やつが令状をとってガサ入れしてくれるだろう。きみは手を出すな。警官はそのためにがっぽり給料をもらってるんだ。わかったか？」

「アイアイ、部長刑事さん」

「ふざけんじゃない、ヴィク。いい年をしてみっともない。もし一人で出かけたとわかったら、おれが自分できみを撃ち殺してやる」

10　衝動の制御

銃を掃除するために台所へ持っていった。夏の初めから射撃練習場にはご無沙汰だ。麻薬王たちと定期的に衝突するつもりなら、毎日射撃練習に精を出し、テーザー銃とオートマティックにお金を注ぎこんだほうがよさそうだ。

然るべきバーに顔を出せば、どんな銃でもよりどりみどりで手に入るが、わたしの場合、所有している唯一の銃も持ち歩くことはほとんどない。武器を持てば使いたくなるものだし、こちらが武器を使えば相手も使おうとして、どちらかが重傷を負うか死亡することになり、残ったほうは州検事に自分の立場を弁明するため多大な時間を使う羽目になる。有意義な仕事をする時間を奪われてしまう。もっとも、麻薬密売人を殺すのも有意義な仕事だという主張も成り立つけれど。

コンラッドの警告は賢明なものだった。ただし、いい年をしてみっともないまねをしたがる生意気な人間は、それを無視するものだ。レッグ・ホルスターを着けた。地面に伏せるかころがるかして襲撃をかわそうとした場合、これなら楽に銃を抜くことができる。フェレット・ダウニー――アパートメントを出ながら、わたしは考えた。フェレットというのはきっとニックネームで、コンラッドがついうっかり使ったのだろう。

ミスタ・コントレーラスのところに寄って用心のためにミッチを連れていこうかと思ったが、そのとき、ポールフリーのドラッグハウスで死んでいたロットワイラー犬のことを思いだした。それに、どこへ行くのかをミスタ・コントレーラスに話そうものなら、老人のことだから、パイプレンチを持って一緒に行くと言いだしかねない。

「一人旅がいちばん速い」もったいぶって自分に言い聞かせた。ただし、速く進みすぎて崖の縁を越えてしまうようなことがあってはならない。

高速道路に入ってから、時間をざっと計算してみた。フェレット・ダウニーがコンラッドのメールにすぐ目を通し、真剣に受けとったとしよう。捜索令状をとるだろう。いや、その正式な手順は無視するかもしれない。疑わしいというだけで、警察が人々の家に、車に、さらには、わたしたちのブラジャーのなかにまで入りこむことに対し、最高裁判所は驚くべき自由を与えている。

誰もが事態を深刻に受け止めて超光速で動いてくれたとしても、警察がフレディ・ウォーカーの住まいに到着するまでに、少なくとも四時間はかかるだろう。心配なのは、一日か二日のあいだ誰も動こうとしない場合だ。警察も人手不足だし、捜査手順というものがある。ヤク中が一人行方不明になったぐらいのことで、地区検事や州検事が関心を持つとは思えない。

ウォーカーの縄張りとなっているローレル・アヴェニューに着いたが、パトカーの姿も、それ以外の動きも見られなかった。いかにもシカゴのウェスト・サイドらしく、うらぶれた雰囲気が漂っていた。空地は雑草だらけ、ドアや窓には板が打ちつけられ、ひと握りのやつれた男たちが歩道の縁にすわりこんで、何を見るともなく前方を見つめている。

ウォーカーが所有する六所帯用のフラットは、この界隈のほかの建物と同じく荒廃していて、レンガの壁はモルタルで修理する必要があり、窓枠のペンキははがれ落ち、コンクリートの土台はあちこち欠けていた。だが、割れた窓はひとつもなく、太い鉄格子がはまっていた。玄関ドアは頑丈そうだ。ドアの上に設置された防犯カメラが正面の歩道を監視している。ドアの横のインターホンにはブザーがひとつしかなかった。居住者の氏名も部屋番号も出ていない。

わたしは玄関に視線を据えて、家に入るだけでなくふたたび無事に出てくるためには、どんなセールストークが必要かを考えてみた。ブザーを押した。応答なし。もう一度押した。

歩道の縁にすわった男たちの一人がこちらを見ていた。「買うのか、売るのか、どっちだい?」

「家に入れるかどうかに関係あるの?」

男はゆっくりまばたきした。カメに似ていた。白目の部分が黄色みを帯び、赤い筋が走っている——長いあいだ、ひたすら買いつづけてきたのだろう。

「いや、なんにも関係ない。朝から一回も応答なしだ。けど、売るんだったら、買手を探してやってもいいぜ」

わたしは頑丈そうな玄関ドアをざっと見た。錠が二個。デッドボルトで、こじあけるのにかなり手こずりそうなタイプだ。

「あのカメラ、なかなか上等ね」男に言った。「ワイヤレスだわ。フレディの商売はずいぶん繁盛のようね」

「まあ、かなりのやり手だな」男は同意した。

ふだんのわたしなら、人前で錠前破りを披露するようなことはしないが、この黄色みを帯びた目の男なら、誰に尋ねられようと、わたしの人相はたぶん説明できないだろう。車に戻って、ピッキングツールとダクトテープのロールをとってきた。

わが新しき友が玄関までついてきて、テープかツールを持ってやろうか、必要なことがあればなんでもするぞ、と言った。わたしはテープを少しちぎってから、男にロールを渡した。男は手の震えがひどくて、何度もロールを落としたが、わたしがカメラのレンズをテープで覆うのを興味津々の顔で見守っていた。

まるで男の身体からワイヤレス信号が出たかのように、さらに何人かが背後にやってきた。男性二人と、わたしぐらいの年のずんぐりした女性。そばまできたとき、女性は息を切らしていた。

「この女、何してんだい、シャク?」女性が聞いた。ぜいぜいと苦しそうな声が、悲しいぐらいわたしの父に似ていた。肺気腫を患った父は喫煙生活を捨てるしかなかった。

「知らねえよ、ラドンナ」シャクは無愛想に答えた。「忍びこむつもりかもな。ほら、カメラにテープを貼ってるだろ。きっとそうだ」

観客はほしくないし、エスコート役もほしくなかったが、〝失せろ〟と遠まわしに伝える方法が浮かばなかった。捨てられていた車のバッテリーをひきずってきて踏み台にし、上の錠をこじあける作業にとりかかった。

「フレディが気を悪くするだろうな」ほかの男性の一人が言った。

「フレディがなんで気を悪くすんだよ、テレル？」誰かが建物の角を曲がってそばにきていた。足音も立てず、すばやい動きだったので、わたしを含めて全員が飛びあがった。男の手に握られた四五口径を見て、周囲の連中はあとずさった。

「そんなことしちゃだめだって女に言ったんだけどよ、ブレット」ロールをあわててポケットに押しこみながら、シャクが言った。「どうしても入るんだって聞かねえから、〝命が危険だ。ここはあんたみたいな白人女のくるとこじゃない〟って言ってやったのに、この女ときたら――」

「ああ、シャク、おめえはヒーローだ」ブレットはうなった。「てめえら落ちこぼれ連中がぞろぞろやってくるのを朝から見てたが、フレディのポリシーはわかってんだろ？　ツケはきかねえ！　年金がいつ入るか、こっちはちゃんと知ってんだ。だから、月初めまで顔を出すな。おまえらもだ、ラドンナ、テレル。それから、そこの白人女、何しにきたのかフレディに説明してもらおう。カメラに細工なんかしやがって」

ブレットはわたしに向かって銃をふった。わたしは車のバッテリーからおりた。衝動の制御。いつになったらそれが身につくの？

ブレットが短く一回、長く二回、ブザーを押すと、なかの誰かが開錠した。ブレットが背後からわたしに銃を押しつけた。首と胴体が第一胸椎骨でつながっている場所に。わたしのうなじの毛が逆立った。恐怖――これもまた、わたしには制御できない衝動だ。

「あなた、お母さんから〝ブレット〟って呼ばれてたわけじゃないでしょ？」彼の手で階段のほうへ押しやられながら、わたしは言った。

「黙れ！」ブレットは銃をわたしの胸椎にさらにきつく押しつけた。

「非凡な子だとお母さんが思ったなら、非凡な名前で呼ぶわよね。ランスロットとか、ガラハッドとか、あるいは——」

「バカ面」ブレットはわめいた。「いつも〝バカ面〟と呼ばれてた。フレディにボコボコにされたら、てめえの顔もそうなるぜ。うろちょろしてビジネスの邪魔をする女は、やつの好みじゃねえんだ」

「よくわかる説明ですこと」

わたしは階段でつまずいたふりをして、身体をねじるなり、ブレットの横隔膜のところに肩をぶつけてやった。ブレットはうしろへ倒れ、階段をころげ落ちて、段の角に頭をぶつけた。ころげ落ちる途中で銃が暴発した。階段の吹き抜けに銃声がこだまし、それがさらにこだました。

上の階からバタバタと足音が聞こえた。叫び声。「ブレット、なんの騒ぎだ？　女を殺しちまったのか」

上の踊り場の手すりから男が身を乗りだし、ブレットに気づき、助けを求めてわめいた。

「フレディ！　ブレットが——死んでるみたいだ、くそっ！」

「うるせえ、ウィル、クソ女が撃ったのか。女を連れてこい、この役立たず！」

ブレットの身体がわたしの背後の階段をふさいでいた。それをよけて階段をおりようとすれば、ウィルの銃に背中をさらすことになる。階段の手すりをまたぎ、下の踊り場まですべりおりた。それと同時にウィルの銃が火を噴いた。危ういところだった。ウィルは階段でのびているブレットのへりをまわるのに手間どったあげく、下に向かってやみくもに発砲した。

わたしは玄関ドアにたどり着いたが、すでに施錠されていた。レッグ・ホルスターから銃を抜いて、玄関ホールの奥の暗がりに身を隠そうとした。誰かがそこに自転車を置きっぱなしにしていた。それにつまずいてドサッと倒れ、銃が手から飛んでしまった。必死にもがいて自転車から離れると、玄関ホールを突進してきたウィルに投げつけた。

自転車はウィルの顔面を直撃した。わたしは床に手を這わせて銃を捜した。ようやく見つかったそのとき、階段の吹き抜けの照明がいっせいについた。ひと呼吸おいて、フレディ・ウォーカー本人が階段をおりてきた。背の高い痩せた男で、もじゃもじゃの顎鬚を生やし、黒髪が額に垂れていた。自転車を拾うと、ウィルの前に放り投げた。

「ホールにクソ自転車を置きっぱなしにしたのは、どこのどいつだ？　バカども。おれの下で働いてるのはバカばっかりか。てめえは誰だ、メス犬め。錠前破りなんかして、どういうつもりだ？」

「ジュディ・バインダーを捜してるの」わたしは息を切らしていた。あえぎながら言った。

「ジュディ・バインダー？　あの役立たずの女を捜しにきて、うちの手下のブレットを殺したってのか」

「死んだの？　わたしは撃ってないわよ。向こうが勝手に倒れて頭を打っただけ」

「ああ、判事と陪審にそう言いな、メス犬」

「メス犬。役立たず、くそっ、メス犬。語彙を増やせば、あなただってもっと楽しい人になれるのに」フレディの右手にはセミオートマティックが握られていたが、わたしは自分の銃を彼のベルトのバックルのすぐ下に向けておいた。そのため、フレディは無意識のうちに自分の股間に片手をあてがった。

「楽しいおしゃべりをするつもりなんかねえんだよ、メ——あ、あんたとはな。バインダーのアマになんの用だ？」

「リッキー・シュラフリーを覚えてる？」モラルをわきまえた人間なら、ここであっさりフレディを撃ち殺すだけにして、よけいなおしゃべりはやめておくだろう。

「リッキー？ああ、あの野郎ならもちろん知ってる。おれたちゃ——」フレディは不意に言葉を切った。「リッキーがどうした？」

「聞いてないの？リッキーはもう誰とも商売できないわ。わたしがトウモロコシ畑で遺体を見つけたの。カラスが目玉をえぐりだしてたわ。タマも食べてた。凄惨な光景だった。人の命のはかなさや何かを考えさせられるわね」

「リッキーが死んだ？」

ウィルが自転車を蹴飛ばして、わたしに一歩近づいた。わたしはフレディの目から視線を離さなかった。その目が凶暴になれば、彼の銃が火を噴く確率が高くなる。

「ミズ・バインダーはそちらでリッキーと暮らしてたんだけど、逃げだした。わたしは彼女を見つけようとしてるの。重要参考人として」

「なんだと？あんた、サツか」

「弁護士よ」わたしがこう答えたのは、探偵と名乗るより、そのほうが多少なりとも安全だろうと思ったからだ。「どうしてもジュディを見つけなきゃいけないの。ここにいるの？」

「あの女は疫病神ですぜ、フレディ。家に入れないほうがいいって言ったでしょうが。上へ行って始末してきます」

「まず、この女から始末しろ」銃を握ったフレディの手が上がった。

わたしは床に伏せ、ころがって、発砲しながら、吹き抜けの下にある壁の隙間にもぐりこんだ。クリップに入っている銃弾は八発。すでに三発撃った。フレディが銃をぶっぱなしてこちらにやってくる。

すさまじい騒音のなかで拡声器の声が響いた。「警察だ。武器を捨て、両手を上げて出てこい」

11 麻薬密売所

「コンラッド・ローリングズの信頼を得てる探偵ってのがあんた？ なんで信頼が生まれるのか、二人のどっちかから説明してもらいたいね」

フェレット・ダウニーがわたしに話しかけている場所は、廊下をはさんでフレディのドラッグショップの向かいにある空き部屋だった。さきほど、ダウニーがパトロール警官二人を従えて玄関前までできた瞬間、この人がそうだと悟った。長い鼻と垂れた口髭のおかげで、フェレットそっくりに見える。彼がようやくやってきたのは、わたしがウィルと手錠でつながれて三十分以上たってからだった。

ウィルはウィルスの短縮形だとわかった。そして、ウィルスはアーウィン・ジェイムスンのあだ名。アーウィン。ボディガードにしてはずいぶん弱そうな名前。

わたしは脚がふらついていた。ショックのせい。無理をしすぎたせい。玄関ホールの銃撃戦の後遺症で、耳がいまもジンジンしていた。おまわりさんの言うことも、泥棒の言うことも、よく聞きとれなかった。

「おれたちゃ、なんにもしてねえよ」通報を受けて飛んできた警官に、フレディは言った。「この女がやってきて、いきなり錠をこじあけようとしたんだ。信じられるか？ 真っ昼間だぜ」

「あんたはクスリを使う側？　それとも売る側？」警官の一人がわたしに訊いた。

「わたしの名前はV・I・ウォーショースキー。免許を持った探偵。財布に身分証が入ってるから見てちょうだい。二日前に姿を消した女性がこの建物のなかにいるの。悪党連中が、彼女を始末するとかなんとか、物騒なことを言ってたわよ。いますぐ捜しださなきゃ。まだ生きてるかもしれない」

警官たちは興味を示さなかった。わたしのことをドラッグ商売の関係者だと思いこんでいるため、探偵許可証にもおざなりに目を向けただけだった。捜査チームが到着しても、この警官たちがジュディ捜しを頼んでくれる見込みはなさそうだったので、わたしは会話に加わるのをやめにした。この女が乱入してきて、一の子分のブレットを殺し、銃をぶっぱなして家のなかをめちゃめちゃにしたんだ、とフレディが主張したあとでさえも。フレディはさらにつけくわえた——自分は平和な暮らしを願っている平凡な男だ。身を守る必要に迫られて、やむなくセミオートマティックを発砲したにすぎない。

何人もの警官が、誰に頼まれてわたしがフレディを暗殺しにきたのかを知りたがった。メキシコ側の接触相手は誰なんだ？　ブレットを撃ったとき、どの位置に立っていた？

わたしは何も答えず、通りに目を向け、コンラッドのアドバイスに従わなかった自分を心ひそかに罵るだけだった。しばらくすると、救急車が到着した。担架を持った救命士たちがブレットを運びだした。顔に布はかかっていなかった。頸椎の固定具が装着されていた。それを見て、死んでいないことが確認できた。

「まだ息があるわよ」わたしはフレディに言った。「あなたがチームメートのためにちゃんとした医療保険に入ってれば、ほどなくチームに復帰できるわね」

フレディはわたしの顔に唾を吐きかけた。とんでもない王子さま。

ようやくダウニー警部補が到着し、わたしが名乗ったとおりの人物であることを確認したが、うれしさに彼の顔が輝くようなことはなかった。「ああ、この女がこっちにくるという連絡を受けた。いったい何があったんだ？」

最初に駆けつけた警官が、ローレル・アヴェニューで銃声がしたという通報を受けたこと、三人が撃ちあっている現場を押さえたことを報告した。フレディが正当防衛の主張を始めた。この女が侵入してきた、などなど。

「あんた、耳も口も不自由なのかい、ウォーショースキー？　自分の口から説明してくれないかな」ダウニーが言った。

わたしは首をねじって、手錠をかけられた手に目を向けたが、口は利かなかった。

「なるほど。はずしてやってくれ」ダウニーは忍耐強い声で警官の一人に言った。「第四管区のローリングズが保証人になるそうだ。理由はさっぱりわからんが」

両手が自由になったところで、わたしはゆっくり手をさすり、肩をもみ、首を何回かまわした。「ジュディ・バインダーって女性が三階にいるの。もしくは、さっきまでいたわ」耳の感覚がまだおかしくて、自分が本当にしゃべっているのかどうか疑問だった。「わたしはその女性がここに潜んでるかどうかを確認しにきたの。捜査チームの人にもそう言ったのに。みなさん、捜す気がなかったみたい。じつは、ここに着いたときにブザーを押したんだけど、フレディもその仲間も応答してくれなかったの」

「で、ピッキングをすることにした？」ダウニーのところの部長刑事がわたしに訊いた。

ピッキングツールは、建物に押しこめられる前にブレットにとりあげられてしまった。鑑識の連中がここに入ってくる途中、それを見つけていた。

「いいか、おれたちはこの女が侵入するのを見た。モニターで監視してたんだ」ウィルが口走った。「ブレットが止めに行った！」

「それで、あんた、ブレット・バルトマンの首をへし折ったのか」部長刑事がわたしに訊いた。

「ブレットがわたしの背中に銃を押しつけたの。階段のてっぺんまで行ったらヤバいことになりそうだったから、身をかがめて体当たりしてやっただけ。銃は撃ってないわ。銃弾を受けてるとしたら、アーウィンの撃ったものね。彼、かなりヒステリックになってたみたいで、狂ったように銃を撃ちながら階段を駆けおりてきたのよ。どうしてわたしを撃ち損じたのかしらね」

「〝ウィルス〟と言え」アーウィンがどなった。

「ブレットは銃弾《ブレット》を受けてるのか」フェレット・ダウニーが捜査チームのほうを向いて尋ねた。

「いや、たぶん大丈夫だと思います」鑑識チームの一人が進みでた。「病院のほうで確認してくれるでしょう」

「なかに案内してくれ。ざっと見てみよう。ウォーチョーシー――いや、違ったっけ？――

あんたも一緒にきてくれ。証拠を汚染する心配のないところに、すわる場所を見つけてやろう」

「ここにいるアーウィンが言ったのよ。ジュディ・バインダーが建物のなかにいるって」わたしはくりかえした。「よかったら始末してこようかって申しでたけど、フレディはその前にわたしを撃てと言った。早くジュディを見つけださなきゃ。ほかの手下に殺されないうちに」

ダウニーの垂れた口髭の先端に彼の息がかかった。「あんたがコンラッド・ローリングズにとって神の贈物だってことは承知してるが、おれのほうはこの二十年、あんたの助けがなくとも犯行現場をよたよた進んでくることができた。ヤク中を見つけだすために時間と金をかける人間がいるとは信じがたいが、その女が隠れてるのが見つかったら、かならずあんたにも知らせよう」

そのとおりだと言いたげに、部長刑事が忍び笑いを洩らした。わたしは深く息を吸った。生意気な言葉を返してもいっときの憂さ晴らしにしかならない、と自分に言い聞かせた。わたしが本当に望んでいるのは議論に勝つことではなく、早くここを出ていくこと。銃を返してもらい、罪に問われることなく。

鑑識スタッフが靴カバーと手袋を用意してやってきた。ダウニー、部下二人、そして、わたしの分。建物は六戸のフラットに分かれているが、人が住んでいる気配はなかった。ウィルスことアーウィンにわたしが投げつけた玄関ホールの自転車をべつにすれば。

三階がドラッグの密売所になっていた。テレビがついていた。野球中継の八イニング目で、ホワイトソックスが三点リード。通りを監視するカメラからの映像には筋しか入っていなかった。まだ誰もダクトテープをはがしていないわけだ。奥のほうの部屋から、耳ざわりなラップのビートが流れてきた。不快な響きだったが、ちゃんと音が聞こえるのでうれしくなった。銃撃戦のあとのジンジンする感覚が薄れはじめていた。

踊り場の向かいのフラットを見てくるよう、ダウニーが部長刑事に命じた。そこのドアはロックされていなかった。フレディが建物全体を所有していることを示す証拠が必要だとすれば、これもまたそのひとつだ。

「この部屋で待っててくれ」ダウニーがわたしに言った。「あとで呼びにくる」

部長刑事がわたしを部屋に押しこんだ。わたしはふたたびよろめき、思わず彼の左足を踏んづけた。

「失礼、部長刑事さん。銃撃戦のショックや、手錠をかけられて長時間立たされてたせいで、いまのところ、身体が言うことを聞いてくれないの」

部長刑事はリボルバーをいじりながら、胡散臭そうにわたしを見た。「そばについてたほうがいいですか、警部補」ダウニーに訊いた。

「こっちが銃を預かってるかぎり、どこへも行かんだろう」ダウニーは言った。

くやしいけど、そのとおり。部長刑事がドアを閉め、わたしは薄汚れたベージュのアームチェアと、金属製のテレビ台にのったポータブルテレビとともに残された。椅子を見るためにふらつく足でそばまで行ったが、足もとが本当におぼつかなかった。椅子は煙草の焼け焦げと、灰と、なんの汚れかは考えたくもないようなしみでいっぱいだった。クッションと肘掛けのあいだの隙間に、ふつうの煙草やマリワナ煙草の吸殻が落ちていた。休息できるのは大歓迎だが、致死性バクテリアでいっぱいのアームチェアでの休息はごめんだった。フラットの奥まで行くと、幅の狭いベッドを置いた部屋が見つかったが、シーツは甘ったるい饐えたような臭いがするし、枕にはかすかな血痕が見てとれた。床の上には、かつては白かったのだろうが、いまは薄汚れて型崩れしたブラが落ちていた。血のついたティッシュが丸めてその上に捨ててあった。ベッドの下をのぞくと、埃が分厚く積もっていて、思わずくしゃみが出た。

床にもベッドにもすわる気になれず、しゃがみこんだ。ブラはお金がないか、自分の外見に無関心な女性のものだ。おそらく、ヤク浸りの人間。たとえば、ジュディ・バインダーとか。きのうメターゴンで会ったジャリ・リュウの着ていたTシャツのプリントが、ふっと頭に浮かんだ。〝神ならば信じよう。神でない人はデータを示しなさい〟

わたしが持っているデータはごくわずかだ。〝あの女〟をいますぐ、もしくは、あとで始末すべきかどうか、ウィルがフレディに尋ねたという事実があるのみだ。しかし、ここに寝泊まりしていたのは、たぶんジュディだろう。

立ちあがって台所へ行った。流しに汚れた皿が二枚置いてあり、ゴキブリの群れが晩餐前のおやつを楽しんでいた。戸棚をあけると、そこにもゴキブリがいて、ぞろぞろ逃げていった。戸棚に入っていたのは、糖分の高いシリアル、電子レンジで作れるポップコーン、脂汚れのついたグラス二個だけだった。

二カ所にドアがあった。新しいほうは、このフラットとさきほどの〝魔宮〟をつなぐためにつけられたものに違いない。もう一つのドアはわずかにあいていた。大きくひらくと、裏階段が見えた。魔宮のほうのドアをあけようとしたが、ロックされていた。

間に合わせのアンプがわりにしようと思って、片方のグラスを手にとった。耳にあてた瞬間、最後にこのグラスに触れた者の手に何がついていたのだろうと想像し、吐きそうになった。

本物の探偵なら細菌恐怖症には無縁のはずよ――自分に言い聞かせた。ミッキー・スピレーンのことを考えなさい。アメリア・バターワースのことを考えなさい。二人とも汚れ仕事から逃げるようなことはけっしてしない。グラスを鍵穴に押しつけると、向こう側のフラットから警官たちの声が聞こえてきた。ただ、何を言っているかはわからない。ざわめきから判断すると、捜査員がさらに到着したようだ。

ジュディ・バインダーがこの部屋にいたなら、ウィルとフレディとわたしの撃ちあいを耳にしただろう。二日前にトウモロコシ畑でリッキー・シュラフリーが何者かに撃たれたときと同じく、あわてて逃げだしただろう。

脂汚れのついたグラスを流しのゴキブリたちに渡して、裏階段まで行った。壁に照明のスイッチがあったが、頭上の照明器具に電球はついていなかった。携帯をひっぱりだし、懐中電灯のボタンを押した。

階段を半分ほどおりたところに、くたびれたローファーが片方落ちていた。サイズは六ぐらい。誰かがあわてて駆けおりていき、恐怖が大きすぎて、靴を落としても足を止めて拾う余裕がなかったのだろう。下までおりるとドアがあり、その向こうは雑草だらけの裏庭になっていた。ドアの外側にはハンドルもロックもついていない。携帯であたりを照らすと、こわれた椅子が見つかったので、ドアストッパーのかわりにした。

裏庭はフレディがビールの空き缶やテキーラのボトルの捨て場所にしていたようだ。イラクサとノゲシが丈高く茂っているため、裏庭を囲んでいる高いメタルフェンスまで行く途中、何度もボトルに足をとられた。ゲートには頑丈なチェーンが巻きつけてあった。フェンスに沿って歩いてみた。南端まで行くと、土がえぐれている場所があった。ほっそりした人間か命がけの人間なら、フェンスの下をくぐり抜けることができるだろう。くたびれたローファーのもう片方がここに落ちていた。ジュディが、もしくは、上の階の薄汚れたベッドを使っていた誰かが、ここから逃走したのだ。碎けた石とガラスのなかを裸足で通り抜けて。ジュディはつぎにどこへ逃げたのだろう？　彼女が姿を見せる先々で、ドラッグの密売人が殺されたり、頭を割られたりしていたら、昔の仲間が彼女を歓迎することはなくなるだろう。

あとを追うのは大変だが、やってやれないことはない。しかし残念ながら、フェレットも言っていたように、まず、わたしの銃を返してもらわなくてはならない。建物のなかに戻り、二、三歩ごとにふくらはぎをマッサージしながら、ゆっくり階段をのぼった。台所まで行くと、ダウニーの部下の一人がわたしを待っていた。わたしが姿を消していたことには触れず、警部補が待っていると言っただけだった。

ダウニーはフレディがオフィスにしているとおぼしき部屋にいた。パソコン、帳簿、鍵のかかる戸棚（いまは扉があいていて、膨大な量のヘロインが見える。コカインの可能性もあるが。それから、錠剤がびっしり詰まった古めかしい薬瓶も並んでいる)、五〇インチのテレビ、ナンバープレートの山、ボーズのｉＰｏｄプレーヤー、そして、目がチカチカしそうな黒と赤の布地に覆われたアームチェア。

その椅子にダウニーがすわっていた。見るよりもすわるほうが楽な椅子なのだろう。わたしはデスクの椅子をころがしていき、彼と向かいあってすわった。

ダウニーは長いあいだわたしを見つめた。「あんたの話を信じることにしよう。いまのところは。ビデオを再生したところ、あんたがブザーを押し、つぎにフレディと手下のバカどもがあんたを嘲笑い、悪口を言っているのが映っていた。そのあと画面に何も映らなくなった。だから、あんたがピッキングをしたとしても、なんの証拠もない」

返事をしないほうが賢明なようだ。

「あんたが捜しにきたヤク中のことを聞かせてくれ」

「ジュディ・バインダーね。このとなりの部屋に泊まってたんじゃないかしら。彼女が、あるいはどこかの女性が、裏口から抜けだしてフェンスの下をくぐった場所が見つかったわ。二日前に州の南のほうでドラッグがらみのべつの殺人が起きて、その現場からも逃走してるの」

それがダウニーの注意を惹いた。わたしたちはたっぷり十分かけて、ポールフリーの殺人事件、フレディ・ウォーカーとリッキー・シュラフリーの関係、ジュディ・バインダーと二人の男の関係について検討した。わたしはダウニーにポールフリーの保安官コッセルの携帯番号を教えたが、わたしの知っていることはほとんどないし、ジュディを捜しているのは年老いた彼女の母親に頼まれたからであることをつけくわえておいた。

「たしか、医者がからんでいると、あんたから聞いたように思ったが、ウォーチョーシー」

じゃ、話をちゃんと聞いてくれてたんだ。「ウォーショースキーよ」わたしは訂正した。

ダウニーがわたしを凝視した。「自動車部品の販売をやってる一族の身内？」

「いいえ」わたしはためいきをつき、いつものセリフをくりかえした。イディッシュ語で小説を書いている人物のことまで含めて。「ジュディ・バインダーに話を戻すと、彼女からその医者に電話がかかってきたの。留守電にメッセージが残されてたわ。怯えきった声だった。わたしは医者に頼まれてジュディの母親に会いに行った。ポールフリーのコッセル保安官から、フレディ・ウォーカーを調べてほしいと頼まれた」

ここでひと息入れたが、ダウニーは口髭を指でいじっているだけだった。わたしはさらに続けた。「ジュディ・バインダーには息子がいる。二十歳ぐらいの子で、ジュディと同じく行方がわからない。となりの部屋には、その子がいた形跡はなかった。その子がいたことを示すものが、あなたのほうで何か見つからなかった？」

「イディッシュ語の作家ウォーショースキーの血縁者の探偵さん、ドラッグハウスがどんなところかは、あんたも知ってるだろ。男どもと、ちょくちょく訪ねてくる女どもが、階下の空き部屋に寝泊まりして、銃をぶっぱなし、煙草をすい、クスリをやり、手袋を六枚重ねてもさわりたくないようなクソを残していく。東方の三博士がここにきてたとしても、それを知る手がかりになるのはラクダの糞ぐらいなものだ。その子の指紋かＤＮＡのサンプルがあるなら、鑑識が現場調べを終えたあとで分析してやってもいいけどな。つぎのことだけ無料で教えてやろう。何者かがこの引出しのどれかをこじあけて」ダウニーはデスクを身ぶりで示した。「ドル札を勝手に持ってった。二十ドル札と百ドル札がそこらじゅうに散らばってた。部長刑事もおれもひどく心をそそられた。だよな、ロッドマン」

ロッドマン部長刑事はぶつぶつ言っただけで、にこりともしなかった。ドラッグが生みだす何万ドルもの利益のことで、冗談など言ってはならないのだろう。

ダウニーはそれからさらに十五分、わたしを解放してくれなかった。苛立ちが募っていたせいだろう。しかし、ついに、スミス&ウェッスンをわたしに返却するよう、ロッドマンに命じた。

部長刑事がポケットからわたしの銃をとりだしたとき、ピッキングツールも一緒に出てきて、カタンと床に落ちた。

「これを没収しても、また新しいのを買うんだろ？」ダウニーが訊いた。

「ほぼ間違いなく」

「返してやれ」ダウニーはロッドマンに言った。

「警部補――犯行現場の証拠品ですよ」部長刑事は反論した。

「いいや、イディッシュ語で本を書く探偵さんのバカさ加減を示す証拠品だ。ローリングズがあんたのどこに惚れこんだのか、おれにはいまだに理解できん」ピッキングツールを防弾チョッキのなかへ押しこむわたしに、ダウニーはつけくわえた。

「わたし、新鮮な空気のなかにいるほうが美人に見えるの」

「はいはい、信じましょう」ダウニーの携帯が鳴っていた。彼は通話ボタンを押し、わたしのことなど忘れてしまった。

時刻は五時すぎ、高速が渋滞する時間だ。裏道ばかりを選んで走った。時間的にはそう変わらないが、いらいらせずにすむ。子供が外で遊び、大人がポーチに腰をおろして雑談していた。バスケをしている少年たちの横を通りすぎながら、フレディ・ウォーカーのアパートメントみたいな場所に出入りする子が、どうか一人も出ませんようにと祈った。

わが宿無し犬の様子を見るため救急動物クリニックに寄ったところ、すでにミスタ・コントレーラスがやってきたことを知らされた。クリニックの人が老人に犬を見せた。治療の継続に必要な七百ドルを渋々払っていったそうだ。獣医の意見によると、順調に回復しているので、あと一週間もすれば家に連れて帰れるとのこと。人生はどんどん煩雑になっていくものだと、つくづく思い知らされた。

家に戻ったわたしは、またしても消毒のためにシャワーを浴び、脂に汚れたガラス、ゴキブリの卵、血痕、ラドンナの辛そうな咳の響きを洗い流した。今夜は外出するつもりだったが、フレディのアパートメントに押しかける前に親しい新聞記者にメールしておいたことを忘れていた。

黒いサンドレスを着てサンダルをはいているところへ、マリ・ライアスンがやってきた。

「きみの恋人はたしか、西海岸へ出かけてるよな。こっそり浮気でもしようっての？」マリが訊いた。

「わたしがあなたに憐れみをかけそうになると、それは間違いだってあなたが教えてくれるのね」わたしはそう言うと、彼を押しのけて出かけようとした。

「ごめん、ウォーショースキー、ごめん！」マリはわたしをひきとめようとして、交通整理の警官みたいに両手を上げた。「オースティンの銃撃戦について、山場でもなんでもいいから話してくれ。テレビのニュースで主な点は見たけど、きみは最前列で見物してたわけだろ」

ポールフリーでの出来事、ジュディ捜し、この午後の銃撃戦について語りおえるころ、ミスタ・コントレーラスがやってきた。六時のニュースで撃ちあいのことを知った老人に、最初からまた話をする羽目になった。ミスタ・コントレーラスはマリにいい感情を持っていないので、自分が最初に話してもらえなかったことに機嫌を損ねていた。わたしが老人抜きでオースティンへ出かけたことについて、十分間も説教を続けた。おかげで、現実を認識するいい機会になった。あれ以上の修羅場はないだろうと思っていたが、少なくとも、ミスタ・コントレーラスがフレディとウィルの銃弾をその身で受け止めようとする事態だけは避けられたのだ。

三人で出かけることにした。わたしが考えていたスローフード専門のトラットリアでのおしゃれなディナーではなく、ミスタ・コントレーラスとマリが大好物の特大バーガーを注文できる近所のカフェへ。銃と血の一日をすごしたせいで、赤いものが滴るハンバーガーを見たとたん胸が悪くなった。気詰まりな沈黙のなかで食事をする男性二人を置いて家に帰り、パスタを茹でた。上等のチーズと、ボトルに半分残ったワインがあった。犬と一緒に裏のポーチにすわって、ジェイクがメンバーになっている〈ハイ・プレーンソング〉のＣＤに耳を傾けるうちに、心に安らぎが戻ってくるのをゆっくりと感じた。

しばらくあとに、ジェイク本人から電話があった。沖釣りでは何も釣れなかったが、とても楽しかったそうだ。わたしのほうは、ある人物を釣りあげたが、ちっとも楽しくなかった。これはたぶん何かを暗示しているのだろう。何なのかはわからないが。それでも、わたしがポーチにすわっているあいだ、ジェイクがコントラバスで子守唄を演奏してくれた。わたしは一時間前よりも幸せな探偵になってベッドに入った。

12　もう何もしてくれなくていい

眠っているあいだ、悪夢にうなされてばかりだった。死体がごろごろしているトウモロコシ畑で、フレディとウィルとブレットがわたしを追いかけてくる。ジュディ・バインダーがトウモロコシの茎のあいだでかくれんぼをしている。クスクス笑って、わたしを嘲弄する。〝わたしを見つけるのは無理よ。わたしの息子を見つけるのも無理よ〟。

けさも早い時間に目がさめてしまったが、今日は犬二匹を車に乗せて湖へ泳ぎに出かけた。帰ってからシャワーと着替えをすませたとき、〈ベルモント・ダイナー〉で朝食をおごろうとミスタ・コントレーラスが言ってくれた。

「大歓迎よ」わたしは言った。「マリの話も、捨てられたロットワイラー犬の話もしなくていいのなら」

「わかったよ、嬢ちゃん、だがな、あの犬はフィラリアの駆除がすむまで静かに暮らす必要がある。わしのところなら――」

わたしは容赦なく彼の言葉をさえぎった。ミスタ・コントレーラスはロットワイラー犬のことには触れずに、どうにかフレンチトーストを食べおえた。ふたたび犬の話を出してきたのは、わたしがランチ用にテイクアウトするため、ＢＬＴサンドを注文したときだった。

わたしは彼の額に軽く唇をあてた「いまからダウンタウンへ出かけるの。あとでね、わが友。朝食をごちそうさま」

本日最初のアポイントの相手は、いちばん大切な依頼人、ダロウ・グレアムだった。事務所に車を置いて、高架鉄道でループまで行った。朝のラッシュ時で、座席はすべて埋まっていたので、ブリーフケースを脚のあいだにはさんでポールにもたれた。メッセージをチェックするために携帯をとりだし、目の前の世界から遠く離れた世界に集中する他の通勤客の仲間入りをした。

警察の部長刑事から〝いますぐ電話をくれ〟という怒りに満ちたメールを受けとった者が、他の通勤客のなかにはたしているだろうか。しかも、それが最初のメールではなかった。その前に、五回、六回、いや、九回ほどメールがきていた。険悪な会話になるのはわかっている。だったら、コンラッド・ローリングズがカッカしながら一日をすごす前に、用事をすませてしまうのがいちばんだ。電話したところ、向こうはすでにかなりカッカしていた。

「一人であのアパートメントに入るのはまかりならんと、きみに言わなかったか？　こっちはな、フェレット・ダウニーに必死に謝って、たとえきみがブレットを殺したとしても、それは偶然の事故なんだと断言しておいた。

頼みごとの電話なんか二度とよこさないでくれ、ウォーショースキー。きみの無謀さにはつくづく愛想が尽きた。このつぎウェスト・サイドの麻薬王に立ち向かうときは、きみがつきあってるひょろひょろのバイオリン弾きを連れてってくれ」

「了解、部長刑事さん。もう頼みごとはしません。わかりました。ただ、ジェイクが弾いてるのはバイオリンじゃなくて、コントラバスよ」

「バイオリンでも、ウクレレでも、なんでもいい。やつがひょろひょろ男ってことには変わりがない。しかし、あいかわらず癪にさわる女だな」コンラッドは電話を切った。

コンラッドがジェイクに嫉妬しているとわかって、ちょっとうれしくなった。メールの受信箱に戻った。わたしが仕事をもらっている法律事務所のほうから、届いた商品と請求書の金額が合わないという事件の調査依頼が入っていた。あるワインショップが、商品が消えたのは店に配送される前か後かを調べてほしいと頼んできたらしい。

マーティン・バインダーが通っていた高校の物理の教師、ナジャ・ハーネからも連絡が入っていた。今日の午後三時半以降なら会うことができる、学校まで出向いてもらえるなら、警備部のほうへ名前を伝えておく、という内容だった。メールで了解の返事をしておいた。

シカゴ大学の司書から、三脚台にのった金属製の卵の写真に写っている八人の名前が一人をのぞいてすべてわかった、というメールが入っていた。

司書にすぐ電話をした。携帯電話というのは人の声から感情を奪って平板な響きにするものだが、それでも、アーサー・ハリマンの興奮が伝わってきた。

「あの写真、いまそこにある？」ハリマンが訊いた。

「いまは電車のなかなの。パソコンも使えない」

「オーケイ、じゃ、頭に浮かべてみて。立ってた男性五人を覚えてるかな？　真ん中がシュテファン・マイヤー。三〇年代にＩＲＦの所長だった男だ。少なくともナチが権力を握るまでは。そのすぐ前にすわっている女性は、マイヤーと共同で多数の研究をおこなっていたノルウェーの物理学者。あなたが調べているマルティナはノルウェー女性の左側。そして、右側にいるのは、ゲルトルード・メムラー。マルティナの教え子の一人だ。

さてと、お捜しの男性だけど、マイヤーの左側に立っている人物に違いない。ベンヤミン・ゾルネン。ウランより原子番号が大きい元素の状態に関する研究で、一九三四年にノーベル賞を受賞している。しかし、着目すべきはつぎの点だ。ゾルネンは一九三六年にウィーンを離れ、ウィスコンシン大学へ移り、そのあと、一九四一年にマンハッタン計画に関わった。終戦後は、ここで、このシカゴ大学で学究生活を送った」

「じゃ、間違いなくマルティナ・ザギノールと面識があったわけね。同じ写真に写ってるんですもの」

「あの時代は全員がおたがいを知っていた。しかも、ゾルネンはマルティナの論文執筆を指導している。マルティナは博士論文を書くため、一九二九年の夏にゲッティンゲンへ移った。ゾルネンも同じ時期にそちらにいて、マルティナの指導教官になることを承知した。マルティナがウィーンに戻って論文を仕上げられるように」

わたしは電車を乗りすごしてしまったことに気づいて焦った。アイゼンハワー高速道路と並行して延びる線で西へ向かっているところだった。外の世界に対して注意不足。ネット社会に蔓延しつつある災厄だ。優雅さより迅速さを優先させてハリマンに礼を言い、階段を駆けのぼって反対方向のホームにおりた。

ミーティングに約十分の遅刻。弁解の余地なきミスだ。さらに困ったことに、ダロウの南米支社のエンジニアリング部門のチーフ候補三人に関する質問を拝聴しなくてはならないのに、わがパソコンの検索エンジンにゾルネンの名前を打ちこみたいという衝動に逆らうことができなかった。五日以内に取締役会のほうへ報告書を提出すると約束したが、ミーティングの場をあとにしたとき、候補者の氏名のかわりに〝マルティナ、ゾルネン〟とメモしていたことに気づいた。社にひきかえして、社内セキュリティの担当者から候補者の正確な氏名を教えてもらわなくてはならなかった。この担当者とは気が合わないというのに。

事務所に戻るころには、わが検索エンジンがベンヤミン・ゾルネンに関する報告書の作成を終えていた。一八九六年、ブラチスラヴァ生まれ、地元で教育を受ける、オーストリア軍の兵士として第一次大戦に従軍。戦後、チェコスロヴァキアを離れてベルリンへ移り、そこで、アインシュタイン、マックス・プランク、その一派の影響を受ける。

ベルリンで、教養ある裕福な一族の出であるイルゼ・ローゼンツヴァイクと結婚。一九二〇年代にウィーンへ移り、IRFで働くようになる。イルゼとのあいだには子供が三人。二人は娘で、二〇年代のウィーンで誕生。そして、アメリカへ移住したあと、はるかに年の離れた息子が生まれる。

報告書をざっと見ていった。案の定、一九二九年にはゲッティンゲンにいて、ハイゼンベルクとともに、行列代数と量子力学の理論の構築を進めていた。プロジェクトに関わった学生の一人に、M・ザギノールという人物がいた。性別は記されていない。

ゾルネンとマルティナが男女関係にあったのなら、父親がスウェーデン国王と晩餐を共にしたというキティの主張は事実だったことになる。しかし、どうすれば確認できるだろう？　真夜中にキティの寝室に忍びこんでDNAのサンプルを採取し、それから、ゾルネンの子供の一人がパーティに出ているところへ押しかけて、その口に綿棒を突っこむところを想像してみた。いや、もっと簡単な方法があるはずだ。

椅子にもたれた。問題はゾルネンがキティの父親かどうかではない。キティがそう信じているということだ。家族ロマンス——自分は生まれたときに実の両親からひきはなされた、両親は高貴な家柄で、もしかしたら王族かもしれない、という妄想をフロイトはこう名づけた。わたしのウォーショースキーおばあちゃんも、自分のことをポーランド女王ヤドウィガの子孫だと信じこみ、その遺伝子のおかげでシカゴのストックヤードで働くほかの移民たちより自分のほうが上だと思っていた。

自分のなかに優秀な血が流れているという思いこみを、キティが家族に秘密にしておくことはなかっただろう。夫に自慢する姿が想像できる。あるいは、娘に意地悪を言う姿が。

「母さんの父親はノーベル賞をもらったんだよ。おまえのお粗末な遺伝子はきっと父方の遺伝だね」

マーティンが計算の合わない何かを追っているとすると、母親のことで何か発見したのではないだろうか。それとも、祖母のことで？　ドラッグや金銭にからむことではなく、遺伝病の徴候が出てきたことに悩んでいたのでは？　クリーヴランドに住む父親の実家の人々に会いに行った可能性もあるが、もしかしたら、小さなころから母親の身内だと聞かされてきた、その人々を追っているのかもしれない。

ゾルネンは一九六九年に亡くなった。イルゼはその後再婚せずに、一九八九年まで生きた。子供たちのその後を調べてみた。息子は一度も結婚していないが、娘二人は結婚した。子供を産み、いまでは孫がいる。数えてみた。孫が五人、曾孫が十一人。ゾルネンの娘の片方はすでに亡くなっているが、それでも、マルティナ・ザギノールとその娘のことを知っている可能性のある者が、少なくとも十八人いるわけだ。住むところは広範囲にわたっている——南米に二人、ヨーロッパに三人、あとの者は北米のあちこちにいる。

ゾルネンの三人の子供はいずれも、科学の分野へは進んでいなかった。息子のジュリアスはどの分野へも進まなかったようだ。現在七十歳ぐらい、シカゴ大学の近くのコーチハウスに住んでいるが、資産はほとんどない。それとは対照的に、亡くなっていないほうの娘はゴールド・コーストに住み、大量の債券を所有し、アリゾナに別荘を持っている。

パソコンの画面に古い写真が現われた。ウィスコンシン州マディスンの木造家屋の前に、イルゼ、ベンヤミン、娘二人が立っている写真で、撮影されたのは一九三七年、イルゼは見ただけで妊娠しているのがわかる。キティ・バインダーの家のサイドテーブルにのっていた写真を思いだそうとした。あの少女たちとこの二人に似たところはあるだろうか。

キティは、家族はすべて戦争で死んだと言った。また、シカゴにきたのは両親が住んでいることを知ったからだとも言った。〝両親〟って言った？　それとも〝父親〟？　もしかしたら、ゾルネンを捜しだしたが、拒絶されたのかもしれない。ゾルネンは戦後のアメリカ科学界における重鎮だ。戦時中に亡くなった教え子／愛人が遺していった子供は、都合の悪い存在だっただろう。あるいは、ゾルネンはキティの父親ではなく、迷惑に思ったのかもしれない。

ゾルネンの子供たちなら、キティか、マルティナか、さらにはマーティンのことを何か知っているかもしれない。ジュリアス・ゾルネンのコーチハウスがあるのはユニヴァーシティ・アヴェニュー、わたしがきのう出向いた場所からそう遠くない。考えれば考えるほど妙なことに思われた。ジュリアスにはとくに決まった収入源もないようだ。両親の住んでいた家から遠く離れたことがない。ナジャ・ハーネに会いに高校へ行く前にジュリアスを訪ねれば、かなり遠まわりをすることになるが、〝やることリスト〟の用件を大急ぎで片づければ、それぐらいの時間は作れるだろう。

ワイン小売店のために一時間分の仕事をし、店主が防犯カメラを購入して設置するさいにアドバイスすることを約束した。法律事務所へ小売店への請求書の件で電話をかけ、カナダのサスカチュワンにある鉱山会社との電話会議の手筈を整えた。以上の仕事に対する請求金額二百ドルがわたしのスプレッドシートに滞りなく記入された。

南へ向かう途中で、マスタングの走行距離計が十万マイルに達した。いずれ新しい車を買う余裕ができたら、こんな調子で市内を飛びまわるのはやめないと。探偵のなかには、弁護士と同じ方式で料金を請求する者もいるだろう。ある特定の依頼人のことを考えるあいだ、六分ごとに料金を加算していく。しかし、わたしは車を走らせる時間の料金まで気の毒なキティに請求しようとは思わない。ましてや、フレディ・ウォーカーのドラッグハウスで騒ぎを起こした分など論外だ。

まだ早い時刻なので、ハイド・パークまでそれほど時間はかからなかった。ジュリアスのコーチハウスはユニヴァーシティ・アヴェニューに面した大きな木造家屋の奥にあった。裏手からその家に向かって、葉をすでに黄色く染めたトネリコの梢がのしかかるようにそびえていた。

芝生を横切ってジュリアスのところまで行こうかと思ったが、そのとき、フェンス沿いに石畳の小道が延びていることに気づいた。その小道をたどって、大きな家を通りすぎ、ブランコとバドミントンのネットがある広い庭まで行った。もっとも、トネリコの巨木からごつごつした根が何本も広がっているので、大きくそれたバドミントンの羽を追いかけるのは大変だろう。コーチハウスは木の向こう側に建っていて、窓にツタがびっしり這っているため、家のなかに明かりがついているのかどうか、よくわからなかった。

フェンス沿いに並んだ灌木に、小鳥の餌入れがいくつも吊るしてあった。わたしが近づくと、鳥たちがギャーッと鳴いて飛び立ち、リッキー・シュラフリーに群がっていたカラスのことが不気味に思いだされた。

玄関ドアをガンガン叩いた。ノッカーも呼鈴もないようだ。ドアの奥からかすかな音が聞こえてきた。たぶん、ラジオだろう。三分か四分ほどドアを叩きつづけ、ジュリアスも死体になっているのではないかと心配になってきたとき、いきなり本人がドアをあけた。ずんぐりした小柄な男で、母親そっくりの秀でた額をしている。無精髭が伸び、目が充血している。ビールの飲みすぎと睡眠不足。

「ミスタ・ゾルネン。V・I・ウォーショースキーといいます。探偵《ディテクティブ》で――」

ジュリアスはわたしの鼻先でドアを閉めようとした。「令状のない警官は帰ってくれ」

わたしはドアの隙間に懐中電灯を押しこみ、彼の体重に逆らってドアを押した。「私立探偵です。警察の者ではありません」

「だったら、令状を手に入れるのは無理だな。とっとと失せろ。探偵に用はない」

「それがあなたの信念の土台なんですか」わたしは訊いた。「ひょっとして、五十年前にすべての刑事を避けようと固く決心し、以後、その決心を変えるに至っていないとか？」

いきなり玄関があいたので、わたしはバランスを崩してジュリアスのほうへ倒れこんだ。一瞬、二人の腕と脚とブリーフケースと懐中電灯がからみあって、彼があとずさり、わたしは右向きに倒れた。ふたたび立ちあがったとき、ふと見ると、ジュリアスの顔が真っ青になり、脂汗でてらてらしていた。まるで、自分の顔にショートニングを塗りたくったかのようだった。

わたしの背後のフックに、着古した淡黄色のジャケットがかかっていた。それをジュリアスの肩にかけて、居間のほうへ連れていき、布地がほつれたアームチェアにすわらせた。部屋には煙草のムッとする臭いがこもっていた。コーヒーテーブルの灰皿から吸殻がこぼれていた。それをべつにすれば、室内はそれほど乱雑ではなかった。掃除機を丹念にかける必要があるだけだ。わたしにそんなことを言う資格はないが。

驚いたのは、渡り鳥の写真と地図が壁面を覆っていることだった。渡りのルートを示す地図のあちこちに貼られた紙片に、ジュリアス自身の観察結果が神経質そうな文字で書きこんであった。小さな窓の横の棚に双眼鏡のケースがいくつかのっていた。〝カール・ツァイス〟の文字が入った古びた革のケースや、もっと大きくてモダンな感じのニコンのケースなど。

ジュリアスの頬に血の色が戻ってきたところで、わたしは訊いた。「五十年前に何があったんです、ミスタ・ゾルネン」

「学校を中退した」

彼の口がゆがんで嘲笑を浮かべた。「刑事が何もしなかったせいだ」

「刑事が何かをしたせいで？」

わたしはその意味をじっくり考えた。「犯罪が起きたけれど、刑事の手では解決できなくて、あなたが罪を着せられ、退学せざるをえなくなったとか？」

「興味深い推測だ、探偵さん。五十年前、きみはどこにいた？」

「ベビーベッドに寝かされてました、たぶん。五十年前に刑事が何をしなかったのか、話してもらえません？」

ジュリアスは無愛想な笑みを浮かべた。「刑事は姿を見せなかった。きみと違って。きみもここにくるのにずいぶんかかったようだが。用件はなんだね？」

「姿を見せなかった刑事って、キティ・バインダーと何か関係があるんでしょうか」

「ああ、キティか」ジュリアスは捨て去るようなしぐさを見せた。「ヘルタとは話をしたかね？」

「いいえ、まだ。したほうがいいんですか」

「ヘルタはいつだって、キティのことで頭にきていた。自分のことをベンヤミン・ゾルネンの思い出の守護者だと思ってるからな。いま暮らしているあの霊廟に、父のための神殿が造ってある。キティがその神殿を汚す気だと、ヘルタはずっと思いこんでいた。キティもヘルタやイルゼと同じなのに、ヘルタにはそれがわからない。ヒトラーのヨーロッパから逃げてきた哀れな難民にすぎないのに」

ジュリアスが何を言っているのか、わたしにはよくわからなかった。「ヘルタはキティに狙われているとでも思ってるんですか」

「自分の銀行口座が狙われるのを心配してるんだろう。ヘルタから金をむしりとるために、キティがあんたを雇ったのかね？　キティに伝言してくれないか――ヘルタは資産を厳重に守っていて、財布の紐がゆるむのはごく稀な特別の機会だけだ、と」

「あなたにあれを買ってくれたときのように？」わたしは双眼鏡のほうを示した。

ジュリアスは唇をひらいて微笑らしきものを浮かべた。煙草のヤニに染まった歯が見えた。

「あんなものすら買ってくれない。ツァイスは父親の形見だ。ニコンは年金で買った」

「キティは孫息子のマーティンを捜しだすために、わたしを雇いました。姿を消す前にマーティンがあなたかお姉さんを訪ねたのではないか――わたしはそう推測したのですが」

「推測ばかりする人だな、探偵さん。それでノーベル賞がとれるかもしれん。うちの父親がとったときのように。だが、いいかね、さまざまな思索も、さまざまな賞も、愚かな最期を迎える運命からあんたを救ってはくれない。わたしは何も考えないようにして、バードウォッチングをするだけだ。おかげで、人間世界のどろどろから離れていられる」

「そうでしょうね」

ジュリアスは厭世的なセリフの陰から警戒の目でわたしを見つめ、必死に何か考えていた。でも、何を？

「この夏、マーティンがあなたに会いにきませんでした？」

「なぜわたしに会いにくるんだ？」

「何か納得できないことを目にしたから。マーティンの一家の歴史に関係したことではないかと思われます。それはおそらく、お宅の一家の歴史でもあるでしょう」

「妄想は捨てるんだな、探偵さん。なぜなら、テレビの刑事ドラマに出てくるセリフのように、この会話はもう終わりだから」ジュリアスはアームチェアにもたれて、わざとらしく寝入ったふりをした。

わたしはしばらくジュリアスを見つめたが、向こうは身じろぎもしなかった。目を閉じ、顎をゆるめ、短いいびきを騒々しくかいていた。だが、わたしが椅子から立って古いデスクの引出しを探りはじめたとたん、電光石火の勢いで立ちあがった。七十を超えているのに筋骨たくましく、力まかせに腕をつかまれて、わたしはたじろいだ。彼の手をふりほどいたが、反撃は控えることにした。ジュリアスのほうが正しい。わたしには彼の書類を見る権利はない。それに、彼が最初に言ったとおり、令状を提示することもできない。

13 ゾルネン効果

「わたしはここで十六年間教えています。頭のいい生徒はたくさんいましたが、とくに記憶に残っている一人がマーティン・バインダーです。天才的な頭脳を持っているのに、それを生かすことができないのが残念です」

ナジャ・ハーネは教職員ラウンジの片隅でわたしに話をしていた。おたがいの声を聞きとるために、顔を寄せあわなくてはならなかった。授業時間が終了し、教師たちがストレスを発散しているところで、きわだって声の大きな者も何人かいた。ジーンズと白いシャツ、茶色の髪を顔のまわりに無造作に垂らしたハーネは、十六年も教師をしていたような年には見えなかった。

「どういう意味でしょう、ハーネ先生」

「ナジャと呼んでください。一日八時間もハーネ先生って呼ばれてるんですもの。授業のあとぐらいは人間に戻りたいわ。マーティンは進学適正予備テストの数学で満点をとったので、わたしが教えている物理の上級クラスに入ることになったんです。本来なら、最初から優秀な生徒のためのコースに入れるべきだったのに、どこかの愚か者がUTGコースに入れてしまって」

わたしがきょとんとした顔をすると、ハーネは申しわけなさそうに微笑した。

「わが校が独自に使っているくだらない略語のひとつです。〝卒業の見込みなし《アンライクリー・トゥ・グラデュエイト》〟という意味。マーティンの成績は中ぐらいでした。家庭でも学校でも期待されていなかったから。マーティンが学者の道へ進むことに、お祖母さんがなぜか猛反対だったんです。さて、わたしのクラスに入ってきたとき、マーティンはすでに物理学に恋をしていました。物理学の形を目にしていたのです。どういう意味かおわかりいただけるかしら」

わたしは首を横にふった。

「物理学とは方程式と公式と図表にすぎないと言うこともできます。マクスウェルの光の方程式とか、ファインマンの電子スピンの図表とか、そういったものです。それを理解できる頭のいい子は、この学校にもたくさんいます。でも、物理学というのは、自分の心で無限のものを追い、自然の本質的な部分に存在するハーモニーを探しだすことでもあるのです。マーティンはそれを理解していました。

最初の二カ月はみんなに追いつくのに必死だったけど、マーティンはその段階で早くもわたしがその学期に生徒から受けたなかで最高の質問を、次々とするようになっていました。やがて、基礎知識を吸収すると、マーティンの頭脳は大きな飛躍を遂げ、わたしを超えてしまいました。わたしの能力では、マーティンがどこへ向かうかを見守ることしかできなかった。わたしが教えられることも多少はありましたが、たいてい、黙ってすわり、あの子が物理の世界を探検し成長していくのを喜んで見守るだけでした。

わたしが受け持った生徒のなかで、物理のC試験で5をとったのはあの子だけです。そもそも、その試験を受ける生徒自体がごく少数ですけど。ところが、一流大学を受験することを、お祖母さんがどうしても承知しませんでした。いい大学で学べばマーティンの才能が開花することを、わかってもらおうとしたのですが。お祖父さんは賛成だったようですが、病気が重くなっていましたし、お祖母さんのほうは、マーティンを――どう言えばいいのかしら――時間を無駄にする夢想家とか、たしかそんな言い方だったと思うけど、そういうものにする気はないと強く言っていました。いくら説得しても無駄でした。まったくいらいらさせられたわ。胸をえぐられる思いでした」ハーネは自分の腿にこぶしを打ちつけた。いまも苛立ちが消えていないようだ。

「一人の人間としては、どんな感じですか」わたしは訊いた。「友達の両親に話を聞いたんですが、人づきあいの苦手な子だと言っていました」

ハーネは悲しげな笑みを浮かべた。「家庭のことはほとんど話しませんでした。たぶん、家庭から離れて物理の世界に逃避していたのでしょう。人づきあいは少々苦手だったけど、優しい性格で、愁いを帯びた端整な顔立ちでした。〝わたしならこの人を救うことができる〟って女の子に思わせるタイプね」

「交際してた女の子は？」わたしは期待をこめて訊いた。

「たぶん、いなかったでしょう。とにかく、高校にはいなかったわ。ほかの生徒とどうつきあえばいいのかわからなかったのね」

わたしはそばのテーブルにのっていた鉛筆をいじった。「マーティンは十日ほど前から行方不明なんです。ご存じかもしれませんが、彼の母親はドラッグ常用者です。母親のせいでマーティンまでが何か困った事態に陥っているのではないかと、わたし、心配でならないんです。母親が暮らしていた州の南のほうの家で男が一人殺されました」

「殺された？　どうしましょう。マーティンは――」ハーネは心配そうに眉をひそめ、急に黙りこんだ。

「わかりません。わたしは母親の足跡を追ってウェスト・サイドの麻薬密売人の家にたどり着き、そこで銃撃戦となりました。母親はわたしが建物に入る前に逃げてしまったようです。マーティンがこの夏、姿を消す前に先生と話をして、悩みか何かを打ち明けてたんじゃないかと、わたしは期待していたのですが。お祖母さんの話ですと、家を出ていく数週間前に何かがあってひどく狼狽していたそうです。でも、お祖母さんには原因がわからなかった」

ハーネは悲しげに首をふった。「大学進学は無理だとわかったあと、マーティンはわたしと話すのをやめてしまいました。たぶん、恥じていたのでしょう。そして、わたしに非難されると思ったのでしょう。大学の夢が破れる前は、わたしとよく話をしたものですが、話題はたいてい抽象的な概念で、ときには音楽や遺伝について話すこともありました。遺伝的な才能について、とりつかれたように質問するので、生物の授業にもっと熱を入れるようアドバイスしたのですが、マーティンは、生物学そのものが好きなのではなく、遺伝に関する疑問に対して答えがほしいだけだと言いました。たぶん、母親のようなドラッグ中毒になることを恐れていたのでしょうね」

「原因はべつのところにあったかもしれません」わたしは言った。「マーティンのお祖母さんはウィーンで未婚の母から生まれた人で、実の父親が誰なのかについて、矛盾する意見を述べています。子供のころはいつも、父親はノーベル賞を受賞した科学者――ベンヤミン・ゾルネンだと言っていたそうです」

「まあ！」ハーネの目が丸くなった。「ゾルネン＝パウリ効果を発見した人ね。あの方程式はみごとだわ」

わたしはにっこりした。「そのお言葉を信じることにします。とにかく、キティ・バインダーは自分の血筋にひどくこだわりを持っているようですから、マーティンもおそらく、自分の家系に関して数多くの疑問を抱きながら大きくなったことでしょう。彼自身の父親が誰なのか、知りようがないという事実もありますし」

ハーネは細い髪の先端をいじっていた。「マーティンの母親が学校に電話してきたことが、二回ほどありました。マーティンの様子を尋ねたり、電話口に出してくれと言ったり。校長から聞いた話ですけどね。マーティンといちばん親しくしている教師はわたしであることを、校長も知っていましたから。電話してきたときの母親はたぶん、かなりハイ状態だったのでしょう。学校側には、お祖母さんに連絡する義務がありました。お祖母さんがマーティンの法定後見人ですから。すると、マーティンには黙っていてほしいと言われました」

わたしはうなずいた。「お祖母さんはマーティンが自分の言うことを聞き、母親には一度も会っていないはずだと思っていますが、会っていたのは間違いないでしょうね。子供は親に会わずにいられないものです。親の愛を求めているのです。たとえジュディ・バインダーのように情緒不安定な親であっても」

「ミズ・バインダーが、あ、お祖母さんのことですけど、マーティンを捜しだすためにあなたを雇ったのでしょうか」ハーネが訊いた。

「少なくとも、今日のところはね。最初、キティは――お祖母さんのほうのミズ・バインダーは――マーティンのことには口出しするなと言いましたが、そのあとで、マーティンを見つけてほしいと頼んできたのです。わたしは荒唐無稽な仮説を十通りほど立ててみました。一例を挙げれば、マーティンがおかしくなって、母親の堕落の原因と思われる人々を殺しはじめたとか」

「そんなこと、わたしは信じません！」ハーネはくすんだ色をした髪のつけ根まで真っ赤になった。「そんな子じゃないわ。人づきあいは苦手ですけど――それでも、情緒不安定なところはありません！」

近くで雑談していた教師二人がいぶかしげにこちらを見た。ハーネ先生を激高させるなんて、この人、何を言ったの、と思っていることだろう。わたしは反論しなかった。マーティンはハーネの秘蔵っ子だったのだ。

「マーティンが母親を捜すために出ていったのではないとすると、行き先として、ほかにどこが考えられるでしょう？」わたしは訊いた。「出ていく前の数週間のどこかで何かが起きたのだと、お祖母さんは言っています。マーティンの最後の言葉として記憶に残っているのは、〝計算の合わないことがある〟だそうです。午前中に二、三時間出かけて、ほんのしばらく帰宅して、そのあと出ていったきり戻ってこないんですって」

ハーネは眉をひそめた。「復讐を考えているのではなく、問題を分析しているような感じね。問題や理論に納得できないとき、マーティンはよくその言葉を使っていました。自分のアプローチ法が間違っていると思ったり、理論が正しくないと思ったりしたときに」

「マーティンから先生のほうに連絡はなかったですか。もしあったのなら、マーティンの無事を先生がご存じなら、詮索するつもりはありません。でも――マーティンの行方はわからず、母親はドラッグハウスを転々として、激怒した麻薬密造人の一団に追われる身となっています」話に熱が入り、わたしは思わず身を乗りだした。ハーネは椅子の奥へ身を縮めた。

「すみません。ただ、母親が関わってるのは冷酷無比な連中なんです。何かの計算が合わないとマーティンが思ってて、それが母親か連中に関係しているのなら、わたしのほうでも把握しておく必要があります」

ハーネは両手を無力に広げた。「知っていればお話ししますが、正直なところ、マーティンは高校を出て以来、わたしと話をしたことは一度もないんです」

わたしたちはもうしばらくマーティンの話をした。ファインマンに心酔していたこと、音楽の才能もあったこと。バスーンを吹いていたが、ときには、ファインマンをまねてボンゴを叩いて遊ぶこともあった。

「わたしはいつも、マーティンに言って聞かせました。醜いアヒルの子は白鳥になるのよって」わたしを玄関まで送る途中、ハーネは言った。「いまもそう信じています。あの子が何かのトラブルに巻きこまれているのなら、あの子が見つかって支えが必要だとわかったら、法的な支えでも、経済的な支えでも、なんでもいいですから、すぐわたしに知らせてください」

わたしは約束したが、学校にきたとき以上に心配な思いで車をスタートさせた。計算の問題。マーティンがどうにも納得できない何か。でも、それは知的な分野でのことだろうか。もちろん、天才的だが不器用な生徒に対して、ハーネは母親のような保護本能を抱いている。理不尽なプレッシャーがかかれば大きく広がりかねない亀裂がマーティンの心のなかにあることを、認めたくないのかもしれない。

だが、彼がパソコンのデータを空っぽにしていったという事実がある。何か計算の合わないことがあり、それをほかの人に知られるのが耐えられなかったのだろうか。でも、祖母以外の誰が彼のパソコンを見たりするだろう？　祖母は理論に時間を浪費する人々に侮蔑の言葉を向けているかもしれないが、マーティンのファイルを盗み見る姿は、わたしには想像できなかった。

ジュリアス・ゾルネンの態度にも腑に落ちないものがあった。マーティンが失踪する前に会いにこなかったかと、わたしが尋ねても、はぐらかすばかりだった。そこから察するに、会いにきたに違いない。ジュリアスに質問するために――何を？　マーティンに何を言われて、この大叔父（ジュリアスが本当にキティの腹違いの弟であるなら）は口をつぐんでしまったのだろう？

また、それに劣らず不可解なのは、五十年前に何がジュリアスの人生を狂わせてしまったのかということだ。そのせいで学校を中退し、探偵の姿を見ただけで気を失いそうになるなんて。ジュリアスは現在、七十三歳か四歳といったところだ。その何かが起きたのは、ティーンエイジャーのころ、もしくは二十代前半あたりだろう。

アーヴィング・パーク・ロードのガソリンスタンドに寄り、彼の姉ヘルタの電話番号を調べた。ヘルタ・ゾルネン・コロンナ。番号を押そうとしたが、そこでためらった。会ってほしいが、電話だと、簡単にノーと言われて会話を打ち切られてしまう。それに、すぐそばの高速道路を走るトラックの轟音に包まれて携帯で話をしようとすれば、意志の疎通に失敗するのは目に見えている。

混みあった道路を三十マイル走ってゴールド・コーストまで行った。ヘルタが住む建物の近くに駐車スペースが見つかった。その建物はレイク・ショア・ドライブ・イースト沿いに建ちならぶ豪華なアパートメントのひとつで、湖とオーク・ストリートのビーチに面していて、わたしのようなブルーカラーの女が住宅ローンで購入すれば、完済するのに百三十五年ぐらいかかるだろう。

長時間の運転で全身がこわばっていた。二十五セント硬貨を何枚か投入してから（駐車代は一時間につき二十五セント）、豪華アパートメントとビーチを隔てる小さな庭園に入り、肩のストレッチをした。そして、ヘルタ・ゾルネンが住む建物のドアマンの横を通り抜ける方法を考えようとした。

インスブルック、一九四二年

深い井戸の小石

寒さと飢餓のなかに何カ月も置かれると、囚人はみな幻覚を起こすようになる。おいしそうな料理ののった大皿が、もう少しで手の届きそうな場所にあらわれる。両親や昔の恋人の顔がほかの囚人の顔と、ときには、看守の顔と重なりあう。洞窟の壁の暗がりに昔の敵があらわれる。

ある日、マルティナは、高校時代の数学教師ヘル・パップが自分の宿題を採点する姿を見たような幻覚に襲われる。

「でも、先生は目が見えないのに」思わず声を上げる。

看守がつねに身に着けている短い鞭をとりだし、ヒュッと音を立ててふりおろす。「おまえの姿ぐらいちゃんと見えてるよ、怠け者め。ほかの囚人に話しかけるんじゃない」

マルティナは炭素の純度を測定しようとしているが、飢えのせいで手に力が入らない。また、洞窟の冷気と湿気が天秤に影響を及ぼすため、正確に測定するのはほぼ不可能だ。目の前の作業に戻ったとき、ヘル・パップに最後に会ったときの記憶がよみがえる。

市民の庭園《フォルクスガルテン》の近くにあったヘル・パップの粗末な三部屋のフラットを訪ねたのは、彼に出した手紙にようやく返事がきたときだった。返事がくるまでにずいぶんかかったので、すでに亡くなったのではないか、あるいは、ふざけて手紙を出したと思われたのではないかと心配していたところだった。ヘル・パップは辛辣な教師で、クラスの女生徒をいつも見下していた。その仕返しに、マルティナの学年の生徒何人かが、キャバレーの歌手やオペラのダンサーの名前で派手なラブレターを送ったものだった。

ヘル・パップに手紙を出したときのマルティナは、すでにＩＲＦで一人前の研究者になっていたが、昼間の仕事をやめるだけの金銭的余裕がないため、女子工業高校で物理と数学を教えていた。

ヘル・パップのアパートメントに着くと、階段のてっぺんで家政婦が待っていた。マルティナが「こんにちは《グリュス・ゴット》」と挨拶したのに、返事はなく、ひらいたドアのほうを身ぶりで示しただけだった。口のまわりに非難のしわが深く刻まれていた。

ヘル・パップはマルティナが挨拶するために近づいても、椅子から立とうとしなかった。マルティナはつい昔の癖で、彼のそばの椅子にすわる前に膝を折ってお辞儀をした。二十五年前にフラウ・ハーシェルの前でお辞儀をしたときと比べても、少しも優雅になっていなかった。

辛辣な響きを帯びたヘル・パップのかぼそい声も、少しも変わっていなかった。「ああ、そうそう、きみは問題集をいつも完璧に解いた生徒だったね。すわったときの姿勢があまりにまっすぐなので、お母さんが上着の下に背骨の矯正板をくりつけているのではないかと思った覚えがある。いまも背筋がまっすぐだな。さあ、すわってくれ。わたしと同じ高さで話ができるように」

マルティナは腰をおろしたときに初めて、ヘル・パップの目が不自由であることに気づいた。家政婦は二人に紅茶を注いだあと、ヘル・パップのそばにすわって彼の手をカップまで持っていき、フォークにケーキをひと口刺して、彼がフォークをしっかり持ったのをたしかめてから手を放し、彼が紅茶やケーキをこぼしたときは、くたびれたジャケットの胸の部分を拭いた。

この家政婦がヘル・パップの返事の手紙を代筆したに違いない。丸っこい丁寧な字を見て、マルティナは意外に思っていたのだ。問題をもっとすっきり解く方法をマルティナに教えてくれたときの、ごつごつした字ではなかった。

「きみが年寄りや病人を見舞ってくれるようなお嬢さんだとは思わなかった」ヘル・パップは言った。「現在地からつぎの目的地へ行くときは、三角形の斜辺のような最短コースをとる、一途な人間だと思っていた」

ヘル・パップの言葉に、まるで母親にそう言われたような衝撃を受け、マルティナは一瞬言葉を失った。もっとも、母親が斜辺などという言葉を使うことはないだろうが、数学と科学に夢中になっている娘に対する母親の怒りの根底には、つねにつぎのような思いがあった――うちの娘は自分勝手で、思いやりがなくて、周囲の人間が必要とするものより自分のほしいものを優先させる。

母親はいつもマルティナが試験に失敗することを期待し、勉強をやめて帳簿係か店員になるようしつこく言っていた。「そうすればテーブルに食べものを並べる助けになるし、父さんの薬代も出せるんだから」

それはマルティナが十七歳のときだった。父親が肺結核を患っていて、毎日大量に喀血するため、それ以上吐く血があるのかどうかわからなくなるほどだった。しかし、父は衰弱がひどくなっても、学校を続けるようにとマルティナに何度も言ってくれた。ベッドの横のテーブルに、〝百点満点〟とか〝数学部門優勝〟などと書かれたマルティナの宿題や問題集を置いていた。亡くなる数日前まで、眠れぬ夜には、時間をかけてそれらに目を通したものだった。

マルティナはいつも父の横にすわって数学の問題を解き、宿題を終えても父がまだ起きているときには、父のためにフルートを吹いた。マルティナはフルートでも賞をとっていた。午前三時ごろに演奏することがよくあって、フラットのあいだの薄い壁を隣人にガンガン叩かれた。

「このウィーンにもモーツァルトの敵がいるんだな」父はよく冗談を言っていた。

女子工業高校のことを知っていたのは父だった。父は大工で、一九一二年に完成した校舎の建設にも加わっていた。遠い昔、マルティナがフラウ・ハーシェルのフラットの子供部屋で見た虹に心を奪われて帰宅したあと、父はマルティナと二人でプリズムを作ろうとして、建築現場から鉛ガラスのかけらを持ち帰ってくれた。光と色彩について書かれた本を古本屋で見つけ、何冊か買ってきた。マルティナが七歳のときには、ニュートンがおこなった太陽光の実験を二人でやってみた。プリズムをひとつ使って虹を作りだし、もうひとつのプリズムで虹を白色光に戻すという実験だった。

母は渋い顔で見守っていたが、やがて、マルティナをテーブルへひきずっていき、刺繍の練習をさせようとした。マルティナはいつも刺繍糸をもつれさせたり、切ったり、裂いたりしてしまう。麻布に刺した練習用の刺繍を見て、母は激怒した。

自分の名前を刺繍でサインしてはどうだろうと、父がマルティナに言ってくれた。何か特別な図案を考えれば、学校の宿題に名前を書くときにも使える。マルティナはニュートンのプリズムを使った図案を自分のシンボルとして考案したが、じっさいに刺繍してみると、それまでと同じく、見るも無残な出来だった。母はマルティナに針仕事を続けさせたが、仕事場の手伝いをさせることはとっくにあきらめていた。

父が女子工業高校の奨学金の話を聞いてきた。何が女の子にふさわしい仕事なのか、高い教育など受けたら生意気になりはしないか、といったことをめぐって、両親が夜遅くまで口論するようになったが、マルティナはオーストリアが第一次大戦に負けた年に、十二歳で奨学金試験と入学試験を受けた。数学で最高点をとった。翌年、戦争が終わって一年目に、父がエリーザベットシュトラーセにある堂々たる建物まで付き添ってくれた。

マルティナは母親が丁寧に仕立てた制服を着ていた。母親は分不相応なことを望む夫と娘に腹を立てていたが、マルティナが裕福な家の娘たちから服のことでからかわれるようなことだけは、あってはならないと思っていた。

電車は職場に出かける人や職探しに出かける人で混みあっていたが、父がマルティナに手を貸して電車の高いステップからおろしてやったあと、毎日のように通りに集まっている失業者の群れのそばを二人で通らなくてはならなかった。いまだにオーストリア帝国の軍服を着ている者がたくさんいた。前線で戦った四年のあいだに軍服はぼろぼろになっていたが、もうそれしか着るものがないのだった。多くのウィーン市民と同じく、彼らも敗戦に困惑し、フランスとアメリカとイギリスの一撃で帝国と皇帝が倒されてしまったことに困惑していた。上流の子供が通う学校の制服を着た痩せっぽちのユダヤ人少女は、いとも簡単に彼らの怒りの標的にされることだろう。

マルティナが背筋をぴんと伸ばし、皇妃のごとく超然たるよそよそしい態度をとることを覚えたのは、そのときだった。上着の下に背骨の矯正板をくりつけられるよりも効果があった。

いまもオーストリアの洞窟のなかで、マルティナはその姿勢ゆえに、彼女に頭を下げさせ、這いつくばらせようとする看守連中の怒りを買っていた。高慢な態度を改めないというので、殴られたことが何度もあった。

ヘル・パップを訪問したあの日、視力を失うのとひきかえに人の感情を読みとる第六感が彼に与えられたように、マルティナには思われた。彼女が背筋を伸ばしてじっとすわっていても、三角形の斜辺のような最短コースをとるという言葉が彼女の胸に突き刺さったことを、ヘル・パップは察知していた。

ヘル・パップは低く笑った。乾いた葉が足もとでカサコソ音を立てるような響きだった。

「何かに没頭するのは悪いことではないのだよ、フロイライン・ザギノール。かの偉大なるニュートンは何日も睡眠をとらなくても平気だったと言われている。心のなかに万華鏡のように問題を抱えこみ、その万華鏡を回転させるにつれて、色とりどりの破片が並び方を変え、ニュートンが自然のなかに求めていた模様があらわれたそうだ。だから、フロイライン、何かほしいものがあってきみがここにやってきたのは、悪いことではない。ただ、年老いた盲目の数学教師からきみに何が差しだせるのか、わたしは疑問に思うばかりだ。なぜなら、きみはフラウ・ヴェルフェルのケーキもほしくないようだから」

それは事実だった。最近では、マルティナが食べものに考えを向けることはめったになく、ケーキを見ても食欲をそそられなかった。申しわけ程度に口をつけたが、こってりしていたので、あわてて紅茶で流しこんだ。

「ライプニッツ」マルティナは言った。

「ライプニッツ？」ヘル・パップはオウム返しに言った。聞き間違いかと思った。「まさか、十七世紀の数学者のことを論じるために、ここにきたのではあるまいな。ウィーン大学にもＩＲＦにも出入りできるきみが」

「イギリスの雑誌をごらんに――い、いいえ、イギリスの雑誌を誰かに読んでもらうことはおありですか」

「昔の教え子がときどきフランスの雑誌を読んでくれるが、ここに出入りする連中のなかには、英語を知っている者は一人もいない」

「去年、チューリングというイギリス人が、計算可能な数と、それが決定問題《エントシャイドゥングスプロブレーム》とどう関係するかについての論文を書きました。そのなかで、チューリングはヒルベルト教授のパラダイムを否定しています。まさに異端の説です。でも、わたしはここしばらく考えておりました――電子が分布していることはわかっていても、なぜそのように分布しているかがまったくわからない。そのような状況で、どうすれば原子の構造を突き止めることができるのでしょう。理論上、計算は可能ですが、じっさいには――」マルティナは両手を広げた。疲労困憊を示すしぐさだが、もちろん、ヘル・パップには見えなかった。

「じっさいには、その計算に何年もかかるわけだな」マルティナのかわりにヘル・パップが言った。「ところで、そこからなぜライプニッツを、そして、わたしを思いだしたのだ?」

「先生がある日の授業で、ライプニッツの業績がいかに奥深いものかを話してくださったからです」

これはじつを言うと、ヘル・パップの辛辣きわまりない授業を外交辞令のオブラートにくるんで表現したものだった。〝親愛なる女生徒諸君、哲学という言葉がきみたちの愛らしい目をガラス玉に変えることは、わたしもよく承知している。そのガラス玉はわずかな光すら吸収することなく、わたしの教えをそのまま跳ね返してしまう。それゆえ、きみたちにライプニッツの名前を聞かせたところで、きみたちの頭脳という深い井戸に知識の小石を投げこむことにはならず、ガラス玉にぶつかって跳ね返されるだけとなるだろう。だが、ライプニッツの知力はドイツ・ルネッサンスにおいて、もっとも深遠なるものだったのだ〟

「ライプニッツが微積分法の発明のほかに、数学の分野における多数の問題について思索し、そこにはすべての計算を二進法で表現する方法も含まれていたことを、先生は教えてくださいました。そして、ライプニッツが作った円形の浮彫りの写真も見せてくださいました。計算機の設計図が彫りこまれているものです」

焦点の定まらなかったヘル・パップの盲目の目が、マルティナの顔に据えられた。不意にフラウ・ヴェルフェルのほうを向き、窓の横の本棚まで連れていってほしいと言った。

フラウ・ヴェルフェルが初めて口を利いた。「旦那さま、ひどくお疲れのようですよ。その女の人がご自分の要求を通そうとなさって、ずいぶん強引だから」

マルティナは反論しようと口をひらきかけたが、ヘル・パップが先まわりをして、バカなことを言うなとフラウ・ヴェルフェルをたしなめた。「電子の分布を気にかける若い女性が十五年前のわたしの授業を思いだしてくれるなら、わたしは不死の存在と言ってもいい。本棚まで連れていってくれ。マホガニー製の本棚だ」

家政婦はマルティナに険悪な視線を向けてから、ヘル・パップを本棚まで連れていった。ヘル・パップは彼女に本をとってもらおうとはせず、棚をひとつずつ手で探っていった。ようやく、紙の束を持って戻ってきた。十七世紀の凝った文字でタイトルが書かれていた。

〝二進法について〟。

「読みおえたら返却してくれ、フロイライン・ザギノール。これはもちろん、複写機でコピーしたものだ。高校の数学教師にライプニッツのオリジナル本など買えるわけがない」

マルティナが帰りぎわにふたたび膝を折ってお辞儀をすると、ヘル・パップはそれを感知したのか、皮肉っぽく軽いお辞儀を返してよこした。マルティナは大急ぎでIRFに戻った。六時にハーシェル家のフラットへケーテを迎えに行く約束だったのに、完全に忘れていた。

IRFの図書室に真夜中すぎまでこもって、古いラテン語をのろのろと読みつづけた。最重要部分をどうにか読めるドイツ語に翻訳するのに、一週間以上の深夜作業が必要だった。高校のころから語学の成績はさっぱりだった。苦心惨憺の末にようやく、研究チームの学生たちに渡す抜粋を作りあげた。

コピーを返却するため、ふたたびヘル・パップのところへ出かけると、フラウ・ヴェルフェルから、ヘル・パップはいま休息中で、これ以上話をする必要はないと言われた。

「その年寄り女、先生に嫉妬してるんだわ」マルティナが研究チームの面々にその話をすると、ゲルトルード・メムラーという教え子が言った。

「下品なことを言わないで、フロイライン・メムラー」マルティナは言った。心のなかでは、メムラーの言葉が真実なのかと思いつつ。これもやはり、母やベンヤミンの非難と同じことなの？　わたしにはふつうの人間の感情がわからないの？

マルティナのチームの学生たちは、ライプニッツの理論上の計算機を実用化する方法を見つけられずにいた。マルティナは、さまざまな種類の電子管で蓄積した電荷信号を利用してチューリングが想定した機械式ゲートやレジスタを再現できるかどうかを見るため、学生たちに実験をさせていた。ところが、なんの成果も挙げられないうちに、戦争が始まってしまった。マルティナは電子捕獲を利用すれば自動計算機を作ることができると考え、それを示すために、多数のグラフをみずから丹念に作成した。

フロイライン・メムラーは研究熱心な科学者の卵で、創造力に欠けてはいたが、真空管の信号をテストするため、マルティナと一緒に進んで長時間の居残りをしたものだった。ところが、ナチスドイツによるオーストリア併合のあとで、彼女が一九三五年からナチ党の秘密党員だったことが明らかになった。ドイツに併合されるまで、オーストリアでは非合法とされていた組織だが、ナチが権力を掌握したとたん、メムラーはユダヤ人の命令に従うことを拒むようになった。

マルティナはそのころすでに、計算結果を記憶させる方法として真空管を使う案を捨てていた。オンサガーの地場変動の論文を読んでから、べつの方向へ進むようになった。オンサガーの研究に基づけば、強磁性体こそほかのどの材料よりもデータ記憶に適しているに違いないと考えたのだ。装置を組み立てようにも材料が調達できなかったが、頭のなかで実験をおこなうことはできた。ウィーンからインスブルックへ強制連行される日まで、マルティナはこうしたことを続けていた。

IRFから出ていくようメムラーに命じられた一九三九年のその日、マルティナはメムラーの顔を見るのもこれで最後だろうと思った。ところが、マルティナがウランフェアイン7へ送られた一カ月後、そのメムラーがやってきた。核分裂性物質ユニットのリーダーとして。

マルティナから下品な態度を批判されたことを、メムラーは根に持っていた。いまでは、マルティナをいじめることと、馴れ馴れしく〝あんた《ドゥー》〟と呼びかけることに喜びを見いだしている。〝あんた、自分が重要人物だと思ってたんでしょ。ユダヤ人のくせに、わたしのやり方を批判してもいいと思ってたんでしょ。ふん、その結果どうなったか見てみるがいい、ユダヤ女のマルティナ〟

マルティナは、自動計算機があれば自分たちのユニットが進めている計算の手助けになると提案したことがある。フロイライン・メムラーは激怒する。〝あんたがここに連れてこられたのは、重水のかわりに核分裂性物質として使えるぐらい純粋な炭素が得られるかどうかを調べるためよ。最高司令部の方法論に疑義を唱えるためじゃないわ〟。マルティナは一度だけ反論し、その罰として殴打され、まる一日、食事なしですごすことになる。

自分が協力させられているウランフェアイン7が少しでも成果を挙げれば、ドイツの戦争遂行を支える結果となることは、マルティナにもわかっているが、どうしようもない。核分裂から生じるエネルギーを活用できるかどうかという問題にすっかり魅了されていて、研究を中止することができない。自然の秘密を解き明かすことに夢中になるあまり、周囲の世界のことを忘れてしまうのは、マルティナの弱点であり、強味でもある。

14 ノーベル賞が目の前に

「ご家族の歴史にいちばんくわしいのはあなただと、弟さんから聞きました」

ヘルタ・ゾルネン・コロンナは彼女の住まいの入口でわたしに警戒の視線をよこした。わたしはさきほどドアマンに頼んで、わたしの名刺と、〝お父さまに関する事柄を調査している者です〟と書いたメモを上へ届けてもらった。その簡単なメモを見て、ヘルタはわたしをなかに入れることを承知したが、ドアマンはわたしがヘルタに襲いかかったり、あちこちに飾ってある洗練された彫像を叩きこわしたりしないことを確認するため、近くをうろついていた。

ヘルタは弟より少なくとも十歳は上のようだった。白い髪が中世の婦人のかぶりもののごとく広がり、その下に、弟と同じ秀でた額と淡い色の丸い目があった。カーキ色のワンピースはサファリ・ジャケットふうのデザインだが、布地は柔らかで、優美なドレープを描いていて、近くのオーク通りのブティックで買えば二千ドルはしそうだった。

「わたしのことなら心配いらないわ、ゴードン」ヘルタはドアマンに言った。ドアマンは、助けが必要ならいつでも聞こえるように、詰所のドアをあけたままにしておきます、と言ってからしぶしぶ立ち去った。

ヘルタはわずかに足をひきずりながら、アーチ形の廊下を抜けてわたしを居間に通した。湖の景色が見える部屋だった。すでに夕暮れどきで、湖に出ている船の航海灯がいくつも見える。ヘルタはネップのある白い布張りのカウチにすわった。こういう椅子にすわれるのは、きわめてきれい好きできちんとした人間だけだ。

ヘルタは怯えに近い表情でぎこちなくこちらを見て、それから、写真がぎっしり並んだガラスの飾り棚のほうへ視線をそらした。思わずそちらへ目をやったという感じで、まるで写真の安全を気にかけているかのようだ。それに気づいたわたしは、当然のことながら、すわる前にそこで足を止めて写真に見入った。

ほとんどが最近のもので、子供や孫が写っていた。娘と孫三人の写真。三人とも一族の秀でた額を受け継いでいる。息子の写真。ヘルタの結婚写真のなかにいる砂色の髪の男性に似た息子だ。もちろん、古い写真もたくさんあって、二人の少女が写っているのが何枚かあった。一九二〇年代から三〇年代にかけて流行したキャップスリーブの短いワンピースを着た少女たち。ポニーにまたがった少女たち。母親を追いかける少女たちと大型の猟犬。少女も母親もライフルを持っている。わたしはヘルタにちらっと目を向けた。いまでは年老いて脚も不自由かもしれないが、銃の扱い方は知っているわけだ。

ホワイトタイの正装でスウェーデン国王にお辞儀をしているゾルネンの写真に目を奪われた。そのとなりに本物のノーベル賞のメダルが飾ってあった。平たい箱に濃紺のベルベットを敷きつめて、そこにのせてある。身をかがめて見てみた。オーラがあった。黄金でできているからではない。もちろん、暗くなりつつある部屋のなかで輝きを放ってはいたけれど。

ジュリアスの言っていた神殿というのが、たぶんこれだろう。

ヘルタが背後で大きく咳払いをした。「うちの一家のことで、ジュリアスと話をなさったそうね」

わたしは身を起こし、窓辺にすわる彼女のところへ行った。片隅にチューブラー・チェアが置いてあった。黒い革張りで、アームの部分はクロム製。それをヘルタのそばまでひっぱってきた。カウチの白い生地を泥や汗や人間的な何かで汚したりしたら大変。

「はい、マーティン・バインダーの件で会いに行きました。わたしはマーティンを見つけるために、彼のお祖母さんに雇われたのです。ウィーンでお知りあいだったそうですね。あちらがケーテ・ザギノールという名前だったころに」

ヘルタはハッと息を呑んだ。「ケーテはなぜ、あなたをわたしのところによこしたの？いえ、わたしたちのところに」

「ミズ・バインダーに言われたのではありません。でも、二つの家族の歴史が交錯しています。ミズ・バインダーの母親はあなたのお父さんの教え子だった。ミズ・バインダーはお父さんのことを自分の父親だと思っています」

「あなたにまでそんな嘘を？」ヘルタが指を握りしめるのを見て、分厚いセーターの縄編み模様をねじっていたキティが思いだされた。

「嘘なんですか」

「嘘に決まってるでしょ。ケーテは厄介な子だったわ。注目を浴びるためならなんだってする子だった。大人になっても、あまり変わっていないようね。ケーテの母親が父の教え子の一人だったことは事実よ。彼女の研究を父は高く評価していたわ。少なくとも最初のうちは。でも、ケーテは——あ、いまはキティと改名したんだったわね。姉のベティーナも、わたしも、あの子にはうんざりだった。放射能研究所がピクニックや新年のパーティを主催して、家族が集まるときには、いやでもケーテと遊ばなくてはならなかった。ケーテのほうが年下だから、どっちにしても、あの子と遊ぶのは気が重かったわ。すごく怒りっぽくて、すぐ癇癪を起こす子だったから、ケーテがやってくるのを見ると、わたしたちはいつも公園へ逃げこんだものだった」

ヘルタは険悪な目をこちらに向けた。「戦前、ウィーンに住んでいたころ、父はよく、フロイライン・ザギノールの悲しい運命に胸を痛めていたわ。ケーテの世話を焼こうとしたのも、その母親のことが心配だったからでしょうね。研究所のお給料は充分じゃないし、未婚の母だったんですもの。だから、ケーテは事実をねじ曲げて、うちの父のことを自分の父親だと思いこむようになったんだわ！」

「ミズ・バインダーがシカゴにきたのは、あなたのお父さんに会うためだったと聞きました。お父さんなら母親の居所を知っているだろうと思って」

「フロイライン・ザギノールは戦時中に亡くなったのよ」ヘルタはこわばった声で言った。

「ジュリアスがその反対のことを言ったのなら、それは人をからかうのが好きだから」

「弟さんからは、フロイライン・ザギノールの話は聞いておりません。ミズ・バインダーの存在をあなたがつねに迷惑がっていたことは聞きましたけど」

「戦争が終わって十年以上たったころだったわ」ヘルタはつぶやくように言った。「ケーテは死んだものと、わたしたちみんなが思っていた。ところが、突然シカゴにあらわれたの。父はそのとき、留守をしていた。当然よね。いつも留守だったもの。ワシントンやバークレーへ出かけて。健康がすぐれなかったというのに」

「それはいつのことでした？」

「きのうのことのように覚えているわ。わたしが死を迎えるとき、最後に思い浮かべるのはその日のことでしょうね。自分の結婚式や孫の顔ではなくて、母が電話してきたときのこと。ケーテが押しかけてきて、近所じゅうで大騒ぎしてるっていうの。ジュリアスはまだ実家暮らしだったけど、そのときは大学の講義に出かけてたわ――シカゴ大学。中退する前の話よ。もっとも、どの科目も落第だったから、いずれ退学になっていたでしょうけど」

「すると、弟さんの退学はキティ・バインダーの突然の出現のせいではなかったんですね」

「ジュリアスはケーテのことなんか気にしてなかったわ」ヘルタは苦々しい口調で言った。「ケーテがあらわれてわたしたちの生活をめちゃめちゃにする何年も前から、弟はだめになっていたの。ケーテのこととなると過剰に反応しすぎだって、ベティーナとわたしをいつもバカにしてたけど、あの朝自宅にいたなら、ジュリアスにもわたしの気持ちがわかったはずよ」

「ミズ・バインダーは何をしたんです？」

「家には母が一人きりだった。ベティーナもわたしもすでに結婚してたけど、ベティーナはロサンゼルスに住んでたから、わたしがなんとかするしかなかった。母から電話をもらって、タクシーですぐ実家に駆けつけたわ」

ヘルタは首をふった。半世紀も前の衝撃からいまも立ち直れずにいるようだ。「わたしたち一家が一九三六年にウィーンを離れてから、一度も会ってなかったのに、ひと目でケーテだとわかったわ。もちろん、うちの父に会いにきたのよ。なぜなら――そのう、父とあちらの母親のことで妙な思いこみをしていたから。ケーテは近所をまわって玄関の呼鈴を押し、父のことを話していた――胸が悪くなったわ！　近所の人はみんな、そんな話は信じないって言ってくれたけど、母に向ける憐れみの視線からすれば、〝火のないところに煙は立たない〟と思っているのは明らかだった」

「期間にしてどれぐらい続きました？　大学の物理学部でも騒ぎを起こしたと聞きましたが」

「結局は父が追い払ったわ」

「どうやって？」

「知らないけど、その日、出先から戻ってきた父は、自分のほうでなんとか処理すると言ってくれた。それから一週間、ケーテは毎日、家か大学に押しかけてきたわ。物理学部でも騒ぎ立てたそうよ。新型原子炉が建設されたアルゴンヌの国立研究所にまで出かけて、守衛の横を強引に通りぬけようとしたそうだし。昼間、母を一人にしておけないから、わたしがグリーンウッド・アヴェニューの実家に戻ることにしたの。最初の子がおなかにいるときだったわ。ケーテのことで悩まされるのをべつにすれば、実家に戻ってホッとしたわ。母が世話を焼いてくれるから、自分で家の切り盛りをしなくていいものね」ヘルタの声が柔らかくなった。若いころのことが目の前に浮かんできたのだろう。

ヘルタは視線を上げてこちらを見た。「とにかく、父がどんな手段を使ったかは知らないけど、ケーテは顔を見せなくなり、一週間ほどたったところで、母を一人にしてももう大丈夫だと思えるようになった。それから何年ものあいだ、ケーテは沈黙を続け、わたしたちを悩ませることはなくなったけど、うちの家族はケーテのことを、いつも、ええと、不発の手榴弾みたいなものだと思ってたわ。案の定、ある日、ケーテのろくでもない娘が押しかけてきた。べろべろに酔っぱらって。もしくはドラッグでハイになって。スチュアートは――わたしの夫は――ドラッグのほうだろうと言ってたわね。そして、今度はあなた」

わたしはうなずいた。キティはゾルネン一家につきまとうのをやめたかもしれないが、自分の娘の前で一家の話をしている。ヤク中は恥を知らない。ジュディはゾルネン家のことをいい金蔓だと思ったのだろう。

「ジュディはお金をゆすろうとしたんですね」わたしは言った。

ヘルタはうなずいた。唇をきつく結んでいた。「一回だけじゃなかったわ。最初のときはまだ若かった。二十歳ぐらいかしら。それ以後も何回かやってきた。一度なんか――いえ、やめましょ。わたしの夫が弁護士をしていて、即座に娘を追い払ってくれたわ」

「ミズ・バインダーのお母さんは戦時中に亡くなったと、さきほど言われましたね。どういう運命をたどったのかご存じですか。ミズ・バインダーが、母親はいまも生きている、シカゴで仕事をしている、と思いこんだのはなぜでしょう?」

「ああ、ドラマの主人公になるのが好きな女だから!」ヘルタは両手を上げて侮蔑のしぐさを見せた。「フロイライン・ザギノールがどうなったのか、オーストリアを離れることができたはずの時期になぜそうしなかったのか、わたしはよく知らないのよ」

「でも、ご両親が彼女のことを相談するのを耳にしておられますね」

「ええ、何度も」ヘルタはうなずいた。「父は昔から、お人好しなところがあったわ。母のほうは、家族全員の幸せを第一に考えなくてはならなかった」

「お父さんは彼女を一緒に連れていくことを望んだけど、お母さんが承知しなかったってことでしょうか」

ヘルタは白粉を厚塗りしていたが、それでも、頬が赤くなるのが見えた。「フロイライン・ザギノールは家族じゃなかったのよ。ゾルネン家のビザで彼女がアメリカに入国しようとしても、許可がおりるわけはないわ。父はフロイライン・ザギノールを研究助手として連れていく気でいたけど、たとえビザが発給されたとしても、どうやって暮らしていけるというの？　放射能研究所では、所長が研究員に手当てを支給していたけど、個人資産を持たない父には無理だった。ヨーロッパを離れようとするユダヤ人の数のほうが、よその国で受け入れてくれる人数より多かったことは、あなたもご存じでしょ」

「ええ。でも、偉大な科学者はみな落ち着き先を見つけましたよね。たとえば、あなたのお父さんも」

「そこなのよ」ヘルタは言った。侮蔑の口調だった。「うちの父は偉大な科学者だった。マルティナ・ザギノールはそうではなかった。哀れな運命をたどった人のように見えるかもしれないけど、あの状況下で彼女を受け入れてくれる研究所を見つけるのは無理だったわ」

「でも、彼女も偉大な科学者だったのかもしれません。女性であることがハンディになっただけで」

「ええ、ケーテもそう信じたがっていた。父がマルティナ・ザギノールを捨てたのはその才能に嫉妬したからだとか、父の浮気相手だった彼女に――あ、これはケーテの妄想よ――母が嫉妬したからだって。麻薬中毒の娘も、うちに押しかけてきたとき、同じことを言ってたわ。ここの奥さんの嫉妬でうちの祖母が死んだんだから、その償いのためにお父さんがお金を出すのは当然だ、なんて言うのよ」

ヘルタはきつい口調で続けた。

「うちの父はあの愚かなケーテの父親ではないわ。マルティナ・ザギノールは、東欧から流れてきた貧しいユダヤ人でぎっしりのゲットーに住んでいた。きっと、流れ者の屑屋か誰かと夜を共にして、それをもっと体裁のいい話にしようとしたんでしょうよ。ベンヤミン・ゾルネンが母を裏切ったことは一度もないし、あんな高潔な人が女子学生に手を出すなんてありえないわ。不倫をほのめかすような情報をあなたが公にした場合は、うちの夫の法律事務所が名誉棄損の訴訟を起こしますからね！」

「はいはい、わかりました。とにかく、お話が伺えてよかったわ。ところで、キティの孫のマーティン・バインダーからこちらに連絡がなかったでしょうか」

ヘルタは警戒の目でこちらを見た。その瞬間、わたしは彼女の弟を思いだした。

さらにつけくわえた。「マーティンが弟さんを訪ねたことはわかっていますが、どんな議論をしたのか、弟さんは話してくれないんです」

「だったら、わたしからもこれ以上お話しすることはないわ」ヘルタは言った。

会話を終わらせるための言葉だったが、わたしはそれを無視して、かわりにジュリアスの奇妙な言葉について尋ねた。「五十年前に刑事がくるはずだったのにこなかった、と弟さんが言っていました。どういう意味でしょう?」

わたしが父親とマルティナ・ザギノールの話題から離れたことに安堵して、ヘルタの顔から怒りが消え、悲しみの、もしくは、困惑の表情に変わった。たぶん、その両方だろう。

「弟と父のあいだに何か厄介なことがあったみたい。それについては二人とも口をつぐんでいたけど。ゲーテが押しかけてくる前のことだったわ。その三年ぐらい前だったかしら。それまでのジュリアスはアヒルの子みたいに父のあとをついて歩き、父と同じように科学を愛していたのに、あるとき突然、変わってしまった。夕食の席で父に悪態をつくようになり、父はじっとすわったまま、聞こえないふりをしていたものだった。母がジュリアスを黙らせようとしても、父は肩をすくめて書斎に消えるだけ。ジュリアスの変わりようが父の死期を早めたのはたしかね」

わたしは立ちあがり、ヘルタに名刺を渡した。「マーティン・バインダーが会いにきた理由を思いだしたら、お電話をください」

ドアまで行く途中、ふたたび足を止めてゾルネンのノーベル賞メダルを見た。「わたしがノーベル賞にこんなに近づくことは、一生ないでしょうね」

ヘルタがわたしのそばまできた。平たい箱を手にとり、ガラスの蓋の留め金をはずして、メダルにさわらせてくれた。わたしはメダルの裏面に刻まれた人物を指でなぞった。古代のローブをまとった二人の女性。〝スウェーデン国王がこれを彼に渡したとき、あなたたちもその場にいたのね〟。心のなかで二人に語りかけた。〝彼の胸にはどんな思いがあったのかしら。キティ・バインダーは彼の娘だったのかしら〟

メダルをヘルタに返した。キティ・バインダーの居間にあったスナップのことを思いだして訊いてみた。「ウィーンで暮らしていた少女のころ、キティと遊ばなきゃいけないのが苦痛だったと言われましたね。ご両親とビーチへ出かけたとき、キティも誘ったことがありました？」

ヘルタは侮蔑の笑い声を上げた。「ウィーンにビーチはないわ。ドナウ川が流れているだけよ。ハプスブルク帝国が崩壊したあと、オーストリアは内陸の小さな国にすぎなくなってしまった」

「では、公園へ遊びに出かけたときは？ あなたと、ベティーナと、ご両親で」

「何をおっしゃりたいのかわからないわ。父がケーテを家族のように受け入れていたとでも？ 言っておきますけど、家族で出かけたときにケーテを誘ったことは一度もなかったわ。それに、とにかく、父と一緒に出かけた記憶なんてないし。チェコのシュンペルクにあった母の実家の別荘へ出かけたときだって、父はいなかったのよ。放射能研究所、それが父の人生だったの。妻と娘たちではなくて」

ヘルタの口調が侮蔑から苦々しさへと変化した。わたしはオーストリアの地理も知らない低俗なアメリカ人かもしれないが、ヘルタを落胆させたのが彼女の父親だったことぐらいはわかる。エレベーターでロビーにおりるあいだに、五セント硬貨をトスした。裏が出れば、ベンヤミン・ゾルネンは教え子の誰とも寝たことがない。表が出れば、キティ・バインダーの父親だ。続けて三回、硬貨にかぶせた手を上げるたびに、表についているトマス・ジェファーソンの顔が見えた。これぞ決定的証拠。

15　ドクターのジレンマ

家に帰ってからロティに電話した。「いま、ヘルタ・コロンナのアパートメントへ行ってきたところなの。あなたも八歳か九歳のころ、彼女に会ってるかもしれないわね。そのころはヘルタ・ゾルネンだったけど。彼女と姉のベティーナはベンヤミン・ゾルネンの娘」

「記憶にないわ」ロティは答えた。「ゾルネン――どこかで聞いたような名前ね。科学者じゃない？」

「ノーベル賞、マンハッタン計画。ウィーンの放射能研究所にいたころ、マルティナ・ザギノールの論文指導教官だった人」

「ああ！」ロティが息を吸いこむのが聞こえた。「ケーテの――キティの――父親？」

「キティはそう思ってる。ヘルタのほうは、自分の父親は高潔な人物で浮気などしたことがない、ましてや教え子と関係を持つなんてありえない、と言っている。それから、あなたと同じことを言ってたわ。キティが初めてシカゴにきたとき、周囲にさんざん迷惑をかけたそうよ。ゾルネン一家につきまとい、シカゴ大学で癇癪を起こし、さらには、アルゴンヌの国立研究所へも押しかけて騒ぎ立てたんですって。ベンヤミンがキティに何か圧力をかけたみたい。どんな圧力だったのか、ヘルタは知らないと言ってたけど、以後、キティが一家を悩ませることはなくなったそうよ。

ところが、やがて第二幕に入ってジュディが登場し、ヘルタからお金をゆすりとろうとした。たぶん、姉娘のベティーナからもとる気だったんでしょうけど、姉はすでに西海岸へ越していた。マーティンはぜったい、ヘルタとその弟ジュリアスに会いに行ったはずよ。二人とも認めようとしないけど、二人のボディランゲージが声高にそう告げてるの。それから、ジュリアスの態度がどうも変なのよね」

ロティがあの一家を知らないことに、わたしは落胆した。五十年前に刑事がやってくるのをなぜジュリアスが待っていたのか、ロティならその理由がわかるかもしれないと期待していたのに。

「何かで罪悪感に苛まれているんでしょうね」ロティは言った。「オプラ・ウィンフリー御用達の精神科医でなくても、それぐらいはわかるわ。でも、具体的に何なのかはわからない。父親の非道なおこないを目にしたとか？　それとも、誰かに襲われた彼を父親が守りきれなかったとか？　一九五〇年代のハイド・パーク界隈は物騒な場所だったわ。その時代の暴力犯罪を調べあげることはできる？」

「血と、汗と、わたしに提供できるその他のものを、もっと注ぎこんだらね。だけど、それでも無理かもしれない。通報があっても、たいした事件じゃなければ、警察はいちいちファイルなんか作らないもの。捜査にあたった警官たちが話題にする程度だわ」

「五十年前に何があったのかがわかれば、マーティンを見つける役に立つの？」ロティが訊いた。

「なんとも言えない。ひとつ思いついたことがあるの。荒唐無稽かもしれないけど。父親のノーベル賞がインチキだったことを、ジュリアスが知ったとしたら？」

「インチキ？」ロティの声が裏返った。「ノーベル賞というのは、正真正銘、本物なのよ。誰にもチェックできるはずがないと思って、米国海軍特殊部隊にいたなどとホラを吹くのとは、わけが違うわ。受賞者は唯一無二の存在、世界じゅうの目が受賞者に集まるのよ」

「インチキという言葉はよくなかったわね」わたしは認めた。「じつは、ヘルタがやけに強調してたの。マルティナ・ザギノールはろくな科学者じゃなかったって。でも、マルティナはゾルネンの教え子だった。本当は彼女のおこなった研究をゾルネンが自分の手柄にしたとしたら？　ゾルネンはウィーンで辛い日々を送るマルティナとキティを見捨てて、自分は終戦までアメリカでのうのうと暮らしていた。見たところ、ジュリアスも数学と物理の才能に恵まれていたようよ。古い研究資料に目を通して、父親がマルティナ・ザギノールの研究を横どりしたことを知ったら、父親への敬意は完全に消えてしまうわ。息子とのあいだに何があったのか、ゾルネンが妻と娘に話さなかったのも、それで説明がつくでしょ」

「マーティン・バインダーもその資料に目を通すことができたなら、同じ証拠を見つけたかもしれないわね」ロティは疑わしげな口調でいった。「でも、なぜそのあとで姿を消してしまうの？」

「ヘルタが父親の思い出を守るためにマーティンを殺したのかも」わたしはふざけ半分に言った。「山のなかで写した子供時代の写真があったわ。狩猟用のライフルを持ってるの」

「あの時代、裕福な階層のユダヤ人女性はみんな、お金持ちのキリスト教徒のまねをしたものだったわ。鹿を追いかけ、ウサギを撃つの。うちの祖父母も山に別荘を持っていて、友人たちがよく狩猟にきていたわ。もっとも、祖父母は猟をしない人だったけど。祖母が狩猟というスポーツを嫌ってたから」

　わたしはマルティナのことに話を戻した。「子供のころのことを何か覚えてない？　なんでもいいから。口論を耳にしたとか。指導教官の受賞にマルティナが怒りや恨みを感じていたことを示すような口論を」

「あのね、ヴィクトリア、わたしがマルティナと最後に会ったのは八歳か九歳のときだったのよ。マルティナが科学に恋をしてたことなら覚えてるわ。ケーテとわたしをよく研究室へ連れてってくれたから。家では役に立たない人なのに、研究所へ行くと目が輝いてた。でも、研究熱心なのに加えて才能にも恵まれていたかどうか、どうしてわたしにわかるというの？あの年頃の子供が大人の会話にどんな注意を向けるというの？」

　ロティの言うとおりだと、わたしも認めるしかなかった。子供というのは、自分に必要のないことは切り捨ててしまうものだ。

「ケーテは〈キンダートランスポート〉でヒューゴーとわたしと一緒にロンドンへ渡ったんだけど、その費用を出したのが、きっとゾルネン教授だったのね」ロティは言った。「ケーテが行くことは、ぎりぎりになって決まったんですもの。祖父がわたしのいとこたちを犠牲にしてケーテを行かせるようなことはありえない。わたしと弟の費用を用意するだけで精一杯だった。ところが、突然、ケーテも加わることになった。ゾルネン教授がケーテの父親だったのなら、少なくとも、娘の命を救ってくれたわけね。十七年後にケーテがシカゴにあらわれたとき、教授はそれを盾にして、ケーテが一家につきまとうのをやめさせたのかもしれない。〝わたしはかつておまえの命を救った。それで勘弁してくれ〟と言って」

わたしたちはさらに数分、むなしく議論を続けたが、結局はメタ―ゴンのスローガンが自分たちにもあてはまることに同意するしかなかった。データがまったくないから、こちらの推測は立証できない。

「そろそろわたしの就寝時間だわ、ヴィクトリア。明日の朝四時に目覚ましがセットしてあるの」

わたしは電話を切る前に、ジュディが頼っていきそうな相手に心当たりはないかと尋ねた。

「わたしに言えるのは、ジュディが麻薬業者を次々と頼っているのなら、追いかけるのはやめなさい、ということだけ。あなたが今度そういう連中に出くわしたら、きのうのように簡単には終わらないかもしれないのよ」

電話を切るロティに、わたしはまじめに同意した。自分のお墓の前に立った友達に、〝だから言ったでしょ〟と諭されるなんて、誰も望んでいない。

もっと賢く、熱心に、敏捷に、調査を進めなくては。マーティンが残した手がかりはほとんど消えてしまった。手がかりが古く冷たくなるにつれて、わたしのほうはそれを拾いだそうとして、お金にもならない時間をさらに注ぎこむことになる。でも、困ったことに、もっと賢く、熱心に、敏捷に調査をする方法が何も浮かんでこない。

翌朝、わたしの不安は軽くなっていた。太陽の光にはそういう効果がある。二匹の犬と一緒に、誰にも邪魔されることなく湖まで走った。みんなで泳いだあと、古いカットオフジーンズをはいた。本日はミーティングの予定ゼロ。データの宝庫を掘りかえすための日だから、楽な服装がいい。

大切な収入源となる依頼人のための仕事を始める前に、シカゴ大学のドイツ語ができる司書、アーサー・ハリマンに電話したい衝動を抑えきれなくなった。ベンヤミン・ゾルネンが学生の研究を盗んだのではというわたしの説を披露すると、ハリマンは大興奮だった。おしどり探偵ニックとノラの世界が身近にやってきたのだ。自分は物理方面には強くないので研究の分析はできないが、ゾルネンをテーマにして博士論文を書いている女性の友人がいる、ゾルネンが学生の研究を盗んだことを示唆する記録を目にした覚えはないか、尋ねてみよう、と言ってくれた。

わたしは自分で分析できるだけの知識を備えた方面のリサーチに、嬉々としてとりかかった。ゾルネン＝パウリ効果とは無縁の、ありふれた詐欺事件。十時四十分、サスカチュワンにある鉱山会社のプロジェクト・マネージャーと長電話をしていたとき、パソコンからチャイム音が流れてきた。わたしの手が離せないときに電話を受けてくれる応答サービスのほうから、緊急と思われる電話が入ったことを知らせてきたのだ。パソコン画面を見た。コーデル・ブリーンという人物が大至急話をしたいと言ってきていた。

メッセージを見たことを応答サービスのほうへ知らせるために、画面上のボックスをクリックした。カナダとの電話にさらに十五分とられたが、そのあいだにブリーンから再度電話が入った。二度も。

いまメモした内容を、忘れないうちにパソコンに打ちこみ、それからブリーンのことを検索した。ああ、そうだった。わたしもこの仕事をするには年をとりすぎたようだ。三日前にメターゴンに押しかけたとき、原子炉の設計か何かの功績でレーガン大統領から勲章をもらうエドワード・ブリーンの写真を見たというのに。コーデルはその息子。エドワードの死後、メターゴンの経営をひきついでいる。

執拗に電話がきたのはマーティンの居所がわかったからかと期待して、すぐコーデル・ブリーンに電話した。秘書が詫びたが、事態は逆だった。ミスタ・ブリーンはわたしがマーティン・バインダーを見つけたかどうかを知りたがっていた。娘から聞かされて、初めてマーティンの失踪を知ったらしい。わたしの調査内容を聞きたいので、社のほうへ大至急きてもらえるとありがたい、と言っているそうだ。

がっかりしたわたしは、今日は時間がとれない、電話でもかまわないならそのほうがいい、といささかそっけなく答えた。秘書はしばらくお待ちくださいと言った。ほどなく、電話の向こうから男性の心地良いバリトンの声が聞こえてきた。

「ミズ・ウォーショースキー? コーデル・ブリーンです。ノースブルックまでお呼び立てするのがたいそうご迷惑なことは承知していますが、あなたを説得できないかと思いまして。わたしの悩みは、メターゴンでおこなう事柄のすべてに慎重な扱いが必要とされることです。ハッカーや盗聴者がうようよしていて、一日二十四時間、毎日のように盗聴を試みたり、ファイアウォールを無効にしようとしたりしています。社の電話回線は安全だと思っていても、そうではないかもしれない。あなたと率直に話をする自由がほしいのです」

そんなふうに言われると、当然ながら、説得に抵抗するのはむずかしかった。ランチ・ミーティングを午後にずらすことができれば一時半ごろノースブルックに着けると思う、と無愛想に答えた。

「テリー！」ブリーンが叫ぶのが聞こえた。「わたしのスケジュールを一時半のところだけ空けておくように。それから、ミズ・ウォーショースキーに道順を教えてあげてくれ」

テリー――秘書のテリー・ユータス――が電話に出て、本社はわたしが先日訪れたラボの西側にあることを教えてくれた。ミズ・ユータスはブリーンのほうから、どの道路から入ればいいかを説明するだけでなく、わたしの氏名を警備部へ連絡するさいには写真付き身分証と相違ないことを確認しておくように、との指示を受けていた。

わたしはサスカチュワンのプロジェクト・マネージャーに関する報告書に戻ったが、心の奥では、ブリーンが雇ってくれないだろうかと期待していた。また、彼の娘のことも気にかかった。マーティンの失踪を娘から聞かされたって、どういうこと？

報告書を書きおえるとすぐ、登録しているデータベースのひとつにアクセスして、この一家のことをざっと調べてみた。情報はわずかだった。ブリーンはメターゴンのコンピュータ・リソースを駆使できる立場にあり、しかも、セキュリティへの危惧があるため、個人情報のほとんどを非公開にしておけるのだろう。

わたしにわかったのは、ブリーンの結婚が遅かったこと、もしくは、少なくとも子供を持つのが遅かったということだけだった。現在七十四歳だが、一人娘のアリスンは二十歳。目下、ギャップターム制度を利用してハーヴァードを休学中。何をしているかは不明。ブリーンと妻のコンスタンスはレイク・フォレストにある十八部屋の豪邸に住んでいる。

メターゴンの初期の時代について少しだけデータがあった。当時、エドワード・ブリーンはロケットと兵器の分野で超機密扱いの仕事をしていた。終戦時にはヨーロッパにいて、ペーパークリップ作戦と呼ばれるものに関わっていた。これはどうやら、ある計画のコードネームで、その結果、ナチのロケット及び武器関係の専門家が合衆国に移ることになったようだ。調べてみると、わが国はたしかに、悪名高き戦争犯罪人何名かを、その経歴に疑問をさしはさむことなく入国させている。ソ連に奪われるのを阻止するためだった。

エドワード・ブリーンの小さな会社に急成長をもたらしたのは、彼のロケット技術ではなく、コンピュータ分野における初期の研究であった。フォン・ノイマンがプリンストン大学で最初のコンピュータを稼働させようとしていたちょうどそのころ、エドワード・ブリーンは高速モデルを考案し、それがその後のコアメモリの仕組みを一変させる基盤となった。わたしは最後の部分を三回読んで、英語はわたしの母国語ではなかったのかもしれないと思った。

カットオフジーンズだと楽ちんなので、仕事用の服に着替えるのは気が進まなかったが、ジャケットとパンツのほうがブリーンに丁重に迎えてもらえるだろうし、わたし自身もプロらしい態度を示すことができる。着替えのために車でアパートメントに戻り、柔らかなラリオのブーツをはいた。これをはくといつも、大金持ちになった気がする。たぶん、支払った金額のおかげだろう。

16　ソースコード

限られた時間で多くの用を片づけるのに大忙しだったため、ランチは省略し、まっすぐノースブルックへ向かった。メターゴンの本社は、わたしが週の初めに訪ねたリサーチ・ラボの奥にあった。珍しいことに、車がスムーズに流れていた。メターゴン・パークを囲む電子式ゲートに到着したのは、約束の時刻の十分前だった。ランチをとってくればよかった。

メターゴンの警備チームが驚くべきスピードでわたしを通してくれたが、ゲートがひらいたあとで、写真を撮られていたことに気づいた。連絡道路に入ってきたすべての車が警備員詰所のコンピュータ画面に映しだされていた。ナンバープレートと車内の人間のクローズアップ映像まで含めて。先日ラボを訪ねたときは気づかなかった。あのときは歩いてきたから。

敷地内に入ったあとは、ラボの南側をまわって池から遠ざかる車両専用路を進んだ。ラボが機能一点張りの建築物だったのに対して、石灰岩を使った本社の建物は繁栄と静けさのオーラをまとっていた。鬱蒼たる木立にさえぎられてラボは見えないが、こちら側にも池があり、白鳥が二羽泳いでいた。アヒルよりずっと高級だ。

ブリーンとスタッフはわたしの時間を尊重する準備を整えていた。受付デスクへ行ったとたん、落ち着いた物腰の若い男性があらわれて上の階へ案内してくれた。道路は混んでいませんでしたか。この夏は楽しくすごされましたか。いまからブリーンの秘書のテリー・ユータスのところへご案内します。あとは彼女がお世話いたします。

真珠のイヤリングをつけ、サーモンピンクのローウェストのワンピースを着たテリー・ユータスを見たとたん、ラリオのブーツをはいていてさえ、自分の格好がみすぼらしく感じられた。彼女のほうは丹念にメークをしているのに、わたしときたら、口紅を塗るのも忘れている。彼女はそれまでやっていた仕事を中断し、わたしの到着という喜ばしい知らせをインターホンに向かって告げた。

しばらくすると、ブリーンご本人があらわれた。長身の男性で、広い肩とひきしまったウエストから判断するに、ジムで徹底的に鍛えあげているようだ。豊かな髪には色の濃い部分もまだ残っている。

「ミズ・ウォーショースキー、わざわざ時間を作ってもらって申しわけありません。マーティン・バインダーが無断欠勤していることを、けさ知ったばかりで、気になったものですから」ブリーンはわたしの肩甲骨のあいだに手をあてて、社長室のほうへ案内した。「テリー、コーヒーを頼む。いや、紅茶がいいかな。どちらにされます？」わたしに向かってつけくわえた。

わたしはコーヒーでいいと、ぼそぼそ答えた。ブリーンはガラスのテーブルが置かれた一隅を指し示した。そばの壁に、紫の正方形を連ねた抽象画の大作がかかっていた。わたしのように無知な人間たちのために、控えめなプレートにロスコの名前が記されていた。椅子にすわったとき、テーブルの天板に整然と並んだワイヤが埋めこまれているのが目についた。

わたしの驚きの表情を見て、ブリーンが微笑した。「ブリーン・マシンの誕生四十周年を記念して、社のチームが父のために作ってくれたものです。五十周年までは生きられないことを、父も含めて全員が承知していました」

「ブリーン・マシン？」わたしは礼儀正しく訊いた。

「そう、そう、アップルやクラウドやその他もろもろのものを可能にしたマシンです。父はBRENIACと名づけようとしました。ジョニー・フォン・ノイマンとプリンストンに設置された彼のマシン、MANIACを愚弄するつもりだったのでしょう。顧問弁護士たちから法廷闘争をするだけの価値はないと諫められたのに。マシンのスイッチが入ったとき、わたしは十六歳でした。父はわたしをその場に立ちあわせるため、学校を休ませました。メターゴンのすべてはあの午後から始まったのです」

さきほどテリー・ユータスのところまで案内してくれた若い男性が、トレイを持って横のドアから入ってきた。わたしはコーヒーをひと口飲んで驚いた。クリーミーで濃厚だ。ブリーンはわたしのうっとりした顔を見て、うれしそうにうなずいた。

「そう、そう、鋭い味覚をお持ちのようだ。アダム、これから二十分間は邪魔をしないでほしいと、テリーに伝えてくれ」

ブリーンはドアが閉まるまで待って、それから話の続きに入った。「さて、探偵としての味覚も同じく鋭いことを期待するとしましょう。マーティン・バインダーについてご存じのことを話してもらいたい」

わたしはブリーンの言葉と、太い眉の下からこちらに向けられた斜めの視線を、探偵としての味蕾の上でころがしてみた。嘘の返事をすべき理由は見当たらなかった。そもそも、わたしの知っていることはほとんどないのだから。マーティンの母親の失踪、わたしが祖母を訪ねたこと、マーティンは孤独な人間で誰のところにも連絡がきていないという事実など、古くなった話をくりかえした。

「秘書の方から伺いましたが、マーティンの失踪についてはお嬢さんからお聞きになったとか」わたしはつけくわえた。「ジャリ・リュウからではなくて」

「そう、そう、そのことでジャリとも話をした。ジャリは切れ者のエンジニアだが、切れ者のエンジニアというのは、ときとして、二足す二という単純な計算ができないものだ。わたしの娘のアリスンはこの夏、大学生グループの一人としてラボのプロジェクトに参加していた。ジャリが火曜日にきみと会ったあと、娘にメールでマーティンのことを知らせた。それで、けさ、娘がわたしに電話をよこしたというわけだ。ひどく心配そうだった。無理もないが」

ブリーンは黙りこみ、首をふった。娘の行動がいまも気にかかっているようだ。「バインダーが開発中だったシステムのデモを、ジャリがきみに見せたそうだね。誰であろうと、ラボの建物からコードを持ちだすことはできない。発信される情報をラボのほうでモニターして、社のシステムから何かがダウンロードされていないか監視しているからね。だが、バインダーは変わり者だ。一種のサヴァン症候群と言ってもいい。あいつなら記憶できただろう。あの分百万行ものコードは無理としても、システムのおおよそのアウトラインぐらいなら。あの分野で開発中のよそのどんなシステムより、うちのほうがはるかに上だ。イスラエルのワイツマン科学研究所よりも。競合企業にとって莫大な価値を持つものだ。国防産業の範囲内でも、範囲外でも」

「ラボのスタッフを雇う場合、経歴調査をなさるはずですね」

「もちろん。だが、バインダーについては見落としがあった」

「どのような？」わたしはさらにコーヒーを飲んだ。さりげない困惑の口調。熱心さをむきだしにするのは、いかなる場合も誤りだ。

「バインダーが祖父母と同居していることはわかっていたが、母親が麻薬中毒者とは知らなかった。また、本人は大学進学を希望していたのに家族に反対されたということも知らなかった。コンピュータ・カウボーイの一人だろうと思っていた。この業界にはけっこういるんだ――正規の教育を受ける気がなくて、独学してきた連中が。ジャリの話だと、フィトーラ・プロジェクトを一緒に進めたアイビーリーグの大学生たちに、マーティンは反感を持っていたそうだ。わが社のシステムを売れば、バインダーはカルテック（カリフォルニア工科大学）かMIT（マサチューセッツ工科大学）で講義を受けながら生涯を送ることができる。もしかしたら、ふっと魔がさしたのかもしれない」

わたしは首をふった。

「バインダーはネットや携帯システムとの接続を切ってしまった」ブリーンの口調には苛立ちがにじんでいた。探偵としてのわたしの味覚が平凡だとわかったらしい。「プロバイダーとの契約をすべてキャンセルした。パソコンでも、携帯でも、メールの送受信はいっさいしていない。少なくとも、ジャリのチームが見つけだしたアドレスの範囲内では。そういう探索はお手のものの連中なんだが。そういうわけで、わたしは、バインダーがよその企業、もしくはよその政府のために、わが社のシステムを再現しているのではないかと危惧している」

するとジャリ・リュウはマーティンに関して偽の情報をよこし、わたしをきりきり舞いさせていたわけではないのだ。そんな懸念もあったのだが。

「わたしはマーティンに会ったことがないので、なんとも申しあげられません。これまでに会った人はみな、マーティンのことを、頭脳明晰ではあるが人づきあいの苦手な子だと言っていました。でも、それだけでは、第二の連続爆破犯ユナボマーになるか、第二のファインマンになるかはわかりません」

ブリーンは渋い顔をした。「サニーは――アリスンは――バインダーが第二のファインマンになると思っている。ジャリは、バインダーがわが社の秘密を売っていたとわかったら腰を抜かすと言っている。だが、率直なところ、わたしはこの業界に五十年近く身を置いて、目の前に現金がうずたかく積まれれば、社会的にもっともバランスのとれた人間ですら会社を裏切るという実例を目にしてきた。何よりも気にかかるのは、娘がマーティンをわが家に入れたことなんだ」

「二人はつきあってたんですか」意外に思った。わたしが想像するブリーンの娘は、とてもおしゃれで、洗練されていて、不器用なオタクっぽい子には見向きもしないというイメージだった。ナジャ・ハーネがマーティンについて言っていた言葉を思いだした――愁いを帯びた端整な顔立ち、人づきあいが苦手――もしかしたら、おしゃれで洗練された女の子は、こう男の子を挑戦しがいのある相手だと思うのかもしれない。ブリーンはためらった。「アリスンはバインダーにロマンティックな思いを抱いているようだ。

ブリーンは児童文学に登場する少年みたいに思っているのだろう。妻とわたしがバー・ハーバーの別荘へ行っていたあいだに、アリスンはサマー・プロジェクトで一緒だった仲間を誘ってバーベキュー・パーティをひらいた。大学生グループではなかったバインダーにまで声をかけた。同じ年ごろだし、同じプロジェクトを担当していたから。そして、自分ならバインダーの力になれると思っていたから」

ブリーンは苦々しさと誇らしさの混じった表情を見せた。「アリスンはいい子なんだが、昔から、迷子の子猫を家に連れて帰るような子だった。それはともかく、アリスンはみんなにわたしの父の仕事部屋を見せた。父は三階の仕事部屋で図面をひいたり、試作品をこしらえたりしていた。ミシガン湖の景色が気に入ってたんだ。アリスンはマーティンとほかの連中をそこへ案内した。マーティンが何を盗んでいったか、わかったものではない」

わたしの舌に初めて酸味が広がった。「お父さんが発明なさったものはすべて、メターゴンのラボに保管されているものと思っていました。ご自宅に放りだして、遊びにきたお嬢さんの友達が勝手にいじれるようになっているのではなく」わたしはコーヒーを注ぎたすと、椅子にもたれ、カップの縁からブリーンを見た。

「そう、そう、きみの言うとおりだ。ある程度までは」

ブリーンは自分のカップをいじり、それから言った。

「終戦後、父はある最高機密の仕事にたずさわっていた。国防関係の仕事だ。大統領やノーベル賞受賞者からの署名入りの手紙を誇りにしていた。また、金庫にしまっておくべき品をデスクに置いていた。

父の死後、わたしはいまだに仕事部屋の片づけをしていない。じつを言うと、片づけようと思ったこともなかった。わが人生の背景の一部になっていたからね。アリスンから、友達に仕事部屋を見せたことを聞いて、初めて手紙のことを思いだした。メタ－ゴンのコードに加えて、その手紙のどれかが流出するようなことになったら——まあ、父は熱核兵器の開発に加わっていたとだけ言っておこう。外部の者にそれらの手紙を読まれてはまずいことが、きみにもわかってもらえるだろう」

「手紙を見ないことには判断がつきませんが、核兵器開発の歴史はすでに機密事項ではなくなっていますよね」

「すべてがそうではない」ブリーンは鋭い声で言った。「わたしが言いたいのはそこだ」

わたしは信じなかった。ブリーンの父親の仕事部屋には、外部の者に見られるとまずい品が何かあるのだろう。しかし、どうやって探りを入れればいいのか、さっぱりわからない。話題を変えることにした。

「お父さんはベンヤミン・ゾルネンとお知りあいだった。そうですよね？」

「なぜ知っている？」ブリーンは椅子にすわりなおした。あいかわらず鋭い声だ。

わたしは目を丸くしてみせた。無邪気な探偵という感じ。「お父さんはノーベル賞受賞者からの署名入りの手紙を仕事部屋に飾るのが好きだったと、さっきおっしゃったでしょ。ゾルネンはマンハッタン計画に加わっていた。お父さんは国防関係の仕事をしてらした。論理

いようだ。

ブリーンはくつろいだ表情に戻った。どうやら、わたしはまだ危険ゾーンに近づいていな
計算の合わないことがある——マーティンはそう言った。エドワード・ブリーンの古い仕事部屋で目にした手紙が、マーティンの一家の歴史について何かを語っていたのだろうか。それとも、盗まれたノーベル賞というわたし自身の説を裏づけるような何かを。

ブリーンとわたしはもうしばらく話をした。いや、攻防を続けた。わたしが帰ろうとして立ちあがったときには、両方ともぐったり疲れていた。

「姿を消した日の朝、マーティンは誰かと話をするために家を出ました。あなたのお嬢さんに会いに行ったのでしょうか」

「ありえない」ブリーンは言った。「サマー・プロジェクトの連中が去った直後に、あの子はメキシコ・シティへ飛んだ。あちらへ行って数週間になる」

「メキシコ・シティ？」わたしはオウム返しに言った。「大学三年の時期を海外で？」

「人生経験を積むための中休みといったところかな」ブリーンは不機嫌に言った。「メキシコ・シティのいくつかの高校でコンピュータ・ラボを造る手伝いをしている。メターゴンからも、パソコンとゲーム機のメタ－＝ジーニーを寄付している。社会貢献を心がけるのは立派なことだが、メターゴンのような企業の創業家に生まれた相続人ともなると、そうも言っていられない。誘拐の中心地へなど行くものではない。だが、あの子の母親とわたしが必死に説得してもだめだった」

「ひょっとして、マーティンはお嬢さんのところへ行ったのでは？」

これにはコーデルも驚いた様子だった。即座に否定しようとしたが、そこですわりなおし、両手の指を尖塔のように合わせた。

「人に頼んでアリスンを監視してもらっているが、あの子なら、監視網をくぐり抜けるぐらいのことはできるだろう。娘には信託財産がある。FBIに頼んでマーティンを捜索してもらうことにしよう。マーティンがメキシコでうちの娘と一緒にいるのなら、すぐに突き止められる。その前に、きみのほうでマーティンの居所に関して何かわかったら、ただちに知らせてほしい」

「わたしを雇いたいとおっしゃるのですか、ミスタ・ブリーン。依頼人ということになれば、もちろん、わかったことはご報告します。あなたのために調査をするのが、現在の依頼人の利益に抵触しないという条件つきで」

ブリーンはふたたび黙りこんだが、やがて笑みを浮かべた。この笑みでクッキージャーの蓋をあけてもらったことが、何度もあったに違いない。「そう、そう、わかった。コンピュータのスキルをあまり持っていない個人営業の調査員に、マーティンのようなコンピュータの天才の居場所が突き止められるかどうか、わたしには疑問だが、見つけてくれたら、そうだな、礼をする用意はある。報奨金とでも呼ぼうか。マーティンの居所がわかったことへの報奨金」

「考えておきます」わたしは立ちあがった。「さっきも申しあげたように、現在の依頼人の許可がないかぎり、あなたには何も報告できませんが、許可がおりた場合は、マーティンの居所がわかり次第ご連絡します。ＦＢＩがマーティンを射殺するとか、それに似た過激なことをせずにいてくれれば」

ブリーンはこれを一応は冗談と受けとり、探偵として鋭い味覚を持っていると言ってくれたが、わたしがマーティンを見つけだす確率は、行列理論の相対的モデルをチャウチャウの群れに説明するのと同じぐらい低いと彼が思っていることは、おたがいにわかっていた。

17 V・Iは客がとれない

高速道路へ向かう途中、自然保護林のそばを通ったので、道路をそれて森に入った。木々の葉が色づきはじめていた。暑い日が続いているが、夏は終わったのだ。前方にシカゴの冬のルーレットが待ち受けている。去年のような暖冬か、はたまた、一昨年のような豪雪と厳寒か。

車のなかにすわったまま、リスや小鳥を見るともなくながめながら、コーデル・ブリーンとのやりとりを分析した。

マーティン・バインダーが姿を消した。それはメターゴンの貴重なコードを盗んでどこへ逃げたかを誰にも知られないようにするためだと、ブリーンは思っている。これを可能性Aと呼ぶことにしよう。iPadに打ちこもうとしたが、そこで、ブリーンがメターゴンのハッキング・スキルを自慢していたことを思いだした。わたしがマーティンの居所を知っているはずだと向こうが思っているなら、リュウに命じてわたしのパソコンを監視させているだろう。

ブリーフケースからペンとリーガルパッドをとりだした。たまには気分を変えるのもいいものだし、昔ながらのやり方にはやはり利点がある。可能性A――マーティン・バインダーは上海か、テヘランか、あるいは、テルアビブあたりにいて、プリンセス・フィトーラが五人の襲撃者を撃退できるように、百万行か二百万行のコードを復元している。

リュウはこのシステムのことを、脳卒中患者や、脊髄に損傷を負った人々にとって画期的なものになると自慢していた。ブリーンは国防産業に応用できるとほのめかした。いったいどのように応用できるのか考えてみた。

わたしの母は銃や武器のたぐいをことごとく嫌っていた。父が仕事で使っていた拳銃は、毎晩、わたしのいとこブーム＝ブームの冒険好きな手が届かないよう、高い戸棚にしまうことになっていた。裏庭でも、家のなかでも、おもちゃの銃で遊ぶことは禁じられていたが、ブーム＝ブームはドーナツを見つけると、銃のように握ったものだった。人間はどんなものでも武器にする才能を持っている。

メターゴンがコンピュータの設計とアプリの分野で世界をリードする企業であるなら、サイバー攻撃用ウィルスを作るのは簡単なことだ。もしかしたら、じつはプリンセス・フィトーラの点滅する利き腕の背後に、それが隠れているのかもしれない。

そこから、可能性Bが浮かんできた。マーティンには、メターゴンのコードを中国に売ろうなどという魂胆はなく、自分がじつはサイバー攻撃システムの設計に手を貸していて、スタクスネット・ウォームを進化させたものを作ろうとしているのだと気がついた。会社のやっていることをウィキリークスのような形で暴露する方法を思いつくまで、姿を隠すことにした。

マーティンは大人になりかけの時期にいる。理想主義を追いかける時期だ。心の安定に必要な友達を持たない彼のような人間は、どの方向へ進むか予測がつかない——ジハードに加わるのか、平和部隊に参加するのか、はたまた、姿を消して修道院に入るのか。

パーキング・エリアにいるのはわたしだけだった。車のなかにじっとすわったままでいたので、ウサギたちが飛び跳ねながらすぐそばまできていた。ウサギが庭を荒らすことはわたしも知っているが、茶色のほわほわの毛と黒く潤んだ瞳のおかげで、いかにも無邪気で頼りなげに見える。

「どう思う?」窓越しに問いかけた。「ユナボマーか、それとも、極端な理想主義者か」

ウサギたちは草をかじるのをやめなかった。わかりきったことを見落としてるよ——わたしにそう告げているように見えた。

第三の可能性は、マーティンがエドワード・ブリーンのかつての仕事部屋で見た何かのなかにある。ベンヤミン・ゾルネンと関係があるに違いない。ベンヤミンの名前が出た瞬間、コーデル・ブリーンの表情がこわばったからだ。しかし、それが何か恥ずべきものであるなら、エドワードが壁に飾っておくはずはない。いや、エドワードがゾルネンを何かでまんまとだまし、ゾルネンが手紙で抗議したものだから、その手紙を額に入れて飾ったのかもしれない。あの美しい黄金のメダルを持っていなくても、ノーベル賞受賞者より自分のほうが頭脳明晰なのだと自分に言い聞かせるために。

アリスンを見つけだしたら、マーティンが狼狽したのは仕事部屋で何かを見たせいだったのかどうかを、教えてくれるだろうか。メキシコ・シティの人口はわずか二千万。アリスンを見つけるのはそうむずかしくもないだろう。

車のハンドルを指で軽く叩いた。マーティンが姿を消す直前に誰に会いに行ったのかを突き止めなくては。ブリーンではない。ブリーンはバー・ハーバーの別荘にいたのだから。ジャリ・リュウだったのかもしれない。三日前にわたしがラボで会ったときのリュウは、驚きや心配のお芝居をうまく演じていたとも考えられる。

マーティンがゾルネン家のジュリアスとヘルタに連絡をとろうとしたことは間違いないが、それがブリーンの豪邸へ行く前だったか、あとだったかは、知りようがない。マーティンはジュリアスとヘルタに対し、二人の父親が彼の曽祖父でもあることと、ノーベル賞の賞金を分けるべきであることを、認めさせようとしたのかもしれない。スウェーデン国王は百万ドルほどの賞金を出してくれる。ゾルネンがそれを賢く投資にまわしていれば、遺産は莫大な額になっているだろう。もちろん、ジュリアスのコーチハウスから判断するかぎりでは、そうではないようだが。

リーガルパッドにウサギの耳と髭を描いた。ロティの意見では、一九三九年にキティをウィーンから送りだすために必要だった費用と賄賂は、ゾルネンが出したに違いないとのこと。つまり、キティの父親であることをゾルネンが認め、ヘルタやジュリアスもそれを知っていたことになる。でも、それがなんだと言うの？　ゾルネン家の姉弟がマーティンを始末するなんて考えられない。ノーベル賞がインチキだった証拠をマーティンが持っていないかぎりは。わたしの推理は堂々めぐりをするばかりだった。

マーティンがエドワード・ブリーンのかつての仕事部屋でどんなおぞましい秘密を目にしたにせよ、ゾルネンが研究を捏造したという露骨な手紙がそれだったとは思えない。まあ、わたしの勝手な想像だけど。また、ゾルネンの妻がキティを射殺した写真とも思えない。キティはいまも生きているのだから。それとも、撃つには撃ったが、腕か脚にあたっただけだったとか？　いい加減になさい《バスタ》、ヴィク！　わたしは自分を叱りつけた。荒唐無稽な空想はやめなさい！

　エドワード・ブリーンは戦後、ナチのロケット工学者と一緒に仕事をしていた。戦前の物理学界は狭い世界だった。ナチの物理学者ですら、ゾルネンを知っていただろう。ウィーンの放射能研究所で撮影されたあの写真には、ゾルネンとマルティナがノルウェーやドイツの科学者と一緒に写っている。ナチのロケット工学者たちはエドワード・ブリーンの協力を得てアメリカに渡ったわけだが、おそらくマルティナとも顔見知りだっただろう。こんなゴシップがささやかれたことだろう。〝ああ、ゾルネンか。自分だけ助かって、教え子を見殺しにした男だな。そう、彼女はわれわれのロケット計画のために奴隷労働に従事し、そのあとで亡くなった〟。そして、それを知ったブリーンがゾルネンをなじったのかもしれない。

　わたしは、マーティンが自分の曽祖父について書かれた手紙を目にするところを想像した。マーティンはそれを見て、〝計算が合わない〟と思ったのだろうか。メターゴンで彼がやっていた仕事とはなんの関係もなくて、自分の家族についての疑問に頭を悩ませていただけだったのだろうか。

　だとすると、自転車で南へ向かい、母親がクスリと縁を切るふりをしていたドラッグハウスを訪ねたのかもしれない。ねえ、母さん、やっぱりゾルネン家の連中をゆすってやろうよ。ゆすりの材料にするのはゾルネンの研究ではなく、自分たちとの血縁関係。母親のドラッグ仲間がおいしい儲け話に乗ってくる。みんなでヘルタ・ゾルネンを脅迫し、やがて、ヘルタが殺し屋を差し向ける。

　わたしはうんざりして、ペンを車のシートに投げ捨てた。推測、推測、たしかな事実はどこにもない。マーティン・バインダーの性格も含めて。

　ウサギたちが下草のなかに逃げこんだが、原因はわたしではなかった。銀色の髪の女性が、わたしの夢の車、真っ赤なジャガーXJ12を運転して、轟音とともにパーキング・エリアに入ってきた。うしろに乗っていた淡い金色のレトリヴァーを外に出した。犬と一緒に、森を流れる小川のほうへ向かった。わたしだってそんな生活がしたい。お金をたくさん儲けて、ジャガーに犬たちを乗せて走りまわる日々をすごしたい。相対性理論が理解できる人物の行動を推測するのではなくて。

　パーキング・エリアをあとにした。向かった先は、下草のなかではなくスコーキー。キティ・バインダーの家の呼鈴を乱暴に鳴らした。五分後、正面の窓のブラインドがキティの指の幅だけひらくのが見えた。時間がすぎていった。もう一度呼鈴を鳴らすと、ようやく、防犯チェーンの幅だけドアをあけてくれた。

「ミズ・バインダー、娘さんがこちらにきてません？」向こうが何を言う暇もないうちに、わたしは訊いた。「娘さんが隠れていたシカゴのウェスト・サイドの家を突き止めました。そちらへ出向いたところ、娘さんの友達がわたしに向かって発砲しました。ニュースでご覧になったかもしれませんね。娘さんの古い友達の一人が逮捕され、べつの一人は重傷を負ったようです。娘さんはすでにかなりの中毒症状に陥っています。連絡があったのなら、もしくは、こちらにきているのなら、早く警察に電話したほうがいいと思います」

キティは細くあけたドアの向こうからわたしを凝視した。不安な感情が交錯し、顔がこわばっていた。恐怖、怒り、悲嘆。「言っただろ、警察はおことわり。警察がきたら、わたしは殺される」

「ジュディがきてるんですか。それとも、ジュディの仲間の誰かが？　脅迫されたの？　なかに入れてくれれば、わたしが力になります」

「あんたを家に入れるつもりは二度とない」キティは荒々しく言った。

「マーティンが」わたしは必死に会話を続けようとした。「世間との連絡をすべて断ってしまいました。メタ—ゴンの上司の話ですと、マーティンが使っているかもしれないＩＳＰ——インターネット・サービス——のアドレスが、まだ見つからないそうです。きのうは、ゾルネン家のヘルタとジュリアスを訪ねて、話を聞いてきました。マーティンがあの二人に会いに行ったのはたしかなのに、二人とも理由を明かそうとしません。何かご存じありませんか？」

そのとたん、キティのなかで怒りが燃えあがった。「あの害獣ども！　ネズミやゴキブリよりたちが悪い。嘘をついて、盗んで——」

「どんな嘘をついたんです？」

「知ってるのに知らないふりをする。七十年以上ずっとそうだった」

「知ってるって何を？　ベンヤミンが彼らの父親であると同時に、あなたの父親でもあることを？」

キティは横を向いた。あふれる涙を隠すためだった。わたしに弱みを見せまいとしている。

「わたしの父親は、ほんとの父親は、大工だった。前にそう言っただろ」

「では、シカゴに着いたとき、ベンヤミン・ゾルネンに会いにいったのはなぜです？」

キティの口がゆがんだ。「わたしの母。ゾルネンに母のことを訊きたかった。ゾルネンは母の指導教官で、母はあいつを崇めてた。実の娘のわたしじゃなくて。わたしのことなんかどうでもよかった。母にとって大切だったのは、昼も夜も一緒にすごした目に見えないあの小さな粒々だけ。母が見てたのは原子で、わたしのことは見えなかった。最後に二人ですごしたときだって、あれはドイツがオーストリアを併合する直前のことで、山へ遊びに行ったんだけど、わたしがどんなに上手に踊れるか見せようとしても、母は知らん顔。大気中に存在する何か目に見えないものの絵を、わたしに見せようとするだけだった！」

「さぞ辛かったでしょうね」わたしは心から言った。母たる者が家事全般と自分の情熱のあいだでバランスをとるのは、ピンの先端に片方の爪先で立つよりもむずかしい。完璧にできるはずがない。しかも、それをとりわけ苦手とする女性たちがいるものだ。

「わたしは祖母に育てられた」キティは荒々しく言った。「きびしい人だったけど、可愛がってくれた。わたしがシャルロッテとその弟と一緒にロンドンへ行けるよう、母に言ってお金を工面させてくれた。でも、やがて祖母は殺された。あっけなく！　最初にテレジンへ送られ、そこからソビボルへ、そのあとは——記録は残ってないけど、十中八九殺されたと見ていいだろう。そうしたことがわかったのは、一九五二年に通訳としてウィーンに戻ったときだった」

「あなたをロンドンへ行かせるお金を、お母さんが工面してくれたの？」わたしは口をはさんだ。「きっと、ゾルネン教授に頼んだのね」

キティはわたしに魔法の力があるかのように、こちらを凝視した。「ぜったい口外するなとゾルネンに言われた。このシカゴで会ったときに知らされたんだけど、誰にもひとことも言うなと約束させられた。誰にも。なんで知ってるの？　あの気どった魔女のヘルタから聞いたの？」

わたしは悲しい微笑を浮かべた。「まぐれあたりよ。戦争はまだ始まっていなかった。当時、お母さんはまだ、アメリカからの手紙を受けとることができた」

「ヘルタにわたしのことを話したのなら、あんたはいますぐクビだ。あいつらときたら、ハーシェル家の連中より千倍も高慢ちきだった。ゾルネンの娘たちから見れば、わたしはいつだってお針子の孫娘だった。ヘルタとベティーナと三人でいるときは、かならずわたしが用事を言いつけられた。髪を結わせられたり、二人がつきあってたバカな男の子のとこへラブレターを届けに行かされたり。靴磨きまでさせられた。だから、靴は汚水だめに投げこんでやった」

「ヘルタ・コロンナと話はしたけど、わたしの口からあなたのことはひとことも言ってないわ。あなたが一九五六年にシカゴ大学の物理学部へ行ったとき、ベンヤミン・ゾルネンから何を聞かされたの？　マルティナが亡くなったことを？」

キティはわたしを見つめた。「わたしをひっかけるつもりかい、探偵さん。無理だね。わたしの人生のその章は終わったんだ。話をするつもりはない。お偉い教授がロンドン行きのお金を出してくれたことだって、わたしは誰にもひとことも言わなかった。あんたにひっかけられて、ついしゃべってしまっただけで。残りのことについては、誰かに——警察でも、シャルロッテ・ハーシェル王女でも、FBIでも、誰でもいいけど——訊かれたら、わたしからは何も聞きだせなかったと答えておくんだね」

わたしはキティの言葉を聞きとるために、さっきから身をかがめてドアに耳をつけていた。首が痙攣を起こしそうだった。しかし、キティのこの怒りようでは、ドアをあけてもらうのは無理だろう。

「でも、ジュディはずいぶんしゃべったようね」

「あの子は頭が変なんだよ。あんただってとっくに知ってると思ってた。あの子が何をやらかすか、わかったもんじゃない」

「じゃ、マーティンは？」

「マーティンのことで嘘を言ったら承知しないよ。あの子がゾルネンの連中と話をするわけがない。どんな理由があろうと。だから、あの子の顔に泥を塗るのはよしとくれ」

「マーティンを見つけるには、ちゃんとした写真が必要です」わたしはキティの言葉が聞こえなかったふりをして言った。「マーティンを見かけた可能性のある人々に見せるために。顔がはっきりわかる写真をもらえません？」

「わたしの言うことを何も聞いてないのかい？」キティは苛立った。「あんたって探偵はマルティナと原子に劣らずたちが悪い！　わたしのことはほっといてよ。マーティンのこともほっといて。ジュディのいるドラッグハウスに入りこむつもりなら、勝手にやればいい！」

キティは乱暴にドアを閉めた。

わたしはクビってこと？　探偵料金を払ってもらえそうにないのは明らかだ。利口な女なら、この場ですぐ、すべてのゴタゴタから遠ざかっていただろう。

18 冷戦主義者の日記

事務所に戻ると、ポールフリー郡の保安官ダグ・コッセルからメッセージが入っていた。キティ・バインダーと話をしたあとなので、最悪の事態を予想した。ドラッグハウスの裏に掘られたゴミの穴でマーティンの遺体が見つかったのかもしれない。

「ウォーショースキー！」保安官の声ときたら、仕事に明け暮れた一日の終わりには迷惑なぐらい、元気にあふれていた。「あんたら大都会のギャルってのは、どう行動すればいいかよくわかってんだな。あんたの警察の友達、なんて名前だっけ——」保安官が書類と格闘するあいだ、沈黙が続いた。「おっ、あった、ダウニーだ。シュラフリーの件で電話してきた。あれじゃ、まともなカカシにはなれなかったよな。ウェンジャーの夫婦に——あのトウモロコシ畑を耕してる夫婦だが——死体の様子を話してやったら、さすがのフランク・ウェンジャーも真っ青だった。おそらく、あんたがリッキー・シュラフリーを見つけた畑のあの一画は、今年はそのまま放置されるだろうよ」

保安官が陽気に笑いころげたため、わたしの鼓膜が震動した。「とにかく、ダウニーから聞いたが、あんた、シカゴで大騒ぎを起こして、悪党一名をやっつけ、あと二名を逮捕させたんだって？　オフの日は何してんだい？」

「カブスでショートリリーフのピッチャーをやってるの」会話の雰囲気にしぶしぶ合わせて、わたしは答えた。コッセルがまたしても耳をつんざくような笑い声を上げたので、言わなければよかったと後悔した。

「家の裏手の穴はもう調べた？」わたしは訊いた。

「装備を整えて穴のなかに入ろうってやつは見つからなかった。だが、棒でつつくだけはついてみた。死体はなかったぞ。エーテルの空き缶及びエトセトラがどっさり捨ててあるだけだった」

及びエトセトラ？　ポールフリー郡独特の言いまわしなのかもしれない。「ダウニー警部補はどういう意見なの？　二人とも、フレディ・ウォーカーがシュラフリーを殺したと思ってるの？」

「それはないな。一味の仲間割れって線を期待してたんだが、うちの解剖医が割りだしたシュラフリーの死亡時刻には、ウォーカーはメキシコから戻ってくる途中だった。もっとも、どこにいたのか本人は答えたがらなかったけどな。正直に答えるか、殺人罪で起訴されるかのどっちかだと知って、その日の朝四時にファアレスを飛び立った自家用ジェットに乗ってたことを示す供述書を提出した。解剖医の意見によると、犯行は遅くとも午前六時、たぶん、もっと早い時刻だったらしい。鳥どもがペニスをついちまったから、正確なところはわからんが」

わたしは受話器をあわてて耳から離し、間一髪でさらなる高笑いを免れることができた。もしかしたら、コッセル保安官はサイコパスで、彼自身がリッキー・シュラフリーを撃ち、死んだ男の器官をネタに駄洒落を言って楽しんでいるのかもしれない。ペニス《ペッカー》をつつく《ペック》、腎《キド》臓《ニー》をだめにする《ケーオー》、脳《ブレイン》をつつく《ビーク》。あるいは、爆撃機を平気で操縦できるような図太い神経の持ち主なのかもしれない。

「もちろん、ウォーカーの手下の一人がかわりにやった可能性もある。あんたの警部補がそっちのほうも調べるそうだ。あんたに脳みそをつぶされた男のしわざかもしれん。残念だな。話すことのできん男から自白をとるのは無理だ」

どういうわけで〝ブレット〟バルトマンを階段から突き落とす結果になったかを説明するのは、もううんざりだった。マリとポールフリー郡保安官には、わたしが綿密に動きを計算して、バルトマンの頭が階段の角にぶつかるように仕向けたのだと思わせておこう。そうしておけば、つぎなるチンピラがわたしを見たとき、行動に出るのをためらうかもしれない。いや、恐怖に駆られて、わたしを見るなり撃ってくるかもしれない。

コッセルの言葉をいくつか聞き逃したが、会話の終わりを告げる言葉はちゃんと聞こえた。「検死審問のときは、そっちに召喚状を送るから、ウォーショースキー、あまり遠くへは行かんように」

「わたしも愛してるわ」わたしは言ったが、コッセルはすでに電話を切っていた。

メモに目を通した。フレディ・ウォーカーはメキシコへ行っていた。メターゴンの跡継ぎアリスン・ブリーンもメキシコにいて、コンピュータ・ラボを造る手伝いをしている。メキシコは広大な国だが、二人が顔を合わせた可能性はないだろうか。アリスンが甘やかされた金持ちのドラッグ常用者という可能性は？　子供の常用癖に親が気づいていない例は、世の中にいくらでもある。

メターゴンのジャリ・リュウに電話をした。午後早くに社長と会ったことを告げようとすると、リュウのほうはすでに知っていた。

「きみのためにどんな協力でもするよう、社長から言われている。マーティンがどこにいるのか、社長もぼくもひどく心配なんだ」

それなら頼みやすい。わたしには写真が必要だし、リュウがわたしの顔を即座に彼のデータベースに加えたことからすれば、きっと鮮明な顔写真があるに違いない。リュウはこの電話を切るまでに、わたしのメール受信箱に写真を送っておこうと言ってくれた。

「ほかに必要なものは？」彼が訊いた。

「水晶玉。マーティン・バインダーの性格を理解している誰か。ブリーン社長は、マーティンが中国のために、もしくは、単にマイクロソフトかアップルのために、あなたのプリンセス・フィトーラのコードを復元してるんじゃないかと思ってる」

「ああ、知ってる」リュウは不機嫌に言った。「マーティンが消えたことを報告しなかったんで、大目玉を食らった。カウボーイ・プログラマーが無断でやめるのは珍しいことじゃないから、ぼくとしては、人事部とうちの部署のチーフに報告しておけばいいと思ってたんだが。マーティンが最高価格を提示した相手にわが社の秘密を売る危険のあることぐらい、姿を消した時点で察するべきだったと、社長に言われた」

「ほんとにその可能性があると思う？」わたしは訊いた。

「マーティンは、金には執着がなかったようだが、復讐したかったのかもしれない。メターゴン自体への復讐ではなく——会社とはいい関係だった。まあ、ぼくはそう思ってた——自分よりリッチでクールな子たちの前で、彼らの能力では及びもつかないことをやってのけて、自分のすごさを見せつけたかったのかもしれない」

「マーティンにコードの復元ができると思う？」

「父に聞かされたモーツァルトの逸話がある。父はそのころ、ぼくなら第二のヨーヨー・マになれると期待していた。ぼくに絶対音感がないとわかったときには、ひどく落胆したものだった。話がそれたが、とにかく、天才少年だったモーツァルトはヴァチカンの礼拝堂に腰をおろして、ミサに聴き入った。ミサに使われる音楽は門外不出で、楽譜に目を通せるのはヴァチカンの演奏家だけとされている。モーツァルトはミサ曲を一回聴いただけで、家に帰って楽譜を書きあげた」

「でも、マーティンにそれと同じ才能があって、すべてを頭のなかにしまいこみ、再現できるとしても、ブリーン社長の話だと、コードは何百万行にも及ぶということだったわ」わたしは反論した。

「プログラムを外部の世界に洩らしたくなる誘惑を封じるために、わが社では、一人一人にプログラムの一部しか担当させないことにしている。しかし、マーティンのような天才になると、基本構造さえマスターすれば、大きなプログラムを復元するのにコード全体は必要ない。社長はそれを心配しているんだが、わが社の情報網を見るかぎりでは、第三者にコードを見られたことを示すものは何もない」

「見られた場合は、わかるわけ？」

「高度なコンピュータの業界というのは、いちかばちかの勝負をしているようなものだ。つねに競争相手の様子を探り、相手が何をしているかを推測したり、その成果を盗もうとしたりしている。すべての情報がこちらの耳に入ってくるわけではないが、午前中に社長と話をしたあと、厳重な監視網を敷いているものの、まだ何も浮上してこない」

ふと気づくと、わたしは前に落書きしたウサギにカミソリのように鋭い歯を描き足していた。誰かのはらわたをえぐりだそうとする、バッグズ・バニーの邪悪な双子。

「ブリーン社長の話によると、プリンセス・フィトーラは国防用のアプリだそうね」

リュウはハッと息を呑んだ。「部外者にそんな話をしておきながら、社長もよくまあ――いや、いいんだ。何を言うつもりだったか忘れてしまった」

「よくまあ、マーティンの失踪を報告しなかったあなたを叱責できるものだわ。そうでしょ？」リュウのかわりに言ってあげた。「社長のお嬢さん、メキシコにいるそうね。わたしの調査で浮かびあがった麻薬業者も、五日前にはメキシコにいたんだけど。お嬢さんにそういうたぐいの徴候を見たことは――？」

「ドラッグ？　アリスンが？　ありえない。そんなこと、社長には言わないほうがいい。猛スピードで法廷にひきずりだされて、足のほうが胴体より一マイルも遅れてしまうぞ。マーティンがドラッグにどう関係してるんだい？」

「関係があるなんて、ひとことも言ってないわ。マーティンの調査にからんで麻薬業者が浮かんできたと言っただけ。誰も何も教えてくれないから、今回の調査の手がかりをつかむために、どんどん質問しなきゃいけないの。たとえ、あなたやブリーン社長に嫌がられようとも」

「マーティンがドラッグ常用者だという証拠があれば——」

「アリスン・ブリーンはドラッグをやってないって断言しておきながら、マーティン・バインダーについては、二年近く仕事の指導をしてきたのに、常用者かどうかわからないって言うの？　納得のいかない話ね」

リュウは黙りこみ、やがて、こわばった声で言った。「マーティンがハイ状態で出勤してきたことは一度もないと断言できるが、あいつはひどく用心深いタイプだからな。ドラッグの問題ぐらい、簡単に隠しおおせるだろう」

「あなたはコンピュータの世界の天才だけど、ミスタ・リュウ、有能な会社人間でもある。この電話が終わったら、きっと、コーデル・ブリーンにすぐメールを送り、マーティンにドラッグ常用の可能性があることをFBIに知らせるよう、提案するんでしょうね」

わたしはカミソリのような歯をしたウサギにマシンガンを描きくわえた。「あなたがマーティンを誹謗中傷したとわかったら、服が脱げてしまうぐらいのスピードで法廷にひきずりだすところまではいかなくとも、何かべつの方法を見つけて、この国の人間すべてにプライバシーを守る権利があることを思いださせてあげるわ。それから、有罪が立証されるまでは無罪とみなされる権利があることも。明日、目がさめたら、基本的人権が人口の一パーセントにしか認められない社会になってるかもしれないけど、現実にそうなるまでは、マーティンにもアリスンと同じく〝疑わしきは罰せず〟の原則を適用してちょうだい」

「たしかに、きみの言うとおりだ」リュウは静かに言った。「申しわけない。だが、ぼくはアリスンを十二のときから知っている。マーティンには二年前に会ったばかりだ。どうしても贔屓目に見てしまうけど、それは長いつきあいのせいなんだ。アリスンの家が金持ちだからではない」

わたしもとりあえず謝っておいた。アリスンに関しても、マーティンに関しても、リュウの判断は信用できないが、メターゴンとの連絡ラインを失うわけにはいかない。電話を切ったあとで、メールをクリックしてみた。約束どおり、リュウから顔写真が届いていた。写真のマーティンは生真面目な表情で、どこか不安そうでもあった。顔立ちは大人びているが、体格のほうは、科学フェアで祖父と一緒に写真におさまったガリガリの少年のころからあまり変わっていない。ジャリ・リュウから届いた写真はもう一枚あった。なにげないスナップで、チームのメンバーに何かを説明するマーティンが写っていた。高い頬骨と黒っぽいカーリーヘアがエキゾティックな雰囲気で、コサック兵のような感じだ。たしかに官能的な魅力がある。もしかしたら、アリスン・ブリーンが彼をスーツケースに押しこんで、メキシコ・シティへ連れていったのかもしれない。

二枚の写真を一ダースずつプリントアウトした。明日、まずはマーティンの自宅近くにある通勤バスの停留所からスタートして、スコーキー・スイフト線の駅まで行き、ほかに何ができるか考えてみよう。

ダロウ・グレアムの仕事に戻ることにした。ウラン鉱山の責任者と込み入った話をしている最中に、べつの回線にジェニーン・ススキンドから電話が入った。マーティン・バインダーの友達の母親だということを思いだしたが、カナダの鉱山責任者の話の一部を聞き逃してしまった。

そちらとの電話がすむとすぐ、ジェニーンに電話をした。

「あの本が見つかったわ。ほら、マーティンがヴォスに返却を頼んだ本。題名を知りたいっておっしゃったでしょ。『冷戦時代の良心的兵役拒否者の極秘日記――アーノルド・ザクニーと《アメリカン・ヴュー》』よ。延滞金を五ドル請求されたうえに、マーティンが本を傷つけてたから、その弁償もしろって言われたわ。ティーンエイジャーの息子なんて持つものじゃないわよ、ミズ・ウォーショースキー」

わたしがその方面に挑戦する可能性のほとんどないことは、誰にでも堂々と宣言できる。ジェニーンが電話を切ったあとで、その本を検索してみた。ヴォスが気持ちの悪い表紙だと言っていた理由がわかった。テープで口をふさがれ、鎌と槌を心臓に突き立てられた自由の女神が描かれている。

《アメリカン・ヴュー》のことをおぼろげに思いだした。シカゴで発行されている数少ない全国規模の雑誌のひとつだ。《アトランティック》と同じく、穏健なリベラル派の意見が出ている月刊誌で、短篇小説、人々や時事問題をテーマにしたエッセイなども掲載されている。わたしの両親は雑誌の定期購読をしていなかったが、わたしは法学博士号取得をめざして勉強していたころ、ときどき、ロースクールの図書館で《ヴュー》を読んだものだった。

シカゴ市立図書館に『極秘日記』が一冊あった。ダウンタウンの〈ポタワタミー・クラブ〉で、マックスとロティの二人とディナーの約束だったので――昔の亡命者仲間に問い合わせたらマルティナ・ザギノールに関する情報が入手できないだろうかと、ロティがマックスに頼んでくれたのだ——出かける途中で図書館に寄るのは簡単だった。

マックスとロティより先にクラブに着いたので、入口のロビーに腰をおろして本のページをめくり、何がマーティンの興味を惹いたのかを探した。『極秘日記』はアーノルド・ザクニーの伝記というより、冷戦を背景とした《ヴュー》の歴史について記された本だった。ザクニーは軍備縮小を早い時代から支持した人物だった。日本の女性たちからの手紙も雑誌に載せている。それらの手紙は、アメリカが太平洋のマーシャル諸島で水爆実験をおこなったさいに、死の灰によって夫や息子が被爆したことを訴えるものであった。

ページをめくっていくと、見覚えのある名前が目に飛びこんできた。


《ヴュー》の歴史においてもっとも奇妙な事件のひとつが、ゲルトルード・メムラーという女性からの手紙を掲載したことである。メムラーはナチ上層部にいたエンジニアで、第二次世界大戦終結後、ソ連とアメリカのあいだで大規模な人材争奪戦がくりひろげられたさいに、アメリカに連れてこられた。いろいろと問題のある人物で、ドイツの核兵器開発に携わるスタッフのなかで最高の地位にいた女性だった。確たる証拠を見つけるのは困難ながら、ウランフェアイン（ウラニウム・クラブ）のメンバーとして、インスブルックの近くで原子炉建設を指揮する立場にあったものと思われる。

戦後、アメリカに渡ったメムラーは、ネヴァダ核実験場において、ノーベル賞受賞者ベンヤミン・ゾルネンの指揮するプロジェクトに加わることとなった。一九五三年に失踪し、以後、誰もその姿を見ていない。しかしながら、ときおり、学術雑誌や新聞にメムラーからの手紙が届いている。内容からすると、強硬な反核の立場に立つ手紙である。インスブルックの原子炉建設責任者から反核活動家への百八十度の転向は異例のことと言えよう。

メムラーが合衆国の核開発の機密に内々に関与していたことから、失踪後、FBIが行方を突き止めようとしたが失敗に終わった。ソ連へ亡命した可能性もある。大使館員の一人がメムラーにかわって手紙を投函することもできるのだから。メムラーが《ヴュー》に送った手紙と、それに対するFBIの反応を見れば、FBIが彼女を追跡しようと虚しく努力したことがわかるだろう。

一九六二年

《アメリカン・ヴュー》編集長アーノルド・ザクニー様

エドワード・テラーと放射性降下物の危険性について

テラー博士は〝水爆の父〟として広く知られています。博士は御誌に寄稿した最近のエッセイのなかで、良き父親なら当然そうであるように、彼の子供とも言うべき水爆がこの地球上で暮らすほかの子供たちの幸福をおびやかすことはない、とわたしたちに向かって断言しています。核実験で生じた放射性降下物は、わたしたちの長期健康にとって、軽い肥満と同程度の危険しかない、と述べています。放射能に対する恐怖は不合理なもので、アメリカ国民はその恐怖ゆえに、地上と海上と空中における何千回もの水爆と原爆の実験を終了させるという危険な状況に追いこまれることになってしまった、と結論しています。

わが子が非行に走った親の多くと同じく、テラー博士も忙しすぎるのか、まわりが見えていないのか、可愛いわが子がいかに大きな被害をまきちらしているかを理解していないようです。たぶん、ワシントンに腰を据えて核実験の継続を訴えつづけていたため、ネヴァダ核実験場へ出向いてわが子が人間と動物の生命に及ぼした衝撃を自分の目で見る機会がなかったのでしょう。

わたしは悲しいことに、この核実験場で一時期をすごしました。そこで見たものを記しておきましょう。米国陸軍にとって、爆発地点から一マイルも離れていない場所に兵士を配備するのは日常的なことでした。兵士たちは、防護服はおろか、サングラスすら与えられず、両手で耳を覆い、爆発地点に背中を向けて立つよう命じられただけでした。

米国海軍にとって、豚、羊、犬を檻に閉じこめてこうした実験の爆心地に置くのも、日常的なことでした。同じく檻に閉じこめられ、もうすこし離れた場所に置かれた動物たちは、皮膚が焼けただれ、剝離した姿で海軍の研究所に送りかえされてきました。

これだけの量の放射能にさらされた人間（兵士と民間人の両方を含む）の健康被害に関するデータは、わが国の政府が極秘事項としていますが、わたしは皮膚の火傷をこの目で見てきました。たとえ、原爆投下を生き延びた人々が高い確率で（六十パーセント）悪性骨腫瘍および血液腫瘍を発症していることを示すデータが、ヒロシマとナガサキから提供されなかったとしても、ネヴァダにおける実験一回だけで、テラー博士のベイビーにすさまじい破壊力があることは、わたしたちに充分伝わっていたはずです。犬を虐殺した最初の実験を最後とすべきだったのです。犬にはなんの罪もなく、人間に無条件の愛情を抱いているだけで、その愛ゆえに、犬はすなおに檻に入り、大きな恐怖のなかで殺されることになったのです。しかし、わたしたちは実験を一回だけで終わらせることができず、犬や羊や豚を使ってさらに何百回もくりかえしました。動物たちの悲鳴がわたしを墓場まで追ってくることでしょう。ウランフェアインの核兵器・原子炉プラントに響いていた囚人たちの悲鳴とともに。

百三十五マイルも離れた地で暮らす民間人のあいだに、人口と不釣合いな数の重篤な癌患者が増加しはじめています。わたしたちはそれを知りながら、さらに大型の爆弾の製造を続け、いまでは、全人類を何度も絶滅させられるほどの爆弾を所有するに至っています。

わたしがこのように危険な子供を持ったなら、その父親であることを世界に自慢してまわるようなことはしないでしょう。

敬具

物理学博士ゲルトルード・メムラー

一九六二年七月十六日
電報
差出人……キャル・フーパー主任特別捜査官
　　　　ワシントン
宛先……ルーク・アーリックマン捜査官
　　　　ＦＢＩシカゴ支局

ルーク、ネヴァダ核実験場での動物実験のことを書いた手紙が、どういうわけで全国規模の雑誌に掲載されることになったのだ？　ゲルトルード・メムラーとは何者だ？　公聴会を、あるいは、核実験での動物使用の中止を求める手紙が、議会に何千通も届き、われわれは窮地に立たされている。ＲＦＫ（ケネディ大統領の実弟で、当時の司法長官）までが、メムラーが何者なのか、情報源として信頼できるのか否かを知りたがっている。

　このリークに至った経緯を一刻も早く突き止めてほしい。ボスがご機嫌斜めだ。

キャル

一九六二年七月二十八日
手紙
差出人……ルーク・アーリックマン捜査官

宛先……キャル・フーパー主任特別捜査官
　　　　　ＦＢＩシカゴ支局
　　　　ワシントン

キャルへ。ゲルトルード・メムラーの手紙と封筒を雑誌社から押収しました。差出人の住所はユタ州フォート・ジョージ。メムラーを見つけだして沈黙させるために、タイセレッジ捜査官を派遣したのですが、電話帳にも教会にもゲルトルード・メムラーの記録はありません。差出人の住所へ行ったところ、そこは墓地でした。
ＦＢＩのファイルでメムラーについて調べました。一九四六年、その名を持つオーストリア人科学者が入国し、第二次大戦中にドイツで初期の原爆に関する研究に従事した関係から、ネヴァダで核兵器・ロケット開発に携わることとなりました。メムラーのファイルは一九五三年以降空白です。民間人となったのでしょうか。結婚したのでしょうか。

『極秘日記』には、アーノルド・ザクニーの日記が長々と引用されていた。ＦＢＩが彼のファイルを押収するため雑誌社に押しかけ、今後メムラーから手紙が届いてもけっして活字にしないよう命じていった日のことを書いた部分である。その最後に、ワシントンのＦＢＩ捜査官からシカゴへ送られた電報のコピーが添えてあった。

一九六二年八月二日
私信
差出人……キャル・フーパー
　ワシントンDC
宛先………ルーク・アーリックマン
　シカゴ市S・サウス・ショア・ドライブ六九三七

わたしのためだけでなく、きみ自身のためにも、全力を挙げてメムラーを見つけだせ。《アメリカン・ヴュー》およびザクニーの自宅に郵便物が届く前にいったん押収しろ。わが国の監視体制に関して、危険人物からアンクル・ニッキー（ニキータ・フルシチョフ）に秘密の信号が送られることになっては大変だ。

シカゴ大学の例の司書は、わたしがポールフリーで見つけた古い写真を見て、ポッドのまわりにすわっている女性の一人がゲルトルード・メムラーだと教えてくれた。メムラーはマルティナ・ザギノールとベンヤミン・ゾルネン（どちらもユダヤ人）のもとで研究をおこなっていた。やがて、ナチ党員となり、核兵器の研究施設で作業を監督する地位につき、合衆国で生涯を終えた。反核活動家として厳重に身を隠したままで。いまも生きていれば、少なくとも百歳に、いや、たぶんそれ以上になっているはず。だから、FBIに見つかることなく無事にお墓に入ったと考えて間違いないだろう。

マーティンがゾルネンと彼の曾祖母の関係を探っていたのなら、メムラーを見つけだそうとしたことだろう。FBIは失敗したが自分ならメムラーを見つけだせる、とマーティンに思わせるような何かを、ブリーン邸で目にしたのだろうか。

考えごとに没頭していたため、マックスに肩を叩かれた瞬間、絞め殺されそうな悲鳴を上げてしまった。ロティも一緒だった。いつもどおりの挨拶を交わしてから、マックスが予約してくれた個室に入った。

わたしが頭のなかで作りあげた何通りかのシナリオを披露すると、マックスはうめき声を上げ、頭を抱えた。「ヴィクトリア、きみの話を聞いているとめまいがしてくる。マーティンが母親をトラブルにひきずりこんだ麻薬業者を殺してまわっている？　研究成果を盗まれた曾祖母のために復讐をしている？　あるいは、中国か、イスラエルか、ひょっとしたらグーグルへ企業秘密を売っている？　調査が進まんのも無理はない。どれかひとつに絞って、それだけを追いたまえ」

「ええ、誰かからたしかな事実がひとつでもひきだせたら、そうするつもりよ」わたしは言いかえした。「いまのところ、手に入った事実は二つ。いえ、三つね。メタ―ゴンの社長の自宅で開かれたバーベキュー・パーティに出たあと、マーティンは〝計算の合わないことがある〟と言いだした。高校時代の物理の先生から聞いたんだけど、自分の答えが、もしくは、問題そのものが間違っていると思ったときに、マーティンはそういう言い方をしていたそうなの。バーベキューのあと二、三週間は会社に出ていたけど、ゲルトルード・メムラーと冷戦について書かれた本を近所の子に預け、図書館に返却してくれるよう頼んで、それから姿を消した。もうひとつの事実は、マーティンの母親も行方不明だということ。二カ所のドラッグハウスから逃亡して、息子と同じく姿を消してしまった。ドラッグと冷戦が何か結びついてるの？　マーティンと母親も結びついてるの？」

ウェイターがうろうろしていた。マックスはわたしをしばらく黙らせて、料理を注文した。

「もうひとつ、たしかな証拠はないけど、ベンヤミン・ゾルネンの存命中の子供たちにマーティンが会いに行ったんじゃないかと思うの。それから困ったことに、今日の午後、キティがわたしをクビにしたわ。クビになった以上、お金のかかる調査を続けるわけにはいかないけど、マーティンを見殺しにするのもためらわれる。マーティンが追っているのがこの世を去った一世紀前の科学者たちではなく、麻薬を扱う連中だったらまずいでしょ」

わたしはさっき読んだばかりのゲルトルード・メムラーに関する記事を、マックスとロティに見せた。「昔の亡命者ネットワークを活用できるかもしれないって言ってくれたわね。メムラーという女性について調べる方法はないかしら」

マックスは目で天井を仰いだ。「ロティから話を聞いたとき、わしが考えたのはウィーン時代のマルティナのことだった。インスブルックの研究施設が閉鎖されたあと、マルティナがどこへ行ったのか調べてみるつもりだった。だが、わしのネットワークもFBIと同じく役に立たなかった。申しわけない」

「いいのよ。マルティナの身に何があったのか探ってみましょう。とにかく、それでキティの気持ちも少しは落ち着くだろうから」

マックスがさらに細かい点を尋ねはじめたとき、わたしの携帯が鳴った。画面を見た。

「キティ・バインダーだわ」わたしはつぶやき、電話に出るためにテーブルを離れた。

「探偵さん？」挨拶抜きで、いきなりキティが言った。「また、あいつらがやってくる」

「誰のこと？」

「いつもの連中だよ。すぐこっちにきて」

「ここからだと車で一時間かかります、ミズ・バインダー。九一一に電話したほうがいいわ」

「わかってくれないの？」キティは金切り声を上げた。「警察はだめだってば。力になりたいって、あんた、いつも言ってたじゃないか。いますぐあんたの力が必要なんだ」キティは電話を切った。

「ケーテは被害妄想なのよ」わたしがいまのやりとりを伝えると、ロティは言った。「わたしが何度もそう言ったでしょ。ケーテが警察に電話するのを渋ってるなら、あなたから電話なさい」

「〈キャッチ22〉にこんなセリフがあったわね――あなたが被害妄想だというだけで、連中に追われていないと断言することはできない。四日前に何者かがジュディ・バインダーの同居人を殺害した。ジュディは実家に戻ったと、その犯人が思ってるなら、キティの身が危ないわ」

「だったら、よけい警察に電話しなきゃ！」ロティは言った。

「警察は危険だって、キティは思ってるのよ」わたしは立ちあがった。

「ケーテの妄想だわ」ロティは叫んだ。「前にも言ったでしょ。この国にきて以来、ケーテはそれで大騒ぎしてばかりだった。警察とＦＢＩに狙われてるって言うの」

「ロティ、怒りを買うのを承知のうえで言わせてもらうと、わたしから警察に電話するのはかまわないけど、あのデッドボルトの奥で恐怖に震えるキティを放っておくことはできないわ」

ロティの目に苦悩があふれていた。「その気持ちはよくわかるわ、ヴィクトリア。でも、せめて五分だけ時間をとって、問題を解決するもっといい方法、もっと楽な方法はないかと、自分に問いかけることはできないかしら」

わたし自身の顔もみじめにゆがんでいたが、とにかくクラブを出た。車を走らせながら、何回も九一一に電話しようとしては思いとどまった。キティ・バインダーは被害妄想だ。警察を呼んだところで、失うものは何もない。ただ、キティがわたしに寄せているかもしれない脆い信頼は消えてしまう。

19 失血死

バインダー家の正面に車をつけたとき、地下室と上の階は明かりがついていたが、一階は暗かった。車から懐中電灯をとりだして玄関まで歩いた。玄関ドアはロックされていた。呼鈴を押したが、応答はなかった。

様子が変だ。今日の午後訪ねたときは、キティが居間のブラインドに隙間を作った。しかも、そのときはわたしがくることを予期していなかったのに。

わたしは家の裏手へ走った。台所のドアが蝶番だけでつながって揺れていた。何秒か時間をとって九一一に電話した。スコーキーのケドヴェイル通りで家宅侵入——そう通報した。

「バインダーの家？」通信指令係が言った。「さっきパトカーを派遣したばかりですけど、変わったことは何もなかったようですよ」

「裏のドア。こじあけられてるの」

通信指令係は再度パトカーを派遣すると約束してくれたものの、その口調には熱意が欠けていた。わたしは銃を持っていなかったが、警官隊がくるのを待つ気になれなかった。できるだけ標的になりにくい姿勢をとって、じりじりと台所に入りこんだ。低くかがんで明かりのスイッチを手探りしようとしたら、何かの上で足をすべらせ、倒れてしまった。懐中電灯をつけた。台所のテーブルに積みあげられていた本と書類が床に散乱していた。紙片を踏んで足をすべらせたのだ。

照明のスイッチを見つけ、キティの名前を呼んだ。一階には誰もいなかったが、居間のレースがひきちぎられ、小さな飾り物が叩きこわされていた。二階の寝室へ行ってみると、同じ凶暴な何者かがシーツをはずし、マットレスを切り裂き、整理だんすの引出しをひっくりかえしていた。

よろよろと階段をおりて、マーティンの部屋がある地下まで行った。キティが床に倒れていた。孫息子のベッドのそばに。首と腕を殴打されていて、頭からおびただしい出血があった。

わたしの指が首に触れるのを感じたのか、キティのまぶたが震えてひらいた。「おばあちゃん《オーマ》？」キティはつぶやいた。「オーマ？」

「探偵よ、ミズ・バインダー」わたしはそっと声をかけた。「しっかりして。救急車を呼ぶわ」

片腕でキティを抱いたまま、ふたたび九一一にかけた。

「そちらに向かっているところです」通信指令係が言った。「二、三分かかりますけど」

「救急車」わたしはどなった。「地下室へ。女性がぶちのめされて瀕死の重傷なの。とにかく急いで」

「オーマ、ヴォッツー・ダス・アレス？」キティがつぶやいた。

わたしはキティを抱いたまま、携帯の録音機能をオンにした。ドイツ語が重要な手がかりになるかもしれない。

キティの呼吸が荒くなった。「ダス・ヴァー・ヤー・アレス・ジンロース」

ほどなく救急車が到着したが、救急救命士チームは暗い表情で首をふった。キティはすでに息をひきとっていた。救命士たちがキティの遺体をストレッチャーに移すあいだ、わたしは脇へどいたが、立ちあがる元気がなかった。すわりこんだまま、頭を膝につけて、ベッドの下から血が流れてくるのを見つめた。べつの誰かが倒れているのだと気づくまでにずいぶんかかったが、ようやく救命士たちに知らせると、彼らがベッドを持ちあげて壁から離した。

女性がボロ人形のようにころがっていた。呼吸が浅く苦しげだった。カールした濃い色の髪に白髪がちらほら交じり、肌はかさかさにひび割れていた。腹部から血がにじんでいた。ジュディ・バインダーだ。キティが娘をかばって死んだのだ。

20　どういうことだったの？

誰かの手が乱暴にわたしの肩を揺すった。「嬢ちゃん、起きてくれ！　寝ておるとこを邪魔して申しわけないが、先生がきてくれたぞ。あんたのことを死ぬほど心配して」

わたしはゆっくり目をさまして、はるか遠くの世界から浮かびあがった。いままで深い眠りの底に沈みこみ、幼い子供時代に戻っていた。近所の悪ガキどもにいじめられたわたしを元気づけるために、母がココアを作ってくれた。ミスタ・コントレーラスが褪せた茶色の目に懸念を浮かべて、こちらをじっと見おろしていた。枕の上で頭の向きを変えると、老人のうしろにロティの姿が見えた。母の顔をもう一度見たくて目を閉じたが、すでに消えていた。

鉛のように重いまぶたをふたたびひらいて、ベッドに身を起こし、布団をウェストまでひきよせた。こうしておけば、あぐらをかいても、ミスタ・コントレーラスを狼狽させずにすむ。

「自分が正しかったって言いたくて訪ねてきたの？」わたしはミスタ・コントレーラスの肩越しにロティに言った。「わたしがスコーキーの警察に電話してれば、キティ・バインダーは死なずにすんだわよね」

ロティはミスタ・コントレーラスを押しのけて前に出ると、わたしのそばに立った。「あなたの無事を確認するためにきたのよ。長く辛い一夜だったわ。グレンブルック病院のヘレン・ラングストンから話を聞いたの」

「そんな人、知らない。ゆうべ、わたしを尋問しなかったのは、きっとその人だけね」

わたしはスコーキーの警察に何時間も足留めされ、つぎに、シカゴ警察のフェレット・ダウニーが現われて、わたしにあらためて説明を要求した。マリ・ライアスンは警察無線を傍受していて事件のことを知った。わたしが警察から解放されて出てくると、わたしの車のそばで待っていた。ジュディ・バインダーの容態について何か聞きだせないかと期待して、グレンブルック病院までついてきたが、ジュディはまだ手術中だった。病院の待合室で、わたしは三度目の説明をした。自分の判断の誤りを何度も述べさせられてひとつだけよかったのは、他人事のような気がしてきたことだった。映画のあらすじを淡々と述べるような気分だった。

「ヘレンは――ドクター・ラングストンは――ジュディの腹部の手術を担当した外科医よ」

ロティは言った。

「助かったの？」

「病院のほうでは、ショック状態に陥らないよう神経を遣ったそうよ。ドラッグ漬けだったから。コカイン、覚醒剤、でも、主にオキシコドン。安全に使える麻酔薬を選ぶのに、麻酔医はずいぶん苦労したみたい」ロティの口がキッと結ばれ、怒りの線となった。「ようやくリカバリー室を出たところで、警察がジュディから話を聞こうとしたんだけど、ジュディは何も覚えていなかった。誰が家に押し入ったのかも。なぜジュディが撃たれたのか、母親が殴打されたのかも。小さな女の子みたいに笑って、〝伏せて身をかばう、伏せて身をかばっても無駄だって言われたけど、効果があるのよ。いちばんいいやり方よ〟と言うだけだった」

「伏せて身をかばう？」困惑の表情で、ミスタ・コントレーラスが訊きかえした。「狩猟のスローガンかね？　誰かが母親につきまとってたと言いたいのかね？」

「ジュディの話すことは意味不明だから、わたしは理解しようと努めるのを何年も前にやめてしまったわ」ロティは悲しげな笑みを浮かべた。「ヴィクトリアと二人で話がしたいんだけど」

隣人の顔に傷ついた表情が浮かぶのを見て、わたしは彼の手を握りしめた。「気にしないで。ロティが胸の内をすべてぶちまける気なら、わたしと二人だけになったほうがいいの。居間のほうで待っててくれる？」

「犬を外に出してくるよ、嬢ちゃん」ミスタ・コントレーラスは冷静さを失うまいと雄々しき努力をした。「ここに連れてこようとしたら、先生がいやがったんでな」

隣人が出ていくと、ロティとわたしは真剣な顔で見つめあった。

「あなたの言葉に耳を貸すべきだったわ」わたしは言った。「わたしの短気なところ、強情なところを非難したいなら、遠慮なくどうぞ。そうされて当然だもの」

ロティはベッドの端に腰をおろした。その顔には、わたしがこれまで気づかなかったしわが刻まれていた。ずいぶん年をとったものだ。わたしの力では止めようがない。

「ゆうべ、あなたが〈ポタワタミー・クラブ〉を出たあとで、スコーキーの警察に電話したのよ」ロティは言った。「家のほうへパトカーを差し向けるって約束してくれたけど、確認のためにもう一度電話したら、変わったことは何もなかったという返事だった。きっとジュディのせいね。この何年かのあいだに、近所の人々が何回も警察に電話してるけど、キティが警察をぜったい家に入れようとしなかったから。ゆうべも、警察が呼鈴を鳴らしたのに誰も出てこなかったから、また人騒がせな通報だったと思ったみたい。時間とスキルとお金を注ぎこむだけの価値がジュディの命にあるのかどうかわからないけど、あなたがいつもの無鉄砲さを――いえ、いつもの義侠心を――発揮しなければ、ジュディは母親と並んであそこに横たわることになっていたでしょう」

「終わりよければすべてよし？」わたしは涙声になりかけていた。「わたしにはわからないわ、ロティ。いまはとにかく、カブール市郊外の洞窟にひっこんで、死ぬまで小枝を食べて暮らしたい気分よ」

「二日ぐらいならできるでしょうけど、そのあと、女性が学校へ行ったために暴力をふるわれたり、結婚を強制されて逃げだしたために焼き殺されたりするのを見るうちに、我慢できなくなるわよ。洞窟を出て、タリバンの男たちの頭を叩き割り、あとはたちまち修羅場ね」苦いユーモアをちらっと見せて、ロティは言った。

そう言いながら、ベッドカバーのフリンジをいじっていた。フリンジをからめたりほどいたりするほど神経質になるなんて、いつものロティからは考えられない。

「キティとわたしはほぼ同い年で、ほぼ同じ境遇だった。それは前にも話したでしょ。二人とも婚外子で、母親の両親に育てられたの。わたしの祖父母は母を溺愛していて、わたしのことも小さな王女さまみたいに大切にしてくれたけど、キティのお祖母さんはマルティナとうまくいっていなかった。自分の娘なのにね。キティを育ててはくれたけど、どう考えても、温かい人だったとは――」

ロティは不意に黙りこみ、首をふった。

「いいえ、そんなことを言いたかったんじゃないわ。正直なところ、わたし、あの人たちのことは何も知らなかったの。フラウ・ザギノールはうちの祖母《オーマ》のために、そして、あの界隈に住んでいた裕福な人々のために、お針子をやっていた。祖母がフラウ・ザギノールを見下していたせいで、わたしもキティを見下すようになった。キティとそのお祖母さんがすごくいやな性格だったのは、わたしのせいもあったんでしょうね。

フロイライン・マルティナは、あ、うちではフラウ・ザギノールの娘さんをそう呼んでたんだけど、わたしの憧れの人だった。キティとお祖母さんがマルティナを軽蔑してたから、わたしはよけい憧れたのね。でも、マルティナは研究所でこしらえたすばらしい装置をよく見せてくれたのよ。うちの子供部屋の窓から射しこむ光が七色に分かれるのをわたしに見せて、それから、スペクトル線と光電効果について説明してくれた。マルティナが光を使った実験について話しはじめると、キティはひどく反抗的になったものだった」

ロティはこわばった苦い笑みを浮かべた。

「二人が今日わたしの診療所に入ってきたら、わたしはマルティナに言うでしょうね。あなたがプリズムとガンマ線に注いでいる愛情と注意を自分にも向けてもらいたくて、キティは必死だったのよ、と。でも、八歳か九歳のわたしには、キティより自分のほうが理科の分野で優秀だってことしかわからなかった。わたしもけっこう自慢屋で、ちょっと意地悪だったのね。キティのお母さんの注意を惹こうとしたんですもの。ただ、わたしが宇宙の神秘に初めて興味を持ったのは、フロイライン・マルティナのおかげだったのよ」

ロティは唇を噛んだ。自分自身に腹を立てていた。

「何が言いたいかというと、わたしが昔のウィーンでキティにとっていた偉そうな態度を、ロンドンまで、そして、この新世界まで運んできたということなの。キティがふたたびあらわれたとき、わたしは彼女の話に耳を貸そうとしなかった。キティに言われたわ。〝助けを求めるジュディの叫びにあんたが応えるのは、わたしへの嫌がらせのためだ〟って。そのとおりだったのかもしれない」

ロティは深く息を吸った。

「ヴィクトリア、マーティン・バインダーが見つかるまで、洞窟暮らしのことは忘れてくれない？　わたしのためにマーティンを見つけてほしいの。料金は払うから。わたしはマーティンの出産に立ち会った。キティがジュディを産んだときも立ち会った。それだけでも、キティはわたしを許そうとしないのよ。キティがわたしを頼ってきたのは、ひどく怯えていたからだった。わたしが腕のいい医者だってことを誰かから聞いたのね。でも、分娩室で脚を広げて血を流すところを子供時代の天敵に見られるというのは、気分のいいものじゃないわ」

わたしはロティの手をとった。ゆうべ、キティ・バインダーにそうしたように。「全力を挙げて見つけだすわ」

二人とも黙りこんで何分かすわっていたが、やがて、ぎこちない口調でロティが尋ねた。わたしが家に着いたとき、キティはすでに死亡していたのか、と。

「修羅場の様子は聞きたくない。ただ、キティがあまり苦しまずに、安らかに逝ってくれたことを願うだけ」

「ドイツ語で何か言ってたわ」キティ・バインダーの死のあとに続いた長い夜のせいで、彼女とすごした最後の悲痛な数分のことを忘れていた。「襲撃犯を追う手がかりになるかもしれないと思って、録音しておいたの」

わたしはベッドを出て、ミスタ・コントレーラスを困惑させないようにジーンズをはいてから、けさ家に入るときに投げ捨てたままだったバッグをとった。

ロティがわたしから携帯を受けとって、何回か再生した。「ケーテを殺した犯人とは無関係だわ。〝おばあちゃん、どういうことだったの？〟と言って、つぎに〝なんのためだったの？〟とつけくわえている」

ロティはわたしの携帯を手のなかで何度もひっくりかえした。「胸が痛むわ、ヴィクトリア。さんざん苦労したあげく、こんなふうに死ぬなんて。自分の人生はなんのためだったのかと思いながら！　大切な人をみんな失い、自分の産んだ娘は麻薬中毒になり、たった一人の孫息子は家出をして、たぶんテロリストか売国奴になろうとしている――なんのための人生だったのかと思いたくもなるでしょうね！」

「わたしの心に浮かんだのは、もっと平凡なことよ」わたしは淡々と言った。「まず、キティはお祖母さんがそばにいると思った。だから、安らかな気持ちで死んでいった。つぎに、

〝なんのためだったの？〟と訊いたのが人生のことではなく、もっと具体的な何かだったとしたら？　侵入者は何を捜していたのか、なぜそこまでこだわるのか、と訊いていたとしたら？」

ロティはわたしの携帯を下に置いた。「そうだといいけど。だとすれば、救いだわ。とにかく、わたしにとっては。なんとか突き止めてくれない？」

「マーティンが勤めていた会社のオーナーのコーデル・ブリーンって人物は、わたしみたいな一匹狼の探偵のことを役立たずだと思ってるけど、この足でコツコツ調べてまわることにするわ。テクノロジーに頼る人間は、明白だけど小さな事実を見落としがちなものよ。わたし、バス停でマーティンの目撃情報を探すつもりだったけど、二週間も前のことだから、もう無理かもしれない。ジュディが住んでたところまで、もう一度出かけて、町の誰かがマーティンのことを覚えてないか調べてみるわ」

ウィーン、一九三八年

テディベア、テディベア、ぐるっとまわって

　小さなシャルロッテはテディベアの頭に包帯を巻いている。「この子、建物から落ちてね、おじいちゃま《オーパ》、頭を怪我したのよ」祖父に説明する。

「腐ったカボチャみたいに破裂したの」ケーテが笑う。「汁と種があたり一面に飛び散ったの」

　フラウ・ハーシェルが顔をしかめる。「言葉に気をつけなさい、ケーテ！」

「きのう、建物から突き落とされた男の人がそうなったんだもん。そこにいた人たち、みんなゲラゲラ笑って、一人が言ったわ。あいつの頭は腐ったカボチャだ、腐ったユダヤのカボチャ頭だって。いまからナイフでテディを切り裂いて見せてあげる」

　ドイツがオーストリアを併合して以来、ケーテはフラウ・ハーシェルに口答えをするようになっている。オーストリア人のキリスト教徒がハーシェル家の者に無礼な態度をとるのを見て、自分も一家を攻撃していいのだと思いこんでいる。

「どこでそんなことがあったんだね、ロッテ？」祖父が孫娘に尋ねる。

「フロイライン・マルティナの研究所のそばよ。きのう、研究所へ連れてってもらって理科

のお勉強をしたの。おもしろかった。フロイラインが撮影した原子の内部のフィルムを見せてもらったのよ。ほら、復活祭の休暇にみんなで山へ行ったときに撮ったやつ。でも、ケーテが退屈しちゃって。バカな子だから、理科のお勉強のあいだじっとすわってると、カボチャの種の詰まった頭が退屈しちゃうのね」

「カボチャ頭はあんたでしょ」ケーテが叫ぶ。「あたしはお利口だから、理科なんかなんの役にも立たないって知ってる。ナチから逃げたかったら、お金持ってなきゃいけないのよ。それか、おっぱい見せるとか。理科なんか勉強したって殺されるだけ」

「シャルロッテ！　ケーテ！」祖母がきつい口調で言う。「そんな言葉遣いは許しませんよ。ゲットーで暮らすしかないかもしれないけど、ゲットーの住人みたいなしゃべり方はおやめなさい」

小さなシャルロッテは膝を折ってお辞儀をし、祖母に謝るが、ケーテは怒りに顔をゆがめて唇をキッと結び、編物の上に身をかがめる。

二人は祖父のハーシェルから文学の授業を受けていたところだ。シラーの詩を何行か暗誦させられたが、二人とも内容はわかっていない。ユダヤ人の生徒はみな学校から追いだされたため、祖父が子供たちにドイツ語と文学を教えている。理科と算数はフロイライン・マルティナの担当だが、彼女はしばしば、二人がとても幼いことを忘れてしまう。アルファ粒子や電子の話を始める。自分の研究室で、ウランの原子核の不安定性を熱っぽく説明し、少女たちに閃光の回数を計算させる。

フラウ・ハーシェル（名前は孫と同じシャルロッテ）はこれをこころよく思っていない。

孫娘が帰宅したときに、指が汚れ、化学薬品と放射能研究所の男たちがふかす葉巻の悪臭がエプロンドレスにしみついているのを知るといやになる。水はわずかしか使えないし、洗濯石鹼など無きに等しいので、まったくもって迷惑だという意見には、ヘル・ハーシェルも同感だが、研究所での勉強のおかげで、小さなシャルロッテはくよくよ悩まずにすんでいる。

今夜は、文学の授業のあと、ケーテの祖母が刺繡のナプキンを食料と交換して帰ってくるのをみんなで待っている。

祖父が小さなシャルロッテからテディベアを受けとる。「おまえが包帯を巻いてあげたから、クマちゃんはすぐによくなるよ、ロッテ。さて、きのう、フロイライン・マルティナに研究所へ連れてってもらって、原子と遊んできたんだね？」

「ううん、そうじゃないのよ、おじいちゃま。原子は目に見えないぐらい小さいの。でね、原子のなかにさらに小さいものがあるの。テディベアみたいに一緒に遊ぶのは無理。だけど、原子のお勉強はできるのよ。それから、太陽の光がどうやってできるかも教えてもらった。フロイライン・マルティナが紙の上で見せてくれたの。太陽から黒い線が出てるのよ。あのね、太陽のなかにもヘリウムって呼ばれる原子があって、地球に届くと放射能が生まれるんですって。すると、紙の上に原子の描きだす線が見えるの。幽霊みたいだから、〝スペクトラル〟って呼ばれてるのよ」

「そんな線が見えたって、石炭のない冬にあったまることはできないわ」ケーテが言う。

「なんの役に立つのよ？」

ドアのところで笑い声が上がり、みんなをビクッとさせる。そちらを見ると、ケーテの母親が立っている。

「ロッテ、その線は太陽と星が放つ光のスペクトルから生まれるのよ。だから〝スペクトラル〟と呼ばれているの。でも、太陽の爆発から生まれた幽霊が線を描くっていう説も、なかなかおもしろいわね。それから、わたしの小さなケーテ、おばあちゃんの言うことに影響されすぎてるわ。違う《ニヒト・ヴァー》？」

フロイライン・マルティナは自分の娘に近づき、三つ編みから飛びだした髪をなでつけてやろうとするが、ケーテはプイと顔を背ける。

「おばあちゃんの言うとおりだもん」小さな顎を強情そうに上げて、ケーテは言う。「原子なんか食べられないもん」

「あなたが食べるものはどれも原子からできてるのよ」フロイライン・マルティナは言う。「でも、おばあちゃんがケーテに言ってることは、お母さんにも理解できるわ。ただね、お母さんは研究所でわずかだけどお給料をもらってて、それでみんなのおなかに原子を入れてあげることができるのよ」

「きのう、子供たちは何を見たの？」フラウ・ハーシェルがフロイライン・マルティナをドアまでひっぱっていき、小声で尋ねる。「建物から男が落ちたようなことを、ケーテが言ったんだけど」

フロイライン・マルティナは二人の少女を見る。ハーシェル一家が現在暮らしている狭い部屋では、ひそひそ話などとてもできない。廊下の向かいにあるマルティナのフラットも同じだ。子供のころは、ハーシェル家が住んでいたレンガッセの広くて明るいフラットに比べて、両親と暮らす四部屋のフラットを狭くてみすぼらしいと思ったものだった。いまでは、新政府がそのフラットにあと三家族を住まわせている。フラウ・ハーシェルが十部屋と専用の浴室がついた住まいを失って悲嘆に暮れているのと同じく、マルティナとその母親も部屋を失ったことを嘆いている。

「建物から男の人が突き落とされたの」ケーテが大声で言う。「家に帰るとき、話してあげたじゃない。けど、お母さん、聞いてくれないんだもん。あたしたち、見たのよ。ほかの男の人たちがその人を抱えあげて、人形みたいに投げ捨てて、みんなで笑ってた。で、こう言ったの——生きてるときは醜いユダヤ人だったが、いまは可愛くなった。死んだユダヤ人になったからって！　お母さんが誰かにそんなことされたって、くだらない原子は守ってくれないよ」

「お母さんに下劣な話をするのは、もうおやめなさい」フラウ・ハーシェルがピシッと言い、フロイライン・マルティナに向かってつけくわえる。「ケーテのお祖母さんは怯えてるのよ。誰も彼も怯えてて、だから、お祖母さんもそんなことばかり言うんだわ。わたしから注意しておくわね。ケーテが口真似をするから、あなたのことで愚痴ばかりこぼすのはやめるように——」

フラウ・ハーシェルが途中で言葉を切ると、フロイライン・マルティナは微笑する。

「母が何を言うか想像がつきます。わたしが物理学に注ぐのと同じだけの愛情をわが子に注いでいれば、ケーテもわたしの研究を不満に思ったりしないはずだ、って。きのう男性が突き落とされたことは、ごめんなさい、知りませんでした。子供がそんなものを目にするとは、なんて恐ろしい世の中になったのかしら。

夜間外出禁止令のせいで、早めに研究所を出なきゃならなかったけど、わたしは図書室のことで頭がいっぱいで、通りで何が起きているのか気づかなかったんです。母の言うとおりね。目の前のものが見えないというのが、わたしの最大の欠点だわ。いいえ、二番目に大きな欠点かしら」

最大の欠点は、マルティナの母親に言わせると、冷淡なところだそうだが、フラウ・ハーシェルと話をしているいまも、マルティナの心は自分の娘と死んだ男性から離れて研究所の図書室に戻っている。

「捜していた資料が、これまでどうしても見つからなかったんです」マルティナは説明しようとする。「ドイツの女性化学者イーダ・ノダックが書いた古い論文なんですが、今日の午後、ようやく見つけだしました。論文が発表された当時は、まったく注目されなかったんですよ。ウラン崩壊に関するフェルミの研究を批判する内容だったから。フェルミの研究は批判の余地なきものと思われていましたもの。でも、わたしはざっと読んでみて、フェルミの実験をやりなおし、鉛より小さな原子番号を持つ元素を用いるべきではないかと考えました。ゾルネン教授に相談したところ、実験のための資材がないし、フェルミの実験結果はそのまま受け入れるべきだ、と言われました。とにかく、現在の物理学界にフェルミ以上の実験主義者はいませんからね。でも、ノダックの意見によると、ウラン235の崩壊から生じるのは超ウラン元素ではなく――」

ケーテが大きな喚声を上げて母親の話をさえぎる。ヘル・ハーシェルの手からテディベアを奪いとると、窓辺に走っていき、中庭へ投げ落とす。「ほら、死んだ。いいことだわ。醜いユダヤのテディベア。おバカな口でペチャクチャしゃべることはもうできないもんね」

大人たちの顔に衝撃が浮かんだのを見て、ケーテは編物の毛糸をひきずって部屋から逃げだす。小さなシャルロッテはほんの一瞬呆然とするが、あわてて立ちあがり、ケーテを追う。二人の少女が廊下で相手を蹴飛ばし、わめきあうのが、大人たちの耳に届く。

ヘル・ハーシェルが出ていって二人をひき離す。珍しくきびしい口調で言う。「ケーテ、いますぐ自分の家に帰りなさい。行儀よくできるようになったら、また授業で会おう」

ヘル・ハーシェルは孫娘をザギノール家の子供から遠ざけるが、憎悪にゆがむロッテの小さな顔を見て愕然とする。オーストリア人に憎まれるだけでは足りなくて、ユダヤ人どうしで憎みあうのかと思う。小さなロッテとケーテのあいだの反感は、二人が生まれたときからのもののように思われる。それはナチスドイツがオーストリアを併合するずっと以前からのことだが、いまではみんなが同じ建物に住まなくてはならず、ひと部屋に五人かそれ以上が押しこめられている状態なので、全員の神経がささくれだっている。

〝マッツォの島〟――フラウ・ハーシェルはザギノール一家が住んでいたレオポルドシュタットの界隈をそう呼んでいた。その年代と階級の人々の例に洩れず、第一次大戦後にハプスブルク帝国の東端から流れこんできたユダヤ人が暮らすスラム街を軽蔑していた。いまではハーシェルの一家もそこで暮らしているため、フラウ・ハーシェルがそんな呼び方をすることはなくなった。

マッツォの島で、ハーシェル家の令嬢ゾフィーはバイオリン弾きのモイシェ・ラドブーカと戯れ、すねてみせ、踊り、歌った。ゾフィーが魅力をふりまくとき、それに抵抗できる者は誰もいなかった。マッツォのしがないバイオリン弾きともなればとくに。バイオリン弾きとゾフィーのあいだに子供ができて、ゾフィーはわが子にシャルロッテという名をつけた。その子のおかげで実家の母親と和解でき、母親は大喜びで赤ちゃんの世話をしてくれるようになった。そのわずか数カ月後にマルティナ・ザギノールが赤ちゃんを生んだが、父親が誰なのか、知る者は一人もいなかった。

「マルティナは小さなころから変わった子だったけど、大人になってますます変わり者になったわね。ケーテをどこで授かったのかしら」フラウ・ハーシェルはよく言っていたものだった。「研究所のなかで、何かの爆発のときに赤ちゃんができたのかもしれない」

今夜、ヘル・ハーシェルはゲットーの猫みたいに格闘した小さなシャルロッテを、祖母の意向どおりにお仕置きするかわりに、抱きあげて四階分の階段をおり、中庭に出る。テディベアが見つかる。石畳の泥とぬかるみで汚れているが、それをべつにすれば、どこも傷んでいない。

ヘル・ハーシェルは雑誌の切れ端を拾って、無骨な手でベアを拭く。あとは、乏しい配給品でこしらえる不可思議な溶液のひとつを使って、妻がきれいにしてくれるだろう。

ロッテを自分のほうにひきよせる。ロッテははがれかけた石畳のひとつにつまずいてよろめくが、悲鳴は呑みこむ。不器用なロッテを笑ってやろうと、ケーテが見張っているのを知っているからだ。

ヘル・ハーシェルは身をかがめ、はがれかけた石畳をもとに戻そうとする。その下の地面が陥没して、かなり大きな穴になっている。中庭のこのあたりはどの石畳もゆるんでいる。中庭《コートヤード》——宮廷《コート》ふうのところなど何もない狭い円形の地面に、なんと大仰な呼び名がついているることとか。枯れた木々と、かつては芝生だったがいまはガラスの破片だらけの地面しかないというのに。中世の宮廷との共通点は、腐敗したゴミの悪臭だけだ。

ヘル・ハーシェルは孫娘に腕をまわし、建物に連れて入る。

21 ダウン・オン・ザ・ファーム

私立探偵が調査や張り込みを始める場合は、その土地の法執行機関に届出をすることが義務づけられている。わたしの場合、シカゴ市内のときは省略している。警官たちから邪魔をするなと文句を言われるか、もしくは、何時間も拘束されて、こちらの調査について無駄な質問を受けることになるだけだから。しかし、ポールフリーでは、ダグ・コッセル保安官の事務所で一日のスタートを切ることにした。こういう郡では全員が顔見知りだ。最初にわたしの質問を受けた人物が保安官に密告しなかったとしても、二人目がするに決まっている。

「自由にやってくれ」保安官は言った。「息子に関する情報は誰からも入ってないが、鼻から母親と同じものを吸ってるのなら、農家の連中が寝てる時間にこっそり出入りする可能性がある。みんな早寝する土地柄だからな」

わたしはおとなしくうなずいておいた。こちらで想像しているマーティン・バインダーの人柄を説明したところで、なんにもならない。保安官事務所は、メイン・ストリートの南端に建つ市と郡の合同庁舎のなかにあった。駐車スペースは苦もなく見つかった。町の郊外にできた〈バイ＝スマート〉のせいで、ポールフリーの小売店は経済不況に襲われる前から激減している。いまでは、ひと握りの店舗しか残っていない。アルコールと宝くじの販売だけが好調な小さなドラッグストア。埃っぽい家具店。そして、二、三軒のダイナー。

　わたしがシカゴを発ったのは朝の六時で、インターステート五五を使って百マイルの距離を二時間弱で走り抜けたが、保安官が言ったように、ここは早寝の町だ。人々は夜明け前から畑に出て働いている。八時半には、みんなが〈レイジー・スーザンの珈琲店〉で休憩をとっていた。メインストリートで繁盛しているのはここだけのようだ。

　店に入ると、いくつもの頭がこちらを向いた。よそ者が訪れることはめったにない町なので、じろじろ見られるのも当然だが、わたしはジーンズをはき、茶色の髪に白いものがちらほら交じった平凡な女で、変わった点はどこにもない。ほどなく会話が再開した。

〈レイジー・スーザンの珈琲店〉は実質本位の店だった。壁沿いに並んだふかふかの赤いソファ、真ん中に置かれた合成樹脂のテーブルのまわりにはパイプ椅子、紙のランチョンマット、きびきび動きまわっていて、どう見ても怠け者《レイジー》というイメージではない二人のウェイトレス。店内はほぼ満席だったが、カウンターのスツールがひとつだけ空いていた。

「何にします？」どこからともなくウェイトレスがあらわれ、何も訊かずにわたしのマグにコーヒーを注いだ。

　薄っぺらいランチョンマットにメニューが印刷されていた。玉子料理、ハッシュドポテト、ワッフル。シカゴを出る前にコーヒーを飲んできたが、気がついたらおなかがぺこぺこだった。

「パンケーキとオレンジジュース」

　ウェイトレスはメモもとらずに背後の調理スタッフに大声で伝えると、つぎなる戦闘の場へ飛んでいった。

「犬はどうしてる？」

ふりむくと、制服姿の女性が立っていた。ジェニー・オーリック。バッジにそう書いてあった。わたしがトウモロコシ畑でリッキー・シュラフリーの遺体を見つけたとき、現場にやってきた保安官助手の一人だ。わたしより記憶力がいいようだ。わたしならぜったい相手を見分けられなかっただろう。

「快方に向かってるわ。フィラリアの成虫駆除がすんだら、飼う気はない？　優しい性格のようよ」

「悪の巣窟で飼われてた犬が優しいわけないでしょ」オーリックは言った。「それはともかく、うちには猫が三匹いるから、犬なんか飼ったら、一週間もしないうちに猫にズタズタにされちゃうわ。それでこっちまで出かけてきたの？　犬の里親を見つけるために？」

わたしはブリーフケースからマーティン・バインダーの写真をとりだした。「こちらにくれば、この子を見かけた人がいるんじゃないかと思って。どうしても見つけなきゃいけないの」

「シカゴの子？　どうしてこっちに？」

「ドラッグハウスから逃げた女性の息子なの」マーティンの失踪、祖母が殺された件、シカゴのドラッグハウスからジュディ・バインダーが逃げだした件を、オーリックにざっと話して聞かせた。

オーリックはしかめっ面でマーティンの写真を見た。「見たことがあれば覚えてるはずだわ。すごく、ええと、ニューヨークっぽい感じね。このポールフリーにユダヤ人の家は二軒しかないから、この顔なら目立つと思う。言ってる意味、わかるでしょ。よかったら、これ、〈バイ＝スマート〉へ持ってって、掲示板に貼っておこうか。余分にあれば、郡庁舎にも貼っておくわよ」

　わたしはブリーフケースから写真のコピーを六枚とりだし、それぞれの下端にわたしの携帯番号を書きこんだ。パンケーキが運ばれてきたちょうどそのとき、オーリックのパートナーのグレン・ダヴィラッツが入ってきて、彼女の肩を叩き、そろそろ仕事を始める時間だと言った。トウモロコシ畑で会ったときに比べると、二人とも顔色がよかった。

「これ、わたしの電話番号よ」オーリックがポールフリー郡保安官事務所の名刺を手渡してくれた。「何か情報が入ったら知らせるけど、あなたのほうも、予想外のことが起きたり、ペニス《ペッカー》をつつかれた《ペック》ヤク中がまた見つかったりしたら、連絡してね」

〝ペッカーをつつかれる《ペック》〟はきっと、この町の慣用句であって、保安官がサイコパスだという証拠ではないのだろう。オーリックとパートナーは店を出ていったが、ウェイトレスとカウンターにいた客の一人がいまのやりとりを聞いていた。つまり、ワープ並みのスピードで店全体に広まったということだ。パンケーキを食べていると、店内の客のほとんどが写真を見にやってきた。マーティンを見かけたことがある者は一人もいなかった。

　店がすいてきたので、ウェイトレスたちも休憩をとることにした。二人が煙草を一服するため外へ出たが、三人目がわたしのとなりのスツールに腰をおろした。

「ほんとに探偵さん？」と訊いてきた。

わたしは会釈した。「このパンケーキ、おいしいわ。自家製？」

女性はニッと笑った。「そういうお世辞を言うのは、あたしがスージー・フォイルだってことをジェニー・オーリックに聞いたから？」

わたしは首をふった。「あなたがレイジー・スーザン？　どうして怠け者《レイジー》なんて形容詞をつけてるの？　あなたほどの働き者は、労働者のなかにだっていないのに」

スージーはお世辞に気をよくしたが、こう言った。「ま、要するに、語呂がいいからさ。子供のころ、兄や弟から〝レイジー・スージー〟って呼ばれて、よくからかわれたものだった。ところで、なんでこのマーティンって子を見つけようとしてんの？」

「この子ね、お祖母さんに育てられたんだけど、二週間前に姿を消してしまったの。お祖母さんはゆうべ、わたしの腕に抱かれて死んでいった。お祖母さんのために、どうしてもマーティンを見つけたいの」

スージーは厳粛な顔でうなずいた。「けっこうあるんだよね。あ、お祖母さんが誰かの腕のなかで死ぬことじゃなくて、孫を育てなきゃいけないってこと。こっちもシカゴとおんなじで、けっこうあるんだよ。きびしいよね」

写真を手にとり、じっと見た。「じかに会ってはいないけど、この子が町にきてたのは間違いない。たとえ、みんながあんたに〝ノー〟と答えてもね。噂って、まあ、そういうもんだしさ。あたしがあんたなら、ウェンジャーの夫婦に話を聞きに行くね。シュラフリーの家のいちばん近くで農場をやってる夫婦」

「保安官の話だと、半マイルも離れてて、そちらの人たちは何も見てないそうよ」

スージーはふたたびニッと笑った。「保安官たら、なんでそんなこと言うんだろ。田舎の農夫が一マイル離れた隣人の動きを把握することはないと、あんたが思ってるなら、それこそ、都会育ちのギャルだっていう何よりの証拠だね。あたしにはよくわかる。そういう農場で育ったから。噂にはコンバインを押しつぶす力もある。ところで、ほんとに探偵さんなのかどうか、まだ答えてもらってないけど」

「私立探偵なの」わたしはバッグから探偵許可証をとりだして彼女に見せ、名刺を一枚渡した。

「じゃ、V・I・ウォーショースキー、幸運を祈ってる。ランチタイムもまだこの町にいるのなら、いままで食べたこともないようなおいしいBLTサンドを出してあげよう」

スージーはわたしのランチョンマットの裏におおざっぱな地図を描き、ウェンジャー家までの道を教えてくれた。それから、マーティンの写真を入口の横のコルクボードに留めていくよう言ってくれた。わたしは中古トラクターの宣伝と、ヘアカットと新鮮野菜の交換の申し出と、ポールフリー郡干し草投げコンテストのお知らせのあいだに、スペースを見つけた。

車に乗りこんでから、スージーの地図をじっくり見た。町の東のほうだ。シュラフリー家のある方角へ進み、十字路で右折、つぎに左折して、シュラフリー家の前の道路と平行に延びる田舎道に入る。iPadで一家のことを調べるのに要した時間は一分だった。フランクとロバータ、五十代初めの夫婦。息子のウォレンは高校の最終学年で、いまも実家住まい。娘二人はすでに家を出ている。一人はセントルイス、もう一人はオハイオ州コロンブスにいる。

ウェンジャー農場へ行く前に、遠まわりをしてシュラフリー家の前を通ってみた。家のほうにも、畑のほうにも、現場保存用のテープは張られていなかった。トウモロコシの倒れた茎が、リッキー・シュラフリーの遺体を収容するために郡のヴァンが通った跡を示しているだけだった。家は無人のようだったが、ひとまわりして、板でふさがれていない窓の奥に何か動きが見えないか、たしかめてみた。保安官が誰かを派遣して、死んだロットワイラー犬を台所から運びだしてくれてればいいけれど。

ウェンジャー農場へ続く道路はでこぼこの砂利道だった。タイヤを傷めるといけないので、ゆっくり走った。小型トラックがガタガタ通りすぎてマスタングを白い土埃で覆っていくさいには、二度ほど、道路脇へ寄らなくてはならなかった。でこぼこの道を走っていくと、〝ウェンジャーの〈大草原マーケット〉はすぐ先〟という手描きの看板が見えてきた。新鮮卵、花、トマト、そして、〝気まぐれ製品〟(なんのことやら)。

左右に見えるトウモロコシは茶色くうなだれていた。深刻な旱魃がイリノイ州を襲っているしるしだ。茎のあいだをムクドリモドキとカラスが飛びかっている。収穫できそうな実はどこにも見あたらないのに。ひょっとすると、あのへんにも死体がころがっているとか……。

わたしが前回こちらにきたときは、フランクかロバータが遠くでトラクターを動かしていたが、けさの畑は無人だった。前庭に車を入れると、幸運に恵まれた。崩れかけた納屋の前にトラクターが置かれ、男性がそれを修理している最中だった。その向こうにべつの建物があり、周囲がわずかな駐車スペースになっていて、建物には大きなピクチャー・ウィンドーがあり、〝ウェンジャーの〈大草原マーケット〉〟という看板が出ていた。

　午前の半ばに仕事中の農夫を訪ねる場合はどういうエチケットに従うべきか、わたしは知らなかった。前庭を横切り、ほどほどの距離から見守った——話ができる距離ではあるが、ぴったり張りつくほどの近さではない。男性が修理しているのはトラクターの本体ではなく、それに付属している機械だった。円盤形の鋭い歯が並んだ機械。歯のひとつが折れ、男性はそれをスロットからはずそうと苦労していた。わたしのほうを見ようともせず、ハンマーでボルトをガンガン叩きつづけていた。

「手助けはいりませんか？」わたしは丁寧に尋ねた。

　男性が顔を上げた。「機械に強いのかい？」

「いいえ。でも、あなたがハンマーで叩くあいだ、ボルトを支えておくぐらいならできるわ」

「その格好で？　おしゃれな服が油だらけになっちまうぞ」

　わたしはジーンズの上にジャケットとブラウスを着ていたが、車のなかにTシャツが置いてある。車に戻り、ひらいたドアの陰で着替えをして、ジャケットとブラウスは助手席の背にかけた。男性のところにひきかえしたとき、大草原マーケットのピクチャー・ウィンドーの奥で何かが動くのが見えた。日に焼けて赤褐色の肌をした、わたしと同年代の女性が小走りで出てきた。

「学校が始まると、うちのマーケット、平日は休みなんだけど」

「マーケットが目的じゃないんです。あなたとご主人に話があって。ウェンジャーご夫妻ですね？」

「そちらは？」

「V・I・ウォーショースキーといいます。ミズ・ウェンジャーですね？」

「何か売りつけにきたの？　保険ならいろいろ入ってるけど」

男性が横から言った。たぶん、この人がフランク・ウェンジャーだろう。「ボルトをゆるめるのを手伝ってくれるって言うんだ。何か売りつけにきたんだとしても、この人を放りだすのは、修理がすむまで待ってくれ」

わたしは機械のそばにしゃがんだ。地面は乾いてかちかち、土が湿っていたときにここを通った多数の大きなタイヤのせいで、深いわだちがついていた。わたしはわだちのひとつに左右の足を入れると、ぐっと踏んばって、ウェンジャーからボルトレンチを受けとった。両腕を曲げて、二の腕で衝撃をほぼ吸収できるようにした。それでも、ウェンジャーがボルトを叩いた瞬間、手を放さないでおくには渾身の力が必要だった。ウェンジャーが五回ガンガンやったところで、ボルトがまわる感触が伝わってきた。

「よし、これでいい。あんた、見かけより力持ちだな。農場育ちかい？」

「いいえ。生まれたときから都会っ子よ。いま修理してる機械が何なのかも知らないわ」

「ディスクハローといってな、円盤形の鋤だ。トウモロコシの収穫を終えたあとで、茎を切り倒して根覆いをする作業に使うんだ。ところで、なんの用だね、都会のお嬢さん」

わたしはいちばん深いわだちの端に腰かけて、腕をさすった。「シカゴからきた探偵なの。トウモロコシ畑でデリック・シュラフリーの遺体を見つけたのは、このわたしよ」

「ここにくること、ダグ・コッセルには言ってあるのかい？」

「ええ。真っ先に保安官事務所に寄ってきたわ。もちろん、遺体を見つけて以来、電話で連絡をとりあってるし。シカゴ市内に住むリッキーの昔の仲間を捜してほしいと保安官に頼まれて、どうにか見つけだしたけど、またまたこちらにくる用ができたの。行方不明の人物を捜すことになってね」

「おれの身近で行方がわからんのは、うちの娘たちだけだが」

「えっ？」わたしがこの一家について調べたことは伏せておいた。「いつから行方不明に？」

「イースターで顔を合わせたとき以来」ロバータがとがった声で言うそばで、フランクが笑いだした。「あんたの役に立ちそうなことは何も知らないわ。それに、いまはハロウィーンの飾りつけをやってる最中だし」

わたしの手は油で汚れていたが、フランクのそばにペーパータオルが置いてあった。それでできるだけ油を拭きとってから、車にひきかえした。犬用に置いてあるタオルを一枚使って、ブリーフケースからマーティンの写真をとりだし、ウェンジャー夫婦のところに戻った。

「シュラフリーの家で暮らしてた連中のなかに、この子の母親がいたんです」写真をタオルでつまんだまま差しだした。「この子は二週間ほど前から行方がわかりません。もしかして、母親に会いにこちらにきたんじゃないかと……」

「畑をずっと見渡して、どこまで見えるか言ってみて。隣人のことで何か気づかなかったかと、わたしに質問するのは、そのあとにしてよね」ロバータが言った。

彼女が指さすほうへ目を向けると、シュラフリーの家が見えた。はるか彼方の小さな灰色の建物。人はみな、自分がお節介な噂好きだとは思われたくないものだ。都会でも、田舎でも、その点を頑強に否定する者こそ、たぶんいちばんお節介なタイプだと思うが、いまは同意の言葉をつぶやくだけにしておいた。

「このあたりの畑はおたくのものだと、コッセル保安官から聞きました。シュラフリーと仲間が薬物をあれこれ製造してるとなると、さぞ心配だったでしょうね」

「そりゃそうさ」フランクが言った。「あの家の窓が吹っ飛ばされたことが二回か三回あった。最初のときは、アルカイダの攻撃かと思ったよ。それに、犬もいたしな。一度、あっちの家まで頼みに行ったことがある。腰を低くしてな。家の裏手にある化学薬品でいっぱいのあの穴を埋めてくれって。風向きによって、こっちまで臭ってくるんだ。うちには息子がいる。そんなもの、息子には吸わせたくない」フランクはその点を強調すべく、またもやハンマーでボルトを叩いた。

「ところが、シュラフリーの家のゲートは厳重にロックされていた。呼鈴を鳴らしたが、連中は応答もせず、防犯カメラでおれの姿を見るなり、地獄の犬を送ってよこしやがった。あ、汚い言い方でごめんよ。リモコンでゲートがあくと、犬が飛びだしてきた。おれは喉笛を食いちぎられる寸前にトラックに戻った。それ以後、出かけるときはかならず、トラックにショットガンを入れていくようになった。あんたにも想像がつくと思うけどな」

わたしはシカゴに連れて帰った犬のことを考えた。もしかしたら、やはりそれほど優しい性格ではないのかも。

「コッセル保安官には話しました？」

「ええっ、口先ばっかりでなんにもしないコッセルに？」ロバータが言った。

わたしは返事をせず、期待をこめて首をかしげただけだった。

「こらこら、ロバータ」フランクがたしなめた。「ダグには話したさ。だが、この郡にあるドラッグハウスはリッキーのとこだけじゃない。ハンズヴィルの近くにも三つある」

「で、保安官はいつそれをつぶしてくれるのよ？」ロバータは夫をにらみつけた。

「保安官のほうで何か手を打ってくれてるの？」わたしは訊いた。

「無理、無理」フランクが言った。「そんなタイプじゃない」

「そう、賄賂はとらないけど、とにかく怠け者なの。ポールフリー高校でアメフトをやってたころも、あの人、タックル担当だったけど怠けてばかりだった。チームの得点数が足りなくてあんたが奨学金をもらえなかったのも、あいつのせいだからね。いまもあいかわらず怠け者だわ。精力的に活動するのは、保安官選挙で票集めをするときだけ。今日はこの人をこっちに押しつけてきたし。えっと、あんたの名前、なんていったっけ？　あ、ウォーショースキーね。シカゴにいるリッキーのドラッグ仲間の追跡だって、この人にやらせてるじゃない」

わたしは二人の口論を何分か黙って聞いていたが、コッセルが賄賂をとっていると信じるに足る言葉はいっさい出なかった。ロバータが頭にきて荒々しい足どりでハロウィーンの飾りつけに戻る前に、わたしはもう一度、マーティンの写真を差しだした。

「母親がシュラフリーの家で仲間と暮らしていたため、この子はお祖母さんに育てられたんです。お祖母さんはゆうべ、わたしの腕のなかで息をひきとりました。だからどうしてもマーティンを見つけたいんです。お祖母さんのことを伝え、彼の無事を確認するために。ディスクだかハローだか知らないけど、とにかく、あなたがこの物騒な機械を動かして――」わたしは折れた円盤を爪先で小突いた。「シュラフリーの敷地の近くで農作業をしていたとき、この子を見かけませんでした？」

フランクが妻に目を向けると、ロバータの日焼けした肌が赤くなった。夫は返事を待っている様子だったが、ロバータは、広いほうの畑で作業をしたことは一度もないと答えただけだった。「わたしの担当は、温室と、家の反対側にある野菜畑だけ。そこで〈大草原マーケット〉に出す有機野菜を育ててるの。さてと、飾りつけに戻らなきゃ。この暑さじゃ信じられないだろうけど、もうじきハロウィーンだし」

ロバータはマーケットの建物に戻っていった。これが都会の女だったら、〝あわてて逃げ去った〟と描写したいところだが、ロバータの場合は、飾りつけの場所に急いで戻っただけのことだろう。

フランクにも訊いてみたが、トラクターに乗っていると騒音と土埃がひどすぎて、周囲の様子はほとんどわからないとのことだった。「おれに言えるのは、あそこに人がしじゅう出入りしてたってことだけだ。もっとも、撃ちあいがあったあと、あの家も無人になっちまったが」

フランクはわたしに手伝ってもらってゆるめたボルトを、忙しそうにいじっていた。口を利くときもうつむいたままで、円盤形の歯に向かって話しかけているかのようだった。「マーケットも見ていくといい。ロバータの品ぞろえはなかなかのもんだぞ」

22 ゴミ捨場

ほかの小屋と同じく、マーケットの建物も木肌がむきだしの木造で、継ぎ目がところどころ腐食していた。それに対して、建物のなかはとてもすてきだった。清潔で明るく、大きな窓から、北側には畑が、南側にはウェンジャー家と納屋が見渡せる。壁面のひとつは農産物を保管するための冷蔵棚に占領されていた。残りのスペースは〝気まぐれ製品〟用で、〝地元産の山羊の乳で作ったオーガニック石鹸〟から、小鳥の巣箱、ベビー毛布、装飾過剰の植木鉢、さらには、キルト作品（ポールフリー郡産ハンドメイドという保証つき）まで、ありとあらゆる品が並んでいた。

ロバータは長い作業台の前で忙しそうに働いていた。わたしが入っていくと、ちらっと顔を上げたが、作業の手を止めようとせず、乾燥させたヒョウタンに小さな人形を押しこんでいた。横の床にヒョウタンでいっぱいの大きな籠が置かれ、ロバータの前には完成品のヒョウタンが二個並べてあった。

ヒョウタンの脇の部分が四角くカットしてあって、ロバータはそこに、大釜のまわりで踊る魔女を押しこんでいた。魔女の足もとには小さな猫とカボチャ、頭上にはコウモリに飾られた満月が浮かんでいる。

「すてきねえ」わたしは言った。「この魔女、どうやって作るの?」

「パイプクリーナーにガーゼをかぶせるの。いちばんむずかしいのは顔ね。布地に手描きなの。今週末から販売よ。いま買いたいなら、値段は八十五ドル」

わたしはシュラフリーの土地に面した窓のところへ行ってみた。ロバータがハッと息を呑む音を耳にした。ふりむくと、ロバータは窓のそばの棚を凝視していたが、あわてて作業に戻った。

棚は乾燥ハーブの束でぎっしりだったが、窓のすぐ横にブルーのベビー毛布があり、何かずんぐりした品を覆っていた。毛布をめくると双眼鏡が出てきた。手にとって畑の向こうのシュラフリー家に焦点を合わせたところ、家の裏手の荒れはてた庭が目に飛びこんできた。有毒な品々が投げこまれた深い穴、こわれたゲート、蝶番だけでぶらさがっている裏口のドア。軒下を飛びまわるスズメバチの姿まで見えた。

ロバータがわたしをにらんだ。「勝手に入ってきて、人の持ちものを調べるなんて許せない。私有財産なんだからね」

わたしは双眼鏡を棚に戻した。「頭のおかしなヤク中でいっぱいの家がすぐそばにあって、保安官はいざというときすぐ駆けつけてくれる人じゃないとしたら、わたしだって、自分で目を光らせると思うわ。誰がリッキー・シュラフリーを撃ったのか、あなた、見たんじゃない？」

日焼けした肌から赤みが消えた。「起きようとしたとき銃声が聞こえたんだけど、時間は朝の五時にもなっていなくて、この季節だとまだ暗いのよね。コーヒーを淹れようと思って一階におりたら、また銃声が聞こえたの。もちろん、フランクが言ったように、あの家からはいつも爆発音や何かが聞こえてくるけど、銃声となると、窓が割れる音とはぜんぜん違う。で、そっと家を出てこのマーケットの小屋まできたの」

ロバータはかすかな笑みを浮かべた。「フランクもウォレンも、あ、ウォレンはうちの息子で高校の最上級生なんだけど、二人とも、わたしが近所を見張るのはよくないことだと思ってる。スパイ行為だって言うのよ」

「何か見えたの？」わたしは訊いた。

ロバータは首を横にふった。「まだ暗すぎたわ。リッキーが殺されるってわかってたら、もちろん、保安官に電話しただろうけど、殺された現場はたぶん北側の畑だったと思う。そのときは銃声も聞こえなかった。うちと畑のあいだにシュラフリーの家があるから。あの朝わたしが、目にしたのは、車が走り去る光景だけだった。ヘッドライトの高さからすると、SUV車だったんじゃないかしら。きっと犯人が乗ってきた車で、侵入するときに切断したフェンスのそばに止めてあったんだわ。それを女が奪って逃げたんだろうね。だって、叫び声がして、さらに銃声が聞こえたから」

ロバータは手にしたパイプクリーナーを何度もねじりはじめた。「朝食の支度をするために家に戻ってから、フランクに話したんだけど、よけいなことに首を突っこむな、ヤク中どもが撃ちあいをしてるのなら、仲裁なんかしても向こうは感謝してくれないぞ、って言われた。まあ、フランクの言うとおりだけどね。車で様子を見に行こうかと思わなくもなかったけど、そんなことしたら、わたしまでリッキーみたいに殺されてたかも」

「ええ、おそらく」わたしはうなずいた。誰があの家を荒らしまわったか知らないが、殺されてしまった哀れな番犬より、その連中のほうが凶暴だ。

「リッキー・シュラフリーは昔から嫌われ者だったけど、わたし、リッキーのお姉さんと学校が一緒だったの。乳癌で三年前に亡くなったのよ。でなきゃ、あの家はお姉さんのものになっていたでしょうに。リッキーがあの畑に何時間も横たわり、カラスにつつかれてたことを知ったら、お姉さんがどんな思いをしたかしらね。想像しただけで辛くなるわ」

ロバータの指のなかでパイプクリーナーがこわれたが、彼女は端をねじりつづけた。「わたし、あの日は一日じゅう、向こうの様子を見てたのよ。一度、女の姿が見えた――」ロバータは不意に黙りこみ、ふたたび顔を赤くした。「あれ、あんただったのね？　なんか見覚えのある顔だと思ったわ。あそこに住んでたあの女、どうなったか知らない？　SUV車で逃げた女。町のなかは通らなかったと思う。通ってれば、誰かから噂が入ったはずだもの」

「車でシカゴまで行ったのよ。ウェスト・サイドにあるドラッグハウスへ。でも、そこからも抜けだして、母親の住む家に逃げこんだの。彼女を追ってた何者かに見つかってしまい、銃撃を受けた。でも、一命はとりとめたわ。彼女の母親が、つまり、マーティンの祖母にあたる人が娘をかばい、かわりに殺されてしまった」

ロバータの顔が気の毒そうにゆがんだ。「子供のためなら、親はそこまでできるものなんだわ。親不孝ばかりしてきた子供でも。そういう例はわたしもいろいろ知ってる」

「あそこでマーティンを見かけませんでした？」わたしはシュラフリーの家のほうを指さして尋ねた。

ロバータは新しいパイプクリーナーをとり、ガーゼをかぶせはじめた。「見たかもしれない。若い子がドラッグを買いにしょっちゅう出入りしてたから、誰がこようとわたしは興味もなかったけど、二週間ほど前、あんたの話からするとそのマーティンって子が姿を消したころだと思うけど、若い男の子がやってきて女と喧嘩を始めた。ジュディって名前だっけ？」

「格闘になったの？」

「そこまでは行ってない。何かの書類を奪いあってた。書類がぎっしり詰まった古い封筒を。若い子が女から封筒を奪い、女がそれにしがみついてた。最後はその子が封筒を手にして立ち去った」ロバータは言葉を切った。「あんたの役に立つかどうかわからないけど、家の裏に掘ってあるゴミ捨場に紙が二枚ほど落ちたようだよ」

わたしはうめいた。あんな穴にもぐりこむなんて、ぜったいいやだ。それに、あのドロドロの穴に三十分浸かっただけで、紙は溶けてしまうだろう。二週間もたってるのに、何が残っているというの？

ロバータはしばらく無言でわたしを見つめてから、パイプクリーナーを置き、マーケットの建物を出ていった。十分ほどして戻ってきた。荷物を抱えていて、それを広げてみせた。ウェストまである防水長靴《ウェイダー》、ゴムの長手袋、作業用マスク。

「うちは昔、牛を飼ってた。牛の世話は重労働だから、そのうちやめたけど。これは汚物タンクの掃除のときにわたしが使ってたもの。あんた、わたしよりちょっと背が高いけど、こういうのはゆったりめに作ってあるからね」

わたしは礼を言ったが、正直なところ、感謝の気持ちはまったくなかった。だが、あの穴に入らずにシカゴに戻ってしまったら、重要な手がかりを逃したかもしれないという思いにつきまとわれることになるだろう。サイズをたしかめるため、ウェイダーをはいてみた。ロバータの言うとおり、衣類や靴の上からはけるようになっている。ジーンズとランニング・シューズの上からはいてみたが、まだ余裕があった。

それらを抱えて車まで行くと、フランクが待っていた。「マニュアル車は運転できる？　たぶん、できるよな。うちのピックアップを使ってくれ。ウィンチがのせてある。何か重いものを持ちあげる必要が出てくるかもしれん」

わたしは目を細めてフランクを見た。「具体的に予想してることでもあるの？　たとえば、死体とか？」

フランクは笑いだした。フクロウが鳴くような、しゃがれた声だった。「いいや。だが、あの家の連中が椅子やなんかを投げこむのを、ロバータがよく目にしたからな。ああいう連中がハイになったときには、おもしろがって何を投げこむか、わかったもんじゃない」

フランクは助手席に乗りこむと、わたしがクラッチとギアを操作するのをしばらく見守った。古いトラックで、ギアがかなりすり減っていた。それでも、走りだすまでに二回エンストしてしまった。

車道の端までフランクが一緒に乗ってきてくれた。わたしの運転ぶりをチェックするためかと思ったら、そうではなく、フランクの家とシュラフリーの家にはさまれた畑を通り抜ける小道を教えようとしたのだった。

「今年は日照りでトウモロコシの出来がさんざんだったから、べつに神経を遣う必要もないんだが、畑というのは、脇にかならず小道がついている。作物を傷めることなく農作業の道具を運べるようにな。その道をたどっていけば、シュラフリー家の裏のフェンスに出る。リッキーを殺した連中の手で、フェンスが大きく切りとられてるから、トラックに乗ったまま入っていける」

フランクはグローブボックスから古いレシートをひっぱりだし、短くなった鉛筆を見つけた。「おれの携帯番号を書いておこう。トラックごと穴に突っこんだりせんよう気をつけろよ。ウィンチがのせてあるからな。何か厄介なことになったら電話してくれ。あの可愛いマスタングのキーを置いてってもらおうか。そうすりゃ、すぐ駆けつけられる」

わたしはフランクが教えてくれた小道をガタゴトとトラックで進み、シュラフリー家の裏のフェンスにあいた隙間を通り抜けた。ずっしりと重いゴムの装備一式を身に着ける前に、銃をとりだして家のなかをひとまわりした。恐怖に襲われることも、びくびくすることもめったにないわたしだが、家に入るにはかなりの勇気が必要だった。思いきって台所の敷居をまたいだときには、じっとり汗をかいていたが、ロットワイラーの死骸は消えていた。わたしの目に入ったのは、何匹かのゴキブリと、あけっぱなしのドアから入りこんで居間の照明器具の上で巣作りをしたムクドリのつがいだけだった。

玄関ドアの錠をかけた。こうしておけば、誰かがわたしの邪魔をしようとしても、玄関ドアを叩きこわすか、家の横をまわって隙間のできたフェンスまで行くしかない。銃をトラックの床に置き、ドアをひらいてその陰でウェイダーをはき、ずり落ちないようにサスペンダーを肩にかけてしっかり留めた。ロバータが貸してくれた長手袋をはめた。日照りのおかげで、穴の底は大部分が乾燥していた。その点だけは助かった。しかし、ウェイダーは脱がないことにした。足先だけはどうしてもぬかるみに沈んでしまうし、エーテルや、排水管クリーナーや、その他の不快な薬剤のスープから、わたしの脚を守りたかったからだ。

犯行現場をざっと見てまわった誰かが、ロットワイラーの死骸を、わたしが犬にかけておいたタオルごと穴に投げこんでいた。昆虫が肉の部分をほぼ食い尽くしていた。フランクのウィンチを使って犬を吊りあげようとすると、被毛と骨がフックからはずれてしまった。「あとでちゃんと埋葬してあげる」犬に約束した。「フランク・ウェンジャーの喉笛を食いちぎろうとしたのだって、飼い主を喜ばせたかっただけだものね。あんな連中になついてしまったのが、きみの不運だったんだわ」

マスタングからペットボトルの水を持ってくるのを忘れてしまった。九月の太陽のもとに出て一時間もすると、頭のなかはもう水のことばかりで、悪臭や毒物は気にならなくなっていた。

午前中の時間がすぎていくなかで、ガラスの空き瓶やエーテルの缶をいくつも穴からひっぱりだし、ポーチの下で見つけた大判の防水布を満杯にしていった。フランクの言ったとおり、シュラフリーの家で暮らしていた連中は、椅子（二脚）、ツーバイフォーの木材（十一本）、ビール樽（三個）、ドレッサー（一台）も投げこんでいた。

庭についていたホースで頭と首を何度も冷やしたが、この水を飲む気にはどうしてもなれなかった。一時半ごろ、ロバータのウェイダーと長手袋を脱ぎ、ポールフリーの町までトラックを走らせた。町はずれのコンビニに寄って、一ガロン入りの水のボトルを二本買った。車のなかで休憩しながら水を飲んでいたとき、〈レイジー・スーザン〉のBLTサンドのことを思いだした。塩分バランスを回復するのにうってつけだ。

昼どきの混雑はすぎていて、カウンターには客がほかに一人いるだけだった。

「BLTでいい？」スージーが訊いた。「死の穴のほうはどんな具合だい？」

「そこまでお見通しなのは、わたしが化学薬品のラボみたいな臭いをさせてるから？」

「このポールフリーでは、誰がどこで何をしてるのか全員が知ってるってことを、あんたに教えてあげたかったんだ。ポテトかコールスローを一緒にどう？」

コールスローを選んだ。ヘルシー志向だからではなく、作業に戻ったときに、澱粉質で胃が重くなっていると困るからだった。スージーのBLTは自慢どおりのおいしさだった。これまで食べたなかで最高だった。スージーが淹れてくれた薄いコーヒーを一杯飲んで、スツールから立ちあがった。〈ハーブの金物屋〉までの道を教えてもらい、そこで防水布をさらに何枚かと、目の細かい熊手を買った。

ドラッグハウスに戻ってから、熊手を使って穴の底を浚った。腐った葉をどっさり拾いあげた。それを熊手で選り分けると、注射器、煙草の吸殻、KFCの容器とピザの空き箱が一ダースほど、大量のコンドームが出てきたが、書類はなかった。少なくとも、紙だとわかる状態のものはどこにもなかった。

それから、人間の骨もなかった。午後じゅう、汚物をかきわけながら、マーティンの痕跡が見つかるのではないかと恐れていたのだ。

長手袋をはずして、一ガロンボトルに入った二本目の水を飲みほした。重労働と塩分不足で腕も脚もふらついていた。ウェイダーを脱いでから、小型トラックにもぐりこんで、助手席の背をめいっぱい倒した。ぐったり横になり、ダッシュボードに足を上げて、少なくとも、コンドームに至るまでとことん調べつくしたことを納得したうえでシカゴに戻れると思った。

車の警笛でハッと我に返った。いまいる場所を思いだし、反射的に銃に手が伸びた。フランクとロバータがわたしのマスタングをシュラフリー家のフェンスの外に止めていた。あわてて、銃をトラックの床に戻した。

「こんなにくたびれた抜け殻みたいな探偵さんを見たのは、生まれて初めてだ」フランクが言った。「心配になって様子を見にきたんだ。それと、息子のウォレンが今夜、アメフトの試合なんでね。応援に行くのにトラックが必要なんだ。あんたの車を貸してくれるというんなら、話はべつだが」

わたしはトラックの脇へ脚をおろし、慎重に地面におりた。脚はまだふらついていたが、少なくとも、身体を支えきれなくなることはなかった。「あの汚物の山を全部調べてみたけど、マーティンが母親と奪いあっていたという書類らしきものはどこにもなかったわ」

フランクは三枚の防水布に積みあげられた品々を調べた。「拾えるものは残らず拾いあげたようだな」

「これも捨ててあったの？」ロバータがドレッサーのそばまで行った。「アグネスが使ってたものだわ。アグネスというのはリッキーとジャニスのお祖母さんで、リッキーにこの家を遺した人。このドレッサーは先祖代々大切にしてきた品だったのよ。アグネスの曾祖母にあたる人が、一八四〇年代に一家でイリノイ州に越してきたとき、これも一緒に持ってきたの。そして、自分の祖母のそのまた曾祖母にあたる人が一七五〇年ぐらいにドイツからペンシルヴェニアに運んできたんだと、いつも言ってたそうよ。やだ、ひどいわ。美しい象嵌細工が全部はずされてる。引出しの取っ手も。金細工だったのに。たぶん、リッキーがはずして売り飛ばし、ドレッサーを投げ捨ててしまったのね。値打ちがなくなったから」

フランクが妻に近づき、腕をまわした。「家に持って帰って、修復できないかやってみよう」

フランクは小型トラックの運転席のうしろから毛布を探しだして、荷台に広げた。彼がドレッサーを抱えあげたとき、引出しがいくつか抜け落ちた。わたしはそれを拾おうとするロバータを手伝うために駆けよった。すると、二個の引出しの底に紙がくっついていた。裏庭の乾ききった土の上で引出しを裏返して、じっくり調べてみるため、お尻が痛いのを我慢してしゃがんだ。

排水管クリーナーに長期間浸かっていたせいで、紙はかなり傷んでいたが、よく見ると、何枚かくっつきあっていた。いちばん上には、未払いの請求書の断片、ピザハットの広告をちぎったもの、ポルノ雑誌から破りとったと思われる色褪せた写真などがあった。ロバータが手を伸ばしてそれをひきはがそうとしたので、わたしはあわてて彼女の手の届かないところへ引出しを遠ざけた。

「ピンセットか何か必要だわ。でないと、下のほうの紙が破れてしまう」

ロバータの砂色の眉が驚きに吊りあがったが、「うちの作業場までひとっ走り行ってくるわ。小さな道具がいろいろそろえてあるから」と言った。

トラックに乗りこんだロバータが、床にころがっているわたしの銃に気づいた。「弾丸をバンバン撃ちながら、あの穴に捨てられたゴミのあいだを進むつもりだったの？」

わたしは照れ笑いを浮かべて、彼女から銃を受けとった。「この前、リッキー・シュラフリーの遺体とあの哀れな犬を見つけたでしょ。わたし、ゴミの穴のなかでは死にたくなかったの」

23　トランク・ショー

小さな装飾品作りの経験を積んでいるロバータなので、脆い品を扱う手つきは危なげがなかった。一時間もかからずに、二つの引出しから見つかった紙のほとんどをはがし、作業場から持ってきた清潔なプラスティックシートの上に並べおえた。

マーティンと母親の口論をひきおこしたと思われる品はわずか二つだった。ひとつは引出しの底にべったり貼りついているため、無理にひきはがす危険は冒せなかったが、見た感じでは古い預金通帳のようだった。

拡大鏡で見てみた。「住所はリンカーンなんとかみたい」

ロバータがわたしの肩越しにのぞきこんだ。「リンカーンウッド？」

「かもしれない。ジュディ・バインダーが育った家の近くだわ。ジュディの通帳か、もしくは、母親のか」

放射能研究所で撮影されたマルティナの写真を見たときの、キティ・バインダーの叫びが思いだされた。ジュディがその写真と一緒に、キティの真珠のイヤリングと現金を盗んでいったという。もしかしたら、母親の通帳も盗みだして、口座のお金をすべてひきだしたのかもしれない。

わたしの注意を惹いたもうひとつの品は公文書のコピーで、ところどころ黒く塗りつぶされていた。ロバータと二人でのぞきこんだ。ヘッダーの部分は〝テク……カル・サー……局、……監……官……〟つぎに〝合衆国商……省〟日付は判読不能。

「テクニカル・サーバーズ？」わたしは自信のないまま言ってみた。

「サービスじゃないかしら」ロバータが言った。「うちにも商務省から通知が届くから。これはたぶん、書類の三行目だと思う」

納得できる意見だ。しかし、〝……監……官〟の部分が意味不明だった。残りの部分も二人で検討してみた。ところどころ黒く塗りつぶされているうえに、洗浄剤によるダメージがひどく、きれぎれにしか読みとれなかった。

〝インス……市……携わって……化学エンジニア……地下実……おりまし……博士が……となったのは……研究を続けるために……核爆弾……大々的な施設も含……労働と寝食をともに……また〔黒く塗りつぶされている〕目にすることも……〟

フランクが咳払いをした。「あと四十分でキックオフだ。そろそろ片づけたらどうだ？」

ロバータとわたしはしぶしぶ立ちあがった。ところどころ黒く塗りつぶされた書類も含めて、はがした紙をプラスティックシートの上に並べたまま折りたたみ、シートを保護するために引出しのひとつに入れた。預金通帳が底に貼りついたままの引出しは毛布でくるんだ。両方をマスタングのトランクに入れた。

ロバータに文句を言われた。「その引出しもアグネスのよ。新しい取っ手をどこかで見つけてきて、わたしの手で修復したいんだけど」

「かならず返却するわ」わたしは約束した。「書類をシカゴの法医学研究所に持ちこんで、公文書の内容をもっと解明できないか、あるいは、通帳を復元できないか、頼んでみるつもりなの」

ロバータは不満そうな渋面になったが、フランクが妻に腕をまわした。「ロバータ、このシカゴの探偵さんが一日がかりで穴を浚ってくれなかったら、ドレッサーは腐りはててたことだろう。ところで、探偵さん、あんたのその格好ときたら牛の死骸よりなおひどい。今夜のうちに車でシカゴに戻る気でいるなら、あと二、三回考えなおす必要があるぞ。モーテルを見つけてシャワーを浴びたほうがいい。そうだ、高校のアメフト試合に行ったことはあるかい？」

「わたしがやってたのはバスケットなの。いとこはアイスホッケーだったし」

「じゃ、こうしよう。町の反対側にあるモーテルに部屋をとって、うちの息子がハンズヴィルとプレイするのを見にくるんだ」

どうすべきか考えようとして目を閉じたとき、世界がまわりはじめた。わたしの外見もこの感覚に近いなら、〝牛の死骸よりなおひどい〟というのは遠慮がちな表現と言っていいだろう。

〝ポールフリー・パンサーズ〟とプリントされたTシャツを、ロバータがバッグからひっぱりだした。「これ、貸してあげる。シカゴに戻ってから洗濯して、送りかえしてくれればいいから」

わたしはすなおに受けとり、夫婦のトラックのあとについて町まで行った。フランクが警笛を鳴らして高校のスタジアムを指さし、つぎに、モーテルへ続く道を教えてくれた。モーテルにチェックインして、ひどい汚れをシャワーでざっと洗い流したわたしは、このまま横になって眠ってしまいたいと思ったが、フランクもロバータも今日一日、わたしのために大いに骨を折ってくれた。疲労困憊の身体をフットボール・スタジアムへ運び、ウォレン少年のプレイを応援するのが、せめてもの恩返しというものだ。

結論としては、出かけて正解だった。太陽が沈むと、九月の大気はひんやり涼しくなった。観客は騒々しいが、みんな気さくだった。観客のなかを通り抜けてフランクとロバータの席まで行くあいだに、わたし自身が余興の一部になっていることを知った。

農作物の旱魃被害にあえいでいる町では、リッキー・シュラフリーの遺体だけでなく――いなくなってくれてホッとした、というのが町民全体の思いだが――埋もれていた宝物まで見つけた探偵となれば、テレビのミステリドラマよりおもしろい。ハーフタイムには、フランクがピザを買う列に並んでいるあいだに、ウェンジャー夫婦の友達が十五人から二十人ほどやってきて、ゴミ捨場を浚った話をわたしからじかに聞こうとした。金細工の取っ手が消えていたという話を、ロバータが嬉々としてつけくわえた。

試合のあともしばらく居残って、息子のウォレンに紹介してもらった。試合中は律儀に彼に声援を送った。ウォレンはミドル・ラインバッカーで、ボールをインターセプトしたものの、ファンブルしてしまった。後半のフィールドゴールでハンズヴィルに敗北を喫したが、ウォレンは父親と同じく陽気な子で、家族のところに顔を出してから、チームメイトと一緒にバーガーを食べに出かけていった。

モーテルに戻ったわたしは、寝る前にまず、チェヴィオット研究所へメールを送った。ここはわたしがいつも利用している民間の法医学研究所。明日、シカゴに戻ったら、引出しと文書の断片を届けに行くつもりだった。日曜出勤のスタッフが受けとって安全に保管してくれるだろう。

iPadのアプリを〈ミッドナイト・スペシャル〉にして、シカゴのWFMTを流すうちに、自宅に戻ったような気分になれた。ゴードン・ボクが歌う〈ゴールデン・ヴァニティ〉を聴きながら眠ってしまった。眠りのなかでもその旋律が流れていて、ここしばらくわたしにつきまとって離れなかった悪夢ではなく、楽しい夢が訪れてくれた。

目がさめたのは脚の痛みのせいだった。足先から向こう脛にかけて痛みが走った。ふくらはぎをマッサージしていると、駐車場のほうで物音がした。午前四時十八分、土曜日はすべてのバーが午前零時に閉店してしまう町で、妙な時刻にモーテルの部屋に戻ってくるものだ。カーテンの隙間からのぞいてみた。男が二人、わたしのマスタングのトランクにバールを叩きつけていた。

わたしはあわててジーンズとTシャツを着ると、銃をとり、靴を捜すのは省略して廊下に飛びだした。廊下を走って駐車場に面したドアまで行き、男たちの姿が見えるよう細めにドアをあけた。

二人は一瞬動きを止め、つぎの瞬間、さらに猛烈な勢いでわたしの車に襲いかかった。わたしは裸足で駐車場へダッシュしたが、こちらが車にたどり着く前に、男たちがトランクをあけていた。引出しをつかむなり、自分たちの車のほうへ駆けだした。と、そのとき、紙類を包んだプラスティックシートが舗装された駐車場に落ちた。わたしのほうが先に駆けよったが、悪党の一人があわてて戻ってきて奪いとろうとした。途中で紙が破れてしまった。

銃の握りで相手の顎をぶちのめしてやった。男は両手で顔を押さえ、痛みに絶叫した。男の仲間はすでに車に乗りこんでいて、男を拾おうとターンしてきた。わたしは男の肩をつかんで離すまいとしたが、男はその手をふりほどいて車のなかに逃げこんだ。

マスタングのキーを出そうとジーンズのポケットを探ったものの、ルームキーと靴と一緒に部屋に置いてきていた。車のトランクがこじあけられ、空っぽになっていた。車の種類がダッジチャージャーであることだけはわかったが、格闘に気をとられて、ナンバープレートを確認する暇がなかった。

ドアのところに何人かが姿を見せて、大声で好き勝手に質問をよこした。わたしはスミス&ウェッスンを背中にまわし、ジーンズのウェストに押しこんだ。

「何者かがわたしの車をこじあけようとしてたの。わたしが大声を上げたら、バールを落として逃げてったわ」

泊まり客たちはわたしの横を通りすぎ、自分の車の被害を調べに行った。わたしのほうはフロントデスクへ行った。夜勤のフロント係を叩き起こすのがひと苦労だった。事の顛末を伝え、侵入者を追い払おうと焦ったせいで自分の部屋に入れなくなったことを説明した。

フロント係の女性から、身元を証明するものを見せてほしいと言われたが、それも部屋のなかに置いてある。ようやく、部屋まで一緒にきてドアをあけることを承知してくれた。女性はドアのところに立ち、室内に何があるか説明するよう、わたしに言った。

「クロゼットのハンガーにベージュのジャケットと、ローズピンクのシルクのシャツがかけてあるわ。デスクに置いたブリーフケースにはiPadと財布が入ってて、iPadのロックをはずすパスワードもわかってる」

寝ているところを叩き起こされたフロント係は、徹底的に調べてやろうという気になっていた。わたしがiPadのロックをはずすのを見守ってから、保安官に電話をするためデスクへ戻っていった。ちなみに、iPadからは、今夜の雰囲気にまったくそぐわないことだが、ハイドンのソナタが流れていた。

夜勤の保安官助手は、これまで一度も会ったことのない男性二人で、マスタングのところでわたしと落ちあった。わたしはその前にシルクのシャツとジャケットに着替え、銃をタック・ホルスターに入れておいた。部屋のなかを見まわして、自分の所持品を再確認した。たいした量ではない。iPad、携帯。それらをブリーフケースにしまった。ピッキングツールなどのこまごました品と一緒に。

車のトランクから何を盗まれたかを保安官助手たちに説明したが、こちらの予想と違って、二人は目をむくことも、ぽかんとした視線をよこすこともなかった。

「あ、そうか。あんた、シュラフリーのとこで埋蔵品を見つけたシカゴの探偵さんだね。なあ、どれぐらい価値があるんだい？」背の高い年上のほうの保安官助手が強引に顔を寄せてきたので、仄暗い照明のなかでバッジの名前を読むことができた。ハーブ・アッシェンバッハ。

「なんの価値もないと思うわ。ロバータ・ウェンジャーにとってなつかしい品だというだけで。そのドレッサーはかつて、アグネス・シュラフリーが使ってたものなの」

「おれたちの聞いた話と違うな」ハーブが言った。「金細工がどうとかって噂だったぜ」

わたしはためいきをついた。「ミズ・ウェンジャーの話だと、引出しの取っ手に金が使われてたそうなの。誰かがその噂を広めれば、たぶん、金塊の山が見つかったってことになっていくんでしょうね。でも、わたしが見つけたのは、チキンの骨と、エーテルの缶と、タンポンだけだったわ」

期待どおり、〝タンポン〟という言葉を聞いて、ハーブはわたしからあとずさった。「とにかく、何を捜してたんだ？　なんで引出しを持ち去ったんだ？」

「ここで犯罪を起こしたのはわたしじゃないのよ。こっちは被害者よ。犯人はダッジチャージャーで逃走したわ。最近の家宅侵入事件にも同じ車が関係してないか、少し調べてみたら？」

保安官助手二人はギクッとした表情になり、顔を見あわせた。そのダッジを知っているようだ。

「あんたが何か捜してたことは間違いない」若いほうの保安官助手が言った。「シュラフリーの家の裏にあるあの穴を、われわれも見に行ってきた。ずいぶんきれいに浚ったもんだな」

「わたしのやってることを何もかもご存じのようだから、マーティン・バインダーという若者を捜してることも、ジェニー・オーリックから聞いてるはずね。マーティンは二、三週間前、シュラフリーの家にやってきた。そのとき、穴のなかに紙を落とした可能性があり、それを見つければ、マーティンのその後の行き先について何かわかるかもしれないと思ったの」

「おれに言わせりゃ、骨折り損のくたびれ儲けってやつだな」ハーブが言った。

「反論できないわね。たいした収穫もなかったうえに、車のトランクまで叩きこわされてしまった。そうだわ、朝になったら――あ、もう朝だけど――ミズ・ウェンジャーからもきのうのことを聞いてちょうだい」

モーテルの裏口から夜勤のフロント係が出てきた。「カイル、神経質になってる泊まり客に集まってもらったわ。みんな、自分たちの車も叩きこわされるんじゃないかって心配してる。あなたのほうから話をしてくれない？」

カイルとハーブは顔を見あわせ、マスタングを見て、それからうなずいた。

カイルが言った。「わかった、ティナ、すぐ行く。さてと、あんたの役には立てそうもない。まあ、トランクのロック部分に粉をはたいて指紋を検出するぐらいはできるが、テレビの刑事ものじゃないんだから、はっきり言って、時間の無駄だね。報告書を書いて、保安官事務所の仲間のほうへも、ひきつづき警戒するよう伝えておこう。引出しのことが誰かの耳に入るかもしれんからな。おそらく、ゆうべの試合のときに噂を聞いた誰かが、あんたが金塊を掘りだしたとでも思ってのぼせあがり、横どりしに出かけたってところだろう」

ハーブがつけくわえた。「朝になったら、ジェニー・オーリックをウェンジャーの家へ行かせて、ロバータがほかに何か覚えてないか探ってみよう。あんた、こっちにいつまでいる予定だい？」

「長居するつもりはないわ」

「シカゴに戻る前に、保安官事務所に寄って被害届にサインしてくれ。いいね？　それから、この管区を離れるときは、かならずこちらに連絡すること」

「了解」

二人がティナのあとからモーテルに入るのを、わたしは見守った。バールの端をつまんで拾いあげ、マスタングのトランクに入れた。指紋もDNAもたぶん見つからないだろうが、やってみなければわからない。悪党どもにトランクのロックを破壊されたため、蓋がきちんと閉まらない。パカッとあくのを防ぐには、バンジーコードを巻きつけるしかない。

わたしも保安官助手たちと同じく、何をしようと役に立ちそうもないと思った。たとえば、被害届にサインするとか、この管区を離れるための許可を得るとかいったことも。運転席の横に銃を置き、車のライトをつけずに、駐車場の裏口からそっと抜けだした。モーテルから充分に離れてから、一度だけｉＰａｄのスイッチを入れ、シカゴまでのルートを検討した。昔の州の街道と郡道を走ることにした。疲れと脚の痛みが残っているので、夜明け前のインターステートを時速八十マイルで飛ばす気にはなれなかった。また、尾行の有無も確認したかった。

ヘッドライトに照らされて、アライグマ、キツネ、ネズミに似た動物など、夜行性の生きものがあわてて逃げていく。ときおり、トラクターが轟音とともに道路を横切り、畑沿いの小道のひとつに消えていく。日の出までまだ二時間あるが、通りすぎる農家の多くにはすでに明かりがともっていた。

悪党どもの狙いが埋蔵されていたお宝にあったとは思えない。ロバータとわたしが見つけだした、字のぼやけた書類を手に入れようとしたのだろう。ジュディ・バインダーと息子が何かの書類のことで争っていたと、ロバータは言った。双眼鏡で二人を見ていたが、話の内容までは聞こえてこなかったという。キティ・バインダーの住まいに侵入した犯人は、家のなかを荒らして――いったい何を捜していたのだろう？

シートの上でもぞもぞと腰をずらし、アクセルを踏んでいる脚をさすった。難解な謎を求めるあまり、明白な事実を見落としているのでは？　ジュディとマーティンは麻薬の常用癖をめぐって口論していたのかもしれない。母親が自分ではなくコカインと覚醒剤を選んだことにマーティンが腹を立て、二人で言い争いになったのかもしれない。リッキー・シュラフリーのことにしても、あの殺しには麻薬業者の仲間割れの特徴がすべてそろっている。そもそも、麻薬業者というのは、激しやすい荒くれ者ぞろいだ。郡内にはドラッグハウスがいくつもあると、ロバータとフランクが言っていた。ほかでドラッグを密造している連中が、アメフト試合のときに、わたしが何か見つけたことを耳にしたのかもしれない。埋蔵されていたお宝という話を苦もなく信じたことだろう。

だが、この推理が正しいとしても、大きな疑問の答えはまだ出ていない。マーティン・バインダーはどこへ消えたのか。

24　期限切れ

ラシーヌ・アヴェニューのわが家に帰り着いたのは、もう夜が明けるころだった。早寝早起きが災いして、頭がふらつき、目の下にはくまができていた。

ミスタ・コントレーラスはすでに起きて、台所でせかせかと動きまわっていた。わたしはドレッサーの引出しが窃盗被害にあったことまで含めて、きのうの騒ぎを老人に話して聞かせた。ずいぶん長い話になってしまった。なにしろ、向こうがしょっちゅう口をはさんできたから。ひとつには、わたしが大丈夫かどうかをたしかめるため、もうひとつには、警護役として連れていってもらえなかったことに憤慨しているせいだった。

こちらがひたすら我慢してようやく話を終えたあと、老人はわたしにくっついて湖まできた。わたしは二匹の犬と一緒に沖合いのブイまで泳ぎ、水の上にしばらく浮かんで、カモメの追いかけっこを見守ったが、そのうち身体がひどく冷えてきたので、あわてて岸に戻らなくてはならなかった。水のなかの一時間は、ある意味で、ベッドのなかの一夜より疲れを癒す効果があった。ただし、あくまでも、ある意味で。

アパートメントに戻り、ミスタ・コントレーラスと一緒にフレンチトーストを食べながら、窃盗事件について議論した。金細工を手に入れようとしたヤク中？　それとも、書類を捜しまわっている邪悪な何者か？

わたしはふたたび、ジャリ・リュウのTシャツにプリントされていた神とデータについての引用を思い浮かべた。わたしが持っているデータは、盗まれた二個の引出し、シカゴの北西端にあるリンカーンウッド地区の銀行のものとおぼしき通帳、そして、テクニカル・サービス局からの報告書。

ミスタ・コントレーラスの皿洗いを手伝ったあと、自分の住まいに戻って、ノートパソコンで少し調べものをした。商務省のサイトを見てみたが、テクニカル・サービス局という部署はなかった。ロバータとわたしがヘッダーの解釈を誤ったのかもしれない。そもそも、こちらの推測にすぎないのだから。

目を閉じ、呼吸をゆっくりにして、ところどころ黒で塗りつぶされているぼやけた文字の並ぶページを頭に浮かべようとした。〝核爆弾〟という言葉があった。〝化学エンジニア〟という言葉も。氏名を黒く塗りつぶされた人物は、何かを〝目にすることも〟なかった。

〝インス……市〟。あとは何も思いだせない。

〝インス……市〟で検索してみた。検索結果の二ページ目に〝インスブルック〟が出てきた。インスブルックはオーストリアにある。マルティナ・ザギノール、ロティ、キティ・バインダー、マルティナの教え子だったゲルトルード・メムラー、全員がオーストリア出身だ。そして、シカゴ大学の若い司書の話によると、第二次大戦中、ナチの軍部がインスブルック近郊で原子炉を建設しようとしていたらしい。これはいけそうだ。

《科学と戦争ジャーナル》に、インスブルックにおける兵器開発についての記事が出ていた。

原子を爆弾に変えるには核分裂の連鎖反応が不可欠だが、はたしてそれが可能なのか、一九四〇年当時は誰にもわからなかった。連鎖反応を起こせるかどうかを見るため、ドイツのハイゼンベルクやアメリカのフェルミのような物理学者が原子炉の建設をおこなった。わたしたちみんなが知っているように、フェルミは成功した。ハイゼンベルクは失敗に終わった。

日本とイギリスも核爆弾を開発しようとしていた。わが国の歴史の本にはいっさい出てこないことだが。世界じゅうの軍事作戦室が、最大多数の女性、子供、男性、犬、木々を消し去るために、もっとも破壊的な方法を探し求めていた。

ヘルタ・ゾルネンの話だと、マルティナは戦時中、兵器開発の研究に従事させられていたという。その場所がたぶん、インスブルックだったのだろう。これがなんの証拠もない勝手な憶測であることはよくわかっているが、マーティンはひょっとすると、マルティナに関する情報の開示を求めたのではないだろうか。いや、それは考えられない。マルティナは終戦の前に死亡している。合衆国には、彼女に関するファイルはないはずだ。マーティンが彼女のことを調べたければ、むしろ、ホロコースト博物館に頼っただろう。きっと、ゲルトルード・メムラーのことを調べていたのだ。マルティナの教え子で、ナチ党員から反核活動家に転向した女性。冷戦について書かれた本のなかで、メムラーのことを知ったのだろう。

しかし、マーティンが情報公開法を通じて手に入れたのが商務省の文書だったのなら、母親と奪いあったとは考えにくい。それを母親に見せに行き、メムラーかマルティナについて何か知らないかと問い詰めたのかもしれない。キティに尋ねたとしても、マルティナにも科学にも敵意を抱いていたキティのことだから、答えをはぐらかしたに違いない。そこで、マーティンは母親に最後の希望をかけたのだろう。ドラッグで頭の混乱した母親ではあるが、何か知っているかもしれないと思って。

これもまた推測。バインダー関係のわがファイルは、〝無益な推測〟の分がすでに五ページにも及んでいる。

通帳のほうが期待できそうだ。昔ながらの通帳、インターネットの時代よりはるか以前のものだ。わたしにも通帳に関する思い出がある。毎週、母と一緒にスティール・シティ銀行へ出かけ、母が音楽のレッスン料としてもらった二十五セント硬貨の山を大切そうに窓口に差しだすのを、じっと見ていたものだった。銀行の窓口係が硬貨を数え、合計額を通帳に書きこんでくれる。わたしのお気に入りは、書きこまれた金額の横に押される赤い日付のスタンプだった。

リンカーンウッドにある銀行の古い通帳はたぶんキティのもので、ジュディが盗みだしたのだろう。キティがサウス・サイドに押しかけて大騒ぎしたときに、彼女の沈黙を買うためにベンヤミン・ゾルネンがその通帳を作ったとも考えられる。強引な推理ではあるが、心をそそられる。

上質のパンツとニットのトップに着替え、赤と金色のスカーフを巻いて、アパートメントを出た。最初に寄ったのは、いつも利用しているローレンス・アヴェニューの自動車修理工場。日曜日なのに、工場には、この地球上でもっとも陰鬱な修理工と言うべきルーク・エドワーズがいて、トランスミッションを分解していた。ルークがトランクに向けた表情からすると、わたし自身がバールでロックを叩きこわしたと思ったかのようだった。

「なんでこういうことをするんだ、ウォーショースキー？」

「ときどき癇癪を起こして、自分の車に斧を叩きつけたくなるの。修理に何日ぐらいかかるかしら」

「交換部品が見つかるまでの日数次第だ。かなり古いマスタングだからな、いまのものとは部品が違う。フォードに注文すればすむってものではない」

「でも、枝をいくつか揺すって、何か落ちてこないか見てくれるわね？　トランクがあいたままだと、ドアがロックできないの。トランクがこわれた状態で、ドアにアラームをつけることはできる？」

ルークはわたしが思わずすくみあがりそうな視線をよこした。「無駄だ、ウォーショースキー。誰だってトランクから車内にもぐりこめる。アラームがなんの役に立つ？　来週、こっちから電話する。昔のトランザムとは違うが、この車だってもっと大事に扱ってもらいたいね」

わたしはルークにパンチを見舞うかわりに凄みのある笑顔を向け、それからゴールド・コーストへ車を走らせた。ヘルタ・ゾルネン・コロンナが住むアパートメントの向かいに車を止めて、そこからヘルタに電話をした。

「ミズ・コロンナ、V・I・ウォーショースキーです。先週お会いしましたね」

「会った？　いきなり押しかけてくるのが〝会う〟ということなの？」

「今日も押しかけることにします。お父さんがキティ・バインダーのために預金口座を作ったことが判明しました。それについて話しませんか？」

ヘルタは一瞬沈黙したが、やがて、声をひそめて言った。「何が目的？　わたしからお金を巻きあげようというの？」

「いえ、違います。わたしがほしいのは情報だけです。そちらにお邪魔して、じかにお話しできません？　それとも、電話でこのまま話を続けます？」

「うちのそばにいるのね」ヘルタは叫んだ。「やめてよ、そういうことは！」

「ミズ・コロンナ、あなたを苦しめるつもりはないし、あなたの秘密を世界じゅうに暴露するつもりも、もちろんありません。でも、お父さんとキティ・バインダーのあいだに本当は何があったのかを話してもらえれば、昔の亡霊を安らかに眠らせることができるかもしれません」

「父とキティ・バインダーのあいだには何もなかったわ」

「リンカーンウッドの銀行に作った口座の件は？」

「どうしてそれを――い、いえ、何が言いたいの？」

「お邪魔させてもらいます。電話でこんなやりとりを続けるのは大変ですから」

わたしは車のハザードランプをオンにしてから、ヘルタが住む建物の入口まで歩いた。ドアマンがわたしの来訪を告げるため、ヘルタに連絡した。不承不承といった感じで。せっかく身なりを整えてきたのに、最初の訪問のときと同じく、信頼できる人間には見えなかったようだ。

ヘルタが片手を喉にあて、住まいの玄関先で待っていた。杖を手にし、それに重そうにもたれてわたしを居間に招き入れた。同じく重そうなためいきをつきながら。彼女が白いカウチに慎重に腰をおろしたところで、わたしは今日もまた、チューブラー・チェアをひっぱってきた。

「銀行口座のことを知ったのはいつでした？」

「父が死の床にあったときよ」ヘルタはつぶやいた。「母の手助けをするために、わたしは週に二回か三回、ハイド・パークの実家へ行っていたの。ジュリアスはなんの役にも立たなかったわ。あなたもお会いになったでしょ。あのころはもう、自分の部屋にひきこもってギターを弾き、煙草を——マリワナ煙草をすうだけになっていた。父のベッドのシーツを交換するときだって、母が父を抱きおこさなきゃいけないのに、おりてきて手伝うこともなかった」

ヘルタの話は昔の嘆きのほうへそれていった。何か話しにくいことがあって、それを避けようとしているのだろう。わたしは身じろぎもせずにすわりつづけた。でしゃばりな人間であることをやめ、この部屋に飾られた写真のひとつになって、ひたすら耳を傾けた。判断を下すつもりはなかった。

「ある日の午前中、母が食料品の買物に出かけたときに、わたしの助けが必要だと父が言ったの。銀行口座の管理を頼んできたのよ。ただ、母にも、ジュリアスにも、姉のベティーナにも内緒にしてほしいって」

「内緒にしておきたい理由を、お父さんはおっしゃいました？」

「ジュリアスに話せば、そのお金を手に入れようとするだろうし、ベティーナは母に話すだろうと思ったのね。母はケーテ・ザギノールにまつわる噂にさんざん苦しめられてきたから、父も母にはそれ以上辛い思いをさせたくなかったのでしょう。ザギノール一家に悩まされることは二度とないって、母に思わせておくほうがいいでしょ」

「口座をひらいた理由について、お父さんは何かおっしゃってました？　お父さんとマルティナ・ザギノールに関する噂が、あくまでも噂にすぎなかったのなら……」わたしは意味ありげに声を落とした。

「もちろん、ただの下品な噂ですとも」ヘルタは腹立たしげに言った。「戦時中にマルティナがウィーンに残るしかなかったことを、父は申しわけなく思っていたの。戦後になって、マルティナ・ザギノールがどうなったかを知ったとき、その死を悼む気持ちから、彼女の娘のために何かせずにはいられなくなった。わたしは文句を言ったわ。何もする必要はなかったのにって。ケーテはすでに結婚して、自分の人生を築いていたのよ。それに、母が知れば、噂は全部本当だったと思うでしょうし。ほら、一九五六年にケーテがうちに押しかけてきたとき、近所でいろいろ噂になったでしょ。でも、父はそうやってケーテを追い払ったんだって言ったわ。お金を渡すことで」

たぶん、ゾルネンは娘のヘルタにそう言ったのだろう。でも、わたしにはそれが事実とは思えなかったし、ヘルタがそれを信じているかどうかもよくわからなかった。

「口座はキティの名義でした？　それとも、彼女の娘の名義？」

「ケーテが最初に押しかけてきたとき、父は少しだけお金を渡したそうよ。夫婦で住んでる家のローンの支払いにあてるようにって。そして、赤ちゃんが生まれると、父は口座にさらにお金を入れた。ジュディ・バインダーが大きくなったとき、大学へ行くにしろ、職業訓練を受けるにしろ、とにかく彼女の望みどおりにできるようにって。以後は、四半期ごとに少額のお金を入れることしかできなかった。母に気づかれると困るから。でね、口座への入金を続けることを約束してほしいって、父がわたしに頼んだの。わたしは父から口座番号を教えられ、入金票を渡されたわ。ATMや何かが普及する以前のことですものね」

「それで、以後はあなたが入金を？」わたしは訊いた。

ヘルタは杖をまわしつづけていて、足もとの中国製絨毯に穴があいてしまいそうだった。

「いいえ」ようやく、かぼそい声で言った。「スチュアートが——わたしの夫が——ケーテのやったことは恐喝だと言ったの。でね、法律事務所で使っている調査員の一人に命じて、バインダー家の様子を探りに行かせたの。そうすれば、ジュディが援助する価値のある子かどうか、こちらで判断できるから。ジュディは十三歳だったけど、すでに、そのう、早熟だったわ。この意味、おわかりになるわね？」

この言葉がそういう使われ方をするのを聞いたのは、久しぶりのことだった。早熟といっても、音楽や数学の分野ではなく、年齢のわりに性的に成熟しているという意味だ。

「それに、うちには子供が三人いたし。お金がかかるのよ。歯の矯正とか、大学の授業料とか」

「そこで、口座からお金をひきだして、自分のお子さんたちのために使ったわけですね」わたしは怒りと非難が声ににじまないよう気をつけたが、ヘルタがたじろいだところを見ると、つい感情が出てしまったに違いない。

「もともと、うちのお金だったのよ」ヘルタは叫んだ。「父はわたしたちのお金をとりあげて、ケーテと麻薬中毒の娘に渡していたの。やがて、その娘が通帳を見つけた。図々しくも、グリーンウッド・アヴェニューの家にやってきた。母がまだ生きていたころよ！　修羅場だったわ。娘はお酒か麻薬でべろべろだった。母は警察に電話し、わたしにも電話してきた。さぞショックだったでしょうね。父がわが子のために使うべきお金をよそへまわしていたことを、初めて知ったわけですもの。おまけに、四十近くになってもまだ実家で暮らしていたジュリアスが、母に訊いたのよ。ケーテの娘を殺したほうがいいと思うかって。お金をくれれば自分がやってもいいって、笑いながら言ってたわ」

ヘルタの顔がギクッとするほど赤くなった。わたしはきつく目を閉じた。反射的に頭に浮かんだことがあったのだが、それを口にするのを控えるために――あなたったら、銀行口座のことを知りながら、よくもまあ、キティが自分の妹ではないふりを続けられたものね。ノーベル賞の莫大な賞金はどうなったの？

「ジュディがきたのはいつのことでした？」かわりに、わたしは訊いた。「十三歳になり、自分の母親とあなたのお父さんのあいだに何かがあったことを察するぐらい早熟だったころ？」

「いいえ、数年たってからだった。ジュディが通帳を見つけて、銀行でお金をおろそうとしたの。父が口座に入金していたことをどうしてジュディが知ったのか、わたしにはわからないけど。ここに押しかけてきてお金をねだるよう、ケーテがジュディに言ったのかもしれない。ジュディがきたのは、たしか三回だったと思うわ。一回目のときは母がまだ生きていた。それから、母の死をニュースで知ったとき。お葬式にもやってきたのよ。ああ、いやだ。ぞっとしたわ！」

「やがて、マーティンが訪ねてきた。一ヵ月ぐらい前でした？　そして、あなたはマーティンがジュディの脅迫をひきついだのだと思った」

「マルティナのことをしつこく訊いてきたわ」ヘルタは声を落とした。「マルティナの研究について何か知らないかって。父が彼女の研究を盗んだんだって、遠まわしに言うのよ！　わたしはそこで気づいたの——ノーベル賞はマルティナが受けるべきものだったと、わたしの口から言わせようとしたんだわ！　賞金をよこすよう要求するつもりだったのよ」

「マーティンがそう言ったんですか。それとも、そう言われるのが怖かったんですか」

「〝それ以上しつこくすると警察を呼ぶわよ〟って言ってやったわ。父が人のものを盗むわけはない！　お針子の娘の思いつきなんかに、盗むだけの価値があるわけないでしょ！」

わたしもついに我慢できなくなり、思わず言いかえした。「えっ、マルティナの母親が食べていくためにお針子をやっていたから、マルティナには創造的思考は無理だとおっしゃるの？　あなたのお父さんの思考法があなたと同じく固定観念で凝り固まっていたなら、きっと、学生の思いつきを盗むしかなかったでしょうね」

当然のことながら、会話はそこで打ち切りとなった。なんとかもう一度と粘ったが、ヘルタが電話をとってドアマンを呼んだ。ドアマンがやってきて追いだされる前に、わたしのほうからさっさと出ていくことにした。

25　州長官と警察の人たち、車でついてきて

　事務所に戻ったわたしは、ヘルタ・ゾルネンから聞いた話と、マーティンの失踪について判明している事実を突きあわせてみた。マーティンはポールフリーへ出かけたときに通帳を見つけ、ヘルタとジュリアスに会いに行った。ヘルタの話によると、ジュリアスはかつて、ジュディ・バインダーを殺してやってもいいと言ったそうだ。悪趣味なジョークだったのだろうか。それとも、小鳥の粒餌を買うお金をそうやって稼いできたのだろうか。まあ、ジュディはいまも生きているから、ジュリアスが殺し屋だとすると、ずいぶんお粗末な殺し屋だ。いらいらしてきて、ペンをデスクに叩きつけた。そろそろ、ほかの依頼人に注意を向けなくては。ヘルタの話をざっとメモして、マーティン・バインダー関係のファイルに入れ、フォルダーを閉じた。

　今日が日曜であるのは事実だが、仕事が予定より数日遅れているのも事実だ。一時半ごろ、ランチ休憩をとったときに、書類の入った引出しを届けるというメールをチェヴィオット研究所へ送っていたことを思いだした。担当者の留守電に、キャンセルさせてほしいとメッセージを残した。

　六時少し前に、仕事の手を止めた。今日一日で片づけた仕事量のおかげで、信じられない

ほど高潔な人間になった気がした。もっとも重要な報告書（ダロウ・グレアムから依頼されたもの）を仕上げ、メールで送っておいた。その他の仕事も、ほとんどがあと一歩で完成だ。月曜日に請求書を郵送すれば、九月は黒字になる。弁護士に返済を続けている六桁の金額を計算に入れなければ。

わたしの友達の一人がサウス・サイドでタグラグビーをやっている。競技場へ行くことにしたが、その前にふと思いついて、ジュリアス・ゾルネンの住むコーチハウスまで車を走らせた。子供二人がブランコを漕ぎながら、甲高い声で口論していた。口論を中断して、コーチハウスのドアをガンガン叩くわたしを見つめた。珍しいのだろう。裏に住む無愛想な世捨て人のところに客がきたのだから。

ジュリアスの応答があるまでに、今日もやはり時間がかかったが、ようやくドアをあけてくれた。だぶだぶのカーキ色のズボンに古いTシャツという格好。靴と靴下ははいていない。

「ヘルタから聞いたぞ。あんた、あそこに押しかけて、バインダーって女の金のことをしつこく尋ねたそうだな。わたしから金を搾りとれると思ってるなら、あんたには、石から血を搾りだす力があることになる」

鼻先でドアが閉まるのを防ぐため、わたしはドアの脇にもたれた。「いいえ。お金のことでお邪魔したのではありません。ジュディのお金はヘルタがわが子の歯の矯正に注ぎこんでしまったし、あなたにはお金がないんですもの。ヘルタに聞きましたけど、あなた、ジュディを殺してやろうかと言ったそうですね。ジュディのせいで、お母さんがひどく動揺したから。五十年前に起きたことって、それだったんですか。あなたが誰かを殺したのに、刑事はあなたを逮捕しにこなかったの？」

ジュリアスの顔がパテのような色になり、ふらっとよろめいた。倒れるのではないかと思ったが、彼はそこでドアのノブにすがりついた。

「五十年前……」ジュリアスはふたたび言った。「わたしがそう言ったのかね？　たぶん、六十年前と言うつもりだったのだろう。七十年前かもしれない。記憶があやふやだ。五十年前、わたしは落ちこぼれの負け犬で、親の家に住み、姉二人から仕事を見つけろとわめきちらされていた。母親が亡くなったとき――ついでに言っておくと、みんな、〝母さん〟と呼んだことは一度もなかった。どう考えても、おふくろというタイプではなかった。で、母親が亡くなったとき、昔ふうのコルセットをつけているのを見て、わたしは拍子抜けしたものだった。母には甲殻類のような外骨格があって、それをヘルタが受け継いだのだと、ずっと思っていた。わたしは父親似で、もっと弱い性格だった。危機に直面するとパニックを起こしてしまう。たとえ母親に命じられたところで、ジュディ・バインダーを殺すことはできなかっただろう」

「お父さんのノーベル賞の研究は教え子の一人から盗んだものだ――そう思ったことはありませんか？」

ジュリアスは耳ざわりな笑い声を上げた。「たとえば、マルティナ・ザギノールから？　ダン・ブラウンばりの小説が書けそうだな。陰謀、死、マルティナが姿を消したため、その研究が誰のものかは確認不能。いまの質問への返事はノーだ。若き日の父は天才的な科学者だった。研究の記録は誰でも閲覧できる」

「あなたがお父さんを殺したの？　姿を見せなかったという刑事たちは、その件を調査することになってたの？」

ジュリアスの顔がゆがんで、ぞっとする嘲笑を浮かべた。「父とわたしがおたがいを殺しあったと言うこともできるだろう。父はニーチェの超人《ニーチェン・ユーバーメンシュ》ではなく、わたしもそうではなかった。不快な事実に直面せざるをえなくなったときに、二人ともつぶれてしまった。エドワード・ブリーンとコーデルの親子とは大違いだ。あちらは聖書に出てくる有名な木のように栄える一方だったからね。ヘルタに、マーティンに、そして、質問したがる相手に、そう伝えるがいい。おやすみ」

わたしはドアから離れた。ジュリアスは動揺からすでに立ち直っていた。ひびが入ることはもうないだろう。わたしがもっと頑丈な鎌と槌を持ってきて襲いかからないかぎり。

競技場に着くと、試合中の友人に最後の何分間か声援を送るのに間に合った。そのおかげで、ベジタリアンのバーベキューに参加させてもらえた。帰宅したときは九時をすぎていた。バインダー一家のことも、ゾルネン一家のことも、ノーベル賞のことも、頭からすっかり消えてご機嫌な気分だった。

通りの先にある猫の額ほどの公園に、ミスタ・コントレーラスの姿が見えた。犬たちを本日最後の散歩に連れてきたのだ。二人で一緒にアパートメントの建物に入ったが、ミッチが強引に前に出て階段を駆けのぼった。ペピーも尻尾を金色の旗のようにふりながらあとを追った。

わたしはきびしい声で二匹を呼んだが、向こうは知らん顔だった。二匹のあとを追った。

二階の踊り場でようやくミッチのリードを足で押さえたが、犬はワンと短く吠えて逃げてしまった。

「あんたの部屋に、ネズミか、ステーキ肉か、何かいい匂いのするものがあるのかい？」わたしのうしろからズシンズシンと階段をのぼりながら、隣人が言った。

わたしが最後の踊り場に着くころには、二匹はすでに階段のてっぺんにいた。ミッチが低くうなって、わたしの住まいの玄関ドアに体当たりした。ペピーが大声で鋭く吠えはじめた。

気をつけて、危険よ！

「下へ行って」わたしは叫んだ。「九一一に電話して。なかに誰かいる」

老人は反論しようとした。あんた一人を置いていくわけには――。

「いいから行って。電話して。あなたが撃たれたら困るから」犬たちをひきもどした。きのうの重労働のせいで、いまも腕に力が入らなかった。銃撃を受ける危険のある場所に犬を立たせる結果となっただけだった。リードを放すと、二匹はまたしてもドアに飛びついた。わたしは壁に背をつけ、銃を手にして立った。

二階のソン一家のところで赤ちゃんが泣きだした。最近越してきたばかりの、バーの備品販売をやっている女性が、二階の踊り場に出てきた。「その犬のおかげで、この住人はみんな大迷惑なのよ。警察を呼んで――」

「そうして！」わたしはわめいた。「呼んでよ！　わたしのアパートメントに何者かが侵入したの。だから、犬がやたらと興奮してるの」

「そうとも、その嫌みな態度はひっこめてもらいたいね」ミスタ・コントレーラスがつけくわえた。「犬が吠えてくれなきゃ、いまごろはみんな、死んじまって——」

「安全なところにひっこんでて」わたしは老人に向かってどなった。

尻ポケットから携帯をひっぱりだし、自分で九一一に電話した。「家に泥棒が」かすれた声でこちらの住所を告げ、犬のうるさい鳴き声にも負けず、もう一度くりかえした。

「電話を切らないで。大至急、人をやります。話を続けて。そちらの状況を知らせてください」

わが家のドアは鋼鉄で補強してある。なかの物音はあまり聞こえないが、犬の吠え声のなかで、錠のはずれる音がしたように思った。ふたたび必死にリードをつかんだが、電話を下に置かなくてはならなかった。

ドアの隙間から銃口がのぞいた。わたしはふたたび壁ぎわまで退き、ミスタ・コントレーラスに伏せるようどなった。

ミッチがわたしから逃れて、ふたたびドアに突進した。ミッチの体重でドアがひらいた。なかの人物が発砲したが、銃弾は大きくそれた。ミッチは男を床に押し倒し、相手の胸を前肢で押さえつけると、喉笛に鼻面を近づけた。わたしもミッチを追って飛びこみ、身をかがめて、男の頭に銃を向けた。男は目をむいていた。

べつの男がわたしの前にあらわれた。「犬をどけろ。撃つぞ」

階下の呼鈴が鳴りはじめた。

「警察がきたわ。裏から出ていくか、わたしたち全員を殺して警官に撃たれるか、銃を置いておとなしく逮捕されるか、どれかを選んで」

「あるいは、きみが犬をどけて、連邦職員の捜査を妨害した罪によりレヴンワースで二十年服役という選択もある」

「へーえ、そう」わたしは床に押し倒された男に向けた銃を離さなかった。

誰かが警官隊をなかに入れた。ドドッと階段をのぼってくる音、電話の雑音、質問をがなりたてる声。バーの備品販売の女性が怒りをぶちまけた。ペピーが吠えていた。ミスタ・コントレーラスが大声で警官隊に命令しようとしていた。つぎの瞬間、暴動鎮圧用ヘルメットと防弾チョッキを着けた連中が部屋にあふれた。わたしは床に倒れた悪党からあとずさり、リードをつかんで、男の胸からどうにかミッチをひき離した。

しばらくのあいだ、ひどい混乱が続いた。銃、大声の質問、犬、隣人たち、スン家の赤ちゃんが泣き叫ぶ声。警察がわたしと悪党二人から銃をとりあげ、説明を求めた。

「われわれは連邦職員で――」二人目の悪党が言いかけた。

「ここはわたしの家よ」わたしは横から割りこんだ。「ついさっき帰ってきたの。犬が侵入者に気づいて、いままで床に倒れてたその男がドアをあけてわたしたちを撃とうとしたため、犬が飛びかかって床に押し倒したの。逮捕を逃れようとして、連邦職員だなんてでたらめを言ってるんだわ」

「撃ったのは、そっちが襲いかかってきたからで――」

「黙ってて！」わたしはどなった。「人の家に忍びこんで、帰宅した住人を撃つなんて、ありえない。ドラッグの売人がＦＢＩのふりをしてるのでないかぎりはね。ＦＢＩだったら身分証を提示しなさいよ。たとえ提示できたとしても、令状が必要だし、たとえ令状があっても、ふつうは家宅侵入なんてしないわ。住人が戻ってくるのを待つはずよ」

「オーケイ」部長刑事が言った。「順を追って進めていこう。この家の所有者は?」

「この女性だ」ミスタ・コントレーラスが言った。「さっき本人が言ったように、帰ってきたとたん――」

「あなたもここの住人?」警官隊のリーダーが尋ねた。

「一階だ。だが、この人とわしは犬を共同で飼ってて、本日最後の散歩から戻ってきたら――」

警官隊のなかの女性がミスタ・コントレーラスに近づき、自分と一緒にカウチで待っていてほしいと頼んだ。「調べは部長刑事にまかせましょう、ねっ?」

部長刑事はまず侵入者を尋問することに決めた。「ここで何をしていた?」

床に倒れていた男は仲間と一緒にわたしのピアノのそばに立っていた。ふと見ると、ピアノの裏をこじあけて弦のあいだを探っていたようだ。わたしの血圧が跳ねあがった。

「ピアノのなかに何か隠してあるとでも思ったの? 弦に傷がついたら、あなたたちのボスが国土安全保障省の長官を務めたジャネット・ナポリターノだろうが、麻薬王と謳われたパブロ・エスコバルだろうが、容赦しないわよ。修理費用を全額持ってもらって――」

「まあまあ」部長刑事が言った。「怒る気持ちはよくわかるが、とにかく、腰をおろして、落ち着いて最後まで話をしよう」

「その前に、アパートメントのなかを調べさせて。こいつらが裏のドアをこわしてたら、緊急修理サービスのほうへ電話しないと。それから、ほかに誰か潜んでいないか確認する必要もあるし」

部長刑事も、もっともな意見だと思ったようだ。警官の一人がわたしと一緒に四つの部屋を調べてくれた。ミッチも連れていった。悪党のどちらかが話をするたびに、ミッチのうなじの毛が逆立っていた。悪党どもにもう一度礼儀作法を教えこむ必要ありとミッチが思った場合、ミスタ・コントレーラス一人では犬を押さえきれないだろう。

廊下にあるウォークインクロゼットの古いトランクも、悪党どもにひきずりだされていた。楽譜と書類が床にぶちまけられ、そのなかには、ガブリエラの手書きのメモが入った〈ドン・ジョヴァンニ〉の楽譜もあった。ぞんざいに扱われて、三ページか四ページちぎれていた。わたしは怒りと悲嘆の涙を必死にこらえた。

寝室では、悪党どもがドレッサーの引出しをはずし、ベッド脇のテーブルの本を調べていた。クロゼットをのぞいてみた。壁掛け式のシューズホルダーの奥に隠された金庫には気づかなかったようだ。唯一の救い。

台所では、リサイクルに出すつもりだった十日分の品が床に投げ散らかされていた。裏口のドアを見てみた。錠はすべて無事。なんらかの高性能ツールを使って、玄関ドアから入ってきたということだ。

ダイニングルームへ行ってみると、本棚として使っている作りつけの食器棚から、悪党どもが大部分の本をとりだし、ページをひらいたままテーブルに置きっぱなしにしていた。床に落ちた本もずいぶんあった。わたしはもっとも大切な品がしまってある戸棚のそばにしゃがみこんだ。母が一九四一年にイタリアから逃げだしたとき、一緒に持ってきた赤いワイングラス。

グラスはどれも無事だった。あとの被害にはなんとか対処できる。本を拾い集めたとき、仕事関係の書類が消えていることに気づいた。

「ダイニングのテーブルでやっていた仕事の書類が、全部なくなってるわ。それ以外にも盗まれたものがあるのかどうか、ざっと見ただけではわからない。めちゃめちゃ荒らされてるから」わたしは警官に言った。

警官はそれを部長刑事に携帯メールで報告した。居間に戻ると、悪党二人がすでに、連邦職員の身分証を提示していた。

部長刑事が不機嫌な視線を二人に向けた。「これは本物かもしれないが、こちらから確認の電話をさせてもらう。あんたたちは令状もないまま、所有者に無断で家に忍びこんだんだ」

「われわれは国家の安全にかかわる捜査を進めているところだ。この場合は、令状がなくても捜査する権利がある」こう言ったのは、ミッチが押し倒したほうの悪党。ミッチはほんとに利口なワンちゃん。

「で、そうした権利のなかに、戻ってきた住人を撃つ権利も含まれてるわけ？」大きな意志の力が必要だったが、わたしは会話ふうの軽い口調を崩さないようにした。

「国家の安全を危うくする書類がここにあるとの情報と信念に基づいて、われわれは行動している」これは悪党その二。

「それで、ここに押し入って、わたしの母の楽譜をひき裂いたの？」

「ひき裂いてはいない。書類を捜していただけだ。ものを隠すのにもってこいの場所だからな」

「それから、わたしの仕事関係の書類を盗み――」

「押収したんだ」悪党その二がどなった。豊かに波打つ茶色の髪の男。髪の手入れにずいぶん時間をかけているに違いない。

「まあ、賢いお答えだこと、カーリーヘアのカーリーくん。押収なのね。そう言えば、わたしが国選弁護士だったころも、多くの依頼人がカメラや宝石その他を押収してたものだった。国家の安全というお題目を唱えればいいんだってことを、あのころから知ってればよかった。〝裁判長、被告が原告に銃を突きつけて所持品を押収したのは、原告の財布が国家の安全を危うくするとの信念に基づいておこなったことです〟とかね。そのころの同僚がいまも国選弁護士会にいるから――」

「はい、そこまで」部長刑事が言った。「ここにいる誰が正しくて、誰が正しくないか、おれにはわからんが、たとえあんたたち二人が連邦職員だとしても、住人がたくさんいるアパートメントで銃を撃てば大惨事になるのは明らかだ。この建物には赤ん坊もいる。老人もいる」

　部長刑事の携帯に連絡が入った。手短に言葉を交わしてから、わたしのほうを向いた。

「この二人は本物の連邦職員で、詐欺師ではないようだ、ミズ・ウォーショースキー。なぜ令状を持っていないのか理解に苦しむが、とにかく、連邦地裁の治安判事のほうから、警察は手をひくようにとの指示が出た」

部長刑事は悪党のほうを見た。ご当人たちは国土安全保障省の職員と呼んでほしいようだけど。

「押収した書類の預かり証をこのレディに渡してもらえるね？」

「国家の安全の問題がテロリズムに関係している可能性のある場合は、令状をとる必要も、預かり証を渡す必要もない」ミッチに押し倒された職員が言った。もう一人がカーリーだから、三ばか大将にちなんで、こっちはモーと呼ぶことにしよう。

「警察の事件ファイルにそれも書き添えておこう」部長刑事は言った。「ミズ・ウォーショースキー、押収された書類のリストを作ってもらえませんかね。価値のある品がどこかのオークションか何かに出された場合は、警察のほうから、今回の家宅侵入のさいに奪われた品であることを記した報告書を提出しよう」

「家宅侵入ではない」カーリーが言った。

「ああ、わかってる、わかってる」部長刑事は言った。「われわれは――」

「このレディの住まいにどうやって入りこんだのか、話してもらえないかな。錠を調べてみた。町のチンピラが使うようなピッキングの道具じゃなくて、金庫破りのツールが必要だったはずだ」

「なぜわれわれの捜査をそこまで妨害したがるんだ？」モーが訊いた。「身分証を確認しただろう？　われわれがここにきたのには充分な理由があることぐらい、すでにわかって――

――」

「それがわからないんだな」部長刑事は言った。「なぜこのレディのおふくろさんの楽譜をひき裂く必要があると、あんたたちが思ったのか、さっぱり理解できん。おれにわかってるのは、このレディのお父さんが新米警官だったおれのおやじを鍛えてくれたことと、ミセス

・ウォーショースキーが、つまり、この人のお母さんがすばらしいオペラ歌手だったことを、おやじから聞かされたってことだけだ。このシカゴに、トニー・ウォーショースキー以上の優秀な警官はいなかった。かつての同僚の誰にでも訊いてみるがいい。子供のころのおれに、おやじはいつもトニー・ウォーショースキーの言葉を聞かせてくれたものだった。目的のためなら手段を選ばずという生き方は人間を怠惰にするだけだ。怠惰な警官は賄賂をとる警官に劣らず悪質だ。トニーはおやじにそう教えてくれた。きっと、このレディにも同じことを教えたはずだ。そうだろう？」

わたしはすわったまま居ずまいを正し、涙をこらえていた。「そうよ、部長刑事さん」昔、一度だけ、社会のテストでカンニングをしたことがあった。父がそれを知ったとき、わたしは以後一ヵ月のあいだ毎日、一時間早くベッドを出て、同じ通りに住む、病気で家にこもったきりの女性のために、使い走りをさせられることになった。〝父さんも母さんもおまえを甘やかして怠惰にしてしまった。ミセス・ポイレフスキーのために使い走りをすれば、怠け虫を身体から追いだすことができるだろう。おまえがカンニングした話など、二度と父さんに聞かせないでくれ〟

部長刑事は警官隊を集め、身をかがめてミッチの顎の下をなでてから、わたしを廊下に連れて出た。「あいつら、事情聴取のためにあんたを連れていくだろう。あんたの銃はおれが階下の隣人に預けておく。連邦職員の一人を撃ってあんたの立場がよけい悪くなったりしたら大変だ。撃ちたくてうずうずしてるだろうけどな」

名刺を渡してくれた。タウンホール署、アントン・ジャヴィッツ。「助けが必要なときは電話してくれ。いいね？」

こちらがしどろもどろでお礼を言う暇もないうちに、部長刑事は立ち去った。

26 真夜中の騎行

連邦治安判事が同席する場で、わたしがカーリーとモーの事情聴取に応じるのに数時間かかった。二人がわたしを連れていこうとしたとき、ミスタ・コントレーラスが弁護士に電話すると約束してくれた。事情聴取の途中で、わが顧問弁護士のアソシエートの一人であるデブ・ステップが駆けつけてきた。

デブがきてくれて助かった。なぜかというと、カーリーとモーがわたしの家にくる前に事務所にも侵入し、デスクトップパソコンからハードディスクを抜いていったことを知った瞬間、わたしの目の前で部屋が真っ赤になったからだ。立ちあがろうとすると、デブがわたしの肩を押さえつけた。

カーリーが二度目の警告をよこした。わたしにどんな罪状がつくにせよ、そこに連邦職員襲撃の罪を加えることができる、と。わたしは二、三分、デブと小声で相談した。

デブが職員たちのほうを向いた。「あなたがたは明らかに、ミズ・ウォーショースキーが五時四十五分に仕事を終えるまで、事務所を見張っていた。それから、高度な電子テクノロジーを用いて事務所に侵入した。事務所の様子を確認する時間がわれわれにはまだありませんが、彼女の自宅と似たような状態だとすれば、あなたがたは、そちらで内容を明かすのを拒んでいる品を捜すにあたって、傍若無人なふるまいをしたことになります」

カーリーが国家の安全云々という使い古しのスローガンをくりかえそうとしたが、デブは片手を上げて押しとどめた。「あなたはミズ・ウォーショースキーのハードディスクを持ち去った。国家の安全を気にかけるふりをするのは簡単なことですが、要するに、窃盗をごまかす口実として使ったわけです。ミズ・ウォーショースキーはシカゴでよく知られた存在です。もし彼女の手がけている事件が連邦政府の捜査と重なるものであるなら、令状持参で彼女を訪ねて事情を説明するほうが、ずっと簡単だったはずです。いったい何をお捜しだったのですか」

今度は向こうがひそひそと相談する番だった。相談の相手は、週末なのに呼びだされた治安判事。デブとわたしには、会話の内容は聞こえなかったが、治安判事の顔に驚きが浮かび、つぎは怒りの表情になった。二人に辛辣な口調で何やら言ってから、デブとわたしを会議用テーブルに呼びもどした。

「ミズ・ウォーショースキー、あなたはきのう、イリノイ州ポールフリーにおいて、ある書類を入手しましたね。この二人はそれをとりもどそうと必死なのです。すなおに渡してくれれば、あなたのハードディスクを返却し、自分たちの捜査に専念すると言っています」

わたしは思わず目を丸くした。「わたしの調査はテロリズムとは無関係です。ドラッグの常用者と売人をめぐるケチな事件にすぎません」

ジュディ・バインダーのことをざっと話した。「きのう、あらためてドラッグハウスへ行ってみたんです。ジュディが撃たれた理由を知るための手がかりが何かあるのではないかと期待して。捨てられていたドレッサーが見つかって、その引出しに紙が貼りついていました。文字が少しでも復元できないか調べてもらうため、民間の法医学研究所へ持っていくことにしました。ところが、けさの四時に、モーテルの駐車場に止めておいたわたしの車のトランクが何者かにこじあけられ、引出しと書類が盗まれてしまいました。ポールフリーの保安官事務所のほうから捜査員がきました。手がかりが見つかったかどうか、そちらへ問いあわせてください」

「都合のいいことだな」モーが嘲笑した。「よくできた話だ」

わたしはモーを無視して、治安判事に向かって言った。「ドラッグハウスのゴミ捨場にテロに関する秘密が埋もれていることを、捜査官たちが薄々感づいていたのなら、そこに入って中身を浚う時間が一週間はあったはずです。わたしの事務所と自宅の両方に侵入したからには、わたしの車のトランクをこわしたのも、たぶんこの人たちだと思います」

治安判事はモーとカーリーに、車が窃盗被害にあったことについて何か知っているかと尋ねた。

「いや、何も。よくできた話だが、この女には書類を処分するための時間がまる一日あった」カーリーが言った。「もちろん、われわれはチェヴィオット研究所のほうへも行ってみた。だが、研究所の話によると、犯人のこの女は――」

「いま、なんて?」デブが横から言った。

「容疑者」カーリーが無愛想に訂正した。

「〝探偵〟とおっしゃったら?」デブが言った。

「〝ミズ・ウォーショースキー〟でいいのでは？」治安判事がそっけなく言った。「もう真夜中です。〝彼がこう言った、彼女がああ言った〟と言い争うのはやめましょう。研究所に書類が届いておらず、ミズ・ウォーショースキーも持っていない以上、車から盗みだした人物が持っていると見ていいでしょう。ミズ・ウォーショースキーがスキャンしてパソコンにとりこんだのなら、ハードディスクを調べて何が入っているかを突き止めるのは簡単なはずです。わたしからフリーダーズ判事のほうへ話をしておきますが、あなたがたがいつまでディスクを預かっておけるかは、判事が決めるでしょう」

「この捜査官たちはわたしの依頼人の仕事関係の資料もデータもすべて持ち去りました。証拠漁りをするために、依頼人の生計の手段を破壊したのです」デブが鋭い口調で言った。「明日の朝いちばんに、わたしがフリーダーズ判事の前に出て、ハードディスクと書類の返却を要求します。この二人も、ミズ・ウォーショースキーの事務所ならびに自宅から持ち去ったことを認めていますし」

「ディスクのほうは、最低一週間は必要だ」カーリーとモーが抵抗した。

「すぐにディスクをコピーして返却することもできないなんて、おたくのコンピュータの部署はどうしようもない能無しね」わたしは言った。「もちろん、わたしの依頼人の極秘情報をそちらの汚らしい手に渡すなんて、とんでもな――」

「ヴィク！」デブにたしなめられた。「話はわたしがする約束だったでしょ」

治安判事は目を閉じ、円を描くようにして額の中心部分をさすった。疲れた表情だ。この事件から離れたがっている。

「フリーダーズ判事に話しておきますが、ミズ・ウォーショースキーの意見はもっともです。ディスクを調べたいなら、コピーすればすむことです」

モーかカーリーがわたしになんらかの罪をかぶせる前に、デブが治安判事室からわたしをひきずりだした。賢明な判断。事務所のパソコンのハードディスクを盗まれたことで、わたしはミッチと似たような気分になっていたから。でも、ノートパソコンだけはまだ残っている。少なくとも、アパートメントの階段をのぼる途中で落としたブリーフケースのなかに、無事に残っているよう願いたい。ただ、あのパソコンには、詳細な報告書と依頼人のデータをすべて収めるだけの容量はない。

わたしがタクシーを止めるまで、デブが一緒にいてくれた。時間がぼやけはじめていた。いまは昼なの？　それとも夜？　わたしがいるのはポールフリー？　それともシカゴ？　夜明け前にモーテルでわたしの車のトランクをこわしたのは国土安全保障省の連中？　それとも、保安官助手が信じたがっていたように、どこかのちんぴら？

ダウンタウンの通りはがら空きだった。タクシーが尾行されているとは思えなかったが、疲れがひどくて注意を向ける余裕もなかった。それに、尾行がついたところで、なんの違いがあるだろう？　どうにも解せないのは、国土安全保障省の連中はわたしがドレッサーの引出しを見つけたことを知っていたのに、そのあとで窃盗被害にあったのを知らなかったことだ。仲間内の連絡がうまくいっていなかったか、マーティン・バインダーがドラッグハウスのゴミ捨場にうっかり落としていったと思われる書類に、べつのグループが関心を寄せているかのどちらかだ。

わたしはタクシーのなかでいつしか眠りこんでいた。ラシーヌ・アヴェニューのアパートメントの前に運転手がタクシーをつけたときに、ビクッと目をさました。「あいつら、わたしのパソコンメールを読んだんだわ」思わずつぶやいた。「マーティンが姿を消した《ウェント・ダーク》のも同じ理由からだわ」

「十八ドルだ、お客さん。お客さんの送るメールがパソコンからでも、携帯からでも関係ない。それから、外が暗く《ダーク》ても、明るくても」

わたしは財布を出そうとポケットに手を入れたが、そこで、財布もブリーフケースに入っていることを思いだした。どうか、ミスタ・コントレーラスがブリーフケースを見つけてくれていますように。モーやカーリーではなく、激怒していた二階の住人でもなく。

せめてもの救いは、鍵束がポケットに入っていたことだった。タクシーの運転手は悪態をついたが、わたしが家に入ってお金をとってくるまで待つと言った。そのあと初めて幸運に遭遇。ミスタ・コントレーラスが〝ブリーフケースを預かっている〟というメモを残してくれていた。彼のところの玄関をあけると、ブリーフケースが置いてあり、財布もパソコンもちゃんと入っていた。タクシーに戻ったときには、料金は二十一ドルになっていた。国土安全保障省というのは高くつくところだ。でも、きっと、高いだけの価値はあるってことよね？

自分の住まいに戻ったものの、気が滅入って仕方がないのは、国土安全保障省に家じゅうを荒らされたせいだけでなく、勝手に入りこまれて持ちものにさわられ、母の楽譜にさわられ、コンサートドレスにまでさわられたという、無力感のせいだった。台所の戸棚の皿から、ジェイクの住まいの鍵をとった。

ジェイクのところは、彼が演奏旅行に出かけたときのまま、きちんと片づいていた。国土安全保障省の連中への不愉快な思いをシャワーで洗い流し、ホッとした気分で彼のベッドにもぐりこんだ。

支離滅裂な夢ばかり見たが、眠りはけっこう深くて、目がさめたのは月曜の正午近くだった。丁寧にベッドメーキングをして、母から教えられたとおり、シーツの四隅もきちんと直角に折りたたんだ。ふだん、自分のベッドはほったらかしだが、家のなかを荒らされたため、きれいにしなくてはという衝動が頭をもたげた。

この夏に関わった事件のおかげで、五桁の臨時収入があった。その一部で家庭用の高級カプチーノ・マシンを購入した。マシンのボイラーが熱くなるのを待つあいだに、わが家の台所の掃除をした。モーとカーリーはなぜこんなにひどく荒らしていったんだろう？　法執行機関の人間が令状なしで忍びこんだ場合は、ふつうなら、侵入の証拠を残さないよう気をつけるものだ。だったらなぜ、あの二人組はここまで無神経なことを？　街のちんぴらのしわざだと、わたしに思わせるつもりだったのだろうか。

けさのわたしはコーヒーの仕上がりにひどくこだわっていて、何杯か捨てたのちに、ようやく完璧なコーヒーを口にすることができた。いまこの瞬間、どんなものであれ二流品には我慢できない心境だった。片づけをするあいだも、カプチーノを持って歩いた。母のコンサートドレスをたたんで薄紙で包み、〈ドン・ジョヴァンニ〉の楽譜をトランクに戻し、本を棚に戻した。

わたしがチェヴィオット研究所へメールして、ドレッサーの引出しを持っていくと告げたことを、モーとカーリーが知っていたのなら、こちらのサーバーに入りこんで勝手にメールを見ていたことになる。ならば、きのうダロウ・グレアムに送った極秘の報告書の内容も連邦政府に知られてしまったわけだ。

ふたたび怒りがこみあげた。行動に出たかった。政府を訴えるか、モーとカーリーに銃弾をぶちこむか、または——だめだめ。自分を戒めた。怒りに押し流されたら、恐ろしい過ちに向かって一直線だ。落ち着いて。じっくり考えて。

疑問その一。国土安全保障省がわたしのメールを読んでいたのはなぜだろう？　下は地方の組織から上は国家安全保障局に至るまで、さまざまな政府機関が危険な単語を見つけだすために人々のメールを監視していることは、わたしたちみんなが知っている。わたしがどんな言葉をメールに使ったために、ポールフリーのドラッグハウスが注目を浴びることになったのだろう？

イタリアの作家シャーシャの『権力の朝』を棚に戻そうとして片手に持ったまま、ダイニングルームのテーブルの椅子にすわりこんだ。ドラッグハウスではない。連中が関心を持っているのはマーティン・バインダーだ。わたしがマーティンを捜していることを、国土安全保障省の連中が知った。たぶん、コーデル・ブリーンから聞いたのだろう。ブリーンはわたしに言っていた——娘がマーティンをメキシコ・シティで匿っているのなら、ＦＢＩに頼んで見つけだす、と。

わたしがアグネス・シュラフリーのドレッサーの引出しを調べたことは、ロバータがアメフトの試合会場で相手かまわずしゃべっていた。誰でも噂を広めることができただろう。国土安全保障省が引出しの発見のことを知っていたのは、わたしのメールを監視していたからだ。チェヴィオット研究所宛てのメールを読んだのだ。

ところが、引出しの盗難については、国土安全保障省の連中は知らなかった。とすると、二つのグループがマーティンを捜していることになる。グループその一がマスタングのトランクをこじあけ、その一方、国土安全保障省の連中はわたしがシカゴに戻った時点で引出しを奪おうと待ちかまえていた。そう考えれば、きのうの午前四時にモーテルにやってきた保安官助手の意見が正しかったことになる――クスリで頭の鈍った連中が、わたしが宝を掘りだしたと思いこみ、奪おうとしたのだ。

コーデル・ブリーンがマーティンを捜していたのなら、どんな相手でも賄賂で抱きこんで、ドラッグハウスで何か見つかったかどうかを報告させることができたはずだ。あれこれ考えても堂々めぐりになるばかりで、頭が痛くなってきた。つぎのような推理をしてみた――麻薬業者がリッキーを殺し、ジュディがリッキーの金をたんまり持ってポールフリーから逃げたのだと考えた。そして、アメフトの試合のときに噂が広まったため、ドラッグハウスのゴミ捨場でわたしが黄金を見つけたのだと、勝手に思いこんだ。

〝DT〟と大文字で書いた。麻薬の悪党《ドラッグ・サッグ》の略。〝DT〟がシュラフリーとキティ（たぶん）を殺害。HST――国土安全保障省の悪党《ホームランド・セキュリティ・サッグ》の略――はわたしのメールを監視している。なぜなら、マーティン・バインダーを見つけるよう、コーデル・ブリーンがFBIに依頼したから。コーデルはマーティンがメターゴンの企業秘密を売ったと思っている。ただし、いまのところ、買手や売手の気配はどこにもない〟

DTならたぶん、ドレッサーの引出しに貼りついていた紙などすぐに捨ててしまうだろう。現に、あの引出しだって、取っ手の金細工以外に値打ちはないとわかると、ゴミ捨場に投げこんだのだから。

HSTはわたしが何を見つけたと思っているのだろう？　通帳ではない。インスブルックがどうのという商務省からの書類？　しかし、情報公開法を使えば入手可能だ。誰でも読むことができる。

ブリーフケースからノートパソコンをとりだし、スイッチを入れようとしたが、そこで手を止めた。HSTがわたしのメールを監視しているとしたら、わたしのアカウントそのものを監視できるように細工されているはずだ。つまり、こちらの検索内容はすべて向こうに筒抜けということだ。ノートパソコンのプロバイダーを通じて、わたしとパソコンを捜しだすだろう。誰にも追跡される心配のないパソコンが必要だ。

『権力の朝』を棚に戻したが、あとの本はテーブルに置きっぱなしにしておいた。

27　デリック、呪われし者の王

今年の夏の初めに、わたしの大切な友人が転落死した。意識不明で集中治療室にいるあいだ、彼女の個人的な書類はわたしの金庫で預かることにした。何日かして彼女が亡くなったとき、わたしはショックと悲しみのために、書類のことなどすっかり忘れてしまった。国土安全保障省が金庫のなかまで調べていないか確認するため、中身をチェックしていたとき、その書類が出てきた。

友人はレイドン・アシュフォードといって、愛とエネルギーにあふれていたうえ、危険を恐れず、権力を嘲笑するのが大好きな女性だった。これから二、三日、わたしが彼女になりすますことに拍手喝采してくれるだろう。

シカゴ大学の図書館を利用するため、サウス・サイドまで電車を使うことにした。出かける前にミスタ・コントレーラスに声をかけた。ゆうべはどうだったかと老人が尋ねようとしたので、彼の口に指をあてて、犬と一緒に外へ連れだした。ビーチまで行き、犬にボールを投げてやりながら、連邦治安判事とのゆうべのやりとりを報告した。自宅やわたしの車のなかではこの事件のことをいっさい話題にしないよう頼みこんだ。

「国土安全保障省の連中のせいで、わたし、神経がピリピリしてるの。連中がこちらのメールアカウントに入りこんだとすれば、わたしの電話や、車や、アパートメントの建物に盗聴装置を仕掛けるぐらい簡単なことだわ」

この警告に、わが隣人はいきりたった。「わしはこんな世の中を作るために、遠い昔、アンツィオで命を危険にさらしたのではないぞ。ついでに言うなら、そんなことのために、ダイヤモンド機械製作所で四十年もせっせと働いて、B52の翼支柱を作っておったのでもない」

慰めの言葉はかけられなかった。わたしだって、そんなことのために探偵をやってきたのではない。「困ったことに、わが国の核政策だか兵器だか知らないけど、そういうことについてわたしが何か知ってると、向こうが思いこんでるみたいなの。その点を解明しないと、連中を追い払うのは無理なのよ」

家に戻ってから、GPS信号でこちらの居所を知られてしまうのを防ぐため、携帯の電池をはずした。途中でメールチェックをしたくなると困るので、iPadとノートパソコンはミスタ・コントレーラスに預けた。

車に盗聴器が仕掛けられている場合のことを考えて、運転もやめることにした。高架鉄道の駅へ向かうあいだに何度か足を止め、靴紐を結んだり、新聞を買ったりしたが、尾行されている気配はなかった。HSTの尾行がとても巧みなのか、はたまた、わたしが勝手に重要人物のつもりでいるだけなのか。それでも、高架鉄道を利用すれば、わたしの二酸化炭素排出量を減らすことができる。街の中心部へ向かって物憂げに走る午後の電車に揺られながら、徳高き人間になった気がした。

前向きの気分になれたのは、一日のなかでこのときだけだった。国土安全保障省に目をつけられた理由がはっきりしないかぎり、幸せな探偵にはなれそうもない。政府の監査の結果、テロとのつながりがなくとも国土安全保障省がアメリカ国民のメールを監視し、電話を盗聴していることが明らかになった。国土安全保障省に予算の制約はない。やりたい放題だ。厄介なことに、連中が盗聴を始めると、必要と思われる一部分だけでやめることはなく、相手の生活のあらゆる部分に入りこむ。

わたしはどうしてもジュディ・バインダーから話を聞きたかった。ベンヤミン・ゾルネンが作った銀行口座のことを、ジュディは息子に話したはずだが、マーティンはおそらく気にかけもしなかっただろう。彼にとっては遠い過去の歴史だ。彼が母親に会いに行ったのは、マルティナの研究に関係した文書が母親のところにあると思ったからだ。ジュディも、キティも、文書の内容は理解できず、理解する気もなかっただろうが。

この説はけっこう気に入った。リッキー・シュラフリーが殺された理由にもなる。母親と息子の口論をリッキーが立ち聞きした。ジュディが値打ちものの文書を隠しているのだと考えた。売れる品、ドラッグと交換できる品は、ヤク中にとってはすべて値打ちものだ。

リッキーは文書を売ろうとした。わたしは生前の彼に一度も会ったことがないが、おそらく、わたしがかつて弁護を担当したヤク中の連中と同じく、欲の皮の突っぱった怠け者だっただろう。文書館員を訪ねて貴重な文書の鑑定を頼むような遠まわしなことは、ぜったいにしないはず。オークションサイトのｅＢａｙや、掲示板サイトのクレイグズリストなどに直接アクセスしただろう。そうなれば、誰が書類のことを知ったとしても不思議ではない。ジュリアス・ゾルネン、ほかの麻薬業者、あるいは、国土安全保障省も。

ダウンタウンで電車をおり、バスでハイド・パークまで行った。シカゴにスピーディな公共交通機関があれば、わたしだって車の運転ばかりせずにすむのに。自宅から大学までの十五マイルを移動するのに八十分もかかってしまった。

図書館に着いてレイドンの運転免許証を見せると、なかに入ることができた。本は借りられないが、館内での閲覧はできるし、パソコンも使える。

まず、オークション・サイトのバーチャル・ビダーにログインした。シュラフリーの思考経路を想像してみた。マルティナ・ザギノールの名前など、シュラフリーはたぶん知らなかっただろうが、とりあえず、彼女の名前で検索してみた。つぎはベンヤミン・ゾルネンで検索、それから、ウィーンの物理学者で検索。そして、〝核兵器〟で検索の結果、ついに金鉱が見つかった。何万件もヒットした。ネヴァダ核実験場のマニュアル、ヒロシマとナガサキの写真、〈原子爆弾〉というようなタイトルがついた古い映画フィルム。

キング・デリックという名の売手が〝正真正銘のナチの核の秘密〟を売りに出していた。キング・デリック、呪われし者の帝国の支配者。損傷のひどい遺体、消えた目玉、上空を舞うカラスの群れがふたたび頭に浮かんできて、わたしは思わず身震いした。

〝正真正銘の秘密〟のスタート価格は百ドルだったが、オークション自体が停止になっていた。ページの大部分が赤と黒の大きなバナーに覆われ、バーチャル・ビダーの規則に違反とのメッセージが出ている。バナーの陰から、キング・デリックが〝本物のナチの秘密兵器であることを示す証拠品〟と呼んだものの一部がのぞいていた。

ここでKeffe＝1ならば、……臨界となる。もし、中性子が……外部の……加えられ……そして、その系が強力な……吸収材によってクエンチされなければ、爆発をひきおこすだろう。インスブルックでの……外部Ra－Be中性子は……So＝10^6個／秒の中性子を発生し……中性子の増……確認できる……

ページのいちばん下に小さな円があって、なかに何か図案のようなものが描かれていた。三角形がからみあい、ほかにも記号がついているが、ひどくぼやけた画像なので、はっきりとはわからない。ひょっとすると、本物であることを示す記号で、ナチ関係の品のコレクターはこれを探し求めているのだろうか。

バナーの陰からのぞく文章は、わたしにはちんぷんかんぷんだった。ただ、マルティナが戦中の一時期をすごした兵器関係の施設に関係があることだけはわかった。これがインスブルックで原爆が開発されていた証拠になるのかどうか、兵器の専門家ならわかるのかもしれない。これが原因で、国土安全保障省がわたしにつきまとっているのだろうか。マーティンとメターゴンのコードは無関係で、わたしが核兵器のことを何かつかんだのだと、向こうが思いこんだのだろうか。

オークション・サイトの閲覧を中止して、ウェブ検索に移った。国土安全保障省はわたしのログイン情報のすべてにアクセスできる。つまり、本当に監視しているのなら、わたしが登録しているデータベースのどれかをひらけば向こうに筒抜けということだ。なので、いまは一般的な検索エンジンに頼るしかなかった。ヤフー、ドッグパイル、メタ－＝クエスト。

ふたたび、ウィーンの科学者の検索から始めることにした。ベンヤミン・ゾルネンについては、ヒット件数が多すぎて見る気になれなかった。マルティナ・ザギノールに関しては何もなし。ひとつだけ、一九二〇年代から三〇年代にかけてウィーンの放射能研究所で研究に従事していた女性たちをテーマとする本のなかに、メムラーと関連してマルティナの名前が出ていた。ここの図書館にも一冊あるようだ。検索サイトを閉じた。図書館の閲覧履歴は定期的に削除されるはずだが、自分の検索画面はたとえひとつでも、ひらいたままにしておきたくはなかった。

その本が置いてあるのは自然科学部の図書館だった。ぜひ読んでみたかったので、キャンパスをてくてく歩いて自然科学部の中庭まで行った。書庫に入る許可をもらうため、図書館の受付で足を止めると、先日の若き司書アーサー・ハリマンがデスクについていた。

「ノラ！　いつ戻ってくるのかと思ってたんだ。行方不明の核弾頭は見つかった？」

「ポーの『盗まれた手紙』と同じく、大量の核兵器に紛れこませて、誰にでも見える場所に置いてあったわ」わたしは相手の冗談に合わせようとした。

「ところでさ、ゾルネンをテーマにして博士論文を書いてる友達がいるから、きみの調べてる女性の研究をゾルネンが盗んだ可能性がないか、その友達に訊いてみるって約束しただろ。そしたら、思いきりバカにされた。ゾルネンのノーベル賞は、ミズ・ザギノールが彼の教え子になる以前の研究に対して与えられたものだそうだ」

じゃ、これも行き止まりだ。忘れずに問いあわせてくれたことに礼を言って、一日用の入館証を受けとった。ニックとノラをネタにして、もうしばらくくだらないジョークを言いあったあとで、ウィーン物理学界の女性たちのことを読むために書庫に入った。

本を捜しだし、床にあぐらをかいて、マルティナの名前が出ているページだけをチェックしていった。略歴が見つかった。第一次大戦前に労働者階級の家に生まれ、十二歳のとき、女子工業高校《テヒニッシエ・ホーホシューレ・フューア・メートヒエン》に入学（数学の点数は市内でトップ。テストで最高点をとったマーティンのことが思いだされた）。一九二八年から一九三八年まで同校の教師となり、途中、一九二九年から一九三〇年にかけてゲッティンゲン大学へ留学し、物理学の博士号取得。べつのところに、マルティナのキャリアをくわしく述べた箇所があった。

ザギノールの未発表の研究は、ナチ時代に研究所のファイルが一掃された時点でほぼすべて破棄された。おそらく、かつてザギノールの教え子であったナチの兵器専門家、ゲルトルード・メムラーの命令によるものであろう。そのため、われわれが資料にできるのは、現存するわずかなメモと、一九三一〜一九三八年に発表された論文のみである。

ザギノールは物理現象に関する自分の強い直観力を信じていたという点で、フェルミと同じタイプだった。彼女の能力を貶めようという動きは、ひとつには、一九三四年にL・F・ベイツが放射能研究所を訪れたさいのトラブルから、もうひとつには、かつての担当教授の名声を消そうとするメムラーの策略から生まれたものである。

わたしは本を棚に戻し、金属製の間仕切りにもたれた。ロティの話だと、キティは物理学に没頭する母親に反感を持っていたという。誰かが母親の才能を高く評価していたと知ったら、キティは喜んだだろうか。いや、辛い思いをした可能性のほうが大きい。略歴には子供のことは出ていなかった。マルティナがキティの誕生を秘密にしていたからではない。ロティだけでなく、ゾルネン家の娘二人も、少女時代にキティと遊んでいる。一九三〇年代のウィーンで父親のわからない子を産んだ場合、どれだけ誹謗されたかわからないが、マルティナは子供の存在を隠そうとはしなかった。ロティの祖父母が孫娘のことを隠そうとしなかったのと同じように。

いま読んだ箇所のうち、少なくともわたしにとって興味深かったのは、ゲルトルード・メムラーのことだった。キティが殺されたため、助けを求める電話がくる前に読んでいた本のことをすっかり忘れていた。『冷戦時代の良心的兵役拒否者の極秘日記』。そこにもメムラーの名前が出ていた。

メムラーは戦争を無事に乗りきり、戦後、ペーパークリップ作戦によって合衆国に渡ったあとは核兵器開発に携わっていたが、やがて突然姿を消し、居所を伏せたまま、合衆国の核政策を非難する声明を出すようになった。おそらく、ネヴァダでじっさいの核爆発を目にし、犬や人間に被害を及ぼしたことが原因で、聖書に出てくるサウロのごとき回心をするに至ったのだろう。

わたしはずいぶん長い時間、床にすわったままだった。脳みそが糊みたいになってきた。立ちあがってストレッチをした。書庫で背中をそらし、背骨のこわばりをひとつずつほぐしていった。

外に出ると、九月のシカゴにときおり訪れる金色の午後になっていた。数マイルほど散歩してから、この地区の北東端にあるバス停まで行った。高速道路にも湖にも近いところだった。バスを待つあいだに携帯の電池を戻した。

メッセージが七件入っていた。一件はジェイクからで、わたしがどこにいるのかと心配していた。そう言えば、この二、三日、夜のおしゃべりをしていない。ロティからも電話が入っていた。ジュディ・バインダーの容態が安定して、集中治療室から出られたそうだ。

ミシガン湖を見おろす陸橋に立ってジェイクに電話をかけた。静かな湖面、恋人の声、幸せに包まれた。しゃべっているあいだにバスがきた。電話を切った。バスにぎっしり詰めこまれた知らない人々に、わたしの個人的な会話を聞かせる気はない。

ダウンタウンでバスをおり、タクシーを止めて家に帰った。二酸化炭素削減の努力はもうやめた。タクシーからロティに電話した。運転手もわたしにはわからない言語で自分の携帯に向かって話しかけていて、こちらにはまったく関心がないようだし、レイク・ショア・ドライブの車の流れにもほとんど注意を向けていなかった。

「ジュディに面会できる？」ロティに訊いた。

「できるわ。会いたいのなら。でも、かなり荒れてるわよ」

わたしは襲撃に関して何か覚えていないか、ジュディに確認したいのだと言った。

「ヘレン・ラングストンの話だと——あ、グレンブルックで治療にあたった外科医だけど——ジュディは何も覚えていないそうよ。ヘレンの見たところ、外傷性の記憶障害ではないみたい。オキシコドンを大量に摂取していたせいで、周囲で何が起きているのか認識できなかったんだろうって」

「〝伏せて身をかばう〟って言葉のことをジュディに尋ねたら、何かの引金になるかもしれない」わたしは提案した。

「一緒に行くわ」ロティは言った。「どうしても一人で面会に行く気になれなかったの。自分の人生をズタズタにしたあげく、キティを死に追いやることになったジュディに腹が立ってならないけど、病室に入っていって咎めたところで、なんにもならないしね。いま、家なの？　それとも、事務所のほう？」

「家に向かってるところ」本当は事務所へ行かなくてはならない。国土安全保障省の連中がアメリカを守るという大義名分のもとで何をしたかを、この目で確認しなくてはならない。でも、明日の朝まで延ばしてもいいだろう。

「三十分後に迎えに行くわ」

自分の車で行けるからとこちらが抵抗する暇もないうちに、ロティは電話を切ってしまった。でも、わたしはこの一週間、命がけの冒険を何度もやってきたから、ロティの車に同乗しても退屈するだけかもしれない。ロティはほかのドライバーに対して、〝ぜったい譲るものか〟という態度で臨む。自分が先に脅しをかけておかないと、道路からはじきだされると思っているのだ。ロティの車で出かける利点がひとつある。わたしに尾行がついていたら、相手は冷や汗をかくことだろう。

キティが亡くなったあと、ロティが〝ケーテ〟という呼び方をやめたことに、わたしは気がついた。何十年も彼女を見下してきたのだと、キティが亡くなったあとでロティがわたしに告白したが、たぶん、そのことへの間接的な謝罪のつもりだろう。

ロティが最近乗っているのは銀色のアウディ。わたしが憧れている小型クーペだ。車に乗りこむと、シートがエッグスタンドのようにわたしを包みこんだ。衝突事故が起きたときにこれで身を守れるのか、それとも、危険が大きくなるのか、わたしにはわからない。ロティはエデンズ高速に向かって車を飛ばしながら、調査状況を尋ねようとした。わたしは一音節だけの簡単な言葉で返事をし、ほかの車と接触事故を起こしそうになるたびに甲高く叫んだ。

対向車線を走ってくるセミトレーラーの前を横切って、ロティがグレンブルック病院と表示された入口へ曲がったところで、わたしは言った。「ロティ、これは美しい車よ。何かを破壊したいのなら、これをわたしに譲って、あなたはわたしの古いマスタングを運転するといいわ」

ロティは医師用の区画に車を入れると、ダッシュボードに医師であることを示すカードを置いて車をおりた。「つまらないことで騒ぎすぎだわ、ヴィクトリア。大事なのは、マーティンの身に何があったかを突き止める方法が見つかるかどうかでしょ」

「たとえ見つかったところで、骨折の治療なんか受けてたら、わたし、何もできないわ」ロティについて病院に入りながら、わたしはぶつぶつ言った。

28 伏せて身をかばう

ジュディは集中治療室を出たものの、いまも深刻な状態であることに変わりはなかった。ジュディがやたらとわめきちらし、痛み止めのモルヒネとオキシコドンを要求していることを、病棟の看護師長がロティとわたしに警告してくれた。

「薬をどう調整すればいいのか、判断がむずかしいんです。麻薬漬けだから。モルヒネの点滴をやめてチャネル・ブロッカーに切り替えたけど、効いてるのかどうかよくわからない。もっとモルヒネをよこせって、しょっちゅう騒ぐんですもの。血が出るまで腕を掻くから、拘束しなくてはならなかったし」

「そうなるんじゃないかと心配してたの」ロティは眉をひそめた。

看護師長がジュディ・バインダーの病室まで案内してくれた。ジュディは、鼓動の速い心臓をモニターする機械と、点滴の速度を調整する機械と、呼吸数をチェックする機械につながれていた。目は閉じていたが、眠っているのではなさそうだった。ピクッと身を震わせてうめいた瞬間、カールした白髪交じりの髪が枕の上で揺れた。顔は赤くむくみ、唇も腫れていた。

「何かの薬にアレルギーがあるの？」わたしは訊いた。

ロティと看護師長が苦い視線を交わした。「アヘンの禁断症状です」看護師長が言った。「これからかなり長期にわたってリハビリが必要ですね。薬物中毒のリハビリに本気でとりくまないことには、銃創のほうも順調な回復は望めません。ここでの治療によって容態が安定したら、ちゃんとしたリハビリ施設に入所したほうがいいでしょう」

ロティがベッドに近づき、ジュディの手首に指を二本あてて脈を診た。腕に生々しいミミズ腫れが走っていた。自分で掻きむしったのだろう。ロティの手の感触に、ジュディの目が震えてひらいた。

「ロティ先生！　先生なら助けてくれると思ってた。すごく痛いの。モルヒネかオキシがほしい。ヴァイコディンでもいいわ。大量にくれるのなら。眠れない。おなかが火に焼かれてるみたい。またモルヒネの点滴をやってよ」

ロティはジュディの要求を無視した。「この人はV・I・ウォーショースキーよ、ジュディ。あなたの命を救ってくれた人」

ジュディはこちらを見ようともしなかった。「ありがと。こんな拷問部屋に放りこんでくれて。ロティ先生、モルヒネちょうだい。いますぐ。せっかくきてくれたのに、助けてくれないなんてあんまりだわ」

「この病院では、わたしはあなたの主治医じゃないのよ。ただの見舞い客。ミズ・ウォーショースキーからあなたに質問したいことがあって――」

「あのクソ女、あのメス犬、あいつがノーと答えろって言ったのね？」

ジュディの声が甲高くなった。わたしは自分のことを言われたのかと思い、一瞬呆然としたが、やがて、彼女の視線がわたしを通り越して看護師長に向いているのに気づいた。

「ベルゼンの収容所からきた女だ。違う？　看護師のふりしてるけど、ほんとはナチの人間で拷問係。わかるよね。先生もホロコーストの生き残りだもん。あの女の味方なんかしないで。クビにしてやって。先生は外科医だから、みんな、言うこと聞くよね。あのクソ女をクビにして、モルヒネの点滴してよ」

「ミズ・バインダー」わたしは言った。「痛みと悲しみのなかにいるときに、いきなりお邪魔して申しわけありません」

「まったくだわ。痛くてたまんないわよ。悲しいし」

「お母さんのことで？」

「あんな母親がいたら、誰だって悲しむでしょうよ」ジュディはつっけんどんに言った。

「お母さんが撃たれたところを見た記憶はありませんか。残念ながら、お母さんはあなたほど幸運ではなくて、重傷を負って亡くなりました」

「変人《バッティ》キティが神さまのとこへ行ったの？　神さまもきっと大喜びだわね。それから、キティの実の父親も、その姿を見たら有頂天になるでしょうよ。あんた、誰？　よけいなお節介はやめたら？」

点滴の針をひっこ抜いてジュディを絞め殺してやりたくなったが、冷静な声を崩さないように努めた。「伏せて身をかばう。撃たれた夜、あなたは〝伏せて身をかばうのがいちばんいいやり方だ。無駄だって言われたけど〟と言いましたね。無駄だと言ったのは、あなたのお母さん？」

「痛くてたまんない」ジュディがわめいた。「人が痛がってんのに、あんた、尋問しようっての？　おまわりでもないくせに。あんたに答える義理なんかないからね」拘束具をつけたまま、ジュディがもがいたため、鼻の酸素チューブがはずれてしまった。

「もちろん、ないわよ」わたしは言った。「息子さんのベッドの下にもぐりこむなんて、すごく頭がいいのね。〝伏せて身をかばう〟というやり方で、あなたは命拾いをした。そんなことは無駄だなんて、誰が言ったの？」

一瞬、ジュディはもがくのをやめた。瞳孔が拡大しているため、目の表情は読めなかったが、口をひらいたときには、柔らかく物憂げな声に変わっていた。

「わたし、ほんとにそんなこと言ったの？　だから、モルヒネくれないの？」

わたしは、罰を与えているわけではない、襲撃者から身を隠した機転に感心しているだけだ、と言ってジュディを納得させようとしたが、ジュディはふたたび、落ち着きなく身を震わせはじめた。〝伏せて身をかばう〟という話題から遠ざかり、ジュディと母親を襲ったのは誰かと尋ねても、答えることができなかった。もしくは、答えようとしなかった。

「ポールフリーでも機敏だったわね」わたしは言った。「リッキー・シュラフリーを殺した連中から逃れたんですもの。すばらしいガッツだわ」

このとき初めて、ジュディがわたしを見た。やつれた顔のなかで、黒っぽい目が大きく見える。ポールフリーの騒動だけは現実の記憶として残っているらしく、鎮痛剤をせがむのを一時的に忘れ去った。「ガッツじゃないよ。怖かったんだ」つぶやくように言った。「あいつら、バウザーを撃った。わたしは眠ってて、そしたら、いきなりバウザーが吠えだした。

クソ犬がやたらと吠えるのはもう我慢がならんって、リッキーが言ったけど、わたしが窓の外を見たら、黒いSUVが止まってた。わたしはリッキーに〝起きて〟とわめいた。〝ショットガンをとって〟って。SUVから男どもがおりてきて防犯カメラを銃で吹っ飛ばした。それから、フェンスに大きな穴をあけて車で入りこみ、裏のドアをこわした。

バウザーが飛びかかろうとしたけど、あいつらに撃たれちまった。リッキーとわたしは階段の上に隠れてじっと見てた。すごく怖かった。デリラのほうは昔から臆病で、逃げようとしてはリッキーによく蹴られてて、わたしが可愛がっても蹴られてたけど、バウザーが撃たれたのを見て逃げだしちまった」

デリラ。ミスタ・コントレーラスとわたしが世話をしている宿無し犬。

ジュディが空気を求めてあえぎはじめた。ロティが酸素チューブを彼女の鼻にもとどおりに装着した。しばらくすると、苦しげな呼吸が治まってきた。

「デリラなら心配いらないわ」わたしは言った。「わたしがシカゴに連れて帰って、目下、動物病院に入院中なの」

ジュディの目が開いた。驚きの表情が警戒に変わった。この女を信用していいの？　それとも、犬を使ってわたしを丸めこむつもり？

「どうやって逃げだしたの？」わたしは訊いた。

「バウザーが撃たれたのを見るなり、リッキーは玄関のロックをはずして外へ逃げた。連中がリッキーを追っかけてトウモロコシ畑のほうへ行ったから、わたしは連中のSUVに乗りこんでシカゴへ向かったの」

「冷静な判断ね。で、オースティンにあるフレディ・ウォーカーの家へ行った。ＳＵＶはどこに置いておいたの？」

「フレディにあげたわ。リンカーンの新車だったけど、フレディは丸ごと売るのはヤバいと言って、部品にして売れるよう、手下に命じて解体させてた」

たぶん、フレディは車とひきかえにジュディを泊めてやり、商売もののクスリでハイにしてやったのだろう。リンカーン・ナビゲーターの新車の部品なら、けっこうな金額になるはずだ。

「バウザーとリッキーを撃った犯人だけど、二人組だった？」

ジュディは勢いよくうなずいた。「知らない顔だった。リッキーとときどき揉めてた地元のヤク中のなかにはいなかったね。ああ、もうやだ。痛いのを我慢して、いろいろ思いだして、あんたに無料《ただ》で情報流してやるなんてさ。フレディはＳＵＶとひきかえにオキシをくれたのに」

「ええ、あなたも辛いでしょうね」精一杯の同情をこめた声で、わたしは言った。「わたし、もう一度ポールフリーへ行ってみたのよ。そしたら、リッキーがゴミの穴に投げ捨ててた古いドレッサーが見つかったわ。ベンヤミン・ゾルネンがあなたのお母さんのために作った通帳も出てきた」

「ゾルネン家のバカ連中？　あんた、やつらに雇われてんの？　あのバチあたり女のヘルタがわたしの金を奪ったんだよ。ヘルタの父親がわたしを大学へ行かせようとしたのに、あの女、金を奪って自分の子供たちのために使ったんだ。あんな女に雇われてんのなら、あんたもヘルタもくたばっちまうがいい」

「わたしはゾルネン家のために働いてるわけじゃないわ。ヘルタ・ゾルネンと話をしようとしたら、放りだされてしまった。あなたのお母さんの一家を侮辱したヘルタに、わたしが文句を言ったものだから」

わたしは大きな声でゆっくり話した。ジュディが警戒の目でわたしを見た。

「マーティンはどこでお金のことを知ったの？」わたしは訊いた。「あなたが話したの？ それとも、あなたのお母さんが？」

「もうっ、やめてよ。薬、薬、薬、薬」ジュディはくりかえし唱えた。「無料で何かせしめようなんて図々しいわよ。オキシちょうだい。モルヒネちょうだい。そしたら、答えてあげる」

ロティとわたしが視線を交わして首をふると、ジュディがそれを見た。

「ふん、クソ女ども、自分たちが神さまからこの星を託されたと思ってんだろうけど、神さまがそんなことするもんか」

「ミズ・バインダー」わたしは最後にもう一度言ってみた。「二、三週間前、息子さんがポールフリーまであなたに会いにきたでしょ。あなたたちは何かの文書のことで口論した。あなたが通帳を持ってたことも、研究所でゾルネンやメムラーと一緒に写っているマルティナの写真を持ってたことも、すでにわかってるのよ。マルティナがインスブルックでやっていた研究に関する文書も持ってたんじゃない？ 七年前、マーティンのバル・ミッバーを祝う集まりにやってきたとき、あなたはそれを盗みだし――」

「わたしがもらう遺産だったのよ」ジュディは叫んだ。「キティはマルティナを憎んでた。マルティナの研究を憎んでた。だから、マルティナの名前を守っていくのはわたしの役目だと思った。マルティナの思い出を残しておきたくて、自分の息子の名前だってそこからとったんだ。あの文書を持ちだしたのは盗みじゃない。保存しとこうと思っただけ！」

ジュディは〝保存〟、国土安全保障省は〝押収〟。窃盗をごまかすための体裁のいい言葉。嘘、裏切り、さらには、小児性愛にまでそうした婉曲語法があり、一年間に耳にする真実より、ニュースで一週間のうちに耳にする婉曲語のほうが多いぐらいだ。

話題を替えた。「マーティンは高校のころ、キティに内緒であなたに会いにきてました？」

ジュディは返事をしなかったが、ずるそうな笑みで口もとがひきつった。

「マーティンはもっと小さかったころ、ウィーンの研究所で撮ったマルティナの写真を目にしたことがあった」わたしは執拗に続けた。「やがて、何かが起きて、その写真と、あなたがバル・ミツバーのあとで〝保存〟していた文書を手に入れるため、マーティンはポールフリーにくることにした。なぜそれらをほしがったのかしら」

「あんたの作り話なんだから、あんたが答えなよ」ジュディは枕の上で身をよじった。腕を拘束されているので、わずかな動きしかできないが。

「マーティンは文書のことであなたと口論した。マーティンが持ち去ろうとし、あなたが奪いかえそうとするうちに、一部がゴミの穴に落ち、そのままになってしまった。あなたはそこで初めて、文書の価値が感傷的なものにとどまらないことに気づいた。リッキーと相談してネットで売ることにした。ナチの核兵器の秘密が書いてあるとでも思ったの？　いつの時代でも人気のある品だわ。誰かがそのオークション・サイトを見て、書類を奪いにやってきた」

「わたしじゃない」ジュディはあわてて言った。「リッキーが勝手にやっただけだ。マーティンとわたしが口論してるのを見て、何事かと外に出てきた。ホロコーストで死んだ祖母の形見だって言ったんだけど、そんなの、リッキーにはどうでもいいことだった。自分のお祖母さんのドレッサーについてた取っ手も売ったぐらいだもの。ただの真鍮なのに、黄金だと思いこんで。わたしだったら、自分の祖母のものを売るようなまねは――」

「もちろん、しないわよね」わたしはなだめるように言った。「誰が買おうとしたの？　リッキーはちゃんとお金を払ってもらったの？　それとも、向こうがリンカーン・ナビゲーターであらわれ、銃を突きつけて文書を奪おうとしたの？」

「そんなに頭がよくて、何もかも知ってんだったら、訊くことないだろ」ジュディは泣きはじめた。「わたしが痛がってるのに、あんたはそっとしといてくれないし、助けてもくれない。わたし一人が我慢すればいいんだよね。母親は死んだ。父親も死んだ。ゾルネンの連中はわたしの金を奪った。なのに、あんたときたら、おしゃべりばっかり。帰ってよ。あんたなんか嫌い。大っ嫌い！」

ロティ自身もいくつか質問をし、そこには、キティをどんな形で葬ればいいかという質問も含まれていたが、ジュディは薬を求めて大声でわめきはじめた。「変人《バッティ》キティは地面に埋めといて。それだけでいい。助けてくれないなら、さっさと帰って」

わたしはジュディのやつれた苦しげな顔を見た。その口は苦痛を詰めこんだ大きな裂け目のようだった。耐えきれなくなった。ロティに目を向け、ドアのほうを頭で示した。

ロティ一人がしばらく病室に残った。数分後に暗い表情で出てきた。駐車場まで行くあいだ、どちらも無言だった。わたしが助手席に乗りこんでシートベルトを締めると、ロティはエヴァンストンへ行きたいと言った。つまり、マックスの家だ。

ロティも今日だけは制限速度を守り、混みあった道路でのろのろ走る車に追越しをかけることも、赤になろうとする信号に競争を挑むこともなかった。七時半ごろ、マックスの家に着いた。瀟洒な古い一軒家は、マックスが遠い昔に亡くなった妻のテレーズとともに子供二人を育てた家で、道路をはさんでミシガン湖と向かいあっている。ジュディとの険悪なひとときの様子をロティがマックスに話して聞かせるあいだ、わたしは湖まで散歩に出かけた。

太陽はすでに沈んでいた。プライベート・ビーチに家族が何組かいたが、こちらを見ている者は誰もいなかった。服を脱ぎ、たたんでベンチに置いた。暑い夏が長かったため、水はまだまだ温かい。沖へ向かって泳ぎ、裸身を包みこむ水に身を委ねた。湖が愛に満ちた腕で抱きしめてくれるような気がした。わたしを愛撫するジェイクの長い指。そう。でも、それ以上に思いだされるのは母のことだった。母の愛は激しさと優しさの両方に満ちていた。

キティとジュディのあいだには、そうした絆がまったくなかった。ジュディが吐いた毒舌は禁断症状のなかで出たものだが、その下に痛々しい傷が潜んでいた。キティ自身も、悩みと怒りと喪失からなる毒杯をあおった人だった。キティを育ててくれた父親は――たしか、大工という話だったが――戦時中に亡くなった。実の父親はキティを認知するのを拒んだ。

母親の関心はキティではなく陽子に向いていた。育ててくれた祖母はホロコーストの犠牲になった。キティの心のなかに、自分の娘に向ける愛情はほとんどなかったのだろう。服の上にタオルがのせてあった。わたしが泳いでいることに、マックスかロティが気づいたのだ。

泳いで岸に戻り、暗いなかを手探りしながら、服を置いたベンチまで戻った。服の上にタオルがのせてあった。わたしが泳いでいることに、マックスかロティが気づいたのだ。

タオルで身体を拭き、バラ園にいる二人のところへ行った。マックスがローストダックの冷製とサラダを用意してくれていた。マックスと一緒にエシェゾーを一本あけた。ジェイクの西海岸ツアーやその他の音楽関係のことを話題にした。

テーブルを片づけるマックスをロティと二人で手伝うところになって、わたしはジュディの病院へ行ったことに話題を戻した。「ジュディがまともに反応したのは、わたしが〝伏せて身をかばう〟ことについて質問したときだった。怯えた様子だったわ。なぜ？」

「そうかしら」ロティが言った。「わたしが覚えてるのは、ジュディが悪態をついたことだけよ」

「あのとき、ジュディは一瞬沈黙し、つぎに、そう言ったせいでわたしに罰せられているのかと考えこんだ。どうしてそんなに考えこむのかしら」

「そいつは五〇年代の民間防衛映画のスローガンだ」マックスが言った。「テレーズもわしも、その映画を見ては憤慨したものだった。よく笑う陽気な亀が出てきて、子供たちに言うんだ。空から原爆の火が落ちてきても、机の下にもぐって身を伏せれば、甲羅に閉じこもった亀と同じように安全だ、と。じっさいには、とうてい安全とは言えないのに」

わたしは困惑して首をふった。「その映画のことなら知ってるわ。もっとも、わたしが学校に入るころには、教室で上映されなくなってたけど。理解できないのは、そう言ったせいで罰を受けたとジュディが思いこんだのはなぜなのか、ってことなの」

「ジュディはそんなこと言ってないわ」ロティが言った。「笑ってたのよ。誰かから――たぶんキティから――無駄だと言われてたのに、〝伏せて身をかばう〟やり方が役に立ったから。キティはアメリカのこの国防政策を無駄だと思っていたけど、それを学校で人に言ったりしないよう、ジュディに注意していたでしょうね。ナチに支配されたオーストリアで暮らせば、政府の政策に反対だとしても、沈黙を通すことを学ぶものよ。もちろん、五〇年代のアメリカに広まった強烈な反共主義のヒステリーに対してもね。核兵器反対を叫べば、アカか、もしくはアカのシンパというレッテルを貼られる時代だったわ」

わたしは少女時代のジュディを想像してみた。政府を批判するような親の意見を人前では口にするなと母親に命じられ、その命令があまりにきびしかったため、大人になってから、ドラッグでぼやけた頭のなかで、〝伏せて身をかばう〟というサバイバル戦略を人前で口にすれば恐ろしい罰が待っている、と思うようになったのかもしれない。

「納得できる説明ではあるわね」わたしは言った。「ただ――断言はできないけど――ジュディの反応にはもっと深いものが潜んでいるような気がしなくもないの。わたしが国土安全保障省につきまとわれてるせいかもしれないし、マーティンがメターゴンの開発したスタクスネットと同タイプのウィルスを盗んで逃亡したのだと、社のほうで思っているせいかもしれない。今回の事件の根底にあるのは家族の秘密なの？　それとも、核の秘密？」

「両方ということもありうる」マックスが言った。「マーティンの祖母マルティナは、ベンヤミン・ゾルネンの手で救えたかもしれないのに、死んでしまった。エドワード・ブリーンは、かつてマルティナの教え子だったナチ党員をアメリカに連れてきて、ロケットと兵器の開発にあたらせた。これによって、マーティンの一家と核の秘密が結びつく」

わたしはロティから銀器を受けとって拭きはじめた。「ボブ・ディランの古い歌のなかに入りこんだような気分よ。〝ここで何かが起きている。でも何なのかわからない。そうだよね、ウォーショースキー＝ジョーンズ〟」

《フィジックス・トゥデイ》編集発行人殿

一九八五年七月

レーガン大統領の〝スターウォーズ計画〟ほど無益なものに多大な時間と予算とエネルギーが注ぎこまれた例は、〝伏せて身をかばう〟がスローガンだった時代以降、ほかに類を見ないことです。〝コミュニケーションの達人〟と呼ばれる大統領は、金がものを言うことを知っています。計画をアメリカ全土に広げるため、防衛システム関係の請負企業上位十社に対し、五億ドルが即金で支払われました。ただし、このなかには、宇宙用レーザー兵器、地上との安全な交信、その他多数の費用のかかる夢物語を実現するための、数千億ドルという複数年にわたる予算は含まれておりません。エドワード・ブリーンのメタ―ゴンが上位十社に入っているのを見て、わたしはうれしく思いました。

ブリーン氏とわたしはかつての仕事仲間で、契約上の義務を遂行するためなら、氏が手段を選ばない人であることを知っているからです。

御誌六月号で美しい画像を拝見しましたが、この構想は実現可能な物理学および工学分野のものというより、膨大な費用をかけてSFの世界を実現させようとするようなものです。これまでの実験によると、突入してくる目標物をレーザー兵器で確実に破壊できるかどうかは、ほとんどあてずっぽうの域を出ておりません。それにもかかわらず、予算は膨らむばかりです。

スターウォーズ計画は、ヨーロッパの同盟諸国ならびにソビエト連邦とわが国の微妙な関係を不安定にし、タカ派が好む核兵器による先制攻撃へとわが国を向かわせる結果となっています。

ペンタゴンの報告書がリークされてわたしたちがそれを目にしたのはわずか二年前のことですが、その報告書には、核戦争が長びいても(具体的には、五年間に及んでも)合衆国は乗り切ることができると書かれていました。ワインバーガー国防長官のもとで戦略及び戦域核兵力を担当していた次官は、合衆国にすぐれた民間防衛政策があれば、全面核戦争が起きても五年以内に正常な状態に戻すことができる、と述べています。

昨年、ヒロシマの原爆記念日に、合衆国エネルギー省長官がネヴァダ核実験場へ赴き、水爆実験を初めて視察しました。長官は〝エキサイティングな〟実験だった、勝利をもたらす核戦争を今後も支持していくつもりだ、と述べています。

わたしはかつて、ネヴァダの核実験場で一時期をすごす特権(と言っていいかどうかわかりませんが）を与えられました。実験場の地下水はいまなお飲用に適さず、その区域に迷いこんで草を食べた牛は無惨な奇形となり、百マイル離れた町々でも、今日に至るまで人々が希少癌に苦しんでいます。

スターウォーズ計画の擁護者たちは、人間集団に対して核兵器を爆発させた場合に何が起きるのか、まったく理解していないようですが、古代ローマの歴史家タキトゥスは為政者の考えをはっきり見抜いていたに違いありません。彼はこう書きました〝彼らは破壊し、彼らは虐殺し、それを〈帝国〉と呼ぶ。彼らは砂漠を作りだし、それを〈平和〉と呼ぶ〟

敬具

ゲルトルード・メムラー、物理学博士、ウィーン大学

一九八五年七月二日
宛先……全捜査官
差出人……バーニー・モントーヤ主任捜査官

ゲルトルード・メムラーの居所を突き止めろ。この捜索を最優先事項とする。メムラーは合衆国大統領にとって邪魔な存在であり、この二十五年間、メムラーを見つけられずにきたことはわれら捜査局の汚点である。

捜査局のファイルによると、メムラーはナチの共鳴者もしくは支持者であったが、一九四六年、合衆国に迎えられて、兵器・ロケット開発を担当するようになり、やがて、一九五三年にネヴァダから姿を消した。用心深く身を隠していて、手紙や兵器に関する論文を発表するさいに一瞬だけその存在をあらわすものの、差出人の住所にはつねに架空のものが使われている。《フィジックス・トゥデイ》のほうへ、連邦捜査局の承認を得ずにメムラーの手紙を活字にするのは控えるよう、強硬に申し入れたが、編集発行人は非協力的だ。社内の捜索に抵抗し、連邦の捜索令状を提示するよう求めてきた。現在、《フィジックス・トゥデイ》の到着・発送郵便物すべてを監視しているが、メムラーが同じ雑誌を二度使った例はほとんどない。

メムラーはナチ協力者から共産主義支持者へと瞬時にして転向した。機密扱いの書類に近づくことができる。ここに同封したのは、現存するメムラーの写真のうち最後のもので、法医学の専門家たちがそれをもとに、現在七十三歳になるメムラーの姿を想定したものも添えてある。すべての入国管理官に対し、パスポートの写真に注意するよう連絡してほしい。メムラーが国外に居住している場合は、おそらく偽名のパスポートを使用しているものと思われる。

29　夜の訪問者

ロティの車でベルモント・アヴェニューとシェフィールド・アヴェニューの交差点まで送ってもらい、高架鉄道の線路の下で止めてもらった。わたしの家は四ブロック先だ。わたしに監視がついている場合、ロティのアウディが監視者のリストにのせられることになっては困る。マックスの家からここまでくるあいだ、二人とも黙りがちだったが、わたしが助手席のドアをあけると、ロティが言った。

「ジュディのひきおこす騒ぎで、周囲の者の人生が大きな被害を受けている。彼女の母親、息子、今度はあなたがジュディの火に焼かれる番ね」

「あの家に楽しいひとときはあったのかしら。レナードが科学フェアでマーティンと一緒に撮った写真を見ると、うれしそうだし、孫息子が自慢でならないという表情だわ。でも、娘のジュディに対してそういう気持ちはあったの？」

ロティは昔を思いだしながら、ゆっくり言った。「ジュディが生まれたとき、レナードは宝くじにあたったみたいに喜んでたわ。もちろん、わたしはあの一家の日常生活に入りこんでたわけじゃないから、ジュディの数学の成績がCだったときや、ピアノに無関心だったときに、レナードがどう反応したかはわからない。だけど、あまり気にしなかったんじゃないかしら。学力とか特技にこだわる人ではなかったから」

うしろで誰かが警笛を鳴らした。ロティは歩道に車を寄せた。駅の周囲の蛍光灯に照らされて、ロティのクルミ色の肌が緑色に染まっていた。

「でも、キティはちょっと違っていたと思うの」ロティは言った。「自分の父親は大工だとしきりに訴え、研究者や科学者が身近にいては迷惑だと断言していたけど、あれはむきになってただけで、本当は、実の父親がノーベル賞受賞者であるよう願ってたんじゃないかしら。少なくとも、わたしにはそう思えてならないの。キティの心の秘密まではわからないけど」

「ジュディも哀れね。もっとも、誰だって哀れだけど。仕事のなかで大きな苦悩に出合うと、わたし、まともに向きあえなくなってしまう」

ロティはわたしの手を握りしめた。「ええ、わたしも同じよ」

車をおりたとき、ロティの目に涙が光っているのが見えた。家までゆっくり歩いた。尾行のことなどもうどうでもよくて、心が重く沈んでいた。長かった一日の終わりに赤ワインを飲みすぎたのがいけなかった。一時間ほどはフワッといい気分でいられるが、やがて落ちこんでしまう。

ラシーヌ・アヴェニューに着くと、アパートメントの反対側の歩道を歩きながら、走りすぎる車に目を光らせ、犬を散歩させている人や、バーで一杯やって帰宅しようとする人のなかに、不審な人物がいないかをチェックした。害のなさそうな人ばかりだった。だから、アパートメントの正面入口近くでいきなり若い女性が近づいてきた瞬間、心拍数がいっきに跳ねあがった。考えるより先に、身をかがめて道路に伏せた。心配そうな声でそっと名前を呼ばれて、まぬけな気分で起きあがった。

「ええ、V・I・ウォーショースキーだけど。どなた？」

「アリスン・ブリーンといいます。お会いしたかったんです」相手はなおさら心配そうな声になっていた。驚いたとたんツゲの植込みの陰に伏せる探偵なんて、頼りないと思われるに決まっている。

「メキシコにいるとばかり思ってたわ、ミズ・ブリーン。向こうの高校のためにコンピュータ・ラボの建設を進めてるんでしょ？」

「ええ、でも――でも――お目にかかりたくて。話したいことがあるんです」

迷惑な習慣が生まれつつある。夜遅く、知らない相手がわたしに話をしにくるという習慣。でも、少なくとも、この女性はわたしのアパートメントに忍びこむのではなく、ちゃんと声をかけてきた。

「わかった。なかに入りましょう。そのほうが人目を気にせず話せるから」わたしは正面のドアのロックをはずし、片腕を差しだして、なかに入るよう合図をした。

ロビーに入ると、ミスタ・コントレーラスの住まいの玄関ドアがひらくところだった。ミッチとペピーがワンワンキュンキュンいいながら、わたしを迎えに飛びだしてきて、ついでに来訪者を嗅ぎまわった。

「前の歩道であんたの声がしたもんだから、二匹ともうるさくてもう大変で、仕方なくドアをあけてやったんだ」ミスタ・コントレーラスはぬけぬけと嘘をついた。「そっちのお嬢さんが、さっき、あんたに会いたいと言って訪ねてきてね、あんたに電話したんだが、応答がなかった」

ロビーの照明のもとで見ると、アリスンが富裕層のお嬢さまであることは明らかだった。小麦色に焼けた透明な肌。きれいに並んだ真っ白な歯。うしろへ流して頭のてっぺんでまとめ、メキシコ製らしきバレッタでとめてある、つやつやの茶色い髪。かがんで犬をなで、ミスタ・コントレーラスに片手を差しだしたときの自信にあふれた態度。こうしたことがひとつになって、最前列に出ても物怖じしない人物ができあがっている。

「アリスン・ブリーン、この人はサルヴァトーレ・コントレーラスよ。話をするのに、おたくをちょっと借りてもいい？」わたしは隣人に訊いた。「わたしの部屋はひょっとすると、国土安全保障省に盗聴されてるかもしれないから」

老人の目が輝いた。ペトラが平和部隊に入って以来、若くて活発な相手に――それも女性に――飢えているのだ。「粗末な住まいだが」老人はアリスンに断わりを入れた。「掃除は行き届いておるし、犬とヴィクとわしで歓待させてもらうから、さあ、入ってくつろいでくれ。紅茶か、コーヒーか、何かどうだね？　ビールやグラッパもあるぞ」

「グラッパはやめなさい」わたしはアリスンに警告した。「ミスタ・コントレーラスの手作りで、屈強な男たちでもひっくりかえるって評判なんだから」

アリスンは礼儀正しく微笑したが、水だけでいいと答えた。バックパックを床におろして、たわんだアームチェアの端に腰かけた。

わたしはアリスンと向かいあったカウチにすわった。「あなたがここにきてること、おうちの人はご存じなの？」

「あの――あたしがこっちに帰ってきたことは誰も知らないわ。飛行機が四時に着いたの。五時からずっと、ときどきここをのぞきながら待ってたのよ。呼鈴を鳴らしたら、ミスタ・コントレーラスが出てきて、あなたは街のほうへ出かけてるけどじきに帰るって言ってくれたから、一時間おきに様子を見にきてたの」

「誰にも知られずにメキシコ・シティを出てこられたかどうか、かなり疑問だわ。あなたはどこの誰ともわからない子ではない。ブリーン家の相続人よ。お父さんはメキシコ・シティに人をやって、あなたの様子を報告させてたのよ。それに、FBIを動かすつもりだと言ってたし――」

「コンピュータ・ラボのスタッフの誰かがあたしを監視してるっていうの？」アリスンは叫んだ。「ああ、なんて――なんてひどい！　父ったらよくもそんな……。いつになったら父の束縛を逃れて、自分の意志で動けるようになるのかしら。自由になりたかったのに――あっ、ラモーナだわ。でしょ？　あたしの部屋に勝手に入りこんでたから、おかしいと思ったの。ああ、スパイじゃないかって疑いだしたら、誰も信用できなくなってしまう」

わたしにはおざなりな返事の言葉すら浮かばなかった。カウチにもたれた。スプリングがずれてわたしのお尻に食いこんだ。この場で眠りこんでしまわずにすんだのは、ひとえにこのおかげだったのかもしれない。

「ところで、どうしてここに？」目をあけておこうと努力しながら、わたしは言った。「どこでわたしの名前を知ったの？」

「父に聞いたの。まず父が電話してきて、マーティンのことで騒ぎ立てたの。マーティンと一緒なのかって父が訊くから、あたしは、もちろん違う、夏の終わりから連絡をとってないって答えたわ。ジャリから全員に——メターゴンで夏のバイトをした仲間全員に——マーティンの居所を知らないかという問い合わせのメールが届いて、あたしもそれで彼の失踪を知ったんだって、父に言ったのよ。でも、信じてもらえなかった。父はあたしがマーティンを隠してると思いこんでて、最初から険悪な雰囲気だった。でね、あなたがマーティンを捜してるから、あなたから連絡があったら、すぐ父のほうへ知らせるようにって言われたわ」

「そこで、飛行機に飛び乗り、わたしがシカゴの街にいるかどうかもわからないのに、六時間かけてこちらに戻ってきたのね」

アリスンは赤くなった。「ニュースでマーティンのお祖母さんのことを知ったの。お祖母さんが誰かに殺されて、マーティンのお母さんも襲撃されたって。あなたに訊けば、マーティンが姿を見せたかどうかわかるんじゃないかと思ったの」

ミスタ・コントレーラスがグラスに水を注いで戻ってきた。ミックスナッツと四つ切りのリンゴをのせた皿と一緒に。「少し食べたほうがいい。一日じゅう、心配ごとを抱えて飛行機に乗ってたんだからな。何か食べれば、気分も落ち着く」

アリスンは微笑を浮かべ、なんて親切な方なの、とってもおいしそうね、と感嘆の声を上げた。小さなころから両親の優しい友人たちにちやほやされて育った子だ。どんな言葉を返せばいいか、よく知っている。

「面倒でなければ、コーヒーを一杯もらえないかしら」わたしは隣人に言った。「どうやら長い夜になりそうだから」

「いいとも、嬢ちゃん、お安いご用だ」ミスタ・コントレーラスはせかせかと台所に戻っていった。

「優しいおじいさんね」アリスンが言った。

「純金のような人よ。だから、あの人に社交辞令はおやめなさいね。ねえ、誰かからお父さんのほうへ報告が行くのがそんなに心配なら、わたしがお父さんのために働いてる人間ではないってことを、何を根拠に判断するわけ？」

「あなたのことを話したときの父の口調よ」アリスンは口ごもった。「失礼な言い方だけど、たいした探偵じゃない、繊細さに欠ける女だから、瀬戸物屋に入りこんだ牛みたいに暴れまわるだけさ、って父は言ったの」

「まあ、陳腐ね。でも、どうせなら、〝牝牛〟と言ってほしかったわ」

アリスンは困惑の表情になり、わたしに向かってまばたきをした。

「いくら繊細さに欠ける女でも、それだけでオス化するわけじゃないのよ」わたしは説明した。「それにしても、わたしのことをお父さんが役立たずだと言ってるから信用しても大丈夫だなんて、どうして思ったの？」

アリスンの唇が震えた。「からかわないで。さっきも言ったように、失礼なことは承知のうえだけど、あなたのことを調べてみたの。そしたら、大きな事件をいくつも解決した人だってわかったの。依頼人を守る必要があれば、相手が警察だろうと、FBIだろうと、うちの父みたいな人物であろうと、喜んで対決する人だとわかった。あたし、ほかにどうすればいいのか、誰に頼ればいいのか、途方に暮れてしまって」

わたしはすわりなおした。こわれたスプリングのせいでお尻が痛かった。「ごめんね、ミズ・ブリーン。からかったりして悪かったわ。今日は長い一日だったし、この一週間、マーティンの行方を突き止めようとしてさんざんな目にあってきたから、人の気持ちを考える余裕がなくなってたの。マーティンを匿ってるだろうって、電話であなたがお父さんから非難されたあと、何があったのか話してくれる？」

ミスタ・コントレーラスがわたしのためにコーヒーとミルクを、自分のためにグラッパを用意して戻ってきた。ミッチとペピーは不可思議な犬の数学を用いて、わたしたち三人全員から等距離の場所に、それぞれすわりこんでいた。わたしはアリスンからこれまでに聞いた話を老人にざっと伝えた。

「ＦＢＩの人がマーティンを捜しに、わたしのいるコンピュータ・ラボにやってきたの」アリスンは言った。「ＦＢＩに頼んだなんて、父はひとことも言ってなかった。でね、捜査官が姿を見せたとたん、ラボにいた全員がすくみあがったわ。メキシコでは、ＦＢＩやＤＥＡ（麻薬取締局）が誰かを尋問しようとすると、みんな、見て見ないふりをするの。せっかくラボの人たちの信用を得ていたのが台無しになってしまったって、電話で父に文句を言ったら、父は国家の安全がどうのってわめいて、こう言ったわ。マーティンがうちのソフトを——あ、メターゴンのソフトって意味だけど——盗みだし、ＦＢＩが彼の行方を追っている、おまえがいずれ会社の経営に携わるつもりなら、下手な同情はやめることだ、と」

アリスンは爪の甘皮をいじっていた。とても幼く、傷つきやすく見えた。「いくらあたしが反論してもだめだった。マーティンはそんな人じゃないって言っても、耳を貸してくれないの」

「マーティンはどんな人なの？」わたしは尋ねた。「わたしは一度も会ったことがないけど、誰に話を聞いても、マーティンのことを一人の人間として理解している人はいなかったような気がするの。高校時代の物理の先生をのぞいて」

「サボテンみたいな人よ。表面は硬くてトゲだらけだけど、中身は蜂蜜みたいに甘いの」

「つきあってたの？　だから、ご両親の家でバーベキューをやったとき、マーティンも呼んだの？　サマー・プロジェクトのメンバーではなかったのに」

アリスンは苛立たしげなしぐさを見せた。「二回寝たわ。でも、あたしが両親に内緒にしてたから、マーティンは離れていった。ぼくのことが恥ずかしいんだろうって言って。そんなんじゃないのに。父がマーティンをその場で解雇するに決まってるから。メターゴンでのマーティンの業績は、あたしなんか足もとにも及ばない。あたしも優秀なコンピュータ・エンジニアではあるけど、マーティンは特別なの。みんなが一次元で見ることしかできないものを、彼は三次元で見ているの」

「極秘事項のようなものだったのね」わたしは言った。「二人が寝ていたことは」

「いまやっとわかった」アリスンは苦々しげに言った。「誰かが父にゴマをすろうとして、遠まわしに告げ口したんだわ。ジャリでなきゃいいけど。気のいい人だもの。でも、メターゴンの人間はみんな、ライバル意識むきだしで、同じプロジェクトに携わってても、おたがいを蹴落とすことばかり考えてる！　もしかしたら、サマー・プロジェクトに参加した子の一人だったのかも。ＭＩＴからきてた女の子、マーティンに気があるみたいだったし。

とにかく、誰かが父に告げ口をして、父は、学校を中退した野心的な男に娘を食いものにされてたまるか、と言いだしたの。それも不当な言いがかりだわ。マーティンは中退なんかしてないもの。大学へ行かなかっただけ。いまはイリノイ大学のサークル・キャンパスで夜間講座をとってるけど、すごく頭がいいのよ。SATの数学は満点だったし、APコース（進学準備プログラム）の物理Cの試験は最高点だったのよ。ご存じ？」

「いろんな人から聞かされたわ。高校の物理の先生はマーティンの点数を見て、カルテックかMITを受験させようとしたけど、家の人が進学に反対だったんですって」

「なるほど、そういうことだったのね。あたしの家がすごいお金持ちで、あたしがハーヴァードに行ってることに、マーティンはひっかかりを感じてたみたいだけど、そういうわだかまりが消えたあとは、ほんとに優しい人だった。あたしの誕生日に何をしてくれたかわかる？　あたしね、小さいころ、飼い犬におしゃべりしてって頼んだことがあって、その話をしたのをマーティンが覚えててくれたの。あたしはいつも一人ぼっちで、犬が親友だった。ルルっていうその犬にそっくりのおもちゃを、彼が誕生日のプレゼントに見つけてきて、自分でプログラムしたチップを埋めこんでくれたのよ。犬が〈ハッピー・バースデー〉を歌って、〝アリスン、あなたはぼくの親友、ぼくのハートにあなたほど近づける人は誰もいない〟って言ってくれるの。尻尾までふるようにしてくれたのよ。彼ってほんとに天才」

　疲労がたまり、涙をこらえているせいで、アリスンの蜂蜜色の目が赤くなっていた。ミスタ・コントレーラスが優しくうなずいた。この老人は、『ロミオとジュリエット』は名作だが、シェイクスピアがあんな結末にしたことだけは許せないと思っている。〝わしがその場にいたなら、墓所でジュリエットのそばに残り、眠っているだけだとロミオに教えてやっただろう。あの修道僧は大バカ者だ。薬でこんこんと眠る少女を置き去りにすれば、ロミオのように興奮しやすい若者が過剰に反応することぐらい、わかりそうなものなのに〟というのが、シェイクスピアに対する老人の意見だ。

「何をしてほしいか、このヴィクに言えば、ちゃんとやってくれるからな」老人はアリスンに言った。「偉かったなあ。遠くからはるばる飛んできて」

この褒め言葉を聞いて、わたしは苦笑した。「まかせといて。FBIなんて、片手が使えなくても楽にやっつけてあげる。頼もしいでしょ。国土安全保障省がわたしの片手を背中で縛りあげてしまったけど」

「まあ。アパートメントが盗聴されてるかもしれないって、あなたがさっき言ったとき、あたし、聞き流してしまってた。なぜ盗聴を？　父のせい？　マーティンのせい？」

「州の南のほうにマーティンのお母さんが暮らしてた家があって、わたしがそこである文書を見つけたせいなの。見つけたのはほんのわずかだけど、ほかにマーティンが持ち去った分もあると思うわ。わたしが見つけた文書は、研究所へ分析にまわす前に盗まれてしまった。国土安全保障省はわたしの言葉を信じようとしない。マーティンと母親が核兵器の秘密を記したファイルを持っていて、それをわたしが隠している——そう思いこんでるの。それに関して何か知らない？」

「無茶言うんじゃない、クッキーちゃん」ミスタ・コントレーラスが言った。「この子が知るわけないだろ。あんたが何を見つけたかも知らないのに」

「マーティンがミズ・ブリーンに打ち明けたかもしれないでしょ。孤独な若者だったのよ。誰かに話さずにいられなかったんじゃないかしら」

アリスンは首を横にふった。「マーティンに兵器関係の知識があるなんて話、聞いたこともないわ。お母さんのことも聞いてないし」

「でも、バーベキューであなたのご両親の家へ行ったとき、マーティンは何かを見てひどく動揺したようなの。なんだったのかしら」

アリスンの顔が悲しげにゆがんだ。「さあ、わからないわ。いつも無口な人だったし、ほかのメンバーが一緒だと、さらに無口になるの。あたしに言えるのは、祖父の仕事部屋へみんなを案内したときに、マーティンが何かを見たんじゃないかってことだけ」

「あら、お祖父さんはコンピュータの設計を自宅でやっていたの？」

「昔から自宅に仕事部屋を持ってたのよ。有名になってからも。バーベキューにきた子たちがその部屋を見たがったの。たぶん、祖父がすばらしいひらめきを得た場所を目にすれば、祖父の頭脳と幸運のお裾分けにあずかれるって思ったんでしょうね。仕事部屋はレイク・フォレストの家の三階にあるのよ。メターゴン一号のコアメモリの設計は、ハイド・パークに住んでたころ、家のガレージ裏に造った最初の仕事部屋でやったものだけど、スケールモデルや設計図やなんかは、すべてレイク・フォレストに移してあるの」

わたしはうなずいた。「で、みんなで三階まで行ったのね。最初に言いだしたのは誰だったの？」

「マーティンでなかったことはたしかよ」アリスンは防御の口調で言った。「庇ってるわけじゃないわ。父はすぐそう言うけどね。マーティンのわだかまりのせいなの。お金と権力のある人間がなしとげたことに興味があるのを、彼はぜったい認めようとしなかった。それはともかく、みんな、スケールモデルをいじったり、手紙に尊敬の目を向けたりしてたわ。祖父はすごい人たちからもらった手紙をすべて額に入れて飾ってたの。ノーベル賞受賞者とか、アイゼンハワー大統領とか。差出人の名前を見ただけで、祖父が偉大な業績を残したことがわかるはずよ」

「そして、その手紙か書類か何かのひとつを見て、マーティンは動揺した。考えて！　何を見てたのか」

「さっきも言ったでしょ。わからないって！」アリスンは叫んだ。「サマー・プロジェクトのグループにタッドという子がいて、この子がマーティンを嫌ってた。彼のコードをマーティンが無断で書き換えてしまったから。でね、タッドがわたしの横に立ってたの。おまけに、わたしに腕をまわしてた」

アリスンの目尻から涙がこぼれた。「マーティンがそばにきた。〝計算の合わないことがある。きみ、お祖父さんの仕事についてどの程度知ってる？〟って言ったの。どういう意味ってあたしが訊きかえしたんだけど、そこでタッドが嫌みなことを言いだしたのよね。人間計算機がつねに正しいってどうして言えるんだ、メターゴン一号のやった計算が合わないというのなら、これが何十年もすばらしい性能を発揮してきたのは幻だったことになるぞ、って」

アリスンはティッシュを出そうとバックパックのなかを探ったが、ミスタ・コントレーラスがナプキンをとり、頬の涙を拭いてやった。

アリスンは涙ぐみながら笑みを浮かべて、老人に礼を言った。

「そしたらマーティンが部屋を飛びだしたの。あたしはあとを追いかけたけど、〝じっくり考える必要がある。ぼくを笑いものにしないでほしかった〟って言われてしまった。あたしが〝えっ、タッドのこと？〟って訊くと、マーティンは〝タッドのことも、ほかのことも〟と答えた。

彼と言葉を交わしたのはそれが最後だったわ。あとで電話したけど、出てくれなかった。携帯メールにも、パソコンメールにも返事してくれないから、あたし、すごく意地悪なメッセージを送ってしまった」

「そうなの？」わたしは先を促した。

「〝もう知らない。父の言ったとおり、あなたはしがないブルーカラーの子で、ひがみ根性が強いのね〟って」アリスンはつぶやいたが、ひどく早口だったため、聞きとるのに苦労した。

「もちろん、本気じゃなかったのよ」アリスンはつけくわえた。「でも、どうして返事をくれないの？　姿を消すことをどうして言ってくれなかったの？　あたし、何週間か前にメキシコへ行ってからずっと、マーティンに避けられてると思ってた。ところが、ジャリからメッセージが届いたの。マーティンのＩＳＰサーバーを調べて、メールと携帯を追跡してみたんですって。姿を消した日以来、メールの送信件数はゼロだし、携帯のほうも、パソコンのほうも、受信箱のチェックはされていない。ジャリはアドレスを五つ見つけたけど、どれも使用した形跡がないそうよ」

わたしはカウチの肘掛けを指で軽く叩いた。「お祖父さんの仕事部屋を見せてもらえないかしら。マーティンが何を見たのか、たしかめてみたいの」

「無理よ！　こっちに戻ってることを父に知られたくないの。それに、マーティンが見てたのが、タッドの言ったように、メターゴン一号だったとすれば、誰だって見ることができるわ。初期のコンピュータ工学のテキストを見れば、どれにでも出てるもの。コンピュータの歴史が順を追って説明されてるのよ。フォン・ノイマンとビゲローがプリンストン大学で何をしたか、ラシュマンがRCA社で何をしたか、エドワード・ブリーンが昔のコーチハウスで何をしたか」苦悩のなかにあっても、最後の言葉を口にしたとき、アリスンは自然と誇らしげな口調になっていた。

「一緒に設計図を見ていけば、わたしにも理解できるかしら」わたしは尋ねた。

「あたしの口から順を追って説明することはできるけど、モデルや設計図からあなたが何を読みとれるのか、あたしにはわからない」アリスンは言った。「マーティンが何を読みとったのかもわからない。だいたい、マーティンが設計図を見てたかどうかもわからないのよ」

たぶん、コーデル・ブリーンの意見が正しくて、わたしはこういう知的な事件を扱える探偵ではないのだろう。「設計図のとなりには何があったの？　マーティンが何かほかのものを目にした可能性はないかしら」

アリスンはお手上げというしぐさを見せた。「マーティンが立ってた場所の近くにあるものは、ひとつ残らず調べてみたわ。祖父がメターゴン一号のコアメモリを作るために描いたオリジナルのスケッチ。戦争中、どこかの戦場で待機してたときに思いついたことを、ざっと描いただけのものよ。それが壁に飾ってあるわ。数学者のスタニスワフ・ウラムからきた手紙も飾ってある。祖父が提案したメモリレジスタは大胆で革新的だったけど、IASのなかでは時代を先取りしすぎてたから、設計が変更されることはなかったわ。とくに、フェルミ面が正確に計算できるという保証もない時代だったし」

コンピュータの設計についてアリスンが順を追って説明してくれても、わたしにはきっと何ひとつ理解できないだろう。〝フェルミ面〟という言葉だけですでに頭が混乱し、話についていけなくなっている。

「バーベキューの二、三週間後に、マーティンは母親が暮らしている州の南のほうへ出かけたの」わたしは言った。「そして、何かの文書のことで母親と口論した。文書はすでに消えてしまったけど。マーティンからお母さんの話を聞いたことはない？」

「ヤク中ってこと？　ええ、マーティンには悩みの種だったみたい。子供を持つ気になれなかったのも、たぶん、そのせいね。子供がコカイン中毒になるのを恐れてたんだわ。遺伝子レベルで決定することではないって、いくらあたしが言っても、マーティンは納得しなかった」

「バーベキューの夜、お母さんと話がしたいというようなことは言ってなかった？」

アリスンは首をふった。「こう言っただけ——きみがぼくのことを両親に黙っているのは、ぼくがときどき祖母に内緒で母親に会いに行ってるのと同じようなものだね、って。彼、あたしとのこともお祖母さんに内緒にしてたわ。ただし、それはお祖母さんがすごい変わり者だから。自分たちがほんとに真剣にならないかぎり、あたしを紹介するわけにはいかないって言ってた」

わたしはシクシクする目をこすった。コーヒーを飲んでもシャキッとしなかった。ぐったり疲れていて、いまにも倒れそうだった。「わかったわ。家族の話が出たついでに言っておくと、あなたがいまこの街にいることをご両親に内緒にしておくのは、たぶん無理だと思う。誰かが――さっきあなたの話に出てきたラモーナって子なんかが――メキシコの住まいを出ていくあなたを見てるはずよ。たとえ、お父さんのほうへ連絡が行っていないとしても、あなたの姿が消えたとなれば、メキシコの人たちが警察に緊急手配を依頼するでしょう。飛行機のチケットを買うのにクレジットカードを使えば、すでに足跡を残したことになる。もし国土安全保障省がこの建物を監視していれば、監視カメラの写真からあなたの身元を割りだすでしょうね」

アリスンの肩ががっくり落ちた。ミスタ・コントレーラスがそばに行ってその肩を抱いたが、わたしには渋い顔をしてみせた。「なんでこの子を動揺させるんだ、クッキーちゃん。ここを訪ねてくれたからには、今後のことを考えてやらなきゃ」

「ここに置いておくのは無理よ」わたしは苛立ちのなかで答えた。「この建物はすでに目をつけられてて、あまりにも無防備だもの。わたしの事務所へ連れていくのも無理」

ミスタ・コントレーラスは反射的に抵抗し、アリスンの面倒ぐらい自分がみると言いかけたが、途中でフッと黙りこんだ。「ただのチンピラが相手なら、わし一人でもなんとかなるが、政府やこの子の父親が相手となると、やっぱり無理かもしれん。なあ、嬢ちゃん、何か考えてくれ。どこかに隠れ家みたいなのがないかね」

わたしは老人に疲れた笑みを向けた。「ブレア・ラビットが住んでる茨の茂みのようなもの？　わたしをそんなところへ投げこもうなんて、まさか思ってないでしょうね」

この言葉から不意に、思いもよらぬ連想が浮かんだ。「そういう場所を知ってるかもしれない。さあ、ミズ・ブリーン。変装しましょう」

30 変装ごっこ

「坊主ども、ユニオン駅までの行き方はわかっとるな？　わしの車でダウンタウンまで送っていかなくても、ほんとに大丈夫かい？」ミスタ・コントレーラスが大きな声で言った。

「やだなあ、おじいちゃん、数えきれないぐらい往復してるのに」こう答えたのはアリスン。ジーンズとTシャツで小柄な少年に変装している。うしろ向きにかぶった野球帽がつやつやの髪を隠していた。

「さあ、どうだか」老人は苛立たしげに言った。「もう遅い時間だし、電車には痴漢も多い。わしが一緒に乗っていければいいんだが」

「犬の世話があるだろ、おじいちゃん。痴漢が出ても撃退するから大丈夫」わたしのいとこ、ブーム＝ブームが昔着ていたアイスホッケーのジャージは、暖かな夜には少々うっとうしいが、胸を隠すのにちょうどよかった。わたし自身の野球帽をかぶって街灯から離れれば、上の孫息子で通るだろう。その子は十九歳、ノーザンイリノイ大学に入ったばかりだ。

ミスタ・コントレーラスがわたしの肩をガシッとつかみ、アリスンを抱きしめた。アリスンは身をよじって逃れた。いかにも本物の孫息子がやりそうなことだ。ミスタ・コントレーラスは犬二匹を連れて、駅の入口あたりでぐずぐずしていた。そのおかげで、犬をうろつかせていることに文句を言う夜の乗客のなかに、わたしたちを尾行している者がいないかどうか、たしかめるチャンスができた。絶対確実とは言いきれないが、尾行の心配がないことは九十五パーセント確信できた。

わたしの思いつきをおおざっぱに伝えただけなのに、アリスンも隣人もみごとに役を演じてくれた。わたしはCTA（交通局《シカゴ》）のカードを自動改札機に通し、階段の下で足を止めて掲示板の文字を読んだ。郊外行きの電車の入ってくる音が聞こえた瞬間、アリスンの腕をつかんで、二人で階段を駆けのぼった。ドアが閉まろうとする電車に飛び乗った。

二人とも緊張していた。各駅停車でハワード駅まで行くあいだ、ひとこともしゃべらなかった。メキシコ・シティの迷路を楽々と歩けるアリスンなのに、高架鉄道に乗るのは初めてだった。わたしたちの乗った車両で誰かが深夜の物乞いを始めるたびに、怯えた様子で眉をひそめ、あたりに目をやっていた。ハワード駅では運に恵まれ、スコーキー・スイフト線の最終電車にぎりぎりで間に合った。

終点でおりて、キティ・バインダーの家までの一マイルを歩いた。ブーム＝ブームのジャージがわたしの胸だけでなく、ピッキングツールと懐中電灯と銃も隠してくれていた。ケドヴェイル通りの家に着くまでのあいだ、懐中電灯が胸郭にぶつかってけっこう痛かった。

すでに真夜中をかなりすぎていて、小さな家々は寝静まっていた。というか、わたしはそう期待していた。犬を散歩させている不眠症の人間に姿を見られたりしたら大変だ。

警察の現場保存用テープが張りめぐらされ、玄関ドアにクック郡担当州検事の立入禁止シールが貼られているのを見て、アリスンがさらにびくついた。「見つかったら、わたしたち、刑務所に入れられちゃうの？」ささやき声で訊いた。

「見つかったら、ウサギみたいに跳んで逃げなさい。誰かに止められたら、わたしに誘拐されたって言えばいいから」わたしは低く答えた。刑務所の運動場で身につけた低い話し声は、ささやき声と違って遠くまで届くことがない。

警察はガレージを立入禁止にするのを省略していた。ガレージの裏手にドアがあり、簡単な錠がついている。アリスンの震える手に懐中電灯を持たせて、手早くタンブラーをはずした。三十秒もしないうちにガレージに入ることができた。何か言おうとしたアリスンの口を片手でふさぎ、頭のなかでゆっくり八まで数えた。叫び声を上げる者も、背後のドアノブをガタガタ揺する者もいなかった。

ガレージの屋根に天窓が二ついていたので、懐中電灯はあまり使わずにすんだ。レンの工具類が置いてあるベンチが目に入った。いまは埃をかぶっているが、のみもレンチも布の上にサイズ順に几帳面に並んでいる。ベンチの背後の壁に、孫息子と一緒に撮った写真が何枚もかかっていた。マーティンとロケットの写真はわたしも前に見ているが、ほかにも、野球をする二人、車の修理をする二人などの写真があった。それを見て、アリスンが歓声を上げ、壁からはずして家に持って入ると言いだした。

ベンチの向こう側に、台所へ続くドアがあった。そこも簡単にあいた。恐怖に駆られて玄関と裏口のドアにいくつもデッドボルトをつけていたキティが、こんな簡単な侵入ルートを見落としていたというのも妙な話だ。また、侵入者が家のなかを徹底的に荒らしておきながら、ガレージにはいっさい手をつけなかったというのも妙だ。家のなかで目当てのものを見つけたか、もしくは、目当てのものなどなかったのかもしれない。麻薬業者がジュディ・バインダーを追ってきたのなら、主義に従って――もしくは主義がないため――さんざん荒らしていったのかもしれない。

住居のほうに入ってみると、犯行現場は手つかずのままだった。いまも本と書類が床に散乱していた。わたしが金曜日にざっと調べた時点で見落としたのは、侵入者が小麦粉と砂糖の容器を空にし、フリーザーの中身を放りだしていったことだった。食料は腐りはじめていた。板が打ちつけられた裏口のドアの下からアリがぞろぞろと入りこみ、こぼれた砂糖のところまで列を作っていた。

アリスンが嫌悪のあまり、鼻にしわを刻んだ。「ひどい臭いね。学校へ出かける途中で通るスラム街《バリオ》みたい。こんなとこには泊まれない」

「タクシーを呼んで家に帰る気がないかぎり、いまのところ、ほかに選択肢はないのよ。少し掃除しましょう。そうすれば、どうにか耐えられる状態になるから」

わたしたちの存在を誰かに気づかれては困るので、電気器具を使うのも、明かりをつけるのも避けたかった。換気扇のスイッチを入れようとするアリスンを止めた。地下へ続くドアをあけると棚があり、箒とモップ、ゴミ袋、クロロックスがのっていた。わたしは断固たる決意のもとで掃除にとりかかった。アリスンも悲劇の女王みたいな顔でしばらくわたしを見つめたのちに、頭をふって野球帽を脱ぎ、つややかな栗色の髪をおろして、掃除に加わった。

「地下にマーティンの部屋があるわ」わたしは低い声で言った。「たしか、遮光カーテンがついてるはずだから、そっちの掃除のほうが楽だと思う」

アリスンがそちらをひきうけると言ったので、わたしは台所とキティの寝室を片づけることにした。懐中電灯を手にして、床に血痕が残っているだろうと警告しながら、アリスンを連れて階段をおりた。マーティンの部屋は台所ほどひどい荒らされようではなかった。彼の持ちものがほとんどなかったからだ。一時期つきあっていた相手が育った場所を見てまわるうちに、アリスンの表情から惨めさが消えていった。

わたしはマーティンのロケットをいじっているアリスンを残して、二階に上がった。キティのベッドにマットレスを戻し、服をクロゼットのハンガーにかけ、伸びきったブラとほころびたパンティをたたんで引出しに入れた。社会保障手当をもらっている者は美しい下着を着てはならない、なんていうルールがどこにあるの？

キティのベッドで寝るのは耐えられなかった。そこで死んでいたのではないけれど。死に対する、もしくは、たぶんキティの苦悩の人生に対する、原始的な嫌悪のせいだろう。

廊下の向かいにもうひとつ寝室があった。壁が白く塗られ、白とピンクのカーテンがかかっていた。きっと、ジュディ・バインダーの子供時代の部屋だろう。しかし、レンが亡くなる前の何年か、この部屋を使っていたようだ。本棚には第二次大戦の歴史ものが並んでいて、とくに、ロケットと原爆プロジェクトに関するものが多かった。また、ローレン・エスルマンのミステリも何冊かあった。

レンはこの部屋にさらに多くの写真を飾っていた。フレームは砕かれていたが、写真はさほど被害を受けていなかった。五歳ぐらいのジュディの写真があった。三輪車に乗り、前歯の欠けた顔でカメラを見あげて笑っている。また、八歳か九歳になったジュディがアームチェアにすわって猫をなでている写真もあった。

病院で拘束具をつけられたガリガリの不機嫌な女性を、この活発な少女と重ねあわせるのはむずかしかった。三輪車に乗った少女に何があったの？　キティのように精神のバランスを欠く人間と暮らせば、子供の心も不安定になるだろうが、ジュディはなぜ麻薬に逃避したのだろう？　それとも、自分では何も気づかないうちにそうなっていたのだろうか。愛を求め、セックスに温もりを求め、ハイになり、さらにハイになり、大気圏を離脱し、地球という惑星に戻ってこられなくなったのだろうか。

割れたガラスと砕かれたフレームを掃き集めて新たなゴミ袋に入れ、ラグを敷きなおし、ドレッサーの引出しをのぞいた。空っぽだった。ほかの部屋の混沌がここまで及んでいないのは、これが理由だったのかもしれない。廊下のクロゼットに入っていたシーツをレンのベッドに敷いた。使い古され、真ん中あたりが透けて見えそうだが、きれいに洗濯してあった。すぐにでもベッドに倒れこみたかったが、アリスンの様子を見ようと思って地下におりた。照明が全部ついているにもかかわらず、アリスンは深い眠りに落ちていた。メキシコ・シティから長旅をしてきたのだ。熟睡するのも無理はない。マーティンのベッドの周囲の床がきれいに拭いてあり、『ファインマン物理学』がデスクの上のいちばん目立つ場所に戻してあった。

わたしが部屋をまわって照明を消していっても、アリスンは目をさまさなかった。デスクのスタンドを消そうとしたとき、『ファインマン物理学』の二巻目から封筒がはみだしているのに気づいた。商務省からで、マーティンが姿を消す一週間前の消印になっていた。

バインダー様

情報公開法に基づき、マルティナ・ザギノールに関する書類の公開要求をいただきましたが、該当するものはありませんでした。ゲルトルード・メムラーに関する書類の公開要求に対しては、書状が一通見つかりましたので同封します。

同封されていたのは、商務省監察官室から移民帰化局に宛てた手紙のコピーだった。

オーストリア国籍のゲルトルード・メムラー博士のために、緊急ビザの発給をここに申請いたします。メムラー博士はインスブルック市近郊のオーストリア・アルプス山中にあった軍事施設に勤務し、原子炉I-IXの設計に携わっていた人物です。化学エンジニアとして経験を積み、インスブルックの施設へ派遣されて、核兵器の初期試作品を対象に地下実験をおこなっておりました。

統合諜報対象局のエドワード・ブリーン少佐の証言によると、インスブルックにおけるメムラー博士の役目は純粋研究の分野に限られていたとのこと。博士がナチ党員となったのは、大学もしくは研究機関で研究を続けるために必要だったからにほかならないことも、ブリーン少佐によって明らかにされています。

インスブルックの施設には、核爆弾製造のための大々的な施設も含まれていました。徴集によって施設に連れてこられ、強制的に兵器製造作業に従事させられた女性たちと、メムラー博士は労働と寝食をともにしていました。博士の話ですと、施設によっては労働者が栄養失調に陥った例もあるだろうが、インスブルックではそのような例はいっさいなかったとのことです。また、強制労働力として連れてこられた者に対し、殴打その他の苛酷な罰が与えられたケースは、目にすることも、耳にすることもなかったそうです。いずれにせよ、メムラー博士は労働現場の責任者ではありませんでした。博士の役割は純粋研究の分野のみに限定されていました。

アメリカのロケット及び核兵器計画を推し進めるにあたっては、メムラー博士の研究がきわめて重要な役割を果たすことでしょう。緊急ビザの発給にお力添えいただけるよう、心よりお願い申しあげます。

わたしは数分のあいだ、手紙を凝視した。手紙に何か秘密が隠されていて、長時間見つめていれば、それが表面に浮かんでくるかのように。アリスンが寝返りを打ち、スペイン語で何やらつぶやいた。わたしは手紙をジーンズの尻ポケットに押しこんで、デスクのスタンドを消した。

31

マッスルカー

わたしがふたたび目をさましたときは、火曜の午後の半ばになっていた。キティの浴室でシャワーを浴びたが、ベッドに腰かけたキティに見られているような気がして、なんだか落ち着かなかった。台所へ行ってみると、アリスンが瓶入りのピーナッツバターをスプーンですくって食べていた。

「パンはゆうべ全部捨てちゃったでしょ。フリーザーの奥に袋入りのベーグルがあったけど、トースターのスイッチを入れてもいいかどうかわからなかったし」

「電気のメーターを監視してる人はいないだろうから、かまわ――」わたしはハッと言葉を切った。アリスンがスプーンのピーナッツバターをなめながら、片手で携帯メールを打ちこんでいることに、たったいま気がついた。「何してるの？」

「ルームメイトにあたしの無事を知らせようと思って。どうして？」

「誰にも何も言わずにメキシコ・シティを出てきたって、あなた、ゆうべ言ったでしょ。なのに今度は、電話番号を知ってる相手に片っ端から居所を知らせようっていうの！」

「ハーヴァードのルームメイトよ。メキシコ・シティじゃなくて」アリスンはわたしを安心させようとした。「ボツワナのNGOで活動してる子で、一日に、そうね、二十回ぐらいメールを送りあってるの。だから、あたしのメールが届かなくなって、その子、おろおろしてたわ」

「アリスン。ミズ・ブリーン。あなたはコンピュータランドの一流の魔法使いよ。わたしと違って。でも、あなたの電話番号を知ってる人なら誰でも、たとえばお父さんでも、ジャリ・リュウでも、メキシコ・シティのラモーナでも、携帯から出るGPS信号をたどれば居所が突き止められるってことを、あなた、知らないの？」

「あ……」アリスンは小さくつぶやいた。「メールするのに慣れっこだったから、そこまで考えてなかった。目がさめたときに携帯を見て、機内モードのままだったって気がついたの。でね、ルームメイトのケイトリンが、シカゴ時間で今日が終わるまでにあたしから連絡がなかったら、うちのママにメールするって言ってきたの。どうすればいい？」

「携帯がオンになってた時間はどれぐらい？」

「起きてからずっと。三十分ぐらいかな。つい、いつもの癖でオンにしちゃうのよね。メキシコの人たちからメールが二十件ほど入ってた。ルームメイトからも。父と母からもそれぞれメールがきてたわ。メキシコのプログラム・ディレクターから連絡がきたから、ハーヴァードのほうへ電話したんだって。どうしよう――」

「レイク・フォレストの家に戻って、無事なことを知らせたほうがいいわ」アリスンのかわりに、わたしは言った。

ゆうべはここまで見通せなかった。エシェゾーを飲みすぎたせいで、アリスンが姿を消したとたん、いかに多くの人々が彼女を捜しはじめるかということまでは、考えが及ばなかった。

「でも、両親にどう言えばいいの？　マーティンが姿をあらわすことを期待して戻ってきたなんて言いたくない」

「そうね。でも、少しだけ正直な気持ちを話しておいたら？　メキシコのプログラムに参加してるメンバーの前にＦＢＩがあらわれたせいで、これまでの自分の貢献が全部無駄になってしまった、こういう微妙な問題はメールや電話では対処できないから、じかに会って話す必要があった――そう言いなさい」

じつを言うと、アリスンの悩みを聞きつつも、わたしはうわの空だった。家の横から妙な物音が聞こえはしないかと気になっていた。

「ＧＰＳ信号から、マーティンの家にいることがばれてしまったら？」

「どうして携帯を追跡するのかとご両親に質問して、うるさくつきまとうのをやめてくれなかったら、今後はプリペイド携帯を買って一カ月ごとに捨てるって言えばいいわ」

家の外で妙な音がした。わたしは台所のドアまで飛んでいき、銃を手にして壁に貼りついた。

「伏せて」アリスンに言った。「テーブルの下にもぐって。誰かきてる。発砲する羽目になったとき、あなたを撃ったりしたら困るから」

アリスンはピーナッツバターがねっとりついたスプーンを持ったまま、わたしを見つめた。

「床に伏せて」わたしは頭にきて低く命じた。

だが、アリスンは怯えて身動きもできないようだ。流しの上の窓に顔があらわれるのを、わたしたちは同時に目にした。燃えるような赤毛を見ただけで、誰なのかわかった。銃をホルスターに戻し、勝手口のドアは板でふさがれているため、ガレージのドアから外に出た。「ヴォス・ススキンド」バインダー家の裏庭に出て、わたしは名前を呼んだ。「何を探してるの？」

ヴォスはビクッとふりむいた。恐怖で目が丸くなっていた。「だ、だれ――あっ、マーティン。マーティンを捜しにきた探偵さんだ。マーティン、見つかった？」

「まったくだめ。きみ、ここで何してるの？」

ヴォスは台所の窓のすぐ下に置かれたコンクリート・ブロックの上に立っていた。髪に劣らず赤い顔をして、ブロックからおりた。

「探偵さんがパパとママに会いにきたあと、ぼく、この家をずっと見張ってたんだ。さっき学校から帰ったら、キッチンに何か見えたような気がして、だから、警察に電話する前に調べてみようと思って、やってきたんだ」

「偉いわね」わたしは心にもないお世辞を言った。「警察が見落とした手がかりが何かないかと思って捜してたのよ。ここのお婆さんが殺された夜、きみ、何か目にしなかった？」

ヴォスはカチカチに乾燥した庭の地面に、スニーカーの爪先で円を描いた。「ぼくが話しても、ママには言わないって約束してくれる？」

「名誉にかけて」わたしはまじめくさって答えた。

「男が二人いた。裏のドアをこわすのが見えたから、ママのとこへ走ったんだけど、ママが九一一に電話する前に銃声が聞こえてきて、でね、パパが言ったんだ。知らん顔してたほうがいいって」

「どんな男たちだったか、説明できる？　きみからくわしい話を聞いたなんて、警察にはぜったい言わないから」

ヴォスは爪先で描いた円に目を向けたまま、残念そうに首をふった。「暗い色のジャケットを着てた。あ、セーターかもしれない。顔はつぶれたみたいな変な感じだった。パンストをかぶってたんだと思う。あとで気がついたんだ。つぎの日、学校でアーロン・ラスティックに話をしてたときに。パンストをかぶれば、つぶれて変な顔になるって、アーロンも言ってた」

「ねえ、両方とも男っていうのは間違いない？」

「歩き方を見ればわかるさ」ヴォスはこともなげに言った。

わたしは微笑した。「優秀な探偵になれる素質があるわね、ヴォス。ねえ、ひとつ頼みを聞いてくれない？　台所にいるのはマーティンのガールフレンドで、ここの捜索を手伝ってくれたんだけど、いまからレイク・フォレストの家に帰らなきゃいけないの。きみの自転車、貸してもらえない？　明日返すから」

「うん、いいよ、わかった。けど、トビーのでもかまわなかったら、そっちにしてくれないかな。ロチェスターで暮らすようになったとき、自転車を置いてったんだ」

二人でガレージを通り抜けて台所に戻った。ヴォスをアリスンに紹介すると、彼女を見たとたん、ヴォスの目が丸くなった。マーティンにこんなクールなガールフレンドがいるなんて、思いもしなかったのだろう。照れると同時に積極的になった。トビーの自転車の操作方法、教えてあげるよ。道に迷うといけないから、ハバード・ウッズのサイクリング道路まで一緒に行ってあげる。

アリスンは親切な年上男性ばかりでなく、若い子からも熱い視線を向けられることに慣れっこだった。にこやかに礼を言い、スコーキーの地理はまったく知らないので一緒に行ってもらえると助かる、と言った。わたしは二人をガレージから外へ出した。アリスンがうしろを向いて礼を言おうとしたので、感謝の言葉はおたがい無事に帰宅したあとでいいから、とにかく急いで帰るように、と言った。

アリスンとヴォスが路地の向こうへ姿を消すと、わたしはすぐさま、スバルのキーを捜した。珍しいことに、すぐ見つかった。ガレージの扉の横のフックにかかっていた。出ていくときに目立たないよう気をつけたところで、いまさらどうなるものでもない。ヴォスが出入りした以上、近くで監視していた者がいれば、わたしたちが家のなかにいたことはすでに知られているだろう。忘れものがないか確認した。銃、ピッキングツール、懐中電灯、歯ブラシ、ブーム＝ブームのジャージ。

スバルの車内には、長らく使っていなかった車に特有のカビっぽい臭いがこもっていたが、エンジンは一発でかかった。事務所まで行き、国土安全保障省の連中がどれだけ荒らしていったかを調べる必要があったが、まずは家に帰ることにした。ミスタ・コントレーラスにこれまでのことを報告しておかなくてはならない。それに、ノートパソコンとｉＰａｄをゆうべ老人に預けたままになっている。

アパートメントから六ブロック離れたところでスバルを止め、ジグザグのコースを選んで歩いて帰った。こうすれば尾行の有無がチェックできる。ゆうべの様子と、アリスンが家に帰る決心をしたことを、ミスタ・コントレーラスに話すと、アリスンが近所の子供と自転車で走り去るのを許したわたしに、予想どおり、老人の非難が飛んできた——なんでレイク・フォレストまで車で送っていかなかったんだ？　あの子に必要な助けを差しのべるのに時間が余分にかかったからって、それのどこが悪い？　わたしは犬たちを思う存分運動させてやり、それから、スバルで事務所へ向かった。

ここの倉庫を共同で借りている友人は、鋼鉄や線路の枕木といった大きな素材を使って巨大な作品にとりくんでいる彫刻家だが、今週は両親と一緒にケープコッドへ行っている。いつもなら、倉庫に入るとブローランプや帯のこを使う音が、彼女の選んだ曲を伴奏にして聞こえてくる。倉庫のなかが静まりかえっていると、怪物が暗がりに潜んでいるようで不気味だった。

照明をひとつ残らずつけて、ナタリー・メインズが歌う〈ノット・レディ・トゥ・メイク・ナイス〉を最大ボリュームで流してから、仕事にとりかかった。国土安全保障省が残していった破壊の跡は、自宅ほどひどくはなかった。たぶん、マックプロからハードディスクを抜いたので、わたしの書類を残らず床にぶちまける必要はないと判断したのだろう。キャビネットの引出しがあいていて、ファイルの並び方がやけに乱雑だったので、ここも調べられたことがわかった。ただ、書類が放り投げられるところまでいっていなくてホッとした。国土安全保障省の連中は、わたしが払う税金のおかげで高い給料をとっているから、お行儀がいいのだろう。

ファイルの整頓まではする気になれず、そのまま引出しを閉めた。家事労働とは見て楽しむスポーツであって、参加型のスポーツではないとつねづね思ってきたのに、この一週間で、ふだんの一年分以上の掃除をしてしまった。ドラッグハウスのゴミ捨場を浚い、キティ・バインダーが殺害された現場を掃除し、わたし自身のアパートメントの整頓をした。もうたくさん。

デスクトップパソコンが使えないため、翼をもぎとられたような気分だったが、報告書はすべてクラウドにも保存してある。ただし、仕事熱心な国土安全保障省の捜査官が削除していなければの話だが。依頼人の電話に折りかえし返事をし、かなりの仕事を片づけることができた。打ちこんだデータはクラウドに入れずに、すべてUSBメモリに保存した。

依頼人たちに電話をかけ、報告書の空白部分を埋めるあいだも、極秘書類を見られてしまったことを正直に話すべきかどうか迷いつづけていた。イエス、依頼人には知る権利がある。ノー、信用をなくして二度と仕事がまわってこなくなる。

十歳の夏に聞いた母の声が頭のなかに響きわたった。いとこのブーム＝ブームと一緒に、いつものルートでリグレー球場へ出かけたときのことだった。通勤電車のホームにこっそり入りこんで、ダウンタウンまでの切符を買わずに電車に乗る。ローズヴェルト・ロードで高架鉄道の支柱を伝いおり、球場の裏の壁をよじのぼって外野席にもぐりこむ。ところが、つかまってしまった。ブーム＝ブームはお説教だけですんだが、わたしは二週間の外出禁止を言い渡された。ブーム＝ブームに責任を押しつけようとすると、母が怒りと侮蔑の表情になった。「あなたの数々の欠点に卑怯《ヴィルタ》さを加えるのはやめなさい」

わかったわ、ガブリエラ。依頼人の一人一人にメールを送って、つぎのように説明した——ある調査が原因で国土安全保障省を激怒させてしまい、ハードディスクを押収される結果となりました。今後は特別の予防措置を講じるつもりですが（どのような措置かという説明は省いた。わたし自身にもまだわからない）、いまのところ、そちらさまの極秘データの安全性は保証しかねます。

正直は最善の策と言われるが、ときに、それが実利につながることもある。わたしに仕事をまわしてくれている法律事務所のひとつから折りかえし返信があり、イリノイ州北部を担当する連邦検事に話をして、わたしの全データを部外秘とするよう要求する、と言ってくれた。べつの依頼人からは——こちらも法律事務所だが——連邦治安判事に会ってハードディスクの返却を要求してくる、との連絡があった。不満そうな依頼人も何人かいて、手付金を返せと言ってきたが、全体として見れば、一匹狼探偵V・I一点に対して、国土安全保障省〇点というところか。

返金用小切手の最後の一枚を書いていたとき、電話が入った。発信者番号を確認したが、ポールフリーからの電話ということしかわからなかった。知らん顔をしようかと思ったが——コッセル保安官の騒々しい笑い声には耐えられそうもない——応答サービスのほうへ転送される直前に受話器をとった。

「探偵さんと話したいの。V・I・ウォーショースキーさん？」女性が言った。

聞き覚えのある声だが、誰の声だか思いだせない。「ええ、そうですけど。そちらは——？」

「スージー・フォイルだよ。〈レイジー・スーザン〉の」

「ああ、世界に誇るBLTを食べさせてくれるお店ね。どうしたの？」

「あの――こんなこと話していいのかどうかよくわかんないけど、けさ、ロバータ・ウェンジャーと二人でジェニー・オーリックと相談したんだ。ジェニーはグレンと仕事上のパートナーだから。で、やっぱりあんたに知らせたほうがいいって結論になってね」

わたしはスージーを落ち着かせるために声をかけた。

「けど、まだ迷ってんだよね。だってさ、なんでもないことで大騒ぎしてるだけかもしれないし」

「なんでもないことで騒いでるだけなら、その情報は使わないことにするわ」わたしは約束した。

「グレンのことなんだ。グレン・ダヴィラッツ。ほら、保安官助手の」

スージーが誰のことを言っているかが、わたしにも伝わったことを、おたがいに確認した。リッキー・シュラフリーの死体を調べるために、あとの二人がトウモロコシ畑に入っていたあいだ、わたしと一緒に待っていた保安官助手だ。ジェニー・オーリックはそのパートナー。

「あいつ、ダッジチャージャーの新車を乗りまわしてんだ。家には赤んぼが二人いるし、住宅ローンを抱えてて、支払いが遅れてるってのに。真新しいマッスルカーを買う金がどこにあるんだって、ジェニーが気にしててさ、それでロバータに相談したってわけ。実の叔母さんだからね。知ってるだろ」

知らなかった。しかし、小さな町では誰もがどこかでつながっている。

「とにかく、まあ、宝くじにあたったのかもしれないし、もしそうなら、こんなことであんたに迷惑かけるのは申しわけないんだけど」

「いいえ。ちっとも迷惑じゃないわ。申しわけないなんて思わないで」

スージーが話を続けてだんだん陽気な口調になるあいだに、ポールフリーでの二つの場面がわたしの頭に浮かんできた。午前四時にモーテルの駐車場に立ち、轟音とともに走り去るダッジチャージャーを見つめていたわたし。乗っていたのは、わたしの車のトランクをこわしてドレッサーの引出しを奪った二人の悪党だった。

それ以上に鮮明なのが、炎天下でトウモロコシ畑のそばに立っていたときの記憶だ。わたしはあのとき、衰弱したロットワイラー犬のデリラを車に乗せようとして、ダヴィラッツ保安官助手に手伝いを頼んだ。デリラはわたしの前ではおとなしかったし、動物クリニックの人々にも甘えていた。しかし、グレン・ダヴィラッツに対しては牙をむきだし、うなじの毛を逆立てた。

32　解体屋

その場でまず考えたのは、コッセル保安官に電話することだったが、もしかしたら、ポールフリー郡の保安官事務所全体が麻薬業者と通じているかもしれない。ロバータとフランク・ウェンジャーの夫婦は、この郡には少なくともあと三カ所、ドラッグハウスがあると言っていた。

麻薬業者の一人がダヴィラッツを金で抱きこんで協力させているのかもしれない。もっとも、そんなことを知っている者は、郡の保安官事務所には誰もいなかった。警察の腐敗を見てきたわたしの経験からすると、ちょっと考えられないことだ。腐ったリンゴが一個だけなんて、ふつうはありえない。周囲も同じことをしていれば、罪の意識がなくなるものだ。九一一の通報を受けてモーテルにやってきた二名の保安官助手は、ダッジチャージャーを追跡することに気乗り薄だった。同僚のものではないかと疑っただけかもしれない。だが、ひょっとすると、あの二人も分け前にあずかっているのかもしれない。

ミルウォーキー・アヴェニューをゆっくり歩いてスバルを止めた場所へ向かったが、交錯する考えを追うのに夢中だったため、ノース・アヴェニューの三叉路の交差点を渡るとき、車にはねられそうになった。そんな終わりを迎えたら、とんだブラックユーモアだ。せっかくドラッグハウスの銃撃戦を生き延びたのに、セミトレーラーの下敷きになって死ぬなんて。

ダヴィラッツが賄賂をとっているとなれば、二つのグループがわたしに注意を向けていたことも納得できる。国土安全保障省はキング・デリックが核の秘密を売ろうとしたオークション・サイトに目を光らせていたが、ダヴィラッツのほうは、わたしがドラッグハウスで見つけた値打ち物をなんでもいいから奪おうとした。ドレッサーの引出しが見つかったことをダヴィラッツが知っていたのは、ポールフリーのアメフト試合の場で噂を聞いたからだ。国土安全保障省は、わたしがチェヴィオット研究所宛てに送った〝紙が貼りついた引出しを見つけた〟という内容のメールを読んだが、窃盗事件のことは知らなかった。だから、わたしの言葉を信じようとしなかったのだ。

ここまではいいだろう。いや、よくないけど。ジュディ・バインダーが逃げるのに使ったリンカーン・ナビゲーターは、ダヴィラッツが運転してきたのだろう。そして、ダヴィラッツかその仲間がリッキーとバウザーを撃ったのだ。

わたしはスシ・レストランの前で足を止めた。ジュディはフレディにナビゲーターを差しだし、それと交換にわずかなオキシコドンをせしめたが、フレディが売っているのはドラッグで、車ではない。しかし、あそこにはナンバープレートがあった。ドラッグが並んだ戸棚のそばにナンバープレートが積んであった。証拠品袋に入れてラベルを貼っておくだけの価値があると、フェレット・ダウニー警部補か鑑識がはたして思ってくれただろうか。

ベビーカーを押し、ヘッドホンのマイクに向かってしきりとしゃべっている女性が、うしろからぶつかってきた。「歩道はあんた一人のものじゃないんだからね」わたしが脚をさすりながらふりむくと、女性はどなった。

「ご親切にどうも。交差点を渡るときは気をつけてね。車と衝突して携帯がこわれちゃったら大変でしょ」

わたしは通りを駆けだした。女性の腹立たしげな悪態が追いかけてきた。ウォバンシア・アヴェニューでマーティンのスバルに乗りこみ、のろのろ運転でフレディの住まいへ向かった。這うような速度でしか進めないときに、なぜ〝ラッシュアワー〟という表現が使われるのだろうと、これで一万回目ぐらいになるが、疑問に思いながら。

フレディの住む界隈は、清掃がすみやかに実施される区域ではなかった。防犯カメラはダクトテープでふさがれたままだったし、わたしが踏み台がわりに使った車のバッテリーは玄関ドアの横に放置され、ドアにはいまも警察のシールが貼ってあった。通りの先を見ると、歩道の縁にラドンナとシャクがすわりこんでいた。

玄関の呼鈴を鳴らしてから今日もまたピッキングにとりかかったわたしを見て、二人がゆっくり近づいてきた。ラドンナの苦しげな息遣いを耳にしながら、わたしは複雑な構造のデッドボルトをカチッとはずした。

「フレディが保釈になったぜ」シャクのほうから教えてくれた。

わたしはドアを半分ほどあけたところで手を止めた。「ここにいるの？」

「いや、いねえと思うよ。たぶん、レイク・ジェニーヴァの別荘のほうだな。でかい別荘があって、船だの、なんだの、いろいろそろってるらしい」

ウィスコンシン州でコカインの湖に浮かんで、傷を癒すフレディ・ウォーカー。「ブレットって男は？　階段に頭をぶつけた男」わたしは訊いた。

「まだ集中治療室だよ」ラドンナが言った。「フレディは入院費なんて一セントも出そうとしないし、ブレットの母親はすっかりボケちまって息子が大怪我したのもわかってないから、費用は郡の負担だってさ」

「わたしも納税者であることを誇りに思うわ」わたしは言った。

「あんたがそのシールをはがしたの、警察は知ってんのかい？」

「シールをはがしたって、警察は気にもしないわよ。フレディの持ちもののなかに、わたしのほしい品があるの。警察に押収されてなければね」

「よかったら、ラドンナとおれが見張っててやるぜ」シャクが軽い口調で申しでた。

わたしは生真面目に礼を言って、二人のためにドアをあけて支えたが、のろい足どりで階段をのぼる二人を待とうとはしなかった。二階で足を止め、フラット二戸を見てまわった。ウィスコンシンで優雅にすごすとき以外は、ここがフレディの住まいになっているようだ。特大ベッド、天井の鏡、ベッドカバーは毛皮。伝説的バスケット選手のウィルト・チェンバレンを真似ている。あとの部屋も、同じく豪華ではあるが趣味の悪いインテリアだった。ぎらぎらした光沢のリカー・キャビネット、ベビーブルーのピアノ、特大のステレオ・スピーカー。バイキング社の調理機器がそろった台所は、一度も使われたことがないようだ。冷蔵庫にはクリュッグのシャンパンがぎっしり。一本二百ドルもするシャンパンが二ケース置いてある。

わたしが二階の点検を終えたときには、ラドンナとシャクは息を切らしながら三階の踊り場まで行っていた。フレディのオフィスにも警察のシールが貼ってあったが、わたしはためらうことなくドアをあけた。フェレット・ダウニーや彼の捜査チームがこの現場をふたたび訪れることがあるとは、ぜったいに思えない。

ドアがあくと、ラドンナとシャクは薬の戸棚へ直行した。戸棚の中身は警察の手ですでに押収ずみだったが、二人は棚を丹念に捜しまわって、何日かハッピーでいられる程度の錠剤を見つけだした。わたしはそれ以上にハッピーだった。ダウニー警部補がナンバープレートを残していったのだ。

「ほしい品って、それだったのかい?」意外そうな声でシャクが言った。どうやら、ドラッグの錠剤をめぐって、わたしと争奪戦になるものと思っていたらしい。

「そうよ。フレディがどこの解体屋を使ってるか、心あたりはない?」

シャクとラドンナは視線を交わし、不安そうな目をわたしに据えたまま、首を横にふった。フレディだけでなく、車を盗む連中も二人にとっては怖い相手で、しかも、二人はこの界隈で暮らしている。わたしは違う。

まあ、いいだろう。車の部品を追っているわけではなく、ジュディが逃げるのに使ったリンカーン・ナビゲーターの所有者を知りたいだけだから。運がよければ、ナンバープレートを使って突き止められるだろう。わたしは階段をおりたが、シャクとラドンナは三階に残ってフレディのデスクの引出しを漁り、現金や、クスリや、ほかに何か持ちだせそうな品はないかと捜しつづけていた。

家にまっすぐ帰るかわりに、防犯装置や監視装置を専門に扱う店〈ネイキッド・アイ〉まで車を走らせた。張り込みは楽しい仕事ではない。一匹オオカミの探偵にとってはとくに。だから、わたしはめったにやらない。暗視スコープなどの基本的な品はいくつか持っているが、いま必要なのは、車に発信機がつけられているかどうかを調べるための探知機だった。ついでに、マスタングに何もついていなければ、尾行の恐怖に過剰反応していたことになる。つぎに、通話時間が二百分のプリペイド携帯を、念のために四台買った。

安い買物ではなかったが、〈ネイキッド・アイ〉の宣伝文句にあるように、〝安心はお金で買うもの〟だ。現金で支払った。銀行に寄って、もっとお金をおろしてこなくては。

わたしのアパートメントから半マイルほど離れた、ブロードウェイ通りにある屋根つき駐車場にスバルを入れて、探知機を使ってみた。マーティンの車は安全なようだ。

マスタングのほうは違っていた。買った品をすべて抱えて車を置いた場所まで行き、調べてみると、トランクの内側に一個、排気マニホールドの下にもう一個見つかった。

発信機をじっくり調べた。極小サイズで、縦も横も一インチぐらいしかないが、強力なマグネットがついているため、はがすのが大変だった。製造元や特許関係の情報はいっさいなし。つまり、これを使った人物は正体を知られないよう努めている。そして、最新鋭のエレクトロニクス機器を入手できる立場にいる。

ということは、国土安全保障省にいるわがお友達かもしれない。だが、メタ―ゴンのことも気になった。〝未来が過去に存在する場所〟。メタ―ゴンならこの種の発信機を作る能力があるし、いかにも作っていそうに思える。コーデル・ブリーンはFBIに強力なコネを持っている。コーデルの頼みによって、アリスンが関わっているメキシコ・シティのコンピュータ・ラボのスタッフのもとへ、捜査官が即座に尋問に出向いたことからしても、それは明らかだ。アリスンがゆうべわたしを訪ねてきた姿を、国土安全保障省の者が目撃したなら、コーデルが娘の居場所を把握しておくために、わたしの車に発信機をつけるよう説得したとも考えられる。

見つけた場所に装置を戻して、車で帰宅した。わたしの住まい、ジェイクの住まい、ミスタ・コントレーラスの住まいを探知機で調べてみた。盗聴装置はいっさい見つからなかったが、最近は遠隔操作で電話の盗聴ができるようになっているので、この建物に遠くから耳をすましている者がいるかどうかまではわからない。猜疑心に苛まれる者の人生は楽ではない。

わたしが国土安全保障省の監視下に置かれているのはわかっていたが、ノートパソコンのスイッチを入れて、陸運局の記録にアクセスできるデータベースを呼びだした。目の玉が飛びでるほどお金がかかるうえ、違法行為でもあるので、国土安全保障省がわたしのことを連邦検事に密告する気でいたら、厄介なことになりかねない。矯正不能の秘密主義ゆえに密告を思いとどまってくれるほうに賭けるとしよう。

フレディのところから持ちだした七枚のナンバープレートのうち、リンカーン・ナビゲーターのものは二枚だった。一枚は二年前のモデルで、九カ月前に盗難届が出ていた。もう一枚はダラスに本社があるフィーバス・フリートというリース会社のものだった。

営業時間はとっくに終わっていたが、リース会社なら、顧客の緊急の用件に応じるため、二十四時間体制でスタッフを置いているはずだ。それから三十分のあいだ、スタッフと実りのない会話を続けたが、車の一台が盗まれたのではないかと尋ねても、向こうは認めも否定もせず、もちろん、リース契約者の名前も教えてはくれなかった。そのスタッフの上司も、そのまた上司も同様だった。召喚状でも見せないかぎり、情報は完全なる機密扱いということだ。

ムッとして電話を切った。コッセル保安官か、ポールフリーに住む誰かのものなら、話は早かったのに。

トルジャーノのボトルを裏のポーチに持って出て、ジェイクに電話をかけた。ジェイクはサンフランシスコ交響楽団との協演のため、ラウタヴァーラ作曲〈黄昏の天使〉のコントラバスのソロパートを練習しているところだった。練習を中断しておしゃべりの相手になってくれたが、そろそろ練習に戻らなくてはと彼が言ったとき、わたしは電話を切らないでほしいと頼みこんだ。いまのわたしの望みは彼の演奏を聴くことだけ。ジェイクは弓を持つほうの腕に彼の携帯をつけてくれ、わたしはポーチにすわって東の空に雲が沸きあがるのを見つめながら、音楽に耳を傾けた。

ジェイクが電話を切ったあとも、夜と音楽から生まれた静けさが残っていた。ポーチの椅子にすわったまま、とくに何を考えるでもなく、チーズとサラダをつまみながら二杯目のワインを飲んだ。わが家の玄関ドアの呼鈴が鳴るのも聞こえなかった。人の気配に初めて気づいたのは、ミスタ・コントレーラスが裏階段をゆっくりのぼってきたときだった。

33　エレクトロニクスの館

「すまん、嬢ちゃん、いくら追い返そうとしてもだめでな」ミスタ・コントレーラスは裏階段をのぼったあとで手すりをつかみ、ゼイゼイ言っていた。

老人より先に駆けあがってきたペピーとミッチは階段のてっぺんに立ち、下を見ていた。低くうなっている。喉の奥から出るそのうなりは、犬族の本気度を示していた。路地の街灯が放つ仄かな光のなかに、長身のたくましい人影がかろうじて見てとれた。

「誰のこと？」わたしはワイングラスを椅子の下に置いた。格闘になった場合、グラスに被害が及ばないように。スミス＆ウェッスンがタック・ホルスターに入っているが、狭いポーチで銃を抜くつもりはなかった。

「ミズ・ウォーショースキーですか」人影が問いかけた。

「そうよ」わたしは椅子のなかで身を乗りだした。腿の筋肉に力をこめ、瞬時に立ちあがることも伏せることもできる体勢を整えて。「で、そちらは？」

「ダードンといいます。ブリーン氏の運転手をしている者です。氏があなたにお目にかかりたいそうです」

「あら、奥さまがいらっしゃるはずでは？　それはともかく、わたしには真剣におつきあいしている相手がいるのよ」フェイスブックで好まれている表現を口にすると、ばかげた響きになる。

「は？」ダードンが階段を何段かのぼると、ミッチが警告のしるしに吠えた。「犬を押さえてもらえませんか。犬がそこにすわっていると、どうも話がしにくい」

「勝手に押しかけてきたくせに」ミスタ・コントレーラスが言った。「犬はここに住んでおるが、あんたは違う。だから、いま立っとるその場所から、言いたいことを言ってくれ」

さすがミスタ・コントレーラス。わたしは犬のそばへ行き、二匹の首輪に手をかけた。

「ブリーン氏に伝えてちょうだい。とても光栄ですけど、興味はありませんって」

「どういう意味です？　興味がないとは」

「昔からよくある話よ、ミスタ・ダードン。人物Xが人物Yに会いたがっている。しかし、Yは応じない。Xはしつこく迫る。Yは保護命令の手続きをとる。おやすみなさい」

ダードンがポケットに手を突っこんだ。わたしはペピーを放して銃に手を伸ばしたが、よく見たら、彼がとりだしたのは携帯だった。短縮ダイヤルを押して誰かと話を始めた。しばらくすると、わたしのほうに携帯を差しだした。わたしは犬の背中越しに手を伸ばした。

「ミズ・ウォーショースキー？」耳に馴染みのある心地よいバリトンの声が聞こえてきた。

「コーデル・ブリーンです。今夜、あなたを車で拙宅にお連れするよう、わたしがダードンに頼んだのです。ぜひ話がしたい」

「ミスタ・ブリーン、わたしは自分で探偵事務所を経営しています。だから、あなたと同じく、夜は残業などせずに自宅でゆっくりできる身分なんです。先週はわたしのほうがメターゴンへ出向きました。今度はそちらから柔軟性を示していただきたいわ」

「先週と同じことを言わせてもらおう。きみの家は盗聴の危険があるが、わたしの家なら大丈夫だ。国土安全保障省やライバル企業にわたしの話を盗聴されては困る。アリスンから聞いたが、きみはゆうべ、プライバシーを確保するために、うちの娘をとんでもない場所へ連れていったそうだな。だが、わたしは死んだ女の地下室まで話をしに出かけるつもりはない。隣人を連れてきてもかまわないぞ。ダードンの話からすると、隣人はきみを守ろうとして必死のようだ」

わたしは譲歩した。理由はただひとつ、レイク・フォレストの豪邸をこの目で見たかったから。

「一緒にこない？」ダードンに携帯を返した。ミスタ・コントレーラスに言った。「億万長者の暮らしぶりを見てみましょうよ」

老人は大喜びで、犬を自分の部屋に入れるため、急いで階段をおりていった。わたしはダードンに建物の正面で落ちあおうと告げた。母のワイングラスを家に持って入り、脳が驚いて目ざめてくれることを期待しつつ、冷たい水で顔を洗った。長い一日をすごし、ワインをグラスに二杯飲んだとなると、綱渡り的会話に臨める状態ではない。ブーム＝ブームのジャージを脱いで赤いニットに着替えたが、くたびれたジーンズはそのままにしておいた。

ダードンが運転してきたのはマイバッハのセダンだった。わたしが実物を見るのは初めてで、ユニコーン伝説と同じく、噂に聞いたことがあるだけだ。製造元はメルセデス・ベンツ。ベンツを大衆車だと思っている人々のための車。ブーム＝ブームの汗臭いジャージのままでくればよかったと思ったのは、わたしのなかにある闘犬根性のせいだろう。

ダードンの運転の腕は一流で、車はスプリングもシートもすばらしかった。わたしは革のヘッドレストにもたれてうとうとしながら、ミスタ・コントレーラスの絶え間ないおしゃべりに適当に相槌を打っていた。老人の話題はペトラの平和部隊から離れ、コーデル・ブリーンのような連中への不満へ移っていった。わしらのような人間がすべてを放りだして向こうの気まぐれに従うのを、当然のことと思っとるんだな。

「組合が必要だぞ、嬢ちゃん。わしが機械工をしておった時代には、ボスがわしらに無茶を言うことはけっしてなかった。このブリーンって野郎のようなやり方をすれば組合にとっちめられることが、ボス連中にはよくわかっていたからだ」

「そうね」わたしは同意した。「探偵組合。よさそうね。ストのための資金が必要だわ。今日の馬は勝った？」

ミスタ・コントレーラスは鼻を鳴らした。ベルモント・アヴェニューの場外馬券場で馬券を買っているのだが、いくら丹念に競馬新聞に目を通したところで、勝った日に家に持ち帰るのはせいぜい二十ドル程度だし、負けて帰ってくる日もけっこうある。

車はエデンズ高速を離れ、グリーン・ベイ・ロードに入った。十マイルほど行ったところで、ダードンはマイバッハを脇道へターンさせた。街灯のない道だったが、ヘッドライトに照らされて、湖畔のこのあたりに点在する急な峡谷の縁を走っているのが見えた。前方にゲートがあり、道路はそこで行き止まりだったが、ダードンはスピードを落とそうともしなかった。メタゴンのエレクトロニクス技術には、十五ヤード手前からでもゲートをあけることができるリモコン装置のようなものも含まれているらしい。

ガス灯を模した照明の並ぶ長い車道を、車はゆっくり進んでいった。車道の突き当たりに、白く塗装されたレンガ造りの家が建っていた。三階建てで、左右の翼が湖のほうへ延びている。柱廊式玄関の前でダードンが車を止め、わたしのためにドアをあけてくれると、闇のなかに、湖の波の打ち寄せる音が聞こえた。

ダードンはわたしたちがついてくるかどうか確認しようともせず、玄関のほうへ大股で歩いていった。そこで、ミスタ・コントレーラスとわたしはあたりを偵察することにした。子供っぽい反抗なのはわかっていた。ここにくるのを承知しておきながら、どっちが偉いか見せてやろうというのだから。でも、客への気遣いを示そうとせず、わたしたちを召使いのように扱ったダードンが悪いのだ。

わたしたちがいないことにダードンが気づいたときには、ミスタ・コントレーラスとわたしは屋敷の北側にある石畳のテラスに入りこんでいた。テラスの中央まで行くと、防犯ライトがついた。すぐさまダードンが走ってきた。

まばゆい照明のなかに、初めてダードンの姿が見えた。がっしりした体格の男で、年齢は四十代ぐらい。ハンサムな男なのかもしれないが、左の頬が紫っぽい黄色に変色しているため、どちらとも言えなかった。

「ブリーン氏がお待ちです」ダードンは言った。「好き勝手にうろつかれては困ります」

この場にふさわしい返事をする暇もないうちに、テラスに通じるドアのひとつがアリスンの手であけられた。「ヴィク！　父があなたを呼んだことを、たったいま知ったの。ダードン、下がってくれてけっこうよ。お二人はわたしが音楽室を通って案内するから。市内まで送り届けてもらうときがきたら、こちらから連絡するわ」

自宅に戻ったアリスンは、キティの家にいた午前中に比べると、大人びて自信にあふれた口調になっていた。屋敷に入り、部屋の中央にあるシャンデリアの下でアリスンが立ち止まったとき、わたしはようやく、彼女の目と口のまわりに心労のしわが刻まれていることに気づいた。

「テラスでばったり会えてよかった」アリスンは言った。「父ったら、あなたがあたしを堕落させたとか、悪の道にひきずりこんだとか、そんなくだらないことばかり言って、あなたにガンガン文句をつけるつもりなのよ」

この音楽室は、シカゴの新興成金の連中が贅沢三昧に暮らした時代に造られたものだった。高い天井一面に、オリンポスの神々のために音楽を奏でる女神たちの絵が描かれていた。部屋の一画にはいまもグランドピアノが置いてあるが、カウチと椅子が並んで小さなコーナーを作っていることからすると、ブリーン家ではどうやら、日常の娯楽にピアノが使われているらしい。

部屋の向こう端のドアがひらいた。銀白色のセーターと黒のパンツの女性があらわれた。

「アリスン、お父さまがお客さまを待ってらっしゃるわ」

女性の口調にはかすかな警告の響きがあった。いや、懇願かもしれない。アリスンは渋い顔をしつつも、わたしたちを母親に紹介した。母親のコンスタンスはわたしぐらいの年齢のほっそりした女性で、アリスンと同じ琥珀色の目をしていて、目のまわりに同じ心労のしわが刻まれていた。

「今夜は家のなかが落ち着かなくて」母親は謝った。「アリスンがこんな芝居がかった帰宅をするなんて思いもしなかったので、コーデルが――いえ、コーデルもわたしも狼狽してしまいましたの。ミスタ・コントレーラス、ミズ・ウォーショースキーが夫と話をなさるあいだ、わたしのアトリエで一緒に何かお飲みになりません？」

呂律のまわらない声だった。すでに何杯か飲んでいるようだ。ミスタ・コントレーラスが母親に連れられてドアのひとつから姿を消すあいだに、アリスンがべつのドアの向こうへわたしを案内した。

「母は画家なの。もう何年も個展をひらいてないから、ミスタ・コントレーラスに自分の作品を見てもらえるのがうれしいんだわ」母のために必死にとりつくろっていたが、アリスンの口調には疑念がにじんでいた。

父親のオフィスのドアまで案内してくれた。そこは現代のテクノクラートの部屋で、壁の薄型テレビには世界中の市場の数字が映しだされ、彼の前に置かれたガラスの天板のデスクには、同じく薄型のパソコンのモニターが並んでいた。湖に面した部屋だが、窓の防音が完璧なため、波の音も聞こえてこない。

コーデルには立ちあがる気はなく、モニターから顔を上げようともしなかった。たぶん、待たせておけばわたしが不安になるとでも思ったのだろう。

「お目にかかれてよかったわ、ミスタ・ブリーン」わたしは言った。「これでご納得いただけたのなら、ダードンに頼んでシカゴまで送ってもらうことにします」

向きを変えて出ていこうとしたとき、アリスンが目を丸くしているのが見えた。賞賛か、動揺か、そこのところの判断はむずかしい。わたしはアリスンを安心させようと笑顔を見せた。

コーデルが言った。「きみはわたしに会うためにやってきた。わたしの手が空くまで待ってもらいたい」

わたしはドアのところで足を止めた。「それもそうね。じゃ、エドワード・ブリーンの仕事部屋を見せていただこうかしら。アリスン、お父さんがパソコンゲームをやってるあいだ、そちらへ連れてってくれない？」

「アリスンだろうと、ほかの誰だろうと、きみを仕事部屋へ案内することはない。前回、アリスンが部外者を案内したときに、貴重なスケッチが消えてしまったのだから」

「パパ、今夜もその話を蒸しかえすのはやめて、お願い」アリスンが叫んだ。「マーティンが盗んだんじゃないわ。夜の終わりまで、ちゃんとあそこにあったもの」

「何が消えたの？」わたしは訊いた。「大切なピカソ？」

「それ以上に貴重なものだ」コーデルがどなった。「少なくとも、われわれにとっては。わたしの父が描いた、のちのBREENIAC、つまりメターゴン一号のラフスケッチが消えてしまったんだ。どうやら、天使かヴァンパイアが持ち去ったらしい。アリスンの話だと、バイトの学生たちとうちの社員の一人を呼んで無責任なパーティをひらいた夜、スケッチは最後まで仕事部屋にあったそうだから。その社員を家に入れたこと自体、間違いだったのだ」

「パパ、頼むからやめて！　朝からずっとその話ばっかり。ジャリ・リュウから聞いてるでしょ。サマー・プロジェクトに参加してた学生たちより、マーティンのほうがずっと優秀だって。どうしてマーティンを侮辱しなきゃいけないの？　それに、おじいちゃんのBREENIACのスケッチなんて、マーティンは盗んでないわ」

「なるほど」わたしはゆっくりと言った。「計算の合わないことがあるって言ったとき、マーティンが見ていたのはそれだったのね」

アリスンは両手を上げた。無力さをあらわすしぐさ。「わからない。スケッチが消えたのは事実だけど、パーティが終わったときには間違いなくここにあったのよ。それに、マーティンはTシャツとカットオフでバーベキューにやってきたのよ。額入りのスケッチをTシャツの下に押しこんだら、すぐばれてしまうわ。ほかの子が何か言ったに決まってる。とくに、タッドあたりが。MITの学生なの。市内のキャンパスで夜間クラスをとってる子に自分のプログラムを直されたことが、我慢できなかったようよ」

「だから、あのバインダーという若者は信用ならんのだ」コーデルはてのひらをデスクに叩きつけた。分厚いガラスに皮膚がぶつかってかなり痛いはずなのに、そんな顔もしなかった。

「ライバル意識をむきだしにするやつだ。フィトーラのプログラム作りにしても、かなりの部分をほかの者から奪いとっていた。ジャリの言うように、プログラムの改善をめざしていただけかもしれないが、たぶん、内容に精通するようになっていただろう」

「スケッチには何が描かれてるんです？」わたしは口をはさんだ。「すっかり時代遅れになったコンピュータの略図にすぎないと思ってましたが。盗みだす価値のある要素が何かあるわけですか」

この質問に、コーデルはなぜか狼狽した。即答できなかった。「コレクターにとって価値がある」と言ったが、その口調には、教室でいい加減な答えを言おうとする子供のような響きがあった。

アリスンが言った。「マーティンが盗んだことをわたしが信じるとしても、あんなもの、マーティンにはなんの意味もないわ。電子工学の珍しい知識なんて含まれてないもの。セントラルグリッドのインプットとアウトプット経路を矢印で示しただけの、粗いスケッチなのよ。祖父はそこに、ヒステリシス曲線の式を書きこんではいるけど」

「ヒステリシス？」わたしはオウム返しに言った。「コンピュータって、たしかに人間をヒステリックにするけど、もともとそんなふうに作られてるわけ？」

アリスンは思わず苦笑した。「コンピュータ工学の初歩クラスで、誰もがそう言うのよね。ヒステリシスは説明がむずかしいけど、でも、ヒステリシスによってアウトプットがインプットよりも遅れることで、同じ場所でもメモリの読みだしと書きこみが可能になるの。初期の真空管メモリの最大の問題のひとつは、電気信号の歪みが増幅されてしまうことだった。祖父が革新的だったのは、真空管のかわりに磁気コアを使えば、ヒステリシスを利用して歪みを制御できるってことを発見した点ね。スケッチの上のほうの隅に、電子フェルミ面の式とヒステリシスの式が書かれていたわ。おそらく、その式をもとに、祖父は磁気コアのアイディアを思いついたんだと思う」

「だからこそ、コレクターにとって価値がある」コーデルが横から言った。「脆い紙に描かれている。父が持っていた古い新聞紙の切れ端に。たぶん、連合軍が最後の猛攻撃に入った時期に、《スターズ・アンド・ストライプス》からちぎりとったのだろう。戦場という状況下でアイディアが浮かんだのだと、父はいつも言っていた。

どうやって紙を保護すればいいかも、バインダーにはわかるまい。わたしが朝からずっと、アリスンにそう言い聞かせているのだが。この子は一人で世界を駆けめぐり、貧しい者や教育のない者の力になっているが、常識に欠けている。おまえの母親とわたしがバー・ハーバーへ出かけていたあいだ、ここに残ったおまえに監視役をつけておけば、バインダーがスケッチを盗んで逃げるようなことにはならなかっただろう」

「パパ、マーティンは盗んでないわ！」アリスンの琥珀色の目から涙があふれていた。

「ああ、サニー！」コーデルはデスクから離れると、娘に近づいて腕をまわした。「泣かせたりして悪かった。おまえと、バインダーと、フィトーラのソフトのことが気にかかって、わたしもおかしくなっていた。おまけに、父のスケッチが紛失したことを知り、つい動転してしまったんだ」

「とても感動的なお言葉ですけど」わたしは言った。「ここに呼びつけられた理由を理解する助けにはならないわ」

コーデルは娘の頭越しにわたしを見た。「電話ではなく、じかに会って話がしたかった。きみの顔を見て、どう反応するか確認したいと思ってね。バインダーは見つかったのか」

わたしは首を横にふった。「手がかりもありません。あなたのほうは？」

コーデルは苛立たしげなしぐさを見せた。「先週会ったときに言ったはずだ。きみがこうした捜索のスキルを備えているとは思えない、と。いまだに見つからないことが、それを裏づけている」

わたしは微笑した。「誰も知らないどこかの地面にあなたがスコップで穴を掘り、マーティンを埋めたのでないかぎり、いまのところはあなたご自身も途方に暮れておられるはずです。たぶん、国土安全保障省とFBIもそうでしょうね。でなければ、わたしの家に侵入することも、アリスンがメキシコ・シティで進めているプロジェクトを邪魔することもないはずですもの」

ふたたび、わたしの言った何かがコーデルを狼狽させたようだ。それが何なのか知るすべはないが、ほんの一瞬、コーデルは黙りこんだ。体内に供給されていた電力が一時的にストップしたかのように。

だが、すばやく立ち直って話に戻った。「マーティン・バインダーの問題のほかに、ここではっきり言っておくが、うちの娘のことでお節介を焼くのはやめてもらいたい。ゆうべ、亡くなったあの女の家へ娘を連れていったそうだが、とんでもない話だ。娘の身に何事もなくて、きみも幸運だったな。だが、どう考えても無責任だし、悪くすれば、法的な過失責任を問われることになりかねない」

「パパ！」アリスンが父親の肩を揺すった。「あたしがヴィクに会いに行ったのよ。あたしがヴィクを捜しだしたの。ヴィクがあたしを見つけたわけじゃないわ。あたしのプライバシーを守ろうとしてくれた。それはあたしが臆病だったから。勇気を出してまっすぐこの家に戻り、パパと話をすべきだった。ヴィクをあたしの厄介ごとに巻きこんだりせずに」

コーデルのデスクにのっているパソコンの一台がピッと電子音を立てた。コーデルは娘の額にキスをしてデスクに駆けもどった。「わかった、サニー、わかった。いまはみんなが興奮状態だ。おまえが会社経営に必要となる気概を示してくれたのが、せめてもの収穫だった」

最後の言葉はうわの空だった。コーデルの注意はパソコンに向いていた。会話を続けるあいだずっと、この〝ピッ〟を待っていたかのようだった。

何がコーデルの注意を惹きつけているのかを見ようと思い、わたしはデスクの向こうへまわった。最初はさっぱりわからなかったが、しばらくすると、画面に映しだされているのがシカゴの高速道路の状況だとわかってきた。何千ものライトが画面を流れていた。ライアン高速は渋滞。ループがとくにひどい。しかし、インターステート五五はスムーズに流れ、市の中心部から離れた有料道路もすべてスムーズだ。パソコンがピッと鳴ると、流れのひとつが赤く点滅するようになっている。

「わが社のプログラムのひとつでね、目下、自宅でテスト中だ」コーデルが言った。「アリスンが勝手に出ていってしまうのも無理はない。わたしがうわの空だからな。この子の無謀さに腹を立てているときでさえ」

コーデルはタブを閉じ、べつの画面に注意を向けた。コードの列が流れていくだけの画面で、わたしにはなんの意味もなさなかった。

34　機械装置のミュージアム

コーデルは急に態度を軟化させて、わたしたちをエドワードの仕事部屋へ案内してもかまわないとアリスンに言った。わたしたちはミスタ・コントレーラスに声をかけようと思い、コンスタンス・ブリーンのアトリエへ行った。北翼の端にあるガラス張りの広い部屋だった。コンスタンスは、仕事部屋ならうんざりするほど何回も見ているので自分はパスする、と言った。

湖に面した大きなガラスドアのひとつがあいていた。コンスタンスはワイングラスを手にして、こちらに背を向け、そこに立っていた。アリスンが母親の酒量について何か意見を言いかけたが、母親はひらいたドアを通って湖のほうへ行ってしまった。アリスンはその姿をぐずぐずと見送っていたが、ようやく肩に力を入れ、一緒に階段をのぼるようにとミスタ・コントレーラスとわたしに言った。三階までのぼったところで、アリスンが手を叩くと、壁にとりつけられた古風な燭台に明かりがついた。

ミスタ・コントレーラスも、わたしも、驚きのあまり立ちつくした。わたしたちがいるのは小規模なミュージアムの入口だった。すべての品がケースなしで展示され、誰でもいじれるようになっている。磁気メモリのモデルがいくつか並んでいる。深い溝が刻まれたドラム形で、見た感じは鉄製のティンカートーイに似ている。部屋の中央にBREENIAC（メターゴン一号）のスケールモデルが置いてあった。パネルをはずせば、あの有名な強磁性コアメモリを見ることができる。階段に近い壁ぎわには、BREENIACに始まって一九七〇年代のメインフレームに至るまで、メターゴン社のコンピュータの実物が展示されていた。

ミスタ・コントレーラスはエドワード・ブリーンが試作品の製作に用いた古い機械類、帯のこ、ボール盤、その他の品々に魅了されていた。フライホイールをいじってみて、バランスの悪いのが一台あるから修理しようかとアリスンに言ったが、アリスンは、祖父の機械類を誰かに修理させたりしたら、父親に本当に殺されてしまうと答えた。

アリスンの話に出てきた、ハンス・ベーテやその他の物理学者からの手紙や、トルーマンを始めとする代々の大統領からの手紙は、額に入れて、コンピュータと機械類のあいだの壁に飾ってあった。

小さな仕切りのついた古めかしいデスクには、ひらいたノートが何冊かのっていた。これもミュージアムっぽい雰囲気だ。すべてエドワード・ブリーンのノートで、初期のマシンを製作・テストしたさいに用いた設計図と手順が書かれていた。

「BREENIACのスケッチはどこにあったの？」わたしはアリスンに訊いた。

アリスンはデスクの上方の、いまは何もない壁面を手で示した。「いちばん大切な展示品だから、祖父がデスクの前にすわったとき、スケッチが頭の上にくるように飾られたの。前にも言ったように、あたし、祖父のことはよく覚えてないけど、人から聞いた話だと、マッキンリー山なみの大きな自尊心を持ってた人のようね。だから、たぶん、そのスケッチのことを自分の頭の上に浮かんだ光輪みたいに思ってたんじゃないかしら」

「いまはお父さんに聞かれる心配がないから、あらためて質問するけど、マーティンが盗んだんじゃないって、あなたはどこまで確信してるの？」

アリスンは苦い笑みを浮かべた。「物理的に考えれば、カットオフのお尻にスケッチを突っこむことはできただろうけど、すごく動揺した様子だったから、盗むことなんて頭になかったと思う。あたしがあそこにいたときに――」アリスンはドラム形の磁気メモリのモデルが置かれたテーブルを指さした。「マーティンがそばにきたの。そのことはゆうべも話したでしょ。そのあと、ひどく興奮した様子で飛びだしていったわ。それはともかく、もしスケッチが消えてれば、あとの子たちを仕事部屋から追いだしたときに、あたしが気づいたはずよ」

「ほかに持ち去った可能性のありそうな人は？」

「メターゴンの社員のなかにはぜったいいないと思う。昔から知ってる人ばかりよ。ここには取引関係の人もたくさんくるわ。会社のオフィスで会うより、こちらに呼んだほうが、プロジェクトへの協力をとりつけるためのいい雰囲気作りができるっていうのが、父の考えだから。ソーラー事業への参入も計画していて、そのためには投資家を募らなきゃいけなくて、そういう人たちが祖父の仕事部屋を見たがるの。誰かがスケッチを持ち去りたい誘惑に抵抗できなくなった――あたしに思いつけるのはそれだけだわ」

アリスンはｉＰｈｏｎｅをとりだすと、ＵＲＬを打ちこんだ。「見て――これが電子工学の教科書に出ている写真よ」

わたしは小さな画面をのぞきこんだ。ウェブページに出ていたのはメターゴン一号の内部で、スケールモデルで見たのとそれほど変わりはない感じだった。

「揚げもの用の深鍋みたいな形だな」ミスタ・コントレーラスが言った。「わしのおやじがフライドポテトを作るのに使っておった鍋と似ている。おやじはマッキンリー・パークの〈ウルワース〉で揚げものを担当してたんだ」

わたしは、それよりむしろ、小学校のころ、図工の時間に母親へのプレゼントとして造られた鍋つかみに似ていると思った。「あなたの話に出てきた式はどこ？」

アリスンは画像を右のほうへすべらせ、左上の隅を指さした。「祖父はこの小さな字で式を書いたのよ。いつもの筆跡とは違ってる。たぶん、戦場だから紙を節約しなきゃいけなかったのね。それから、グリッドの横に名前が入ってるの。シュパイヒャーって名前。祖父の友人の一人だろうって、父は言ってる。あたし、いつも想像するのよ――コンピュータの設計について友達と相談している祖父の姿を。やがて、友達が亡くなったから、回路の略図を描いたときにその人の名前を入れたんじゃないかしら」

アリスンはふたたびｉＰｈｏｎｅの画面を移動させ、画像の右下まで行った。「こちらの隅には、模様入りの円が描かれてるの。三角形がからみあって、日輪のようなものがついてる。はっきりした形はわからないけど。どういう意味があるのか、父にもわからないそうよ。亡くなった友達に捧げたものの一部じゃないかしら。シュパイヒャーってユダヤ系の名前みたいだし、模様はダビデの星を分解したようにも見えるでしょ」

「三角形の模様入りの円？」

わたしの声は、自分の耳で聞いてさえ、奇妙な響きを帯びていた。アリスンとミスタ・コントレーラスがわたしを凝視した。

わたしはアリスンのiPhoneを借りて、バーチャル・ビダーのサイトを呼びだした。インスブルックの原子炉の詳細を記した文書を売ろうとした、キング・デリックの努力の跡を見せるために。

「こんな感じじゃなかった？」文書のいちばん下についている、わたしがきのう目を留めた小さな円を指さした。

「かもしれない」アリスンは画面に目を凝らした。「画像が不鮮明だから、ぜったいそうとは言いきれないけど」

アリスンは祖父のデスクまで行き、仕切りのひとつから拡大鏡をとりだした。それをiPhoneの画面にかざすと、子供が太陽光線を描いたようなぎざぎざの線が見えた。

そのとき、階段をのぼってくるコーデル・ブリーンの足音が聞こえた。アリスンは仕事部屋のドアまで行って父を迎えた。「見て、パパ」iPhoneを差しだした。「変だと思わない？　BREENIACのスケッチについてたのと同じロゴよ」

コーデルは娘からiPhoneを奪い、食い入るように見つめた。「こ、これは――何なんだ？　どこで見つけた？」

わたしは〝キング・デリック〟のオークションのことをコーデルに話した。オークションそのものはすでに停止になっている。「マーティン・バインダーを見つけようという虚しい探索の一部だったんです。デリック・シュラフリーが一週間ほど前に殺害されるまで、マーティンの母親はこの男の家で暮らしていました」

コーデルはティーンエイジャー顔負けのスピードで画面に親指を走らせた。「わけがわからん。これはナチの核兵器開発に関する書類で、情報公開法に基づいて開示されたものだ。なぜここにメタ―ゴン一号のスケッチと同じマークがついているのか、さっぱり理解できない」

コーデルはさらに親指を走らせた。「わが社のリサーチ部へこのURLをメールして、そちらで何かつかめないか調べさせよう。きみに謝らなくては、ミズ・ウォーショースキー。この件に関しては、わが社のチームよりきみの調査のほうが進んでいた。教えてくれて礼を言う。もし何かわかったら、そちらにも連絡させてもらう」

ブザーが鳴った。ミスタ・コントレーラスもわたしもビクッと飛びあがり、それを見て、アリスンと父親が笑いだした。

「家のあちこちを映しだすモニターが、ここに設置されてるの」アリスンが説明してくれた。「父もわたしも、むずかしい問題にとりくむときはここで仕事をするのが好きなんだけど、これだけ離れていると、家のなかの物音が何も聞こえないでしょ。だから、モニターをつけるよう、母にうるさく言われたのよ」

モニターの存在にわたしは気づいていなかったが、奥の壁ぎわを見ると、ずらりと並んだメタ―ゴンの機械類の陰に隠れるようにして、現代的なワークテーブルが置いてあった。そばまで行って見たところ、わたしたちが通ってきたゲートが映しだされていた。ゲートの向こうに車が止まっている。ハンドルが邪魔になって運転席の人物の顔は見えないが、ナンバープレートがはっきり見えた。

家のなかの誰かが応答していたが、インターホン越しなので声が不鮮明だった。運転席の人物がブリーンを待つと言っているのが聞こえてきた。ゲートの外で待っても、家のなかで待ってもかまわないが、会ってくれるまで帰らないと言っていた。

「精巧な装置を使って耳を傾けてるんだろう、コーデル？」電子機器のせいで、向こうの声が平板になっていた。「エドワードの小型マシンから生まれた、秘書と闘犬どもからなる壁の奥にきみが隠れているのには、もう我慢がならん」

「パパ、誰なの？」アリスンが叫んだ。

コーデルはシーッと身振りで合図をしてから、目に見えないマイクに向かって語りかけた。

「話しあうことは何もない。些細な出来事を世紀の犯罪に仕立てて、自分と一緒にわたしまでも奈落の底にひきずりこむつもりらしいが、おことわりだ、わが友」

「わたしはきみの友達ではない、コーデル。たとえ一秒たりとも。何者かがわたしの名前を騙《かた》って大学の保管文書を調べているようだ。もし、きみのしわざなら――」

コーデルはべつのボタンを押して、車の男性との通話を切り、邸内の部屋に映像を切り替えた。そこにはジーンズとセーターの女性が立っていた。「イメルダ、あの男を通してくれ。奥へ案内するようダードンに言っておけ。わたしもすぐそちらへ行く」

娘のほうを向いた。「サニー、ミズ・ウォーショースキーとご友人をおまえの車で送ってくれないか。ダードンにはこちらに残ってもらう。いま訪ねてきたのは、特許侵害がどうのと言ってわたしを脅迫している変人でね、自宅にまで押しかけてくるとは非常識なやつだ。

脅迫できるのも今夜が最後だってことを、はっきり伝えるために、ダードンの広い肩が必要なんだ」

アリスンは顧問弁護士を呼ぶべきだと言った。コーデルは軽く笑った。「うちの辣腕弁護士たちも、この男のことはよく承知している。今夜はわたしから直接言ってやりたいんだ。わが家は公共の建物ではないのだから、勝手に入りこむことは許さん、とな。うちみたいな企業には、アイディアを盗まれたと思いこむ輩がつきもので、いま押しかけてきた変人もその一人だ。この人たちはおまえが市内まで送ってくれるね？」

アリスンはしぶしぶ承知した。ミスタ・コントレーラスとわたしに、地下ガレージへ続く三番目の階段をおりるように言った。アリスン自身は母親のアトリエに寄って、行き先を告げてくるという。

階段をおりた隣人とわたしは、体育館ぐらいの広さの部屋を通り抜けた。ゴルフの練習コーナーと、標準サイズのビリヤード台と、小さなバスケットコートを備えた部屋だった。その向こうにガレージがあって、邸内のほかの場所と同じく、塵ひとつ落ちていなかった。置かれている車は、マイバッハのセダン、コンバーティブルが二台（ミアータとロータス）。ロータスはたぶん、コーデルの男性ホルモンの分泌を促すための車だろう。ランドローバーが一台、一九三九年製のハドソン一台。これでコレクションは完成だった。

アリスンがやってきたが、なんだか浮かない顔だった。「さっき訪ねてきた男性のこと、母は何も知らないそうよ。もっとも、母が会社のことに首を突っこむのを父はいやがってるけど。わたし、二、三年家を離れたおかげで、母がどんなに辛い思いをしてるか、ようやくわかってきたわ」

アリスンはランドローバーを指さした。「これを使いなさいって母に言われた。ミアータがわたしの車で、大のお気に入りなんだけど、これで行くと、二人のどちらかがトランクで丸まらなきゃいけないし。たぶん、あなたね、ヴィク。あなたのほうが柔らかい身体をしてそうだから」

アリスンは無理に明るくふるまおうとしていた。ミスタ・コントレーラスとわたしは彼女に調子を合わせて笑った。ランドローバーに乗りこんだ。わたしがうしろのシート。アリスンがハンドルについているボタンを押すと、家の裏にある急傾斜の車道に向かってガレージの扉がひらいた。わたしはあたりに目をやって、モニターに映っていた車を捜したが、どこにも見えなかった。

ハンドルのボタンをもう一度押すと、車道の突き当たりのゲートがひらいて、車は峡谷沿いの狭い道路に出た。照明が暗いのに、かなりスピードが出ていたので、もっとゆっくり走るようミスタ・コントレーラスが注意した。

「前方の信号のところに警察の車が止まってるぞ。あんたが気づいてないといかんから言っておくが」とつけくわえた。

シェリダン・ロードの赤信号で停止したとき、そのパトカーを見てみたが、乗っている警官の注意は無謀運転のドライバーではなくタブレットに向いていた。アリスンが南へ曲がってグリーン・ベイ・ロードに入ったとき、パトカーは右折してブリーン家のほうへ走り去った。車体についたマークが見えた。黄褐色の車体に焦げ茶の文字。管区まではわからなかった。ブリーンがさっきの客を警戒して、地元の警官を呼んだのだろうか。

35 フィッシング詐欺

インスブルックの原子炉の説明書についていたロゴのことをわたしが話題にしたのは、エデンズ高速に入って南へ向かってからだった。

「バーベキューであなたの家にやってきたマーティンを動転させたのが、あの小さなロゴだったことは、あなたにもわかるでしょ？」わたしは言った。

「わかってる」アリスンは小さな声で同意した。「でも、それだけじゃ、マーティンが祖父のスケッチを盗んだ証拠にはならないわ」

「一時的に借りただけかもしれない。じつはね、七年ほど前に、マーティンの母親が祖母からある文書を盗みだしたの。その文書はマーティンも見ているけど、当時はまだ十三歳ぐらいで、彼にとってはなんの意味もないものだった。ところが、BREENIACのスケッチを見てあの小さな三角形に気づき、古い文書に同じ模様がついていたことを思いだした。もしかしたら、母親が盗んだその文書と比べてみるために、スケッチを持って母親の住まいを訪ねたのかもしれない。母親に会ったあと、身を隠すしかないと悟ったんじゃないかしら。リッキー・シュラフリーを殺した連中に怯えたのか、それともほかに理由があったのかは、マーティンが見つかるまで、わたしたちにはわかりそうもないけど」

アリスンが車の列に追越しをかけ、時速八十マイルに加速した。

「スピードを落とすんだ」ミスタ・コントレーラスが言った。「ヴィクも悪気はないんだからな。そんな運転をしてたら、わしら全員が死んじまうぞ。この年になりゃ、それでもべつにかまわんが、あんたにはまだまだ長い人生がある」

「わたしも」わたしはつぶやいた。

「ヴィクのこと、友達だと思ってたのに」アリスンは不服そうだった。

「いまでも友達よ」わたしはきつい調子で言った。「でも、友達ごっこをしてるだけじゃ、なんの解決にもならないわ。あなたはマーティンを知っている。わたしは知らない。マーティンはスケッチやフィトーラのコードを売ることには興味がない――あなたがそう言うなら、わたしも信じることにする。マーティンはお金にこだわるタイプではない。彼にとって大切なのは自分の仕事。それはわかるわ。わたしが言いたいのはただ、あとで返すつもりでスケッチを持ち去ったのかもしれないってこと。それがそんなに悪いこと?」

「ううん」アリスンは沈んだ声で言った。「でも、いったいどこにいるの? 姿を消してずいぶんになるのよ」

わたしがアリスンの父親に向かって、〝スコップで地面に穴を掘ってマーティンを埋めたのでないかぎり、あなたも彼の居所を知らないはずだ〟と言ったときの、彼の奇妙な反応が思いだされた。警戒の顔になったというより、不意の言葉にうろたえたような感じだった。コーデル・ブリーンがマーティンを殺したとは考えられない。でも、ダードンのほうはどうだろう? 深夜の訪問客に対し、二度と近づいてはならないことをわからせることのできる屈強な男。コーデルに命じられれば、殺しも厭わないのでは？

「ダードンのことを話して」わたしは言った。「お父さんの運転手という仕事は、フルタイムなの？」

話題が変わって、アリスンはホッとした様子だった。「運転手の仕事だけじゃ、フルタイムの勤務にはならないわ。うちは三人とも、自分で運転して出かけるほうが好きなの。ダードンは機械に強いから、すべての車の整備をしたり、家のなかの配管や何かの修理をしたりしてるのよ」

「車のひとつに攻撃でもされたような感じだったわね」わたしは言った。「頬にすごい内出血の跡があったでしょ」

「わたしも今日の午後、家に帰ったとたん気がついたわ」アリスンは言った。「ガレージで修理用のリフトの操作を間違えたとか、本人が言ってた」

「嘘に決まっとる。顔の片側だけ被害にあうなんてわけがない」ミスタ・コントレーラスが言った。「下手すれば、顔全体がつぶれちまうんだ」

「やめて！　そんな言い方されると、ぞっとする」

「ダードンとは親しいの？」

「ううん」アリスンはゆっくり答えた。「わたしの小さいころからうちにいた人なの。でも——ええと、使用人の一部は、たとえばイメルダなんかもそうだけど、仕事を抜きにして子供だったわたしの相手をしてくれた。だけど、ダードンは違ってて、いつも、ちょっと——そうね、仕事だから態度は丁重なんだけど、ほんとはわたしのことが好きじゃないみたい」

されてきた人がスケッチを持ち去ったとか？」


「住みこみ？」わたしは訊いた。

「ダードンとイメルダはね。イメルダは家政婦なの。二人とも南翼に専用の続き部屋をあてがわれてるわ。庭の手入れは外部の契約業者がやってるし、家のなかの掃除はイメルダが週に三日、クリーニング・サービスに頼んで徹底的にやらせてる。もしかして、そこから派遣されてきた人がスケッチを持ち去ったとか？」

「心に留めておくわ」

わたしたちが住む建物の前にアリスンが車を止めたとき、ここに泊まっていくほうが落ち着けそうかと彼女に尋ねてみると、レイク・フォレストに帰りたいという返事だった。母親のことが心配なのだろう。

「ほんとはメキシコに戻る準備をしなきゃいけないの。でも、いまのままでは出発する気になれなくて――だって、ほら――マーティンのこととか、スケッチのこととか――それに、母のこともあるし――」アリスンは悲しげに言葉を切った。

ミスタ・コントレーラスが荒っぽくアリスンを抱きしめた。「顔をしゃんと上げるんだ、アリスン。あとはヴィクとわしにまかせてくれ。わしらは味方だ。いいな？」

アリスンは健気に笑みを浮かべると、ふたたびランドローバーに乗りこんだ。わたしはミスタ・コントレーラスと犬につきあって外に出た。長い一日で疲れはてていたが、老人のおしゃべりに耳を傾けようと努めた。老人にとっても長い一日だったのだ。

コンスタンス・ブリーンがシャルドネを何杯も飲みながら、老人に自分の絵を見せてくれたそうだ。「娘をモデルにして描いてもよさそうなものなのに。ああいう顔だったら、部屋の壁にかけておきたい——わしはあの母親にそう言った。すると、母親は笑って、わしのために一枚描こうと言ってくれた」

老人はそのときのことをじっくり思いかえし、やがて、こうつけくわえた。「あそこの絵はどれも、母親の頭のなかをカンバスに表現したような感じだったな。大部分が灰色の濃淡で、一ヵ所だけ赤く塗ってあるんだ。身体の中心に赤い怒りの点がいすわってるように見えた」

印象的な感想だ。アリスンが言っていたこととぴったり合う。母親はレイク・フォレストの豪邸で孤独に包まれている。ほかの画家との交流はなく、夫は電子機器と金銭の世界に没頭。娘もそうだ。少なくとも電子機器の方面では。わたしはコンスタンス・ブリーンとダードンの関係について考えた。運転手と修理係と用心棒を兼ねた男。コンスタンスは彼に好意を寄せ、信頼し、ベッドを共にし、ほどほどの距離を置いて接しているのだろうか。

ようやくわたしが住む階まで行った。三時間前に夜が始まった場所。ふたたび陸運局のデータベースにアクセスして、コーデルがわたしたちを豪邸から追いだしたときにゲートの外に止まっていた車のナンバーをチェックした。

そのナンバーは十七年前に製造されたホンダのものだった。登録されている所有者はジュリアス・ゾルネン。唖然とした。ジュリアスがコーデル・ブリーンに面会を求めた？　わたしはシクシク痛む目をこすった。

〝世紀の犯罪〟——これはコーデルの皮肉っぽい表現だが——のことで騒ぎ立てるジュリアスを、コーデルは冷たく追いかえそうとした。ところが、ジュリアスがレイク・フォレストまで車でやってきた理由を告げると、コーデルの態度が一変した。何者かがジュリアスの名前を騙って大学の図書館に入りこんだことを、コーデルは知らなかったのだ。そもそも、それも妙な話だ。ジュリアスはなぜそんなことに激怒して、深夜にもかかわらず車で出かけてきたのだろう？　酔っていたのかもしれない。あるいは、半世紀にわたるつきあいのなかで、これが決定的な侮辱となり、ついに堪忍袋の緒が切れたのかもしれない。

それよりさらに興味深いのが、BREENIACとキング・デリックの文書についていた小さな三角形だ。アリスンがそのロゴを見せたとき、コーデルは驚きの表情になった。その原因はもしかしたら、わたしがこの二つを結びつけたことにあったのかもしれない。わたしのことを大バカ者と見下していて、自分なら、ガムを噛んで携帯メールを打ってチューバを演奏しながらでも、わたしを楽に打ち負かせると思っていただろうから。

清掃スタッフがスケッチを盗んでいったとは、どうしても考えられない。てっとり早く現金を手に入れようとする者なら、さまざまな式が描かれた紙が金になるなんて思うわけがない。もう一度ジュディ・バインダーと話をして、キティのところから盗みだした文書に関して何か記憶していることはないか、たしかめてみなくては。それから、ジュリアスにも会っておきたい。ずっと昔、ジュリアスとコーデルが十代の少年だったころ、刑事たちがいったいどんな犯罪を調査することになっていたのか、それを彼から聞きだす方法を見つける必要がある。

ためいきをついた。もう遅い時間だし、疲れてクタクタだ。いまからポールフリーへ車を走らせて、シュラフリー家の周囲の地面をこの手で掘りかえすつもりがないのなら、今夜のうちにできることはもう何もない。

36　子供時代のお出かけ

「あんたに話したら、お礼に何くれるの？」ジュディ・バインダーがわたしに狡猾な笑みをよこした。

「息子さんを」わたしは答えた。「あなたなら行方を突き止める方法を知ってるかもしれない」

「わたしのことはどうでもいいの？」ぐずるような甲高い声で、ジュディは言った。「あんた、マーティンのことが心配でたまんなくて押しかけてきたんだろ。けど、わたしのことはどう思ってんのよ？」

ゆうべは疲労困憊だったのに、わたしはなかなか寝つけなかった。さまざまな情報を万華鏡のように組みあわせて、納得できる形を作りだそうとした。ジュリアスとコーデルとマーティン。キティとマルティナとジュディ。ベンヤミン・ゾルネンとエドワード・ブリーン。ドラッグハウス。

パソコンのところへ行き、シカゴで五十年前に起きた事件のうち迷宮入りになったものについて、その前後数年の分も含めて調べてみた。ジュリアスとコーデルに結びつきそうなものは何ひとつ見つからなかった。

五十年前ということは、ジュディ・バインダーは生まれたばかりだが、ジュリアスが巻きこまれた古い犯罪はキティとブリーン家に関わりを持っている。ロティの話では、シカゴにきてからずっと、何者かに身辺を監視されていると思いこんでいた。キティはつねにその妄想に駆られていたらしい。おそらく、自分の娘にも隠しはしなかっただろう。キティは初めてシカゴにきたとき、ブリーン家とゾルネン家に関係する恐ろしい犯罪を目撃した。もしくは、恐ろしい犯罪の被害者にされた。両家の連中は銀行口座を作り、キティの沈黙を金で買った。ヘルタ・ゾルネンが奪いとったあの口座だ。しかし、キティはゾルネン家かブリーン家の者に何かされるのではないかと、つねに恐れていた。ジュディは詳細な点までは知らないにしても、ヘルタを脅迫できるだけの事実は、キティから聞いて知っていたのだろう。

ようやく眠りに落ちたが、悪夢のなかで、マーティンの骸骨がドラッグハウスのゴミの穴の底から、わたしをニタッと見あげていた。アリスン・ブリーンが骸骨に覆いかぶさって泣きじゃくり、キティ・バインダーが両手をもみしぼって叫んでいた。「連中に追っかけられてるのがわからないのかって、なんべんも言ったのに、おまえは耳を貸そうともしない」

悪夢にうなされたにもかかわらず、遅くまで寝てしまった。ようやくベッドから出ると、気候が一変していた。シカゴではよくあることだ。カンカン照りの猛暑の日があるかと思えば、翌日は雨になって冷えこむ。エクササイズが大いに必要だったが、雨のなかを走る気にはなれなかった。

ミスタ・コントレーラスのところの裏のポーチでエスプレッソのダブルを飲みながら、二匹の犬にボールを投げてやった。サンフランシスコから電話してきたジェイクがとても楽しそうな声だったことには、腹を立てないようにした。ラウタヴァーラの作品は大成功だったそうだ。すなおに喜びはしたけれど、わたしだって自分の成功がほしいと思った。このところ、成功にはとんとご無沙汰だ。

ようやく病院に着いたときは十時をすぎていて、ジュディ・バインダーはいつもの不機嫌な顔でわたしを迎えた。銃撃後初めて歩いたそうで、ナースステーションと病室の往復を終えたばかりだった。わたしが病室に入ると、ちょうど、進歩を褒めてくれた看護師と療法士に向かってわめきちらしているところだった。こっちは二歳の子供じゃないんだからね。甘い言葉にだまされるもんか。うるさいわね、まったく。

看護師が介助をしてジュディを車椅子にすわらせ、点滴のチューブがからみあわないよう注意しながらスタンドを置きなおした。チューブの数は全部で四本、患者用ガウンのひだのなかに消えている。ジュディの細い腕はかさぶただらけで、血管が硬くなっているため、看護師が針を刺せる場所を見つけようとして、背中のほうまで調べなくてはならなかった。

「マーティンが姿を消したがってるなら、ほっとけばいいんだよ」わたしが息子の話をしようとすると、ジュディは言った。「最後に会ったときも、親をさんざんバカにしてさ」

「あなたのほうも、人から尊敬されるような態度とはいえないわね、ミズ・バインダー」

わたしは大声で悪態をつかれるものと覚悟し、彼女もそのつもりだったようだが、途中で黙りこんだ。「クソ女、よけいなことすんじゃ――」ジュディの顔に戸惑いが浮かんだ。初めて自分の声を耳にし、何を言おうとしたのかと訝しんでいるような表情だった。短い沈黙ののちに、マーティンの居所なんか見当もつかない、とむっつり答えた。

「わかった」わたしは言った。「でも、マーティンとの口論の原因になった文書について、くわしく話してもらいたいの。マーティンがあなたに会いにきたのは、古いスケッチに妙なロゴを見つけたからだった。二つの三角形が組みあわさって、真ん中に太陽の光みたいなものが描かれているの。かつてあなたが持っていた文書にも同じロゴがついているのを、マーティンは見た記憶があった。それについてマーティンはどう言ってたの？」

「いきなり駆けこんできたんだ。花も何も持たずにさ。男の子が母親に会いにくるときは、ふつう、そうするものだろ。なのに、マーティンときたら、あのくだらない文書を見せろって要求しただけ」

「マーティンのバル・ミツバーに出るため、あなたがお母さんの家へ行ったときに見つけたものね？」

「あんた、わたしが盗んだとでも――」

「ここにお邪魔したのは、そういう非難をするためじゃないわ。情報が必要なの。それも大至急。息子さんの命がかかってるかもしれない」

ジュディは顔をしかめた。「へーえ、マーティンの命がね。わたしの命はどうなのよ？」

「あなたはこうして生きている。お母さんがわたしに電話して、あなたの命を救ってくれたから。今度はあなたにも、わが子のために同じことをしてほしいの」

ジュディはすねた表情で、ぱさついた髪を払った。「あんた、マーティンの芝居がかった言葉を真に受けてんだね。けど、わかった、話すよ。キティのドレッサーの引出しに封筒が入ってるのを見つけたんだ。バル・ミツバーのパーティで気分が悪くなったもんだから、ちょっと横になりたくてキティの部屋へ行って――きれいなハンカチを探してたときにね」

ジュディは話を中断し、引出しを探ったことを咎められはしないかと、こちらに探るような視線をよこしたが、わたしは何も言わなかった。「でね、封筒が消えてるのに気づいたキティが金切り声でわめきたてた。けど、わたしは保管しようと思っただけなんだ！」

「ええ、前にもそう言ったわね」わたしは苛立ちが声に出ないよう必死に抑えた。「その封筒をどうしたの？」

「どうもしてないよ。そのときはね。アスピリンを探してたら、封筒に通帳が入ってて、わたしの名前が書いてあった！　つまり、わたしの通帳ってことだ。キティが階段をのぼってきたから、なんでわたしのお金を盗んだのかって問い詰めようと思ったけど、考えなおして、封筒ごと持って帰ることにした。銀行関係の書類がほかに何か入ってないか、調べてみようと思って」

ハンカチを探しに行ったはずなのにと指摘するのはやめておいた。「で、ほかに銀行関係の書類は見つかった？」

「いいや、数字を書いた紙しか入ってなかった。ある日、マーティンが会いにきたときに、それを見せてみた。あの子が八年生のときだった。昔から数字に強い子だったからね。わたしは銀行口座か何かじゃないかと思ってたけど、あの子にもさっぱりわからないみたいだった。でね、どこで見つけたんだって、わたしを問い詰めた。たった十三なのに、生意気にも母親を非難するんだよ。文書を盗んだと言って。あれはもともとわたしのものなのにさ。文書が消えたと言って、キティがマーティンに愚痴ったに違いない」

キティの真珠のイヤリングと現金も消えたことを、わたしは思いだしたが、会話に手榴弾を投げこむのは控えることにした。

「でね、引出しに押しこんで、それきり忘れてたんだけど、前にも話したように、二、三週間前にマーティンがポールフリーに飛んできて、もう一度見せてほしいって言いだしたんだ。あの子ったら、勝手に家じゅう捜しまわった。捨てずにとってあるかどうかもわからないって、わたしが何回も言ったのに、あの子、古い靴箱にわたしの出生証明書と一緒に入れてあるのをリビングで見つけだした。ひどく興奮してこう言った。〝ぼくがもらうはずだったものなのに！　どうしていままで見せてくれなかったんだ？〟って。

十三歳のときに見せてやっただろと言っても、あの子は知らん顔だった。わたしのほうが這いつくばってあの子に仕えなきゃいけないのかい？　あの子がくだらない古い文書のことを気にかけてるかどうか、毎朝、確認しろっての？」

ジュディは力の入らないこぶしで車椅子の肘掛けを叩いた。「あの子はいつだってそうだった。ぼく、ぼく、ぼく。わたしだって自分の望みがあるのに、なんでわかってくれないのよ！　赤んぼのころから自分勝手な子だった。だから、両親に預けるしかなかった。あんなに自分勝手じゃ、わたしの手に負えないもの」

「ええ、赤ちゃんって思いやりがないわよね」わたしは言った。喉がこわばり、言葉を吐きだすのに苦労した。「マーティンはどうして、書類は自分がもらうはずだったと思ったのかしら」

「そこに書いてあったくだらない方程式が理解できたからだよ。マーティンはそのあと、わたしに向かってわめきはじめた。添えてある手紙を読んで、キティのところへそれを送ってきた人物の名前を見ても、心当たりはなかったのかって」

「その人物とは？」わたしは脈が速くなるのを感じた。

「バイロンとかいう女だった。エイダ・バイロン。どこの誰だろうね」

がっかりした。マルティナかベンヤミン・ゾルネンに違いないと思っていたのに。「バイロンって、あなたにゆかりのある名字なの？　親戚とか、父方のお母さんとか、イギリスでキティをひきとってくれた一家とか」

「ああ、あの一家ね！　いいや、あそこはペインターって名字だった」思いがけず、ジュディが笑いだした。不快な響き。「大工なのに、名字は画家《ペインター》。笑えるよね。大工のペインター。キティはそこの養女になり、両親になついてた」その言葉から皮肉が滴っていた。

「お母さんの居間に飾ってあったスナップに、夫婦と女の子たちが写ってたけど、その人たちのこと？　いまはどうしてるのかしら」

「ああ、その話になると、キティはいつも涙が止まらなくなってた。わたしが生まれる何年も前のことなのに。戦争が終わると、大工のペインターは空襲で焼け野原になったバーミンガムの通りに自分の家を建てようとした。バーミンガムといっても、アラバマじゃなくて、イギリスのほうだよ。両親と姉妹が敷地を見にいったとき、キティはまだ学校にいた。キティが現場に着く数分前に不発弾が爆発した。ぞっとするよね。ほんとの家族を――キティはあの一家のことをいつもそう呼んでたんだ――捜しに行ったら、そこで見たのは救急車と肉体の破片だったなんてさ」

ジュディはまたしても不快な笑い声を上げた。母親から何度もその場面を聞かされて、もううんざりという感じだった。わたしはジュディに飛びかかって揺すぶってやりたいのを我慢するために、両手をポケットに突っこんだが、冷静につぎの質問ができるようになるには、しばらく時間をおかなくてはならなかった。

「お母さんと暮らすのは大変だったでしょうね。でも、お母さんの人生には悲惨な別れが何度もあったことを思いだしてくれない？」ようやく、わたしは言った。「生みの母親と育ててくれた祖母を失った。養女にしてくれた家族を失った。そして、麻薬のせいであなたを失った」

「罪悪感を押しつけないでよ！」ジュディの目に怒りが燃えた。「この三十五年間、朝も昼も夜もそればっかり聞かされてきたんだから」

ジュディは辛辣な嘲りをこめて、わたしの言葉をくりかえした。「〝お母さんと暮らすのは大変だったでしょうね〟。ええ、まったく大変だったわよ。友達を家に連れてきて遊ぶこともできなかった。知らない人間が家にくるのをキティがすごく警戒してたから。友達の誕生パーティや何かに呼んでもらったこともなかった。キティが変人だったせいで。キティがそばにいると、ほかの子のママたちは居心地が悪そうだった。キティはいつだって、誰かに尾行されてると思ってた。高校のとき、わたしはついに、自分だけの友達を見つけるようになった」

ジュディの呼吸が荒くなっていた。怒りが痩せこけた身体に消耗をもたらした。車椅子にぐったりもたれた。バターミルクみたいに白い顔に赤い斑点が浮いていた。そのまま休ませておこうと思ったが、ジュディが薄目をあけ、細い目でこちらの反応を窺ったので、話に戻ることにした。

「キティは誰に尾行されてたの？」

「わたしに訊かないでよ。FBIが手紙を盗み読みしてると言ったり、ときには、それがCIAに変わることもあった。それじゃまるで、オーストリアから逃げてきたブルーカラーの人間が、J・エドガー・フーヴァーに監視されるほどの重要人物みたいじゃない」

「キティが古い事件の話をしたことはなかった？　あなたが生まれる前に何かがあったとか」

これが重要な質問であることを、ジュディも理解した様子だった。時間をかけて考えていたが、ついに首を横にふった。「キティがもらうはずの金をゾルネン家の連中が横どりしたってことのほかは何も。その話なら、耳にたこができるほど聞かされて、そのたびに、父親がいやな顔をしたものだった。父親がせっせと働いて家族を養ってくれたおかげで、うちは近所のどこにも負けないぐらい楽な暮らしができた。父親がよく言ってたよ――キティはなんであんな男の金をほしがるんだ、って」

気の毒なレナード・バインダー。好人物のようなのに。唯一の失敗は、人生と戦争で深い傷を負った女と結婚したことだった。それでも、マーティンと楽しいひとときをすごすことができた。たとえば、ガレージをドライアイスで埋めつくし、ロケットを発射させたときとか。

「お母さんはペインター家のことをあなたに話している。ゾルネン家のこともたぶん話したはずだわ。違う？　あの一家からどんな仕打ちを受けたかについて。自分をつけまわしてるのはゾルネン家の連中だと、お母さんは思ってたの？」

「知らないって言っただろ！」ジュディはわめこうとしたが、おなかに力が入らなかった。ざらついた息苦しそうな声になった。

「そうは言っても、お母さんのことはいろいろ知ってたわけでしょ」わたしは声に感情をこめないようにした。賞賛も非難もこめず、カーテンをあけて新たな風景を目にするチャンスを与えるだけにした。そのおかげで、ジュディは真剣に考えこんだ。ふたたび、悪態を途中で打ち切った。

「キティだって、いつも怒ってばかりじゃなかった。小さいときは、みんなで楽しくすごしたこともあった。親子三人で。父親は公園や動物園へ行くのが好きで、工具類を使うのが上手で、いろんなものを作ってくれた。機械装置のついたものを。キティはいつも木工部分を受け持った。二人でモーターつきのワゴンまで作ってくれたっけ。キティは裁縫も上手だった。一度なんか、わたしが飼ってたジンジャーって子猫の服を縫ってくれた。みんなの前で品物を見せて話をする授業のときに、ジンジャーを連れてったら、クラスの女の子たちに羨ましがられたものだった」

「何がきっかけでお母さんが変わってしまったか、覚えてる？」

ジュディは自分の節くれだった指を見た。年老いた女のような指だ。「もともと、そう楽しそうにしてたわけでもないけどね。そこんとこは思い違いをしないでほしい。キティから初めて聞かされた話は、生みの母親に可愛がってもらえなかったってことだった。母親の頭には方程式と原子のことしかなかったんだって。おまけに、ロティのほうが母親のお気に入りだった。ロティは目立ちたがり屋だったと、キティが言ってた」ジュディはずるそうな笑みを浮かべた。「だから、わたし、妊娠したときにロティを頼ったの。キティが怒り狂うだろうってわかってたから」

わたしはうなずいた。共感できないが、その気持ちは理解できる。

「それに、あんたがさっき言ったように、キティは親しい人をみんな失ってる。それをうんざりするほど聞かされるうちに、その人たちのことが生身の人間とは思えなくなり、寝る前のお話を聞いてるような気分になった。悪夢を招きよせる陰惨なお話」

わたしはふたたびうなずいた。ドラッグに手を出したジュディが多少理解できるような気がした。生まれた日から恐ろしい話ばかり聞かされて育った者は、そのイメージを消すために何かを求めるようになるのだろう。〝伏せて身をかばう〟という言葉が思いだされた。どうしてその言葉が頭に刻みつけられることになったのかを、ジュディに尋ねた。

ジュディは思わずドアのほうへちらっと目を向けた。「話してもいいけど、誰にも言わないって約束してくれないと」

「わかった。約束する」

「じゃ、ドア閉めてよ。看護師連中に聞かれたくないから」

わたしはドアを閉め、見舞客用の椅子をベッドのそばへひっぱっていった。

ジュディはわたしとドアのあいだに何回か視線を往復させ、高飛びこみをする心の準備ができたかどうかを判断しようとしたが、ついに思いきって飛びこんだ。

「わたしが七つのときだった。誕生日に母親がジンジャーの服を縫ってくれたすぐあとだったね。わたしは猫と遊んでた。母親が入ってきてどなった。〝クソ猫を下におろしな。わたしと一緒に出かけるんだ〟って。すごい剣幕だったから、怖くなった。ジンジャーをぎゅっと抱きしめたら、母親がとりあげてベッドのほうへ放り投げた。わたしは悲鳴を上げた。猫が死んじゃったと思って。すごく怖かった」

ジュディの目の縁に涙がにじんだ。わたしはこのとき初めて、ジュディに心から同情した。

「母親と一緒に車で出かけた。行き先はわからないけど、ずいぶん遠くて、郊外のほうだった。ガソリンスタンドに入ったわ。すごく辺鄙な場所にあって、そこで一人のお婆さんが待っていた。お婆さんと母親はドイツ語でしゃべりはじめた。母親がわたしの前でよくドイツ語を使ってたから、わたしも少しは理解できたけど、ドイツ語は好きじゃなかった。お婆さんが誰かのことを尋ねて、母親が彼女は死んだと答えた。

お婆さんはつぎに、誰かに尾行されなかったかと尋ね、母親は、大丈夫、気をつけたから、と答えた。つぎに、お婆さんはわたしのそばに膝を突いた。わたしの顔を見つめて、自然や星の好きな女の子か、それとも、お人形や裁縫の好きな女の子かと訊いた。

どう答えればいいのか、わたしにはわからなかった。どっちが正しい返事なのかわからなくて、こう答えた——あたしは子猫が大好き。ママが子猫にきれいな服を縫ってくれたのよ。ママに編物を教わってるの、って。

お祖母さんと母親は言い争いを始めた。ドイツ語で。何を揉めてたかというと——」

ジュディは黙りこみ、疑いの目でわたしを見た。「バカみたいに聞こえると思うけど、笑わないでよ」

「ええ、ぜったい笑わない」わたしは優しく言った。「深刻な話には滑稽な点なんてないし、あなたの話を聞いてると胸が痛くなる。二人は何を揉めてたの？」

「編物のこと。たまにそのことを思いだすけど、でも、わたしの記憶が間違ってるのかもしれない。編物はドイツ語で〝ストリッケン〟。もしかしたら、言い争いのときには英語になってて、お婆さんが〝何かに襲われた《ストリックン》〟と言ったのかもしれない。やがて、車がもう一台やってきて、年とった男の人がおりてくると、三人のあいだでものすごい口喧嘩が始まった。お婆さんはドイツ語だったけど、お爺さんのほうは英語だった。

　たしか、こんなようなことを言ってたわ——〝わたしにできるのはここまでだ。だから、何が望みか知らないが、あきらめてほしい〟って。すると、お婆さんが〝イタチみたいな人ね〟と言ったの。なんで覚えてるかというと、〈イタチが飛びだした〉っていうマザーグースの歌があるから。わたし、ぜんまい仕掛けのピエロのおもちゃを持ってて、ピエロがそれを歌ってたの。三人がものすごく怒ってたから、わたしのせいだと思った。わたしは子供なのに、おもちゃを持ってちゃいけないの？　どこかへ連れていかれるのかと思って怖くなった。ちょうど、わたしの母親が連れていかれたように。母親はわたしぐらいの年のときに、おばあちゃんからひき離されて、どこか遠くへ連れていかれたんだって。わたし、自分が編物をしたり、おもちゃで遊んだりしてるから、みんなが怒ってるんだと思った。すごく怖くなって、思わず〝イタチが飛びだした〟って叫んでしまった。

みんなにじっと見つめられて、よけい怖くなった。べそをかきはじめたら、母親がさらに怒り狂って、それで、男の人があのお婆さんになんとかをしろって言ったの。英語だったけど、わたしの知らない単語だった。何かドクターに関係してたような気がする。バカなことを叫んだから、お医者さんに連れていかれるのかと思ったわ。でね、お婆さんが言ったの。〝できるものならそうしたい。この子があなたみたいなイタチになるのを防げるなら、わたしはどんな危険も厭わない。刑務所に入ることだって〟と。

それに答えて、男の人が何か言ったわ。よく覚えてないけど。〝不法行為〟って言ったのかもしれない。わたしはまだ七歳で、みんな、わたしの知らない言葉をたくさん使ってた。お婆さんが言いはじめた。〝彼女に言《テル・ハー》って、あなたたち——あなたとテル・ハー——は〝伏せて身をかばう〟という標語を広めた。あなたとテル・ハーがでっちあげた冷酷な嘘だったのね〟

母親がわめきちらし、みんなが怒り狂ってた。ガソリンスタンドの人が出てきたから、みんな黙りこんで、それぞれの車に戻っていった。車に乗りこんでから、母親が言った。〝誰にも言っちゃだめだよ。人に話したら、みんなが牢屋に入れられてしまう。伏せて身をかばうことも、テル・ハーのことも言うんじゃない。誰のことか、すぐばれてしまうから〟って」

ジュディはふたたび泣きだした。わたしは彼女に腕をまわしたが、点滴のチューブと車椅子があるため、ぎこちない抱き方しかできなかった。あれこれ質問された緊張に嗚咽が加わって、ジュディの衰弱した身体が忍耐の限界を超えてしまった。わたしの腕のなかでぐったりし、心電図モニターから狂ったように警告音が響きはじめた。わたしは点滴スタンドをころがしながら、車椅子を押してベッドまで行った。

ナースコールのボタンを見つけて押したが、ジュディはガリガリに痩せていて、とても軽いので、わたし一人で抱きあげることができた。ジュディの足の下に枕をあてがっているところへ看護師がやってきた。

あとは看護師がひきついだ。「何があったんです？」ときつい調子で訊いた。

わたしは首を横にふった。「子供時代の話をしていたら、予想外に疲れてしまったみたいで――急にぐったりしたの」

看護師はモニターに視線を据えたまま、ジュディの脈を診た。「ドクターを呼ばなきゃ。外へ出ていただけます？　心臓を落ち着かせる必要があるので」

医者たちが到着し、心配そうに質問がなされ、命令が飛びかった。わたしは部屋から追いだされた。ジュディが七歳のときにキティに放り投げられた子猫のジンジャーが生き延びてくれたことを願った。悲惨な過去をわたしに詮索されたジュディが生き延びてくれることを願った。

37　核の傘

病院を出たわたしは、ジュディに劣らずぐったり疲れていた。マーティンのスバルに乗りこんで、つぎに何をするか考えようとしたが、頭が働かなかった。さきほどの会話の内容をリーガルパッドに書きとめておこうとしたものの、腕が重くて、ペンを持つこともできなかった。

シートをぎりぎりまで倒して目を閉じた。息を吸って吐くことに神経を集中させた。母が音楽のレッスンを始める前にいつもやっていたことだ。

キティがジュディを車に乗せて郊外へ連れていったときのことが話の中心だった。星と裁縫のどちらが好きかとジュディに尋ねた老女――マルティナかもしれない。すると、死んではいなかった？　だとすると、それまでずっとキティとジュディの人生から離れていたのはなぜ？

母親らしさのない人だった――ロティも、キティも、マルティナ・ザギノールのことをそう評した。しかし、戦争を生き延びたのなら、いくら人間より陽子を大切にする女性であっても、たった一人のわが子に会いたいと思うはずだ。少なくとも、わたしはそう希望する。それに、マルティナには、芝居がかった人間というイメージはない。人里離れたガソリンスタンドで会うなんて、極端に芝居じみたことに思われる。
もしかしたら、マルティナのかつての教え子で、ナチ党員から反核運動家に転向したゲルトルード・メムラーだったのかもしれない。ナチ党員だった若き日の自分を深く悔いていたことだろう。キティの母親を死に追いやったことに対し、許しを得ようとしたのかもしれない。

メムラーはナチ支配下のオーストリアと戦後のアメリカで核兵器開発に携わったことを、もちろん後悔していた。アメリカの核開発計画を非難する手紙を雑誌社に送ったため、FBIに追われる身となった。晩年は地下に潜伏する日々だった。キティに会おうとすれば、秘密裏に会うしかなかっただろう。

「〝彼女に言って《テル・ハー》〟。あなたとテル・ハーがでっちあげた冷酷な嘘だったのね〟」この言葉を口に出してつぶやいたとき、不意に意味が変化した。

〝彼女に言って《テル・ハー》〟ではない。〝テラー〟だ。エドワード・テラー。水爆の父。

シートを起こした。メムラーはスターウォーズ計画のことでテラーを攻撃した。水爆そのものについてもテラーを攻撃した。民間防衛にまつわるあの陽気な嘘を広めたことについても、おそらく彼を攻撃していただろう。机の下にもぐって両手で頭をかばえば核戦争を生き延びられる、という嘘を。

わたしが子供時代を送ったサウス・シカゴでは、民主党に投票する者もいたかもしれないが、みんなが政府と核兵器を百パーセント支持していた。核の傘。六年生の社会科の授業のときにジョストマ先生が掲示板に貼った絵を、わたしはいまも覚えている。きびしい表情をした自由の女神が大きな黒い傘をさしている絵で、傘の骨の先端がすべて水素爆弾になっていた。ぞっとする絵だったが、米軍の力が国民の安全を守ってくれることを、生徒全員が信じていた。この不気味な爆弾こそが、わたしや友達だけでなく共産主義者をも怯えさせる傘なのだった。「共産主義者《レッド》になるぐらいなら死んだ《デッド》ほうがましよ」ブーム＝ブームの母親マリーが、この言葉をガブリエラによくぶつけていた。

「あなたは戦争をくぐり抜けてきた経験がないでしょ、マリー」母はうんざりした口調で返したものだ。「ひとつのイデオロギーに凝り固まった連中に母親と祖母を殺されてしまった者は、べつのイデオロギーにすがって助かろうなんて気にはなれないわ」

ジュディは〝お婆さん〟と男性の口論を耳にした。口論のなかに自分のことが出てきたのを知ったため、〝テル・ハー〟という言葉が聞こえたとき、〝彼女に言って〟という意味にとり、二人が自分に何か言うつもりなのだと思った。そのあと、二人から聞いたことを誰かに話せば、恐ろしい罰を受けることになる、と母親に脅された。ジュディは以後四十年以上ものあいだ、その恐怖を胸の奥深くに閉じこめてきた。〝伏せて身をかばう〟ことや、それで口論していた二人のことを誰かにしゃべれば、牢屋に放りこまれると思いこんでいた。

老女とキティは顔を合わせてからしばらくのあいだ、死んでしまった誰かのことをドイツ語で話していた。たぶん、マルティナが死んだことを、キティがメムラーに告げたのだろう。あるいは、その逆だったのかもしれない。

どうにも理解できないのは、兵器開発をおこなっていた研究施設の幹部が反核活動家に変身したということだ。何かよほど強烈な出来事に見舞われたに違いない。だが、戦争とその余波以上に破壊的なものが、果たしてあるだろうか。

〝あなたのお母さんの利用価値がなくなったので、わたしがソビボルの死の収容所へ送ったの。許してくれる？〟。キティのように深い傷を負った者でなくとも、そんなことを言われたら、その瞬間、激怒することだろう。わたしから何もかも奪っておいて、今度は許しを乞おうというの？

こんなやりとりを想像しただけで、筋肉がこわばってきた。外の空気を吸いながら痛む腕をストレッチしようと思い、車をおりた。キティとメムラーが口論している最中に男性がやってきた。老女は男性がテラーに同調したことを非難し、彼をイタチと呼んだ。

ゾルネンだ。男性はゾルネンだったに違いない。水爆製造に必要な計算機の設計への協力は、ブリーンが申しでているが、メムラーとマルティナがウィーン時代に知っていたのはゾルネンだ。

男性は〝わたしにできるのはここまでだ。だから、何が望みか知らないが、あきらめてほしい〟と言った。ゾルネンはメムラーをアメリカに連れてきた。彼としては、そこまでするのが精一杯だった。

いや、それは変だ。ベンヤミン・ゾルネンのようなオーストリア系ユダヤ人が、マルティナの教え子だったナチ党員の力になり、マルティナを見捨てるなどということがあるだろうか。

ひょっとすると、ジュリアス・ゾルネンの心に重くのしかかっている犯罪というのは、それかもしれない。ゾルネン一家がウィーンを離れたとき、ベンヤミンの妻のイルゼはたぶん、これでマルティナとキティの母子とはすっぱり縁が切れたと思ったことだろう。わたしはイルゼのなかで燃えさかっていた怒りと嫉妬の熱い炎を想像した。イルゼはその炎ゆえに、キティとマルティナが悲惨な運命をたどることはないはずだと、自分を納得させたのだろう。ベンヤミンもイルゼの手前、マルティナを受け入れてくれそうなアメリカの研究所を見つけるのに本腰を入れるわけにはいかなかった。キティもマルティナも少々不自由な暮らしになると思うけど、わたしの夫を寝とった女だもの、当然の報いだわ――イルゼはそう思っただろう。わたしが想像するに、何よりもまず、胸をなでおろしたことだろう。自分の夫がキティの父親だという事実について、二度と悩まなくてすむのだから。

ところが、ゾルネン一家が住むシカゴの家にキティがやってきた。狂ったように近所をまわってゾルネンを捜し、彼の返事を求めたために、昔の傷がふたたび表面に浮かびあがったことだろう。

ジュリアスの姉ヘルタの話だと、ジュリアスはベンヤミンを崇拝し、父親から受け継いだ科学者としての才能を見せはじめていたという。やがて、大爆発！キティがあらわれ、ジュリアスのなかの父親像を吹き飛ばしてしまった。当時、ジュリアスは十六歳ぐらいだっただろう。傷つきやすい年ごろだ。その後何年かは、何事もなかったような顔で暮らしていたが、二十歳になるころには、それもできなくなってしまった。大学から落ちこぼれ、人生からも落ちこぼれた。

警備員が近づいてきて、道に迷ったのか、それとも何か困ったことでもあるのかと、わたしに尋ねた。そう言われてみれば、興奮のあまり、駐車場をぐるぐる歩きまわっていた。

「いまお見舞いに行った人のことで、ちょっと動揺しただけなの」

警備員はわたしが車に戻ってドアを閉めるまでこちらを見ていた。

いま想像していた筋書きの欠点は、ブリーン家が含まれていないことだ。ゆうべ、ジュリアスがコーデル・ブリーンを訪ねてきた。コーデルは古い犯罪のことで言いがかりをつけようとするジュリアスを嘲笑した。しかし、ジュリアスがレイク・フォレストに押しかけた理由はそれではない。怒り狂ってブリーン家にやってきたのは、大学の図書館で何者かが彼の名前を騙ったからだ。

わたしの思考は、ブラのストラップとセーターの袖が横からはみでたスーツケースのようなものだ。何を思いついても、スーツケースに収まりきらない部分がはみだしてしまう。

ふたたびペンを手にして、ようやく、ジュディから聞いた話を書きとめた。子供時代の思い出話が中心だったが、ほかに、もっと最近のことも、つまり、マーティンがドラッグハウスにきたときのこともメモしておいた。ジュディが母親のたんすの引出しから盗みだした文書を見つけたとき、マーティンは逆上した。〝これは自分がもらうはずだった。重要書類だってことぐらい、わかってくれてもよかったのに。エイダ・バイロンから届いたのだから〟と言った。誰のことなのか、ジュディにはまったくわからなかった。わたしもわからない。

ロティの診療所へ車を走らせた。診察日はいつもそうだが、今日も混みあっていた。ほとんどが女性と子供。ひと握りの男たちは居心地が悪そうだった。女ばっかりのこんな場所で、おれたちは何をしてるんだ？――彼らの身体がそう問いかけているように見えた。

診療所の事務を担当しているミズ・コルトレーンが、いつものように冷静に迎えてくれた。

わたしは彼女にメモを差しだし、ロティに渡してほしいと頼んだ。二分ほどすると、ジュウェル・キムが出てきてわたしを呼んだ。待合室のほかの人々からひどく渋い顔をされた。わたしは申しわけなさそうな笑みを浮かべ、ジュウェルのあとからロティのオフィスに入った。ほぼ同時にロティ本人が無愛想な顔で入ってきた。患者の診察を邪魔されるのは迷惑なのだ。

「エイダ・バイロンなんて名前、覚えてるかぎりでは聞いたことがないわ。もしかすると、イギリスでキティをひきとってくれた人じゃない？」

「ジュディの話だと、その一家はペインターって名字だったそうよ。でもね、ジュディは七歳のときに経験したとても奇妙な出来事を話してくれたの」

ロティは腕時計に目をやった。「あとにしてくれない？」

「いいけど……」わたしは言った。「でも、すぐすむから」

ジュディが車で郊外へ連れていかれたことと、大人たちの怒りの網にとらえられたことを、ロティに話した。「女性の外見は覚えてないそうよ。覚えてるのは、年老いた人ってことだけ。マルティナの可能性はないかしら」

「ありえないわ」ロティは眉をひそめた。「マルティナはテレジンからソビボルへ送られたの。あれは死の行進だったし、亡命者の報告書のどこを見てもマルティナの記録は残っていない。キティが一九五六年に初めてシカゴにあらわれたとき、マックスが自分の情報網を駆使して調べたのよ。先週はワシントンのホロコースト博物館に頼んで、記録を捜してもらったわ。テレジンのほうも、ソビボルのほうも、生存者のなかにマルティナ・ザギノールの名前はなかった」

わたしはもうひとつの推測をロティに話した。ゲルトルード・メムラーではないかという説を。ロティの顔に嫌悪が浮かんだ。「罪悪感に苛まれたナチの人間が――二十年遅すぎるけどね――改心し、そんな自分をみんなが頭を下げて受け入れるべきだと思ったわけ？　ベンヤミン・ゾルネンがメムラーと共同で研究をしていたのなら、ゾルネンって、まったく見下げはてた男だったのね。同情すべきは息子のジュリアスだけだわ。父親のかわりに重荷を背負いつづけてきたんですもの」

ロティはデスクのカルテをとった。「それだけの用件だったのなら、今夜まで待ってくれてもよかったのに」

38 近所のゴシップ

わたしもジュリアス・ゾルネンに同情してはいたが、それでもやはり、ジュリアスから話を聞きたかった。彼の名を騙って大学の保管文書を調べているとの非難をコーデル・ブリーンに浴びせたジュリアスだが、ゆうべはたぶん、満足のいく成果は得られなかっただろう。誰がジュリアスの名前を騙ったのか、そして、どのような資料に目を通したのかを突き止めれば、そこから何かわかるかもしれない。たとえば、BREENIACのスケッチがなぜそんなに重要なのか、右の隅についている小さなロゴにどういう意味があるのか、などが。わたしがそうした情報を皿にのせてジュリアスに差しだせば、昔の犯罪の話を聞きだすための梃子にできるだろう。

車でサウス・サイドへ向かう前に、まず事務所に寄った。ジュリアスの名を騙った人物の顔を覚えている者が、司書のなかにいないかどうかを調べるために、コーデル・ブリーンとジャリ・リュウの写真をネットで捜しだした。コーデルのお抱え運転手兼用心棒のダードンも候補にしようかと考えたが、保管文書を調べるようなタイプには思えなかった。いずれにしろ、写真は見つからなかった。わかったのは、ファーストネームがロリーであることと、年齢が四十五歳ということだけ。どこで生まれ育ったのかも不明だった。

ジュリアスの写真は一枚だけ見つかったが、十年ほど前のものだった。フェルミ研究所で父親の生誕百周年を祝う行事があったとき、姉のヘルタと一緒に出席している。ヘルタは夜間の着陸に入ろうとする飛行機みたいに光り輝いていた。銀色の髪はつややかにセットされ、耳と首にダイヤがきらめいていた。そのとなりにだらしなく立ったジュリアスはサイズの合わないスポーツ・ジャケット姿で、覇気のない表情だった。その写真をプリントアウトし、ついでに、マーティン・バインダーの顔写真もよぶんにコピーした。

ジュリアスが住んでいる通りの端に車を止めた。いまは午前中の遅い時間、みんなが職場や学校へ出かけたあとの、一日のなかでも静かな時間帯だ。目に入る人影は、手入れの行き届いたバラの花壇からごく小さな雑草をひきぬいている年配の女性だけだった。

車からおりずに、プリペイド携帯のひとつを使ってポールフリー郡の保安官に電話した。「ねえ、保安官」彼がバカ笑いをしながら挨拶を終えたところで、わたしは言った。「グレン・ダヴィラッツって、町の近郊をまわっては、いつも友達を作り、人々に影響を与えているようね」

「なんの話だ、探偵さん」

「わたしが先週突撃した麻薬密売ハウスの近くで、リンカーン・ナビゲーターのすてきな新車が解体されたんだけど、部品にダヴィラッツの指紋がベタベタついてたそうよ。しかも、彼、最近はダッジチャージャーの新車を乗りまわしてるって噂だし。ナビからそっちに替えたのかしら」

珍しくもコッセルの高笑いは聞かれなかったが、声が大きいのはあいかわらずで、いったい何が言いたいのかと、きつい調子で訊いてきた。ニキビ面のティーンエイジャーを見つけられないからって、うちの部下にシカゴ流の糞を塗りたくる必要はないだろ。

わたしは手にした携帯を耳から離した。携帯の震動が治まったところで言った。「どうしても知りたいのはね、保安官、誰がナビの助手席に乗ってたのかってことなの。オーリック保安官助手でないことを祈りたいわ。わたし、彼女が気に入ってるから」

「おれの部下のなかに、あんたが住む汚水溜めみたいな街へ出かけた者は、このところ誰もいない」コッセルはわめいた。

「シカゴの街にきたなんて、わたし、ひとことも言ってないわ、保安官。ごめんなさい。言い方が曖昧だったわね。ダヴィラッツ保安官助手とその共謀者はナビゲーターでシュラフリーの家にやってきたの。シュラフリーの番犬を射殺し、シュラフリーを追ってトウモロコシ畑に入り、そこで彼を殺した。二人が畑にいるあいだに、シュラフリーの愛人が車に飛び乗り——キーがイグニッションにささったままだったの、初歩的なミスね——シカゴまで逃走した。でも、これまでに判明した指紋は、おたくの部下のものだけなの。二人目について何か心当たりは？」

「バカな！」コッセルがうなった。

「保安官、わたしにはなんの権限も影響力もないから、逮捕令状を出すことも、事情聴取のために誰かを連行することもできない。こうして電話してるのは、シカゴ警察よりも先にあなたに情報を提供したかったから。そして、ダヴィラッツのほかに誰がナビゲーターに乗っていたかをご存じかどうか、確認したかったから。おたくの保安官助手が郡内のべつの麻薬業者のためにも便宜を図ってるとしたら、調べたほうがいいんじゃない？」

コッセルは何も言わず、別れの挨拶すら省略して、珍しくも無言で電話を切った。じつを言うと、〝バカな！〟と言った彼の言葉は正しかった。わたしの話は嘘っぱちだった。ダヴィラッツを犯人だときめつけたのが間違っていたら？ 彼がマッスルカーの新車を乗りまわし、ロットワイラーが彼に向かってうなったというだけでは、殺人の証拠にはならない。コッセルのほうで調査に乗りだしてくれるよう期待したい――ダヴィラッツを尋問して、どこの麻薬業者と手を結んでいるかを突き止めてもらいたい――もちろん、ナビゲーターの助手席に乗っていたのがコッセル自身でなければ、という条件つきだが。わたしは、はたして穴をふさいだのだろうか。それとも、穴に核爆弾を投下してしまったのだろうか。

プリペイド携帯は車に残し――警官か泥棒が電話してきたときは、携帯がメッセージを受けとってくれる――ジュリアス・ゾルネンのコーチハウスの前にある大きな家まで歩いた。ジュリアスはこの家の所有者とどんな取決めを結んだのだろう？ なぜコーチハウスに住むことになったのだろう？ ベンヤミン・ゾルネンがシカゴ大の教授だった時代に住んでいたのは、この家ではない。初めてジュリアスを訪ねたあとで調べてみたのだ。ゾルネンの住まいは三ブロック先にあり、グリーンウッド・アヴェニューに建つ大邸宅のひとつだった。

石畳の小道をたどって大きな家の前を通りすぎ、小さなコーチハウスまで行った。玄関ドアをガンガン叩くと、小鳥たちが興奮した声でさえずりながら餌入れから飛び立ったが、ジュリアスの応答はなかった。ツタのあいだに首を突っこんで、汚れた窓の奥をのぞいてみた。明かりはひとつも見えず、人がいる気配もなかった。現場調べをして、ジュリアスが日記をつけていないか見てみたい誘惑に駆られたが、ピッキングツールに指を触れた瞬間、国土安全保障省の連中に自宅を荒らされたときのくやしさが思いだされた。大学の図書館まで出かけ、率直に質問をして、どんなことが判明するか見てみたほうがいい。

ふたたび石畳の小道を通ってユニヴァーシティ・アヴェニューに戻ると、数軒先の家で年配の女性がいまもバラの手入れをしていた。わたしは近くの歩道に立ち、女性が顔を上げてこちらを見るまで待った。女性の目は冷えこんだ空気に劣らず冷たかった。

「あのう」わたしは言った。「わたし、探偵なんです。ジュリアス・ゾルネンにいくつか質問があって訪ねてきたんですが、最近、ジュリアスの姿を目にされました？」

「身分証か何か持ってらっしゃる？」彼女の声は老齢でかぼそくなってはいたが、目と同じく冷たかった。

わたしは私立探偵の許可証を差しだした。女性はそれをじっくり見たが、鼻に軽蔑のしわが寄っていた。こちらがしがない探偵だから？　彼女がセレブな奥さまで、わたしが生活のために働いているから？

「あちらの出入りに注意を払ってはいませんけど、わたしが今日ここに出ていたあいだ、外出する姿は見ていませんね」

「こんなところに家を借りるなんて、ジュリアスも変わってますね。子供のころ住んでた家のすぐ近くでしょ」わたしは言った。「家から離れるのが耐えられないのかしら。でも、もう七十を超えてるのに」

「最近は収入をふやすためにコーチハウスを貸す人が多いようよ」女性はそっけなく言った。

「ジュリアス・ゾルネンのことで質問がおありならどうぞ。そうでなければ、お帰りください。寒くなってきたのに、あなたのおかげで家に入れないわ」

「ジュリアスはコーチハウスにいつごろから住んでいるんでしょう？」

女性は冬のような笑みを浮かべた。むずかしいクイズを解く手がかりを、わたしがようやく見つけたかのように。「お母さまが亡くなられてからよ」そう言ってバラの手入れに戻ったが、わたしが立ち去ろうとしたとき、少しだけ態度を和らげて、背後から言った。「あそこは以前、エドワード・ブリーンの家だったの。コーチハウスを仕事部屋にしていたのよ」

わたしは肩甲骨のあいだを殴られたような気がした。なるほど。そう言えば、アリスンも、エドワードの最初の仕事部屋は、昔住んでいたハイド・パークの家の裏にあったと言っていた。

バラの手入れを続ける女性のところにひきかえした。「ジュリアス・ゾルネンは五十年ほど前に何か罪を犯したらしく、いまもそれで苦しんでいます。何があったのか、ご存じないでしょうか」

女性はしゃがみこむと、初めて本物の感情をあらわにしてこちらを見たが、首を横にふった。「当時はまだジュリアスのことを知らなかったし、そういう噂を耳にしたこともなかったわ。このあたりの人はみんな噂話が大好きですけどね。わたしが知っているのは、イルゼが亡くなったあと、娘さんたちがグリーンウッド・アヴェニューの家を売却し、ジュリアスがエドワード・ブリーンの仕事部屋に越してきたということだけ。ブリーン家があのコーチハウスをずっと所有していたことに、誰もが驚いたものだったわ」

女性の唇がゆがんで軽蔑の笑みを浮かべた。「たぶん、エドワードが自分の仕事部屋を神殿のように崇めてほしかったんでしょうね」

ブリーン家とゾルネン家。死が両家を分けたのちも、絆が消えることはなかった。自分たちを縛りつけている毒の絆をほどくことができないとは、なんとも重い関係だ。

キャンパスめざして、そのまま通りを歩いていった。今日も一日用の入館証をもらった。特別資料室は――そこに文書保管室が入っているのだが――図書館のメイン部分と建設予定の新閲覧室をつなぐ廊下沿いにあった。ドアを押しひらくと、そこは展示スペースだった。

室内は静寂に満ちていて、ここに入った者までが静かになってしまう。わたしはしばらくのあいだ、ジュディ・バインダーの苦悩も、キティ・バインダーの殺害も、ジュリアス・ゾルネンの恨みも忘れ去った。八世紀の聖書の前で足を止めた。修道士たちがラテン語で静かに賛美歌をうたいながら、現代でも読めるぐらい丁寧な字で子牛皮紙に筆写している姿を想像した。いまは亡き人々の聖像《イコン》を見ると、安らぎに満ちた生涯を送ったかに思われるが、ケインがアベルを殺す前から、そして、ヤコブがエサウをだます前から、殺人もペテンも存在していたのだ。

もうひとつのドアをあけると、サービスカウンターがあり、その向こうが空調システム完備の閲覧室になっていて、十五人から二十人ぐらいが資料の入った箱の上にかがみこんでいた。

カウンターには女性が三人すわっていて、パソコン画面を見ながら忙しそうに仕事をしていた。その近くに、ブルーの資料箱をのせたカートが置いてある。何人かがわたしと同じようにカウンターにやってきた。一人は身長の半分ぐらいの高さがある箱を返却し、ほかの人々は資料請求をしていた。わたしはみんながカウンターを去るまで待ってから、運転免許証と探偵許可証を提示した。

「どういったご用件でしょう？」女性の一人が訊いた。

わたしは彼女が首にかけているIDカードを見た。レイチェル・ターリー。「ミズ・ターリー、わたしは私立探偵で、キティ・バインダーという女性の死を調査しているところです。ニュースをご存じかどうか知りませんが、一週間ほど前、自宅に押し入った何者かに殺害されたのです」

ミズ・ターリーはテレビのニュースで見たのをなんとなく覚えていると言ったが、さらにつけくわえた。「ここで扱っているのは貴重な古書と文書で、現代のニュースではありませんので、お役に立てることがあるのかどうか、よくわからないのですが」

「ミズ・バインダーは孫息子を見つけるために、わたしを雇いました」わたしは説明した。「孫息子は二、三週間前から行方不明だったのです。そこで、わたしはバインダー家の過去を調べ、孫息子が連絡をとった可能性のある人々を捜していたのですが、調査のなかで、ミズ・バインダーの父親がベンヤミン・ゾルネンであったことが判明しました。

最近、何者かがゾルネン関係の資料に目を通すため、特別資料室にやってきました。身分証を持っていて、ゾルネンの息子のジュリアスと名乗ったそうです。ところが、じつは別人でした。いったい誰だったのか、どんな資料を調べていたのかを、わたしは突き止めたいのです」

ミズ・ターリーはカウンターの反対端の女性と驚きの視線を交わしたが、こう答えた。

「当資料室の閲覧者が何を調べていたかをお教えするわけにはいきません。図書館法でそう定められています。ここだけではありません。どの図書館もそうです」

「教えてもらえれば、キティ・バインダーを殺害した犯人を見つけるのに役立つとしても？」

ミズ・ターリーは首をふった。「殺害犯を見つけるのに役立つということを、あなたが、もしくは、警察がわたしに証明なさったとしても、お教えすることはできません」

「ミズ・ターリー、わたしだって倫理上の原則を誰にも劣らず尊重しています。でも――」

「〝でも〟じゃありません。召喚状をお持ちであれば、当図書館の弁護士と話をしていただきますが、あなたは私立探偵であって、警察の人ではない。そうですね？　だから、召喚状をとることはできない。学者というのはライバル心むきだしの無節操な人々です。二人の学者が何か新しいデータか理論を追っているとすれば、おたがいの研究を盗もうとするのが日常茶飯事です。相手が自分と同じ資料を調べているかどうかをたしかめたくて、図書館のファイルをこっそり見ようとしたり、ひどいときには、スタッフにお金をつかませることもあります。そのため、当図書館では利用者一人一人を保護するために、閲覧履歴を削除し、誰がどの文書の閲覧申込みをしたかがわからないようにしているのです」

「そのなかの誰かが資料のなかから何かを盗んだ場合は？　閲覧履歴が削除されていたら、犯人をどうやって突き止めるんです？」

「防犯手段は講じてあります。具体的には申しあげられませんが。だって、もしかしたら、殺人事件を調査中のふりをして、じつはライバル意識の強い学者に雇われて競争相手のことを調べてらっしゃるのかもしれないし」

ミズ・ターリーのおざなりな笑みからすると、どうやら、わたしがムッとするのを承知で言っているようだった。わたしは彼女に渋い表情を向けたが、ブリーフケースから写真の束をとりだし、カウンターに置いた。

カウンターにはさらに何人か閲覧者がきていた。その人々が閲覧請求票をほかの司書に渡すついでに、わたしが差しだした写真を横目でちらちら見ていた。

「この写真のなかに見覚えのある顔はありません？　一人が本物のジュリアス・ゾルネンで、あとの三人が彼の名を騙った可能性のある者です」

「ミズ――」ミズ・ターリーはわたしが一緒にカウンターに置いた名刺を手にした。「ミズ・ウォーショースキー、図書館利用者のプライバシーは重力の法則以上に大切です。わたしの部下のなかに、あなたに名前を教えたり、このなかの誰かを見かけたかどうかを告げたりする者がいれば、わたしはぜったい許しませんし、わたしがそうした場合は解雇を覚悟しなくてはなりません」

このころには、サービスカウンターの周辺にいるすべての者が露骨に聞き耳を立てていた――ほかのスタッフ、閲覧者、さらには、隅の梯子にのぼって電球を交換中の雑用担当スタッフまでが。

「他人の名前を騙って図書館に入りこむ者がいても、気にならないんですか」

「偽の身分証を作ってでも図書館を利用したいという熱心な人がいるなら、その人と握手をして、アメリカ図書館協会の公共広告に出てくれるよう頼みたいぐらいだわ」ターリーは言った。同僚たちも熱をこめてうなずいた。

完膚なきまでに打ち負かされたときは、戦いをあきらめるべし。「それじゃ、わたしが自分でゾルネン関係の資料に目を通すしかないようね。無節操なライバルが何を調べているのかを推測するために。どうやればいいのか教えてもらえます？」

「閲覧請求票に記入してください。何を調べたいのかを短く書き添えて」ターリーはパソコンのキーを打った。「ゾルネン関係の資料は全部で六十七個の箱に収められています。箱一個につきフォルダーが十五。閲覧できる箱の数は一度に二個までと決められていますから、まず目録に目を通し、どこから始めればいいかを考えてみてはどうでしょう？　殺人事件の調査を閲覧理由に挙げた方はこれまで一人もいませんでしたが、もちろん受理します」

39 バイロンの頌歌

わが悪党どもの写真をブリーフケースに戻して、パソコン端末が置かれたデスクへ移動し、ベンヤミン・ゾルネン関係資料の目録を憂鬱な思いでチェックした。箱が六十七個（それを並べたら全長三十七フィート、と目録に親切に書き添えてある）。個人的な伝記関係が五箱。残り六十二箱は、受賞、研究、教え子に関するもの。ヘッダーの多くはドイツ語で書かれていた。

教え子のリストと、書簡宛先リストをスクロールして、わたしの知っている名前を探した。三〇年代初めのところに、マルティナ・ザギノールの名前があり、ゲルトルード・メムラーの名前も出てきたが、あとの時代の箱にはどちらの名前も見あたらなかった。

エイダ・バイロンをチェックしてみると、彼女からゾルネンに宛てた手紙が見つかった。日付は一九六九年五月。バイロンの名前が出てくるのはここだけだった。しかし、ほかに、〝ウィーンからの手紙〟、〝プラチスラヴァの家族からの手紙〟、〝教え子からの手紙〟とだけ書かれたフォルダーがいくつもあった。そちらにも目を通さなくては。つまり、膨大な数のフォルダーに。思わずうめき声が出そうになるのを抑えた。

助手が必要だ。マーティン・バインダーが必要だ。キティがマーティンのために乳母を雇ったとは思えないが、もしかすると、エイダ・バイロンはベンヤミン・ゾルネンの昔の愛人で、彼に頼まれてマーティンを見守っていたのかもしれない。ネットで検索してみた。〈メター＝クエスト〉でヒットした六百万件の情報によると、エイダは詩人バイロンの娘で、はるか昔に死亡している。コンピュータとプログラミングの歴史において大きな役割を果たした女性で、あるプログラミング言語には〝エイダ〟という名前がついているほどだ。百六十年も前に亡くなっているから、一九六九年にベンヤミン・ゾルネンに手紙を書いたとか、わずか七年前にキティに手紙を書いたなどということはありえない。

マーティンはそれが誰なのかを知った。彼女を捜すために姿を消した。いえ、殺されたのかも――わたしの耳の奥で意地悪な声がささやいた。額をさすった。調べれば調べるほど、自分が能なしに思えてくる。

「マーティン、どうしてわたしのためにパン屑を落としていってくれなかったの？」文句を言った。

ゾルネン関係の資料の目録チェックに戻ったが、午前中だけでぐったり疲れてしまい、目をあけているのも辛かった。フィリップ・マーロウは信頼できるライ・ウィスキーを呷って、悪党にぶちのめされたあとも活動を続ける。わたしの場合、探偵仕事の燃料となるのはエスプレッソだ。一週間前に入ったコーヒーバーはここから徒歩でわずか十分の距離にある。

パソコン端末のデスクを離れたとき、若い女性を目にした。さきほど司書に顔写真を見せたとき、近くにいた子だ。あのとき、横目でちらっと写真を見ていたが、いまもその同じ視線をこちらに向けていた。わたしは展示スペースに戻り、比較的新しい時代に作られた聖書の前で足を止めた。わずか六百年前のもので、ヘブライ語とラテン語で書かれている。それに見とれているふりをした。迷っている者が心を決めるのに充分な時間をとって。

女性が閲覧室のドアのほうに歩いてくるのが見えたので、わたしはゆっくりした歩調で廊下に出た。長い廊下の途中で立ち止まり、展示品の解説文にうっとりと見入った。ようやく、背後でドアのひらく音が聞こえた。一秒待ってからふりむいた。

女性はアリスン・ブリーンと同年代のようだった。ほつれたジーンズにバイクブーツ。ミレニアム世代のいまどきのユニホームだ。左右の足に交互に体重を移していたが、どう話を切りだせばいいのか思いつけずにいる様子だった。

「わたし、ここの卒業生なんだけど、千三百年も前の聖書が展示されてるなんて知らなかったわ」わたしは言った。「それから、フェルミ面のことも知らなかった。ときどき、言語学と政治学だけに熱中して奨学金を無駄遣いしたような気がするのよ」

女性はこわばった笑みを浮かべた。「司書と話してらっしゃるのを、ちらっと聞きました。あのう、ゾルネンの資料のことで」

「どこまでお聞きになったのかわからないけど、わたしは探偵なの」探偵許可証を彼女に見せて、キティ・バインダーが殺されたことと、わたしがマーティンを捜していることを、ざっと説明した。

「で、誰がジュリアス・ゾルネンのふりをしていたかがわかれば、その女の人を殺した犯人を見つけるのに役立つわけ？」女性は髪をねじりながら、周囲に目をやり、人に聞かれていないかたしかめていた。

「さあ、わからない」わたしは正直に答えた。「でも、マーティン・バインダー捜しに多大なエネルギーを注ぎこんでるのに、ほとんど収穫がないの。何かご存じなら、あなたに聞いたってことは秘密にすると約束するから、教えてちょうだい」

「すごくくだらないことなのよ」女性は予防線をはった。

「わたしは二十年以上探偵をやってきて、ごく小さなくだらないことがいちばん重要な場合もあることを学んだわ。コーヒーでも飲みに行かない？　そうすれば、あなたも立ち聞きされる心配をしなくてすむし」

女性はホッとした顔でうなずくと、わたしの先に立って廊下を進み、図書館のメイン部分まで行った。彼女について階段をおりると、コーヒーショップがあった。古い書庫の一部を改造してテーブルと椅子を置いただけの殺風景な店で、蛍光灯がまぶしかった。彼女には当人の希望でコーラを頼んだが、わたしのほうは、コーヒーがどんな代物かを見て、頼むのをやめた。隅の席にすわった。そこなら、立ち聞きされていないかどうか確認できる。

「ほんとにここの学生だったの？」彼女が訊いた。「それとも、わたしから話をひきだすためにそう言っただけ？」

「ここの学生だったことは事実よ」わたしはきっぱりと答えた。「大学で学び、そのあとはロースクール。卒論のテーマにしたのは、〝マフィアとシカゴの政治家とゴミ処理業者の癒着及び市のゴミ処理場がサウス・シカゴに造られるまでの経緯〟」

彼女の唇が丸くなった。自分にとっては退屈きわまりないテーマを選んだ相手への敬意を示すとき、人はこんな表情になるものだが、そのあと、彼女のほうもオリヴィアという名前を名乗り、自分の卒論のテーマは十七世紀のフランスにおける魔術文学だと言った。

「だから、特別資料室を利用してるの。マフィアの研究に比べたら平凡かもしれないけど、中世フランス語とラテン語を学んで、フランスの古い物語を何作か読んでるところ。それはともかく、先週、たしか木曜日だったと思うけど、生理の痛みがひどくてトイレに長いあいだこもってたら、司書が二人入ってきたの。今日もカウンターにすわってたあの人たちよ。ミズ・ターリーが、えっと、あなたと話をしたほうの人だけど、しばらく前にゾルネンの資料を調べにきた男の子を覚えてるかって、ミズ・コルバーグに訊いたの。そしたら、ミズ・コルバーグは、その子がジュリアス・ゾルネンと名乗ったから、ベンヤミン・ゾルネンの孫か曾孫だろうと思ったって答えたの。ゾルネンというのは、ほら、マンハッタン計画を進めた科学者で、物理学界の超有名人。ゾルネンの研究はいまも物理学の核となっているのよ」

オリヴィアは言葉を切り、わたしの反応を待った。〝なるほど、物理学の核なら覚えてるわ〟といったような返事を。

「すると、ミズ・ターリーが言ったの――先週もほかの誰かがやってきて、ゾルネン関係の資料を調べていったわ。その人が請求したのは家系図の入ってる箱。それから、ゾルネン家には若い子はいないのよ。ジュリアスというのは一人しかいないし、もう七十歳ぐらいのはずよ、って。

でね、わたしは夢中になって立ち聞きしたの。だって、うちの父がジュリアス・ゾルネンと顔見知りだから。あなたが彼を――ジュリアスを――ご存じかどうか知らないけど、なんだか気味の悪い人なの。世捨て人って感じね。でも、バードウォッチングが趣味で、うちの父もそうだから、毎週日曜の午前中にウディッド・アイルで顔を合わせてるの。わたし、その日の晩、家に帰ってから父に話したのよ。ジュリアス・ゾルネンと名乗る若い人が特別資料室にきたことを」

オリヴィアは惨めな顔でわたしを見た。

「日曜日のバードウォッチングのときに、たぶん、父がジュリアスにその話をしたんでしょうね。だって、月曜の朝、ジュリアスが閲覧室に入ってきたから。誰が自分の名前を騙ったのか教えろって、すごい剣幕だった。でも、もちろん図書館のポリシーに反することだから、司書は教えられないって答えた。今日、あなたに言ったのと同じように。すると、ジュリアスが脅し文句をわめきながらカウンターの奥に入ろうとしたので、誰かがキャンパスの警備員を呼ばなきゃいけなくなったの」

オリヴィアは罪悪感のしわが刻まれた顔でわたしを見あげた。

「わたし、すごく後悔してる。ジュリアスって気の毒な人なの。お父さんはノーベル賞をもらったのに、息子のほうはぱっとしない人生だもん。しかも、わたしのせいで、そんなトラブルになってしまった。だって、司書の人たち、トイレにいるのは自分たちだけだと思ってたわけでしょ。わたしがいることを知ってたら、そんな話はぜったいしなかったと思う。正直に言ったほうがいいかしら」

わたしは首をふった。「わたしなら言わないわ。いまさらどうにもならないもの。その二人に悪気はなかったし、あなたにもなかった。そっとしておきましょう。それから、ひとつだけ言っておくわね。ゆうべの時点で、本物のジュリアスは自由に歩きまわってたわ。逮捕されずにすんだようね。だから、気にすることないわよ」

わたしはさりげない口調を保ったまま、さらに尋ねた。「あなた、八月の終わりごろも閲覧室に通ってた？」

オリヴィアは赤くなった。「八月に交際相手にふられたの。彼はアヴィニョンでリサーチをしてて、わたしは南仏のルーションにいて、アルルで落ちあって巡礼の道を歩く約束になってたのに、その前日の晩、彼から携帯メールが入って、ほかの女の子と知りあったって言ってきたのよ。信じられる？　会いにくることもなく、メールで別れを切りだすなんて。とにかく、一人で巡礼の道を歩く気にはなれなかったから、シカゴに戻って、ここで研究の続きにとりかかったの」

わたしはふたたび、ブリーフケースから写真を何枚かとりだした。「このなかに、見覚えのある顔はない？」

「あっ、この人よ」オリヴィアはマーティンを指さした。「なぜ覚えてるかっていうと、閲覧室にいた人のなかで、百歳ぐらいの年寄りに見えないのは彼とわたしだけだったから」

「彼が何を調べてたか、ひょっとして覚えてない？」

オリヴィアはニコッと笑い、急にいたずらっぽい表情になった。「たとえば、七番目の箱に入ってる九番目のフォルダーとか？　無理よ。その場でもたぶんわからなかったと思う。誰が何を調べてるのか、閲覧室のデスク越しじゃ、ぜんぜん見えないもの」

わたしが小さなテーブルに並べた顔写真に、オリヴィアはふたたび目を向けた。「この人、けさきてたわ。何をしてたかは知らないけど」

オリヴィアは鉛筆の先端についた消しゴムでジャリ・リュウの顔を軽く叩いた。

わたしは椅子から腰を浮かせた。「まだいるかしら」

「もういないと思う。一時間ほどいただけよ」オリヴィアはふたたび赤くなった。「わたしったら、中世フランス語の法律書類の翻訳をしなきゃいけないのに。ほかの閲覧者に注意を向けたりせずに。そう言えば、今日もずいぶん時間を無駄にしてしまった。コーラをごちそうさま」

そう言って立ちあがった。「ほんとに内緒にしておいてくれる？　わたしと司書のこと」

「あなたと司書ってなんのこと？　司書の話なんて、あなたから聞いた覚えはないけど」

オリヴィアは足早に立ち去り、出ていく途中でコーラの缶をリサイクルボックスに投げこんだ。わたしは彼女が階段を半分ほど上がるまで、その場でじっとしていた。わたしに情報提供していた姿を誰かに見られたのではないかと、彼女が心配しなくてもすむように。

時刻は二時をすぎていた。空腹だし、いまもカフェインがほしくてたまらなかったが、特別資料室はあと二、三時間で閉まってしまう。コーヒーショップのスナックカウンターでバナナを買って食べ、これで午後を乗り切れるよう願った。

40　ラデツキー行進曲

特別資料室に戻ると、閲覧室の中央のテーブルにオリヴィアがいた。わたしは彼女の姿など目に入らないふりをして、ジャリ・リュウはいないかと、ざっと室内を見まわした。どこにも姿がなかった。シカゴの司書たちはどうしてこうも杓子定規なんだろう？　リュウが見ていたのはどのファイルかを教えてくれるなら、わたしの個人年金三万七千ドルを残らず差しだしてもいいのに。

三十分かけて、エイダ・バイロンの手紙のほかに、閲覧を希望する箱とフォルダーのリストを作った。目録にはメモがついていて、マンハッタン計画及びゾルネンの水爆開発参加関係の往復書簡は現在も最高機密扱いにつき閲覧不可、と書いてあった。

調べてみると、ゾルネンが数多くの特許を取得していることがわかった。水素爆弾の反応装置の改良や、エックス線結晶学に関するものがあった。また、霧箱、ガス分光計、強磁性ドラムメモリなど、わたしにはちんぷんかんぷんのものを発明して、特許を取得している。

コーデル自身がBREENIACのスケッチを隠したのではないかという、わたしのひねくれた推理は、たぶん間違っていたのだろう。コーデルはジャリ・リュウをここに送りこみ、ゾルネンの特許について調べさせた。図書館で誰かがジュリアスの名を騙ったことをジュリアス本人から聞かされた瞬間、マーティンに違いないと見抜いたのだろう。マーティンが過去のどの特許について調べていたかを、コーデルは知ろうとしたのだ。まあ、ぜったいそうとは言いきれないが。

一度に閲覧できる資料の数がかぎられているので、まず、エイダ・バイロンの手紙が入っているフォルダーを請求した。それから、家族関係の資料とウィーンからの書簡も請求した。期間は一九三六年（ゾルネンがアメリカへ出発した年）から、一九四一年（アメリカが参戦したためにヨーロッパからの郵便物が届かなくなった年）まで。

最初の文書を手にしたときは三時近くになっていて、司書から、閲覧室の利用時間は四時四十五分までとの注意があった。渡された資料のなかに、エイダ・バイロンの手紙は含まれていなかった。司書の説明だと、いままでその箱を捜していたとのことだった。

「まさか紛失したわけでは？」わたしは言った。

司書はカウンターに運ばれてくる途中だと答えた。それは参考になる。ジャリ・リュウがここにきたのはエイダ・バイロンの手紙を読むためだったと考えていいだろう。もしくは、手紙を読んで立ち去ったか。

家系図を見てみたが、そこに書かれていたのはわたしがすでに知っている人ばかりだった。ベンヤミン、イルゼ、夫妻のあいだにできた三人の子供。それから、現在のチェコ共和国で暮らしていた先祖たち。戦争を切り抜けた人もわずかにいるが、大部分は一九四二年か四三年に死亡している。キティ・バインダーも、その家族も、家系図には出ていなかった。ゾルネン家の歴史が収められている箱のなかのフォルダーに急いで目を通したが、そこに記されていたのは、マルティナがゾルネンの人生に関わる以前のことばかりだった。

　資料を返却しに行くと、図書館のスタッフがそれを受けとり、エイダ・バイロンの手紙が入っているフォルダーを渡してくれた。フォルダーのなかほどのポケットに手紙が入っていた。封筒の左上に〝エイダ・バイロン〟という名前がタイプされているが、差出人の住所はなく、中央の宛先のところは〝エンリコ・フェルミ研究所御中　ベンヤミン・ゾルネン様〟だけで、住所は書かれていなかった。

　プラスティックのポケットから慎重に封筒をとりだし、折りたたまれた便箋を出した。半透明の薄い紙に描かれていた。母がイタリアの友達に手紙を書くとき、そんな紙を使っていたのを、わたしも子供のころに見た記憶がある。手紙の文字は古い手動タイプライターで打ったものだったが、キー操作にあまり慣れていない人らしく、打ちミスを訂正するために二重線で消してある文字が多かった。時候の挨拶抜きで、手紙は始まっていた。


　御病気と伺い、心配しています。それはたぶん、今世紀の長期にわたる病の一部と言えましょう。苦しみと死に満ちた世紀でしたもの。この手紙に書きたいことはたくさんありますが、あなたに読んでいただけるのかどうか、わたしにはわかりません。手紙のやりとりにどなたが目を光らせていらっしゃるのかもわかりません。いずれにしろ、昔の論争を蒸しかえしたところで何になりましょう？　公の場での論争も、私的な場での論争も含めて。わたしが約束を守らなかったとあなたに思われているのが残念ですが、あなたはわたしが生きた時代における最高の科学者でした。ご自分よりはるかに劣る人々に頭を下げるお姿を目にするのは、わたしには耐えられないことでした。でも、いま、あなたのために願うのは安らぎだけです。ですから、どうかわかってください――あなたがこの世を去っても、わたしはあなたのお名前を瑞々しい形で守り伝え、わたしが若かったころのあなたを記憶に留めておくつもりです。あのころは豊かな発想がつぎつぎとあふれだし、手を伸ばせば触れることもできそうなほどでした。あなたはいつも活気にあふれていて、これまでと異なる新たな角度から世界を見るよう、わたしたち全員におっしゃいました。そんなお姿を胸に刻みつけておこうと思います。

考えてみれば、あなたもわたしと同じく、興味を示さない方で

手紙はここで唐突に終わっていた。もう一枚便箋があるのかと思い、封筒をのぞいてみたが、何も入っていなかった。興味を示さないって何に？　宗教？　政治？　子供？

手紙をフォルダーに戻し、あとでコピーしようと思って脇に置いた。フォルダーを閉じたとき、表紙のヘッダーに〝手紙（便箋二枚）〟と記されているのが見えた。ふたたび封筒をとりだし、なかを調べた。いま目を通した便箋以外は何もなかった。

べつのフォルダーに紛れこんでいるのではないかと思い、テーブルに置かれたほかの文書も調べてみた。フォルダーをカウンターへ持っていって、レイチェル・ターリーに手紙を見せた。ターリーは首をふり、心配そうに眉をひそめた。「すべり落ちて、テーブルに広げた紙のなかに紛れこんだ可能性はないかしら。薄い紙ですもの」

「考えられないわ。でも、わたしが見落としてるといけないから、誰かをよこして調べさせ

てくれてもいいのよ」

ターリー本人が席を立ち、わたしのテーブルのフォルダーをひとつずつ見ていった。わたしはブリーフケースまで彼女に見せた。服のポケットも裏返して見せたが、入っていたのは、先日の夜マーティンの部屋から持ってきた、ゲルトルード・メムラーに関する商務省からの通知だけだった。

「まずいわね」ターリーは言った。「保管場所を間違えたのなら、許しがたい職務怠慢ってことだけど、誰かが盗みだしたのなら——いえ、それもやっぱり職務怠慢ね」

ターリーは小走りでドアを出て資料保管エリアへ行った。動揺した様子でほかの司書に相談しているのが見えた。二人が奥の部屋へ姿を消した。

これが映画なら、探偵が一枚目の便箋を鉛筆でこすると、二枚目の文字が浮きでて、エイダ・バイロンの住所がわかるという展開になる。現実の世界では、探偵は苛立ちのあまりフォルダーを噛みちぎりたくなるだけだ。

宙に視線をさまよわせた。エイダ・バイロンという名前で手紙をよこした人物は、ゾルネンを昔から知っていた。若いころのエイダから見て、ゾルネンはすばらしい科学者だった。手紙を出すさいに、本名を使うのは避けた。ゾルネンの手に渡る前に妻か秘書の手で捨てられてしまうのを恐れたからだ。

和解を求める最初のパラグラフからすると、エイダはやはりゲルトルード・メムラーなのかもしれない。水爆を支持し、一九六三年の部分的核実験禁止条約に反対したゾルネンを、メムラーは公の場で攻撃した。私的な場で二人のあいだに何があったのかは、まったく知られていない。

ゾルネンはマルティナ・ザギノールと寝ていた。教え子との不倫は、たぶんこれだけではなかっただろう。メムラーもやはり、ウィーンの放射能研究所で彼の指導を受けていた。ナチ党員となり、核兵器開発を進める研究施設の幹部となった。つまり、野心に満ちた、政治的に有能なナチ党員だったわけだ。そして、ダマスコへ向かう途中で回心した聖パウロのごとく、目からうろこが落ちて平和主義者へと転向した。

時計を見た。短時間のうちにまだまだ多くの資料に目を通さなくてはならない。一九三〇年から一九四一年までのゾルネンの往復書簡を調べた。膨大な量の手紙がやりとりされていた。何通かの長い手紙にアインシュタインの名前を見つけて、自分が手紙をもらったかのようにワクワクした。スウェーデンの核物理学者リーゼ・マイトナーからゾルネンに宛てた手紙があった。フェルミ、セグレ、ラービなど、二十世紀の物理学界に綺羅星のごとく君臨した人々からの手紙もあった。仔細に調べてみたが、どれもさまざまな式や兵器政策に対する質問で埋まっていた。アインシュタインが〝エイダと（もしくはゲルトルードと、もしくはマルティナと）ややこしいことになって大変だったな、きみ〟などと書いてきたことは一度もなかった。

特許関係の箱を急いで調べた。ゾルネンが発明したもののなかに、BREENIACと関係のありそうなものはひとつもなかった。少なくとも、資料の最初に添えられた簡単な説明からわたしが判断したかぎりでは。

ヨーロッパからゾルネンに届いた郵便物の多くは、それもとくに一九三八年以降のものは、手書きのドイツ語だった。そもそもドイツ語ができないわたしには、判読もむずかしい。最後にようやく、M・ザギノールからと思われる手紙が三通見つかった。もっとも、それはわたしの思いこみで、ひょっとすると、M・ザギノールだと思った署名は、本当は〝W・オギノーフ〟と読むべきなのかもしれない。

今日はスマホを持ち歩いていないため、写真に撮っておくことができなかった。あとでコピーしようと思って手紙を脇へどけてから、分厚いフォルダーの内容チェックをのろのろと続けた。時計を見た。四時十五分。時間がどんどんすぎていくのに何ひとつ見つけられない自分の無能さを嘆いていたとき、本のタイトルページを収めたセロハンのフォルダーが出てきた。『ラデツキー行進曲』、フォン・ヨーゼフ・ロート著。最初は何かの間違いでゾルネン関係のコレクションに紛れこんだのかと思ったが、ひっくりかえしてみると、裏に鉛筆で手紙が書かれていた。

字も色褪せてほとんど読めなかったので、無視しようとしたが、日付がふと目に入った。一九四一年十一月十七日。真珠湾攻撃の三週間前。手紙の内容は、わたしには理解できるはずもなく、署名も判読不能でいらいらさせられた。ただ、住所だけは活字体で書いてあった。ノヴァラガッセ三八A。

ノヴァラガッセ（ノヴァラ通り）は、ロティと祖父母がナチの命令でフラットから追いだされたあと、移り住むことになった場所だ。もう一度署名に目を凝らした。〝ハーシェル〟と読めなくもない。わたしの腕を冷たいものが這いおりた。いま手にしているのは、ロティの過去を語る貴重な資料かもしれない。

そのページとマルティナ・ザギノールの手紙をコピー機まで持っていった。興奮で手が震えていた。脆い紙を傷つけはしないかと心配だった。

そろそろ帰り支度にとりかかるよう、利用者に告げるために閲覧室に入ってきたミズ・ターリーが、フォルダーのポケットから手紙類を出そうとして苦労しているわたしを見て、手伝いにきてくれた。タイトルページの裏に書かれた手紙を手にとり、コピー機のコントラストを調整して、色褪せた鉛筆の文字ができるだけ鮮明に出るようにしてくれた。マルティナ・ザギノールの三通の手紙のコピーも手伝ってくれた。

閲覧室をまわって閉館時間が近いことをほかの利用者にも伝えてくるので、しばらく待っていてほしい、とミズ・ターリーが言った。わたしは資料をひとまとめにしてサービスカウンターへ返却しに行き、そこでミズ・ターリーを待った。

「ミズ・ウォーショースキー、便箋が一枚紛失していることをわたしから館長に報告しておくわ。このような紛失は重大事なので、調査を始めることになるでしょう。それをあなたにお伝えしておきたかったの」

「ほかにどういう人たちがこれらの保管資料を閲覧したかを教えてもらえれば、たぶん、便箋の行方を突き止める手助けができると思うわ——もっとも、ジャリ・リュウか、ジュリアス・ゾルネンの名を騙った人物が破り捨てていたら無理だけど」わたしは言った。

ミズ・ターリーはたじろいだ。「教えられないわ。たとえこういう状況にあっても。でも、何かの拍子に二枚目の便箋が見つかったら、すぐこちらに連絡してね。刑事訴訟を起こすことになるでしょうから」

41　ハイド・パークの野鳥観察者

外に出ると雨はすでにやんでいたが、ウィンドブレーカーをはおっていても、風が肌に冷たかった。コーヒーバーまで小走りで急いだ。エスプレッソを淹れてもらうあいだに、プリペイド携帯をとりだしてロティにかけた。電話に出たミズ・コルトレーンから、まだ診療中だが、そのあとマックスのところへ行く予定になっていると告げられた。わたしはそちらで落ちあおうという伝言を残した。

ヒヨコ豆のペーストのサンドイッチを買い、それを食べながらマーティンのスバルまで戻った。ユニヴァーシティ・アヴェニューを行く途中、かつてのブリーン家の前を通った。ジュリアスのホンダはいまも見当たらなかった。衝動的に石畳の小道の奥まで行ってみた。コーチハウスのなかはあいかわらず真っ暗で、呼鈴を押しても返事がない。命の気配を感じさせてくれるのは小鳥だけだ。たがいにつつきあって、相手を餌入れから追い払おうとしている。

もしかしたら、ジュリアスは家のなかでつまずいて転倒し、意識不明で横たわっているのかもしれない。大きな家からこちらを見ている者は誰もいないようだったので、ピッキングツールをとりだした。最初のピックを差しこむと、ドアがギーッとひらいた。わたしは反射的に銃を構えた。壁に背中をつけて忍びこんだ。

前にジュリアスと話をした居間に入ってみたが、以前と違うところは何もなかった。吸殻の山がさらに高くなっているだけだった。奥へ進んで台所まで行った。一階にあるのは居間と台所だけだ。ごく平凡な台所で、使われた形跡はなかった。それどころか、一九五〇年以来まったく使われていないように見える。古めかしい合成樹脂のカウンターと冷戦時代の冷蔵庫。

やけに大きな黒いトランクが勝手口のドアをふさいでいた。トランクをあけてみたが、なかから出てきたのは、鳥の粒餌が入った大袋ばかりだった。家の第二の出入口をふさいでしまうのは、安全面から見て問題ありだ。窓はすべて縦仕切りで小さく区切られているから、火災が起きても窓からは避難できない。人生に絶望しているジュリアスにしてみれば、どうでもいいことなのかもしれないが、わたしの背筋に警告の震えが走った。

急な階段をのぼって二階へ行ってみた。小さな寝室が二つあって、窓の下は芝生、その向こうに大きな家が見える。そちらを見ると、子供二人がバドミントンのラケットを持って裏口から出てきた。風が冷たいのも気にせず、下手くそではあるが元気よくゲームを始めた。

エドワード・ブリーンのかつての仕事部屋に腰をおろして、子供時代を送った家をながめるのは、ジュリアスにとってどれほど妙な気のすることだろう。父親とエドワード・ブリーンが一緒に研究をしていた当時、ジュリアスもしばしばここにきていたに違いない。

日記が見つかることを期待して、二つの寝室を急いで調べたが、バードウォッチングの雑誌が何冊かと、《フィジカル・レビュー》のバックナンバーのほかは何もなかった。ジュリアスは大学を中退したかもしれないが、いまでも父親の専門分野に精通しようとしている。精神分析の専門家なら、たぶん、わたしよりも多くのことを読みとるだろう。

一階に戻ったとき、隅のカードテーブルに古いアルバムがのっているのに気づいた。大きなブリキの灰皿からあふれた吸殻が、アルバムの下に半分ほど隠れている。写真を見ていった。よちよち歩きのジュリアスの写真。姉二人にはさまれて、むっちりした手をつないでいる。父親と一緒にシカゴ・パイル一号の前に立つジュリアスの写真。これはフェルミが中心となって建設し、一九四二年に史上初めて臨界に達した原子炉である。燕尾服の正装でアイゼンハワー大統領と並んだベンヤミン・ゾルネンの写真。ジュリアスと娘たちに囲まれたイルゼの写真。

アルバムのなかほど、最後の写真が並んでいるすぐあとのページに、乱暴にちぎりとられた四角い紙がはさまっていた。経年劣化でひどく脆くなっていて、手を触れただけで破れてしまいそうだ。左側に式がびっしり書いてある。紙面のほとんどが何かの図で占められている。その形はまるで揚げもの用の深鍋――いや、違う。コンピュータ用の強磁性コアメモリを鉛筆でスケッチしたもので、そのコアから伸びたワイヤに流れる電流の方向を示している。その横に〝ジュパイヒャー〟という言葉が色褪せた小さな文字で書かれ、左側に式が十五列ほど並んでいる。右下に小さな模様が入っているが、ひどく色褪せているため、わたしにわかるのは、三角形を二つ組みあわせた形らしいということだけだ。

まさかという思いで凝視した。どうしてBREENIACのスケッチがジュリアスのところに？　このスケッチは、ジュリアスがゆうべブリーンの屋敷に押しかける以前になくなっていたというのに。

頭が混乱するばかりだった。コーデル・ブリーン自身がスケッチを隠し、マーティンに盗みの罪を着せようとしているのだと思っていた。もしかしたら、ジュリアスはレイク・フォレストの屋敷によく顔を出していたのかもしれない。彼がいま住んでいるコーチハウスはエドワード・ブリーンのかつての仕事部屋だったし、コーデルとは幼なじみだ。ジュリアスがいきなり訪ねてくれば、たぶん、コーデルの妻か家政婦が屋敷に通しただろう。歓迎すべき客ではないが、家に入れてもかまわない相手だと思っていたはずだ。

ジュリアスの心に重くのしかかっている犯罪とは、このBREENIACのスケッチを盗んだことだろうか。それとも、コンピュータそのものを盗んだこと？

バインダー式のアルバムのリングをひらき、スケッチがはさまれていた台紙をはずした。図書館でコピーした手紙を収めたフォルダーに、慎重にそれをすべりこませた。ジュリアスをつかまえたときに、スケッチはわたしが預かっていると告げれば、向こうもやっと話をする気になるかもしれない。

外に出てから、ピッキングツールを使って玄関ドアの二重ロックをかけた。八歳と十歳ぐらいの女の子と男の子がバドミントンを中断して、こちらをじっと見ていた。

「ママ、おうちにいる？」わたしは訊いた。

女の子が「ママ」とくりかえし叫んだ。家に戻るのが面倒なのだろう。三回叫ぶと、若い女性が通勤着のまま、布巾で手を拭きながら出てきた。耳と肩のあいだに携帯をはさんでいる。

わたしは女性のそばまで行き、自己紹介をした。女性は携帯に向かってあとでかけなおすと言ってから、わたしに名前を名乗った。メラニー・ベイジア。

「わたしはジュリアス・ゾルネンを捜している者です、ミズ・ベイジア。朝からずっと姿を見かけないので、心配になりまして。玄関ドアは施錠されていませんでした。いつものことなのかどうか、ご存じありません？」

ミズ・ベイジアは不快そうな表情を浮かべた。「錠はいつもかかってると思うけど、正直なところ、あちらとはなるべく関わりあわないようにしているの」

「わたしもそれほど深いつきあいじゃないんです」わたしは言った。「迷惑な人なんでしょうか」

「そんなんじゃないけど、ただ――すごく変わった人。仕事もせずに、年金か何かで暮らしてるの。うちの夫は気にしてないけど。わたしの意見のほうが理不尽だって言うのよ。二人で小鳥の話なんかしてるわ――あの餌入れは全部、ジュリアスが置いたものなの――でも――」ミズ・ベイジアは不安な表情で笑った。「表面はおとなしそうだけど、じつは斧を持った殺人鬼っていうタイプじゃないかって、わたし、いつも思ってるのよ」

「ぞっとしますね」わたしは同意した。「なぜジュリアスにコーチハウスを貸してらっしゃるんです？」

「こちらから言いだしたことじゃないのよ。わたしたちが越してくる前から、ジュリアスはあそこに住んでいたの。あのコーチハウスに関して妙な法的取決めがされてて、そのおかげで家が安く買えたの。そうでなきゃ、うちなんか手が出なかったわ。でも、ときどき考えてしまう――サウス・ショアかフォレスト・パークあたりにしておけばよかったって。そしたら、あんな気持ちの悪い人と同じ敷地で暮らさなくてもすんだのに」

わたしの眉が吊りあがった。「ずいぶん変わったお話ですね。どんな取決めだったのかしら」

「エドワード・ブリーン氏の遺言書にその条項が入ってたの。一九六一年にブリーン家がよそへ越したとき、売却したのはこの大きな家のほうだけで、コーチハウスは売らなかったの。ジュリアスのお母さんが亡くなると、ブリーン家からジュリアスに対して、コーチハウスに越してきて生涯そこで暮らしてはどうかという提案があったんですって。ジュリアスが亡くなるか、よそへ移るかした場合には、ブリーン家からコーチハウスを買いとる権利がわたしたちに最優先で与えられるそうよ。ありがたいお話でしょ！　それはともかく、わたしたちがこの家を購入したのは三年前、夫がシカゴ大の人類学科で教えることになったときだった。夫がジュリアスと平気でつきあえるのは、専門が人類学のおかげかもしれないわね――ジュリアスのことを研究対象のような目で見てるんだわ」

携帯が鳴って、ミズ・ベイジアはそちらと話しはじめた。

「ミズ・ベイジア――お邪魔にならないよう、すぐ失礼しますけど、ジュリアスを最後に見かけたのはいつでしたか」

彼女は電話に向かって、ちょっと待ってと言ってから、片手を顔にあてた。「覚えてないわ。日曜だったかしら。あの人がバードウォッチングから帰ってきたとき。路地で大きな音をさせはじめたの。何事かと思って夫が見に行くと、陶器をゴミ容器に投げこんで割ってたんですって。わたしがこの目で見たわけじゃないけど。これでいい？　電話に戻らなきゃ」

ふたたび通話を始めた。

「今日、コーチハウスにきた人はいませんでした？　わたしのほかに誰か」

「シシー、話の邪魔ばかりする人がいるの。あとでかけ直すわ」ミズ・ベイジアはわたしのほうを向いた。「わたしは一日じゅう外で仕事だったのよ。それが何か問題なの？」

「ええ、たぶん。ジュリアス・ゾルネンの腹違いの姉が先週殺害されたので、その事件について調べているところなんです」

ミズ・ベイジアは子供たちに目を向けた。迷惑そうだった表情が警戒に変わっていた。

「ジュリアスが殺したというの？」

「いえ。でも、ジュリアスと腹違いの姉の過去に何かがあって、それが彼の心に重くのしかかり、いまのような情緒不安定で気持ちの悪い人になってしまったんです。今日、ジュリアスが留守にしていたあいだに、誰かが入りこんだような気がするのですが、証明はできません。もちろん、警察を呼んでくださってかまわないけど、家宅侵入の証拠となるものがない以上、警察もあまり動いてくれないでしょうね」

ミズ・ベイジアは唇を噛むと、ふたたび子供に目を向け、しばらくこの子たちをみていてほしいと言った。家に入り、やがて、大学生ぐらいの年ごろの女の子を連れて戻ってきた。

「ミンディは夫が教えてる大学院生の一人なの。学校が終わってから夕食までのあいだ、うちの家事を少し手伝って、子供たちをみてくれてるのよ」ミズ・ベイジアは説明した。

わたしはふたたび事情を説明した。すると、今日の午後一時ごろ、ミンディが台所にいたとき、コーチハウスの玄関に誰かの姿が見えたという。

「でも、警察がジュリアスのことを調べてるんだと思ったんです。だって、その人がドアをあけようとして向きを変えたとき、ショルダー・ホルスターを着けてるのが見えたから。銃を見てギョッとしたけど、表のほうを見たら、警察の車が二重駐車してたから、わたしは家事に戻ることにしました」

わたしが二人に礼を言ったときも、ミズ・ベイジアはまだ心配そうで、外に残って子供たちをみていてくれるよう、ミンディに頼んでいた。でも、心配そうなわりには、電話をやめる気はないようだった。わたしが家の角を曲がったとき、通話に夢中の彼女の声が聞こえてきた。

42 不時着

「運転を誤ってこの早朝に峡谷へ転落した男性の身元が判明しました。ジュリアス・ゾルネンさん、ノーベル賞を受賞した物理学者、ベンヤミン・ゾルネン博士の一人息子です。エヴァンストン病院で危篤状態が続いています」

わたしはレイク・ショア・ドライブの渋滞のなかでカーラジオのニュースを聞くともなしに聞いていたが、そこで仰天し、今度はわたしが運転を誤りそうになった。アナウンサーはすでにつぎのニュースに移り、迷子の犬が一年一カ月ぶりに家に帰ってきたことを伝えていた。ほかの局に周波数を合わせてみたが、ジュリアスの事故に関するニュースはやっていなかった。

うしろのSUV車がけたたましく警笛を鳴らした。わたしは自分の車の前に一台分ものスペースを空けるという罪を犯していたことに気づいた。車間距離を詰めるかわりに、車線変更して右へ移り、ネイヴィ・ピアのところでレイク・ショア・ドライブを離れた。

ピアの先端まで行き、そこで車を止めて湖をながめた。ゆうべブリーン家に押しかけてきたとき、ジュリアスは怒り狂っていた。コーデルとジュリアスが対決すれば、世の中で成功している冷静なコーデルのほうが優位に立つに決まっている。ジュリアスはブリーン家のお情けにすがって暮らす、不満たらたらの落ちこぼれにすぎない。

ジュリアスが車でブリーン邸に押しかけてきたのは、図書館で誰かに名前を騙られたことに激怒したからだったが、例の古いスケッチも口論の種になったかもしれない。どのようなやりとりがあったにせよ、ブリーン邸を出たときのジュリアスは烈火のごとく怒り狂っていたはずだ。怒りのあまり、運転を誤って転落してしまったのだろう。

目の前で、一羽のカモメが水に浮かんだ生ゴミを狙って甲高く鳴きながら、水面めがけて急降下してきた。続いてさらに四羽。どの鳥も叫びを上げて、邪魔な相手を追い払おうとつつきあっていたが、やがて、一羽がポテトフライをくわえて意気揚々と飛び立った。

コーデル・ブリーンがこのタフなカモメだ。気のいいカモメは餌にありつけない。でも、ジュリアスは気のいい男ではなく、人生に負けてしまった男にすぎない。

ピアを離れ、北へ向かう渋滞の列にふたたび加わった。ジュリアスが搬送された病院はマックスの家からわずか半マイルの距離だったので、途中で病院に寄った。

受付でジュリアスの様子を尋ねると、危篤状態だと言われた。

「わたし、姪なんです。叔父は奥さんも子供もいない人なの。面会できるでしょうか」

六階へ行くように言われ、そこでふたたび、姪であることを説明した。病棟の看護師長の話によると、ジュリアスは両腕と骨盤を骨折し、頸椎がつぶれている。CTスキャンの結果では、脳の損傷は認められないということだが。

「鎮静剤を大量投与されているので、意識が朦朧としているかもしれませんが、あなたの声は聞こえるでしょうから、何か希望の持てそうな話をしてあげてください。患者さんの気持ちを落ち着かせ、安心させてあげられるような——ご両親との幸せな思い出とか、可愛がっているペットの話とか」

わたしは疚しい気分でうなずいた。じつを言うと、ジュリアスが自分の罪深い秘密を打ち明ける気になっていることを期待しているのだから。でも、死んだ猫についておしゃべりするより、そのほうがジュリアスの心も軽くなるかもしれない。看護師長に教わったとおり、空圧式の自動ドアを通り抜けた。

ジュリアス・ゾルネンは全身をギプスに覆われていて、白い鎧を着けた騎士みたいに見えた。浅い苦しげな呼吸をしていた。ギプスのあいだに点滴チューブが差しこまれている。見えているのは顔だけで、その顔も蠟のように白く、なんだか作りものみたいだ。意識がないため、いつもの苦々しい表情が消えて、若い印象になっていた。

わたしはベッドのそばに椅子をひっぱってきて、顔を近づけた。「ジュリアス、V・I・ウォーショースキーよ。ヴィクよ。大怪我をして大変だったわね。看護師長さんから、ペットの話をするようにって言われたわ。小鳥さんたち、せっせと餌をついばんでるわよ、ジュリアス。さっきコーチハウスへ行ってきたんだけど、みんな、とっても楽しそうだった。あなたが故障者リストに入ってるあいだ、鳥の餌の補充をするよう、ベイジア家の子供たちに頼んでおくわね、ジュリアス」

眠りからさめることを願って、ジュリアスという名前を何度もくりかえした。彼が軽く身動きしたように見えたが、たぶん、こちらの目の錯覚だったのだろう。

「コーデルって、怒りっぽくて傲慢な男よね、ジュリアス。あなたもあの男のことで頭にきてたんでしょ? BREENIACのスケッチを盗みだすなんて」

ジュリアスが何やらつぶやいたが、わたしにはひとことも聞きとれなかった。

「ジュリアス、あなたの名前を使って図書館に入りこんだのは、コーデルじゃなくてマーティン・バインダーだったわ。マーティンはエイダ・バイロンがあなたのお父さんに宛てて書いた手紙を見つけたの。ジュリアス、エイダ・バイロンって人を知ってた? お父さんの愛人の一人だったの?」

ジュリアスのまぶたが震えはじめ、脈が速くなった。

わたしはじわっと汗をかいていた。わたしのせいでジュリアスの容態が悪化しているのではないかと心配になった。もうひと押しして、それでだめならあきらめよう。

「ゲルトルード・メムラー。ジュリアス、それがエイダの正体なの?」

「メム」ジュリアスがつぶやいた。「メム……ラー」

彼の口から泡が垂れた。ティッシュをとって拭いてあげた。

「メムラーって言ったのね? メムラーはどこにいるの?」

「ルート」ジュリアスの唇はひび割れていて、言葉は不明瞭だった。正しく聞きとれたかどうか、よくわからない。「ルート。セル」

「あなた、何しにきたの?」

予期せぬ声に、わたしは飛びあがった。ヘルタ・ゾルネン・コロンナが病室に入ってきていた。ベッドにかがみこむわたしを見て激怒した。「ジュリアスの姪がきてるって、病院の人が言うから、うちの娘のアビゲイルかと思ったら、あなただったのね。いますぐ出ていきなさい」

わたしはおとなしく立ちあがったが、謝罪はしなかった。「ゆうべ遅く、弟さんがコーデル・ブリーンの家にきたのを見ました、ミズ・コロンナ。ひどく腹を立ててたみたい」

「ジュリアスが？」ヘルタは驚愕のあまり、彼女自身の怒りを一時的に忘れ去った。「弟はコーデルが大嫌いなのよ」ふたたび顔がこわばった。「あなた、どうして知ってるの？ 弟を尾行してたの？」

「いいえ。コーデルにレイク・フォレストへ呼びだされたんです。ガンガン文句を言われました。で、そろそろ帰ろうと思っていたとき、弟さんがやってきました。コーデルを非難していました。シカゴ大学の図書館であなたのお父さまの資料を閲覧するために、コーデルがジュリアスの名前を無断で使ったと言って」

「信じられない」

「どの部分が？」わたしは訊いた。

ジュリアスがギプス姿で身じろぎをし、ふたたび言った。「ルート……セル」

ヘルタがベッドに近づき、弟の首に指をあてた。「心配しなくていいのよ、ジュリアス。ゆっくり休めば元気になるわ」

わたしのほうを見た。「コーデルがどうして父に関係する資料を見たがるのか、わたしにはわからないけど、もしかしたら、期限切れの特許があって、それでひと儲けしようと思ったのかもしれない。ジュリアスとは昔から気が合わなかったけど、BREENIACが世に出たあとは、同席も拒むほど険悪になってしまった。二家族で感謝祭のお祝いをするのも中止になったわ。エドワード・ブリーンがレイク・フォレストへ越してしばらくしてからだった。でも、ジュリアスが本気で腹を立てていたのなら、たぶん、お酒の力を借りて勇気をふるいおこし、コーデルと対決するために車で出かけたのでしょうね」

ヘルタはためいきをつくと、包帯からのぞいている弟の頭をなでた。「きっと、そのせいで車の運転を誤ったんだわ」

「弟さんがそんなにコーデルを嫌っているなら、ブリーン家が所有する古いコーチハウスに住んでるのはなぜなんです?」

ヘルタの鼻孔が困惑でふくらんだ。

「母が亡くなったあとで、ジュリアス一人がそちらへ移ったの。ベティーナとわたしは猛反対だったのに! 当時、弟は四十歳、母が亡くなるまでずっと実家暮らしだった。そのまま住みつづけるのが弟の希望だったけど、ベティーナとわたしは売却すべきだと主張したの。働いてもいないジュリアスには、家の維持費はおろか、税金だって払えないでしょ。

そのうち、コーデルからジュリアスのほうに、ハイド・パークにあるブリーン家のコーチハウスに住んではどうかという話があったの。ベティーナもわたしもやめるべきだと言って聞かせたけど、ジュリアスは、家賃はいらないとコーデルが言ってくれたから、と言うだけだった。コーデルはコーチハウスを聖域のように崇めていたわ。父親のエドワードもそうだったけど。なにしろ、コンピュータの第一号が完成した場所ですもの。父親が亡くなったあとも、コーデルはあのコーチハウスを手放そうとしなかった! ベティーナとわたしは、自分のアパートメントを見つけて生活のために働くことを学ばないかぎり、鬱状態から永遠に抜けだせないって、何度も弟に言ったけど、木片に向かってお説教するようなものだったわ」

ジュリアスがヘルタの横でふたたび身じろぎをしたので、ヘルタはうわの空で弟の頭をなでた。

「弟さん、〝ルート、セル〟って言いつづけてるんですけど」わたしは言った。「なんのことかおわかりになります？」

ヘルタはわたしに率直に話をしたのを後悔している様子だった。「なんのことかわからないけど、あなたには関係ないでしょ。看護師を呼んで、あなたがうちの娘のふりをしたことを言いつけるのは、やめておきますけど、それは、ジュリアスがなぜノース・シェリダン・ロードを車で走っていたかを、あなたが教えてくださったからよ。でも、図々しい危険な人であることには変わりがないわ。帰ってちょうだい」

わたしは精一杯の威厳をかきあつめて病室を出た。

43 テディベア、テディベア、地面に触れて

ヘルタと話しているあいだに、外はふたたび霧雨になっていた。暗い道をとぼとぼ歩いてスバルまで戻る途中、ライトを点滅させたパトカーがすごい勢いで走ってきた。わたしはあわてて飛びのいたが、それでも両脚をずぶ濡れにされてしまった。エヴァンストンの警察が使っている白と紫ではなく、黄褐色の車だった。もしかしたら、パトカーではなく、病院の警備担当者が偉そうなところを見せようとしただけかもしれない。

スバルのところにたどり着いたときには、全身が濡れネズミだった。ヒーターをつけると、カビ臭い冷風が吹きだした。震えているほうがまだましだ。

ロティはわたしより一時間近く前にマックスの家に着いていた。暖炉の前の大きなアームチェアにすわって背を丸めたその姿は、世界的名声を誇る外科医というより、宿無しの子供のようだった。わたしは暖炉の前にしゃがんで両手を温めた。

「濡れてるじゃない」ロティが言った。「靴もソックスも脱ぎなさい。マックスがスリッパを貸してくれるわ」

わたしの歯がガチガチ鳴りはじめた。マックスが急いで奥の部屋へ行き、毛布とウールのソックスをとってきた。ロティはキッチンへ行き、熱いお湯にレモンをしぼって運んできて

くれた。

「何があったの、ヴィクトリア？」

「ジュリアス・ゾルネン」彼がゆうべレイク・フォレストにきたことを、なぜわたしが知っているのか――それをロティに説明した。

「ゆうべ、ジュリアスがすごい剣幕で押しかけてきたの。でも、コーデル・ブリーンと対決すればどうなるかは明らかで、やっぱりコーデルの勝ちだった」

「まるでコーデルがゾルネンの事故を仕組んだような言い方だな」マックスが言った。「わしには受け入れがたい」

　わたしはマックスを見て、残念そうに微笑した。「あの人たちがどんなことをしようと、わたしは驚きもしないけど、コーデルは頭のまわる男だから、ジュリアスを始末しようと思ったら、絶対確実な手段を使うでしょうね。車に細工をするとか、ブランディに睡眠薬を入れるなんてことはせずに。それに、結局のところ、ジュリアスは助かったのよ。重体だけど、一命はとりとめたわ」

　マックスはうなずいた。「さっき電話をくれたとき、わしに――わしらに――ある資料を見てもらいたいと言っていたね」

「そうそう」ジュリアスの事故で動転したため、エヴァンストンにやってきたそもそもの理由を忘れていた。「今日の午前中、ベンヤミン・ゾルネン関係の資料を調べようと思って、シカゴ大まで行ってきたの。マルティナ・ザギノールからと思われる手紙が三通と、ほかにもう一通、差出人の住所に見覚えのある手紙が見つかったわ。ロティから聞いた記憶があるの。ロティがザギノール一家と一緒に暮らしていたのが、たしかその住所だったわ。ただ、文字を判読できても、わたし、ドイツ語ができないし」

わたしは折りたたんだコピーをフォルダーからとりだし、ロティに渡した。ロティはそれを見て、目をそらした。苦悩で顔がゆがんでいた。

「ロティ！」わたしはそばに駆けよって膝を突いた。

「ヴィクトリア！　わたし――この手紙――どこにあったの？」

ロティは不意に黙りこみ、マックスが無理やり、ワインを少し飲ませた。

「ごめんなさい」わたしはおろおろした。「そんなに辛い思いをさせるとわかっていたら、持ってこなかったのに」

「ううん、違うの」ロティは涙をこらえた。「あの――これ――わたしの祖父《オーパ》が――」

ロティはワインをさらにひと口飲んだ。「オーパが、わたしの祖父が書いた手紙なの。フェリクス・ハーシェル。頭のなかの亡霊たちが不意によみがえったような気分だわ」

ロティは手紙を読もうとしたが、最後はとうとう、そばに立っていたマックスに手渡した。マックスは、コピーの文字が薄すぎて読みにくい箇所にくると詰まりつつも、英語に翻訳して読み聞かせてくれた。

ゾルネン教授殿

教授と奥様におかれましては、お健やかにお過ごしのことと存じます。冬が近づくにつれて、ウィーンのじっとり湿った大気は肌を刺すように冷たくなり、運河に近いこのあたりはとくに冷えこみがひどくなっております。食料もなかなか手に入りません。

貴殿が目をかけておられた教え子のフロイライン・ザギノールが、ウィーンから遠く離れた場所で研究に従事させられているため、わたしどもは寂しい思いをしております。フロイラインの母上と叔母上たちも去り、わたしの娘とその夫も去っていきました。さて、先日、フロイライン・ザギノール宛てに手紙が届きました。とくに重要なものではないと思われますが、先の見通しが立たない時代ですので、とりあえず貴殿にお知らせしておこうと考えた次第です。フロイライン・ザギノールと話をされる機会があれば、手紙のことをお伝えいただけますでしょうか。手紙は家族になじみのある場所にしまってあります。フロイライン・ザギノールの幼い娘ケーテが、うちの孫シャルロッテのティベアを置いた場所です。

ご健勝を心よりお祈り申しあげます。

敬具

（ドクトル）フェリクス・ハーシェル

マックスから手紙を受けとるロティの手が震えていた。「オーパよ。オーパの字だわ」人差し指で署名のところをなぞった。「ドイツ軍によるポーランド侵攻のあと、オーパからの連絡はとだえてしまった。赤十字経由の手紙すら届かなくなった。わたしはロンドンから、祖父に、母に、祖母に手紙を書きつづけたけど、返事は一度もこなかった」

ロティの声に苦さがにじんだ。「少なくとも、死んでいった順序だけははっきりしたわね。

最初にわたしの両親、それから祖父母」

一瞬黙りこんだのちに、ロティはつけくわえた。「オーパは本を大切にしていたけど、みんなで暖をとるために、本を燃やすしかなかったのよ。お気に入りの本だけはとってあって、きっと、便箋がなかったからこれを使ったんでしょうね。わたしはまだ幼かったから文学なんて理解できなかったけど、祖父はよく『ラデッキー行進曲』をわたしに見せて、かつて書かれたなかで最高の小説のひとつだと言っていたわ。そのタイトルページを破りとったのね——わたしもぜひ図書館へ行くわ。どうしても本物を見てみたい」

三人ともしばらく無言ですわっていた。ついに、わたしが口をひらいた。「テディベアのことを話してくれる？ ケーテは——キティは——どこにテディベアを置いたの？」

ロティは個人的な苦悩を心から払いのけようとした。長いあいだ埋もれたままだった記憶を呼びおこそうとして、額にしわが刻まれた。

「テディベアのことはもちろん覚えてるわ。レンガッセにあった祖母の美しいフラットからわたしたち一家が追いだされたとき、荷造りをする時間はほんの少ししかなかった。一人につき小さなスーツケース一個だけ。ナチの連中は部屋部屋を荒らしまわって、祖母《オーマ》の銀器や、宝石や、オーパが第一次大戦でもらった勲章まで奪っていった。オーパは本を何冊か荷物に詰めたわ。あの連中、本には目もくれなかったから。

急いでおもちゃを選びなさい、持っていけるのは一個だけだよ、とオーパに言われて、わたしが選んだのはテディだった。美しい金茶色のクマで、長年にわたって安らぎを与えてくれた。ロンドンへ旅立ったときも一緒で、なんの希望もなかったミナの家でわたしを元気づけてくれたわ。最後は、このシカゴのノースウェスタンで産科の奨学金がもらえるとわかったときに、テディをきれいに洗って繕ってもらい、ロイヤル・フリー病院の小児科病棟に寄付したの」

「でも、キティはそのテディベアをどこに置いたの？　お祖父さまはどうして、わざわざそんなことを書いたのかしら」

「フロイライン・マルティナ宛てに届いた手紙は重要なものだったに違いない。でなければ、きみのお祖父さんがわざわざゾルネンに手紙で知らせるわけがない。そうだろう？」マックスがつけくわえた。「お祖父さんとゾルネンは知りあいではなかったんだろ？」

「ええ、わたしの知るかぎりでは」ロティは言った。「もちろん、祖父は戦前、かなり有名な弁護士だったわ。ウィーンは小さな街だから、専門職の人たちが顔を合わせる機会はあったでしょうね。ゾルネンがケーテの父親ではないかという噂を、祖父母もたぶん知ってたと思うけど、ここで問題にすべきは、その手紙が価値のあるものだったに違いないということね。少なくともマルティナにとっては。オーパは知っていた——自分たちがどうなるかをすでに知っていたはずよ——自分も、わたしのオーマも——生き延びられないということを。この手紙はさりげない書き方になっている。検閲にひっかからずに届くよう、工夫したんでしょうね」

「キティにテディベアを奪われたことはあった？」ロティにしつこく問いただすのをためらいつつも、わたしは食い下がった。「前に言ってたでしょ。キティがレンガッセのフラットによく遊びにきてたし、強制的によそへ移らされたあとは、廊下をはさんで向かいどうしに住むことになったって」

よそ——それは何人も詰めこまれたゲットーの部屋のこと。それを口に出して言うことは、わたしにはできなかった。

ロティはきつく目を閉じた。「ノヴァラガッセに越したあとのことだけど、ある午後、屋根から突き落とされて男の人が死ぬ光景をケーテとわたしが目撃するという、恐ろしい体験をしたことがあったわ。あのころは至るところでぞっとする光景を目にしていて、なるべく忘れようとしてきたけど、あの殺人だけは——なぜだか、あの死にテディベアが結びついている。でも、どうして？」

ロティは両手で自分の肩を抱き、震えていた。「ああ、ヴィクトリア、こうした記憶がどれほどの痛みをもたらすか、あらかじめわかっていれば、あなたをキティ・バインダーや娘のジュディに近づけるようなことはぜったいしなかったでしょうに。死はただでさえ酷いものよ。でも、身近に多くの死が、多くの暴力があって——子供時代にウィーンでいやというほど目にしてきたのに、今度はキティまでが——！」

わたしはロティの手をとり、両手にはさんでさすった。しばらくしてから、ロティは言った。「その男の人が死んだときに、キティがなぜひどく腹を立てたのか、あなたに説明したいけど無理だわ。キティとどんな話をしたのか、まったく覚えてないの。ただ、周囲のみんながが死んでしまうような気がして怖かった。ユダヤ人ですものね。いつなんどき、あの男の人のように屋根から突き落とされるかわからなかった。たぶん、テディを自分の分身だと思うようになったんでしょうね。テディを守ることができれば、家族とわたし自身を守っていけると思ったんだわ」

ロティは記憶をたどりながらゆっくり話した。「わたしたちはフラットにいた。弟とほかのいとこたちがどこにいたかはわからない。もしかしたら、同じ部屋にいたのに、わたしが覚えていないだけかもしれない。わたしはテディに破れたシーツを巻きつけてた。包帯のつもりだったのね。テディのことを、建物から突き落とされた男の人のかわりだと思って。死んでなんかいない、怪我しただけだって思いこもうとしたのかもしれない」

ロティはふたたび黙りこんだ。目は閉じたままだった。「大人たちが部屋に入ってきた。誰だったかしら。どうして思いだせないの？　オーパがいた。ほかには？　キティがテディのことでひどく腹を立てて、わたしから奪いとった。階段から投げ落とした？　違う、窓からだった。もちろん、拾いに行ったわ。でなければ、ロンドンへ持っていくことはできなかったでしょうから」

「通りに落ちたの？」わたしは訊いた。

「中庭じゃないかな」マックスが横から言った。「ヨーロッパのフラットはどこもそういう造りになっている。レオポルドシュタットのゲットーもそうだった。建物は外の通りに接していて、通路を抜けた先が中庭になっている。少なくとも理屈のうえでは、どのフラットからも中庭の景色をながめることができる。富裕層向けの大きな建物の場合は、広い庭園がついていることもあった」

ロティは顔をしかめた。「あそこの中庭はそんな雰囲気じゃなかったわ。芝生はとっくに枯れていた。残ってたのは、石畳と、みんなが自転車をかけておくラックだけ。もっとも、自転車もそのころには全部盗まれてたけど。窓から中庭にゴミを捨てる人もいたわ。わたしに手を貸してクマを拾おうとしたとき、祖父が石畳のひとつにつまずいたんだった」

その瞬間、わたしたち全員が息を呑んだように思う。マルティナに届いた手紙をフェリクス・ハーシェルがどこに隠したかがわかったのだ。奥の壁にかかったグランドファーザー時計が不吉なほど大きな音で時を刻んでいた。カチッ、一秒、二秒、四秒、十六秒、やがて、何十年もがすぎさった。

フェリクス・ハーシェルが隠した手紙はいまも、その石畳の下で眠っているのだろうか。どうすれば、それを見る許可がとれるのだろう？

ロティが気をとりなおし、ほかの手紙について尋ねた。マルティナがゾルネンに出した手紙。「でも、内容を知ることに耐えられるかどうかわからないわ。マックス、あなたが目を通して、要旨だけ伝えてちょうだい」

マックスは手紙をスタンドの下へ持っていったが、それでも、古い手紙を読むには目を細めなくてはならなかった。「最初の手紙はマルティナの研究に関するものだ。いくつかの論文のサマリーだな。論文を書いても、ユダヤ人だからドイツの科学誌には掲載してもらえなかった。それをアメリカの物理学雑誌に発表してほしいと、マルティナはゾルネンに頼んでいる。論文の内容からすると、ウラン235原子の原子核不安定性の問題に独創的な方法でとりくんでいたようだ。ゾルネンの力で発表してもらえれば、アメリカのどこかの大学が就職先とビザを用意する気になるかもしれない、と書いてある。〝先生のお言葉はいかなる場所においても影響力があります。わたしはどこへでも喜んでまいります。先生が教えていらっしゃるような一流大学でなくてもかまいません。小さな研究所で充分です〟」

ロティは唇をゆがめた。「彼とイルゼに迷惑はかけないと、ゾルネンに約束してるわけね」

マックスはうなずいた。「つぎの手紙はナチスドイツに併合されたあとのものだ。ただし、戦争はまだ始まっていない。法律がユダヤ人を痛めつけている。きみの家族のことが書いてある、ロットヒェン。ノヴァラガッセのフラットへ強制的に追い立てられたことが。

ゾフィー・ハーシェルは、飢えに苦しみ、わたしの母にかつて仕立てさせた服がぼろぼろになったものを着ているのに、いまも美貌は衰えていません。それはわたしたち全員にとって謎ですが、同時に喜びをもたらしてくれます。とくに、幼いケーテにとって。わたしには生まれつき欠けていると先生がいつもおっしゃっていた女らしい資質を、あの子は残らず備えています。この迫害の日々をケーテだけは乗り切ることができるよう、わたしは力を尽くす覚悟です。ヘル・ドクトル・ハーシェルはお孫さんたちをロンドンへ送るために、お金を用意していらっしゃいます。先生がこちらにドルを送ってくださされば、わたしも、ケーテをヒューゴーとシャルロッテと一緒にロンドンへ送りだすための切符を買うことができます。

マックスはふたたび日付に目をやった。「きみがロンドンへ発ったのは一九三九年の四月だったね、ロットヒェン。これは三八年の十二月に書かれている。そのころはまだ長い手紙を書くことができた。三通目ははるかに短くて、日付は三九年五月。ケーテが無事イングランドに到着し、バーミンガムへ送られたことを、ゾルネンに報告している。そちらに住むユダヤ系の一家がケーテをひきとってくれたそうだ」

「そのあとに戦争、そして沈黙」ロティの声は苦々しかった。

わたしはジェイクがここにいてくれればいいのにと思った。バッハを演奏してくれればいいのに。バッハの旋律と弦の響きが過去百年間の苦い歴史のなかに流れこんで、わたしたちみんなの心の奥にあるしこりをほぐしてくれればいいのに。マックスも同じ衝動に駆られたようだ。ステレオのところへ行き、彼の息子マイクルのCDをかけた。バッハの無伴奏チェロ組曲。

音楽が部屋を満たすなかで、マックスが訊いた。「ヘル・ハーシェルはマルティナのために何を隠したのだろう？　おそらく現金ではあるまい。現金なら、手紙が届く前に没収されていただろうから。それから、もしビザだったら――断言はできんが、きみの祖父母が使っていたはずだ」マックスはロティを見た。

「それならよかったのにね」ロティは醒めた声で言った。「中庭にビザをこっそり隠して、結局誰の命も救えなかったとわかったら、それこそ、傷口に塩を塗るようなものだわ」

マックスはコピー類をフォルダーに戻そうとしたが、ロティのお祖父さんがBREENIACのスケッチに気づいて手を止めた。「これはなんだね？　ロティのお祖父さんがゾルネンに送ったもの？」

「いいえ」わたしはこのスケッチにまつわる奇妙な経緯を語った。「マーティン・バインダーがブリーン家の邸内にある仕事部屋でこのスケッチを見たのが原因で、キティ・バインダーがあのような悪夢に巻きこまれることになったのよ。マーティンはスケッチに描かれた小さなロゴを見て、母親がキティから盗んだ何かの文書で見たのと同じものだと気づいたの」

右下の隅についている、ぼやけた三角形を指さした。

マックスは何も言わずに、書斎へ行って拡大鏡をとってきた。彼がその三角形を調べているあいだ、ロティとわたしはそばに近づき、何を見ているのだろうといぶかしんだ。

「わしはこの方面の専門家ではない」マックスはようやく言った。「だが、ご存じのとおり、戦後何年にもわたって、難民団体の活動に関わってきた。最初はわし自身の家族の消息を知りたかったからだが、やがて、ほかの人々の手助けをするようになった。この紙は戦時中に人々が手紙を出したり絵を描いたりするのに使ったものとよく似ている。とくに収容所でこの種の紙が多く見受けられた。古紙を再生したものだが、古紙百パーセントのため、ボロボロになるのも早い。看守が読み捨てにする安い新聞に、よく使われていたものだ」

「コーデル・ブリーンの話だと、彼のお父さんが戦闘の合間にこれをスケッチしたそうよ。戦場でたまたま拾った紙に描いたんじゃないかしら」わたしは意見を言ってみた。

マックスは困惑の表情で笑った。「この紙はアメリカ製には見えないな。〝シュパイヒャー〟という言葉にしても、まさにドイツ語の響きだ」

「シュパイヒャーが誰なのか、コーデルはまったく知らないそうですが、家族のあいだでは、たぶんエドワードの戦友で、スケッチを描くのに協力してくれた人だろうということになっています」

マックスはスケッチをふたたび下に置いた。「これは新たに発明されたコンピュータのおおざっぱなスケッチだと、きみ、言っていたね。このセンターグリッドの横に書かれた〝シュパイヒャー〟という文字からわしが思い浮かべるのは、人の名前ではない。〝記憶〟という意味のドイツ語だ。式のほうは、わしにはちんぷんかんぷんだが、これを書いたのは、わしが生まれ育ったのと同じ地域にある学校で学んだ人間だと思う」

44　ハイパーリンク

　午後八時、夕食の途中でわたしが三度目の居眠りを始めると、マックスに客用寝室のベッドへ連れていかれた。それまでは、三人で、誰があの式を書いたのかという議論に夢中になっていた。ゲルトルード・メムラー？　マルティナ・ザギノール？　ひょっとして、ベンヤミン・ゾルネン？　マルティナは戦時中に亡くなっていると、マックスが何度もくりかえした。

「でも、ガソリンスタンドにいたあの女性」わたしはキティ・バインダーがジュディを連れて車で郊外へ出かけたときの、薄気味悪い話をした。「その女性は、ジュディを少女らしい少女にすべきかどうかをめぐってキティと口論し、つぎに、そこへやってきた男性と口論した」

「ヴィクトリア、ぐったり疲れて話もできない様子だね。ましてや、運転などとうてい無理だ。大変な一日だったし、おまけに、きみが持ってきた手紙にロティがひどいショックを受けている。この結び目をほどくのはいったん中止して、休息をとることにしよう」

　わたしは抵抗したが、マックスは譲らなかった。長男の奥さんが前回泊まったときに置いていったナイトシャツを出してきて、備品戸棚から新しい歯ブラシを見つけだし、わたしを客用寝室へ連れていった。

横になったとたん、わたしは深い眠りに落ち、布団の下で身じろぎすらしないほどぐっすり眠った。

もうじき五時というころ、わたしは夢のなかで、ジュリアス・ゾルネンのコーチハウスの台所にいた。裏のドアをふさいでいる黒い大型トランクをあけると、ジュディ・バインダーが立ちあがった。頭蓋骨に皮膚が貼りつき、残忍な笑みを浮かべている。「彼女に言って《テル・ハー》、ウォーショースキー、彼女を売って《セル・ハー》」

「いいわよ」自分の声で目がさめた。ルート・セラーだ。根菜貯蔵用の地下室のことだ。ルートとセルではなかったのだ。

ジュリアス・ゾルネンがどんな犯罪に手を染めたのか、あるいは、目撃したのか知らないが、その犯罪の証拠がコーチハウスの台所の下に埋まっている。だから、コーデルは家賃なしでジュリアスを住まわせたのだ。証拠を隠しとおすための番人として。新たな所有者がコーチハウスの改装か解体にとりかかれば証拠を発見される恐れがあるから、それを防ぐために。

わたしは客用のベッドをメーキングし、ナイトシャツを丁寧にたたんでその上にのせた。キッチンでグレープフルーツとチーズを勝手に食べてから、マックスに感謝のメモを書いて、アイランド式カウンターのコーヒーポットの横に置いた。マックスとロティはまだ眠っている。もしくは、少なくとも、ベッドのなかで静かにしている。ガレージを通り抜けて外に出た。そこなら背後で扉が自動的にロックされる。

雨は夜のうちにやんでいたが、南へ向かって車をスタートさせたとき、東の空はまだ暗かった。尾行のことは気にせずに事務所へ直行し、事務所にしている倉庫の近くで最初に見つけたスペースにスバルを止めた。

ジュリアスが病院にいるうちに、コーチハウスへ行きたかったが、いまはまず、BREENIACのスケッチを隠すことが最優先だった。銃を手にして倉庫に入り、テッサの区画と、わたしの区画の両方の照明を残らずつけて、潜んでいる者がいないかチェックした。これまでに二度、精巧な電子機器を備えた悪漢どもに、この倉庫で襲いかかられたことがある。国土安全保障省のわが友人たちが証明してくれたように、然るべき機器を備えた者の前では、高性能のセキュリティ装置も無意味だ。

どこも異常なしだった。大きな作業用テーブルの前に立ち、ラテックスの手袋をはめた手でスケッチの隅をつまんで、保護用の包み紙からとりだした。それでも、端の一部が崩れた。このように古い紙を明滅する光にさらすのがよくないことはわかっていたが、あまりに貴重な品なので、コピーもせずに手もとから離す気にはなれなかった。コピーをとったあとで、テッサの備品置場になっているクロゼットで見つけたロールから透明プラスティックを二枚切りとり、スケッチをはさんだ。両面を厚紙で補強してから、特別資料室の司書宛てのメモをテープで厚紙に貼りつけた。

ターリー様

この脆い文書の保管をお願いしたく、郵送させていただきます。一九四〇年代のドイツもしくはオーストリアで作成されたものと思われ、エドワード・ブリーンのコンピュータ第一号の原型がスケッチされています。誰が描いたのか、誰が所有者かは、いまのところ答えが出ていない二つの大きな謎ですが、このスケッチが原因でここ一カ月間に数件の殺人事件が発生したため、どうか安全な場所に保管していただきたいのです。

図々しいお願いであり、そちらのご負担になりかねないことは、百も承知ですが、誰が所有者なのか、図書館の収蔵資料にできるかどうかを、こちらからご連絡するまで、館内のどこか安全な場所で保管してくださるよう、お願い申しあげます。一週間以内にご連絡できると思います。

敬具

V・I・ウォーショースキー

包みを急送宅配用の封筒に入れてから、通りの先のショッピング・モールにある二十四時間営業の取扱店へ持っていった。なんらかの監視装置によって、ノートパソコンのキーの動きがモニターされているとまずいので、レイチェル・ターリー宛てのこの手紙は手書きにした。しかし、取扱店に着いてから、店のパソコンにログインして発送用伝票をタイプした。ついでに、メールチェックもすることにした。

エイダ・バイロンの身元を徹底的に調べようと思ったら、わたしが登録しているデータベースを使わなくてはならない。いまなら大丈夫だ。コーデルにも国土安全保障省の連中にも気づかれる心配のないパソコンを使っているのだから。

〈ライフストーリー〉やその他のデータベースから、エイダ・バイロンに関する一九四〇年から二〇一〇年までのデータが送られてくるのを待つあいだに、メールをチェックした。ジェイクから、どこにいるのか、なぜ連絡をくれないのか、というメールが入っていた。彼への長いメールを書きおえるまでに、データ送信完了の合図が送られてきていた。

調査対象となった年月のなかで、アメリカに存在したバイロンという名字の人間は数千人にのぼっていた。エイダと名づけられたのは、そのうち二十三人。しかし、ベンヤミン・ゾルネン、ジュリアス・ゾルネン、ブリーン、マルティナ・ザギノール、ゲルトルード・メムラーと関連のある者はゼロだった。

複数のエイダ・バイロンに関するわずかなデータに目を通した結果、気になるものがひとつ見つかった。イリノイ州西部にティニーという小さなカレッジタウンがあり、そこで七年前に女性が亡くなっている。マーティンのバル・ミツバーのころだ。そのとき、ジュディ・バインダーが母親のドレッサーの引出しから書類の束を盗みだしたのだ。

《ヒューロン郡ガゼット》に死亡記事が出ていた。バイロンはコンピュータ・プログラマーではなく、ティニーにあるアレグザンドリン・カレッジの図書館の事務員だった。図書館を退職後、ボランティアとして、町の学校で教えていた。百二歳で死亡。遺族はなし。大都会なら、こんな平凡な経歴の持ち主が死亡記事になることはないが、長寿だったため、ヒューロン郡のニュースになったのだろう。

このエイダ・バイロンはベンヤミン・ゾルネンより十歳ほど年下だった。データベースから得られた情報はここまでだった。物理学を学んだという記録はないし、ティニーを離れてどこかの研究所か物理学部に籍を置いたことをほのめかすデータもない。細いつながりではあるが、わたしが調べたことと年代的に合っているエイダは、とにかく、この女性しかいない。

死亡記事を印刷してから、ログオフする前にもう一度だけメールチェックをした。ジェイクはツアーの終盤に入っていて、いまはLAだから、あと六、七時間は起きてこないが、マリ・ライアスンから、いくらわたしに電話しても応答がないという不満たらたらのメールが届いていた。プリペイド携帯でかけてみたところ、彼がずいぶん早起きなので驚いた。

「ウォーショースキー、シカゴでつねにきみに尽くしてきたのは誰だい？」

「愛犬のペピーよ」

「不正解。おれだ。きみの調査に協力するため、クック郡のすべての保護林にあるより多くの長い枝から飛びおりてきた。なのにどうして、おれを仲間はずれにするんだよ？」

「マリ、わたしは膝のところまで泥につかってて、それでも前へ進まなきゃいけないの。だから、二十の扉ごっこはやめて、何が言いたいのかさっさと言って」

「おれが言いたいのはな、並びなき少女探偵よ、ジュリアス・ゾルネンの件でおれに電話してくれてもよかったんじゃないかってことだ」

「えっ、車の事故のこと？　すでにニュースで流れてたでしょ。わたしだって、ゆうべ車で帰る途中、ラジオで知ったんだから」

「そのあとすぐ、病院へ会いに行っただろ」

「どうして知ってるの——あ、ヘルタと話をしたのね。ヘルタはわたしの熱烈なファンの一人じゃないから」

「ジュリアスが亡くなったあとで、彼女に取材に行ったんだ」マリは言った。「ノーベル賞受賞者の息子が死んだとなれば、記事にする価値が――」

「死んだ?」わたしはマリの話をさえぎった。「いつ?」

マリは疑わしげな口調になった。「ほんとに知らなかったのかい? きっと、きみが病院を出たすぐあとだったんだな。看護師の話だと、容態が安定してるように見えたんで、警官が事情を訊きにきたときも、大丈夫だろうと思ったそうだ。ところが、警官が質問してるあいだに心停止を起こしてしまった」

哀れな人。悲惨な人生、痛ましい死。なんのためだったの? わたしの腕に抱かれたキティ・バインダーの最後の言葉が思いだされた。そのドイツ語を、ロティは〝なんのためだったの〟と訳してくれた。ウィーンからやってきたすべての人にまとわりついた悲惨さが、耐えがたいものに思われた。

マリがまだしゃべりつづけていた。コメントをとりたくてコーデル・ブリーンに電話したという。「ジュリアスと一緒に育ったわけだろ。だから、いい切り口だと思ってね。グローバルがおれの記事を買ってくれるといいんだが、そのためには、ほかの記者連中とは違う切り口を見つけて優位に立つ必要がある。ブリーンはつかまらなかったが、奥さんと話をした。あの奥さん、酔っぱらってる感じだったな。とてもショックだと言っていた。なにしろ、あの家を訪ねて、車で帰る途中、道路から転落したわけだから」

「それで?」

「きみがあの家にいたことも、奥さんから聞いたぜ」マリは突然、険悪な口調になった。

「なんでおれに黙ってたんだ？」

「マリ、国土安全保障省の連中を見習って、わたしにGPSモニターをつけたら？　そうすれば、わたしがどこにいるか、四六時中ちゃんとわかるから。どうしてあなたに報告しなきゃいけないのよ？」

「ジュリアスがブリーンの家にやってきたとき何があったのか、教えてくれてもよかったのに」

パソコン使用料がどんどんかさんでいることに気づいた。データベースの情報をすべてUSBメモリに移してログオフした。「わたし、その場にはいなかったの。帰ろうとしたときに、ジュリアスがやってきたから。それに、ゲートの前にいたのがジュリアスだったことも、あとになって知ったのよ」

「パン屑でいいからさ、ウォーショースキー。めぐんでくれよ」

「あなたらしくもないわね」わたしは言ったが、いささか気の毒に思い、ジュリアスが押しかけてきたときのことと、図書館の件でコーデル・ブリーンを非難したことを、マリに教えた。

「ほんとに？」マリは訊いた。「ほんとにブリーンがゾルネンの名前を騙《かた》ったのかい？」

「シカゴ大へ行って司書と話をしてよ。わたしもきのう、そうしたんだから」

「出かける手間を省いてほしいな、ウォーショースキー。おれに借りがあるだろ」

「マリ、なんの借りもないことは、よーくご存じのくせに。でも、司書がなんて言ったか教えてあげる。炎を上げる目録カードを爪のなかに差しこまれたとしても、誰が閲覧室を利用したかは、けっして明かさないそうよ。わたしが閲覧室にいたことさえ、司書はあなたに教えないでしょうね」

そう言って、わたしは電話を切った。

45

サブタレニアン・ホームシック・ブルース

コーチハウスに着いたとき、ベイジア家では子供たちが喧嘩の最中だった。車寄せに止まったボルボの前のシートに誰がすわるかで揉めているのだった。わたしがピッキングツールを使ってジュリアスの住まいの玄関ドアをあけようとすると、子供たちはおたがいを蹴飛ばすのをやめてこちらを見つめた。錠は簡単にあいた。わたしは二人に手をふった。二人は無言のまま、うしろのシートに一緒に乗りこんだ。ここの両親はわたしを雇うべきだ。

ほどなく父親があらわれた。わたしは彼がバックで車を出すまで待ってから、道具をとりにスバルまで戻った。

スバルは路地に止めてきた。秘密にしておくためではなく(この界隈では、秘密を守りとおすことはできない)、この場所がいちばん便利だったから。いったん家に帰って、懐中電灯とワークブーツと手袋を持ってきたが、途中で金物屋に寄り、バール、スコップ、つるはし、フレックスランプ、防塵マスクを買った。台所の床下からプルトニウムが出てくると思ったからではない。ジュリアスだって三十年間無事に暮らしてきたのだ。しかし、カビとネズミを覚悟したからだった。玄関の内側からデッドボルトをかけて、地下におりる階段を探しに行った。

台所の下に根菜貯蔵用の地下室があるものと思っていたので、どこにもドアが見つからなくて困惑した。戸棚の奥を探り、ラジエーターのうしろをのぞいた。コーチハウスの配電盤が設置された狭いクロゼットから、がらくたを残らずひっぱりだしたが、ドアらしきものはなかった。

ひょっとすると、地下への出入口は外にあるのかもしれない。トランクが置いてある勝手口の横に。勝手口のドアは粒餌の袋がぎっしり入った特大のトランクで内側からふさがれている。バールを使ってトランクを動かそうとしたが、粒餌が重すぎて、びくともしなかった。横からトランクによじのぼり、五十ポンド入りの袋のひとつを持ちあげようとしていると、玄関ドアをガンガン叩く音が聞こえた。

「ちょっと待って」わたしはつぶやき、渾身の力をこめて、袋をトランクの縁までひっぱりあげた。

玄関ドアがひらいた。ベイジア家の父親が台所に入ってきた。

「誰なんだ？　ここに入る権利があるのか」ベイジアが訊いた。

「ええ」わたしは大きくあえいだ。「あなたのほうこそ、鍵を持ってるの？　それとも、強引に押し入ったの？」

「わたしはあちらの母屋に住んでいる。越してきたとき、ここの鍵も渡されたんだ。あんたの姿を見たと、うちの娘が言うから――」

わたしは彼の言葉をさえぎった。「こっちにきて、この袋をとりだすのを手伝って」

ベイジアはわたしを凝視した。トランクの縁で袋が傾いて床に落ち、台所じゅうに粒餌が飛び散った。

ベイジアはあとずさった。「何をしている？　ジュリアスが帰ってくる前に、ちゃんと片づけてくれるんだろうな？」

「ミスタ・ベイジア、わたしが散らかしたものはすべて片づけるけど、ジュリアスはもう帰ってこないわ。亡くなったの。わたしがやってるのは重労働だから、手伝う気がないなら、帰ってちょうだい。やることがいっぱいあって、あなたと口論してる暇はないの」

「ジュリアスが亡くなった？」ベイジアは呆然とくりかえした。

「事故にあったことはご存じでしょ？　ゆうべ亡くなったの」袋が置いてあったスペースをのぞくと、リノリウムの床が見えた。これはトランクではない。床の上に作ったキャビネットだ。

「バールを渡してくれない？」わたしはベイジアに言った。

ベイジアは顔をしかめた。この家に入る権利があることを示す証拠を見せろと言うべきかどうか、迷っている様子だった。しばしわたしをにらみつけ、その気になればあんたには負けないぞ、と無言で威嚇してから、まわれ右をして出ていった。

わたしはためいきをつき、道具をとるためにキャビネットから這いだした。作業に戻る前に、玄関ドアを内側からロックしなおした。

フレックスランプのコードを冷蔵庫のうしろのコンセントに差しこんで、ランプをキャビネットの縁にひっかけた。居間から椅子を二脚持ってきて、キャビネットの両側に置いた。これで出入りが楽になる。

バールとスコップを使って袋をつぎつぎととりだすと、やがて、床面にトラップドアが見つかった。溝にとりつけられたリングを使って開閉するタイプだが、リングを持ちあげてひっぱってみてもだめだった。錠はついていない。何十年分もの埃と歪みで床からはずれなくなっている。

数分前のベイジアの表情をまねてトラップドアをにらみつけたが、ドアはひらかなかった。バールをリングに差しこんでみても、ドアを動かすことはできなかった。ついに、つるはしを握りしめ、トラップドアの中央に叩きつけた。五分ほど続けるとようやく、大きな裂け目ができた。そこにバールを差しこんで、思いきりひっぱりあげると、ドアが砕け散った。

肩をさすったが、神経がたかぶっていて、休憩で時間を無駄にする気になれなかった。防塵マスクを着け、フレックスランプをひっぱって、砕けたトラップドアの端にひっかけた。

予想どおり、急な階段が地下室の土間へ続いていた。梯子を粗雑なフレームに釘で打ちつけただけと言ってもいいような階段だった。おお、V・I、並びなき探偵よ。さあ、下に何があるのか探りなさい。

土掘り用の道具を持って、慎重に階段をおりていった。わたしの影が地下室の床に揺れ、躍り、つるはしの先端が死神の鎌のように見えた。ここのところ、死神につきまとわれている。わたしは死の先触れになどなりたくない。道具を階段の下へ放った。道具はドサッと鈍い音を立てて土間の床に落ちた。片腕を伸ばしてフレックスランプをつかみ、ひっぱれるだけひっぱりよせた。

地下室は狭くて、上の台所と同じサイズだった。わたしのてのひらほどもある大きなクモが壁を這いあがり、頭上のトラップドアの裂け目に姿を消した。ヘルメットも持ってくればよかった。

壁には棚が並んでいて、そのほとんどが空っぽだったが、電設工具、ネジ、ワイヤ、クリッパーなどが少し残っていた。片隅に風変わりな品があった。灰色のどろどろしたものが入ったガラス瓶が二個。梨の瓶詰——色褪せてはがれかけたラベルにそう書いてある。どんな状態になっているのやらと思うと、思わず全身に震えが走った。

ジーンズのポケットからペンライトをとりだして、五十年前に何かを埋めようとして土を掘りかえした形跡はないかと、土間を丹念に調べはじめた。年月の流れのなかで床面が完全に平らになったわけではないが、高低差は比較的少なくなっていた。

土間全体を掘りかえすのは面倒だし、何か脆いものが埋まっている場合のことを考えて、つるはしで土をつついてみるのもためらわれた。結局、ふたたび階段をのぼって、ジュリアスのがらくたがしまってあるクロゼットをのぞいてみた。たいした道具はなかったが、ネジまわしが何本か見つかった。

探針がわりに使おうと思い、いちばん長いのを二本持って階段をおり、土に差しこんで柄のところまでそっと沈めた。階段から五フィートほど離れたところで、何か硬いものにぶつかった。バールの先端の湾曲部分を即製の梃子にして、そのあたりの土をどけていった。できた穴をペンライトで照らしてみた。

茶色っぽいものが見えた。ひとかたまりになっている。右の手袋をはずして、おそるおそる穴に手を突っこんだ。土がびっしりついた布地だった。軽くひっぱってみたが、持ちあがってこなかった。ネジまわしで探ってだいたいの見当をつけ、その線に沿って、少しずつ土を掘っていった。三フィート×二フィートぐらいの穴を掘りおえるころには、首が疼き、腕と膝が震えていた。

ナイフをとりだし、布地を慎重に持ちあげて、埋まっているものの上に土が落ちないよう気をつけながら、端のほうを少し切りとった。ふたたびペンライトで照らした。プルトニウム爆弾ではなく、スーツの上着だった。女物だ。カビと湿気で灰色がかった茶色になっている。ライトに照らされて、ボタンだけが光っていた。

布地をめくった瞬間、わたしは息を呑んだ。手のなかで布地が破れ、下から骨がのぞいた。

「そんな……ジュリアス、こんなものが埋まった家で長年暮らしてきたの？　よくもそんな……」

何時間も一人きりだったため、思わず声に出してつぶやき、閉鎖された空間に響く自分の声にビクッとした。「これ、誰なの？　マルティナ？　ゲルトルード・メムラー？　あなたが殺したの？　だから、刑事が追ってくると思ってたの？」

しかし、ここは以前、ブリーンの家、ブリーンの仕事部屋だった。これが誰にせよ、どういう経緯でここに埋められたにせよ、この女性の死と埋葬という秘密を四人の男性が共有していたことになる。ブリーン家の父子とゾルネン家の父子。

それ以上掘り進む気になれなくて、どれぐらいの時間その場にしゃがんで穴のなかを見つめていたのか、自分でもわからないが、やがて、頭上に足音が聞こえた。男たちの声がした。ベイジアが誰かを連れて大胆に踏みこんできたのかと思い、立ちあがった。

階段をのぼろうとしたが、足の筋肉が痙攣を起こした。階段の下に立って膝の裏をさすっていると、男の声が聞こえてきた。「見つからん。ここに置いていったのに」

べつの男が言った。「ソファの下を見てみよう。そこに落ちてるかもしれん」

何かをひきずるような音に続いて、ドサッと音がした。男たちがジュリアスのカウチを横倒しにしたのだろう。前に聞いたような声だが、誰の声かはわからなかった。わたしは手を伸ばし、こちらの影が映らないよう、フレックスランプを消した。足音を忍ばせて階段を一段ずつのぼった。

「あっちの家の女の子が、探偵がきのうここにきたと言っていた。女だそうだ。あのクソ生意気なウォーショースキーに違いない」

もう一人がブツブツ言った。

わたしはさきほどトラップドアにあけた穴からそっと顔を出した。木片が一個はがれて階段をころがり落ちた。

男が二人、台所に入ってきた。コーデルの運転手をしているロリー・ダードン。ポールフリー郡の保安官助手、グレン・ダヴィラッツ。衝撃のあまり、こちらが反応する暇もないうちに、ダヴィラッツが銃を抜いていた。わたしは間一髪で粒餌の袋の陰に身を隠した。ダヴィラッツが引金をひいたが、銃弾は袋にめりこんだだけだった。粒餌がわたしの足のまわりにあふれた。

「バカヤロー、こんなとこで撃つんじゃない。近所じゅうが集まってくるぞ。テーザーを使え！」

わたしは袋をつかむと、男たちのほうへ思いきり投げつけた。一人の顔に命中したらしく、罵りの声が上がったが、わたしがタック・ホルスターから銃を出す前に、もう一人がキャビネットを乗り越えた。ダードンだ。

ワークブーツでダードンの膝頭を蹴ってやった。ダードンはうめき、わたしの頭めがけてパンチをくりだした。わたしは身を沈めてよけると、彼の足をつかんだが、こぼれた粒餌の上ですべってべつの袋にぶつかってしまった。ダードンもバランスを崩したが、わたしはそれでもまだ銃を抜くことができなかった。ダードンの頭に懐中電灯を投げつけ、こめかみにかすり傷を負わせたが、そのときすでに、ダヴィラッツのほうが立ち直っていた。テーザー銃でわたしに狙いをつけた。わたしはキャビネットの裏へ逃げこもうとしたが、向こうが銃を発射した。焼きごてを押しあてられたような感覚が全身に走った。身動きできずに、キャビネットにぐったりもたれた。

二人の男がわたしを抱きかかえて地下室に運んだ。一人がわたしのポケットに手を突っこんでコピー類をとりだした。抵抗しようにも、わたしは手を持ちあげることもできなかった。

二人は懐中電灯で文書を照らし、BREENIACのスケッチのコピーを目にした。「やっぱり、おまえが盗んだのか、クソ女！」ダードンが言った。

テーザー銃の焼けるような痛みのなかでも、わたしの頭はひどく冷静だった。ベイジア家の子供たちのシッターをしている大学院生は、きのうジュリアスの家の玄関に警官がいたと言っていた。シカゴ警察がジュリアスを監視していたのではなく、グレン・ダヴィラッツがあのスケッチを置いていったのだ。そして、ゆうべジュリアスが亡くなったのは、警官の事情聴取を受けていたときだった。その警官がダヴィラッツだったのだ。コーデル・ブリーンのために仕事を終わらせたのだ。火曜の夜、アリスンが車でわたしたちを送ってくれたときには、パトカーが右折してブリーン家へ通じる道路に入った。黄褐色の車体に焦げ茶の文字。ポールフリー郡の保安官事務所が使っているパトカーの色だ。ダヴィラッツがコーデルの指示を仰ぐために、もしくは、金をもらうために、ブリーン家へ向かったのだ。

「本物のスケッチをどこへやった？」ダヴィラッツが訊いた。

「あら、あなたがここに置いたんでしょ。で、シカゴ警察かベイジア家に見つけられる前に回収してこい、とコーデルに言われて飛んできた」わたしの口から出る言葉は不格好な砂利みたいだった。向こうが聞きとれるかどうかも定かではなかった。必死に話そうとするだけで息が切れた。

ダヴィラッツがテーザーを弄びながら、わたしのみぞおちを蹴った。「スケッチはどこにある？」

「わたしの事務所よ」重い唇を必死に動かして答えた。「奥にある大型金庫のなか。暗証番号は〇九・一九・〇六・〇八・〇七・二七」

「もう一回言え」ダードンが手帳をとりだして命じた。

わたしが使ったのは両親とわたしの誕生日。二人は階段をのぼって一階に戻っていった。ダヴィラッツははらいせに、もう一度わたしを蹴飛ばした。二人はゆっくりとくりかえした。ダヴィラッツははビネットの縁を越えて外に出ると、もとどおりに蓋をした。二人が蓋に釘を打つあいだ、わたしはなすすべもなく横たわっていた。

46 穴倉と骸骨

ようやく手が動かせるようになった。痛みをこらえてゆっくり起きあがり、酸に浸したみたいにジンジン疼く指をさすった。ダヴィラッツに蹴られた脇腹が痛かった。電極の針が刺さっているのを感じた。一本が左の胸筋に。もう一本が腿に。腿の針を抜いた。ジーンズのおかげで、深く刺さるのを免れていた。胸筋に刺さったほうはもう少し大変だった。まず、わずかに突きでた先端を闇のなかで探ってつかみ、いっきにひき抜いた。一瞬、意識が遠のいたが、気がついたときは、前より気分がよくなっていた。

哀れな肉体が眠りを求めていたが、骸骨と一緒に地下室に閉じこめられているのでは、休息するわけにもいかない。這うように階段をのぼって、釘を打つ音がわたしの聞き間違いであったよう願いつつ、キャビネットの蓋を押してみた。びくともしなかった。

格闘の最中に懐中電灯を落としてしまったが、トラップドアの周囲の床を探っても見つからなかった。毛むくじゃらの脚が手の上を這っていったような気がして、思わず小さな悲鳴を洩らした。フレックスランプのコードに指が触れた。息を止め、コードをたどってスイッチを捜しあてた。押してもつかなかった。襲撃者たちが出ていくときに、プラグを抜いていったのだ。

失望のあまり吐きそうになった。トラップドアのへりにすわりこみ、両手で頭を抱えた。ダヴィラッツとダードンがわたしの事務所の金庫をあけたとしても、BREENIACのスケッチは入っていない。二人はわたしを始末するために戻ってくるだろう。ここでじっとすわりこんでいたら、さっさと始末されてしまう。

トラップドアの穴の両側に足を置き、思いきり力をこめて押してみたが、蓋は動かなかった。クモ、ネズミ、ヘビ、骸骨のことをできるかぎり頭から遠ざけて、急な階段をふたたび慎重におりた。喉はカラカラだし、皮膚はいまも焼けるようだった。

下までおりると、片足で立ち、反対の足を床に這わせて道具類を捜したが、まだ頭がふらついて、うまくバランスをとることができなかった。両手両膝を土間に突いて、ゆっくりとあたりを探った。先ほど掘った穴に左手を突っこんでしまい、土のこびりついた布地が手に触れた。あわてて手をひっこめたが、繊維やクモの脚が手にまとわりつく感覚が消えなかった。

ようやく、プリペイド携帯を探りあてた。地下なので通話圏外だが、画面の光のおかげで、懐中電灯やその他の道具を見つけることができた。懐中電灯を腋の下にはさみ、つるはしとバールを胸に抱えて、痛みをこらえながら階段を一段ずつのぼっていった。全部で十段。てっぺんに着くのに十年もかかったように思われた。

ふたたびすわりこまずにはいられなかった。早くも腕がだるくなっている。

「目の前に仕事がどっさりあるのよ、わが友」わたしは腕に向かってきびしく言った。「泣き言はやめなさい。さあさあ、仕事よ」

踏みつける心配のない隅のほうに懐中電灯を置いた。動くスペースを作るために、残っていた粒餌の袋を押して、トラップドアの隙間から下へ落とした。「あなたの頭の上にぶちまけるつもりはなかったんだけど」

「ごめんなさい」地下室の骸骨に向かってつぶやいた。

キャビネットのなかでまっすぐ立つのは無理だった。つるはしをふるおうとすれば、階段のいちばん上の段に立ち、トラップドアの隙間で身体を支えるしかなかった。肩に震えが走った。脱水、テーザー銃による電撃。肉体労働にとっては苛酷だ。渇きに耐えられなくなって、灰色のどろどろしたものが入った地下室のガラス瓶をあけるまでに、どれぐらいかかるだろう?

ヒュッ、グサッ、休憩。キャビネットの外側は金属張りになっていて、だから、トランクのように見えたのだ。つるはしを叩きつけるたびに、跳ねかえされた。

「あなたが埋められる前に息をひきとってたのならいいけど」わたしは地下の仲間に向かって言った。「ダヴィラッツとダードンが戻ってきても内緒にするって約束してくれるなら白状するけど、わたし、ちょっと怯えてるの。もちろん、恐怖を顔に出すようなことはしないけど。あの二人みたいな害獣には、恐怖を嗅ぎつける能力があるのよね」

これまでに何があったかを、いまようやく理解するに至った。ただし、その陰に潜む理由まではわからない。ヒュッ、グサッ、休憩。マックスの話によると、BREENIACのスケッチについている式は、彼と同じく、中央ヨーロッパで教育を受けた人間が書いたものらしい。たとえば、オーストリア。しかし、ドイツかチェコスロヴァキアの可能性もある。ヒュッ、グサッ、休憩。

つまり、設計図を描いたのはエドワード・ブリーンではなく、マルティナ・ザギノールか、ゲルトルード・メムラーか、あるいは、ベンヤミン・ゾルネンだったことになる。右下に描かれた三角形が組みあわさった小さなロゴは、設計者の署名だったのだ。ヒュッ、グサッ、休憩。

三角形を見たマーティンは、母親が祖母の家から盗みだした文書についていたのと同じものだと気づいた。ヒュッ、グサッ、休憩。

コーデルに話をし、三角形のことを尋ねた。計算が合わないと言っていたのは、それだったのだ。BREENIACの設計図と家にあった文書に同じ三角形がついていることだったのだ。そのときのやりとりから、コーデルは警戒心を強め、マーティンの行方を追いはじめた。ジャリ・リュウの前では、マーティンがメターゴンの企業秘密を売るつもりではないかと危惧しているように見せかけて。エドワード・ブリーンはエンジニアで、頭がよく、強磁性コアメモリの将来性を見抜いていたが、天才ではなかった。本物の発明者と違って、ヒステリシスの式から発想を得るようなことは、エドワードには無理だった。ヒュッ、グサッ、休憩。

キング・デリックは、核兵器の秘密というあの文書をオークション・サイトのバーチャル・ビダーに出したばかりに、自分自身に死を宣告することとなった。コーデル・ブリーンからすれば、文書が人手に渡るのを許すわけにはいかなかった。ロリー・ダードンに命じてポールフリーの様子を探らせ、いちばん買収しやすそうな保安官助手を見つけることにした。

もしかしたら、グレン・ダヴィラッツはすでに、ほかのドラッグハウスからリベートをもらっていたのかもしれない。だから、法と秩序からさらに逸脱するようダヴィラッツをそそのかすのは簡単だと、ダードンは見てとったのだろう。どうやって手を組むに至ったかは知らないが、二人は夜明け前にシュラフリーの家に着き、リッキーを殺害した。コーデルはたぶん、マーティンを殺す命令も二人に出していただろう。なんと言っても、マーティンこそが鍵を握る人物なのだから。

ジュディがシカゴへ逃げ帰るのに使ったナビゲーターは、メターゴンがリース契約を結んでいた車だったのだろう。もしここから出られたら——いえ、ここから出たときに、その点を確認しよう。ヒュッ、グサッ、休憩。

哀れなジュリアス・ゾルネン。地下室の女性の死に巻きこまれ、その秘密が心に重くのしかかっていたせいで、まともに生きる力をなくしてしまった。あたかも、ブリーン家の父子が彼の魂をテーザー銃で麻痺させてしまったかのようだ。

ジュリアスの人生を狂わせた本当の原因は、父親が関わっていたことだった。「あなたを殺したのはベンヤミン・ゾルネン？」わたしは地下の女性に尋ねた。「それとも、エドワード・ブリーン？　二人が共謀して、ジュリアスにあなたを殺させたの？　それとも、地下に埋めさせたの？　あなたは何十年ものあいだ、ジュリアスにとりついていたのね」

懐中電灯の電池が切れ、キャビネットの側面がぼんやりと見えるだけになった。

ヒュッ、グサッ、休憩。キャビネットのなかがうっすら明るくなってきた。わたしは目をしばたたき、すわりこんだ。幻覚だ。まずい。うっすら明るい場所に指を触れてみた。穴があいていた。台所から光が射しこんでいる。熱っぽい興奮に震えた。バールをとると、筋肉に残っていた力をふりしぼって、キャビネットの側面をはぎとった。サーディンの缶みたいに側面がはがれて、金属板が巨大な唇のごとく垂れ下がった。

仰向けに寝て、開口部にブーツを押しあてた。蹴った。もう一度蹴った。金属がさらにはがれるのを感じた。大きな穴にはならなかったが、わたしが通り抜けるには充分だった。古いリノリウムの床に不格好に落下した。

ミシガン湖を照らす陽光でさえ、ツタに覆われた窓から射しこむかすかな光ほど清らかに、そして、明るく感じられたことはなかった。わたしは何分間か床に倒れたまま、その光に身を浸し、リノリウムの床のカビを、ボンベの酸素を吸うような感じで吸いこんだ。

流し台の上の古い掛け時計が時刻を教えてくれた。午後三時。キャビネットにもぐりこんでから六時間もたっていたのだ。そろそろ応援を頼んで前へ進まなくては。台所の蛇口をひねって、ほとばしる水の下に頭を突っこみ、それから、大量の水をがぶ飲みした。

動く元気もなかったが、ダードンとダヴィラッツがいつなんどき戻ってくるかわからない。二人がわたしの事務所に押し入っても、わたしが教えた暗証番号では金庫はひらかない。銃をぶちこめばひらくだろうが、わたしを拷問にかけて本当の暗証番号を聞きだすために戻ってくる可能性もある。あるいは、ＢＲＥＥＮＩＡＣのスケッチの本当の在処を聞きだすために。

懐中電灯とピッキングツールを持ってスバルに戻ったが、穴掘り用の道具は置いてきた。肩の筋肉に力が入らず、つるはしを持ちあげるのはもう無理だった。背中のほうは、脊椎の上から下までテーザー銃で何度も撃たれたような感覚だった。

玄関ドアからよろよろと外へ出ると、ちょうど、ミズ・ベイジアが娘を連れてボルボからおりるところだった。二人は無言でわたしを見つめ、あわてて家に駆けこんだ。スバルのバックミラーで自分の顔を見たわたしは、二人を非難する気をなくした。ジュリアスの台所の蛇口で頭を濡らしたため、髪と肌にこびりついていた土が泥に変わっていた。服も土汚れがひどかった。わたしの目ときたら、地獄の入口みたいに真っ赤だった。

裏道ばかりを選んで車をゆっくり走らせ、北へ向かった。十二マイルを走るのに一時間以上かかったが、スピードの出ないルートを選んだおかげで、痛む背中をシートの背で休ませることができた。

家に帰り着くと、ミスタ・コントレーラスが彼の住まいのドアをあける前から、わたしに向かって説教を始めた――きのうアパートメントを出てから、ひとことの連絡もなかったではないか。たまには連絡をくれてもいいのに、なんでそれができんのか、わしには理解できん。サニー・ブリーンがきておるぞ――わたしがふらっとよろめき、階段のいちばん下の段に倒れかけたのを見て、老人はその場で黙りこんだ。

ペピーがやってきて、わたしの顔についた泥をなめはじめた。ミスタ・コントレーラスの説教が舌打ちに変わった。その背後からアリスン・ブリーンの叫びが聞こえた。「わ、何があったの？　ねえ、父がそんなことしたなんて、お願いだから言わないで」

わたしは疲労困憊で目をあける元気もなかった。「ロリー・ダードンよ。ロリー・ダードンと、彼が南のほうで拾ってきた悪徳警官」

アリスンのすすり泣きが聞こえたが、わたしは片腕を犬にまわして階段の下にうずくまるだけだった。

「何があったんだ、嬢ちゃん、なんでこんなことに？」ミスタ・コントレーラスが訊いた。

「この前の晩、わたしたちを車でレイク・フォレストまで連れていった男」わたしは言った。唇が分厚く感じられ、冷えた糖蜜を瓶から垂らすときみたいに、言葉がのろのろとしか出てこなかった。「ロリー・ダードン。ダードンに雇われた保安官助手にテーザー銃で撃たれたの。そして、地下室に閉じこめられたの。地下だから携帯は圏外だった。仕方なく、つるはしをふるって自力で脱出してきたの」

「テーザー銃？　ええっ、嘘！」アリスンが叫んだ。「すごく心配だった――新聞記者が訪ねてきたあと、母が父に電話して――母も、あたしも、心配してたの――信じられない――ああ、何がどうなってるの？」

「ヴィクはいま、しゃべれる状態じゃない」ミスタ・コントレーラスがアリスンに言って聞かせ、わたしに向かってつけくわえた。「汚れを落とさなきゃならん、嬢ちゃん。階段をのぼって自分の風呂までたどり着けるか？　それとも、うちの風呂を使うほうがいいかね？」

三階ははるか遠くに思われたが、わたしは自分の部屋に戻りたかった。清潔な服に着替えて、いま着ているものは捨てたかった。ブーツの紐をほどいた。ミスタ・コントレーラスが横にかがんでブーツを脱がせてくれた。重いブーツがなくなったので、這うようにして階段をのぼることができた。

アリスンが心配そうについてきて、あれこれ質問をよこしたが、わたしはどこかの異星で沼地に沈んでしまったような気分だったため、考えることも話すこともできなかった。わたしが鍵を落としてばかりだったので、三回目にミスタ・コントレーラスがその鍵をとり、わが家のドアをあけてくれた。浴槽の蛇口をひねってくれた。しかし、わたしがシャツのボタンをはずしはじめると、あわてて出ていき、浴室のドアを閉めた。

わたしは浴槽にすわりこんでシャワーを浴び、髪の泥を洗い流した。ようやく清潔になった気がしたところで、浴槽に湯を満たして横になり、昏睡に近い状態のなかで、ずたずたにされた筋肉に熱い湯をしみこませた。電極針をひき抜いた胸筋の一部分が赤く腫れていたが、腿のほうは小さなピンクの輪ができているだけだった。

湯が冷めてきたので、ようやく浴槽から出て、ジェイクが誕生日のプレゼントに贈ってくれたふわふわのガウンをまとった。居間へ行くと、ミスタ・コントレーラスがミルクと砂糖をたっぷり入れた熱い紅茶のマグを渡してくれた。ありがたく飲みほした。アリスンがおかわりを注ぐためにマグを台所へ持っていき、皿にのせたポーチドエッグ・トーストを運んできた。

ミスタ・コントレーラスはトーストを食べるわたしを見守り、ひと口呑みこむたびに、真剣な顔でうなずいていた。わたしが食べおわってうとうとしはじめると、すまなそうにこちらを見て言った。「あんたは気に入らんだろうが、クッキーちゃん、わしからロティ先生に電話しといた。病院の帰りにここに寄って診てくれるそうだ」

「大丈夫よ」わたしはあくびをした。「パーティやりましょ」

玉子と砂糖たっぷりの紅茶のおかげで生き返り、コーチハウスの出来事について、老人とアリスンに筋の通った説明をすることができた。アリスンは繊細な唇を震わせたが、自制心を失うことはなく、わたしの経験を自分自身の悲劇にすりかえるようなまねはしなかった。

わたしは話を終えたところで、アリスンに言った。「記者が訪ねてきたって言ったわね。マリって記者だった？　マリ・ライアスン」

アリスンは両手を上げた。「名前は覚えてない。大柄で、赤みがかった髪をして、メルセデス・コンバーティブルに乗ってる人？」

「そう、それがマリよ。ジュリアス・ゾルネンが火曜の夜に押しかけてきた理由を訊こうとしてやってきた。そうでしょ？」

「ミスタ・ゾルネンと父がどんな話をしたのか、母は知らなかったけど、メターゴンにいる父に電話したら、父は飛んで帰ってきた。子供だったわたしが高いところから落ちて腕を骨折したとき以来、そんなことは一度もなかったのに。母が二人目の赤ちゃんを流産したあとで大出血したときだって、帰ってこなかったのよ。だから、わたし、すごく心配になったの。父はまず記者を追いだし、それから母に向かってわめきはじめた。なんで新聞記者を家に入れるようなバカなまねをしたんだと言って。すると、母は答えた。母は——」

アリスンの目が大きくなり、声が震えた。

「なんて答えたんだね？」ミスタ・コントレーラスが訊いた。

「火曜の夜、ダードンがガレージで大きな音を立ててるのを聞いたんですって。ガレージは母のアトリエの真下なの。で、おりてみると、ダードンがミスタ・ゾルネンの車の下にもぐりこんでいるのが見えた！　父は怒り狂って、もう少しで母を殴りそうになったわ。父はそれから、ウォーショースキーが——あ、ヴィクのことね——BREENIACのスケッチを持ち去っていなければいいが、って言ったの。だから、わたし、そんなことできるわけがない、火曜日にヴィクを仕事部屋へ案内したときには、スケッチはすでになくなっていたんだから、と言ったけど、父はダードンをハイド・パークへ行かせて、ウォーショースキーがコーチハウスからスケッチを持ち去っていないか確認させると言いだした。突拍子もないことばかり言うから、わたし、父のそばにいるのが耐えられなくなったの。友達のところへは行けなかった。みんなが自宅にいるとしてもね。こんなことになってるなんて誰にも言えないから、車でここまできたのよ」

アリスンの声が細くなって消えた。ミスタ・コントレーラスが慰めるようにアリスンの手を軽く叩いた。そのとき、ロティが呼鈴を鳴らした。ロティを通すためにブザーを押しに行く老人に、わたしのiPadをとってきてもらえないかと頼んだ。警察に話をする元気はなかったが、コーチハウスで発掘した骸骨のことは知らせておく必要がある。アリスンの父親がまたもや激怒して、ダードンを送りこみ、骸骨を掘りだして処分させる前に。

わたしは第四管区のコンラッド・ローリングズ宛てにメールを書き、BCCでマリ・ライアスンも宛先に加えた。

警察の仕事は警察にまかせる主義ですが、今日の午前中、ハイド・パークにあるコーチハウスで地下室に埋められた遺体を見つけました。もっと早く連絡したかったけど、悪漢二人に（一人はロリー・ダードンといって、コーデル・ブリーンに雇われている人物。

もう一人はポールフリー郡の保安官助手で、名前はグレン・ダヴィラッツ）テーザー銃で撃たれ、地下室に閉じこめられていたのです。話すと長くなりますが、とりあえず、コーデル・ブリーン自身がコーチハウスへ出かけて遺体を運びだす前に、警察のほうで回収したいだろうと思い、メールしました。

チャオ、ヴィク

送信キーを押したちょうどそのとき、ロティが入ってきた。六時間にわたる手術を終えたところなので、ロティ自身も疲れきっていた。辛辣な言葉は省略して、指でそっとわたしの傷の具合を調べただけだった。腿の電極針はきれいに抜けていたが、もう一本のほうは先端が折れて肩のところに残っていた。ロティは注射でその部分だけに麻酔をかけ、針の先端をひき抜いてから、化膿止め軟膏を塗り、何日分かの抗生剤を渡してくれた。

「あなたとの長いつきあいのなかでも、これは初めてね、ヴィクトリア」処置を終えたあとで、ロティは言った。「溺れかけたのでも、銃で撃たれたのでも、ナイフで刺されたのでもなく、酸をかけられたのでもなく、毒矢だなんて。シャーロック・ホームズ並みだわ。ねっ？」

「ま、そんなとこね」わたしはつぶやいた。「でも、肩のほうは――肩が肉離れを起こしたのは、骸骨の一部を掘りだして、そのあと、キャビネットの側面を叩き割って脱出したせいなの」

「なるほど。痛みは数週間ぐらい続くわよ」

「なんとかならない？　数週間もベッドで横になってる暇はないの。ううん、数日でもだめ」

「たとえ新しい筋肉を移植できるとしても、組織がなじむまでに何カ月もかかるのよ。頑固な人生のなかで、一度ぐらいは自然の女神にすべてをまかせなさい」

わたしは首をふった。しなくてはならないことがある。緊急に。だが、それが何なのか思いだせない。

「身体を動かせるようにしておきたいの。車を運転しなきゃいけないし、今度また襲撃されたときに反撃できるようにしておきたいの。でも、いまのわたしは何もできずに、鳥みたいにすわりこんでギャーギャー鳴いてるだけ！　何か処方してくれない？　アメフト選手をラインナップに戻すときに、現代の奇跡ともいうべきステロイド剤を注射するでしょ。なんでもいいから、わたしにも打って」

「なんてこと言うのよ。十年後にはアメフト選手と同じく、関節がだめになってしまうわ」ロティの目に怒りの暗い炎が燃えた。

わたしはロティに真剣な表情を向けた。「マーティンがいまも生きてて、わたしの力で救えるのなら、関節をだめにしてもかまわない。それに、毎週のようにコルチゾンを打ってもらうわけじゃないんだし」

ロティは渋い顔をした。「たとえ、そういう注射をしてあげたいとわたしが思ったとしても、病院でエックス線装置を使って麻酔医にやってもらわなきゃいけないのよ。その場合でも、体力が回復して動きまわれるようになるまでに数日かかると思う。とりあえず、筋弛緩剤を打っておくけど、急激に眠気が襲ってくるわよ。長時間眠ることになる。身の安全を危惧しているなら、簡単には目ざめないかもしれないと言っておくわね」

「明日の朝には、多少ましになってる？」

「うーん、なっていないとしても、充分に眠っておけば、怒れる象の群れの前に身を投げだすことも、パラシュートなしで飛行機から飛びおりることも、自分が人間のモラルを定めた通常の法の枠外にいることを示すその他もろもろの行動をとることも、あなたならできるでしょうね」ロティは不機嫌な声で言った。

「あたしがヴィクについてます」アリスンがロティに言った。「だって、ヴィクがこんなひどい目にあったのはうちの父のせいですもの」

アリスンは若々しいひたむきな顔をわたしに向けた。「クタクタに疲れてるときに、こんな質問をするのは気がひけるんだけど、BREENIACのスケッチがコーチハウスにあったの？」

BREENIACのスケッチ。緊急にしなくてはならないことって、それ？　いや、スケッチはけさ、特別資料室の司書宛てに発送した。ダードンとダヴィラッツがわたしのポケットからコピーを奪っていった。エイダ・バイロンの死亡記事と一緒に。

あの二人はさほど事情を知らないから、まさかこれが関係しているとは思わないだろうが、コーデル・ブリーンが死亡記事を見れば、父親のロケットのごとく、イリノイ州ティニーへ飛んでいくだろう。そして、マルティナ・ザギノールかゲルトルード・メムラーがそこにいた痕跡が見つかれば、あるいは、BREENIACのスケッチの重要性を示す証拠が見つかれば、わたしが駆けつける前に破棄してしまうだろう。

ネヴァダ州、一九五三年
失われた恋人

山間部の夜気が肌に痛い。かつての彼女は肌を刺す高山の冷気を愛していた。ヴィルトシュピッツェ山に登ったときには、日の出と同時に宇宙線に関する実験を開始できるよう、山腹で一夜を明かしたものだった。寝袋から出て氷河湖に飛びこみ、水から上がり、身体を乾かすために裸で野原を駆けまわるとき、大気に包みこまれていることを実感した。大気が味わえるような気がした。発泡《ゼクト》ワインのようにピリッと舌を刺激するが、もっと軽くて爽やかだった。

あのころの彼女は物理学の世界を恋人のように思っていた。光子とガンマ線、冷気、急な山道——そのすべてに胸を躍らせた。いまは異国の地で横になり、星を見あげている。星座は少女のころに父親から教えられたものと同じだが、かつての彼女がそのなかに見つけた生命の息吹は感じられない。

彼女は指で土を崩す。ここで彼女がやっている仕事にはなんの意味もない。ウランフェアイン7のころと同じく、死ぬほど退屈で骨の折れる作業ばかりだ。食料は昔より豊富になり、足に合う靴をはけるようになり、まともな宿舎をあてがわれてはいるが、高いフェンスも、毎朝自室から研究室へ徒歩で向かうときに監視の目を光らせている警備員も、昔と変わらない。彼女の心は、この山のふもとに広がる砂漠と同じく、乾ききった不毛の地になりつつある。

男たちは爆弾作りに原子が使えることを発見したとたん、原子の秘密を追究する熱意を失ってしまった。マルティナの研究までが、核兵器開発のせいで軽んじられることになった。わたしが設計した配列、それをなぜ紙に書いてしまったの？　神に立ち向かえば、神から嘲笑されるに決まっているのに。

「あんたのことはわかってるのよ、フロイライン・マルティナ」マルティナがインスブルックから東へ送られる日の朝、メムラーがつっけんどんに言った。「式やマシンを頭に描き、図にしたり、メモしたりせずにはいられない人。こっちによこしなさい。旅の目的地に到着したら、あんたにはもう必要ないんだから」

マルティナはひるむことなく年下の女性を見つめた。一九三四年に、メムラーが放射能研究所のわたしの研究室に入りたいと言ってきたとき、どうして彼女の卑しい表情に気づかなかったのだろう？　この若い女性もわたしと同じく、自然の秘密を解き明かすことに情熱を燃やしているなどと、どうして思いこんでしまったのだろう？

結局、ベンヤミンの言葉が正しかった。わたしには人間関係を築くのに不可欠の要素が欠けている――ベンヤミンはそう言った。愛が欠けていると言いたかったのだろう。たぶん、熱愛してほしかったのだろう。でも、わたしに本当に欠けていたのは、人を見る目だった。

あのとき、インスブルックの洞窟で、マルティナは小さく首をふった。何も見えていなかった自分を悲しく思ったからだが、メムラーはそれを反抗的な態度ととった。看守たちがマルティナのワンピースをはぎとり、裾に縫いこまれていた紙片をいとも簡単に見つけだした。自分の不器用な縫い目を見て、マルティナは母親のことを思いだした。〝強制収容所に入れられても、人間の指じゃなくてロバの蹄を使ったような、そんなひどい縫い方をすることはないだろ〟――母の言葉が聞こえたような気がして、ふっと笑みが浮かんだが、今度は顔に出さないよう気をつけた。それでも、心に浮かんだ笑みのおかげで、紙片をノートにはさむメムラーを平然と見つめることができた。

看守がワンピースをマルティナの足もとに放ってよこした。マルティナはそれを身に着け、コートとは名ばかりのボロをはおったあとで言った。「あなたの教授として、最後の言葉を贈らせてちょうだい、フロイライン・メムラー。怒りや悪意にとらわれているあいだは、明晰な思考も有意義な研究もできないわ」

メムラーは指輪をはめた手でマルティナの頬に強烈な平手打ちを見舞い、マルティナは血が頬を伝うのを感じた。まあ、この哀れな身体にもまだ多少の血液が残っていたのね。生理はとっくに止まっていて、ときどき、全身が生命を持たぬものに変わってしまったのではないか、皮膚の下にはおがくずが詰まっているのではないか、と思っていたのだが。

「穴倉に閉じこめてやる」メムラーがどなったが、ウィーンへの移送が待っていると看守に注意された。移送される囚人の人数はすでに護送隊のほうへ伝えてある。囚人を一人監禁すれば、書類手続きを最初からやりなおさなくてはならない。

マルティナがメムラーの姿を目にしたのはそれが最後だった。メムラーは指輪をさすっていて、まるで、マルティナの顔を殴ったときに彼女自身の指まで切ってしまったかのようだった。それが最後のはずだったのに、やがて、いまから六日前に再会することとなった。メムラーの豊かな亜麻色の髪は色合いが濃くなっていた。かつてはヒトラー・ユーゲントの女子隊員ふうに、やけに太い三つ編みにしていたのが、いまでは女優のデビー・レイノルズをまねてパーマをかけている。だが、目上の相手には媚びるようにうなずき、労働者には傲慢に接するその態度を見れば、マルティナがどこで彼女に出会おうとも、メムラーであることがわかっただろう。

　マルティナの姿を見て、メムラーのほうがよけいに肝をつぶしている。男たちに何か言っていたが、途中で黙りこむ。

「あんた、死んだはずでは《ドゥー・ビスト・アーバー・トート》！」マルティナに向かってあえぐように言う。肌が病的な白さを帯びる。

「いまのあなたはもう、ウラン研究所の拷問部屋の女王ではないのよ、フロイライン・メムラー」マルティナは氷のような声で言う。メムラーと同じくドイツ語で。「わたしに話しかけるなら、丁寧な言葉遣いをなさい。それがいやなら、話しかけないで」「あんた、ここで何を《ヴァス・マハスト・ドゥー》――あなたはここで何を《ヴァス・マッヘン・》してるんです《ズィー・ヒーア》？」

　メムラーの頬に赤い斑点が浮かびあがる。

「もっといい質問があるわ――あなたこそ、ここで何をしているの？　インスブルック近郊の洞窟でどんなことをしてきたか、新しいご主人たちは知っているの？　教えてあげれば、みなさん、感心するでしょうね」

メムラーは不快そうに微笑する。「共産主義打倒に協力してるのよ。過去には誰も関心がないわ」

訝しげに彼女を見ている男たちのほうを向く。「オーストリアで一緒だった研究所の技術者なの。ドイツ語でしゃべったりしてごめんなさい。何年ぶりかの再会だったので」

メムラーの英語は訛りがひどいが、文法は正確だ。昔から努力家だった。彼女の長所と言っていいだろう。

「まあ、あなたったら、ナチの兵器工場で脳震盪を起こして記憶に支障をきたしたようね」マルティナはメムラーの周囲の男たちに笑顔を向ける。「あなたはわたしの教えを乞うためにに放射能研究所にやってきた。当時のあなたがいかに熱心にわたしから学ぼうとしたか、よく覚えているわ。せっかくここで出会ったのだから、もう一度学んではどうかしら」

マルティナは作業チームの一人に、何を設置しているのかと尋ねる。計算機。シカゴで製作されたもの。ゾルネン教授のチームはこれを使って中性子散乱の計算をおこなったという。マルティナは彼らの前を通りすぎようとして、メムラーの唇の端に薄笑いが浮かんでいるのを見る。さほど遠くない過去に〝ハイル、ヒトラー〟と叫んだ唇。男たちが心配そうに見守る前で、マルティナは足を止めて計算機をしげしげと見つめ、横へまわり、サイドパネルを調べる。メムラーはしきりに足踏みをしている。マルティナの行動を見て神経質になっているのを隠しきれないようだ。

「内部を見せてもらいたいんだけど」マルティナは電気技師に言う。たびたび一緒に仕事をしている仲間の一人。

電気技師は恐る恐る自分のボスを見る。メムラーは、計算機をいじるのは由々しき誤りで、サイドパネルのネジをはずすなど断じて許されない、ときつい声で言う。

マルティナはメムラーに冷たく微笑する。「もう見せてもらったようなものよ、ミス・メムラー。お祝いを言わせてもらうわ《イヒ・グラトゥリーレ・ディーア》」

自分の研究室に戻る。といっても、長さ二メートルのベンチが置かれているだけ。泡箱での観察結果をここで分析しているのだ。

ネヴァダにきてから最初の数ヵ月は、さまざまな文書や本を読みあさり、ファインマン・ダイアグラムやラムシフトや量子電磁力学を学び、未知の粒子を研究するなかですぎていった。最初のうちは、フルートの吹き方を思いだしたり、かつてギムナジウムで学んだのに忘れてしまった英語を使ったりするのと同じく、物理学の感覚がなかなか戻ってこなかった。しかし、七カ月ほどすると、すべての領域で急激に自信が芽生えてくる。もっとも、マルティナの英語には、周囲の機械工や電気技師の鼻にかかった中西部訛りが混じることになるが。

マルティナはベーテが中間子論を構築しつつあったコーネル大か、最高に刺激的な最新の実験が進行中のコロンビア大に移りたいと熱望している。しかし、自分の仕事を疎かにする人間ではない。彼女のプロジェクトは大学院に入ったばかりの学生でもできるものだが、自分自身で注意深く数式を解く。研究所のパートナーに再チェックを依頼する。もちろん、明日になれば、パートナーから戻ってきた結果を彼女自身が再チェックする。

今日は警備員を除く全員が研究所から出ていくまで居残る。これはプリンストン大でフォン・ノイマンと彼のチームがパネルのネジを静かにはずす。ふたたび計算機のところへ行き、パネルのネジを静かにはずす。

が製作したマシンの内部ではない。プリンストンの研究は機密扱いではあるが、マルティナはかつて、写真とスケッチを目にすることができた。こちらのシカゴのマシンは、サイズがフォン・ノイマンの三分の二で、真空管は使われていない。かわりに、プレートが並んでいて、そこからワイヤが伸びている。まるで銅のテーブルクロスを織りあげる機械のようだ。

マルティナはパネルを戻してネジで留める。暗くなってから、山へ行ってじっくり考える。研究施設の周囲を兵士がパトロール中で、そこから上へは行かないようにと注意する。マルティナは了解のしるしに、兵士に向かってうなずく。言葉は発しない。有刺鉄線と警備兵を目にするだけで、胃にしこりができる。

翌朝、研究施設と基地を視察中のメムラーの姿を目にする。マルティナにしては珍しく、作業員と雑談をする。作業員たちはつぎのような話をしてくれる――メムラーは以前、ここネヴァダにいたが、入国のさいの保証人である男性の依頼により、シカゴのプロジェクトに参加することになった。その男性はエドワード・ブリーンといって、電気技師で、合衆国陸軍の兵士としてヨーロッパで軍務についていた。終戦時に、インスブルック近くの兵器研究施設でメムラーを見いだし、アメリカのロケット及び兵器開発に協力させるため、国に連れ帰った。

作業員たちはマルティナに進んで話をしてくれる。マルティナが気さくなタイプだからではない。まったく違う。彼らに話しかけるときには、堅苦しい口調だ。しかし、相手の仕事に敬意を払っている。ほかの多数の科学者と違って、機器の設計についても作業員たちに相談する。彼らは最初のうち、マルティナの勤勉な仕事ぶりを尊敬していたが、一年三カ月のあいだ彼女を身近に見てきて、いまではしぶしぶながら賞賛するようになっている。外国人だが、問題を解決する天才だ。〝切れ者だな〟――男たちはそう言いあう。噂話をしようというのは、およそ彼女らしくないことだが、みんな、喜んで噂を提供する。

「あのメムラーって女はここに二年ほどいたんだが、ブリーンが計算機開発のためにシカゴに戻るとき、あの女も一緒に連れていった。いなくなってくれてせいせいしたよ。くそったれのドイツ人《クラウト》め――汚い言い方ですまん――おれたちのことを、いつだって、ハンダごてのどっち側を持てばいいかもわからん大馬鹿野郎みたいに見下してたからな」

「まさか、シカゴ大学で教えてるんじゃないでしょうね」マルティナは尋ねる。

「さあ、その点はなんとも……。おれが知ってるのは、水爆製造のための計算機を開発するプロジェクトに加わったってことだけだ。ブリーンのマシンの内部を見たいのなら、メムラーとおべっか使いどもが出発したあとで見せてやるよ。ランチのあとで、あいつら、シカゴに戻るからさ」

マルティナは感謝の笑みを浮かべ、すでに内部をのぞいたことは内緒にしておく。待機中のダグラスC47に乗りこむメムラーとおべっか使いたちを部門長が見送るあいだに、作業チームがパネルのネジをはずしてくれて、マルティナはふたたび、磁気格子板を目にする。今回は配線をこまかく調べる。効率のいい設計とは言えないが――自分だったら、もっと細いワイヤを使い、電機子に巻きつけるだろう――しかし、計算機としては充分に機能させることができる。

マルティナは男たちに礼を言い、自分の研究室に戻るが、午後の終わりごろ、部門長のオフィスに出向く。メムラーがウィーンで自分の教え子であったことを部門長に話す。

「三〇年代のオーストリアでは、ナチ党が非合法組織とされていましたが、メムラーはそのころからひそかに党員になっていて、ドイツに併合されたのちはそれを公にし、党とのつながりを自慢するようになりました。戦争が始まると、原爆開発に携わるウランフェアイン7の一部門を率いることになりました」

「ミス・メムラーの戦時中の経歴はわれわれも承知している、ミス・ザギノール。自分の仕事を守るために、多くの者がナチ党員にならざるをえなかった時代で、ミス・メムラーもまさにそうだった」

「ウランフェアイン7は奴隷労働のうえに成り立っていて、わたしもその奴隷の一人でした」マルティナは言う。「メムラーという女性は、わたしたちの拷問や処罰を監督することに大きな喜びを感じていました。ドイツ政府が核兵器製造の資金も熱意もなくした時点で、わたしは不用な人間となりました。メムラーの命令で東の収容所へ送られることになりました」

マルティナは笑みを浮かべる努力も、相手の好意を求める愛らしい女の子になる努力もしない。それは戦争のせいでも、ウランフェアイン7での耐乏生活と拷問のせいでも、テレジンからソビボルまで死の行進をさせられたせいでもない。ウィーンですごした十年のあいだ、マルティナは研究チームのリーダーであり、男性研究者たちと肩を並べる存在であり、彼女の意見は研究所長に高く評価されていた。

マルティナは相手の敬意を期待するが、アメリカ人の部門長は女性科学者というものに馴染みがない。基地で働く機械工や電気技師は、マルティナの物理学は理解できなくとも仕事に寄せる熱意を汲みとっているが、彼らと違って、部門長はマルティナのことをシカゴからネヴァダに送られてきた一介の技術者という目でしか見ていない。

「ミス・メムラーの経歴は徹底的に調査ずみだ。最高機密を扱う権限を与えられていて、われわれのプロジェクトにとって貴重なメンバーだ。きみのような人々は恨みを忘れ、過去を乗り越えていかねばならない」

「ガス室で人々が死ぬのを見せられたことを恨んでいるのではありません。あれはメムラーの異常な趣味でした」

「ミス・メムラーから聞いたが、きみ自身、共産主義者だったそうだね。きみがわたしのところにきて彼女を誹謗するだろうとも、ミス・メムラーは言っていた。終戦後の四年間、きみはソ連にいたようだが」

「終戦のとき、ソ連国境で足止めされてしまったんです。わたしと同じ立場だった多くの人とともに。強制収容所《グーラグ》に放りこまれました。苦労の末に脱走し、徒歩で西へ向かいました。わたしの経歴を調べてもらいたくとも、それは無理です。戦争の混乱のなかで、書類がすべて消えてしまいましたから。でも、共産主義思想を持つ組織に入ったことは一度もありません。それにひきかえ、メムラーがナチ党員であったことや、ウランフェアイン7で権力をふるっていたことは、簡単に突き止められます」

部門長はマルティナをじっと見る。「きみが共産主義者だというミス・メムラーの言葉が正しければ、ここでのきみの立場が危うくなるかもしれない。わたしだったら、泥を投げるときは慎重に考えるだろうな」

この警告は会話が終わったことだけを意味しているのではない。国外追放の可能性もあるという意味だ。いかなるヒアリングも抜きにして。

マルティナは二部屋を与えられている兵舎に戻る。寝室と、小さなキッチンつきの居間。電話もついている。ただし、当然ながら、交換手を通さなくてはならない。シカゴにつないでくれるよう交換手に頼むが、マルティナの部屋からの発信は一時的に禁止だと言われる。

兵舎の外にある小さな庭に出て、太陽が山の向こうに沈むのを見つめる。警備員が彼女の建物の正面をパトロールしている。マルティナは苦い笑みを浮かべる。自由の国、勇者たちの故郷。

部屋に戻った彼女はコーデュロイのズボンにはきかえて、ハイキングブーツの紐を結び、ジャケットを着て、水筒二個に水を入れる。食料。何か食べるものを持っていかなくては。もっとも、何年も飢えに苦しんできたというのに、いまだにすぐ食事を忘れてしまう。レーズン、リンゴ、アメリカ人がチーズと呼んでいるものの厚切り。これで大丈夫だろう。砂漠に太陽がのぼったときに備えて、帽子も持つ。

このあたりの山道はけわしいが、モルダヴィアのグーラグを脱走したときは、凍傷になった足でカルパティア山脈を越えた。真っ暗になるまで待ち、寝室の窓からそっと抜けだす。地面にうずくまるが、彼女が砂利の上におりたったときの足音に、建物の正面に立つ歩哨は気づいていない。マルティナが道路に出たときも、パトロール中の兵士二名は何も気づかない。

軍のほうでは、荒涼たるけわしい地形、基地を囲む有刺鉄線、核爆発を警告する標識によって、外部からの侵入を防げると考えている。フェンスと、野生動物や落石に対する恐怖によって、居住者を閉じこめておけると考えている。パロトールは飾りにすぎない。

星明りのもとで、マルティナは前に使ったことのある溝を見つけだす。ワイヤフェンスが茂みに覆われている場所まで行く。岩が突きだしていて、フェンスの下に細い女性ならくぐり抜けられそうな隙間があることを、マルティナは知っている。

コンパスは持っていないが、星の位置はかつて父親から教わったときと同じだ。オーストリア・アルプスのヴィルトシュピッツェ山から見たときと同じだ。

ペガサス座を見あげ、涙をこらえる。光に恋をし、あまりにも美しすぎて苦しくなるほどの無限の世界を経験しながら、これまでの生涯を送ってきた。その時代に戻らせてほしいと宇宙に向かって頼むのは、図々しすぎること？ わたしには研究室は必要ない。論文の発表も必要ない。ハーモニーがほしいだけ。星々は何も答えてくれない。慈悲も示してくれない。でも、少なくとも、兵器工場の有刺鉄線とトゲのある言葉から離れて山中へ分け入るときに、道案内をしてくれるだろう。

47　遺言状のあるところ

アリスンにわたしのマスタングを運転してもらって、太陽がのぼる前に二人で出発した。排気マニホールドとトランクに仕掛けられていたマグネット式発信機は、すでにはずしてある。車のトランクはいまもバンジーコードで固定したままだ。アリスンにマグネットを見せると、見覚えがあると言った。メターゴンの製品だった。アリスンは誰かが盗んだ可能性もあると言いかけたが、途中で黙りこみ、恥ずかしさに赤面した。父親の行動を知るにつれて、彼女の世界が揺らぎはじめていた。

わたしはケネディ高速の入口で、道路脇に車を寄せるようアリスンに言った。歩道の縁に立っていると、やがて、北行き車線の入口に大型トレーラーがやってきた。リアアクスルの下に手早くマグネットを貼りつけた。

「できればシアトルまで行ってね」そうつぶやいて、ふたたびマスタングに飛び乗った。

ゆうべはロティがくれた薬が効いて、十時間以上こんこんと眠りつづけた。やっとの思いでベッドを出てから、痛む筋肉を叱咤して、曲げたり、伸ばしたり、持ちあげたりした。アリスンと二人で出発したときも、まだ薬でぼうっとしていて、怒れる象の群れの前に身を投げだすことはできそうもなかった。

発信機に別れを告げたあとで、インターステートの西行き車線に入った。今後、車で出かける用があるときは、夜明けどきの出発を心がけるとしよう。交通量が徐々に増えつつあったが、それでも、制限速度をはるかに超えるスピードで走ることができた。郊外までの五十マイルは、アリスンの運転で一時間もかからなかった。

シカゴ市内を離れると車が減ってきたので、尾行の有無をチェックすることができた。尾行なしと確認できたところで、助手席のシートにもたれて眠りこみ、三時間ほどたってアリスンがティニーの出口へ向かうためにスピードを落としたところで、ようやく目をさました。

「どっちへ行けばいい？」アリスンが訊いた。

「まずカレッジからね」わたしは答えた。「でも、その前に、食事と追加のカフェイン」

町の入口の標示板にティニーの人口が出ていた。一万二千人、現在も増加中。〝アレグザンドリン・エクスプローラーの本拠地〟と書かれていた。アイスホッケー世界選手権のディビジョンⅢで、二〇〇三年と二〇一〇年に優勝したチームだそうだ。地元のロータリー・クラブ、キワニス・クラブ、ライオンズ・クラブの会合日時も出ている。それから、近くにある州立公園の美観が激賞されていた。エイダ・バイロンの名前はどこにもなかった。

ティニーはイリノイ川を見おろす高台に長いヘビのように横たわる町だった。バイロンが図書館で事務員をしていたというアレグザンドリン・カレッジは、ヘビの胴体のなかほどにできた膨らみだった。建物には石灰岩が使われていて、キャンパスは中庭を中心にして設計されている。ニュー・イングランドのスタイルだ。

アリスンが〝来客用駐車場〟の案内板に従って車を進めた。一時間五十セント。シカゴ市内で屋外駐車場を経営して暴利をむさぼっている会社がこれを見たら、大金を払わなくても駐車できる場所があるのを知って、深刻な心臓発作を起こすことだろう。

アリスンが首の筋肉をストレッチするあいだに、わたしは学生たちを観察した――手をつないで崖の端を散歩するカップル、近くの野原でフリスビーのゲームに興じる子たち。読書中の子も一人いた。秋の太陽を浴びて校舎が柔らかな金色に染まり、まるでハリウッドのスタジオに造られたカレッジのセットのようだった。

フリスビーをしていた学生を呼び止めて、キャンパスの図書館への道を尋ねた。学生は、見落とすはずがないと保証してくれた。図書館と大学本部がいちばん古い建物で、中庭をはさんで向かいあっているとのこと。崖のいちばん高いところを学生が漠然と指さしたので、わたしたちは川を見おろす小道をたどって中庭の入口へ向かった。

日照り続きのため、川の流れがのろくなっていた。中央に砂州が長く伸びていた。上流から流れてきた木の枝がこのあたりの浅瀬にひっかかり、両岸は茶色くなった草と枯れかけた茂みに覆われていた。

小道はキャンパスの手前で二つに分かれて、一方は川に沿ってカレッジの裏手へ延び、もう一方は中庭へ続いている。中庭の芝生はみずみずしい緑色だ。わが子をこういう学校へやるために、親は大金を出す。親にいい印象を与えようとするなら、大量の水が必要だ。

フリスビーの学生が言ったように、図書館は簡単に見つかった。これが本日最初にして最後の楽な仕事だった。エイダ・バイロンという名前を聞いたことのある者は、図書館には一人もいなかった。それぐらいのことはわたしも気づくべきだった。たとえ九十歳まで勤務したとしても、何十年も前にリタイヤしたに決まっている。

自宅の住所がわかれば、現在の住人が何か知っているかもしれない。人はみな、通りすぎたあとに何かを残していくものだ。その家の新たな所有者となった人が、日記か、核の秘密を記した機密文書を見つけているかもしれない。カレッジには昔の電話帳はなかったが、資料室の司書が、町立図書館にあるかもしれないと教えてくれた。また、カレッジの年金担当オフィスへ行けば、年金支払い記録にバイロンの住所が出ているかもしれない、とも言ってくれた。

カレッジの事務員から事務員へたらいまわしにされた虚しい時間を要約するなら、アレグザンドリン・カレッジを調べたかぎりでは、エイダ・バイロンが存在した痕跡はまったくなかった。

わたしはマーティン・バインダーの写真をとりだし、話をしたすべての相手に見せた。この子がここにきて、ミズ・バイロンのことを質問していきませんでした？　人々の反応が意味深だった。わずかに身をひく様子。素知らぬ顔で通そうとする様子。マーティンはここにきている。みんなが彼を庇っている。

町立図書館へ行く途中で、ようやく食事休憩をとった。アリスンは緊張のあまり、シカゴを出る前は何も喉を通らなかったが、長時間の運転と落胆続きの探索のおかげで食欲が出ていた。チェーン店ではないコーヒーバーを見つけ、サンドイッチも頼んで、その後ふたたび探索を続けた。

町立図書館で、昔の電話帳はすべて廃棄したと言われても、わたしは驚かなかった。いつのことです？　ええと——司書は曖昧に答えた——最近です。保管の必要性について議論したときです。何を倉庫へ移すべきか。何をこちらに残すべきか。

「マーティン・バインダーがここにきて電話帳のことを尋ねたあとで？」わたしはマーティンの写真を見せながら、鎌をかけてみた。

司書は赤くなり、視線を背けたが、認めようとはしなかった。一度も見たことのない人です。最近は、どこの図書館もいろいろとむずかしい決断をしなくてはなりません。

町の反対側にある《ヒューロン郡ガゼット》の編集室を訪ねると、七年前にエイダ・バイロンの死亡記事を載せたことは認めたが、新聞社の資料室には彼女に関するくわしい情報はなかったという。死亡記事に出ていた、ボランティアで教えていた学校というのはどこでしょう？　さあ、わかりません。葬儀社で聞いたことを活字にしただけですから。

アリスンとわたしは車に戻り、エイダ・バイロンの自宅を見つけだす方法が、もしくは、彼女と知りあいだったことを正直に認める相手を探しだす方法が、ほかに何かないか考えてみた。エイダがティニーの生まれなら、郡庁舎に出生証明書が保管されているだろう。遺言書を残していれば、郡の検認裁判所にコピーが残っているだろう。

ヒューロン郡の郡庁所在地ラサールは、ここからさらに十五マイル南へ行ったところにある。時刻は三時すぎ。わたしが運転を交代し、猛スピードでラサールへ向かった。郡庁舎に着いたのは業務終了時刻の四十五分前だった。

クック郡からこれだけ遠く離れていれば、職員は仕事熱心で協力的だろう、と想像していたが、ヒューロン郡の職員もシカゴに劣らず無愛想で肥満気味だった。記録保管室のカウンターの奥にいる二人の女性職員は、ラザーニャのおいしい作り方について議論の最中だった。応対してくれるまでに数分かかった。

ようやくカウンターにきた女性は、まるで、郡のゴミ処理場へ出向いて書類を捜してほしいと頼まれたかのような顔でためいきをついたが、申請書をよこし、わたしが記入して渡すと、あてつけがましく時計を見てふたたび大きなためいきをつき、足をひきずって奥の部屋へ入っていった。銃床みたいに太い腿をさすりながら。

戻ってくると、エイダ・バイロンの出生証明書は保管されていないが、バイロンの遺言書のほうなら料金十ドルでコピーを渡す、と言った。まさか遺言書が見つかるとは思っていなかったので、わたしは一瞬、呆然と相手を見つめた。

「コピー、いるの？　いらないの？　わたし、定時に帰りたいんだけど」

「え、ええ」わたしはあわてて答え、財布から十ドル札を出した。

女性職員はのろのろと領収証を書き、のろのろと〝領収〟のスタンプを押し、ふたたび奥へ入っていった。戻ってきたのは、カウンターの奥の時計がちょうど五時を指したときだった。女性はすでにジャケットを着て、〈バイ＝スマート・バリューズ〉のカタログを抱えていたが、三ページからなる文書を渡してくれた。エイダ・バイロンの遺言書だ。

「読むなら外で。ここはもう閉めるから」

アリスンとわたしは郡庁舎の表に置かれたベンチのひとつに腰かけて、エイダ・バイロンの遺言書に目を通した。ベンチは公共広場に面していて、庁舎の職員がぞろぞろと広場を渡り、駐車場へ向かっていた。保安官助手の交替時間で、何人かがパトカーに乗りこんでいた。

少年の一団がスケボーで低い塀を飛びこえて広場に入っていった。

エイダ・バイロンの家はティニーのトールグラス・ロード二七一四番地にあり、家のなかの品をすべて残しておく（〝敷地内に置いておく必要はないが、かならず安全な場所に保管すること〟）という条件つきで、ドロシー・ファーガスンという女性が終生居住できることになっていた。子供たちの科学学習プログラムに使ってもらえるよう、バイロンはティニー町立図書館に望遠鏡を寄贈していた。

髪の毛が逆立ったのは、二ページ目を読んだときだった。文書類はマルティナ・ザギノールの子孫に遺贈すると書いてあった。血縁関係を証明でき、マルティナの業績の真価を認めることのできる者に。物理学の専門家でなくてもかまわないが、科学を愛する心を持つ者、という条件がついていた。

遺言書をアリスンに渡したが、あたりの風景とスケボーの子供たちの姿がぼやけてきたため、頭を低くして膝につけた。

「どうしたの？　何も遺してもらえなかったの？」

そう尋ねたのは、遺言書のコピーを渡してくれた職員で、感じの悪い熱意をこめてこちらを見ていた。

わたしは頭を上げ、どうにか笑みを浮かべた。「その逆で、わたしが唯一の相続人になってたの。母の心臓手術の費用を工面するために農場を売るつもりだったけど、その必要がなくなったことに呆然として、気が遠くなりかけたのよ」

職員はおもしろくなさそうな顔をしたが、足をひきずって駐車場のほうへ去っていった。

アリスンが噴きだした。「ヴィク、最高よ。あの女にぶつけるのにぴったりの言葉だったわ。ところで、この遺言書だけど、さっぱり理解できない。エイダ・バイロンはどうしてマーティンの曾祖母のことを知ってたのかしら」

わたしは先ほどからずっと、マルティナはソビボルの収容所へ向かう死の行進を生き延びたのではないか、と考えていた。エイダがマルティナだったのだ。もしくは、マルティナの親しい知人で、彼女のためにそんな遺言書を書いたのかもしれない。

マルティナが生き延びたのなら、なぜキティやその子供に会おうとしなかったのだろう？

いや、会っている。イリノイ州のどこか辺鄙なところにキティとジュディを呼びだしている。シカゴの近くに住まいを定め、家族を見守っていたのだ。だから、ジュディのドラッグ中毒のことも知っていた。でも、マーティンが成長してその人柄をマルティナが判断できるようになる前に、彼女は死んでしまった。

どうして隠れていたの？

それがどうしてもわからない。

48　アリババの洞窟

ティニーのはずれにあるガソリンスタンドに寄って、ストリートマップをもらった。トールグラス・ロードというのは、カーブして川から遠ざかり、ティニーの北端へと続く道路だった。この辺鄙な場所に建つ家はほとんどが木造で、まばらに点在していた。小さな農場にそれぞれ番地がついている。牛の群れや、〝有機卵あります〟、〝あなたの手でトマトの収穫を〟といった看板の前を通りすぎた。

　トールグラス二七一四番地は、舗装道路が未舗装の郡道に合流する地点の少し手前にあった。北側と西側に野原が広がっている。近所の家はいちばん近くても四分の一マイル離れている。

　この家でひとつだけ風変わりな点は、裏に高いデッキが造られていることだった。まるで、戸外で温水浴を楽しめるホットタブを屋根裏の窓と同じ高さに設置したかのように。いまはそこに花が咲き乱れていた。

　現在誰が住んでいるか知らないが、小さな子供がいるようだ――デッキに続く階段の横にブランコが置いてある。ゆるいステップをのぼって玄関ドアへ向かう途中、アリスンがライオンのぬいぐるみを拾いあげた。

玄関の手前のスクリーンドアは、こんなに簡素で小さな家には不似合いな飾りのついた枠にはめこまれていた。ここはシカゴではない。スクリーンドアの奥の玄関はあいていた。こちらが呼鈴を押す前に、わたしぐらいの年齢の女性が出てきた。スクリーンドアを閉ざしたまま、どういうご用件でしょうと訊いてきた。言葉は丁寧だが、よそよそしい口調だった。

「わたしにもわからないんです」わたしは答えた。「ドロシー・ファーガスンさんですか」

「なぜそんなことを訊くの？」よそよそしかった女性の口調が険悪になった。

「V・I・ウォーショースキーという者です。この子はアリスン・ブリーン。あなたがミズ・ファーガスンなら、喜んで事情を説明します。ミズ・ファーガスンでないなら、どこへ行けば彼女に会えるのか、教えていただけると助かるんですが」

二人目の女性が玄関にあらわれた。「誰なの、メグ？」

「知らない人たちよ。ドロシー・ファーガスンを捜してるんですって」

二人目の女性はメグの横を通り抜けて狭いポーチに出てきた。見たところ八十代で、薄くなった白髪が飛び跳ねていて、昼寝から起きてきたばかりという感じだった。背が低いため、わたしを見るには顔を仰向けなくてはならなかったが、乱れた髪と老齢にもかかわらず、たるんだまぶたの下の目は冷たく鋭かった。

「どなたなの？　どうしてドロシー・ファーガスンをお捜しなの？」

わたしは女性をじっと見た。「本当に知りたいのはエイダ・バイロンのことですが、あなたが誰なのか、あなたの口の堅さを信用していいのかどうかがわかるまで、これ以上のことは申しあげられません」

女性の大きな鼻孔がさらにふくらんだ——おもしろがっているのか、嘲っているのか、よくわからない。四歳ぐらいの女の子が家の横手から走ってきた。茶色のお下げ髪にピンクのリボンを結び、ハローキティのピンクのスウェットシャツを着ている。

「グレースなの？　ドロシーおばちゃん。今夜、グレースがうちにお泊まりしてもいい？」

「家に入りなさい、リリー、出てきても大丈夫だっておばちゃんが言うまでじっとしてるのよ。それから、メグ、ショットガンをとってきて。警察を呼ぶことになるかもしれないから、携帯をそばに置いておくように」

ドロシーおばちゃんのきびしい声に、リリーは片手で口をふさぎ、あわてて玄関ホールに駆けこんだ。銃を突きつけられるのは、わたしだって誰にも劣らず嫌いだが、どっと疲れが出て立っているのも辛く、銃口をいくつ頭に突きつけられようがかまわないという心境になっていた。

ステップの最上段に崩れるようにすわりこんで、傷だらけの郵便受けに頭をもたせかけた。アリスンが軽やかな動作でしゃがんだ。

「一時間前まで、あなたの名前を聞いたこともありませんでした」わたしは言った。「でも、エイダ・バイロンが署名した遺言書のなかに、ドロシー・ファーガスンという名前を見つけたのです。あなたが遺言執行者になっておられますね」

「ハーマン・ヴォールズがあなたにエイダの遺言書を見せたの？」ドロシーは叫んだ。「ハーマンったら、どうしてそんな軽率なことを——」

「いいえ、遺言書は誰でも読むことができます。公文書ですから。わたしはラサールの郡庁舎まで出かけて遺言書を見つけました。エイダ・バイロンと、マルティナ・ザギノールと、マルティナの曾孫マーティンに関する情報を必死に探しているのです」メグが撃鉄を起こす音が聞こえたが、わたしは顔を上げる気力もなかった。

「必死？　情報などという儚いものに使うにしては、ずいぶん強い言葉ね」

「わたしはV・I・ウォーショースキーという者です」バッグを探って財布をとりだし、身分証を見せた。

ドロシーはちらっと目を向けただけだった。「シカゴの探偵さんね。感心しなきゃいけない？　それとも、膝をがっくり折るべきかしら」

「あなたのほうも、ご自身の身元をきちんと示してください」

「フン」ドロシーはふたたび鼻を鳴らしたが、今度はおもしろがっているのがよくわかった。家に入ったリリーに声をかけ、大きなバッグを見つけてメグのところに持ってくるように言った。

リリーは重いバッグを見つけると、母親のところまでひきずってきた。メグが運転免許証をとりだし、スクリーンドアの隙間からすべらせてよこした。ドロシー・ファーガスン、八十六歳、現住所トールグラス・ロード二七一四番地。

相手の芝居じみたやり方を受け入れることにした。本当は、家に押し入ってメグの銃をとりあげ、自分で家のなかを調べるほうが簡単だが。この二人がいくら強気な物言いをしていても、所詮は腕力のない女性たちだ。

「話せば長くなります、ミズ・ファーガスン。それに、あなたを信頼していいものかどうか、まだ迷いがあります」

「話して」ドロシーは言った。

「マーティン・バインダーという若者を捜しているのです」わたしはブリーフケースからマーティンの写真をとりだし、ドロシーに渡した。ドロシーはちらっと目を向けたが、何も言わずにポーチの手すりに写真を置いた。

アリスンが不安な顔でドロシーを見た。「お願いです。マーティンにお会いになったのなら、あたしに教えて――いいえ、あたしたちに！」

「おや、あなた、彼のガールフレンド？」ドロシーが訊いた。

アリスンは赤くなった。「友達です。少なくとも、仕事の同僚でした。この夏、あるプロジェクトを一緒に担当したんです。あたしの家にきたあとで姿を消したので、マーティンのことが心配でならないんです」

「口で言うのは簡単だけど、お嬢さん、証明はむずかしいわよ」

「この町の人みんながマーティンを守ろうと必死のようですね」わたしは言った。「どうにも理解できないことでした――司書たちも、新聞社の人も――マーティンがティニーにきたのは間違いない。よそ者なのに、町じゅうの人を味方につけている。あなたなら、ティニーの町の人々を率いる力がありそうですね。かつて町長をしてらしたとか？」

ドロシーは目を細めてわたしを見た。「〝心配でならない〟と言いたいなら、いくらでも言えばいいけど、何が心配なのか、きちんと説明してもらいたいわ」

「先週、マーティンの祖母が殺されました。マーティンの母親も撃たれましたが、こちらは一命をとりとめました。二日前の晩には、マーティンの大叔父のジュリアス・ゾルネンが自動車事故で重傷を負って亡くなっています。何者かがブレーキに細工をしたのです。この人々を殺した連中にマーティンも狙われているのではないかと、わたしは心配なんです」

メグがあえいだ。ドロシーの唇が動いた。どう答えるべきか決めようとしている様子だった。

ずいぶん長いあいだドロシーが黙ったままだったので、わたしはためいきをつきたいのを我慢して、キティのこと、ジュディのこと、マーティンとジュディが奪いあった文書のこと、そして、BREENIACのスケッチをめぐるこれまでの経緯を話した。

「その古い文書のことでマーティンが母親と言い争ったとき、彼をいちばん興奮させたのは、エイダ・バイロンからの手紙を目にしたことでした」

わたしがアリスンに目を向けると、彼女は自分の出番であることを察して、コンピュータの歴史を知る者なら誰もがエイダ・バイロンの名前に目を奪われる理由を説明した。

アリスンの説明が終わったところで、わたしはふたたび話に戻った。「本来のエイダ・バイロンが何者なのか、マーティンはよく知っていたので、わたしたちと同じく、手紙の差出人は偽名を使っているのだと推測しました。何を賭けてもいいですよ――マーティンがバイロンの死亡記事を見つけ、ここに、つまり、ミズ・バイロンの家にやってきて、わたしたちと同じ質問をしただろうということに。ミズ・バイロンはほかにも何か文書を残しているのではありません？」

ドロシーは唇をすぼめた。「ここにきたかどうかなんて、答えられないわ。どうしてあなたを信用して教えなきゃいけないの？」

わたしは彼女を見あげた。「マーティンと文書がどうなったのか、多数の者が気にかけています。わたしは彼女を見あげた。国土安全保障省は、マーティンが持っているかもしれない核の秘密を狙っています。FBIを何度もコケにした、かつてのナチのロケット工学専門家を追っています。その女性が持って逃げた機密書類をマーティンが持っていると見ています。そして、長は、マーティンがトップシークレットのコードを中国かイランに売りつけるつもりだと思っています」

わたしの横で、アリスンが無意識に叫びを上げた。彼女にとって初耳ではないが、人前で聞かされるのはやはり辛いのだろう。

「ミズ・ブリーンとわたしはひそかにシカゴを抜けだしました。少なくとも、誰にも気づかれていないつもりですが、連中がわたしたちのたどったコースを見つけるまでに、こちらにどれだけ時間の余裕があるかはわかりません。メタ―ゴンの社長に雇われている悪党どもが、きのう、わたしをノックアウトして、ジーンズのポケットに入っていたバイロンの死亡記事のプリントアウトを奪っていきました。夕方までに連中が押しかけてくるかもしれません」

ドロシーは家のほうに目を向けた。どうすれば幼いリリーを守れるかと考えこんでいる様子だった。その視線をたどったわたしは目をみはった。ドロシーが見ていたのは家のなかではなく、スクリーンドアの枠だった。彫刻の飾りの奥に小さなカメラのレンズが見えた。マーティンがスコーキーの家で地下の隠れ家を守るためにとりつけたのとそっくりのレンズだった。ブドウの房の真ん中に、スコーキーで見たのと同じ小型マイクが隠されていた。

わたしは立ちあがった。「ミズ・ファーガスン、マーティンがいまここにいないとしても、一度は訪ねてきて、かなりのあいだ滞在していましたよね」

「マーティンがここに？」アリスンが叫んだ。

アリスンはステップを駆けあがり、スクリーンドアをあけようとするわたしの背後にきた。メグがアリスンを止めようとした。わたしは機敏に対応して、頭を低くし、メグのみぞおちに肩をぶつけた。メグが悲鳴をあげ、ショットガンを持つ手がゆるんだ。わたしが彼女の手からそれを奪いとった。

アリスンがわたしたちの横を走り抜けて居間に入った。「マーティン！　マーティン！　アリスンよ！　どこにいるの？」

テレビを見ていた幼いリリーがふりむき、指をくわえて、ドアのところで進行中のドラマを見つめた。メグがみぞおちをさすっていた。痛みよりも怒りで顔をゆがめていた。わが子の前でわたしに恥をかかされたのだ。

ドロシーがわたしたちのあとから家に入ってきた。顔に刻まれたしわに疲労がにじんでいた。わたしたち三人はドアのそばに立ち、家の奥でマーティンの名前を呼ぶアリスンの声に耳を傾けた。

「ごめんなさい」わたしは言った。「どうしても、コーデル・ブリーンに雇われた連中より先にマーティンを見つけなきゃいけないんです。彼のところに案内してくれません？」

「あの女の子は誰なの？」ドロシーが訊いた。

「メタ―ゴンの社長の娘ですけど、マーティンの味方です。少なくとも、わたしはそうであるよう願っています」

「あなたが強引に押し入って、わたしたちに自分の身も守れないほど非力であることをわからせようというのなら、家のなかを見せるしかなさそうね」ドロシーは苦々しい口調で言った。

メグは眉をひそめたが、何も言わずに居間に入り、床にすわりこんだ幼い娘のそばに腰をおろしただけだった。ドロシーはわたしを連れて家のなかをまわり、ダイニングルーム、台所、その奥の小さな寝室二つへ案内した。まるで彼女が不動産屋で、わたしが賃貸を希望する客であるかのように。台所にパソコンのモニターがあった。スクリーンドアの枠に埋めこまれたカメラに接続している。スクールバスがゆっくりと家の前を通りすぎ、北の大草原へ向かうのを、わたしはモニター画面で見守った。

ダイニングルームから二階へ続く狭い階段のところで、ドロシーはわたしに、一人でのぼってほしい、この脚が階段ののぼりおりを嫌っているから、と言った。わたしは苦い笑いを浮かべた。何も見つかるはずのないことを、ドロシーは知っている。階段をのぼるように言ったのは、姪の銃をとりあげたわたしへの嫌がらせだ。今日はわたしの脚も階段をのぼるのを嫌っていたが、ドロシーの視野のなかにいるあいだは、拡大鏡で階段を一段ずつ調べ、探偵仕事をしているふりをした。

階段の上にあったのはリリーの部屋だった。ベッドに動物のぬいぐるみがぎっしり並び、引出しには遊び着や小さなTシャツが詰めこまれていた。せっかく上まできたのだからと思い、屋根裏の狭いスペースに続くハッチをおろして、腹筋から強い抗議を受けつつのぼってみたが、そこで見つけたのは埃をかぶった断熱シートだけだった。

一階に戻ると、ドロシーが言った。「地下室もあるわよ。さっきのお嬢さんがそっちへ行ってるわ」

ドロシーはドアをあけて、照明――古いコードでぶら下がっている四十ワットの裸電球――をつけたが、彼女自身は台所に残った。

わたしは深く息を吸ってから、階段をおりていった。足もとがふらつき、冷汗が出てきた。筋肉の疲労ではなく、恐怖のせいだった。ふたたび地下におりるのが怖かった。マーティン・バインダーに関係のあることは、すべて地下に存在している。スコーキーの寝室、祖母の家族のなかに深く埋もれた秘密、大叔父ジュリアスの地下室に埋まっていた遺体。

小声で歌を口ずさもうとしたが、頭に浮かんできたのは、〈さようなら大地《オ・テッラ・アッディオ》〉だけだった。アイーダが墓に閉じこめられて死んでいくときの歌。よけい気が滅入る。かわりにアリスンに呼びかけた。

アリスンは階段の下で待っていた。肩をがっくり落とし、涙で頬に埃の筋がついていた。

「ヴィク、どうしてマーティンがここにいると思ったの？　あたし、家のなかを残らず捜したのよ！」

「玄関で見たカメラ。スコーキーの寝室のドアにとりつけてあったのと同じタイプなの。台所のパソコンがカメラに接続していた。この家の二人はわたしがくるのを見てたんだわ。こちらが呼鈴を押す前に、メグが玄関に出てきたでしょ」わたしは台所のドロシーにも聞こえるように大きな声で言った。探偵だもの。探偵仕事をするときは、人に宣伝しなきゃ。

「じゃ、マーティンはどこなの？　ここからも姿を消してしまったの？」

「ここにいるはずよ。もしくは、彼の存在を示すものがカメラ以外にも何かあるはずだわ」

わたしは地下室をまわって、壁の具合をたしかめた。ここは本物の地下室で、根菜貯蔵庫ではない。小さな窓が二つついている。だから、ドロシーがドアに釘を打ちつけたとしても、叫べば助けが呼べる。もっとも、誰に声が届くだろう？

地下にはごく一般的な設備がそろっていた。暖房炉、給湯器、洗濯乾燥機。床はコンクリートを雑に流しこんだもの。照明は階段のてっぺんにさがった裸電球と、洗濯機の上の電球しかないので、アリスンも、わたしも、凹凸のある床で何度もつまずいた。

洗濯乾燥機の横の壁面に、ドロシーが、あるいは、エイダかもしれないが、安っぽい白い棚をとりつけていた。棚にはガーデニングの道具と、簡単な修理をするのに充分な数のネジまわしとペンチ、それから、家庭につきもののガラクタ類がのっていた。クリスマスツリーの台、掃除機の部品、古いジム用シューズ、蛾に食われたテディベアの頭。いちばん不気味な品は、たぶん、低い棚に置かれた骨壺だろう。〝母の遺灰〟というラベルがついている。テディベアの頭は持ちあがった。しかし、骨壺は動かせなかった。蓋のラッチをはずしてみた。

「ヴィク！」アリスンがショックを受けた。「人の遺灰をかきまわすなんてだめよ！」

わたしは知らん顔をして、なかの容器に入っている細かい灰を調べた。人間の亡骸を焼いても、新聞紙が燃えたときのような、こんなさらさらの灰にはならない。容器を外へ出した。下にナンバーパッドがあった。

「あなたの出番よ」アリスンに言った。「ドアを開閉するのに、マーティンのような子だったらどんな数字を使う？」

「ヴィク！　なんなの――秘密のドアがあるの？」

「秘密の何かがあるのはたしかね。マーティンがプログラムしたのなら、どんな数字を選ぶと思う？」

「わからない。ファインマンがロス・アラモスの金庫をすべて破ったっていう話を、前にマーティンから聞いたことはあるけど。ファインマンはね、物理学者たちが微細構造定数を愛してることを知ってたんですって。だとすると……いえ、無理だわ……何桁かもわからないのに」

「何か打ちこんでみて」わたしはいらいらしながら言った。「その微細なんとかでも、円周率でも、なんでもいいから」

「こういうのは三回しかトライできないのよ」アリスンはミスをしないよう神経を遣いながら、ゆっくりとキーを打った。何も起きなかった。もう一度、さらにゆっくり打ちこんだが、やはり何も起きなかった。

「ファインマンの金庫破りの話をしたとき、マーティンがなんて言ったのか、思いだしてみて」わたしは言った。「じっくり時間をかけて。マーティンが定数のことで何か冗談でも言わなかったか……」

「わかった！」アリスンの顔が輝いた。「ただ、暗記してないのよね。iPhoneのスイッチを入れてもいい？」

これもまた危険をはらんでいる。わたしがうなずくと、アリスンはiPhoneをオンにした。「六六二、六〇七」小声で言った。わたしがその数字を打ちこんだ。

これでチャンス消滅かと、くやしい思いで顔を見あわせたそのとき、ギーッときしむ音が聞こえた。天井が落ちてくる光景をつい想像してしまったが、動きだしたのは白い棚の奥の壁だった。壁がゆっくりと横にスライドしたが、棚のほうはもとの場所に残っていた。

棚の向こうに、わたしたちが立っている地下室よりも広い部屋があった。壁は板張りで、床はタイル、ナヴァホ織りのラグがあちこちに敷いてある。片側のアルコーブにベッドが置いてあった。

金属とワイヤが一面に置かれた長い作業台を、まばゆいライトが照らしていた。黒っぽい硬そうな髪をした若者がネジまわしを手にして作業台のそばに立ち、ひらいたドアを不安な表情で見つめていた。

わたしたちの姿を見て、彼の表情がゆるんだ。

「アリスン。プランク定数を覚えててくれたんだね」

シカゴ、一九五三年
仕事部屋で

「ベンヤミン、話しあわなくては」

彼が車をおりるのと同時に、彼女が暗がりから姿を見せる。ハッと息を呑む音が彼女の耳に届く。ギクッとさせたのかもしれない。しかし、彼女の登場が不意打ちだったとは思えない。メムラーがとっくに彼のところへ行っているだろうし、核実験場から彼女が姿を消したことも誰かから報告が入っているはずだ。

自分の失踪がニュースになっていないことはわかっている。旅をしながら新聞を読み、ときには、南西部のさまざまなバスターミナルでラジオのニュースを聞いた。だが、警戒厳重な兵器施設から姿を消したのだ。あの女はロシアのスパイだ、とメムラーがアメリカ側に告げ口をしている。クマに食われたとでも思わないかぎり、当局は彼女を捜しつづけるだろう。

ここまでくるのに一週間かかった。山をおりた最初の日はヒッチハイクをした。自分の姿が消えたことがわかって非常線が張られるのは、正午をすぎてからだろうと彼女は見ていた。ラスベガスまで人の車に乗せてもらい、そのあとはグレーハウンドでアルバカーキまで行った。

この十三年間の大部分を、猟犬に追われる野ウサギのように暮らしてきたから、裏道を選んでヒッチハイクをしたり、スピードののろい貨物列車の有蓋車にもぐりこんだりするのはお手のものだ。核実験場から離れたおかげで、ときたま緊張から解放されることもある。バスを止めたり、干し草のなかを調べたり、逃亡中のユダヤ人を捜索したりする兵士はどこにもいない。アメリカ人はだいたいにおいて親しみやすく、人を疑うことを知らない。

テキサスの小さな町で出会った女性は、自分も大変な時代を経験してきたと言って、自宅の台所から、リンゴ一個と、肉の脂身をはさんだサンドイッチを持ってきてくれる。脂身とパン。ゾフィー・ハーシェルの子供部屋と、床を染めたプリズムの光がマルティナの頭をよぎり、一瞬、心が折れそうになる。ゾフィー、子供部屋、母親、娘、光――すべてを奪われてしまった。テキサスの女性は元気づけのためにと、砂糖のたっぷり入ったアイスティーを飲ませてくれ、マルティナを家に入れて、猫の匂いとバター風味のポップコーンの匂いがしみついた古いソファに寝かせてくれる。

セントルイスでは、バスターミナルの人混みにまぎれて、パック入りのランチを買ったり、女子トイレに入ったり、待合室のベンチにすわって置き去りにされた新聞を丹念に読んだりする。彼女に注意を向ける者は一人もいない。バスのチケットを買い、後部ドアの近くに席を見つけて、途中のターミナルで止まるたびに油断なく目を光らせる。朝の九時、バスはゆっくりとシカゴのダウンタウンに入る。

電話ボックスで五セントを入れて電話をすると、ゾルネン教授はシカゴにいるが、昼間はアルゴンヌの研究所のほうへ行っていると言われる。いいえ、伝言はいいです。明日あらためて電話します。

街の中心部でバスに乗り、シカゴ大の近くまで行く。ベンヤミン・ゾルネンがそのあたりに家を買ったのだ。豪邸ね――そこまで歩いて家をながめ、彼女は思う。

午前の半ばに呼鈴を鳴らして、イルゼ・ゾルネンのショックが怒りに変わるのを見つめる自分を想像する。〝あなた、死んだはずでは……〟

マルティナ・ザギノールがアメリカに入国した記録はない。混雑したウィーン駅で財布を拾い、そこに入っていたパスポートがアメリカへの通行証となった。モルドバからアメリカへ向かう長い旅の途中で、ウィーンに一週間滞在した。娘が母親を捜してウィーンに戻っているのではないかと思ったのだ。あちこちの難民救済団体に問いあわせてみたが、イングランドにも、オーストリアにも、ケーテ・ザギノールの記録はなかった。ウィーンは荒涼たる廃墟と化して飢餓が蔓延し、母親も叔母もいとこもみな死んでしまい、マルティナをひきとめるものはもう何もなかったので、さらに西へ旅を続けて、リスボンでモントリオール行きの船に乗せてもらい、アメリカの国境をこっそり越えて、シカゴに、ネヴァダにやってきた。国境を越えるのがなんと巧みになったことだろう。

一年三カ月前に彼女がシカゴにきたことを、ベンヤミンはイルゼに話していないに違いない。あの驚きようときたら。呆然とした顔。しどろもどろの言葉。〝死なずにすんだんだね。そうか、とにかくよかった〟

〝ええ、死なずにすんだわ。最初はたまたま運に恵まれたの。ソビボルの強制収容所行きの列車が故障して、わたしたちは雪のなかに集められた。おおぜい射殺されたけど、雪が深く積もっていた。わたしは森に逃げこんで、どうにか生き延びた。パルチザンに助けられ、農家の人々に助けられ、やがてモルドバで終戦を迎えて、偏執的なスターリン政権下の強制収容所へ送られ、最後に、徒歩で何日もかけて山々を越え、オーストリアまで戻ったの〟

何が望みかとベンヤミンは尋ねた。〝わたしの人生、わたしの物理学、仕事、本物の仕事〟。ところが、ベンヤミンは彼女をネヴァダへ追いやった。あっというまの出来事で、マルティナはシカゴに一泊もしないうちに、セキュリティ・パスを与えられ、列車に乗せられていた。きちんとした勤務先が見つかるまでの腰かけ仕事だと、彼から虚しい約束をもらって。

そのときは、彼の自宅ではなく、大学のほうへ行った。わたしは何を望んでいたのだろう？　もちろん、ケーテの消息を知りたかった。だが、彼のなかに自分への愛情がわずかに残っていて、力になってもらえることを期待していたのかもしれない。だが、愛情はひとかけらも残っていなかった。

ケーテが戦争の時代を生き延びたかどうかに、ベンヤミンはまったく関心を持っていなかった。わが子を助けようとしなかったことに疚しさを感じていたのかもしれない。ケーテは無愛想な少女で、マルティナが研究所へ連れていっても、ベンヤミンに甘えようという様子はまったくなかった。ベンヤミンがアメリカへ移住したとき、マルティナはケーテも連れていってほしいと懇願したが、彼のほうにその気はなかった。マルティナを連れていく気も、もちろんなかった。もっとも聡明な教え子、もっとも有能な同僚だと、かつては言ってくれたのに。自由への扉を母子の前で閉じたのはイルゼだったのか。それとも、ベンヤミン自身の恐怖もしくは無関心だったのか。

今夜のマルティナの用事《ビジネス》はまさにそれ。事務的な用《ビジネス》だけだ。ドイツ語でベンヤミンに語りかける。そのほうが楽だ。頭のなかで文章を何度も組み立てる必要がないから。

「メムラーから、わたしに会ったことを聞いたはずね。いずれこうして訪ねてくることはわかってたでしょ」

「こんなところで話すのはまずい」ベンヤミンは声をひそめて英語で言う。

「わたしはどこででも話をするわよ」マルティナは冷たく答える。ドイツ語のままで。「わたしを家に入れる？　隙を見てFBIに電話する？　メムラーがインスブルックでどんなことをしたか知ってるの？　人々が檻に入れられて溶鉱炉の上に吊るされ、あぶり焼きにされて死んでいくさまを、メムラーがうれしそうに見守っていたのに、それを問題視する気はないの？　窒素ガスの充満する部屋に囚人を入れて、破裂するさまを観察したこともあったのよ。それから、鎖をつけられた全裸の囚人がレイプされ、そのあとで殴り殺されるという凄惨な場面を見て笑っていた彼女の姿を、わたしは何回も目にしたわ。囚人は女だけでなく、男のこともあった」

ベンヤミンは言葉の奔流を遮ろうとするが、マルティナは黙らない。

「そして、いま、メムラーはこちらで暮らしている。飛行機とお金を自由に使える身分になり、計算機の仕事に携わっている。その設計は彼女が人から盗んだものなのよ。なのに、わたしは、過去を嘆いてはならない、共産主義と勇敢に戦うメムラーを称えるべきだ、と言われている。よく聞いて、あなた《ドゥー》、わたしはナチの収容所に入れられ、共産主義の収容所にも入れられた。どちらもたいした違いはなかったけど、ソ連では、わたしを故意に殺そうとする者はいなかったわ」

イルゼが玄関に出てくる。「ベンヤミン！ 帰ってらしたの？ どなたかご一緒なの？ ジュリアスとわたしは二時間前に夕食をすませたわよ。もう全部冷めてしまったわ」

「ああ、わかっている。すまない。アルゴンヌのほうで手間どってね」ベンヤミンは大声で答える。「話はじきに終わる。すぐ家に入るから」

マルティナに視線を戻す。「何が望みだ？」

「わたしが考案した計算機の権利を自分のものにしたい。メムラーが戦争犯罪人として告発され、刑務所へ送られるか、もしくは処刑される姿を見たい。一流の研究所に入りたい。娘と再会したい。アメリカの市民権を取得したい。わたしの望みは際限がないわ、ベンヤミン。方法を見つけてかならず実現させてみせる。あなたはほんの手始め、これで終わらせるつもりはありませんからね」

イルゼがまだ玄関先に立ち、その姿がいかついシルエットとなっている。ブリュンヒルデのようだ。誰かが自分を傷つけたら、たとえそれが自分の夫であろうと容赦なく殺そうとする女。イルゼはふたたびベンヤミンを呼ぶ。ベンヤミンは彼の財布のなかを探っている。

「きみ、金はある？」小声でマルティナに訊く。「ショア・ドライヴ・モーブルへ行っててくれ。わずか二、三ブロックのところだ。あとで訪ねていくから」

「アパートメントやホテルの部屋に腰をおろして、警官がやってくるのを待ち、またしても国外追放になるなんて、もうごめんだわ。いますぐ二人で話をするか、いっさい話をしないか、どちらかにして。いいこと、わたしがつぎに話をする相手はキャスターのエドワード・マローとウォルター・クロンカイトよ。あなたとネヴァダの部門長はメムラーの戦争犯罪になんの関心もないようだけど、マロー氏なら多少は興味を示すでしょうね」

イルゼがステップをおりてくる。「誰と立ち話なの、ベンヤミン？　物乞い？　警察を呼びましょうか」

イルゼの背後の玄関先に少年があらわれる。「誰なの、ママ？」

ゾルネンはマルティナを車の後部シートに押しこみ、妻と息子に答える。「ネヴァダから緊急の用件で訪ねてきた人なんだ。いまから車でブリーンのところへ案内する。三十分ほどしたら帰ってくる」

ベンヤミンは車に乗りこみ、力まかせにドアを閉める。激怒しているしるしだ。「きみの子供を盾にしてわたしを脅そうとしても、そうはいかん。妊娠中、わたしにはひとことも言わなかったではないか。ゲッティンゲンのどの男が父親だったのか、知れたものではない」

「あら、話をそらさないで。わたしが今夜ここにきたのは、娘の話をするためではなくて、あのメムラーという怪物がわたしの設計を盗み、あなたのお友達のブリーンに渡した件について話したかったからよ。ブリーンはそれを使って計算機を製作し、自分の発明だと主張し、そして、あなたは――あなたはその計算機を使って、この地球に住むすべての母親の子供を殺すことのできる恐るべき兵器を作ろうとしている。世の中にわたしの思いどおりになることはひとつもない。もしくは、ほとんどない。だから、あなたがエドワード・テラーのような連中と手を組むことによって、お金を得ているのか、権力を得ているのか、ほかに何を得ているのか知らないけど、そうやって身を売っているあなたを止めることは、わたしにはできない。でも、メムラーがわたしからあと一シリングでも搾取しようとするなら、それを止める力はあるわ。かならずそうしてみせる」

ブリーンの住まいはわずか四ブロック先にある。車でそこに着くまでの短い時間は沈黙のなかですぎていく。歩道の縁に車を止めたとき、ベンヤミンはマルティナに、ブリーンに何を言う気だと尋ねる。

「まず自己紹介して、どういう男かをこの目でたしかめるつもりよ」

ユニヴァーシティ・アヴェニューの大きな家には明かりがついていて、ベンヤミンは玄関の呼鈴を鳴らす。しばし待たされ、やがて、ブリーンの息子のコーデルがドアをあける。コーデルという名は、ブリーンがかつてその下で仕事をしたことのある国務長官にちなんでつけたものだ。コーデルはゾルネン教授を知っていて、父親はコーチハウスのほうにいると言う。そこが父親の仕事部屋になっている。いぶかしげな目でマルティナを見る。彼女のコーデュロイのズボンにも、ハイキングブーツにも、旅の汚れがこびりついているが、コーデルは彼女とベンヤミンを案内して石畳の小道を歩き、コーチハウスまで行く。

マルティナは礼儀正しく自己紹介をし、ブリーンがどういう人物か、彼の作った計算機が盗品の設計図から生まれたことを知っているのかどうかを、会話を通じて探るつもりでいたが、仕事部屋に入ったとたん、その計画は潰えてしまう。ゲルトルード・メムラーがきている。

「ナチの豚が他人のドングリを掘りだそうとしているの?」マルティナはドイツ語でメムラ

ーに言う。

メムラーの顔が真っ赤になる。「ドイツで屑だった女が、今度はアメリカで屑になったのね。あんたがその醜いユダヤ人の顔を人前にさらしたと知ったら、FBIが喜ぶでしょうよ」

「FBIが喜ぶのは、あなたが醜いユダヤ人をどんな拷問にかけたかを知ったときよ」マルティナは言う。「それから、あなたが残忍な暴力をふるってわたしの式と設計図を盗んだ件についても、FBIは聞きたがるでしょうね」マルティナは自分の顔を指さす。メムラーから最後に暴力をふるわれたときの傷が左頬に走っている。

「ふん、あんたの式、あんたの設計図。フェルミがあんた一人のために式を書いてくれた、それを理解できるほど頭のいい者はほかに誰もいない、とでも言いたいの?」

マルティナはこわばった笑みを浮かべ、ブリーンに向かって英語で言う。「ヒステリシスを利用して磁気コアを実現させる鍵が電子フェルミ面にあることに、どうやって気づかれたのですか」

ブリーンは首を横にふる。「わたしの設計と製法は特許がとってある。見知らぬ相手に教えるつもりはない」

「これは失礼」マルティナは軽くお辞儀をする。「わたしはマルティナ・ザギノール、一九三一年にゲッティンゲンで物理学博士号を取得し、結晶格子の磁性について研究してきました。ゾルネン教授がわたしの指導教官でした。その三年後、メムラーという女性がわたし自身の教え子となりました。つぎに、わたしがインスブルックの近くで物理学者として奴隷労働に従事させられると、メムラーはわたしの看守になりました。わたしが囚人だった時期に彼女が盗んだ設計は、あなたがメターゴン一号を製作するのに使ったものではないかと思われます。あなたの青写真を拝見すれば、すぐにはっきりするでしょう」

「ほう、それがきみ自身の設計だと言いたいのかね？」ブリーンは嘲りの口調で言う。「わたしも生まれたての赤ん坊ではないのだよ。エンジニアが実用モデルの開発に成功した場合、それを自分の設計だと主張するぐらい、誰にでも簡単にできることだ。だからこそ、この国には特許法というものがある」

ブリーンはメムラーのほうを向く。「女がわたしを脅しにくるだろうときみが言っていたのは、このことだったのか」

「あなたの国の特許法ね、ええ。わたしも知っています」マルティナは言う。「だから、わたしは最初の格子の設計に対して、一九三九年にアメリカで特許を出願したのです。特許庁に保管されているわたしの出願書類を見てもらえば、わたしの設計図をメムラーが盗んだスケッチと比較し、あなた自身が描いた設計図とも比較することができます。自分で張りめぐらした小さなクモの巣から逃れようとあがく盗人の姿を見ることもできます」

「メムラー博士はわたしの設計図に対して、きわめて協力的に意見を提案してくれた」ブリーンが言う。「だが、おおもとの案と作業はすべて、わたし自身のものだ」

「エドワード！」メムラーの目がぎらつく。「違う――それは違う――あなたにあれを渡したのは、わたし一人では資金調達ができなかったからよ」

「アメリカの市民権を得たじゃないか」ブリーンは冷静に答える。「報酬は充分に得たはずだ。特許はわたしの名前になっている」

コーチハウスにしばし静寂が広がる。メムラーが不意にのみを手にとり、マルティナのほうへ突進する。

「一九四二年に、看守に命じてあんたを殺しておくべきだった」わめきちらす。「溶鉱炉の上に吊るされてあぶり焼きにされるのを見てやりたかった。なのに、看守どもはあんたを列車に乗せてしまった」

無言で立っていたベンヤミンがメムラーの腕をつかむが、もはや止められない。マルティナがベンチの陰に逃げこむと、メムラーは真空管やレトルトやバーナーを倒しながらあとを追う。ベンヤミンはメムラーを押さえようとし、ブリーンは彼の実験器具を守ろうとする。ワイヤと、のみと、腕と、脚がからまりあう。

ブリーンの携帯用の武器が、将校時代にヨーロッパで身に着けていたコルトが、棚にのっている。全員の目が同時にそれをとらえる。

49　アイザック・ニュートンの光学

「あなたはアリスンのバーベキューのときに、BREENIACのスケッチを見た」わたしは言った。「そこまではわかってるけど、三週間後にお母さんの家へ行くまでのあいだに、あなたが何をしたかがわからないの」

わたしたちは作業台のまわりに腰をおろし、さまざまなピースをつなぎあわせようとしていた。ドロシーも同席していた。わたしたちが秘密の入口のロックをはずしたことを知って、階段をおりてきたのだった。

アリスンから数フィート離れて立っているマーティンを見て、ドロシーは渋い顔でうなずいた。二人はさきほどおたがいに駆けよったのだが、自分たちのあいだに立ちはだかる障害の大きさを悟ったかのように、足を止めていた。

ドロシーは一階のメグに向かって、マーティンは大丈夫だと叫び、紅茶を持ってきてくれるよう頼んだ。メグは湯のポット、マグ、ティーバッグを入れたボウルを運んできたが、ふたたび足音も荒く階段をのぼっていった。伯母がどんな態度をとることにしようとも、彼女自身は、銃を奪った相手と親しくする気はないようだ。

「調査をしてました」マーティンはわたしに答えた。「見覚えのある図案だと思ったんです。

スケッチのいちばん下についてた三角形の図案。もちろん、ニュートンのプリズムだけど、それ以外にもどこかで見たことがあったんです」

「なるほど」わたしはさりげなく言った。「ニュートンのプリズムに気づかないバカがどこにいるかしら」

「ここに一人いるわ」アリスンが言った。「小さいときからずっと見てたのに、ニュートンのことは頭に浮かびもしなかった。どうしてわかったの、マーティン？」

「人が光について考えはじめるとき、真っ先に目にするのは、プリズムを使ったニュートンの実験だもの」マーティンは当然のことだと言いたげな口調だった。全世界の人間が光について彼と同じように考えると思っているらしい。

「よく似た図案をどこかよそで見た覚えがあった。パーティが盛りあがって、あのタッドってやつが酔っぱらってからみはじめたときに、ようやく思いだした。母が持っていた何かの文書に、いや、じつは母が祖母から盗んだものなんだけど、そこに同じ図案がついてたんだ。わけがわからなかった。BREENIACとうちの家族のあいだに関係があることはたしかだけど、どんな関係なのか、見当もつかなかった」

「そこでベンヤミン・ゾルネンの子供たちに会いに出かけたの？」わたしは訊いた。

「うん。だけど、口も利いてもらえなかった」そのときのくやしさを思いだして、マーティンは唇をとがらせた。

「BREENIACのスケッチにプリズムを描いたのはベンヤミン・ゾルネンじゃないかと、ぼくは考えていた。ゾルネンがエドワード・ブリーンと一緒に水爆開発に関わってたことは、ぼくも知ってるから、エドワードにスケッチを渡した可能性があったわけだ。祖母がいつも、自分はベンヤミン・ゾルネンの娘だと言ってたから、ゾルネンの遺言によって書類の一部が祖母に遺贈されたんじゃないかと、ぼくは考えた。ほら、父親である証拠として。ところが、それをジュリアス・ゾルネンに、そして、そのお姉さんに説明しようとしたら、二回とも鼻先でドアを閉められてしまった」

困惑した怒りの口調のせいで、マーティンは最初の印象より幼く近づきやすい感じに変わった。

「きっと、あなたがお金をゆすりにきたと思ったんだわ」

「金?」マーティンは憤慨した。

「ごめん。でも、お母さんが何回かお金をせびりに行ってたから」

マーティンは目を閉じた。苦悩からくる無意識の反応。「そうだったのか」苦い声になった。「そうだね、母ならやりかねない。ヘルタ・ゾルネンに金を盗まれたって、いつも言ってたから。ぼくも気づくべきだった」

足音が聞こえたような気がして、わたしは小首をかしげた。幼いリリーがドロシーおばちゃんを捜しにきただけだった。リリーはアリスンが玄関前のステップで拾いあげたライオンのぬいぐるみを抱きかかえて、老女の膝にもぐりこんだ。

わたしは作業台のモニターに目をやった。これもやはり、マーティンが玄関に設置した防犯カメラに接続されている。ここでぐずぐずしていていいのかと不安になった。アリスンがｉＰｈｏｎｅをオンにしたときに、メターゴンか国土安全保障省の誰かがこちらの居場所を把握したかもしれない。コーデルに雇われている悪党どもがエイダ・バイロンの死亡記事を彼に見せたかもしれない。

「姿を消す前に、うちの父と話をした?」アリスンが小声でマーティンに訊いた。

「ジャリ・リュウと話しただけだけど、たぶん、ジャリからきみのお父さんに報告が行ったんだと思う。お父さんがストックホルムからぼくに電話してきたから。ぼくはメターゴン一号の歴史についてさらに情報を集めようとしていた。きみもたぶん知ってると思うけど、終戦後、きみのお祖父さんはペーパークリップ作戦と呼ばれるものに加わっていた。その作戦により、ロケットや爆弾の開発にあたっていたナチの専門家たちがアメリカに連れてこられて、そのなかには、残虐な拷問をおこなった者も交じっていた。エドワードの尽力で罪が帳消しになった者の一人に、ゲルトルード・メムラーというナチ党員がいた。かつてマルティナの教え子だった女性だ。

ぼくは、そのう、きみの家とぼくの家のあいだに、メムラーの経歴を通じてどんなつながりがあったのかを探りだそうとしていた。情報公開法を使ってメムラーに関するファイルを入手したけど、たいしたことは書かれていなくて、しかも、一九五三年以降、メムラーの消息は完全にとだえていた。残っていたのは、彼女がときたまあちこちの雑誌社に送っていた手紙だけだ。水爆実験が始まったばかりのころ、メムラーはネヴァダの核実験場で、きみのお祖父さんと一緒にメターゴン一号の製作を進めていた」

「祖父はナチの協力者なんかじゃないわ!」アリスンは叫んだ。

「そういう意味じゃないよ」マーティンはあわてて言った。「あのころは冷戦の時代だった。

みんな、技術開発に必死だったんだ。とにかく、ぼくはゾルネンがどんな特許をとっているかを知りたくて、特許を検索してみた。BREENIACに関係したものはひとつもなかった。少なくとも、ネヴァダで使われていた初期のモデルに関しては。メムラーとザギノールについても検索してみた。ここからがどうも腑に落ちないんだ。インデックスを見ると、一九四一年にマルティナ・ザギノールに対して特許がおりているが、データベースには出ていない。特許庁に手紙で問いあわせたところ、一九七〇年以前の特許をデジタル化したときに紙のファイルを残らず処分したため、ファイルを見つける方法はないという返事がきた。オンラインのデータになっていなければ、存在しないも同然だ」

「じゃ、なんの特許だったかわからないのね？」

マーティンはうなずいた。「だけど、アリスンの家の壁にかかっていたあのスケッチに似たものではなかったか、という気がしてならないんだ」

「あれがマルティナの描いたものだとすると、どうしてエドワード・ブリーンの手に渡ったの？」わたしは訊いた。

マーティンは首をふった。「わからない」

「祖父は人の設計を盗んでなんかいないわ」アリスンが言った。声が震えて、いまにも涙ぐみそうだった。「優秀なエンジニアだったのよ！　BREENIACは名品だった。コンピュータの歴史を記したどの本にも、フォン・ノイマンのマシンよりエレガントで、時代を先取りしていたと書いてあるわ。うちの一族を悪党の集まりみたいに言わないで！」

マーティンはアリスンの激昂した顔にちらっと目をやり、紅茶に注意を向けて、手のなかで何度もカップをまわした。

「ごめん、アリスン」もごもごと言った。「新型コンピュータの設計というような大きなプロジェクトを誰かと共同で進めるのは、犯罪じゃないものね。スティーブ・ジョブズだって、マッキントッシュをすべて独力で考えだしたわけではないし」

「どうして身を隠したの？」アリスンが黙りこんでしまったので、わたしが尋ねた。

「社長と話をしたあとのことだった。たぶん、ジャリが社長に連絡したんだと思うけど、社長から電話がかかってきた。ストックホルムにいると言っていた。メターゴンのスウェーデン工場に。で、その電話でぼくは怖気づいてしまった」

「脅されたの？」わたしは訊いた。

「露骨にではなかったけど」彼の視線が、一瞬、身じろぎもせずすわっているアリスンのほうに向いた。紅茶に注意を戻した。そこに暗黒物質の秘密がひそんでいるかのように。「こんなふうに言われたんだ――この問題から手をひかないといかに大きな過ちを犯すことになるか、きみにはわかっていないようだな。あの特許権は一九七〇年に失効しているから、金儲けの材料にしようなどとは思わないほうがいい、って。社長はそれから、国家の安全とか、核の秘密がどうとか言いだして、娘のアリスンには近づくなと警告してきた。

ぼくがアリスンを味方につけようとしていると思われたのか、それとも、合衆国の核爆弾計画の汚点を暴きだすつもりだと思われたのか、よくわからないけど、〝きみがよけいなことに首を突っこめば、こちらにもすぐわかる。その場合は然るべき手段をとらせてもらう〟と警告された。メターゴンが人を追跡するのはいかに簡単かってことも言われた。そういうプログラムの開発にぼくも関わっていたから、どこへ逃げようとも、電子の足跡を——いや、足の爪のかけらでも——残せばすぐ見つかってしまうことぐらい、よくわかっていた」

「そんな話を聞かされるなんて耐えられない」不意にアリスンがわめいて、椅子から立ちあがった。

「きみを傷つけようと思って言ったわけじゃない」マーティンは叫んだ。

アリスンは不満げなしぐさを見せて、階段を駆けあがった。

「あなた、アリスンのお父さんのことを非難したのよ」わたしはマーティンに言って聞かせた。「女の子って、父親を神聖視するのよね。あなたの話が真実だとわかってても、アリスンは信じたくないんだわ」

マーティンはふたたび階段のほうへ目をやったが、話に戻った。

「社長が電話を切ったあと、ぼくが気にかけているのはBREENIACの最初のアイディアがどこで生まれたかという点だけだってことを、何か方法を見つけて証明しなきゃと思った。だって、仕事部屋の壁にかかってたあのスケッチだけじゃ、誰にもコンピュータなんて作れっこないもの。中核をなす概念ではあるけど、メモリ装置の実用化にはまだまだ遠い。ただ、ぼくが調べてまわろうとしても、ネットを使うことはできない。ネット上で別人になりすましたところで、BREENIACや、エドワード・ブリーンや、水爆開発に関わった人々に関するデータを検索すれば、メターゴンにばれてしまうに決まってるもの。

そこで母の住まいを訪ねた。母が祖母のドレッサーから盗みだした文書がいまも残っているよう願っていたら、運よく見つかった。そのなかに、エイダ・バイロンからきた手紙があって、マルティナ・ザギノールはアメリカが参戦する前に強磁性コアメモリの特許をアメリカに出願した、特許証が見つかれば、マルティナがメターゴン一号を設計したことの証明になる、と書いてあった。

エイダ・バイロンの名前を目にした瞬間、ぼくは大きな手がかりをつかんだことを知った。だって、コンピュータの歴史に名を残した人だもの。だから、たぶん偽名だろうと思った。シカゴに戻って、公立図書館でエイダ・バイロンについて調べることにした。資料室の司書が調べてくれたら、ゾルネン関係の文書の目録にバイロンの名前が見つかった」

「そこでシカゴ大学へ出かけて、死の床にあったベンヤミン・ゾルネンにエイダが書き送った手紙の二枚目をくすねたわけね」わたしは言った。

マーティンは赤くなった。「ちゃんと返すってば。誰かが――えっと、たとえばジャリ・リュウなんかが――ぼくと同じ手がかりを追えば、その手紙に行き着くだろうと思ったんだ。二枚目に、このティニーの住所が書いてあった。だから、こちらにきたんだ。そして、マルティナが遺していった試験に合格した。そのおかげで、ドロシーからこの仕事部屋に入る許可をもらい、エイダがマルティナだったことを知った。最初は信じられなかったけど、ここですごすうちに、本当にそうなんだって徐々にわかってきた」

「どうしてマルティナだとわかったの?」わたしは訊いた。

マーティンは不意に笑みを浮かべた。「むずかしいことじゃなかったよ。どの研究ノートにもマルティナの名前が書いてあった。それを見てぼくが思ったのは――いや、何を思ったのかよくわからない。ゲルトルード・メムラーがマルティナのふりをしていると思ったのか、それとも――いや、わからない。だけど、一九三〇年代に、つまりマルティナがウィーンにいたころに発表した論文の一覧表が作ってあった。いくつかの問題を解くのに使った手順も記されていた。そして、こんなことも書いてあった――」

マーティンは言葉を切ると、古いノートを一冊手にとり、ページをめくった。「あ、ここだ。ドイツ語と英語で書いてある。〝これらの発見をしたのは、わたし、マルティナ・ザギノールであることがいかなる人にもわかるよう、ここにすべての手順を書き記しておきます〟って。そして、すべての研究ノートの最初と最後にプリズムの図案が描いてあった。それに加えて、ゲルトルード・メムラーの名前で書いた手紙の写しも残っていた」

「すると、その手紙を出したのは、じつはマルティナで、核兵器の脅威を目にしたあとで良心に目ざめたもとナチ党員ではなかったのね。でも、マルティナはなぜ長年のあいだ沈黙を通していたの？　どうしてキティ――あなたのお祖母さん――や、あなたのお母さんに連絡しようとしなかったの？　戦争が始まる前にこちらにきていたの？　テレジンとソビボルにいたという記録は偽りだったの？」

マーティンは首を横にふった。ほっそりした顔に愁いが浮かんでいた。「その点は、ぼくにはまったくわからない。マルティナが私的な日記を残しているとすれば、ここにあるドイツ語のノートのどれかだろうね」

マーティンは学校用の古いノートをもう一冊手にとり、色褪せたドイツ語の文字をわたしたちに見せた。「英語で書かれたノートはすべて物理学関係だった。マルティナは晩年になってもなお、物理学の最先端にいた。暗黒物質や超対称性における問題について考えていた。

望遠鏡を持ち、星の観察記録をつけていた。ガンマ線バーストの研究をしようとしていた」

ドロシーがうなずき、わたしたちが秘密の仕事部屋を見つけたあとで初めて口をひらいた。

「エイダはよくわたしをこの家に呼んで、望遠鏡を見せてくれたわ。外に作ったあのデッキに望遠鏡が置いてあったの。本当はオーストリアの科学者だなんて、ひとことも言わなかったわね。もっとも、軽い訛りがあったから、外国人だってことは薄々察してたけど。

本当の彼女の姿を知って、いくつか納得できたことがあるわ。エイダは——マルティナと言うべきなんでしょうけど、五十年ものあいだ、エイダとしてつきあってきたから——エイダは化学の修士号を持つわたしよりも科学知識が豊富だったけど、大学で学んだことは一度もないと言っていた。高校でよく、物理学と天文学の話をしてくれたものだった。子供たちを家に呼んで望遠鏡をのぞかせてやり、ブラックホールの話をし、おかげで子供たちは生き生きと興味を持つようになったわ。カレッジの学生たちのために物理学の個人指導をしたり、問題を解くのに手を貸したりもしてくれた。

わたしはこの町に住むようになったころ、学位をとってどこか大きな学校で教えるようにと、エイダをせっついたけど、エイダは小さな町の暮らしが好きで、ゆっくりしたペースが好きだと言うだけだった。人と競いあう必要も、自分の背後を警戒する必要もないからですって。わたしもついにあきらめたわ」

「望遠鏡、見たい」リリーが言った。

ドロシーは笑った。「いつでも見られるわ、シュガープラムちゃん。図書館に置いてあるから、ティニーに住む小さな女の子なら誰だって見られるのよ」

わたしはきのう見つけた人骨のことを考えた。マルティナがエイダ・バイロンとして、ときにゲルトルード・メムラーとして、偽名を二つ使ってＦＢＩから身を隠していたのなら、エドワード・ブリーンの古い地下室に埋められていたのが本物のメムラーなのだろうか。誰が彼女を殺したの？　誰が埋めたの？

「マーティンをこの仕事部屋に入れても大丈夫だと、何を根拠に判断されたんです？」わたしはドロシーに尋ねた。

ドロシーは吼えるような声で笑った。

「エイダに言われてたの。誰かが訪ねてきて、自分はマルティナの血筋の者で物理学にもくわしい、と主張したときは、一連の問題が解けるかどうかやらせてみなさいって。マーティンは昔のお伽話に出てくる、岩から剣を抜いた王子のように、ここに着いてわずか三日で問題をすべて解いてしまったわ。

わたしなんか、エイダが遺してくれた書類一式を弁護士さんから渡されたあとで、その問題を解こうとしたら、一カ月もかかったというのに。おまけに、あまりエレガントな解き方じゃなかった。エイダは何通りかの解き方を添えていて、マーティンは五問のうち二問を、エイダの模範解答とまったく同じやり方で解いてみせた。あと三問はもう少し荒削りだったけど、それでも――三日で解いたのよ！　しかも、ザギノール家の歴史を知っていた。自分の祖母がマルティナの娘であることを知っていた」

「あなた、この仕事部屋で何をしてるの？」わたしはマーティンに訊いた。「特許に関する情報を見つけようというの？」

「マルティナが残したメモをもとに、BREENIACを復元しようとしてるんだ。一九五三年以前の日付がついたものだけを使って。マルティナが最初の磁気メモリを設計したことをぼくの手で証明できれば、社長も脅迫をやめるしかなくなると思ってね。マルティナは特別な規格のワイヤを使ってるけど、これはエドワード・ブリーンには思いつけなかったことだと思う。だから、マルティナはエドワードの設計よりも安定した電流を生みだすことができた。でも、ぼくはまだ完全な復元ができずにいるんだ」

わたしにはばかげたことに思われた。きわめて現実的な選択ではあるが、現実から遊離している。ロケットの模型を凍らせるためにガレージをドライアイスで満たしたのと同じだ。

「いまはあきらめてちょうだい。コーデル・ブリーンか国土安全保障省の連中がこの家の玄関に駆けつけてくるのは時間の問題よ。むざむざと標的にされるのはごめんだわ。マルティナのノートとあなたのメモのうち、いちばん重要なものだけ集めてくれない？　シカゴの安全な場所に預けておくから」

「いますぐ、ティニーにあるわたしの取引銀行へ行きましょう」ドロシーが言った。「貸金庫を借りるの。そんな大事なものを持ってイリノイ州を車で延々と走る危険を冒すより、そのほうがいいわ」

マーティンは逆らった。「もう少しで完成なんだ。それに、ここにいれば安全だ。秘密のドアがあいたのは、ぼくなら微細構造定数のかわりにプランク定数を使うだろうと冗談で言ったのを、アリスンが思いだしたからにすぎない」

わたしは首をふった。「メターゴンと国土安全保障省のどちらが先にここに着くかわからないけど、両方とも高性能のスパイウェアを持ってるから、暗証番号なんて一秒で突き止めてしまうわ。あるいは、メターゴンの悪党どもがあの壁をてっとり早く斧で叩き割るかもしれない。あなたはここで袋のネズミよ」

マーティンが頑固に顎を突きだしたそのとき、階段にアリスンがあらわれた。「マーティン！ ヴィク！ 上がってきて！ テレビのニュースで、ジュリアス・ゾルネンと女性の遺体のことを言ってる」

50　マルウェア

居間へ行くと、コマーシャルに切り替わっていた。女性が新発売のドリンクヨーグルトのすばらしさを激賞し、続いて、ＳＵＶのハンドルを握った男性がラ・ブレア・タールピット（ロサンゼルスにある天然アスファルトの沼）を走り抜けるのを、みんなで見守った。

ようやく、〈グローバル・エンターテインメント〉のニュースキャスターの一人、ベス・ブラックシンが画面に登場した。「今日のトップニュースは、人骨発見という衝撃の事件です。この人骨は、ハイド・パークにある住宅のキッチンの地下に、少なくとも五十年間、いえ、おそらくはもっと長期にわたって埋められていました」

ベスはわたしがゆうべ閉じこめられた地下室に立ち、警察が人骨を掘りだしたあとの穴を指し示していた。わたしは外に出て新鮮な空気を吸いたくなったが、その思いを抑えてアリスンの横に立ち、画面を見つめた。

「今回の事件に悲劇性と重要性を加えているのは、このコーチハウスがもとはエドワード・ブリーン氏の仕事部屋だったという事実です」ブラックシンが言っていた。「ブリーン氏は革新的コンピュータの設計によって、今日の世界的企業メタ―ゴンを築きあげた人物ですが、一家でレイク・フォレストへ住まいを移したあと、ジュリアス・ゾルネン氏がここに住むことを許可しました。

エドワード・ブリーン氏の息子でメターゴンの現CEOであるコーデル・ブリーン氏は、本日声明を出し、ジュリアス・ゾルネン氏がブリーン家の好意を踏みにじって、女性を殺害してキッチンの地下に埋めたことに衝撃を受けている、と述べています」

メグがリリーを台所へ連れていった。「この子はたったの四歳。殺人だのなんだのを耳にするのは早すぎるわ」

画面がメターゴンの本社に切り替わった。ブリーンが社長室でコメントしていた。背後にはロスコの抽象画。

「今回の人骨発見は、われわれメターゴン社の全員にとって衝撃でした」ブリーンの心地良いバリトンの声は、この場にふさわしい厳粛さを帯びていた。「ジュリアス・ゾルネンの父上ベンヤミンは、わたしの父と緊密に協力しあって、アメリカの核兵器の設計をおこなっておりました。ジュリアスとわたしの両方が子供だったころは、ジュリアスも父上と同じく科学界の巨星になるだろうと、誰からも期待されていました。ところが、鬱状態で家にひきこもるようになり、大学も中退してしまいました。

自分は恐ろしい罪を犯したと、ジュリアスがよく言っていましたが、科学の才能を無駄にしたという意味だとばかり思っておりました。いかなる動機からあのように残酷な殺人に走ったのか、わたしには想像もつきませんが、火曜の夜、ジュリアスがわたしに会いにきました。そのときの口ぶりからすると、罪を告白したかったのかもしれません。結局、ジュリアスの口から恐ろしい秘密が明かされることはなく、わたしの家を出たあと、シェリダン・ロードの脇の峡谷に車ごと転落してしまったのです」

これがブリーンのコメントのすべてだった。そのあと、メタゴン本社の外に立つマリ・ライアスンが画面に登場した。

「発見された女性の身元に関して、いまのところ、警察はまったく手がかりをつかんでおりません。しかし、遺体と一緒に発見されたボタンが、シカゴ・ファッション・インスティテュート所属の歴史家、エヴァ・クーンさんに渡されました。クーンさんの鑑定によると、ボタンは一九五二年に発表されたディオールのスーツに使われたものとのこと。つまり、女性はおそらく一九五二年か五三年に殺害されたのでしょう。シカゴ警察では、きのう遺体を発見したシカゴの私立探偵、V・I・ウォーショースキーさんから話を聞きたがっていますが、いまに至るまで足どりがつかめません。マリ・ライアスンがノースブルックから生中継でお伝えしました」

マリにかわって、腰までクランベリーに埋もれた男性二人の映像になった。ドロシーが音声を消した。

わたしの肌が冷たくなった。コーデル・ブリーンもみごとに切り抜けたものだ。女性の死の責任をジュリアス一人に押しつけた。死んでしまったジュリアスには反論のしようがない。遺体が見つかるのを防ぐためにコーデルがジュリアスをコーチハウスに住まわせたのでは、というわたしの仮説は、結局ただの仮説で終わってしまった。

アリスンがうれしそうな顔になった。「ほらね！　父はジュリアス・ゾルネンの死と無関係だったんだわ。ダードンはブレーキに細工なんかしていない。あなたの言うことに耳を貸したりするんじゃなかった、ヴィク。あなたのせいで、あたし、実の父親に恐怖を抱いてしまったのよ」

「アリスン、ロリー・ダードンはきのう、わたしを殺そうとしたわ」苛立ちのあまり、わたしはいまにも金切り声を上げそうだった。

アリスンの目がぎらついていた。すべてを否定しようと躍起になるあまり、熱を出したかのようだった。「父がダードンをコーチハウスへ行かせたのは、ジュリアス・ゾルネンがスケッチを持ち去ったのかどうかを調べるためだったのよ。そこであなたと鉢合わせして、ダードンが過剰に反応したのかもしれないけど、だからって、うちの父が――」

「ドロシー！」台所のほうからメグの声がした。「たったいま、表にSUV車が止まった。わたし、リリーをグレースの家へ連れてって、〈クリフォード〉を一緒に見せてもらえないか、あちらのお母さんに頼んでくるわ」

ドロシーがわたしたちに言った。「仕事部屋に戻ってドアをロックしなさい。いまやってきたのが厄介な連中だったら、わたしが〝もう大丈夫〟と言うまでじっとしてて」

マーティンとわたしは急いで地下に戻ったが、アリスンはぐずぐずして、居間のカーテンの隙間から通りをのぞいていた。秘密のドアを閉じるスイッチは作業台の下についている。マーティンはそこに指をあてていたが、アリスンがおりてくることを願い、はらはらする沈黙のなかで待っていた。土壇場になり、男たちが玄関ドアを乱暴に叩きはじめた瞬間、アリスンが地下への階段を駆けおりてきてわたしたちに加わった。

マーティンがスイッチを押した。壁がゆっくり動くのを三人で見守った。ガタンと音がして壁が端にぶつかり、つぎの瞬間、カチッとロックされた。

作業台のモニター画面に目をやると、ポーチに立っているのはモーとカーリーだった。

「国土安全保障省だわ」わたしはつぶやいた。

「ほらね？」アリスンが声をひそめて言った。「父は尾行なんかしていない！」

わたしはパニックを起こすまいと努めたが、二日続けて地下に閉じこめられることには、もう耐えられそうもなかった。「マーティン、ほかに出口はないの？」

「奥の壁についてる。マルティナの望遠鏡が置いてあったデッキの下にあたる場所だ」

玄関のスクリーンドアに設置された小型マイクを通して、なんの用かと男たちに尋ねるドロシーのぶっきらぼうな声が聞こえてきた。モーとカーリーが国土安全保障省の身分証をさっと提示するのが見えた。ドロシーが、話があるならフロントポーチでしてほしい、バッジをいくつ見せられようと、知らない人間を家に入れるつもりはない、と言った。

「外に止まっているマスタングは、シカゴ警察から手配されている女性のものであり、われわれにはまた、あなたがべつの逃亡犯を匿っていると信ずるに足る理由があります」モーが言った。

「このドアをあけるのは、われわれにとって造作もないことです」カーリーが口をはさんだ。「わが国の安全に関わる捜査に協力するチャンスを、あなたに差しだしているのですよ」

「そんなセリフでわたしを感心させられると思っているなら、刑事ドラマの見すぎだわ、坊やたち」

三人が話しているあいだに、わたしはべつの車がSUV車の背後に止まったことに気づいた。車をおりるドライバーの顔は見えなかったが、その男が身をかがめてうしろのシートから妙な形をした大きなものをひっぱりだすのを、わたしたち全員が見守った。最初はマネキン人形を運んでいるのかと思ったが、男が家に近づいてきたとき、女性を抱えているのだとわかった。瘦せこけたカカシみたいな女性で、白髪まじりのカールした髪が乱れ、裸足の脚はわずかに肉のついた棒きれとほとんど変わりがなかった。

「うちの母だ！」マーティンが愕然とした。「ええっ——どうして——？」

「あれ、ダードン？」アリスンがささやいた。

二人の到着はモーとカーリーにとっても驚きだったようで、ドロシーに向かって熱弁をふるうのを中断して二人を見た。

「いったい誰だ——ああ。メターゴンの男か」カーリーが言った。「何しにきた？」

ダードンがジュディを階段にすわらせると、ジュディは手すりにぐったりもたれた。「ガキと書類をもらいにきた」

「こっちは目下、国際テロに関係があるかもしれない事柄について、連邦組織として捜査を進めているところだ」モーが言った。

「ああ、知ってるとも。悪質なプログラマーが国防機密を海外へ売るつもりかもしれない、とそちらに通報したのは、ブリーン氏だからな」ダードンは言った。「われわれはおたくの捜査にずっと目を光らせてたんだ。バインダーの小僧がメターゴンから盗みだした企業秘密を奪いかえすために、あんたたちを尾行してここまでやってきた」

「その骸骨は誰だ？」モーがジュディのいるほうへ靴の爪先を向けた。

ダードンは醜い笑みを浮かべた。「われらが天才坊やの母親さ。坊やがおとなしく出てくれば、母親は解放してやる」国土安全保障省の二人を肘で押しのけ、スクリーンドアをはさんでドロシーと向かいあった。「バインダーの坊やにいまのメッセージを伝えてくれないか。坊やがここにいることはわかってる」

「あらあら、何もわかってないのね。そちらのご婦人、ずいぶん具合が悪いようだわ。お医者に診せなきゃ。救急車を呼ぶことにするわ」

ダードンがスクリーンドアを乱暴にひっぱったため、蝶番がはずれてしまった。ドロシーの大きな叫びが聞こえた。そして、ドサッという音。ドロシーが倒れたのかもしれない。しかし、男たちのほうはドアを通り抜けてカメラのレンズの範囲からはずれたため、姿が見えなくなった。モーがカーリーに向かって、「この女が助けを呼ぶのを阻止しろ」と命じたが、二人はやがて、マイクの集音範囲から離れてしまった。上のほうから、ドタドタと足音が聞こえてきた。ダードンと国土安全保障省の連中が小さな家のなかを走りまわっている。

マーティンが仕事部屋の入口をひらくボタンを押そうとしたが、わたしがその腕をつかんで遠ざけた。「お母さんのことはわたしが守る。あなたはアリスンを連れて逃げて。チャンスは一度きりよ。さあ、行って。連中がこの部屋を見つける前に！」

奥の壁ぎわへ走ると、天井に収納されている梯子段が見えた。ハンドルをひっぱった。ギーッと大きな音を立てて梯子段がおりてきた。ゼラニウムの鉢植えもおりてきて、わたしの頭にぶつかりそうになった。この梯子段はデッキに出るための上げ蓋に続いている。「いまマスタングのキーをマーティンの手に押しつけて、梯子段までひっぱっていった。

すぐここから脱出して！　アリスン・ブリーン、少しは根性を見せなさい。さあ、立って。行くのよ。マーティンがティニーから出るルートを見つけるのに、あなたの手助けが必要なの。ジュディはわたしが病院へ連れていく」

　仕事部屋の外の壁を誰かが叩きはじめた。銃声が一発。そしてまた一発。壁が震えた。だが、ひらきはしなかった。

「逃げて！」わたしはどなった。

「ぼくのマシン、マルティナの設計図！」マーティンが叫んだ。わたしの横を走り抜け、何冊ものノートを抱えこんだ。反対の手でアリスンをつかみ、梯子段のほうへひきずっていった。

　わたしは二人が上げ蓋を通り抜けて姿を消すのを見守り、デッキに響く二人の足音を聞いた。しばらくして、叫び声が聞こえたが、誰の声なのか、何を言っているのかはわからなかった。ホルスターから銃を抜き、アリスンとマーティンを追って梯子段をのぼりはじめたそのとき、上げ蓋からモーが顔をのぞかせた。

「われわれがおりていく。あんたはそこでじっとしてろ」

「言うとおりにして」ドロシーだった。ほとんど聞きとれないような声だった。「リリーがあいつらに見つかった。つかまってしまったの」

51　停電

わたしは梯子段からあとずさり、モーに見られていないことを願いつつ、銃をジーンズのウェストに押しこんだ。モーが梯子段をおりてきた。少々息を切らしていた。

「あのドアをあけろ！」銃で反対側の壁を指し示して、モーは吼えるように言った。

「どうして？　もうここに入りこんでるじゃない」

「ここにはあんたの身を守ってくれる犬も、弁護士も、世話焼きの隣人もいない。われわれには、少女とヤク中の母親がいる。言われたとおりにするんだ」

「だいたい、あなたたちって誰の味方なの？」わたしは訊いた。「メターゴンのためにアルバイトしてるの？　それとも、アメリカ市民を威嚇して……」

モーが銃のグリップをわたしの口に叩きつけた。口のなかに血があふれた。モーをめがけて血を吐きだしたとき、前歯が一本ぐらついているのに気づいた。モーの腕をつかんで思いきりねじりあげてやった。銃が彼の手から放れ、床にころがった。わたしのほうが先に銃をつかんだが、ダードンがすでに梯子段の下まできていた。リリーを抱えている。リリーは泣き叫んでいた。髪に結んでいたピンクのリボンがほどけ、顔は泥で汚れていた。

「銃を捨てろ、ウォーショースキー」ダードンが命じた。

わたしはモーの銃を落とした。

「それから、ジーンズのうしろにはさんだ銃も」

わたしはスミス&ウェッスンを落とした。

「あんた、きのうは運がよかったな」嘲りの口調で、ダードンはつけくわえた。「だが、ブリーン氏は感銘を受けなかったようだ。ブリーン氏を出し抜いてやったと思ってるなら、それはあんたが本当は大バカ者だって証拠だな」

わたしは大バカ者。それは間違いない。まず、マスタングを路上に止めておいたのがバカだった。それから、ここでぐずぐず話しこんだりしないで、マーティンとアリスンをトールグラス・ドライヴからすぐさま遠ざけるべきだった。

「仲良しのダヴィラッツ保安官助手はどこなの？」

「いまは必要ない。国土安全保障省の連中の掩護があるから」

アリスンとマーティンが梯子段をおりてきた。そのあとにドロシーとメグがのろのろと続いた。しんがりはカーリー。不格好なスナブノーズの二二口径を一同に向けながら。

ダードンがリリーを床におろした。乱暴に。リリーは泣きじゃくっていたが、いまはもう恐怖の叫びではなく、悲痛な絶望のうめきになっていた。

「あなたの車まで走ろうとしたけど、母を撃つと脅されたんだ」マーティンが生気のない声で言った。手には何も持っていなかった。ノートをどこかで落としてきたのかと思ったが、ふと見ると、ノートはカーリーが抱えていた。

「おい！」ダードンがドロシーのほうを向いた。「ガキを黙らせろ」

ダードンがリリーをドロシーに押しつけると、ドロシーは少女を抱きあげて、壁ぎわに置かれたソファベッドまで行った。そこに少女をすわらせて抱きしめ、関節炎を患っている太い指で髪をなでてやった。

メグは狼狽のあまり、わが子がどうなったのかもわからない様子だった。リリーの名前を呼びながら、絶望の表情であたりを見まわし、ようやく、娘がドロシーに抱かれているのを目にした。よろよろとソファベッドに近づいて、二人の横にすわると、少女を自分の膝にのせて抱きしめた。

「なんでこんな連中を呼び寄せたのよ？」メグがわたしに食ってかかった。

返事ができなかった。頭のなかにあるのは後悔だけ。後悔しても、いまはなんの役にも立たないが。

「ダードン、どうしてこんなことするの？」アリスンが訊いた。「父から充分にお金をもらってるんじゃなかったの？」

ダードンは驚愕の表情でアリスンを見た。「お父さんに頼まれてやってるんです。メターゴンを守る手伝いをしてるんだ。そもそも、国土安全保障省を巻きこんだのもそのためだった。社の資産が危険にさらされるのを防ぐために」

「でも、こんなやり方はないでしょ」アリスンは反論した。「小さな子を脅すとか、人を痛めつけるとか、父がそんなことを命じるわけはないわ。あたしが父に報告したら、きっと、すごくショックを受けるわよ」

「メターゴンの長期にわたる安全にとって必要と思えば、わたしがどんな手段でもとる男であることを、お父さんは認めてくれてます」ダードンは言った。「ただし、お嬢さんにも同じことができるとお父さんが思っておられるのかどうかはわかりませんが」

「いくらメターゴンの安全を守るためでも、父が人を傷つけることを望んでいるなんて、あたしは信じない。マーティンのお祖母さんのこと――あれ、あなたじゃないわよね？　どうして年老いた女の人が死ななきゃいけないの？」

「メターゴンの企業秘密を外部に洩らすことは許されません。そのなかには、アメリカの核の安全にとってきわめて重要なものもあります。あの老婦人は、わが社の存続にとって不可欠の文書をわれわれがとりもどすのを邪魔したのです」

アリスンは片手を口に持っていった。嫌悪から生じた無意識のしぐさだった。

「最高裁判所が企業に人格を認めた以上、論理的に考えればこういう結果が生じるんでしょうね」わたしは言った。「中世の人々が国王に捧げていたのと同じ忠誠心を、人々が企業に対して抱くようになる。でも、コーデル・ブリーンはあなたの献身を認めてくれるかしら」

「なんだと？」ダードンはわたしをにらみつけた。

「ねえ、コーデルにとっていちばん大切なのはメターゴンだと思う？　自分の娘が銃を突きつけられていたことを知ったとき、はたしてコーデルが喜ぶかしら」

「アリスンが父親の望みどおり、メターゴンに重きを置いていれば、こんなことにはならなかったんだ。身から出た錆ってやつだな」

わたしは意味もないことをしゃべりつづけた。脱出ルートを目で探すあいだ、三人の男の注意をそらしておくのが目的だった。作業台に置かれたモニター画面をちらっと見た。いまもカメラから映像が送られてきているが、ジュディ・バインダーの姿はなかった。

「マーティンの母親をどうしたの？」

「あのジャンキー？」ダードンは言った。「あれはもう必要ない。病院から連れだせとブリーン氏に命じられた。ヤク漬けの母親ではあっても、バインダーのガキにしてみれば親を傷つけられるのはいやだろうと、ブリーン氏が読んだわけさ。ところが、あのクソ女、ろくに歩くこともできやしない。バインダーとアリスンをつかまえたあと、台所に置いてきた」

「いまも生きてる？」わたしはマーティンが組み立てていた強磁性の装置にこっそり目を向けた。格子から垂れ下がったワイヤを武器として使えないだろうか。

「どうでもいいだろ。あんたが盗んだあのスケッチ、どこへやった？　金庫をあけて、なかの書類を残らず調べたんだぞ。けさ、あんたのアパートメントのほうも調べさせてもらった。スケッチをどうしたんだ？」

「ミック・ジャガーが〈無情の世界〉で歌いつづけてることと同じよ、ダードン。〝望んだって手に入るとはかぎらない〟」わたしは軽い口調を崩さなかったが、内心では怯えていた。ミスタ・コントレーラスのことが心配だった。老人が連中を止めようとしたのかどうか気になったが、何も訊かないことにした。わたしが不安を示せば、人質候補のリストに老人までも加えられかねない。

「スケッチ？」アリスンが鈍い口調で言った。「ヴィク、あなたがBREENIACのスケッチを盗んだっていうの？　あそこの仕事部屋に入ったのは、火曜日が初めてじゃなかった？」

「そうよ。でも、ダヴィラッツ保安官助手がジュリアスを殺害したあと、水曜になってから、コーチハウスにスケッチを置いていったの。それをわたしがその日の午後に見つけたわけ。お父さんはジュリアスに窃盗の罪を着せるつもりだったのね。そうすれば、ジュリアスが何年ものあいだ、あなたのお祖父さんに恨みを抱いてたように見せかけられるでしょ」

「そんなの嘘だわ——嘘よ！」アリスンは叫んだ。「あのスケッチは、わたしの記憶にあるかぎり昔から壁にかかってたのよ。うちにきた人は誰だってスケッチを見ることができた。きっと、ミスタ・ゾルネンが盗んだんだわ」

わたしは首をふった。「ううん、アリスン、それは違う。エドワードがデスクの上のほうにスケッチを飾っていたのは、人の設計を盗んで自分のものだと主張した自分自身の抜け目のなさに満足していたからよ。コーデルはスケッチとその満足の思いを受け継いだ。マーティンがニュートンのプリズムに目をとめ、前に同じものを見たことがあるのに気づいたとき、お父さんは警戒心を抱いた。マルティナが残したその他の研究書類がマーティンの手で公にされる前に、奪いとるしかないと考えた。国防省のコネを利用して、国土安全保障省に協力を要請した」

「われわれには自国の核の秘密を保護する使命がある」カーリーが険悪な声で言った。「あんたがどんなたわごとを口にしようと、それは論点がずれている」

「ええ、わかってるわ」わたしはうんざりした。「国家の安全ね。くだらない。コーデル・ブリーンの手で殺人の従犯にされてしまったことがわからないの？　気にならないの？　コーデルはダードンを悪徳警官と組ませてポールフリーへ送りだし、リッキー・シュラフリーが持っていた文書を奪わせようとした。シュラフリーは高潔な人間ではなかったけど、カラスに目玉をえぐられるなんて気の毒すぎるわ」

「協力を拒んだからだ！」ダードンが言った。「そして、あんたも協力しそうにない。そのポーランド製の鼻でよけいなことを嗅ぎまわるのはやめておけ」

「ポーランド製のこの鼻をもっと鋭敏にしたいものだわ。火曜の夜、あなたがミスタ・コントレーラスとわたしを迎えにきたとき、すぐに気づくべきだった。顔のあの傷——ポールフリーの駐車場でわたしが銃を叩きつけたときについたのね。わたしが文書を見つけたことをダヴィラッツ保安官助手から聞いて、それを盗みだすために、わたしの車のトランクをこわしたんでしょ」

アリスンの脚から力が抜けた。作業台の端をつかんだが、床にすわりこんでしまった。マーティンが彼女に駆け寄ると、モーがそちらに銃口を向けたが、無謀な行動に出る様子はなさそうだと判断したようだ。

「ほう、おもしろい話だ」ダードンが言った。「あんたが何を言おうと、考えようと、どうでもいい。もうじき、誰にも話せなくなるからな」

わたしは何も聞こえなかったかのように続けた。「メターゴン一号の特許権は何十年も前に切れてるから、メターゴンが設計の権利を失うわけではないけど、面目が丸つぶれになるのはたしかね。エドワードがBREENIACのアイディアを盗んだことが公になれば、現在市場に出まわっている製品に、人々が疑問を持つことになりかねない。メタ－＝ジーニーのようなものを見ても、欠陥商品だ、メターゴンはコンピュータの設計方法もろくに知らないのだから、と思うようになる。株価が下落し、国防省はプリンセス・フィトーラの設計ができる企業をよそで探すことにする」

「よくしゃべる女だな」ダードンが言った。「BREENIACのスケッチをどこへやったのか正直に白状しろ。いやなら、ガキを撃つ」

メグが悲鳴を上げてリリーに覆いかぶさると、母親の恐怖が伝わって、リリーはまたもや大声で泣きはじめた。

「シカゴ大学の図書館よ」わたしはあわてて言った。「封筒に入れて、きのう返却した本にはさんでおいたの」

ダードンは疑いの目でこちらを見た。この女が本当のことを言っているという証拠がどこにある？

「なんの本だ？」

「『冷戦時代の良心的兵役拒否者の極秘日記』」真っ先に頭に浮かんだ題名がこれだった。

「その女はな、口をひらけば嘘をつくやつだ」カーリーが言った。「ここにあるノートにはさんであるかもしれん。全部燃やす前に調べてみろ」

「燃やさないで！」マーティンが懇願した。「かけがえのないものだ。マルティナ・ザギノールの研究の成果なんだ」

「きみは国防に関する機密を盗んだ罪で州刑務所に放りこまれるだろうから、そんな心配をするには及ばん」カーリーが言った。マーティンの言葉などろくに聞いていなかった。マーティンから奪ったノートをめくり、最後の一冊まで調べたところで床に投げ捨てた。

「ブリーン氏に見せる必要がある」ダードンが言った。「最初のコンピュータの特許が出願されたのと同じ時期に、ほかにも何か出願されてるかもしれないから、氏はそれを確認したがっている」

「このがらくたを運びだすのに箱が必要だ」モーがドロシーに言った。「空き箱はどこに置いてある？」

「地下室よ」ドロシーは重苦しい声で答えた。「壁の向こう側」

「ドアのあけかたを教えろ」モーが命じた。

「さっきの銃弾で電子開錠装置が機能しなくなってるわ」同じ重苦しい声で、ドロシーは言った。「自動停止スイッチがついてることを、わたしが言おうとしたときに、あなたたちが銃をぶっぱなしたから。誰かが強引に押し入ろうとすると、パネルがロックされてしまうの」

「梯子段を使って向こうへまわるしかないわね」わたしはマルティナのデッキへ続く出口のほうを頭で示した。

「あんたに学習能力がある若いうちに、口を閉じておくことを誰かに教わるべきだったな」ダードンが言った。こぶしを固めて殴りかかってきたが、わたしはその下をかいくぐり、床をころがって逃れた。「なあ、婆さん、あんたはここの住人だ。パネルをひらく方法をほかにも知ってるはずだ」

ドロシーはダードンの銃からリリーへ視線を移した。「作業台の裏側にボタンがあるわ。いまも使えるかどうかわからないけど」

「おい」ダードンがわたしに銃を向けた。「たまには人の役に立ってみろ。スイッチを押すんだ」

わたしは作業台の下にもぐりこみ、前にマーティンが押そうとしたボタンを探した。大人数を守る必要さえなければ、そのうち一人が怯えた四歳の少女でなければ、いまこそ反撃のチャンスなのに。

でも、反撃は無理——それならば——ボタンの横にマスタースイッチがあった。ボタンとスイッチを同時に押した。

部屋が真っ暗になった。ダードンが罵りの声を上げて発砲したが、銃声と同時に、壁のパネルのきしむ音が聞こえた。わたしは身を低くしたまま、音のするほうへ移動した。

「メグ！　ドロシー！　リリーを連れて梯子段をのぼって。早く！」わたしはどなった。「アリスン、マーティン、ついてきて」

誰かが作業台にぶつかって、ワイヤの束がわたしの頭の上に落ちてきた。誰かの手がわたしの肩をつかんだ。わたしは床にころがって逃れ、やみくもに蹴りを入れたが、空を切っただけだった。

ひらきはじめたパネルから、地下室の窓の淡い光が射しこんだ。モーの巨体が迫ってくるのが見えた。背後で誰かが格闘していた。肌にめりこむこぶし、苦しげなうめき声。モーがわたしの髪をつかんだ。わたしはふたたび蹴りを入れ、膝がしらに命中させてやった。モーがわたしの髪を乱暴にひっぱった。

「若造をつかまえたぞ」ダードンが言った。「五秒以内に明かりをつけなかったら、こいつを撃つ」

モーがわたしの膝裏を蹴飛ばし、髪をつかんでいた手を離した。わたしはよろよろと作業台まで行き、マスタースイッチを手で探った。ふたたび明かりがついたときには、意識朦朧となったマーティンの胸にダードンが片腕をまわして立たせていた。梯子段の下では、カーリーがアリスンをつかまえていた。アリスンの汚れた顔に涙の白い筋がついていた。

ドロシーはソファベッドにすわったままだったが、リリーとメグは姿を消していた。人質が二人逃げだしたことを知って、ダードンが悪態をついた。

「必要なものをかき集めて、出ていくとしよう」ダードンは国土安全保障省の男たちに言った。「地元の法執行機関の連中があらわれても、われわれにここを捜索する権利のあることは証明できるが、都合の悪い点がたくさんあるからな」

つまり、ドロシーとアリスンとマーティンのことだ。そして、わたしのこと。

「それから、女探偵に手錠をかけて作業台にくくりつけろ。火のなかで死んでもらう」

「いや、だめだ」カーリーが反対した。「焼け跡からこの女が見つかったら、手錠が国土安全保障省のものだとばれてしまう」

ダードンはいまいましげなしぐさを見せた。「手錠で探偵とアリスンをつないでくれ。どうするかはあとで考える。ノート類と若造が組み立ててた装置を集めるとしよう」

カーリーがわたしをひっぱってアリスンのところへ行き、手錠でつなぎあわせた。モーはひらいたパネルを通り抜けて向こう側の地下室へ行った。さまざまな品を床に放りだす音が聞こえた。ほどなく、空っぽの箱を二個抱えて戻ってきた。マーティンが組み立てていた強磁性格子を一方の箱に投げこみ、ノート類をまとめてもうひとつの箱に押しこんだ。

マーティンは薄れた意識をすでに回復していたが、左目のまわりに血がにじんでいた。苦労して組み立てた装置にモーとカーリーがのみを突き立てるのを、悲痛な顔で見守っていたが、何も言わなかった。

「バインダーの若造を連れて、おまえが先に行け」カーリーがパートナーに言った。「そのあとから、ダードンとわたしが残り三人を連れていく」

モーがマーティンの脇腹に銃を突きつけて、仕事部屋から強引に連れだした。ダードンがドロシーの腋の下に銃を押しこんで言った。「立つんだ、婆さん」

ドロシーがのろのろと立ちあがった。「あなたみたいなサイコパスでも、かつてはお祖母さんがいたでしょう？　お祖母さんがあなたのような人間の屑でなければ、わたしにこんな口を利くあなたの姿を見て、さぞ嘆くことでしょうね」

ダードンがドロシーを殴りつけた。「なんのつもりだ？　テレビのトーク番組か。最初は探偵のクソ女。つぎはあんたかよ。口を閉じてさっさと歩きな」

「それこそメターゴンの精神ね、ダードン」わたしは心から言った。「遠い昔にエドワード・ブリーンの原点となったものよ。ナチの協力者をアメリカに連れてきて、そののちに殺害し、自宅の地下に埋めた。あなたがコーデルのお気に入りなのも当然ね」

「勝手にほざけ。どうでもいい」ダードンは挑発に乗ってこなかった。「その件はブリーン氏がすでに警察に説明している。警察のほうも、女を埋めたのは落ちこぼれのゾルネンであることを知っている」

「コーデルが警察にそう言っただけよ。真実かどうかはわからないわ。ドイツ語で書かれたマルティナのノートを翻訳すれば、ゲルトルード・メムラーの身に何があったか、はっきりするでしょう」

「ウォーショースキーを連れて出ろ」カーリーがダードンに言った。「こいつめ、もう一人の女が警官を連れて戻ってくるまで時間稼ぎをするつもりだ。こいつと口論なんかするんじゃない」

「あんたが連れてけ」ダードンは言った。「おれは婆さんを連れて最後に出る。婆さんの首に銃を突きつけておくからな、女ども、婆さんがあんたらの足もとで死ぬのを見たくないなら、さっさと歩くんだ」

カーリーがアリスンの自由なほうの手をつかんだ。乱暴にひっぱったため、アリスンがよろめいた。わたしの足が彼女の足にひっかかり、わたしまで倒れそうになった。カーリーがアリスンの首に銃を押しつけ、さっさと歩くよう促した。

マーティンとモーが階段のてっぺんにいた。

「マーティン?」上からジュディのかすれた声が聞こえた。「こいつら、おまえに何をしたの? 殴られたの? あんたたち、うちの息子に何したのよ?」

「フン、どけどけ、干からびたヤク漬け女め」モーが言った。

彼らの向こうの戸口に、ジュディの輪郭が浮かびあがっていた。ふらふら揺れていた。

「わたしに向かってそんな口利くんじゃないよ。うちの息子を傷つけるなんて許せない」かすれた声で、ジュディは言った。

階段の上にある棚からいきなりモップをとり、モーの頭をめがけて突きだした。モーはあわてて飛びのいたが、マーティンを抱えていた腕がゆるみ、うしろ向きに倒れそうになった。

カーリーがアリスンに突きつけていた銃の向きを変えるのを、わたしは感じとった。手錠ごとアリスンの手をつかみ、ひきずるようにして階段をのぼらせた。「早く！」ためらう彼女をどなりつけた。

モーがバランスをとりもどした。わたしに飛びかかろうとしたそのとき、階段の下にいたカーリーがわたしたちを狙って発砲した。モーが苦痛のうめきを上げ、目の前でドサッと倒れた。

わたしはアリスンをひきずって、モーの身体をまたがせ、階段のてっぺんのドアから外に出た。ジュディがモップを握りしめたまま倒れていた。マーティンが母親の上にかがみこんでいたが、どうしていいかわからない様子だった。

「マーティン、抱きあげて外へ運んで」わたしは指示を出した。

「だけど、ドロシーは？」アリスンが声を震わせた。

「メグが助けを呼びに行ったわ」わたしは言った。「わたしたちが逃げてしまえば、連中はドロシーを撃ったりしない。あとで保安官に説明しなきゃいけないもの。さあ、行きましょ。早く！」

わたしは戸口に立つアリスンをひきずりだし、地下室のドアを力まかせに閉めて、男たちを閉じこめてやった。マーティンが母親を抱きあげ、わたしたちに続いて裏口から外に出た。

52 仮想現実

わたしたちがティニーの警察署でべつべつの取調室に入れられ、それぞれの立場から供述をおこなって一時間ほどたったころ、コーデル・ブリーンが到着した。すぐにでも大きな法律事務所を始められそうなほどの人数の弁護団をひきつれて、メターゴン社所有のガルフストリームで飛んできたのだった。国土安全保障省のシカゴ地区を統轄する局長、ゼータ・モラヌというてきぱきした女性も同行していた。

モラヌとコーデルが到着すると、ティニーの警察署長デューク・バロウが全員を署長室に集め、誰が誰とどこへ行くかを決めることにした。署長はメグ・ファーガスンの幼なじみだった。ブリーンの弁護団の発言を途中でさえぎり、メグとリリーとドロシーを自宅まで送るようパトロール巡査に命じた。

「今夜はうちの警官をお宅に泊まらせるから、心配せずに、少しでも睡眠をとるといい」署長はメグに言った。

「この女性たちは、わが省の職員二名を誹謗中傷しています」ゼータ・モラヌが反論した。

「帰宅を許すわけにはいきません」

「ここは法廷ではないのでね、ミズ・モラヌ」署長が言った。「お望みなら、判事の前で何週間も文句を言ってくれればいい。わたしは一介の警官にすぎず、逮捕すべきは誰か、この午後に暴力をふるわれたあとで自宅のベッドで眠るべきは誰かを決めようとしているだけだ」

わたしたちがようやく助かったのは、メグがバロウ署長と幼なじみだったおかげだ。マーティンがジュディを抱きかかえてよろよろと庭を横切るあいだに、カーリーとダードンが裏口から飛びだしてきて銃をぶっぱなした。弾丸がわたしたちに命中する前に、メグの呼んだパトカーが何台も到着した。

そのうち一台がジュディ・バインダーをティニー病院へ運んだ。マーティンも母親に付き添ってうしろのシートに乗りこんだ。警官隊がモーとドロシーを捜して家に入ると、モーは肩から血を流していた。モーのために救急車が呼ばれたが、アリスンとドロシーとわたしは、カーリーとダードンともども、警察署へ連れていかれた。

モラヌが署長に向かって、国土安全保障省の職員を逮捕する権限は警察署長にはないと言った。「あの二人が命令の範囲を逸脱していたなら、それは内部規律の問題としてこちらで対処します」

カーリーの顔が真っ赤になった。「しかし、局長、メターゴンから派遣された人物に全面的に協力するようにと、そちらから指示が――」

「任務遂行にあたっては、つねに賢明な判断力と分別を働かせなくてはなりません、ボナー。幼い子供を人質にするとは、あなたもグリースンも賢明な判断を下したとは言えませんね」

「われわれはブリーンの部下に言われるままに動いただけです」カーリーが反論しようとし

たが、シカゴに戻るまで待つようにと、モラヌに言われた。

ティニーの警察署長も反論したが、それはまたべつの理由からだった。署長はFBIに誘拐事件の捜査を委ねるつもりでいた。すでにピオーリア支局の捜査官に連絡をとり、リリーとメグを拉致した件でダードンと国土安全保障省の職員二名を尋問するよう頼んである。もうじき誰かが到着するはずだ。

「どうも大きな誤解があるようですな」コーデルが温かなバリトンの声で言いはじめた。「べつにFBIを呼ぶ必要は――」

「その点はご心配なく」ゼータ・モラヌがコーデルに言った。「こちらで北部地区のトップと話をつけますから。国防機密がイランの手に渡りはしないかと、あなたが懸念しておられたことは、わたしも知っています。そのせいで、部下の方も熱意を発揮しすぎたのでしょう。バインダー青年をいまから尋問のために連行します。フィトーラのコードをどうするつもりだったのか、明確にするために」

「だめ」アリスンが言った。

「サニ――」コーデルが声をかけた。

「〝サニー〟なんて呼ばないで、パパ。いまのあたしは太陽みたいに明るい子じゃないんだから。マーティン・バインダーにフィトーラのコードを盗んだ罪を着せようとしても無駄よ。彼がコードと無関係なことは、パパだって承知なんでしょ。ジャリ・リュウがパパとあたしとヴィクに言ったじゃない。ネット上にも、競合企業のあいだにも、コードに対する関心はいっさい見受けられないって。マーティンはね、彼の曾祖母にあたる人がうちの祖父に強磁性コアメモリの設計図を盗まれる前にどんな研究をしていたのか、調べてただけなのよ」

「サニー、おまえは今日の午後、ひどいショックに見舞われた」コーデルが焦った口調で言った。「このウォーショースキーという女のせいで、おまえの力では対処しきれないことに巻きこまれてしまった。シカゴに戻る前に、いくつかの罪状でこの女を訴えてやる。署長――バロウ署長だったね？――娘と二人だけになれる部屋はないだろうか」

「二人だけになるなんてお断わりよ、パパ」アリスンの顔は石のようにこわばり、声は燧石のように冷たかった。「ヴィクを、あるいは、マーティンを訴えるなら、あたしから取締役会に対して、パパが権力を濫用したことを説明するわ。パパに反対票を投じ、ママにもそうしてもらう」

ブリーンは自分に絶大な自信を持っている男だ。「アリスン、いまのおまえはショック状態なんだ。少し気分が落ち着いてから、じっくり話をしよう。いまからガルフでシカゴに帰る。機内で何か食べて、仮眠をとれば、ショックも癒えるだろう」

「いいえ。怒り狂ったサイのように暴れまわるパパを見たショックからは、とうてい立ち直れないわ。パパが人の言葉に耳を傾けてくれたら、どんなにいいかしら。ママがお酒に溺れるようになったのも当然ね。パパに無視されてばかりで、いやになったのよ」

「おまえのママは酒に溺れてなどいない。わが家の私生活について人前で論じるなど、とんでもない間違いだ。おまえに何度もそう言わなかったかね？」

「お嬢さんのことを社長に何度も警告しましたよね」ダードンが言った。「お嬢さんはどうも信用できないと、社長に言ったはずです」

「おまえのためにセラピストの予約をとっておこう、サニー。いまのおまえはストックホルム症候群というやつだな。バロウ署長、必要なことはすでにうちの弁護士たちから説明したと思う。ダードンを連れてシカゴに帰らせてもらう。それから、アリスンもこちらにいる必要はもうないだろう」

「パパ、あたしはヴィクとマーティンのそばに残ります。ダードンに命じてあたしとこの二人を痛めつけたいのなら、さっさと命令すればいいでしょ。それとも、モラヌ局長に頼んでやってもらう？　その人、パパを喜ばせたくて一生けんめいみたいだし」

化粧をしたモラヌの顔が赤くまだらに染まった。もしかして、コーデルと寝ているとか？

「いい加減にしろ！」コーデルが激怒してアリスンの腕をつかんだ。「パパと家に帰って、セラピーを受けて、こういうくだらん話はこれっきりにするんだ」

「いやっ！」アリスンは父親の手をふりほどき、マーティンに駆けよった。

コーデルもようやく、娘の心が――少なくともいまのところは――離れてしまったことを悟ったようだ。いえいえ、ガルフストリームのエンジンをかけっぱなしにしておいたらどれだけ燃料を浪費することになるかを、心配しただけかもしれない。ダードンと弁護士たちに促されて出ていった。

そのあと、バロウ署長はわたしたちへの質問を手短にすませた。国土安全保障省に勝手なことをされて頭にきていた。マーティンとアリスンとわたしの味方になり、携帯番号を教えてくれた――「きみらがこの町にいるあいだに、誰かに危害を加えられてはいかんからな」

警官の一人がドロシーの家まで送ってくれたので、わたしはマスタングをとりもどすことができた。マーティンは曾祖母のノート類をとりもどすことも願っていた。わたしたちに再会しても、ドロシーとメグはにこりともしなかったが、アリスンが父親とメターゴンにかわって真摯に謝罪すると、少しだけ態度を和らげた。

「よろしければ、誰かに頼んで、マーティンのひいお祖母さまの仕事部屋を修理してもらいます」アリスンは約束した。「聖なる場所のような気がするんです。ナチの手を逃れた女性が何年ものあいだここで研究を続け、物理学と関わり、星を観察してすごしていた。今日、あの連中にめちゃめちゃにされてしまったけど、その前の状態に戻したいとお思いになりません?」

ドロシーは考えておくと無愛想に答えた。「だけど、連中が何を追っていたのか、わたしにはまだわからない。どうしてリリーを人質にしたり、仕事部屋を荒らしたりしたのか」

「ブリーンはメターゴンの評判を守ろうとしたんです」わたしは言った。

「でも、逆にめちゃめちゃにしてしまった!」アリスンが叫んだ。「父が何をしたかを世間の人々が知ったら、CEOとしての信用はガタ落ちだわ」

「わたし、お父さんを弁護するつもりはないのよ」わたしは言った。「弁護の余地はないもの。ただね、何がお父さんを突き動かしていたのかを理解したいだけなの。コンピュータとテクノロジーの偉大なる革新者というメターゴンの評判が、お父さんにとっては大切だったんだと思う。〝メターゴン　エネルギーを超えて〟、〝メターゴン　未来が過去に存在する場所〟。これがあなたの会社のモットーでしょ。

あなたのお祖父さんがBREENIACを生みだしたのではなく、ホロコーストの生存者から設計を盗んだだけであることを、ウォール街の人々が知ったら、メターゴンは信用を失ってしまう。世間はけっして許してくれないでしょうね」

「でも、どうしてぼくが追われることになったんだろう？」マーティンが訊いた。「プリズムのことで社長が狼狽したのは、ぼくにもわかったけど、それがマルティナの署名だなんて、社長は知らなかったはずだよ」

「ところが、知ってたの。コーデルはマルティナが残したノートをすべて手に入れようとした。マルティナとBREENIACのスケッチを結びつける証拠を残らず破棄するために。それと、マルティナに郵送された特許証もほしがってたわ。特許庁から送られてきた特許証が紛失してるって、あなた、言ってたでしょ。マルティナが一九四一年に特許をとった記録はあるのに、特許証そのものはファイルに入っていなかった。ずいぶん昔のことだから、どこへ消えてしまったかは知りようがないけど、おそらく、ワシントンに強いコネのあったエドワード・ブリーンが、盗んだBREENIACのスケッチをもとに大儲けできると気づいた時点で、誰かを使って特許証を処分させたんじゃないかしら」

「ぼくが何か持ってるなんて、どうして思われたんだろう？」マーティンはまだ気にしていた。

「一九四一年にマルティナ宛てに郵送された書類が戦後まで残っていたなら、あなたがその在処を知っているはずだと、コーデルは思ったんでしょうね」

マーティンは首をふった。「そんなの見たこともない。ここでも見てないし、母が盗んだマルティナの文書類のなかにも入っていなかった」

「わかったわ、どこにあるのか」わたしは言った。「少なくとも、一九四一年の九月にどこにあったのか」

ウィーン、一九四一年九月

アメリカからの手紙

子供たちがイギリスへ出発したあと、人がぎっしり詰めこまれたノヴァラガッセのフラットも、がらんと空虚な感じになっていた。しかし、戦争が始まって二年たった現在では、本当に空っぽになってしまった。愛娘のゾフィー、妊娠で衰弱した彼の大切な蝶々は、きのう連行されていった。夫、夫の両親、叔母、甥、いとこたちとともに。

父親なら、娘を守ってやらねばならない。男たちが娘に銃を突きつけて無理に立たせようとするときに、なすすべもなくすわりこんでいてはならない。娘が栄養失調で痩せ細り、衰弱し、胸骨と肋骨が羽をむしられたハトのように突きでている姿を見るなんて、いくらなんでも酷すぎる。だが、現実にそうなってしまった。ゾフィーのマットレスに腰をおろし、髪の毛をかきむしって号泣したくなる。寝具に目を向ける。愛する娘が連れ去られたあと、妻が震える手できれいにたたんだ寝具。妻は薄い毛布をたたみ、いまもそこに娘が寝ているかのように、何度も何度もなでていた。いまここですわりこんで号泣したら、自分は二度と立てなくなるだろう。哀れな妻があとに残され、妻一人で生きていかなくてはならなくなる。

フェリクス・ハーシェルはまばたきして涙をこらえ、一着だけ残っている背広とシャツに着替えて——あとの服はすべて食料と交換してしまった——ずっと続けてきた習慣に従う。冷たい水で髭を剃り、歯を磨き、湯を沸かしてシャルロッテのために代用コーヒーを用意する。

せめてもの救いは、幼いロッテが弟やケーテ・ザギノールと一緒に、イギリスで安全に暮らしていることだ。戦争が始まる前、大陸とイギリスとの往来がまだ自由だったころに、ロッテから届いた手紙が二通ある。妻のいとこのミナが可愛い孫をどう扱っているかと、フェリクスはいつも気がかりでならない。ミナは怒りっぽい女で、彼の妻にいつも嫉妬し、ゾフィーに意地悪をしていた。幼いロッテがいじめられているのではないかと心配だが、ミナに預ける以外に方法がなかった。イギリスのビザは子供にしか発給されなかったから。

フェリクスは四階分の階段をおり、通りに立って、腹式呼吸のエクササイズをする。大学に通っていた二十世紀初頭からずっと、これが朝の日課の一部になっている。何十年も続けてきた日課をできるかぎり守るつもりでいる。髭剃り、着替え、妻のもとへ運ぶ朝のコーヒー。

パーク・リングの事務所に最後に顔を出したのは、もう二年も前のことだが、当時のフェリクスは評判の高い弁護士だった。戦争が始まるまでは、多くの依頼人がひそかに彼に相談を続けていた。フェリクス・ハーシェルの助言はつねに、慎重かつ理性的であった。ドイツに併合されたのちも、何ができるか、何ができないかを、フェリクスはきちんと見定めていた。

そうした助言の謝礼として金貨を四枚受けとり、妻がそれをロッテのワンピースについている飾りボタンの下に縫いこんだ。幼いロッテはミナの家に着くと、慎重に手紙を書いて送ってきた。〝ヒューゴーとケーテとわたしは無事です。ボタンはいまも全部持っています。大好きよ。会えなくて寂しいわ、おじいちゃま《オーパ》〟。ミナもナチと同じく、孫娘が生き延びていけるようにと持たせてやったわずかな蓄えを奪いかねない。手紙のおかげで、ロッテが金貨をなくさずにすんだことがわかった。

戦争が始まる前に、フェリクスは裕福な依頼人たちに、料金はいらないからビザをとってほしい、アルゼンチンでもキューバでもどこでもいい、イランだってかまわない、と頼みこんだが、みんな、フェリクスに心酔しているわけではないので、ユダヤ人のために政府とのコネを使いはたそうとする者はいなかった。

フェリクスが建物の玄関先に立って腕を回転させていると、郵便屋がやってくる。最近では、郵便物がレオポルドシュタットに届くことはめったにないので、郵便屋がくるのは何か特別なことがあったときだけだ。心臓の鼓動が速くなる。孫娘から何か言ってきたのかもしれない。開戦後、ロッテから届いた手紙は二通、二十五語ほどの短いもので、赤十字が仲介に立っていたが、それでもなお検閲されていた。こちらから孫娘に送った手紙が無事に届いているかどうかはわからない。

郵便屋が届けてくれたのはフェリクスの家族宛てではなく、アメリカからの手紙で、宛先は〝オーストリア ウィーン2 ノヴァラガッセ三八A、ミス・マルティナ・ザギノール〟だった。フェリクスはそれを持って上の階に戻る。アメリカからの手紙には多くの可能性が秘められていて、呼吸が苦しくなるほどだ。

手紙をシャルロッテに見せる。妻もすでに起きて、滝のように流れ落ちる長い髪をくしけずり、編んでからヘアピンで留め、中庭に面した窓で寝具の埃を払っている。妻がうなずき、フェリクスは薄い毛布をベッドに戻すのを手伝う。妻は編んだ髪からヘアピンを一本抜いて、手紙の封を切る。

政府からの公式文書だが、二人が待ち望んでいたビザではない。合衆国特許D一二四六〇三、データ保存可能な強磁性装置。フロイライン・マルティナが二年前に出願書と一緒に提出したスケッチが、特許証に添えられている。特許の存続期間は発行日より十七年間。

フェリクスは妻に顔を向けることができないが、妻は彼の手を握りしめる。「ねえ、たとえビザが届いたとしても、どうしてウィーンを離れることができて？　可愛い娘のゾフィーがヨーロッパのどこかで辛い思いをしているというのに」

53 キラー・アプリ

ロティの顔は真っ青だった。ノヴァラガッセの角まで行ったとき、足を止め、目をきつく閉じた。最後にこの通りを目にしたのは、ある日の早朝、ロティが九歳のときで、父親が彼女と弟と泣きわめくケーテ・ザギノールを鉄道駅まで送ってくれた。今回の旅では、警官はみな親切だが、かつては、ロティの家族が宝石を隠していはしないかと疑って、テディベアに銃剣を突き立てたものだった。

「もう大丈夫」目をひらき、深く息を吸って、ようやくロティは言った。

ノヴァラガッセ三八Aの建物の入口で、ヘル・ラオトマンが出迎えてくれた。公共事業局の人で、中庭の石畳を掘りおこす許可をとるのも、作業員の手配も、すべてこの人がやってくれた。

ウィーンへ飛んでマルティナの特許証を捜すつもりでいることを、わたしがマックスに話すと、マックスがラオトマンを見つけだしてくれたのだ。楽しそうにこう言った。「ウィーンはシカゴとは違うのだよ、ヴィクトリア。いきなりどこかの建物に押しかけて、石畳をはがしたりすることは許されない。許可をとる必要があり、役人の立会いも必要だ。それもたぶん、二名か三名。フラットの管理人に銃を突きつければ喜んで協力するはず、などと思ってはいけないよ」

「巧妙に立ちまわることぐらい、わたしだってできます」わたしは気高き口調で言った。

「そうだろうとも。いつの日か、わしの前でそれを示してほしいものだ。今度の旅にはわしのような人間が必要だぞ。ドイツ語がしゃべれて、官僚主義という閘門をいくつもくぐり抜けて船を進めることのできる人間が」

マックスはさっそく、ほうぼうへメールを送り、電話をかけて、ようやくラオトマンという人物にたどりついた。マックスが難民団体やホロコースト生存者団体とつながりを持っているおかげで、本来なら何カ月も何年もかかったはずの手続きがわずか二、三週間に短縮された。

旅行の準備や発掘の準備など、マックスがすべてをやってくれるあいだに、わたしはしばらくご無沙汰だった依頼人たちとの関係を強化することに専念した。

また、クック郡を担当する州検事からの膨大な質問にも答えていた。コーチハウスで発見された遺体はゲルトルード・メムラーではないか、と州検事に言うと、ＦＢＩに連絡をとってくれた。ＦＢＩは色めき立った。五十年ものあいだ、メムラーをとらえようとしてきたのだ。問題は、比較のためのＤＮＡがどこにもないことだった。

ティニーでの騒動から何週間ものあいだ腹が立ってならなかったのは、ジュリアス・ゾルネンの死も、あるいは、コーチハウスの台所の地下にある根菜貯蔵庫にわたしがコーデルの手下によって閉じこめられた件も、コーデルが陰で糸をひいていたのに、州検事にいくら訴えても耳を貸してもらえないことだった。

州検事はこう言った――去年だけでも八百万ドルの法人税を州に納めているメターゴンほどの大企業のトップが、あなたが言うような犯罪に関係しているなどとは、考えるのもばかげています。ダードンという男性に関しては、消えたコンピュータのコードの行方を突き止めようとしていたときに、仕事熱心すぎる国土安全保障省の職員の影響でついやりすぎてしまったのだと、ブリーン氏が明言しています。

「八百万ドルの法人税。でも、あなたにとっては、選挙時の二十万ドルの献金のほうがもっと大切でしょうね」わたしはピシッと言った。「コーデル・ブリーンは今後もマーティン・バインダーの命を狙うつもり？　それとも、マーティンは安心して仕事を続けていけるの？」

言葉を和らげるように、と州検事補に注意された。ブリーン氏は、機密コードを売ろうとしたという疑いをマーティン・バインダーにかけたことに対し、正式に謝罪をしています。メターゴンがこれで矛を収めるつもりでいるのなら、あなたもこれ以上騒ぎ立てないほうがいいですよ。

せめてもの救いは、ポールフリーのコッセル保安官が真剣に対応してくれたことだった。保安官は目下、ポールフリー郡担当の州検事のほうへ、ダヴィラッツ保安官助手とダードンを殺人容疑で起訴するよう働きかけてくれている。二人のどちらかを、あるいは両方を法廷にひきずりだすことができれば、わたしはコッセル保安官のために証言台に立つことを約束している。

ティニーから戻ったあと何日かは、自由な時間を見つけては、西海岸ツアーを終えたジェイクと一緒にすごした。ジェイクの部屋のカウチに寝そべって彼の演奏に耳を傾けたり、深夜まで音楽とダンスを楽しんだあと、ベッドに二人で横たわったりするうちに、少しずつ元気が戻ってきた。

アリスンはハーヴァードを休学することに決めた。最初は、メキシコ・シティに戻って中断していたプログラムを再開するつもりだったが、その件についてわたしと話しあううちに、それも汚れた仕事だという思いが強くなっていった。

「結局、会社が得をするだけでしょ。あたしは向こうの人たちにメターゴンの製品を提供していた。チャリティーを隠れ蓑にして、メキシコの小学生をメターゴンの顧客にしているようなものだわ。子供たちにメター＝ジーニーをプレゼントすれば、子供たちはメターゴンのアプリやゲームを買わなきゃいけない。あたし、そういう企業のしがらみから離れる時間がほしいの。それに、マーティンがメキシコ・シティにいるんじゃないかと父が疑って、FBIをよこしたから、向こうの人たちはもうあたしを信用してくれないし」

アリスンはわたしの住まいから一マイルほど離れたレイヴンズウッドにアパートメントを借り、エステートセール（故人の遺品を売却するセール）で家具を見つけるのを楽しんでいる。ウィーン旅行のことを知って、一緒に行きたいと言いだした。

「父がオーストリアまであなたを追ってくることは、まさかないわよね、ヴィク」

「さあ、わからない」わたしは正直に答えた。「あの特許がお父さんにとってどれだけ重要かによるわね」

わたしはふたたび、自分の電話と自分のパソコンを使うようになっていた。コーデルに知られないようにして探偵稼業を続けるのは不可能に近いし、時間とエネルギーの無駄遣いだ。

マルティナの特許証を奪いとることに、コーデルがいまも執念を燃やしているなら、マックスとわたしのメールを監視しているのはほぼ間違いない。つまり、マックスとウィーンのヘル・ラオトマンのメールのやりとりも、コーデルに監視されているわけだ。

ティニーを離れて以来、アリスンと会う機会は少なくなったが、ときたま、わたしのアドバイスがほしくなると、アリスンのほうから事務所にくるようになった。ノヴァラガッセの発掘に立ち会う正当な権利が自分にもあるはずだと、アリスンがマックスに訴えて認めさせたときには、マーティンの話をするためにやってきた。

「それに、マーティンにも立ち会う権利があるわ。だってひいお祖母さまのものなんだし。でも、あたしが航空券を買うと言っても、マーティンがだめだって言うの」

「いいことだわ」

「どうして？　マーティンは目下失業中なのよ。お金の入り用なことが多いのに。父がマーティンをクビにして、よそのソフトウェア会社にずいぶん悪口を吹きこんだから、就職先を見つけるのに苦労してるの。それから、お母さんの本格的なリハビリが始まって、メディケイド（低所得者・身障者用の公的医療保険制度）に加入してはいるけど、それ以外の出費は全部マーティンの負担なのよ」

体力が回復してティニーの病院を退院できることになったジュディ・バインダーは、犬のデリラを連れてシカゴのリハビリ施設に入所した。それはジュディ自身の考えだった。マーティンの危機を救ったことが転機になったのだろう。いや、母親がジュディを守ろうとして亡くなったときに始まった方向転換の、これが終着点なのかもしれない。

「デリラとわたしはいろんなことを一緒に乗り越えてきた。わたしの面倒はデリラが見てくれるよ」マーティンがスコーキーの家で一緒に暮らそうと、健気にも母親に言ったとき、ジュディはそう答えた。いまも情緒不安定で、すぐカッとなり、意地悪をすることも多い。回復も遅々として進まない。そもそも三十五年も続いた習慣を一週間で変えられるわけがない。しかし、マーティンの報告だと、ジュディはリハビリに真剣にとりくんでいるようだ。

デリラをわが家に置いておけないことがわかると、ミスタ・コントレーラスは落胆したが、ジュディのリハビリ施設は高架鉄道で北へ向かって六駅目にある。老人はジュディの気分の揺れなどおかまいなしに、電車に乗って犬に会いに行くようになった。しょっちゅう訪ねてくれる相手がいること自体、ジュディの回復にとってプラスになっている。

マーティンも旅行に加わることをマックスが了承すると、アリスンはファーストクラスをあきらめて、彼と一緒にエコノミーで行くことにした。そして、わたしと一緒に。そして、ジェイクと一緒に。

「きみが秘密の地下牢に忍びこんでも、ぼくはこれまで自由放任主義を貫いてきた。きみが自分で承知してやっている以上、干渉はしない主義だった。とくに、干渉によって、弓を扱う手を失ったり、指が動かせなくなったりする危険が大きいからね」

わたしたちはベッドで横になっていて、彼の長い指がわたしの乳房を愛撫していた。弓の扱いも指の動きも巧みな人なので、まるで魔術師に愛撫されているような気がして、わたしは彼の上に身体を重ねた。

「何も変わってはいないわ。自分が何をやっているか、いまも承知しているし、あなたの指に何かあったら悔やんでも悔やみきれない。一緒にきてくれればうれしいけど、無理しなくていいのよ」

「ヴィクトリア・イフィゲネイア、きみはパラシュートを着けたかどうかも確認せずに、崖から飛びおりる人だ。ぼくもウィーンへ行くよ。誰かがきみの死体をドナウ川に投げこんだら、葬送曲を弾いてあげなきゃ」

というわけで、わたしたち四人――いや、ジェイクのコントラバスに一人分の座席が必要なので、全部で五人――はエコノミークラスに乗りこんだ。ウィーンに着いたのは午後の遅い時間だった。マックスがインペリアル・ホテルでロティに贅沢をさせるあいだ、わたしたちはもっと慎ましやかに、ジェイクが以前の演奏旅行で利用したペンションに泊まることにした。

そのペンションはノヴァラガッセからわずか数マイル、電車で楽に行ける距離だし、歩いていくこともできただろう。しかし、かつてのゲットーを再訪したときにロティがショックに耐えきれないのではないかとマックスが心配して、ハイヤーを頼んでくれ、到着の翌朝、朝食のあとでハイヤーが迎えにきた。

車はリングシュトラーセを走った。この道路がリングと呼ばれているのは、市街地を環状にとりまいているからで、かつてはそこに城壁が築かれていた。途中の通りはどこも灰色の建物が密集していて、太陽を見ることもできなかった。シカゴの橋やアパートメントの壁を覆っているのと同じギャング団の落書きをこちらでも目にするのは、気の滅入ることだった。

ドナウ川は陰気な灰色で、古臭いワルツに謳われた〝美しく青きドナウ〟とは大違いだったが、川を渡った先がレオポルドシュタット、かつてヒトラーの命令でユダヤ人ゲットーとなった地区だった。ハイヤーはわたしたちを舗道でおろした。その近くに、レオポルドシュタットから連れ去られた人々の追悼碑があった。ロティは犠牲者のなかに家族の名前も含まれているかどうかを見ようとした。

「このあたりは〝マッツォインゼル〟と呼ばれていた」マックスが言った。「〝マッツォの島〟という意味だ。ユダヤ人がおおぜい住んでいたからだよ。フロイトもここで育った。それから、ビリー・ワイルダーも、物理学者のリーゼ・マイトナーも。ああ、有名な人がずいぶんいたものだ」

ロティが家族の名前を見つけて、マーティンを呼んだ――ヘル・ドクトル・フェリクス・ハーシェル（一八八四～一九四二）とフラウ・ドクトル・シャルロッテ・ハーシェル（一八八七～一九四二）、モルデカイ・ラドブーカ（一九〇八～一九四二）、ゾフィー・ハーシェル・ラドブーカ（一九〇七～一九四一）、アリアドネ・ラドブーカ（一九四〇～一九四〇）。マーティンはそれまで、みんなから離れて立ち、自分だけが部外者だと感じているような表情をしていた。

「ここにあなたのお祖母さんの、そして、そのまたお祖母さんの名前があるわ――キティを育ててくれた人よ。キティがあなたを育てたのと同じように」

わたしたちみんなが敬意をこめてそこに集まり、彫られた名前を見た。リーズル・ザギノール（一八八五～一九四二）。

「この人の夫はたしか、結核で亡くなったはずよ。キティとわたしが生まれてまもなくだったわ。だから、この追悼碑には名前が刻まれていないの。みんな、ほんとに若かったのね。わたしの祖父母も、キティのお祖母さんも、いまのわたしより若かったんだわ」

ロティはハンドバッグから地図をとりだした。「このあたりの通りは記憶にないわね。一年以上、毎日のように歩いていたはずなのに。もちろん、当時はどのお店も空っぽだった。いまは食品があふれ、電子機器でぎっしりのお店が並んでいるけど――あのころは祖父母がお店のかわりだったのよ。本やコートをパンと交換していたの」

マーティンが遠慮がちに手を差しだした。ロティは彼に腕を預け、二人で地図をじっくり見た。ノヴァラガッセは短い通りを二つほど隔てたところにあった。三八Aに着くと、ヘル・ラオトマンが待っていた。つるはしとスコップを持った作業員二名を連れていた。

「なんとなく見覚えがありますけど、昔と同じではないようね」ロティは言った。

「空襲でやられましたからね」ヘル・ラオトマンが言った。「この通りもひどい被害を受けた。ここに並んだフラットの建物のうち、いくつかは――英語でどう言うんです？――〝ゲレッテト〟って」

「救われた」マックスが補った。

「そう、いくつかは救われましたが、あとは新たに建てられたのです」

みんなで四階分の階段をのぼった。ロティは目を閉じ、記憶に導かれるままに正しいドアの前まで行った。ロティの一家が昔暮らしていたフラットには、現在、トルコ人家族が住んでいた。幼児を抱いてドアをあけた女性は、最初、何人もの欧米人を前にしてギョッとした様子だったが、ロティがドイツ語で何分か話をすると、うなずいてロティに何か言った。そこでロティがわたしたちのほうを向いた。

「女性は入ってもいいけど、男性は廊下で待っていてほしいそうよ。いまは家のなかに男性がいないので、近所の噂になってしまうんですって。マックス、マーティンとヘル・ラオトマンと三人で下へ行っててちょうだい。わたしが何か投げるから、どこに落ちるか見てほしいの」

トルコ人女性が脇へどいて、ふたたびロティに話しかけた。〝コーヒー〟という言葉がわたしにも聞きとれたが、ロティは辞退した。

アリスンとわたしはロティのあとから部屋に入った。フラットのなかには家具と鮮やかな色の掛け布があふれていた。部屋の隅に大型テレビが置かれ、その上に、額に入ったトルコの地図がかかっていた。子供が二人いて、ドイツ製のアニメを見ていた。

「わたしがいたころに比べると、ずいぶん変わったわね」ロティは言った。「ラドブーカ家の六人のいとこ、弟のヒューゴー、両親、祖父母、これだけの人数が四つのマットレスで寝ていたのよ。椅子はわずかだったし、カーテンもなく、壁にかけるものもなかった」

ロティがふたたびドイツ語で女性に話しかけ、わたしたちは中庭を見おろす奥の部屋に通された。中庭は狭くて、いびつな円形で、石畳の上に、自転車、ベビーカー、バーベキューグリルなどが置かれていた。ロティがハンドバッグの中身を出してわたしに預けた。窓をあけ、バッグを投げ落とした。

マーティンがほかの男性より先に中庭に着いていた。バッグを拾いあげ、着地点の石畳に片足を置いた。

ロティは女性に礼を言って、しばらく話をした。腕のしぐさからすると、ここで暮らした子供時代のことを話し、バッグを投げ落とした理由を説明しているようだった。女性はうなずき、目に涙をためてロティの腕に手をかけた。空いたほうの手をアリスンとわたしに向けた。「あなたのお嬢さんたち《イーレ・テホター》？」

ロティは微笑したが、首を横にふった。中庭では、ヘル・ラオトマンが作業員たちを使って石畳を掘りおこす仕事にとりかかっていた。たちまち野次馬が集まってきた。酔っぱらい、手伝いを申しでる失業者、学校前の小さな子供を連れた母親など、よくある風景だ。

作業員は手早く仕事を進めて、ロティのバッグが落ちた地点を中心に十個あまりの石畳をはがした。その下の地面を掘りかえし、大きなおろし金のようなもので土を払い落とした。びっくりするほど多種多様ながらくたが出てきた。古いペン、ヘアクリップ、陶製の人形の首。作業員は土を落とす作業を終えると、小さな防水布の上にきれいに並べた。

建物にいちばん近い石畳の下から何かの包みが出てきた。作業員がそれをヘル・ラオトマンに渡し、彼がロティに渡した。

正方形の防水布に包まれていたのは黒い絹地で、鈍い緑色に変わっていた。「たぶん、傘の生地だわ」絹地を指でなでながら、ロティが言った。「防水布は——どこで手に入れたのかしら。古いレインコートを切ったのかもしれないわね」

わたしたち全員が身をかがめて、絹地のなかから出てきた封筒を見つめた。アメリカの切手が三セント分貼ってあり、宛先がタイプライターで打ってあった。オーストリア　ウィーン2　ノヴァラガッセ三八A　ミス・マルティナ・ザギノール。

ミス・ザギノール殿

貴殿より出願のあったデータ保存可能な強磁性装置に対し、米国特許商標庁から特許証（特許番号D一二四六〇三）が発行されたことを、ここに御通知申し上げます。特許権の存続期間は発行日より十七年間、即ち、一九四一年五月十三日までとなります。

今後とも、こちらでお役に立てることがありましたら、ご連絡ください。

敬具

レスター・タルキング

特許弁護士

この手紙に、特許庁からの正式な通知と、マルティナが描いたスケッチのコピーが添えられていた。ジャガイモを揚げる深鍋がのっているような格子、そこから垂れ下がったワイヤ、〝シュパイヒャー〟という言葉、一連の式、そして、右下に一対のプリズム。

アリスンがこれを凝視した。「BREENIACのスケッチだわ。本当だったのね。わたしたちがこの人から盗んだんだわ」

ロティが手紙を包みなおしてマーティンに渡した。それをどうすればいいのか、マーティンは戸惑っていた。マックスの提案で、インペリアル・ホテルに戻ってビジネスセンターへ行き、マーティンが特許関係の書類をスキャンした。そのコピーに、マーティンが撮ったノヴァラガッセの中庭と発掘作業の写真をつけて、マリに送った。わたしはこの特許をめぐる歴史と、それから、エドワード・ブリーンがスケッチを入手した経緯についてこちらで推測したこと、もしくは、つなぎあわせたことを書きだし、これをユーチューブにアップするまで二十四時間待つから、そのあいだに特ダネとして流すようにとマリに告げた。

わたしたちはそのあとの三日間をウィーンですごした。マックスはロティを連れて、彼女の祖父母が住んでいたレンガッセの古いフラットへ出かけた。二人はまた、パーク・リングにある祖父のかつての事務所へも行ってみた。すると、現在そこを使っている若いまじめな弁護士が二人を昼食に誘い、その後、祖父が使っていたロールトップ・デスクのそばでゆっくりさせてくれた。

ジェイクとわたしは市内のあちこちの公園へ出かけ、彼の音楽仲間に会って夕食まで飲みつづけ、食事のあとは、誰かのアパートメントかどこかで気楽な演奏会、という日々をすごした。

マーティンは放射能研究所へアリスンをひっぱっていった。研究所の所長が所内を念入りに案内してくれた。粒子や軽粒子に対するマーティンの熱意があまりに強かったので、ついには、研究所のセミナーを聴講できることになった。彼にとっては、マルティナの特許証をとりもどしたことより、こちらのほうが感激だったようだ。

わたしたちがシカゴに戻ったときには、メタージゴンの株価は半値になっていた。メタージゴンの社外取締役のなかに、わが事務所のもっとも大切な依頼人が含まれている。ダロウ・グレアムだ。帰国した翌日の午後、ダロウから呼びだしがあって、個人的なミーティングとなり、新聞の経済欄をにぎわせている記事に関してわたしがどこまで裏づけることができるかを尋ねられた。

話が長びいて夕方までかかったので、デラウェア・プレースにあるトレフォイル・ホテルの二階のバーへ移り、ここの伝説的なアルマニャックを飲むことになった。グラスが空になるころ、ダロウは、厄介なことになったものだと言った。

「その歴史、その特許、いまさらどうにもならないことだが。ブリーンもなぜ、そこまでとりつかれてしまったのだろう」

「父親の仕事部屋にあった骸骨が関係してるんでしょうね。比喩的な意味じゃなくて、わたしが先月見つけた本物の骸骨のことです。あそこで何があったかは永遠にわからないし、誰が撃ったのかも永遠にわからないでしょうが、二組の父と子が、つまり、ブリーン父子とゾルネン父子の全員が事件に関わっていたのです。ジュリアス・ゾルネンはそれでつぶれてしまったけれど、コーデル・ブリーンのほうは、自分は法を超越した存在だ、何をやっても許される、殺人も含めて、と思うようになったのでしょう。

コーデルは自分の父親がマルティナ・ザギノールから、もしくは、少なくともゲルトルード・メムラーから、特許を盗んだことを知っていました。マーティンがBREENIACのスケッチについて説明を求めたとき、コーデルは、叩きつぶさなくてはならないハエがまた一匹出てきたと思っただけでした。わたしが事件に関わり、状況が制御しきれなくなっていっても、コーデルは何も考えようとしなかった。これまでどおりに突き進んだだけだった。

まるで──どう言えばいいのかしら──モスクワへ軍を進めたナポレオンかヒトラーのようなものですね」

ダロウは乾いた声で笑った。「われわれＣＥＯにとって良き教訓となるだろう、ヴィクトリア。ほかの取締役にはわたしから話しておく。その女の子はなんて名前だった？　アリスン？　大株主であるうえに、聡明な子のようだが、企業経営にあたるにはまだまだ未熟だ」

シカゴ　一九五三年
生贄の子羊

「父さん、父さん、どうかしたの？」そう言ったのはコーデル。中庭を隔てた母屋の寝室で、わめき声と格闘の音を耳にしたのだ。

コーデルの登場に、マルティナはギクッとする。コーデルを見る。銃の引金を絞る。信じられないほど大きな音が部屋を満たす。ブリーンが彼女の銃をとりあげる。メムラーが脇腹を押さえ、顔に浮かんだ怒りが驚きに変わる。ディオールのスーツの下に着ている白いシャツに血の花が咲く。一瞬ふらつき、それから作業台の上に倒れる。

ドアのところでは、コーデルのうしろに若者がもう一人立っている。ベンヤミンの様子を見てくるよう、母親に言われてやってきたのだ。恐怖の叫びを上げる。「父さん！」

エドワード・ブリーンはわたしを生贄にしようと決めた。警察に電話をかけ、わたしを殺人犯として通報する。何年も前にウィーンで芽生えた対立の終着点。終着点というのは真実かもしれないが、生贄のほうは違う。この人生において、わたしはもう誰の生贄にもならない。ベンヤミンがブリーンに弱々しく抗議を始めたところで、わたしは仕事部屋を出て、姿を消した。遠くの安全な地に落ち着いてから、これ以上あなたに迷惑をかけるつもりはない、とベンヤミンに手紙を書いた。わたしのかわりにケーテを見守ってほしい、苦労のなかで生きてきた哀れなケーテを――わたしはそう懇願したが、ベンヤミンは何もしてくれなかった。その後一度だけ、わたしは彼に会った。孫娘のジュディが七歳になったとき。アルゴンヌ国立研究所の近くで、ひそかに顔合わせをした。わたしたちの娘の子供に才能の火花があるかどうかをたしかめたくて。

54　遅く届いた手紙

　アリスンが母親に会いに行き、戻ってきてから、父親の異様な様子を報告した。もっとも、それはわたしがダロウに述べた、彼の性格についての意見を裏づけるものだった。

「父ったら、なんだか変なのよ、ヴィク。異常って言いたいぐらい。『リア王』のセリフをつぶやきながら、廊下を行ったりきたりしてるの。わたしのことを言ってるのね。親不孝な娘だって。それから、わたしや父に逆らった株主に復讐してやるって言ってる。ジャリ・リュウの話だと、誰にも理解できない命令を出してるそうなの。殺し屋を雇ってマーティンを始末するようジャリに命じ、それだけの度胸のある人間が誰もいないのなら、自分でやるって言ったんですって」

　アリスンはそんな父親のことが心配でならず、私と一緒に州検事のところへ行くことを承知した。州検事はなかなか腰を上げようとしなかったが、完全武装でバインダーの家に忍びこもうとしたコーデルとダードンがスコーキーの警察に見つかり、殺人未遂と銃規制法違反容疑でついに逮捕された。

　その後の法的手続きのなかで、わたしのもと夫がコーデルの代理人を務めることになった。現在よりさらにリッチになるだろう。ひとつだけ収穫と言えるのは、コーデルの妻が夫に愛想を尽かしたことだった。夫の側に立つのを拒否した。アリスンのアパートメントからそう遠くないところにアトリエを借り、ふたたび真剣に絵を描きはじめた。どこまで立ち直れるかは誰にもわからない。人生の悩みの多くに対する答えを、依然としてサンセールのボトルのなかに見いだしているようだから。

そうそう、収穫がもうひとつ。マックスとロティもわたしに劣らず喜んでくれたのだが、マーティンがカルテックに入学できることになった。マーティンが願書を出そうと決心したとき、マックスとダロウの両方がそれぞれのコネを駆使して、入学を認めてもらえるよう大学のほうへ働きかけてくれた。

ウィーンから帰国して以来、マーティンもアリスンと同じように、わたしのアパートメントと事務所に何度も立ち寄っていた。彼の人生、家族の歴史、マルティナの遺産について、わたしとずいぶん話をした。カルテックに行ったほうがいい？　それとも、できたばかりのIT企業に就職したほうがいい？

「IT長者になりたいのなら、あなたにはコンピュータのアプリをお金に変えるだけのスキルも頭脳もある。でも、マルティナの跡を継ぎたいのなら、彼女の業績を理解する助けとなるような人々のもとで勉強したほうがいいわ。あの特許だって、マルティナにとっては何気ない思いつきにすぎなかった。そう思わない？　マルティナの本当の情熱は、ノートに書き記されたような事柄に向いていたのよ。超対称性、暗黒物質を理解する方法、光が屈折し、わたしみたいに平凡な人間が呆然と見つめる場所に」

マーティンがわたしの事務所に寄って、カルテックで今年の半ばから勉強できることになったと告げたのは、一月のよく晴れた寒い日だった。スバルを運転してパサデナまで行くという。しかし、旅支度は身軽だった。わずかな衣類、パソコン、ファインマンのポスター、そして、『ファインマン物理学』全巻。

「ヴィクはすごい人だ。ほんとにすごい。祖母があなたを雇ったんだね。家を売却するために祖母の荷物を整理してたら、あなたの契約書が出てきた。いますぐ探偵料を払うのは無理だけど、たとえ払うことができても、あなたへの恩はとうてい返しきれないと思う。マルティナの特許証を見つけたり、ぼくを助けるためにティニーまできてくれたり、お世話になりっぱなしだった。でも、あの本がお金になったら――」

「だめだめ。本がお金になったときは、マルティナを追悼するために何かなさい。とにかく、わたしの探偵料はドクター・ハーシェルが払ってくれるから」

わたしたちはシカゴ大学の若き司書でドイツ語ができるアーサー・ハリマンを雇い、マルティナの日記を翻訳してもらった。とても興味深い内容だったので、ゴーディ出版がハリマンとマーティンに回想録執筆の契約を申しでた。マルティナの生涯に核兵器の歴史をからめて書いてほしいというのだった。

ある午後、わたしはマーティンと一緒に、シカゴ大学図書館の特別資料室へ出かけた。エイダ・バイロンからベンヤミン・ゾルネンに送られた手紙の二枚目を返却した。去年の八月にマーティンが盗みだしたものだ。司書のレイチェル・ターリーに、以前わたしが彼女宛てに郵送したBREENIACのスケッチについて話をした。アリスンも一緒にきていて、みんなで正式な儀式のようなものをおこなった。その儀式のなかで、アリスンがスケッチに対するメターゴンの権利をすべて放棄し、ミズ・ターリーが寄贈に感謝し、マーティンが図書館の所蔵資料を持ち去ったことは不問に付すと言った。

「とにかく、ありがとう、ヴィク」わたしの事務所に立ち寄った一月の午後、マーティンは言った。「いまから西へ向けて出発する。ティニーで一泊する予定なんだ。九月のあの大騒動をドロシーが許してくれたから。ぼくやあなたの責任じゃないことは、ドロシーもわかってる。だから、カリフォルニアへ向かう途中で寄ることにしたんだ。ねえ、ときどき母に会いに行ってくれない？　いや、仲良くしてほしいって意味じゃなくて——一緒にいると疲れる人だもんね——ただ、自分は一人ぼっちじゃないってことを、母にわかってもらいたいんだ」

わたしは約束した。

「それから、アリスンのことだけど。いまは大変みたいだ。億万長者が大変な思いをするなんて、ちょっと信じられないけど、なにしろ、お父さんが逮捕されて、お母さんはあいかわらず酒浸り、アリスンは一人ぼっちだ。あなたがアリスンを忘れてないってことを、彼女に伝えてくれる？」

わたしはそれも約束した。マーティンとアリスンは、おたがいの世界があまりにも違うからロマンティックな関係にはもうなれない、と判断したが、友達づきあいは続けるつもりでいる。この世代の子たちにはそれができる。

キティを哀れに思った。遠く離れた時間と宇宙を探るばかりでわが子にほとんど関心を持たない母親を、キティは恨みつづけていた。曾祖母の非凡な才能を受け継いだマーティンなら、もっとバランスのとれた人生を築くことができるだろう。

マーティンに別れの手をふった。夜の終わりに、ロティのアパートメントへ車を走らせた。ドアマンのエンゼルから、ロティは明日の早朝に手術が入っていると言われた。

「包みを届けにきたの」わたしは言った。「きっとロティが見たがると思って」

図書館へ行ったとき、司書のレイチェル・ターリーがアリスン、マーティンとしゃべっているあいだに、わたしはゾルネン関係の資料に含まれたファイルの閲覧を請求した。コピー機のところで、ちょっとした早業を演じた。こうして保存し、没収し、もとの持ち主に返すのだ。

エレベーターをおりると、ロティが龍の模様の真っ赤なガウン姿で待っていた。心配そうな表情。わたしがいかなる新たな危機を持ちこんだのかと危惧している。

彼女に包みを渡した。ロティはそれをひらき、祖父がゾルネンに宛てて送った、『ラデツキー行進曲』のタイトルページに鉛筆で書いてある手紙を目にして、長いあいだじっと見つめた。「まあ、ヴィク、ああ、わたしの魂の娘。ここまでしてくれて——ああ、ありがとう」

イリノイ州ティニー

ハーモニーを見つける

一月の空気が冷たいことはわかっているが、望遠鏡のレンズを調節しようとすると、分厚いコートが邪魔になる。望遠鏡のカバーをはずすとき、彼女は震えてはいない。十八歳に戻り、ヴィルトシュピッツェ山にのぼって、氷河の水を抱きしめているような気分だ。頭上に天空が広がっている。清らかな光を目にして、彼女の心臓が、年老いて脆くなったその筋肉がいつものように打ち震える。

ゲッティンゲンでの最後の夜、ベンヤミンが彼女に言った。「きみは人間ではない、マルティナ。恋人と横になっているときに、スペクトル線の話をするような女はどこにもいない。人は肉体が与えてくれる快楽を求めるものだ。まるで、きみには感情というものがないかのようだ」

「わたしはけっして冷たい人間ではなかったのよ、ベンヤミン」今夜、彼女はつぶやく。一人暮らしをしている多くの老人と同じく、考えを口に出していることに自分では気づいていない。「でも、あなたにはわたしの情熱がまぶしすぎた。わたしが抱いているハーモニーへの憧れは、あなたのなかにもあると思っていたのに。あなたと一緒なら、天空の清らかな調べに圧倒されることはあっても、心まで砕け散ってしまうことのない場所が見つかると思っていた。この肉体、ええ、人は肉体のなかに閉じこめられて生き、肉体の世話をしなくてはならない。でも、わたしは数字のなかに入りたかった、数式がわたしを無限の世界へ連れていってくれる場所に。わたしは星に憧れる。星の赤方偏移のことも、スペクトル線のことも知っているけど、それを言葉で説明しようとは思わない。わたしが願うのは光のなかに入ることだけ」

いま、彼女は泣いている。涙がまつげの上で氷の結晶に変わる。やがて、この世でもっとも自然なことをするかのように、上着とシャツのボタンをはずし、デッキに横たわり、天空に向かって腕を広げる。

歴史メモ

何年か前、夫が購読している《フィジックス・トゥデイ》の何冊かのページをめくっていたとき、わたしでも理解できそうな記事が目についた。オーストリアの物理学者、マリエッタ・ブラウのことが書かれていた。初めて聞く名前だったが、一九三〇年代に宇宙線物理学の分野でパイオニア的な研究をおこなった女性で、ウィーンの放射能研究所（IRF）の研究員であった。

IRFは現在、シュテファン・マイヤー素粒子物理研究所という名前に変わっているが、以前と同じ建物のなかにあり、二つの大戦にはさまれた時代には、女性の科学者を積極的に登用・支援するというまことにユニークな組織であった。女性研究者に研究室の掃除をさせるかわりに用務員を雇い入れた点で、世界で初めての研究施設であった。また、男子トイレと同数の女子トイレを用意した点でも、世界で初めての、そしておそらくは、いまなお世界で唯一の研究施設と言っていいだろう。ナチスドイツによるオーストリア併合以前には、研究員の三十八パーセントが女性だった。ナチが権力を掌握すると、ユダヤ人と女性の研究員は短期間のうちに解雇され、ＩＲＦは時代の最先端を行く研究所ではなくなっていった。ブラウの業績を高く評価したエルヴィン・シュレディンガー（一九三三年度ノーベル物理学賞受賞者）は、ノーベル賞候補として彼女を推薦しつづけたが、結局、受賞には至らなかった。ヨーロッパに戦争の暗雲が漂いはじめたころ、アインシュタインはブラウのために、アメリカのどこかの大学に講師の口を見つけようと努力した。なかなかうまくいかなかったが、最後の最後になって、メキシコ・シティの高校に教師として送りこむことができた。しかし、物理学の中心地からひきはなされたせいで、戦争が終わるころには、ブラウは研究者としての鋭さを失っていた。ロングアイランドのブルッキングス研究所にしばらく籍を置いたのち、オーストリアで誰にも知られず死亡した。

わたしはブラウの物語に何年ものあいだ大きな関心を寄せてきた。『セプテンバー・ラプソディ』はブラウの生涯から生まれたものだが、作中の物理学者マルティナ・ザギノールは虚構の産物である。マルティナの経歴のうち、ブラウと重なっているものは、ＩＲＦの研究員だったという点以外にはいっさいない。また、ナチ党がオーストリアで非合法組織とみなされていた時代から、ブラウの教え子の一人だったヘルタ・バムバッハーがひそかに党員になっていたことは事実である。しかしながら、バムバッハーは兵器開発にも囚人の拷問にもいっさい関わっていない。

マルティナが生徒として通い、のちに教壇に立つこととなった、女子工業《テヒニッシェ・ホーホシューレ・フューア・》高校《メートヒエン》はわたしの創作である。ＩＲＦは女性科学者にとって歓迎すべき方針をとっていたものの、ウィーン大学は彼女たちに給金を支払っていなかった。ＩＲＦのシュテファン・マイヤー所長が自分のふところから給金を出していたが、多くの女性はほかに職を見つけて収入を補わなくてはならなかった。

原子から膨大なエネルギーを解放して大量破壊のための兵器を製造しようというドイツ軍の試みは、ウランフェアイン（ウラニウム・クラブ）という施設で進められた。科学者と技師たちが核分裂連鎖反応を起こすことのできる原子炉製造をめざしていた施設が、ドイツには多数あった。作中では、オーストリアのインスブルックの近くに架空の施設が置かれているが、わたしの知るかぎりでは、オーストリアにじっさいに原子炉が設置された例はいっさいない。

第二次大戦が終わって、合衆国の政策上の懸念がファシズムから共産主義へ移ったとき、アメリカ政府はナチの兵器およびロケット関係の研究者を数多く入国させた。〈ペーパークリップ作戦〉の名のもとに、アメリカの兵器開発研究所に招聘するナチ党員たちの過去を政府はおざなりにしか調査せず、ときには、いっさい調査しないこともあった。なかには、個人的に凄惨な拷問に関わっていた者もいたというのに。

ＩＲＦの背景と歴史については、マリア・レンテッィ著『放射性物質の追跡と性別の視点から見た実験』（ニューヨーク、コロンビア大学出版、二〇〇八年刊）、ならびに、ブリギッテ・シュトローマイア＆ロバート・ロズナー共著『マリエッタ・ブラウ、崩壊する星々』（カリフォルニア州リヴァーサイド、アリアドネ・プレス、二〇〇六年刊）を参考にした。

シュテファン・マイヤー素粒子物理研究所の所長、ヨハン・マルトン博士は多忙なスケジュールのなかから一日を割いて、ボルツマンシュトラーセにある研究所の建物を案内してくれ、公にされていない研究所の歴史と、ナチ時代に蒙った影響について語ってくれた。〈ペーパークリップ作戦〉の詳細については、リンダ・ハント著『極秘計画——合衆国政府とナチの科学者と〈ペーパークリップ作戦〉——一九四五〜一九九〇』（ニューヨーク、セント・マーティンズ・プレス、一九九一年刊）を参考にした。

物理学と原爆開発競争の背景を知るために、リチャード・ローズ著『原子爆弾の誕生』（ニューヨーク、サイモン&シュスター、一九八六年刊）、スティーヴン・ワインバーグ著『亜原子粒子の発見』（ニューヨーク、サイエンティフィック・アメリカン・プレス、一九八三年刊）、リチャード・P・ファインマン著『光と物質のふしぎな理論』（プリンストン、プリンストン大学出版、一九八五年刊）に目を通した。

コンピュータの歴史と水爆開発については、ジョージ・ダイソン著『チューリングの大聖堂』（ニューヨーク、パンテオン・ブックス、二〇一二年刊）、スタニスワフ・ウラム著『数学のスーパースターたち』（ニューヨーク、スクリブナー社、一九七六年刊）を参考にした。

フランク・ウィルチェック&ベッツィ・ディヴァイン共著『ハーモニーへの憧れ』はわたしには難解すぎたが、ハーモニーに対するわたし自身の憧れが的確に表現されていて、マルティナ・ザギノールという登場人物を創造するさいの良きガイド役になってくれた。

訳者あとがき

前作『ナイト・ストーム』の出版から少々時間がたってしまったが、ようやく、V・I・シリーズの十六作目にあたる『セプテンバー・ラプソディ』をお届けできることとなった。

これまでで最大のページ数。ウィーンとアメリカを舞台にして、二十世紀初頭から現代までの約百年にわたる物語を紡いでいくという、壮大な叙事詩のごとき作品で、パレツキー渾身の力作である。

V・Iにとっていちばん大切な友人は、シリーズの愛読者の方々がすでにご存じのとおり、医師のロティ・ハーシェル。ウィーンの名家に生まれたが、ユダヤ人であるがゆえに迫害を受けて、子供のころにイングランドに渡り、そののちにシカゴへ移って、現在は世界的名声を誇る産科医となっている。今回の作品は、このロティの過去に関わる人々を中心にして話が進んでいく。

ある早朝、ロティの診療所の留守電に、パニックに陥った女性からのメッセージが残されていた。「ロティ先生、わたし、ジュディよ。やつらが追ってくる。殺される。助けて！」という恐怖の叫び。手術中のロティのかわりに、V・Iが女性の住む町へ出向くことになった。九月に入っても暑さの残る田舎町でV・Iが見つけたのは、何者かに荒らされた農家と、トウモロコシ畑でカラスにつつかれていた男性の死体。助けを求める電話をよこした女性の姿はどこにもなかった。

その夜、ロティから聞いた話によると、ジュディというのはウィーン時代の幼なじみだったケーテ・ザギノールの娘だという。ジュディの身に何があったかを案じるロティに頼まれて、V・Iはしぶしぶながら、彼女の行方を捜す仕事にとりかかる。だが、単純な人捜しのつもりだったのに、その陰には、第二次大戦の時代にまでさかのぼる暗い秘密と偽りが隠されていて、V・Iは否応なしにその渦に巻きこまれ、必死に秘密を守ろうとする者たちと戦うことになる。

翻訳を始めるにあたって原書をざっと読んだとき、ロティの過去と密接につながるストーリー展開や、V・Iの一人称で語られる章の合間に時代と場所を異にする章が登場するという構成から、シリーズのひとつで十年ほど前に出版された『ビター・メモリー』によく似ているという印象を受けた。

『ビター・メモリー』はウィーンからイングランドへ渡ったロティの回想をところどころにはさみながら、過去からあらわれた亡霊に悩むロティを救うためにV・Iが奔走する物語である。本書を訳すのと並行してこちらを読みかえし、ロティの過去に、そして、ホロコーストの犠牲となって消えた人々の運命に、あらためてしみじみと思いを馳せた。

デビュー作から長い年月を経て、ずいぶん年齢を重ねたV・Iなのに、今回も、麻薬王の巣窟に乗りこんで派手な銃撃戦をくりひろげたり、車のトランクをこじあけた泥棒に殴りかかったり、閉じこめられた地下室から不屈の根性で脱出したりと、タフな点はまったく変わっていない。一時期は「もう年だ」と弱音を吐くことが多くなり、大丈夫かしらとひそかに心配していたのだが、『ミッドナイト・ララバイ』あたりから、体力・気力ともに充実してきた印象だ。そして、弱い立場の者や動物にはあいかわらず優しい。

コントレーラス老人のお気に入りのペトラは平和部隊に入って、目下、エル・サルバドルへ行っているため、本書には出てこないが、その他のレギュラー陣はほぼ顔をそろえている。かつての恋人コンラッド・ローリングズも登場している。気まずい別れ方をした二人だが、コンラッドはいまも、V・Iの身の安全を気にかけてくれている。そして、彼女の現在の恋人にちょっぴり嫉妬心を抱いているようだ。

時代的にも地理的にも大きな広がりを見せる物語のなかで、縦横無尽に暴れまわるV・Iの痛快な活躍を、存分に楽しんでいただきたい。

パレツキーは二〇一一年にMWA（アメリカ探偵作家クラブ）賞のグランドマスター（巨匠賞）を受賞しているが、今年はなんと、会長に選ばれたのこと。ますますの活躍が期待できそうだ。

シリーズの次作もほぼ完成し、二〇一五年の発売を待つばかりとなっている。壮大な叙事詩のごとき本書とはがらりと趣を変えて、シカゴの政界を舞台とするローカル色の濃い長篇になるようだ。初期の作風を思わせる、なつかしい雰囲気の作品に出会えるのではないかと期待している。

最後になったが、本書を訳すにあたっては、知人の岡尚志氏に物理学関係の部分の翻訳を担当していただいた。訳者は理数系脳細胞が欠落しているタイプなので、彼の助力なしではとうてい訳せなかっただろう。ここであらためて感謝を捧げたい。

二〇一四年十二月

世界が注目する北欧ミステリ

ミレニアム 1 ドラゴン・タトゥーの女 上下
スティーグ・ラーソン／ヘレンハルメ美穂・他訳
孤島に消えた少女の謎。全世界でベストセラーを記録した、驚異のミステリ三部作第一部

ミレニアム 2 火と戯れる女 上下
スティーグ・ラーソン／ヘレンハルメ美穂・他訳
復讐の標的になってしまったリスベット。彼女の衝撃の過去が明らかになる激動の第二部

ミレニアム 3 眠れる女と狂卓の騎士 上下
スティーグ・ラーソン／ヘレンハルメ美穂・他訳
重大な秘密を守るため、関係者の抹殺を始める闇の組織。世界を沸かせた三部作、完結！

特捜部Q―檻の中の女―
ユッシ・エーズラ・オールスン／吉田奈保子訳
新設された未解決事件捜査チームが女性国会議員失踪事件を追う。人気シリーズ第1弾

特捜部Q―キジ殺し―
ユッシ・エーズラ・オールスン／吉田・福原訳
特捜部に届いたのは、なぜか未解決ではない事件のファイル。新メンバーを加えた第2弾

訳者略歴　同志社大学文学部英文科卒，英米文学翻訳家　訳書『ナイト・ストーム』パレツキー，『五匹の子豚』クリスティー，『漂う殺人鬼』ラヴゼイ，『妻の沈黙』ハリスン（以上早川書房刊）他多数

HM=Hayakawa Mystery
SF=Science Fiction
JA=Japanese Author
NV=Novel
NF=Nonfiction
FT=Fantasy

セプテンバー・ラプソディ

〈HM⑩-25〉

二〇一五年一月十日　印刷
二〇一五年一月十五日　発行
（定価はカバーに表示してあります）

著者　サラ・パレツキー
訳者　山《やま》本《もと》やよい
発行者　早川浩
発行所　株式会社早川書房
郵便番号　一〇一－〇〇四六
東京都千代田区神田多町二ノ二
電話　〇三－三二五二－三一一一（大代表）
振替　〇〇一六〇－三－四七七九九
http://www.hayakawa-online.co.jp

乱丁・落丁本は小社制作部宛お送り下さい。
送料小社負担にてお取りかえいたします。

印刷・精文堂印刷株式会社　製本・株式会社川島製本所
Printed and bound in Japan
ISBN978-4-15-075375-7 C0197

本書は活字が大きく読みやすい〈トールサイズ〉です。